犯罪者

상

Edited by KADOKAWA SHOTEN
First published in Japan in 2012 by KADOKAWA CORPORATION, Tokyo.
Korean translation rights arranged with KADOKAWA CORPORATION, Tokyo
through Eric Yang Agency Inc, Seoul.

이 도서의 국립중앙도서관 출판예정도서목록(CIP)은 서지정보유통지원시스템 홈페이지(http://seoji.nl.go.kr)와
국가자료공동목록시스템(http://www.nl.go.kr/kolisnet)에서 이용하실 수 있습니다.
CIP제어번호 : CIP2018005918

犯罪者 범죄자 상

오타 아이 지음
김은모 옮김

엘릭시르

상권
차례

서
장

눈 색깔은 밝은 파란색이었던 것 같다.

웃으면 뺨에 깊은 주름이 생기고, 죽었을 때는 약간 놀란 듯한 표정을 짓고 있었다.

그 남자를 본 것은 여섯 살인가 일곱 살 때다. 친척의 결혼식 날 밤에 흥이 채 가시지 않은 많은 어른들과 함께 누군가의 집에 갔다. 당시 아직 멀쩡했던 아버지는 자신에게 기댄 어머니의 가느다란 허리를 끌어안고 친구들과 부어라 마셔라 술판을 벌였고, 나는 안쪽 작은 방에 방석을 깔고 누워 잠을 청했다.

찌는 듯이 더운 구월 밤이었다. 나는 불을 끈 낯선 집의 작은 방에서 모기향 냄새가 나는 홑이불을 덮고 텔레비전에서 하는 심야 영화를 봤다. 우리말로 더빙한 미국 영화였던 걸로 기억한다. 하얗게 빛나는 텔레비전 화면에서는 머리가 이상한 한 남자가 의사와 경찰관들에게 짐승처럼 쫓기고 있었다.

그 남자는 정말로 이상했다.

미국 이곳저곳을 돌아다니며 카 라디오로 처음 들은 음악에 환희의 고함을 지르거나 습격당한 사람을 구하려고 뭔가에 씐 듯이 습격한 자를 때려죽이는가 하면, 제정신이 아닌 듯 뭔가를 두려워하며 벤치에서 자기 어금니를 뽑기도 했다.

줄거리는 전혀 이해가 가지 않았다. 깜박거리며 방을 밝히는 어수선한 화면을 쳐다보던 내가 이해한 것은 딱 하나뿐이었다. 그 절망적인 남자가 '플로리다키스'라는 곳에 가고 싶어 한다는 사실이었다.

플로리다키스.

남자가 한 번도 가본 적 없이 사진으로만 보았던 곳. 밝은 햇살로 가득하고 모두 행복해 보이는 그곳에 남자는 몹시 가고 싶어 했다.

남자는 사방을 돌아다니며 추격을 피한 끝에 마침내 플로리다키스행 비행기가 출발하는 공항에 도착한다. 하지만 온통 유리로 된 드넓은 로비에서 남자는 등에 총을 무수히 많이 맞고 쓰러진다. 플로리다키스로 가려던 남자는 매끈매끈하고 무미건조한 바닥에 밀림의 야수처럼 뜨거운 피를 철철 쏟더니 움직임을 멈추었다.

눈 색깔은 아마도 밝은 파란색. 웃으면 뺨에 깊은 주름이 생기고, 죽었을 때는 약간 놀란 듯한 표정을 짓고 있었다.

어째서인지 나는 지금도 그 남자의 얼굴을 어렴풋이 기억하고 있다.

I 장

역 앞 광장
2005년 3월 25일 금요일

앞으로 열흘
2005년 3월 26일 토요일

늙은 왕의 죽음
2005년 3월 27일 일요일

1
역 앞 광장—2005년 3월 25일 금요일

2005년 3월 25일, 금요일.

시게토 슈지는 진다이지 역 남쪽 출입구에 있는 역 앞 광장에서 분수를 둘러싼 돌의자에 앉아 아렌을 기다리고 있었다. 그 해 벚꽃은 일찍 펴서, 누가 보기에도 도쿄의 벚꽃은 사월까지 버티지 못할 것 같았다. 역 앞 광장 가장자리를 빙 두른 왕벚나무도 어느덧 희뿌옇게 만발하여 약속 장소인 분수 주위에는 하얀 꽃잎이 조금씩 흩날리고 있었다.

슈지는 파카 소매를 살짝 끌어당겨 투박한 G-Shock 손목시계를 들여다보았다. 액정 문자반에는 1시 55분이라고 표시되어 있었다. 약속 시간인 2시까지 앞으로 오 분 남았다.

이제 곧 아렌을 만날 수 있다.

아렌을 어디로 데려갈까.

슈지는 갈 곳을 미리 정하지 않고, 아렌을 만났을 때의 기분에 따라 정하기로 마음먹었다. 흔하지만 유원지도 괜찮고, 시부야 근방에서 놀다가 클럽에 가는 것도 좋다. 아렌이 원하는 곳이 있다면 거기라도 상관없다. 아렌과 함께라면 어디에 가도 즐거울 것 같았다.

슈지는 더이상 시간을 확인하지 않기로 했다. 사람을 기다리는 것이 즐겁다니 이게 얼마 만인가. 슈지는 흐뭇한 기분으로 역 앞 광장을 둘러보았다.

분수 주변에는 슈지말고 세 명이 더 있었다. 슈지 왼쪽 돌의자에는 머리를 뒤로 느슨하게 틀어 올리고 수수한 회색 정장을 입은 여자가 무릎에 두 손을 단정하게 올리고 앉아 있었다. 맞은편 돌의자에는 연지색 외출용 모자를 쓰고 알이 조그만 진주 목걸이를 한 노부인. 하나를 건너뛰고 그 맞은편 돌의자에는 얇은 점퍼를 입고 길이 잘 든 손가방을 끌어안은 상점 주인 풍모의 남자. 모두 누군가를 기다리는 얼굴로 역 개찰구 쪽을 바라보고 있었다.

여사원들이 사 들고 온 점심을 펼쳐놓고 재잘대던 점심시간도 지나 화창한 봄 햇살 아래의 광장에는 고요한 오후 한때가 찾아온다. 개찰구 근처의 군밤 노점에서 이따금 희미한 날갯소리처럼 오래된 팝송이 들려왔다.

아렌은 어제저녁에 갑자기 메일을 보냈다.

슈지는 하치오지의 건설 현장에서 하루 종일 지반에 콘크리트를 깐 후에 돌아가기 위해 십장과 동료 시모다와 함께 밴으로 향하던 길이었다. 차가 없는 슈지와 시모다는 늘 십장의 밴을 타고 현장에 나간다. 황혼녘 지는 해가 비추는 먼지투성이 비탈을 내려가 조성지 입구에 세워둔 밴에 다가갔을 때 슈지의 작업복 호주머니에서 항상 매너 모드로 해두는 휴대전화가 진동했다.

제목에 "보고 싶어"라고 적혀 있는 메일을 열자 "내일 오후 2시 진다이지 역 남쪽 출입구 역 앞 광장에서 아렌"이라고 적혀 있었다. 슈지는 그 자리에서 엄지손가락을 놀려 "갈게"라고 답장하고 십장에게 내일 쉬어도 되겠느냐고 물었다. 그때까지 신나게 오카쇼◆ 결과를 예상하던 십장과 시모다는 바로 말을 끊고 슈지를 돌아다보았다. 한순간 침묵이 흐른 후 십장이 진지한 얼굴로 물었다.

"누가 죽었냐?"

"아니요, 그런 게 아니라."

◆ 일본 중앙 경마 협회가 한신 경마장의 1600미터 잔디밭에서 시행하는 중앙 경마 경주.

"뭐야, 괜히 겁주지 마." 십장은 진심으로 안도한 듯한 표정으로 밴 트렁크 문을 힘껏 열고 안전모를 던져 넣었다.

십장이 놀라는 것도 무리는 아니었다. 슈지는 열일곱 살 가을에 이 일을 시작한 이후로 일 년 반 동안 일을 쉰 적이 없다. 뿐만 아니라 오본과 연말말고는 일요일이나 공휴일도 쉬지 않고 현장에 나와서 다음 작업 순서를 머리에 새겨넣었다. 사람손이 부족한 작은 건설 회사에서는 빨리 일을 익히지 않으면 현장에서 다치거나 남을 다치게 하거나 둘 중 하나임을 알고 있었기 때문이기도 하지만, 무엇보다 지금의 슈지 입장에서는 쉬지 않고 몸을 움직여야 마음이 편하기 때문이다.

"알았다. 쉬어야겠다니 여자구나, 여자."

밴 뒤편에 걸터앉은 시모다가 마치 눈앞에 절세미녀가 강림하기라도 한 것처럼 기쁜 목소리를 내질렀다.

"그래. 여자."

슈지는 도 아니면 모라는 식으로 짤막하게 대답하고 십장을 쳐다보았다. 내일은 콘크리트를 말리느라 작업을 하루 쉰다는 기대감도 있었다.

"다녀와."

이러쿵저러쿵 질질 끌지 않고 결론을 말하는 십장의 성격이 마음에 들었기 때문에 슈지는 그후 마지못해 함께 간 술집에서 문 닫을 때가 되어 나온 다시마차의 마지막 한 방울을 비울 때까지 십장만이 알고 있다는 여자를 뿅가게 하는 비법을 순순히 들었다. 슈지는 이미 여자의 몸을 알고 있었지만 십장의 '말도 안 되는 이야기'를 얌전히 맞장구치며 듣는 정도의 예의는 갖추고 있었다. 평소에 선배를 자칭하는 스무 살 먹은 시모다가 어떤 여자냐고 끈덕지게 물었지만 이 질문에는 끝까지 얼버무리며 대답하지 않았다.

실은 대답하고 싶어도 슈지는 아렌에 대해 아는 것이 거의 없었다. 슈지가 아렌을 만난 것은 딱 한 번이고 이야기도 고작 이삼 분밖에 나누지 않았다. 기억나는 것은 차례차례 표정이 변하는 커다란 갈색 눈동자와 예쁘게 네일아트를 한 손톱 정도였다.

아렌은 물고기처럼 매끄럽게 사람들 사이를 누비며 다가와서 슈지의 메일 주소를 물었다. 주소를 가르쳐주고 잠시 이야기를 나누었지만 가게 음악이 시끄러워서 서로 말을 거의 알아듣지 못했다. 아렌은 슈지의 귓가에 대고 큰 목소리로 "다음에 봐"라고 말하더니 나타났을 때와 마찬가지로 순식간에 어두운 플로어의 사람들 사이로 사라졌다. 단지 그뿐, 여느 여자애들처럼 내용이 없는 메일을 보내 자신의 주소를 알려주지도 않았다.

슈지는 왠지 모르게 아렌이 잊히지 않았다. 그래서 메일이 왔을 때는 솔직히 말해 기뻤다.

내일 오후 2시 진다이지 역 남쪽 출입구 역 앞 광장에서 아렌.

첫 메일치고는 가벼운 인사말도 생략했고, 여자애들이 즐겨 쓰는 이모티콘도 없었다. 달랑 용건뿐인 짧은 메일이 조금 당황스러웠지만 그게 아렌이 평소 메일을 보내는 방식인지도 모른다. 이쪽은 아직 아렌에 관해 아는 게 하나도 없으니까.

자전거의 날카로운 브레이크 소리에 슈지는 제정신을 차리고 고개를 들었다.

청바지를 입고 캔버스 토트백을 끌어안은 여대생이 광장 입구에 자전거를 세우고 손목시계를 들여다보며 총총히 달려왔다. 슈지도 반사적으로 시계를 쳐다보았다.

2시 8분.

어느 틈엔가 약속 시간이 지났다.

여대생은 누군가를 찾는 듯이 주변을 둘러보더니 한숨 돌린 표정으로 상점 주인 풍모의 남자 대각선 맞은편으로 갔다. 그리고 분수대 테두리에 앉아 밝은 녹색 휴대전화를 펼치고 재빨리 메일을 보내기 시작했다.

모든 것이 일변한 것은 그 직후였다.

어딘가에서 모래주머니를 떨어뜨린 것 같은 둔중한 소리가 났다. 쳐다보니 상점 주인 풍모의 남자가 몹시 놀란 얼굴로 돌의자에서 몸을 일으킨 참이었다. 남자는 어중간하게 선 채 분수 쪽으로 한두 발짝 걸어가다가 느닷없이 풀썩 쓰러졌다. 상반신이 천천히 기울더니 이마가 벗어져 시원한 머리를 돌로 된 분수대 테두리에 망치처럼 퍽 찧었다.

여대생이 그제야 성가시다는 얼굴로 휴대전화에서 눈을 들었다. 분수대 테두리에 머리를 찧은 남자는 태엽이 다 풀린 인형처럼 미동도 하지 않았다. 얇은 점퍼 등 부분에 순식간에 시커먼 핏자국이 번져나갔다.

무슨 일이 일어났는지 짐작도 가지 않았다.

어느 틈엔가 남자가 앉아 있던 돌의자 뒤에 괴상한 뭔가가 서 있었다.

머리 전체를 폭 감싸는 검정색 헬멧을 쓰고, 깃을 세운 검정색 에나멜 롱코트에 검정색 에나멜 장갑 그리고 검정색 에나멜 부츠 차림을 하고 있었다.

다스베이더…….

그것이 슈지의 머리에 처음으로 떠오른 말이었다. 화창한 봄의 한낮, 벚꽃이 흐드러지게 만개한 역 앞 광장에 다스베이더가 피에 젖은 회칼을 들고 서 있었다. 어떻게 보아도 상식에 어긋난 그 광경은 저예산 예능 프로그램 같기도 했고, 누가 웃음을 터뜨리면 순식간에 농담으로 바뀌는 꼴사나운 장난 같기도 했다. 하지만 방송국 스태프는 어디서도 나타나지 않았고 웃는 사람도 없었다. 당황한 사람들의 시선이 집중된 가운데 회칼 끝에 맺힌 선혈이 땅으로 천천히 뚝뚝 떨어졌다.

여대생 손에서 휴대전화가 툭 떨어져 내렸다. 다리를 들어 돌의자를 넘은 다스베이더는 왼손으로 여대생의 어깨를 꽉 잡고 몸을 끌어당기는 것과 동시에 오른손의 회칼을 내밀었다. 여대생은 어린아이처럼 휘둥그레진 눈으로 다스베이더의 얼굴을 쳐다보았다. 하지만 윤기가 도는 검정색 안면 보호창에는 여대생의 놀란 얼굴이 반사되었을 뿐이다. 하얀 셔츠재킷의 가슴께에 자루만 보일 만큼 회칼이 깊숙이 박힌 여대생은 뒤로 자빠져 물보라를 일으키며 분수에 풍덩 빠졌다.

검정색 장갑을 낀 손이 언제 새 회칼을 꺼냈는지도 알아차리지 못했다. 묵직한 부츠 뒷굽에 밟혀 여대생의 휴대전화가 부서지는 것과 거의 동시에 새 회칼이 노부인의 목을 한일자로 쫙 갈랐다. 노부인의 진주 목걸이가 피보라를 뒤쫓듯이 주변으로 흩어졌다.

머리를 틀어 올린 여자가 헤엄치듯이 슈지 쪽으로 양팔을 뻗었다. 겁에 질려 소리도 지르지 못하고 도움을 청해 달려드는 여자에게 슈지가 반사적으로 손을 내민 순간, 눈앞에서 여자의 몸이 이상한 형태로 휘었다. 검정색 장갑을 낀 손이 여자의 머리카락을 움켜쥐고 있었다. 뒤로 젖혀진 여자의 가느다란 목에서 무시무시한 비명이 새어 나왔다. 여자 뒤쪽으로 번뜩이는 회칼이 보였다.

머릿속에서 뭔가가 폭발한 슈지는 자신이 어떻게 움직였는지도 모를 지경이었다. 정신을 차려보니 마구잡이로 덤벼들어 다스베이더를 넘어뜨리고 몸싸움을 벌이고 있었다.

그놈은 지금까지 슈지가 알고 있던, 칼을 지니고 싶어 하는 인간과는 완전히 달랐다. 칼을 드는 인간은 대개 힘도 약하고 머리도 좋지 않다. 그래서 칼로 자신을 지키려고 한다. 하지만 다스베이더는 마치 강철로 만든 용수철처럼 강인했다.

슈지는 왼쪽 턱을 세게 얻어맞고 분수대 테두리에 어깨를 부딪혔다. 여자는 이미 등에 회칼이 꽂힌 채 땅에 엎어져 있었다. 시야 가장자리로 검정색 장갑을 낀 손이 코트 호주머니에서 칼집에 든 새 회칼을 꺼내는 모습이 들어왔다.

죽는다.

슈지는 안간힘을 다해 주변을 둘러보았다. 상점 주인 풍모의 남자가 앉아 있던 돌의자 옆에 갈색 오로나민C 빈병이 있었다. 조그마한 갈색 영양드링크병은 텔레비전이나 영화에서 자주 사용되는 맥주병보다 몇 배나 위력이 강하다. 저것이라면 안면 보호창을 깨뜨릴 수 있다. 슈지는 다스베이더가 칼집에서 회칼을 뽑기 전에 조그마한 갈색 병을 향해 냅다 달려갔다.

다스베이더 옆을 빠져나갈 때 억누른 남자의 목소리가 들리는가 싶더니 왼쪽 옆구리가 화끈 뜨거워졌다. 칼을 맞은 것을 알았지만 머뭇거릴 여유는 없었다. 슈지는 몸을 날려 돌의자 옆에 있던 갈색 영양드링크병을 잡았다.

몸을 돌린 순간 오른쪽 관자놀이를 얻어맞아 눈에서 불꽃이 튀었다. 갑자기 땅이 스펀지로 변한 것처럼 다리가 꼬이는 바람에 슈지는 그대로 옆으로 쓰러져 분수에 처박혔다.

눈을 뜬 채로 의식이 멀어져갔다. 물속인데도 신기하게 숨은 막히지 않았다. 밝은 물속에서 여대생의 머리카락이 강바닥의 수초처럼 하늘하늘 흔들리고 있었다. 별안간 두 발목을 잡혀 분수 가장자리로 끌려가는 느낌이 들었다. 슈지는 눈을 살짝 움직여 물속에서 하늘을 올려다보았다.

이 세상의 것이라고는 믿기지 않을 만큼 파랗게 빛나는 하늘이 보였다.

플로리다키스다.

의식이 사라져가는 가운데 슈지의 머릿속에 하늘의 계시처럼 그런 말이 떠올랐다.

플로리다키스는 이 세상에 없다. 그러므로 공항에서 총에 맞아 죽은 그 남자는 이 세상에서 사라지는 수밖에 없었다.

빛나는 하늘을 배경으로 분수대 테두리에 몸을 웅크리고 앉은 다스베이더가 회칼을 쳐들었다.

번쩍이는 햇빛을 날카롭게 튕겨내는 은백색 칼날이 슈지의 눈에 비쳤다.

그날 비번이었던 관할서 형사 소마 료스케는 무차별 칼부림 사건이 일어났다는 연락을 듣고 사건이 발생한 지 이십 분이 지나서야 현장으로 달려갔다.

역 앞에는 이미 몇 대나 되는 경찰차가 멈춰 있었고, 출입 금지 테이프 주위에는 심상치 않은 사이렌 소리에 놀라 몰려든 구경꾼들이 인산인해를 이루고 있었다. 샌들을 신은 채 슬롯머신 게임센터에서 몰려온 남자들, 역 앞 거리의 가게에서 일하는 점원들, 장을 보고 돌아가는 주부들과 학생 같은 젊은이들, 모두가 자신의 생활권에서 벌어진 믿기지 않는 흉악한 사건에 몸서리를 치면서도 자신이 말려들지 않았다는 행운에 감사하며 흥분을 감추지 못했다.

"나, 오전에 여기 지나갔어." 비명에 가까운 목소리로 이야기를 나누는 주부들. 휴대전화를 붙들고 "엄청나, 피라고 피!" 하며 목청을 높여 실황을 중계하는 젊은이. 개중에는 머리 위로 휴대전화를 치켜들고 밀치락달치락하며 사진을 찍는 사람도 있었다.

소마가 구경꾼들을 헤치고 테이프 안쪽으로 들어가보니 분수대 주변은 말 그대로 피바다였다. 분수대 테두리에 회칼 한 자루가 떨어져 있었고, 여기저기에 피해자의 소지품이 어지러이 널려 있었다. 주인의 피에 흠뻑 젖은 작은 펠트 외출 모자와 바인더가 든 토트백에서 조금 전까지만 해도 당연하게 일상을 보내던 노부인과 여대생의 모습이 연상되어 소마는 이렇게 참혹한 짓을 저지른 범죄자에게 언제나처럼 구역질이 날 만큼 분노를 느꼈다.

"세상이 정말 미쳐 돌아간다니까."

비닐 신발 커버로 신발을 감싼 감식반원 쓰노다가 사뿐사뿐 자리를 옮겨 회칼 사진을 찍으며 소마에게 말을 걸었다.

"갑자기 회칼을 들고 나타나서 광장에 있던 사람들을 닥치는 대로 찔렀다지 뭐야. 피해자들은 병원에 실려갔다는데 상황이 이래서야."

소마가 보기에도 피해자들이 살아날 가망성은 없을 듯했다. 사용된 칼은 아마도 두 자루나 세 자루, 범인은 상당한 양의 피를 뒤집어썼을 것이다.

"어이, 거기! 플래시 터뜨리지 말아요!"

쓰노다가 구경꾼에게 성난 목소리로 고함을 질렀다. 구경꾼들 제일 앞줄에서 젊은 남자가 감식반과 자신의 모습을 함께 휴대전화 카메라에 담으려고 비스듬한 자세로 낑낑대고 있었다. 소마는 한 방 먹여줄까 보다, 라는 눈으로 그 남자에게 으름장을 놓고 서둘러 광장 입구에 있는 형사부장 요시마쓰에게 달려갔다.

범인은 지금도 도주중이다. 사건 발생 직후에 역과 주요 도로에 인원을 긴급 배치했지만 아직까지 목격 정보는 없었다. 소마는 이미 수색을 하러 흩어진 동료 형사들을 쫓아 한시라도 빨리 움직이고 싶었다.

"범인의 인상착의는 무선으로 연락한 것과 동일해. 자네 담당은 광장 밖 역 앞 거리 동쪽 두 구획이라는군."

'이라는군'에 힘을 줌으로써 요시마쓰는 자신의 명령이 아님을 강조했다.

벌레라도 씹은 듯 못마땅한 표정의 요시마쓰 옆에서 기동 수사대원이 지도를 펼쳤다. 강력 사건의 초동수사는 관할이 아니라 본청의 기동 수사대가 맡는다. 거한인 요시마쓰는 자기 부하를 마음대로 부릴 수 없다는 울분을 꾹꾹 누르고 빨리 가라는 듯이 소마에게 턱짓을 했다. 사건이 발생한 지 이십 분, 소마도 요시마쓰도 범인이 그런 곳에서 어정거리고 있으리라고는 생각지 않았다. 늦게 온 녀석은 요 부근에서 범인이 흘리고 간 물건이라도 찾으라는 뜻이다.

소마는 잠자코 고개를 끄덕이고 지시받은 구획으로 향했다.

그렇다면 범인의 유류품을 찾아내면 그만이다.

사건이 일어난 진다이지 역은 신주쿠에서 민영 철도 특급 전철로 십오 분 정도 걸리는 비교적 옛 동네에 있다. 남쪽 출입구의 역 앞 광장 주변에는 술집과 게임센터가 입점한 추레한 잡거빌딩이 늘어서 있고, 광장을 빠져나와 역에서 수직으로 뻗은 역 앞 거리는 옛날부터 자리를 지켜온 작은 점포와 슈퍼, 패스트푸드 체인점 등이 혼재하는 중심가다.

소마는 범인이 달아난 후 목격 정보가 없는 것은 범인이 역 주변 어딘가에서 피를 뒤집어쓴 에나멜 코트와 장갑, 헬멧을 벗었기 때문이 아닐까 추측했다. 에나멜이라면 잔뜩 뒤집어쓴 피가 스며들지 않는다. 벗어버리면 속에 입은 옷은 깨끗하니까 남에게 의심받을 걱정이 없다. 범인은 태연한 얼굴로 사람들 틈에 섞여들어 점점 멀리 달아나고 있는 것 아닐까.

사건이 발생한 지 삼십 분이 지났다. 소마는 사람 눈이 잘 닿지 않는 점포 사이의 골목을 차례차례 뒤졌다. 무전기 이어폰에서 들려오는 동료들의 목소리에서 한결같이 초조함이 묻어났다.

무차별 칼부림 사건은 범인이 일단 현장에서 무사히 빠져나가고 나면 미해결로 끝나는 경우가 적지 않다. 피해자와 범인에게 접점이 없기 때문에 보통 살인 사건처럼 동기로 피의자를 가려낼 수 없기 때문이다. 설령 현장에 범인의 지문과 머리카락이 산더미처럼 많이 남아 있어도 범인에게 전과가 없는 한 체포로 이어지기는 힘들다. 현장에서 발견된 발자국이나 섬유 조직으로 범인의 신발이나 옷이 뭔지 밝혀져도 어지간히 특수한 것이 아닌 이상 대량 판매된 제품의 바다에 휩쓸릴 테니 범인에게 다다르기는 불가능하다. 더구나 골치 아프게도 이번에는 헬멧을 쓴 범인의 맨 얼굴을 본 사람이 아무도 없다. 범인의 대략적인 나이와 국적조차 불분명하다. 초동수사에서 놓치면 이 사건은 십중팔구 미궁에 빠진다. 소마는 발등에 불이 떨어진 심정으로 골목길을 뛰면서 역 앞 거리를 둘러보았다.

그때 이어폰에서 날카로운 목소리가 들렸다.

"범인 신병 확보! 신병 확보!"

저도 모르게 숨을 삼킨 소마는 반사적으로 이어폰을 손가락으로 눌렀다.

도대체 어디에 있었지.

"역 앞 서쪽, 거무스름한 잡거빌딩 6층, 공용 화장실!"

소마는 흠칫 놀라 길 건너편을 올려다보았다. 그야말로 엎어지면 코 닿을 곳에 거무스름한 잡거빌딩이 솟아 있었다. 범인은 범행 후에 제대로 달아날 생각도 않고 구경꾼들의 목소리마저 들릴 법한 저 빌딩 공용 화장실에 있었다는 말이다. 소마는 믿기지 않는 기분으로 바로 가드레일을 뛰어넘어 그 빌딩으로 달려갔다.

여당 사카시타파派 간부 이소베 미쓰타다를 태운 검은색 토요타 센추리는 무로마치 4가 교차로를 지나 니혼바시 부근으로 접어들었다. 후원회 회장들과 점심 식사를 한 후 혼고의 이발소에서 머리를 다듬고 오후 회합에 참석하기 위해 나가타 정의 당 본부로 향하는 길이었다. 사설 비서 핫토리 히로유키가 관리하는 이소베의 스케줄은 평상시와 마찬가지로 무탈하게 흘러가고 있었다.

시트에 편안하게 몸을 맡긴 이소베는 두 무릎에 손을 얹고 조각상처럼 가만히 눈을 감고 있었다. 막 면도를 마친 뺨에서 로션의 베르가모트 향기가 희미하게 풍겼고, 엔진 소리가 거의 나지 않는 차 안에는 이소베의 깊고 평온한 숨소리만이 들렸다.

이소베는 1962년 중의원 선거에서 처음으로 당선된 후, 보건부 정무차관을 거쳐 보건부 장관으로 내각에 첫발을 내디뎠다. 그 뒤로 보건부에 큰 영향력을 미치는 한편으로 파벌 간의 조정에 수완을 발휘하여 90년대 이후로는 당 총무회장, 국회대책위원장을 역임했다. 최근은 신진 세력의 대두로 예전만 한 위세는 아니지만, 당내 인사 결정권을 쥔 중진의 한 사람으로 지금까지도 은밀한 힘을 유지하고 있다.

한편 옆에 앉은 사설 비서 핫토리 히로유키는 삼십 대의 젊은 나이지만 자타가 공인하는 이소베의 심복이다. 요정, 골프장, 호텔 스위트룸, 이소베가 비밀스러운 모임을 갖는 장소에는 반드시 핫토리가 있었다.

여느 때처럼 한 치의 흐트러짐도 없이 스리피스 양복으로 몸을 감싼 핫토리는 머릿속으로 주말 일정을 되새겼다. 매년 이맘때의 주말 일정은 후원회와의 꽃구경으로 빽빽하다. 따라서 이동은 분 단위다. 특히 올해는 여름 선거를 염두에 두고 이미 자금 확보도 시작했기 때문에 일정은 다망하기 이를 데 없었다.

일찍이 유래가 없을 만큼 국민적인 인기를 누리는 현 총리는 공기업 민영화를 둘러싸고 올여름에 중의원을 해산하고 총선거를 시행할 것이다. 대놓고 입에 담는 사람은 없지만 당 본부에 드나드는 사람들 대부분이 피부로 느끼고 있었다. 물론 핫토리는 반석 같은 지반을 지닌 이소베가 선거를 어떻게 치를지에 관해서는 아무 걱정도 하지 않았다. 핫토리는 오히려 이소베의 현재 상황이 위기로 느껴졌다. 그리고 그 위기는 핫토리의 일정 수첩에 절박한 마감 기한으로 기록되어 있었다. 하루 또 하루 마감 기한은 계속 다가왔다.

그렇다, 앞으로 열흘.

신호가 빨간불로 바뀌자 차가 부드럽게 멈췄다. 핫토리는 머릿속의 일정 수첩을 덮고 창밖으로 눈을 돌렸다. 벚꽃이 피는 시기답게 길거리를 오가는 사람들의 밝은 옷차림에서도 봄기운이 느껴졌다.

핫토리는 기분이라도 전환할 겸 세련된 산호색 하오리◆를 입은 여자에게 눈길을 멈췄다. 여자는 중년 남자와 어깨를 나란히 하고 웃으며 걸어갔다. 연둣빛 바탕에 가느다란 검은색과 은색 세로줄무늬가 들어간 옷감과 두꺼운 비단으로 만든 검은색 띠는 물론이고, 걸을 때마다 뒤집어져서 발치에 살짝 드러나는 안감을 하오리와 같은 산호색으로 맞춘 점에서 화류계 여자 특유의 섬세함이 느껴졌다. 입가를 뽀얀 손으로 가리고 웃어서 얼굴은 잘 보이지 않았지만, 목과 어깨를 움직여가며 과하게 아양을 떠는 모습으로 보건대 얼굴 생김새는 평범하고 감추어둔 성깔도 보통이 아닌 여자로 남자가 싫증을 내기 시작한

◆ 일본 전통 옷 위에 입는 짧은 겉옷.

관계라고 핫토리는 추측했다. 멍하니 애드벌룬을 올려다보는 남자의 얼굴에는 이제 새 여자를 찾고 싶다고 씌어 있었다.

교토의 포줏집이 생가인 핫토리는 나이에 어울리지 않게 여자와 찻종을 보는 눈이 탁월했다. 이소베에게 배워서 그렇다고 하면 할말은 없지만, 핫토리는 날 때부터 눈요깃감을 즐기는 성향이 있었다.

신호가 파란불로 바뀌자 차들이 움직이기 시작했다. 핫토리는 기분 전환을 마치고 생각에 잠겼다.

딱한 화류계 여자가 남자에게 차이는 것보다 빨리 이소베의 발치에 날아든 불똥을 털어내야 한다. '사사키 구니오'라는 인물이 날려보낸 짜증스럽기 짝이 없는 불똥을.

앞으로 열흘.

열흘 안에 털어내지 못하면 불똥은 큰불로 변해 이소베의 모든 것을 불사를 것이다.

정치가 경력이 재와 먼지로 돌아가면 이소베 미쓰타다의 정치 생명은 완전히 끝이다. 물론 그런 일은 일어나지 않을 테고 일어나서도 안 된다. 빨리 불똥을 털어내기 위해 이미 손을 써두었다. 그렇지만…….

"저 사자는 운이 좋아."

갑자기 이소베의 목소리가 들렸다.

"무슨 말씀이신지?"

쳐다보자 어느덧 눈을 뜬 이소베가 길 건너편을 바라보고 있었다. 이소베의 시선 끝에 유서 깊기로 일본에서 손꼽히는 백화점의 정문을 장식한 사자상이 있었다.

"전쟁 때 금속을 모으라는 명령이 내려와 저 청동 사자상이 해군에 공출됐지. 그런데 어찌된 영문인지 운 좋게도 녹여지지 않고 멀쩡하게 남아 있었단 말이야. 전쟁이 끝난 후 어느 신사에 모셔져 있던 걸 발견해 저기에 되돌려놓았어. 전쟁이 끝나고 그 이듬해, 이 부근을 점령군이 활보하던 무렵의 일이야."

마치 얼마 전에 있었던 이야기를 하는 듯한 이소베의 말투에 핫토리는 평소처럼 빈정거리는 웃음으로 답했다.

"의원님 말씀대로 따지자면 제 어머니는 아프레게르◆입니다."

"아주 오래된 말을 아는군그래."

이소베의 깊은 주름 속에 감춰진 눈에 웃음이 살짝 감돌았다.

이소베는 결코 '운'에 의존하는 인간이 아니다. 일이든 사생활이든. 정치가로서는 보기 드문 이소베의 그 기질을 핫토리는 충분히 잘 알고 있었다.

◆ 전후파, 전후 세대를 가리키는 프랑스어.

어느 틈엔가 이소베는 다시 조각상처럼 눈을 감고 있었다.

핫토리도 잠깐 휴식을 취하고자 시트에 등과 머리를 기대고 눈을 감았다. 눈꺼풀 안쪽의 옅은 회색 어둠 속에서 진하고 연한 어둠의 줄무늬가 부드러운 유약처럼 꿈틀거렸다. 일정한 모양이 없는 줄무늬를 쳐다보고 있자니 머릿속 깊은 곳에 몸을 사리고 있던 한 가지 의혹이 다시 고개를 쳐들었다.

사사키 구니오라는 인물은 아직 살아 있는 것 아닐까.

공용 화장실의 지린내가 풍기는 타일 위에 인상착의와 똑같이 괴이한 검정 일색 차림을 한 범인이 큰대자로 드러누워 있었다. 관할서 형사 가와다가 범인의 몸에 올라타고 앉아 갈비뼈를 부러뜨릴 듯한 기세로 심장 마사지를 하고 있었다. 소마는 본능적으로 주변을 둘러보았다. 벽 앞에 놓인 빈 양동이 옆에 작은 주사기가 떨어져 있었다.

"뽕을 맞았나……."

소마의 목소리에 범인을 내려다보고 있던 관할서 형사 니무라가 짜증난다는 표정으로 고개를 들었다.

"보면 알잖아."

소마는 범인 옆에 쪼그리고 앉았다. 역 앞 광장에서 참혹한 살육극을 벌였음을 증명하듯 에나멜 코트에는 엄청난 양의 피가 묻어 있었다. 코트 왼쪽 소매를 걷어올리자 아니나 다를까 팔꿈치 안쪽에 주삿바늘 자국이 여러 개였고, 개중에 새것으로 보이는 한 군데에는 피딱지가 앉아 있었다. 피가 말라붙은 상태로 보아 마지막으로 필로폰을 맞고 난 지 삼십 분에서 한 시간쯤 지났다. 어떻게 보아도 그 이상은 아니었다.

"멋대로 손대지 마, 소마."

가와다가 곰보 얼굴을 찡그리며 먹잇감을 빼앗기지 않으려는 맹수처럼 으르댔다.

소마는 대꾸하지 않고 범인의 얼굴을 들여다보았다. 이십 대 후반쯤 된 젊은 남자였다. 넋이 나간 것처럼 입을 떡 벌리고 천장을 응시하고 있었지만, 창백한 피부는 식은땀으로 축축하게 젖었고 동공은 이미 확장될 대로 확장된 상태였다. 병원에 싣고 가도 가망은 없어 보였다.

이 검은 유리구슬 같은 눈은 도대체 어떤 인생을 보아왔을까. 도대체 어떤 인생이 이 남자를 그런 피비린내 나는 범행으로 몰아넣었을까.

소마는 죽음을 맞이하는 순간까지 자신의 뇌가 만들어낸 환영을 보고 있었을 남자의 얼굴을 쳐다보았다.

자세히 보자 남자의 왼쪽 콧구멍에 하얀 가루가 약간 묻어 있었다. 소마는 일어서서 검은색 헬멧이 내팽개쳐져 있는 세면대로 다가갔다. 헬멧 속에 처박아둔 검은색 장갑 위에 하얀 가루가 희미하게 흩어져 있었고, 친절하게도 세면대에는 짧게 잘라 헤로인을 코로 들이마시는 데 사용한 빨대까지 떨어져 있었다. 게다가 세면대 옆 쓰레기통에는 새것으로 보이는 빈 회칼 포장 박스 세 개가 튀어나와 있었다.

"네가 무슨 생각하는지는 나도 알아."

니무라가 어슬렁어슬렁 다가왔다.

"이 자식은 여기서 뽕을 맞고 완전히 뽕간 기분으로 회칼을 들고 역 앞 광장으로 들어갔어. 그리고 광장에 있던 사람들을 닥치는 대로 찌른 후 다시 돌아와서 한 번 더 한 거지. 이번에는 헤로인을 말이야. 덕분에 이 꼬라지가 된 거고. 그야말로 천국을 맛보는 기분으로 저세상으로 갔을 거야. 약에 절은 놈으로서는 최고의 죽음을 맞이한 셈이지."

필로폰과 헤로인이라는 마약의 특성을 따져보니 소마가 생각하기에도 그런 결론밖에 나오지 않았다. 필로폰은 정신을 고양시키는, 이른바 흥분제 계열의 마약으로 한 대 맞으면 동공이 확장되고 호흡, 심박수, 혈압은 급상승한다. 그리고 초인이라도 된 것 같은 기분으로 광기의 고속도로를 질주한다. 반대로 헤로인은 이완과 억제 효과를 지닌 이른바 진정제 계열의 마약으로 사람을 도취시키고 아편처럼 환각을 보여준다. 범인은 필로폰을 맞고 광장에서 마구 날뛴 뒤 헤로인을 흡입해 심장에 이상이 생겼다. 흥분제 계열과 진정제 계열 마약을 섞어 쓰면 심장에 극도로 부담이 가기 때문에 생명을 잃는 경우도 있다.

잡거빌딩 앞에는 매스컴 관계자들이 우르르 몰려와 있었다.

소마를 비롯한 관할서 형사들이 있는 힘을 다해 벽처럼 둘러싼 사람들을 밀어내는 가운데 범인은 쏟아지는 카메라 세례를 받으며 구급차에 실렸다. 사건이 발생한 지 삼십팔 분. 준현행범 체포였다.

"뒈질 거면 사람을 죽이기 전에 뒈지든가."

요시마쓰가 달려가는 구급차를 바라보며 내뱉듯이 말했다.

범인은 무고한 사람들을 무차별로 살해했지만, 약으로 맛이 간 상태에서 죽었으니 죗값을 치르지 않는다. 수많은 형사들이 뱃속 깊은 곳에 불발탄 같은 분노를 품은 채 느릿느릿 경찰차로 향했다. 피의자가 사망한 상태로 서에서는 저녁에 수사 회의가 열린다.

어느새 방송국 리포터들이 마이크를 들고 광장 여기저기를 돌아다녔고, 구경꾼들은 계속해서 늘어나 차도까지 넘쳐났다. 경찰차조차 경적을 몇 번이나 울리지 않으면 쉽사리 빠져나갈 수 없을 만큼, 평소 한적했던 광장은 마치 축제라도 열린 것처럼 어수선했다.

여느 때라면 이 시간에 광장은 개찰구 옆에서 군밤을 파는 노점상의 라디오 소리가 들릴 만큼 조용하고 한산하다. 소마는 파출소에 근무할 때 비둘기 모이를 든 노인이 돌의자에 앉아 조는 모습을 자주 보았다. 말 상대가 그리워서 왔겠지만, 평일 한낮에 광장 의자에 할 일 없이 앉아 있는 사람은 그리 많지 않기에 대개 노인은 비둘기에게 모이를 준 다음 햇볕을 쬐며 꾸벅꾸벅 졸았다.

소마는 문득 이상한 위화감을 느꼈다.

왜 이 광장이었을까.

범인은 회칼을 미리 세 자루나 구입해두었다. 사람을 죽이겠다고 단단히 마음먹었다고 보아도 무방하다. 그렇다면 어째서 사람이 더 많은 곳을 선택하지 않았을까. 회칼을 슬쩍 휘두르기만 해도 사람을 쓸어버릴 수 있을 만큼 혼잡한 곳이 도쿄에는 얼마든지 있다. 그런데 범인은 왜 이런 한산한 광장에 왔을까.

"소마!"

굵고 탁한 목소리에 고개를 돌리자 순찰차 창문으로 요시마쓰가 고개를 내밀고 있었다. 소마는 머리를 스친 의문을 지우고 순찰차로 다가갔다. 벌건 대낮에 닥치는 대로 칼을 휘두른 약물중독자의 행동을 꼬치꼬치 따지고 든들 수긍이 가는 결론이 나올 리 만무하다.

"소마, 자네는 후지미 의대 병원으로 가봐."

후지미 의대 병원은 피해자들이 실려간 곳이지만 유족에게 사법 부검 승낙을 얻기 위해 이미 관할서 사람이 갔을 것이다. 이제 와서 뭘 하러 가라는 말인가.

요시마쓰는 터질 듯이 퉁퉁한 배에 안전벨트를 하면서 말했다.

"피해자 중에 살아남은 사람이 있어."

소마는 깜짝 놀랐다. 피해자든 범인이든 무차별 칼부림 사건에 관련된 사람은 죄다 죽은 줄만 알았기 때문이다.

요시마쓰는 범인이 이미 체포되어서 그런지 큰 흥미 없다는 듯이 덧붙여 말했다.

"뭐, 순식간에 벌어진 일이라 아무 기억도 안 나겠지만 말을 할 수 있는 상태거든 이야기를 한번 들어봐."

"하지만 수사 회의는……."

소마는 무심코 되물었다.

차로 향하던 형사들이 소리를 질렀다.

"너 같은 놈은 빠져도 아무 문제 없어."

"가는 김에 병원에서 네 대가리도 한번 검사해봐."

형사들은 범인을 살려서 검거하지 못한 불만을 소마에게 쏟아내듯이 한층 크게 껄껄 웃으며 지나갔다.

그들은 소마를 조직의 일원으로 인정하지 않는다. 이유는 소마도 잘 안다. 요시마쓰는 아무 말도 못 들었다는 듯이 턱짓으로 빨리 가라고 재촉했다.

"쩝, 미안하지만 가보게."

어정쩡한 일에는 어정쩡한 인원을 배치하는 것이 제일 무난한 법이다.

소마는 언제나 그러듯이 잠자코 고개를 끄덕이고 자기 차에 올라탔다.

범인이 체포되었음을 알리는 리포터 뒤에서 한덩어리로 뭉친 중학생들이 뭐가 그리 즐거운지 손가락으로 브이 자를 그리며 펄쩍펄쩍 뛰고 있었다. 소마는 이 사건에서 살아남은 사람이 한 명이라도 있는 것이 다행이라 생각하며 경적을 울리는 것과 동시에 진회색 해리어를 출발시켰다.

야마시나 사키코는 가슴이 써늘해지는 심정으로 병원 현관 앞에 눈길을 주었다. 커다란 벚나무가 서 있는 차 돌리는 곳에 차례차례 방송국 차량이 도착해 매스컴 관계자들이 촬영 기재를 내려놓았다. 삼십 분쯤 전에 사이렌을 울리며 잇달아 병원에 도착한 구급차는 역시 무차별 칼부림 사건의 피해자들을 싣고 왔음이 틀림없다. 저 촬영 기재는 병원으로 달려올 피해자들의 가족을 찍기 위해 준비한 것이다. 사키코는 무서운 사건에 말려든 피해자와 그들의 가족이 안쓰럽기 그지없었다. 그저 그 자리에 있었다는 이유만으로 사람이 살해당하다니 말도 안 된다.

후지미 의대 병원의 외래 진료는 오후 2시 반에 끝난다. 사키코는 두 살배기 아들 쓰바사를 무릎에 올려놓고 처방전이 나오기를 기다리고 있었다. 정연하게 줄지은 긴 의자에는 병원비 계산과 처방전을 기다리는 외래 환자가 몇몇 남아 있을 뿐이다. 휑뎅그렁한 로비에 비치된 텔레비전에서 사건을 전하는 리포터의 목소리가 크게 울려 퍼졌지만 화면을 열심히 들여다보는 사람은 근처 벽에 기대어 서 있는 젊은 남자밖에 없었다. 아까 제복을 입은 여자 경찰관과 이야기를 나눈 것으로 보아 반물색 양복을 입은 젊은 남자는 아마도 형사일 것이다.

텔레비전에 관심이 없는 아들 쓰바사는 오버후드를 깊숙이 눌러 쓴 채 양 손가락을 꼬물대며 신나게 〈다섯 손가락 가족〉을 부르고 있었다. 웃웃, 이라는 소리밖에 나지 않지만 제딴은 노래를 하느라 열심인 쓰바사는 기분이 좋은 듯했다. 사키코는 후드 위로 쓰바사의 머리를 살짝 쓰다듬었다.

해거름을 앞두고 문밖에 바람이 불기 시작한 듯 방송국 스태프들의 점퍼가 살짝 펄럭이는 것이 보였다. 스태프들은 담배에 불을 붙이거나 캔커피를 따서 마시면서 저마다 피사체가 나타나기를 기다리고 있었다. 다부진 남자들이 어깨에 짊어진 촬영기재를 보자 사키코는 작년 가을 난생처음으로 방송국 카메라 앞에 선 날이 떠올랐다.

사키코는 고심하고 또 고심한 끝에 다큐멘터리 방송에 출연하기로 결단을 내렸다. 얼굴과 실명을 공개하고 텔레비전에 나오면 어떻게 될지 상상이 가지 않은 것은 아니었다. 그래도 굳이 출연하기로 한 것은 조금이라도 많은 사람에게 사실을 알리고 싶었기 때문이다.

은행나무 가로수에 곱게 단풍이 든 시월 마지막 주였다. 한 주에 걸친 녹화는 전부 사키코의 집에서 진행되었다. 처음 한동안 방송국 스태프들은 사키코 모자를 조심조심 대했지만, 녹화를 하면서 이야기를 나누고 차를 마시는 사이에 자연스레 평범한 태도를 취하게 되었다. 그 사실이 사키코에게 용기를 크게 북돋아주었다.

녹화 마지막 날, 저녁 햇살에 물든 아이 방에서 남자 스태프들이 카메라 위치를 바꾸는 동안 여자 스태프 한 명이 쓰바사에게 〈다섯 손가락 가족〉을 가르쳐주었다. 단발머리에 빨간 반다나를 두른 여자 스태프는 쓰바사 곁에 앉아 "이 손가락은 엄마. 상냥한 엄마" 하고 마치 조카하고 놀듯이 노래를 불러주었다. 쓰바사는 기쁜 듯이 여자 스태프를 흉내내어 열심히 손가락을 움직였다. 사키코는 그런 일이 일어날 줄은 꿈에도 몰랐다. 예상치 못한 광경에 가슴이 메어 그만 눈물을 흘리고 말았다.

십이월에 방송이 나가고 나자 사키코 모자의 신변에는 실로 다양한 일이 일어났다. 그래도 방송에 출연하기로 한 당시의 결단을 사키코는 지금도 후회하지 않는다.

경적이 울리고 병원 현관 앞이 별안간 소란스러워졌다. 쳐다보니 차에서 내린 형사 같은 남자 하나가 일제히 몰려든 매스컴 관계자들을 뿌리치며 재빨리 걸어왔다. 텔레비전을 보고 있던 젊은 형사가 가볍게 손을 들며 현관으로 달려갔다. 그 발소리에 놀라 쓰바사가 얼굴을 들었다. 후드가 벗겨져서 드러난 쓰바사의 얼굴을 본 순간, 젊은 형사는 얼어붙은 듯이 걸음을 멈추었다.

쓰바사에게는 얼굴 오른쪽이 없다.

오른뺨, 입천장, 입술, 혀와 오른쪽 안면에 집중된 괴사 조직을 절제하여 쓰바사의 얼굴은 오른쪽이 도려낸 것처럼 함몰되었고, 오른쪽 눈은 안구를 포함한 안와 내용물 제거 수술 때문에 눈구멍이 텅 비어 있다. 입 주변은 재건 수술을 받았지만 함몰된 오른쪽 콧날부터 오른쪽 귀 아래까지 꿰맨 자국은 흉터종이 되어 벌겋게 부풀어 올랐으며, 아래턱 한가운데에도 꿰맨 자국이 단층처럼 남아 있다.

멈춰선 젊은 형사는 다시금 쓰바사의 얼굴을 살피더니 괴물이라도 본 양 기분 나쁘다는 듯이 눈살을 찌푸렸다. 로비 입구에서 "사카이!" 하고 부르는 소리가 났다. 젊은 형사는 혐오감이 깃든 눈빛을 휙 던지고 부리나케 달려갔다.

사키코는 기운을 북돋으려는 듯이 "영차" 하고 소리를 내며 미끄러져 떨어질 뻔한 쓰바사를 무릎으로 끌어올렸다. 이런 일은 처음이 아니다. 언젠가 쓰바사는 지금 같은 호기심과 혐오의 눈길 속으로 홀로 발을 내디뎌야만 한다. 괴롭겠지만 먼저 나서야만 친구를 만들고 이해해주는 사람을 얻어 살아갈 길을 개척할 수 있다. 사키코는 어리둥절한 표정을 짓는 쓰바사에게 웃음을 지은 후, 후드는 내버려둔 채 쓰바사에게 얼굴을 갖다 대고 함께 〈다섯 손가락 가족〉을 부르기 시작했다. 쓰바사는 사키코가 귓가에서 불러주는 노래에 맞추어 즐겁게 몸을 흔들었다.

그러고 보니 이렇게 쓰바사와 한마음이 되어 놀기도 오랜만이다. 한 달 남짓 전, 어떤 전화를 받은 이후로 한 가지 물음이 사키코의 머리를 가득채웠기 때문이다. 쓰바사를 간호하고, 쓰바사와 놀아주고, 허겁지겁 끼니를 때울 때도 그 물음은 사키코의 머릿속에 계속 들러붙어 있었다.

사사키 구니오라는 남자가 한 말은 진실일까?

“피해자 가족은 벌써 왔나?”

소마는 달려온 신입 형사 사카이에게 바로 물었다. 피해자는 다섯 명. 개중에 네 명은 병원에 실려온 지 얼마 지나지 않아 사망했음이 확인되었다.

“좀 전에 구보 다다시의 유족이 도착했습니다. 지금 나가야마 순경이 유족을 상대하고 있고요.”

소마는 ‘가족’을 ‘유족’이라고 득의양양하게 바꾸어 말하는 사카이를 보고 문득 불안해졌다.

“혹시 급히 달려온 피해자 가족에게 유족이냐고 물은 건 아닐 테지?”

그게 뭐 어떻느냐는 듯한 표정을 짓는 사카이를 보고 소마는 분통이 터졌다.

“입장 바꿔서 생각해봐!”

로비에 성난 고함이 울려 퍼지자 카운터 안의 약제사가 소마와 사카이를 나무라는 눈으로 쳐다보았다. 소마는 목소리를 억눌렀지만 화는 도저히 억누를 수 없었다.

“자기 가족이 사건에 휘말렸다는 갑작스러운 연락을 듣고 어떤 기분으로 병원에 달려왔겠나. 세상을 떠났다는 말을 들어도 무슨 말인지 못 알아들을 판에 쓸데없는 소리 좀 작작해."

사카이는 부루퉁한 얼굴로 고개를 숙였다. 자신의 말에 담긴 뜻은 새겨볼 생각도 없이 사소한 단어 하나 때문에 야단을 맞은 것이 불만임을 알고 소마는 호통을 칠 기분이 싹 가셨다. 어린 아이처럼 삐쳐서 입을 꾹 다문 사카이와 마주보고 있으려니 맥이 빠져서 소마가 먼저 말을 꺼냈다.

"그건 그렇고 살아남은 피해자는……."

"왼쪽 옆구리를 다쳐서 열두 바늘 꿰맸습니다. 전치 이 주랍니다. 치료가 끝나서 외과 진료실 앞 의자에 앉아 기다리고 있으라고 했습니다."

사카이는 마지못해 대답하더니 호주머니에서 수첩을 꺼내 소리 내어 읽었다.

"시게토 슈지, 18세. 가라스야마에 있는 니치에이 건설에 근무. 진다이마치 4가 2-8번지 다카미장莊 203호실에 혼자 삽니다. 부모님은 이혼했고요. 네즈에 사는 아버지는 트럭 운전사고 어머니는 재혼해서 오사카에 삽니다."

"지금은 아버지가 와 계시나?"

"아니요, 아직."

거기까지 듣고 난 소마는 사카이에게 로비에 있으라고 명령하고 혼자 외과 진료실로 향했다. 왜 소년을 홀로 남겨두었느냐고 사카이에게 화를 내봤자 입만 아플 뿐이다. 그런 참혹한 사건을 당하고 자기 혼자 살아남았다. 몸에 입은 상처보다 정신적인 충격이 훨씬 클 것이다. 소마는 복도의 파란 램프를 따라 서둘러 외과로 향하며 하다못해 간호사라도 눈치껏 곁에 있어주기를 바랐다.

외과 외래는 병원 건물 서쪽 1층에 있었다. 진료실과 마주한 곳에 대기실이 있는데 소마가 도착하자 불이 꺼져 썰렁하고 어둑어둑한 복도에는 아무도 없이 긴 의자만이 나란히 줄지어 있을 뿐이었다. 소마는 가슴이 철렁하여 주변을 둘러보았다.

소년은 어디에도 없었다.

소마는 각층을 돌아다니며 병원 건물 서쪽 대기실을 샅샅이 뒤졌다. 갖가지 색깔의 선이 그어져 있는 인기척 없는 복도에 자신의 발소리만이 바쁘게 울려 퍼져 소마는 마음이 더욱 급해졌다.

시게토 슈지는 간호사 대기실에도 로비에도 없었다. 식은땀이 소마의 등을 타고 흘러내렸다. 혹시 몰라 소마는 옥상을 찾아보기 전에 다시 1층으로 되돌아갔다.

그러자 방금 전에는 분명히 아무도 없던 외과 외래 쪽에서 사람 말소리가 어렴풋이 들렸다. 가보니 갈색 머리 소년이 복도 공중전화로 통화를 하고 있었다.

소년은 자기 옷을 챙겨두겠다는 듯이 병원에서 빌린 검사용 흰 간이복 위에 덜 마른 집업 파카를 걸치고 있었다. 회색 바탕에 선명한 암청색 로고가 들어간 파카는 옆구리 부분이 이십 센티미터 정도 쭉 찢어지고 물에 젖은 핏자국이 희미하게 배어 있었다.

"경찰이 괜히 난리 법석 떤 거라니까. 정말 별거 아니야."

시게토 슈지는 마치 터울이 많이 지는 남동생에게 이야기하듯이 다정한 말투로 말했다. 얻어맞은 왼쪽 턱이 보랏빛으로 부어오른 탓에 말할 때마다 새어 나가는 숨소리를 감추느라 애를 먹는 모습이었다.

"안 와도 된다니까 그러네. 그것보다 졸리면 고속도로에서 내려와서 좀 자. 사고 나서 죽는 것보다 잘리는 게 낫잖아."

슈지는 한 손으로 동전을 하나씩 집어넣다가 무슨 말을 듣고 웃었다.

"이제 돈 없으니까 끊는다. 잘 있어."

수화기를 내려놓은 슈지는 곁에 있는 긴 의자에 털썩 주저앉았다. 그리고 자기 자신을 감싸 안듯이 몸을 구부린 자세로 가만히 있었다. 소마도 겪어보았다. 꿰매고 나면 얼마 동안은 아프다. 소마는 슈지가 숨을 내쉬고 고개를 들기를 기다렸다가

다가갔다.

사실 소마는 슈지가 사건으로 얼마나 피해를 입었는지 잘 몰랐다. 그래도 이 열여덟 살 난 소년은 자신과 남의 형편을 구분 지어 고속도로에서 트럭을 몰고 있는 아버지를 걱정할 정도로 강한 의지의 소유자였다. 바로 참고인 조사를 해도 괜찮을 것 같았다. 소마는 경찰수첩을 보여주고 단도직입적으로 용건을 말했다.

슈지는 왼쪽 턱이 부어오른 얼굴을 찡그리더니 노골적으로 값어치를 따지는 날카로운 눈빛으로 소마를 올려다보았다.

슈지는 얼음이 든 고무 얼음주머니를 이따금 턱에 대며 사건을 처음부터 간결하게 설명했다.

범인이 네 사람에게 어떤 식으로 칼부림을 했는지 그 순서와 움직임은 물론 흉기인 회칼 세 자루를 바꾼 시점도 슈지는 모두 기억하고 있었다. 소마는 요점을 수첩에 정리하며 처참한 경험을 담담하게 설명하는 슈지의 냉정함에 내심 혀를 내둘렀다. 그러나 그런 일면과는 정반대로 슈지는 흉기를 든 범인과 맨손으로 맞붙는, 도저히 제정신이 아닌 듯한 거친 행동에 나섰다. 소마는 눈앞의 소년에게 흥미를 느꼈다.

"……그래서 그 오로나민C병을 주우러 달려갈 때 여기 칼을 맞았어요."

슈지는 손가락으로 자기 왼쪽 옆구리를 가리켰다. 벌어진 간이복 아래로 상처를 덮은 큼지막하고 흰 거즈가 보였다.

"칼을 맞은 줄은 알았지만 마음놓고 뻗어도 되는 상황은 아니잖아요. 그 자식의 헬멧을 때려 부술 작정으로 빈병을 쥐고 몸을 돌렸죠."

"어떤 식으로?"

슈지는 스리쿼터 자세로 던지는 투수처럼 오른팔을 약간 비스듬히 뒤쪽으로 쳐들었다. 내리쳤다면 보호창은 산산조각 났을 터다.

"하지만 몸을 돌린 순간 느닷없이 오른쪽 관자놀이에 큰 거 한 방을 먹이더라고요."

"오른쪽?"

소마는 미심쩍은 나머지 되물었다. 오른쪽 관자놀이를 때렸다, 즉 범인은 왼손으로 슈지를 때렸다는 말이다.

슈지는 소마의 생각을 꿰뚫어 보고 긍정하듯이 고개를 끄덕였다.

"왼손도 쓰던데요. 놈이 왼손도 쓸 줄은 상상도 못 해서 제대로 한 방 먹고……. 그 한 방으로 뇌진탕을 일으킨 모양이에요. 그대로 분수에 처박혔어요."

소마는 수첩에 "범인은 양손잡이"라고 써넣고 그 아래에 두 줄을 그었다. 동시에 슈지가 반사적으로 상대가 잘 쓰는 손을 고려해서 움직일 만큼 난투에 익숙하다는 사실도 머릿속에 넣었다.

"분수에 빠지고 난 다음 일은 기억나나?"

"예, 몸은 말을 듣지 않았지만 의식이 통째로 날아간 건 아니라서요. 무슨 일이 일어났는지는 알아요. 놈은 물에 빠진 내 두 발목을 잡고 분수대 가장자리로 끌어당겼어요. 그리고 오른손으로 회칼을 쳐들었다가 뭔가에 깜짝 놀란 것처럼 역 쪽을 돌아다봤어요. 그러더니 회칼을 버리고 급히 달아나더라고요. 나야 뭐, 의식이 돌아오자 숨이 막혀서 물에서 기어나왔죠. 콜록콜록 기침을 하고 있는데 역 쪽에서 권총을 뽑아 든 순경이 달려와서 내가 살아 있는 걸 확인했어요. 순경 몸에서 화약 냄새가 나기에 쐈구나 싶었죠. 맞진 않았지만. 그때 놈은 벌써 광장을 빠져나가 역 앞 거리로 향했고요. 순경은 무선으로 구급차를 부르고 놈을 쫓아갔어요."

슈지는 이제 할말 다 했다는 듯이 소마를 쳐다보았다. 그 경찰관이 없었다면 자신은 죽었다거나 덕분에 목숨을 건졌다는 말은 꺼내지 않았다. 경찰관은 군밤을 파는 노점상의 신고를 받고 역 북쪽 출입구의 파출소에서 출동했다. 실제로 몇 초만 더 늦게 도착했으면 슈지는 지금쯤 틀림없이 부검을 기다리는 줄에 끼어 있었을 것이다. 그런 한적한 곳에서 슈지가 살아남은 것은 요행에 가까웠다.

"사건이 일어났을 때 왜 역 앞 광장에 있었지?"

소마는 문득 호기심이 동해서 물었다.

"그게 무슨 상관인데요."

담담하던 말투에 처음으로 짜증이 섞였다.

"아니, 꼭 대답할 필요는 없는데……. 그냥 평일 오후니까."

"막노동 일을 한다고 해서 연중무휴는 아니라고요."

그렇게 말하고 나서 슈지는 툭 던지듯이 짤막하게 대답했다.

"친구랑 만나기로 했어요."

"그렇구나."

소마는 더이상 묻지 않았다.

"가도 돼요?"

"급하게 연락할 일이 있을지도 모르니까 전화번호를 알려줬으면 하는데."

"지금은 없어요. 분수에 빠져서 휴대전화가 맛 갔거든요. 내건 방수가 아니라서요."

거짓말 같으면 직접 확인해보라는 듯이 슈지는 카고 바지 호주머니에서 광택이 나는 청색 휴대전화를 꺼내 소마에게 던져

주었다. 열어보니 완전히 망가졌는지 액정이 부옇다. 소마는 슈지에게 휴대전화를 돌려주고 수첩을 한 장 찢어 자기 휴대전화 번호를 적어 건넸다.

"일단 내일 여기로 연락 줘. 진술서에 사인을 해야 하니까."

슈지는 말없이 메모를 받아들었다. 그리고 불현듯 캐묻는 눈으로 소마를 쳐다보았다.

"놈이 약을 했다는 건 사실인가요?"

어디서 그런 이야기를 들었나 싶어 소마는 놀랐지만 그런 내색을 할 만큼 어리석지는 않다.

"수사는 이제 시작이라 아직 자세한 건 아무것도 몰라."

"'대낮의 무차별 살인마. 사상자 다섯 명. 범인은 약물 남용자인가'. 경찰 수사보다 매점의 텔레비전이 빠르군."

소마는 기가 탁 막혔다.

"일부러 매점까지 텔레비전을 보러 갔었나……."

매점은 병원 건물 동쪽 2층에 있으므로 여기서 제법 멀다. 꿰맨 부위가 아프지 않도록 천천히 걸어서 오갔다면 이십 분은 걸렸으리라.

"다른 볼일도 볼 겸해서."

그렇게 말하더니 슈지는 긴 의자 아래에서 마술처럼 스테인리스 쓰레기통을 꺼냈다. 분명 어느 진찰실에서 슬쩍했을 빈 쓰레기통에는 매점에서 파는 각 얼음 봉지가 가득 담겨 있었다.

"간호사한테 받은 얼음이 금방 녹아서요."

슈지는 얼음주머니의 미지근해진 물을 스테인리스 쓰레기통에 버리고 봉지에서 새 얼음을 꺼냈다.

소마는 아까 슈지가 외과 진료실 앞 의자에 없었던 것은 매점에 갔었기 때문임을 깨달았다. 돈을 헐어 십 엔짜리 동전으로 잔뜩 바꾸는 것이 가장 큰 목적이었으리라. 공중전화로 자기 걱정할 필요 없다고 아버지에게 전화하기 위해.

"놈은 약 같은 거 안 했어요."

슈지가 느닷없이 귀를 의심할 만한 소리를 했다.

"틀림없이 제정신이었다고요."

차갑게 느껴질 만큼 딱 부러지는 말투였다. 슈지는 그 말을 끝으로 경찰이 어떻게 생각하든 알 바 아니라는 듯이 부지런히 얼음을 얼음주머니에 채웠다.

소마는 어안이 벙벙한 얼굴로 슈지를 쳐다보았다.

이 녀석 도대체 어째서 그런 터무니없는 생각을 하는 거지.

그때 젊은 간호사가 숨을 헐떡이며 달려왔다.

"형사님! 빨리 중앙 현관으로 가주세요."

병원에 도착한 피해자 가족과 매스컴 관계자가 현관 앞에서 옥신각신하는 소동이 벌어졌다고 한다. 소마는 마음속으로 사카이에게 욕을 퍼부었다.

그래서 로비에 있으라고 한 건데.

서둘러 중앙 현관으로 향하는 소마의 눈에 어느 틈엔가 각 얼음 봉지를 들고 출입구 쪽으로 걸음을 옮기는 슈지가 들어왔다.

"이봐, 어디 가나."

"당연한 걸 물어보고 그래요. 집에 갑니다."

"잠깐 기다려."

소마는 반사적으로 슈지의 팔을 잡았다.

슈지는 즉시 인이 파랗게 발화하는 것처럼 격한 혐오감을 드러내며 소마의 팔을 뿌리쳤다.

소마는 흠칫 놀라 슈지를 쳐다보았다.

"……난 경찰이 싫어."

소마는 슈지가 지금까지 경찰에 대한 혐오감을 꾹꾹 눌러 참고 있었음을 비로소 알아차렸다. 잠깐 이야기를 하는 동안 슈지가 신체적인 고통과 동시에 이렇게 큰 혐오감을 숨기고 있었다는 사실에 소마는 적지 않게 당황했다. 이 녀석을 철부지로 여겨서는 안 될 것 같았다.

"아무튼…… 잠깐만 기다려. 바로 돌아올 테니까."

소마는 그렇게만 말하고 허둥대는 간호사를 재촉해 중앙 현관으로 향했다.

슈지는 소마와 간호사가 복도로 사라질 때까지 가만히 쳐다보고 있었다. 주변에서 인기척이 사라지자 그제야 후회의 한숨을 쉬며 그 자리에 주저앉았다.

저질렀네…….

경찰에게 경찰이 싫다고 떠드는 것은 콕 찍어 지켜봐달라고 부탁하는 것이나 마찬가지다. 그런 것쯤은 아주 잘 알고 있었다. 그래서 온 신경을 집중해 가능한 한 협력적으로 대했다. 조금만 더 참았으면 아무 일도 없이 끝났을 터였다. 그런데 형사에게 팔을 붙잡히자 먼지가 풀풀 피어오르는 목재 보관소의 냄새와 울려 퍼지는 사이렌의 기억이 밀어닥치는 바람에 순간 피가 거꾸로 솟는 듯한 분노를 주체하지 못하고 분별없이 말을 내뱉었다.

슈지는 이제 두 번 다시 경찰이라는 이름이 붙은 인종과는 얽히고 싶지 않았다.

죽은 무차별 살인범이 뭘 어쨌든 그냥 내버려둘걸 그랬다. 그런데 자신이 먼저 놈이 약을 했느냐고 물어 묏자리를 팠고, 결국 다 된 죽에 코를 풀고 말았다. 정말이지 구제할 길 없는 바보 천치다.

어느새 상처에 댄 거즈에 피가 배어 있었다. 슈지는 아픔과 한심함으로 인상을 찌푸렸다. 형사가 돌아올 때까지 기다릴 마음은 눈곱만큼도 없었다. 슈지는 커다란 아픔의 물결이 물러가기를 기다렸다가 느릿느릿 일어났다. 그리고 될 수 있는 한 상반신을 굽히지 않고 바닥의 각 얼음 봉지를 집어 든 후 복도 끝에 있는 출입구로 걸어갔다.

별안간 무시무시한 기세로 출입구 문이 열리는가 싶더니 낯빛이 심상치 않은 남자 하나가 뛰어 들어왔다. 남자는 슈지를 보자마자 허겁지겁 달려왔다.

"다른 네 사람은, 다른 네 사람은 무사해?"

"다른 네 사람……?"

슈지는 남자의 서슬에 놀라 저도 모르게 그의 말을 되뇌어 물었다.

남자는 느닷없이 슈지의 양 어깨를 움켜잡았다.

"칼을 맞은 네 사람 말이야!"

슈지는 그 남자를 말똥말똥 쳐다보았다.

한눈에도 맞춤 양복임이 분명한 말쑥한 검은 양복을 입고 무테안경을 낀 인텔리풍의 사십 대 후반 남자. 아는 사람 중에 이런 남자는 절대 없다.

"당신 누구야?"

남자는 대답할 마음이 없는 건지 아니면 마음에 여유가 없는 건지 절박한 목소리로 외쳤다.

"네 사람은 어떻게 됐느냐고!"

그런 건 의사나 경찰한테 물어보라고 쏘아붙이고 싶었지만 슈지는 하는 수 없이 사실을 알려주었다.

"죽었어."

남자의 말문이 막혔다. 그리고 마치 머리를 두드려 맞은 것처럼 신음을 흘리며 그 자리에 무너져 내렸다. 남자는 깔끔하게 다듬은 머리를 정맥이 불거진 큼지막한 손으로 마구 쥐어뜯었다. 그대로 자기 머리를 쪼개버리는 것이 아닐까 슈지는 진심으로 걱정스러웠다. 간호사를 부르는 편이 낫겠다 싶었을 때 쥐어짜낸 듯한 남자의 목소리가 들렸다.

"……달아나. 가능한 한 멀리 달아나."

남자는 고개를 들고 슈지의 눈을 쳐다보았다. 무서우리만큼 창백해진 얼굴에 식은땀이 맺혀 있었다. 나잇살이나 먹은 어른이 이런 표정을 짓는 것은 처음 보았다.

외래 접수처 쪽에서 사람 말소리와 발소리가 다가왔다. 남자는 화들짝 놀라 말소리가 들리는 쪽으로 눈을 돌리더니 바로 일어섰다.

"잘 들어, 알겠어?"

남자는 절실한 표정으로 슈지의 눈을 들여다보며 한 마디 한

마디 슈지의 머리에 새겨넣듯이 말했다.

"앞으로 열흘. 열흘만 살아남으면 안전해. 살아남아. 네가 마지막 한 명이야."

말을 마친 남자는 다가오는 발소리에 쫓기듯이 순식간에 출입구로 모습을 감추었다.

슈지는 멍하니 남자가 사라진 문을 쳐다보았다. 병원 사무원으로 보이는 여자 두 명이 끔찍하다는 듯이 무차별 칼부림 사건 이야기를 하면서 슈지 옆을 지나갔다.

병원을 나서자 하늘에 분홍빛 구름이 펼쳐져 있었다. 구름의 요란한 색깔 때문인지 하늘이 묘하게 드넓게 느껴졌다. 슈지는 주변을 둘러보았지만 처음 오는 동네라서 역이 어느 방향에 있는지 짐작이 가지 않았다. 걸어가다 처음으로 마주친 중학생이 알려준 방향으로 주택과 상점이 뒤섞인 거리를 나아갔다. 바람이 부는 덕분에 젖은 파카는 걷는 동안 거의 다 말랐다.

피를 흘린 탓인지 몸이 나른하고 이따금 다리가 휘청거렸다. 슈지는 멈춰 서서 자동판매기에 손을 짚고 쉬었다. 뭐라도 좀 먹어야 할 것 같았지만 도저히 먹을 기분이 안 들었다. 슈지는 형사의 휴대전화 번호가 적힌 메모를 구겨서 자동판매기에 딸린 쓰레기통에 버리고 빵집에서 커피우유를 샀다. 그리고 역 앞까지 천천히 걸어가 버스 로터리의 벤치에 앉아서 마셨다.

몸이 무거워서 숨쉬기도 귀찮았다. 어느 틈엔가 눈앞의 백화점 입구에서 환한 빛이 쏟아져 나오고 있었고, 빌딩 간판과 상점가 가로등에도 불이 들어왔다. 어느덧 낯선 거리의 역 앞은 밤과 함께 찾아온 활기에 감싸여 있었다. 얼마 지나지 않아 한 블록 앞의 모퉁이를 돌아 노란색 순환 버스가 나타났다. 행선지에 "진다이지 역"이라고 적혀 있다.

진다이지 역……. 피비린내 나는 사건이 벌어진 곳.

오늘 벚꽃이 핀 진다이지 역 앞 광장 돌의자에 앉아 있었을 때는 낮이었다.

슈지는 어째서인지 역 앞 광장은 지금도 낮이고, 머리를 틀어 올린 여자, 진주목걸이를 한 노부인, 여대생, 상점 주인 풍모의 남자 그리고 슈지 자신도 아직 분수 주변의 돌의자에 앉아 있는 듯한 기분이 들었다. 죽은 네 사람의 얼굴은 마치 그 부분만 흐릿한 사진처럼 기억나지 않았다.

눈앞의 횡단보도를 젊은 엄마와 학원 가방을 든 여자아이가 웃는 얼굴로 이야기하며 걸어갔다. 슈지는 낯모르는 모녀를 눈으로 좇으며 무테안경을 낀 그 남자가 자기집에 잘 돌아갔을지 멍하니 생각했다.

정신이 나간 불쌍한 남자……. 머리를 끌어안고 웅크린 남자는 왼손 약지에 은색 반지를 끼고 있었다. 분명 집에는 아내와 아이가 있을 것이다. 아마도 그 남자는 텔레비전으로 처참한 무차별 칼부림 사건을 접하고 충격을 받았으리라. 때문에 남자의 병든 머릿속에 망상이 적란운처럼 뭉게뭉게 피어올랐다.

아버지도 그랬다.

사고를 일으킨 직후에는 아버지도 때때로 이상한 소리를 하곤 했다. 머릿속에서 이런저런 생각이 뒤엉켜 다른 사람은 이해하지 못할 현실이 완성된다. 이야기를 맞추어주고 싶었지만 아버지의 현실은 늘 럭비공처럼 어느 쪽으로 구를지 짐작도 가지 않아서 슈지는 우왕좌왕할 뿐이었다.

무테안경을 낀 남자에게 무차별 칼부림 사건의 범인은 이미 붙잡혔고, 나는 멀쩡하게 살아 있으니까 걱정하지 말라고 가르쳐줄걸 그랬다. 그러면 남자는 안심하고 집에 돌아갔을지도 모른다.

몹시 피곤했다. 눈을 감으면 잠들어버릴 것 같았다.

노란색 순환 버스가 완만한 곡선을 그리는 로터리를 돌아 다가왔다.

저 버스를 타고 집으로 돌아간다.

그리고 이부자리에 푹 쓰러져 아무 생각도 하지 않고 잔다.

아침까지 눈을 뜨지 않고 죽은듯이 잔다.

그때 혼탁한 의식의 바닥에서 갑자기 작은 거품이 떠오르는 것처럼 한 가지 의문이 솟구쳤다.

불쌍한 그 남자는 어떻게 내 얼굴을 알아본 걸까……?

뉴스에는 사상자가 다섯 명이라고 나왔을 뿐 얼굴 사진은커녕 피해자의 이름도 공개되지 않았다. 그런데 그 남자는 슈지의 얼굴을 보자마자 똑바로 달려왔다.

그 남자는 어떻게 보자마자 내가 무차별 칼부림 사건의 피해자인 줄 알았을까…….

노란색 순환 버스가 멈추고 전자음과 함께 뒷문이 열렸다. 몇 안 되는 승객이 내리더니 눈 깜짝할 사이에 사라졌다. 진다이지 역으로 돌아가는 버스의 문이 부추기듯이 입을 벌린 채 슈지가 타기를 기다렸다.

생각해야 한다…….

슈지의 마음속에서 뭔가가 멀리서 들리는 가냘픈 목소리처럼 위험을 알렸다. 하지만 졸음과 피로가 압도적인 힘으로 생각하려는 의지를 밀어냈다.

슈지는 따뜻하고 편안한 차 안으로 이어지는 발판을 우두커니 올려다보았다.

소마는 경찰서 현관 계단을 뛰어올라 서둘러 수사 회의가 열리는 회의실로 향했다. 오른쪽 눈언저리가 욱신욱신 아팠다. 손가락으로 만져보자 눈꺼풀이 부어올라 화끈거렸다.

급히 달려온 피해자 가족이 병원으로 들어가려는데 카메라맨이 앞을 막아서고 사진을 찍은 것이 화근이었다. 머리끝까지 화가 치민 피해자 가족은 카메라맨의 카메라를 빼앗아 내동댕이쳤고, 밥벌이 도구가 망가지자 젊은 카메라맨도 잔뜩 흥분해서 대들었다. 소마가 중앙 현관으로 갔을 때 피해자 가족과 카메라맨은 드잡이를 하고 있었다. 소마는 어떻게든 두 사람을 뜯어말리려고 안간힘을 쓰다가 피해자 가족이 휘두른 주먹에 카운터펀치를 맞았다.

육친을 잃은 피해자 가족에게는 화가 나지 않았다. 대신 소마는 발치에 있던 커다란 은색 카메라 케이스를 힘껏 걷어찼다. 카메라 케이스는 엄청난 소리와 함께 벚나무 밑동까지 날아갔다. 시말서 따위가 대수냐는 심산이었다.

그런 것보다 시게토 슈지를 혼자 남겨둔 것이 불찰이었다. 돌아가보니 시게토 슈지는 사라지고 없었다.

다시 한번 만나 이야기를 들어야 한다. 그렇게 생각하며 소마는 회의실 문을 열었다. 수사 회의는 끝나고 형사들의 조 편성이 진행중이었다. 이제부터 수사를 통해 범행의 동기에 결부

되는 범인의 심정 및 소행, 범행 당시의 상세한 상황, 흉기와 약물 입수 경로 등을 범인의 증언 없이 해명해야 한다. 게다가 서류송청을 하겠지만 피의자가 사망했기 때문에 불기소라는 결과가 기다리고 있다. 번거로울 뿐 아니라 실속 없이 뒤처리만 한다는 감도 지울 수 없어서 그런지 조 편성이 끝나고 뿔뿔이 흩어져 수사에 나서는 형사들에게서도 평상시처럼 범인 체포를 위해 사력을 다할 때의 긴장감은 느껴지지 않았다.

소마는 흉기 입수 경로 파악조에 편성된 후 칠판에 적힌 글자를 훑어 지금까지 판명된 사실을 머릿속에 집어넣었다. 범인은 이 년 전에 각성제 불법 소지로 검거되어 신원이 밝혀진 상태였다.

사타 마모루, 28세. 가나가와 현 가와사키 시 출생. 슬롯머신 게임센터 점원으로 일한 적 있음.

주소: 도시마 구 조시가야 14-8 미이케 연립주택 202호.

사타는 오후 3시 50분에 실려간 병원에서 사망했음이 확인되었다. 사인은 약물 남용에 따른 심부전이었다.

소마가 필요 사항을 메모하고 회의실을 나서려는데 굵고 탁한 목소리가 불러 세웠다. 윗자리에 마련된 간부석의 긴 의자에서 요시마쓰가 손짓을 하고 있었다. 소마는 어쩔 수 없이 간부석으로 걸어갔다.

"그거, 어쩌다 그랬나?"

요시마쓰가 소마의 부어오른 오른쪽 눈꺼풀을 가리켰다.

"병원에서 피해자 가족과 카메라맨의 싸움을 말리다 그랬습니다."

카메라 케이스를 걷어찼다는 말은 꺼내지 않았다.

"그랬군. 아아, 살아남은 피해자의 증언은 들었나?"

"오늘밤 안에 조서를 작성해놓겠습니다."

그렇게 말하고 소마는 사타의 사인이 적힌 칠판으로 고개를 돌렸다.

약물 남용에 따른 심부전.

소마는 만약을 위해 요시마쓰에게 확인했다.

"사타의 혈액에서 약물 반응은……."

요시마쓰는 탁자의 자료로 눈길을 떨어뜨렸다.

"메스암페타민과 디아세틸모르핀이 검출됐어. 무슨 문제라도 있나?"

소마는 슈지에게 범인은 제정신이었다는 말을 들었을 때부터 마음에 걸리던 것을 입 밖으로 꺼냈다.

"사타는 광장에서 도주할 때 회칼을 버렸습니다."

"그야 제복 경찰관이 발포해서 겁을 먹었겠지."

"보통이라면 그렇겠죠. 하지만 필로폰의 힘을 빌려 다섯 명을 찌른 사타는 전능한 신이 된 듯한 기분에 푹 빠져 있었을 겁니다. 그런데 고작 총소리 한 번에 겁을 먹고 흉기를 버리고 달아났다는 게 좀 이상해서요. 필로폰을 맞고 기분이 고양되었으니 오히려 흉기를 휘두르며 경찰관에게 달려들든가, 도주하더라도 흉기는 버리지 않고 지나가던 사람을 마구잡이로 덮쳤을 것 같은데요."

"……으음."

요시마쓰는 허공을 올려다보며 생각에 잠겼다. 그리고 문득 떠올랐다는 듯이 소마에게 물었다.

"자네는 어째서라고 생각하나?"

"모르겠습니다. 다만 회칼을 버린 덕분에 사타는 결과적으로 현장에서는 목숨을 부지했습니다. 경찰은 흉기를 소지하지 않고 도주하는 범인을 뒤에서 사살할 수 없으니까요."

요시마쓰의 미간에 세로로 희미하게 주름이 잡혔다. 소마는 개의치 않고 말을 이었다.

"사타가 회칼을 들고 도주했다면 아마도 그 자리에서……."

"소마."

곁에서 듣고 있던 우에에다 경감이 말을 막았다. 우에에다는 탁자에 놓인 파일을 정리해 일어섰다.

"흉기는 기다에게 맡길 테니 자네는 피해자를 담당해."

소마는 놀라서 우에에다를 쳐다보았다. 무차별 살인 사건에서는 범인과 피해자에게 아무런 접점도 없다. 할 일이라고 해봤자 분향하러 가서 주소, 성명과 가족 구성을 확인하고 왜 운 나쁘게 현장에 있었는지 물어보는 것이 고작으로, 말 그대로 서면을 작성하기 위한 자질구레한 작업이다. 이 사건에서 피해자를 담당하라는 말은 실질적인 수사에서 제외하겠다는 의미다.

소마는 영문을 알 수 없었다. 왜 갑자기 수사에서 제외되었을까. 요시마쓰도 의외라는 표정을 지었고, 수사를 하러 나가던 형사들 몇 명도 걸음을 멈추고 뒤돌아보았다.

소마의 시선을 무표정으로 받아넘긴 우에에다는 마치 소마가 그 자리에 없는 것처럼 파일을 들고 회의실을 떠났다. 이야기를 하다 맥이 끊긴 요시마쓰는 거북한 얼굴로 어깨를 으쓱했다.

"뭐, 그렇다는군."

저 자식 완전히 찍혔군그래. 거대한 몸을 흔들며 나가는 요시마쓰의 그런 내심이 손에 잡힐 듯이 소마에게 전해졌다. 우에에다가 소마를 싫어한다는 사실을 모르는 사람은 없다. 하지만 이러한 꽁생원 같은 처사는 우에에다의 스타일이 아니다. 우에에다가 소마를 건드리는 것은 소마가 괴로워하는 모습을 보고 즐기기 위해서다. 범인이 검거되어 아무런 실속도 없는 수사에서 소마를 제외해봤자 우에에다는 아무런 재미도 보지 못한다.

동료 형사들이 소마를 멀찍이 둘러싸고 있었다. 재미있어하는 사람, 방관하기로 결심한 사람 등 반응은 다양했지만 굳이 소마에게 말을 거는 사람은 없었다.

등을 돌리고 문을 향해 걸음을 뗀 소마의 뒤에서 유들유들한 목소리가 날아들었다.

"수사가 빨리 진척되려면 없는 편이 나은 놈도 있는 법이지."

소마는 지난 오 년간 그래왔듯이 동료의 야유를 무시하고 회의실을 나섰다.

오후 11시가 지나면 절전을 위해 형사실 동쪽 절반은 형광등을 끈다. 소마는 슈지의 증언을 문서로 작성하려고 어둑어둑한 형사실에 홀로 남아 컴퓨터 앞에 앉아 있었다. 하지만 키보드에 얹은 손은 꼼짝도 하지 않았다.

우에에다는 범인이 검거되어 형식뿐인 수사에서 왜 자신을 제외했을까. 사타는 준현행범으로 체포되었다. 약물을 한 전과가 있고 범행 후 혈액에서 약물 반응도 나왔다. 약물중독자 사타 마모루가 무차별 살인 사건을 저질렀다는 결론은 흔들리지 않는다. 그런데 왜 우에에다는…….

그렇게 생각하며 슈지의 증언을 재검토하던 소마는 어쩐지 살인 현장에서 사타가 앞뒤가 맞지 않는 행동을 한 듯한 기분이 들었다. 회칼을 버리고 달아난 것뿐만이 아니다. 이치에 맞지 않는 더 큰 뭔가가 있다는 감이 왔다. 하지만 도대체 뭘까. 증언을 정리한 메모를 몇 번이나 되풀이해 읽어도 명확하게 짚어 낼 수 없었다.

소마는 안타까운 나머지 한숨을 내쉬고 고심하느라 복잡해진 머리를 빙그르르 돌렸다. 익숙지 않은 사무 업무 때문에 굳어버린 목덜미에서 뚝뚝 소리가 났다. 슈지의 진술서는 아직 처음 몇 줄밖에 못 썼다. 소마는 커피라도 마시려고 자리에서 일어섰다.

형사실 앞 복도에 맛없기로 유명한 골동품 같은 커피 자판기가 있다. 소마는 편의점까지 가기가 귀찮아서 자판기에 동전을 넣었다. 종이컵에 커피가 쪼르륵 떨어지는 소리를 듣자 소변 검사를 하는 약물중독자가 떠올라 기분이 더 우울해졌다.

괴괴한 복도에 아래층에서 천천히 계단을 올라오는 구둣발 소리가 울려 퍼졌다. 이 시각에 경찰서로 되돌아올 사람은 하나밖에 없다. 예상대로 히라야마 쇼지가 컵술이 든 편의점 비닐봉지를 들고 나타났다.

히라야마는 서에서 유일하게 제멋대로 수면실에서 자고 가도 모두가 모른 척 내버려두는 사내다. 평형사로 재직하며 정년을 일 년 앞둔 히라야마는 원래 같으면 젊은 형사들이 한 수 위의 존재로 여기는 중견 노형사여야 마땅하지만 실제로는 누구나 거리를 두는 골칫덩어리다. 불법체류자를 발견하면 협박하여 돈을 뜯어내고, 경찰수첩을 내비치며 공짜로 같이 잘 여자를 물색하고, 영업허가가 애매한 가게를 노려 지불해야 할 돈을 떼어먹는다. 만년 평형사로 혹사당하는 울분을 풀기 위해 형사로서 빨 수 있는 단물은 뼈까지 쪽쪽 빨아먹겠다고 결심하고 살아온 듯한 사내다.

히라야마의 목이 무사한 것은 간부의 약점을 잡고 있기 때문이라는 소문도 있다. 소마는 히라야마와 마찬가지로 서에서 사면초가에 처한 입장이었지만, 겉도는 사람끼리 잘해보자고 눈짓하는 히라야마와 잘해볼 생각은 털끝만큼도 없었다.

히라야마는 마음씨 좋은 할아버지 같은 미소를 띤 채 편의점 비닐봉지를 흔들며 어슬렁어슬렁 다가왔다.

자판기에서 커피가 다 나왔음을 알리는 전자음이 삐 울리자 소마는 종이컵을 꺼내려고 손을 뻗었다.

"어이, 그만둬, 소마."

말을 마치자마자 히라야마는 느닷없이 구둣바닥으로 자판기의 종이컵 꺼내는 곳을 뻥 찼다. 어두운 복도에 뭔가 쾅 터지듯이 엄청난 소리가 메아리쳤다. 종이컵 꺼내는 곳의 플라스틱 덮개가 산산이 부서졌고 우그러진 자판기 몸체를 따라 커피가 줄줄 흘러내려 바닥에 피 웅덩이 같은 얼룩이 퍼져나갔다.

히라야마가 위층으로 올라간 줄 알면서도 1층 당직자는 아무도 상황을 보러 올 마음이 없는 듯했다. 소마는 무슨 용건이냐는 표정으로 말없이 히라야마가 어떻게 나올지 지켜보았다.

히라야마는 더러워진 바짓자락을 살피며 망가진 자판기에서 발을 뽑아냈다.

"이 건을 빨리 정리하라는 윗선의 지시가 있었어. 뭐, 준현행범이고 피의자는 사망했으니 내버려둬도 바로 마무리되겠지만."

소마는 히라야마가 이 사건을 가리켜 "그만둬"라고 말했다는 것을 깨달았다. '윗선의 지시'라는 말을 듣고 소마의 머릿속에서 뭔가가 번뜩였다.

"이 사건…… 무슨 내막이라도 있나? 당신, 뭔가 알고 있어?"

히라야마는 아무 말도 안 들린다는 것처럼 한쪽 발을 들고 커피색으로 물든 구두를 바라보았다.

"이 구두도 이제 글렀군. 역 앞 구둣방에 좋은 놈이 나와 있던데. 시험 삼아 한번 신어보니 사이즈도 딱 맞더라고."

소마는 잠자코 지갑을 꺼내 만 엔을 건넸다.

"그건 즈크화가 아니라 진짜배기 가죽으로 만든 짱짱한 구두야."

소마의 지갑에서 만 엔짜리 지폐가 한 장 더 사라졌다. 히라야마는 지폐를 편의점 비닐봉지에 아무렇게나 쑤셔넣고 컵술을 꺼내 물이라도 마시듯이 단숨에 꿀꺽꿀꺽 다 마셨다. 그리고 술냄새가 나는 숨을 크게 내쉬더니 "좋은 걸 알려주지" 하고 만면에 웃음을 지으며 소마를 쳐다보았다.

"난 말이지, 정말로 위험한 일은 귀에 들어오지 않도록 주의해."

소마는 저도 모르게 불끈하여 히라야마의 멱살을 잡았다. 하지만 몸집이 작은 히라야마는 휘청거리면서도 변함없이 웃음을 띤 채 소마를 쳐다보았다.

"경찰관 한 명을 적으로 돌리는 건 별일 아니지만, 경찰 조직을 적으로 돌리는 건 바보나 하는 짓이거든."

정말로 위험한 일에 관심을 가지는 것은 경찰 전체를 적으로 돌리는 짓이다. 히라야마는 그렇게 말하고 있는 것이다.

"어떤 내막이든 간에 우리 서장이랑 우에에다 선에서는 아무것도 모를걸."

히라야마는 어깨를 흔들어 소마의 팔을 떨쳐냈다.

우에에다와 서장조차 아는 바가 없다. 도대체 어디의 어떤 힘이란 말인가.

갈피를 잡지 못하는 소마의 눈을 히라야마는 기분 좋은 듯이 들여다보았다.

"이 건에 깊이 관여하면 지금까지처럼 우에에다에게 괄시받는 정도로 끝나지는 않을 거야."

'괄시'라는 말을 듣자 소마의 가슴속에 피가 살짝 맺혔다.

히라야마는 빈 컵술병을 가연물 쓰레기통에 던져 넣었다.

"소마, 너도 참 한심하다. 시키는 대로 순순히 썼으면 됐을 것을. 괜히 똥고집을 부려서 동료한테는 따돌림을 당하고, 상사에게는 괄시를 받잖아."

책상에 놓인 하얀 용지가 소마의 뇌리에 되살아났다.

—일단 이름과 주소만 적어줘.

우에에다는 당연하다는 듯이 말하고 소마에게 펜을 내밀었다.

그렇다. 그때부터 자신은 '괄시'를 받았다.

수면과 식사도 잊고 간신히 찾아낸 사건의 단서는 모조리 우에다에게 빼앗겨 다른 형사의 차지가 된다. 범인 검거를 코앞에 두고 다른 사건에 배치된다. 자신은 평생 사건의 외곽을 기어 돌아다닐 뿐 형사로서 빛을 볼 일은 없을 것이다.

묵묵히 소마를 바라보던 히라야마의 얼굴에 비로소 음침한 희색이 번졌다.

"난 말이야, 소마. 우에다의 등쌀에 시달리는 널 보는 게 얼마나 즐거운지 몰라. 언제 나처럼 될지 궁금해죽겠다고. 그러니까 부디 위험한 일에는 발을 들여놓지 마라."

그렇게 말하고 히라야마는 편의점 비닐봉지를 흔들며 이제 히라야마의 개인 방이나 다름없는 수면실로 걸어갔다. 망가진 자판기의 벌어진 플라스틱 틈새로 갈색 액체가 계속해서 줄줄 흘러내렸다. 소마는 자판기 앞에 선 채 히라야마의 뒷모습을 바라보았다.

3월 25일 오전 9시경, 고치 현 고치 시 제5관구 해상보안본부 소속 다이버가 잠수 훈련 도중 고치 항 안벽 근처 바다에 가라앉은 차량을 발견했다. 차량은 사가미 번호판이 달린 은색 임프레자였다.

차량의 소유주는 가나가와 현 야마토 시에 거주하는 전前 폐기물 수거 운반업자 마자키 쇼고 씨(42)로 밝혀졌다. 차에는 사람이 없었고, 주변 해역에서도 소유자로 추정되는 인물의 시신은 발견되지 않아 고치 현경은 사고와 사건 양쪽 다 염두에 두고 수사중이다.

3월 26일《고치 일보》

2
앞으로 열흘–2005년 3월 26일 토요일

3월 26일 토요일.

저 남자는 아까부터 뭘 하는 걸까…….

진다이지 역 남쪽 출입구 매점에서 일하는 다니자키 하루코는 개찰구 옆에 있는 남자에게 시선을 고정한 채 손님에게 건성으로 잔돈을 건넸다.

어제 하루코가 일하는 매점에서 엎어지면 코 닿을 곳에 있는 역 앞 광장에서 무차별 칼부림 사건이 일어났다. 역의 발권기와 같은 쪽에 있는 매점에서는 광장이 보이지 않으므로 사건을 목격하지 못했지만, 하루코는 육십 년 가까이 살면서 처음으로 형사에게 질문을 받고 사건 관계자가 된 듯한 긴장과 흥분을 맛보았다. 하룻밤이 지난 오늘 아침에도 주변에 여전히 불길한 살육의 여운이 남아 있는 것 같아서 이른 아침부터 어쩐지 불안한 기분으로 역 앞 풍경을 바라보고 있었다. 때문에 개찰구 옆에 서 있는 그 이상한 남자를 주시하게 된 것이다.

나이는 사십 대 후반. 품위 있는 검은색 양복을 입고 무테안경을 꼈다. 커다란 백합 꽃다발을 끌어안고 있으니 무차별 칼부림 사건의 희생자에게 꽃을 바치러 왔음이 틀림없다. 그런데 남자는 광장에 마련된 헌화대로 가려는 낌새도 없이 이럭저럭 십오 분 가까이 개찰구 옆 게시판을 가만히 쳐다보고 있었다.

하루코가 알기로 게시판의 그 위치에는 큼지막한 포스터 한 장이 붙어 있다. 하루코가 보기에 그것은 굳이 걸음을 멈추고 볼 만한 가치가 없는 물건, 이른바 정책 홍보용 포스터였다.

남자는 어째서 애도의 꽃다발을 끌어안고 그런 포스터를 물끄러미 바라보고 있는 걸까. 하루코는 천장 구석에서 꼼짝도 않는 거미를 발견했을 때처럼 신경이 쓰여 마음이 심란해진 나머지 남자에게서 눈을 떼지 못했다.

혹시 자신이 모르는 사이에 다른 포스터로 교체된 걸까……. 염가의 여행 안내 포스터 같은 걸로.

보충해야 할 청량음료가 배달되어서 하루코는 평소처럼 유리 진열장의 지정된 위치에 페트병을 척척 늘어놓았다. 일 분 정도 상품을 정리하는 동안 남자는 사라지고 없었다.

하루코는 애도의 꽃을 든 남자가 도대체 뭘 보고 있었는지 마음에 걸려 배길 수가 없었다. 그래서 손님의 발길이 끊겼음을 핑계 삼아 큰맘 먹고 부스 옆에 달린 문을 열고 슬리퍼를 찍찍 끌며 종종걸음으로 게시판을 보러 갔다.

……그대로잖아.

하루코는 얼굴을 찌푸리고 정책 홍보용 포스터를 훑어보았다.

요즘 한창 인기가 좋은 총리가 함빡 웃는 얼굴로 아기를 높이 안아 올린 사진 아래 "스마일 키즈 캠페인"이라는 글자가 춤추고 있었다. 출생률이 계속 떨어져 속병을 앓던 정부가 요란하게 내놓은 저출산화 대책을 선전하는 포스터다.

두 해 전에 처음 등장한 이후로 출산 의욕을 높이려는 듯이 기회 있을 때마다 새로운 형태의 포스터가 공개되었는데, 여기 붙어 있는 것이 바로 세 번째로 나온 포스터다. 전부 총리가 아기를 안고 있는 사진이고 배경만 바뀐다. 첫 번째 포스터의 배경은 꿈처럼 아름다운 녹색 초원, 두 번째는 반짝이는 검푸른 바다, 그리고 가장 최근 것인 세 번째는 어째서인지 구름 바다다. 아이디어가 바닥난 느낌이 나긴 해도 포스터 자체는 공공기관 여기저기에 붙어 있어 쉽게 찾아볼 수 있다.

하루코는 오랜만에 포스터를 빤히 쳐다보다 어처구니가 없어서 저도 모르게 한숨을 내쉬었다. 시집간 딸이 이딴 포스터를 보고 손자를 낳아줄 마음을 먹을 리 만무했다. 이런 걸 만들 돈이 있으면 포스터에 읽기도 힘들게 깨알같이 작은 글씨로 구구절절 적어놓은 훌륭한 대책을 실현하는 데 써주었으면 했다.

하루코는 매점으로 돌아가면서 고개를 갸웃거렸다.

그건 그렇고 아까 애도의 꽃을 든 남자는 어째서 스마일 키즈 캠페인 포스터를 뚫어지게 쳐다보고 있던 걸까.

소마는 아침 8시 반부터 열리는 전체 수사 회의에 참석한 후 사망한 피해자 네 명의 집을 돌아다니며 필요 사항을 확인하고 서서 먹는 메밀국숫집에서 느지막이 점심을 때운 다음에 서로 돌아와 피해자 목록을 작성했다. 형사들은 모두 수사를 하러 나가서 형사실에는 소마 혼자만 남아 있었다.

병원 현관에서 소마가 걷어찬 카메라 케이스 주인인 카메라맨의 상사라는 남자가 방금 전에 전화를 걸어 와 불만을 털어놓았지만, 마침 혼자라 잘됐다 싶어 소마도 자신의 상사 행세를 하며 "혈기왕성한 젊은 놈 때문에 피차 고생이 많습니다"라고 적당한 말을 늘어놓고 전화를 끊었다. 더이상 요시마쓰에게 잔소리를 듣기도 짜증이 났다.

소마는 드립백으로 내린 커피를 들고 입력중인 피해자 목록을 쳐다보았다.

피해자 성명: 구보 다다시

나이: 55세

주소: 조후 시 진다이마치 3가 4-8

직업: 구보 인쇄소 사장

가족 구성: 아내-나오에 51세

장남-다다유키 24세. 고베 거주. 대학원생

피해자 성명: 다케시타 미사토

나이: 20세

주소: 조후 시 진다이마치 2가 7-16 드뫼흐 305호실

직업: 세이토 대학교 교육학부 2학년. 학생과의 소개를 받아 슈에이 세미나라는 학원에서 시간강사로 일했음

가족 구성: 아버지-요시히로 49세. 가나자와 시 거주. 공무원

어머니-도시코 44세. 상동. 주부

여동생-하루카 17세. 상동. 고등학생

할머니-마쓰요 78세. 상동. 무직

피해자 성명: 이마이 기요코

나이: 76세

주소: 조후 시 진다이마치 3가 1-23

직업: 주부

가족 구성: 남편-사다오 78세. 무직

장남-히데오 49세. 베이징 거주. 회사원

장녀-리에코 46세. 교토 부 시모교 구 거주. 주부

피해자 성명: 마미야 유코

나이: 34세

주소: 조후 시 진다이마치 6가 6-4

직업: 주부

가족 구성: 남편-마사타카 36세. 마미야 설계 사무소 대표이사

장녀-나쓰메 7세. 진다이 기타 초등학교 1학년

차녀-시오리 4세. 후타바 유치원

인쇄소 사장, 여대생, 연금으로 생활하는 노부인, 주부. 어젯밤 히라야마가 말한 것처럼 거대한 내막이 있는 사건의 희생자 치고는 아무래도 너무 평범해 보였다.

그에 비하면 아침 전체 수사 회의에서 보고된 무차별 살인범

사타 마모루에 관한 수사 결과는 훨씬 이상하게 느껴졌다.

일단 사타의 지갑에 남아 있던 영수증을 조사해 사타가 범행 때 입었던 기괴한 복장을 어디서 구입했는지 알아냈다. 사타는 범행 전날인 3월 24일 오후 5시경에 시부야의 헌옷 가게 킹스 크로스 시부야점에서 검정색 에나멜 롱코트와 검정색 에나멜 장갑 그리고 집업 부츠를 샀고, 약 삼십 분 후에 역시 시부야에 위치한 중고 덕에서 머리를 완전히 감싸는 검정색 헬멧을 샀다. 두 가게의 방범 카메라에는 파란색 운동복을 입은 사타가 계산대에서 돈을 지불하는 모습이 찍혀 있었다.

사타가 발견된 다케카와 빌딩 6층 남자 공용 화장실 쓰레기통에 남아 있던 포장지를 조사해 흉기 입수 경로도 밝혀냈다. 사타는 범행 당일인 3월 25일 오후 12시 20분경, 신주쿠의 철물점 모토하시 철물에서 회칼 세 자루를 구입했다. 이때 응대한 점원이 사타의 얼굴을 기억하고 있었다. 검정색 에나멜 롱코트에 장갑과 부츠를 착용하고 헬멧을 품에 안은 사타는 점원에게 강한 인상을 남겼다.

그후 범행을 일으키기까지 사타의 발자취는 검정색 에나멜로 통일된 특징적인 복장 덕분에 대부분 파악이 가능했다. 회칼을 산 후 사타는 신주쿠에서 전철을 타고 진다이지 역에서 내렸고, 오후 1시 2분에 진다이지 역 북쪽 출입구 개찰구를 빠져

나가는 사타의 모습이 역 감시 카메라에 찍혔다. 사타는 오른손에 회칼이 든 모토하시 철물의 비닐봉지와 검정색 헬멧을 들고 있었다.

사타는 그후 반시간 남짓 역 북쪽 출입구에 있는 백화점에서 어정거렸다. 이때 정문의 안내 여직원, 귀금속 매장 점원, 아동복 매장 점원, 여성 속옷 매장 점원, 장난감 매장 점원, 경비원, 합쳐서 열네 명이 사타를 목격했고 그의 얼굴을 똑똑히 기억하고 있었다.

오후 1시 30분이 지나자 사타는 백화점을 나서서 역 남쪽 출입구로 이동했다. 그리고 다케카와 빌딩 6층의 남자 공용 화장실로 가서 지참한 필로폰을 맞고 오후 2시 10분경, 역 앞 광장에 나타나 범행을 저질렀다고 추정된다.

다케카와 빌딩 6층에는 사카에야라는 술집 체인점과 도리노라는 노래 주점이 입주해 있다. 오후 2시 전후에는 6층에 술집 영업을 준비하는 아주머니들밖에 없어서 그런지 지금까지 사타를 목격했다는 사람은 나타나지 않았다.

또한 감식반의 보고에 따르면 범행 후 사타는 비상계단으로 공용 화장실에 돌아갔다고 한다. 비상계단 6층 문 바깥 손잡이에 사타가 문을 열 때 묻었다고 추정되는 혈흔이 남아 있었다. 다케카와 빌딩의 비상계단은 인접한 빌딩과의 사이에 있는 골목에 면해 있어 길에서는 눈에 들어오지 않는다.

범행 전후 사타의 행동이 명백해진 한편으로 사타가 예전에 각성제 불법 소지로 검거되었을 때의 자료와 신변 조사를 통해 사타 마모루라는 남자의 인물상이 드러났다. 사타는 가와사키 시내의 고등학교를 졸업한 후 도쿄 도내 가전제품 판매점에 취직했지만 가게의 돈에 손을 대다 발각되어 이 년 만에 잘렸다. 이때는 훔친 십만 엔 남짓의 돈을 전액 되돌려주어 경찰을 부르는 사태로 이어지지는 않았다. 그후 어묵집과 노래방, 슬롯머신 게임센터 등을 전전하며 일했지만, 아르바이트를 할 때마다 가게 돈에 손을 대어 해고당했다. 그리 큰돈도 아니었고 사타도 울면서 사과를 했기에 업무상 횡령으로 고소당하지는 않았지만, 사타의 나쁜 손버릇은 지인들 사이에서 유명했다. 삼 년 전에 슬롯머신 게임센터 금고에서 돈을 조금씩 빼 쓰다가 걸려서 해고된 후로 사타는 일을 하지 않고 이케부쿠로 일대에서 빈둥대다가 약물 판매자의 심부름꾼 같은 짓을 시작한 듯하다. 이 년 전에 각성제 불법 소지로 검거되었을 때는 소변에서 약물 반응이 나오지 않았으므로 사타가 약물을 상용하기 시작한 것은 비교적 최근으로 추정된다. 사건 전 사타의 자세한 생활 상태 및 약물 입수 경로는 현재 수사중이다.

아무래도 이상하다고 생각하며 소마는 커피를 홀짝 마셨다.

범인에게 전과가 있어 다행히도 신원이 바로 밝혀졌다고는 하나, 흉기 입수 경로부터 범행 당일의 발자취, 범인이 범행 때 입은 옷의 입수 경로까지 한나절 만에 판명되다니 일반적인 수사에서는 불가능에 가까운 일이었다. 게다가 마치 여봐란듯이 공용 화장실에 남아 있던 포장지와 지갑 속의 영수증 덕분에 어려움 없이 흉기와 복장을 구입한 곳이 밝혀졌을 뿐 아니라 점원과 가게의 감시 카메라는 사타가 그것들을 구입했다는 사실을 명확하게 확인해주었다. 게다가 범행 직전 사타는 열네 명이나 되는 백화점 점원이 얼굴을 기억할 만큼 무방비하게 백화점을 싸돌아다녔다. 조직폭력배의 텃세 때문에 약물 입수 경로는 명백하게 밝혀지지 않을지도 모르지만, 그걸 빼더라도 이제는 사타의 신변 조사를 진행해 그럴듯한 동기를 제시하기만 하면 된다. 사타는 자포자기하여 나락으로 돌진하는 듯한 인생을 살았으니 결국 약에 빠져 범행을 저질렀다는 줄거리는 얼마든지 만들어낼 수 있다. 다소 틀린 곳이 있더라도 죽은 자는 말이 없다. 이 사건은 일찌감치 결말이 날 것이다.

자신이 어떻게 생각하든 사건의 흐름은 변함없다. 그런 줄 알면서도 소마는 여전히 슈지의 진술서를 마무리짓지 못하고 있었다. 어젯밤부터 느껴지던, 범행 당시 사타의 행동 그 자체에 대한 기묘한 위화감이 어디서 비롯된 것인지 잡힐 듯하면서도 잡히지 않았다.

정신을 차려보니 어느덧 화면보호기가 작동해 복엽비행기가 모니터 화면을 가로지르고 있었다. 소마는 안타까운 마음을 떨쳐내듯이 마우스를 움직여 원래 화면으로 되돌려놓았다. 그때 텅 빈 실내에 팩스 수신음이 울려 퍼졌다.

사망한 네 사람의 부검 소견이 팩스로 왔다.

부검 소견을 읽어본 소마는 눈이 휘둥그레졌다.

이것이 처음으로 사람을 죽인 남자의 범행이란 말인가.

오른쪽 등을 찔린 구보 다다시는 오른쪽 폐동맥을 찔려서 실혈, 왼쪽 가슴 위편을 찔린 다케시타 미사토는 왼쪽 쇄골 아래 정맥과 동맥이 절단되고 왼쪽 폐를 찔려서 실혈, 멱을 베인 이마이 기요코는 오른쪽 경동맥이 절단되어 실혈, 등을 찔린 마미야 유코는 가슴대동맥과 하대정맥이 절단되어 실혈. 네 사람 다 딱 한 번씩 칼을 맞았다. 그런데 그 한 번이 죄다 치명상이다. 어디를 찌르면 사람이 죽는지 미리 알고 있던 것처럼 정확한 솜씨였다.

슈지의 옆구리 상처도 포함해 피해자 다섯 명이 칼을 맞은 위치를 나타낸 그림을 보자 사타가 회칼을 오른손에 쥐고 피해자를 덮쳤다는 것이 분명해졌다.

잠깐만. 슈지의 옆구리 상처…….

소마는 비로소 자신이 중대한 사실을 놓쳤음을 깨달았다.

사타가 왼손으로 슈지를 때렸을 때 오른손에는 회칼을 쥐고 있었다. 주먹이 닿는 거리라면 당연히 회칼로 심장을 쑤실 수도 있었을 터. 그런데 사타는 왜 오른손의 회칼을 쓰지 않고 왼손으로 슈지를 때렸을까. 사타에게 맞기 직전에 슈지는…….

소마는 책상으로 급히 돌아가 슈지의 증언을 메모한 수첩을 펼쳤다.

빈병으로 범인의 헬멧을 때려 부수려고 한 순간 오른쪽 관자놀이를 얻어맞아…….

헬멧……!

사타가 바로 왼손을 뻗어 슈지를 때린 것은 빈병에 맞아 헬멧 보호창이 깨질까 봐 두려웠기 때문이다. 오른손의 회칼로 슈지를 찌르면 사타의 왼쪽은 무방비 상태가 된다. 그렇다면 사타가 슈지를 찌르는 것과 동시에 슈지가 오른손에 든 빈병으로 보호창을 깨뜨렸을 것이다. 보호창이 깨지면 얼굴이 드러난다. 피해자뿐만 아니라 도주할 때 지나가는 사람들에게도 얼굴을 목격당할 우려가 있다.

하지만 무차별로 사람들에게 칼부림을 한 약물중독자가 왜 그런 것을 신경쓴단 말인가.

바로 그때 소마의 머릿속에 지금껏 생각지도 못했던 한 가지 의혹이 떠올랐다.

아무도 믿지 않을 엉뚱한 생각임은 알고 있다. 하지만…….

헬멧을 쓰고 있던 것은 약물중독자 사타가 아니라 다른 사람 아니었을까.

—놈은 약 같은 거 안 했어요. 틀림없이 제정신이었다고요.

범인을 두고 그렇게 단정한 슈지의 얼굴이 떠올랐다. 지금 당장 만나 이야기를 들어야 한다. 형사실에서 나가려고 컴퓨터를 끄려던 소마는 문득 손을 멈췄다.

소마는 소년 사건과의 데이터베이스에 접속해 시게토 슈지를 검색해보았다.

삼 초도 지나기 전에 한 건이 검색되었다.

시게토 슈지가 사는 연립주택은 녹슨 바깥 계단이 딸린, 아주 낡아빠진 목조 모르타르 이 층 건물이었다. 1층과 2층에 각각 여섯 개씩 자리한 방 중 절반은 덧문이 닫힌 빈방이었다. 아무도 청소할 마음이 없는 듯 방 앞으로 쭉 뻗은 통로에는 빈 맥주 캔과 우편함에서 흘러넘친 출장 마사지 전단지가 어지러이 흩어져 있었다. 방마다 통로 쪽에 위치한 부엌 같은 곳의 조그마한 창문에는 뿌옇게 먼지가 앉아 있었다.

소마는 저도 모르게 멈춰 서서 황폐하다 못해 폐허가 되기 직전의 건물을 바라보았다. 일정한 직업을 갖고 열심히 일하고 있으니 좀더 나은 곳에 살 수도 있을 텐데. 무슨 목적이 있어서 따로 돈을 모으고 있는 걸까. 소마는 의아한 마음을 품고 녹슨 바깥 계단을 올랐다.

203호실의 얇은 나무문을 두드리고 잠시 기다렸다. 반응은 없었다. 몇 번인가 이름을 부르면서 문을 두드렸지만 대답은 돌아오지 않았다. 혹시 상처가 덧나서 꼼짝도 못 하는 것 아닐까. 소마는 바로 집주인에게 열쇠를 빌려 와서 슈지가 사는 집의 문을 열었다.

신발을 벗고 말을 걸면서 집으로 들어갔다. 오른편에 타일을 바른 작은 욕실과 화장실, 왼편에 싱크대와 가스레인지, 안쪽에 세 평짜리 방 하나. 하지만 거기에 슈지는 없었다. 싸구려 초록색 카펫이 깔린 아무도 없는 방에 오후 햇살이 비쳐들어 창문의 나무살 너머로 십자 그림자를 드리우고 있었다.

옆구리를 꿰맸으니 틀림없이 집에서 자고 있을 줄 알았는데.

소마는 슈지가 일하는 니치에이 건설에 연락을 해보았다. 전화를 받은 영감님은 소마가 신분을 밝히자 놀랐는지 "무슨 일 있습니까?"라고 물었다. 요 일 년 반 동안 지각도 결근도 한

적이 없는 슈지가 어제저녁에 갑자기 다쳐서 일주일쯤 쉬겠다는 전화를 했다고 한다. 어제 뉴스에 경상을 입은 슈지의 이름은 나오지 않았기 때문에 직장에서는 슈지가 무차별 칼부림 사건에 휘말린 줄 아직 모르는 상황이었다. 소마는 당사자인 슈지가 사건 이야기를 하지 않았음을 알고 경미한 사고를 당해 다쳤다고만 설명했다. 직장 사람들은 아무도 슈지의 행방을 몰랐다.

소마는 다시금 슈지의 집을 둘러보았다. 벽 앞의 진열장에는 토목 관련 서적 몇 권과 팝송 CD가 정리되어 있었다. 소형 냉장고 위에는 인스턴트커피와 조미료가 놓여 있었다. 혼자 사는 것치고는 그럭저럭 잘 정리된 집이었다. 반침을 열자 깔끔하게 갠 이불이 들어 있었다.

그런 상처를 입고 밖을 나다닐 것 같지는 않은데.

찜찜한 예감이 슬며시 고개를 쳐들었다.

시게토 슈지는 도대체 어디로 사라진 걸까…….

고치 퀸스 코트 호텔은 고치 시내 중심부인 번화가에 가까워 관광에 적합한 입지를 자랑한다. 하지만 건물이 약간 낡아 호텔 순위로 따지자면 시티호텔이었던 예전의 평가에서 조금씩 떨어져 점점 비즈니스호텔에 가까운 분위기로 변해가고 있었다. 어메니티의 질을 떨어뜨리고, 복도의 자판기를 늘리고, 다양한 숙박 플랜을 짜서 요금을 내린 결과 고객층도 단체 관광객, 사업가, 가족들 등으로 잡다하게 나뉘었다.

체크인의 물결이 잠잠해진 저녁 무렵, 직원실에서는 낮 근무를 마친 젊은 종업원들이 제복을 사복으로 갈아입고 캔커피를 마시며 텔레비전을 보고 있었다. 어제 도쿄에서 일어난 무차별 살인 사건의 범인이 다스베이더를 연상시키는 괴상한 복장을 하고 회칼이라는 흉악하고 고전적인 흉기를 사용한 탓인지 사람들 사이에서 호러 영화 같은 도시전설이 퍼지고 있었다. 범인은 죽지 않고 또 어디에 나타날 것이라는 소문이다. 야근을 해야 하는 다노우라 히데토시는 사건과 소문을 두고 시끌벅적 떠드는 종업원들을 본체만체 컵라면을 먹다가 젓가락을 멈추고 《고치 일보》에 조그맣게 실린 사회면 기사를 주의깊게 읽었다.

어제 아침 고치 항 안벽 근처 바다에서 가라앉은 차가 발견되었다는 기사였다. 차는 사가미 번호판이 달린 은색 임프레자. 차에 사람은 없고 근처 바다에서 시신도 발견되지 않았다. 운전했으리라 추정되는 차의 소유주는 가나가와 현 야마토 시에 거주하는 전前 폐기물 수거 운반업자 마자키 쇼고. 현재 행방불명이라고 한다.

혹시 바다에서 발견된 임프레자는 그 남자가 타고 온 차 아닐까…….

다노우라는 신문 기사에 나온 차와 똑같은 차를 탄 남자와 말을 나눈 적이 있었다.

얼마 전의 일이다. 여느 때처럼 다노우라가 오후가 되자마자 호텔 지하 주차장을 청소하고 있는데 차 한 대가 들어왔다. 아직 체크인 시간도 아닌데 어쩐 일인가 싶어 미심쩍은 눈길을 주었던 차가 사가미 번호판이 달린 은색 임프레자였다. 비록 차는 없지만 좋아하는 다노우라는 언젠가 차를 산다면 저런 차도 괜찮겠다고 생각하며 임프레자를 쳐다보았다.

운전하던 남자는 차에서 내려 바로 다노우라에게 다가왔다. 그리고 "일하는데 미안하지만"이라고 양해를 구한 후에 종업원 한 명을 불러달라고 부탁했다. 그것도 가능하면 남의 눈에 띄지 않도록 몰래 불러달라고.

묘한 부탁이다 싶었지만 다노우라는 그 남자가 전날 호텔에 묵었다는 것을 기억하고 있었고, 남자의 말투가 아주 예의 발랐기 때문에 선선히 부탁을 들어주었다.

그때 그 남자가 이 기사에 난 임프레자의 주인, 행방불명된 마자키 쇼고 아닐까. 기사에서는 마흔두 살이라 하는데 그 남자도 딱 그 정도 나이로 보였다.

확인하려면 그때 불러다 준 종업원에게 물어보는 것이 제일

이겠지만 그 녀석은 어째선지 갑자기 일을 그만두어 지금은 어디서 뭘 하고 있는지도 모른다.

달리 확인할 방법은 없을까…….

고민하던 다노우라는 실로 단순한 방법이 있다는 것을 알아차렸다. 만약 그 남자가 행방불명된 마자키 쇼고라면 숙박한 날의 명부에 마자키 쇼고의 이름이 적혀 있을 것이다.

다노우라는 불어버린 면을 먹어치우고 국물까지 마신 후 빈 용기를 쓰레기통에 던져 넣고 황급히 프런트로 향했다.

프런트 담당 미토베는 품위 있는 초로 남자로 상대가 손님이든 종업원이든 상관없이 웬만한 부탁은 기분 좋게 들어준다. 다노우라가 사정을 설명하자 미토베는 바로 숙박자 명부를 펼치며 "그 사람 언제 묵었지?"라고 물었다.

"아마 지난주……. 아니, 지지난주였나."

"지난주인지 지지난주인지도 기억 안 나?"

미토베는 기가 막힌다는 듯이 되물었다.

"자, 잠깐만요. 지금 생각중이니까요."

다노우라는 머릿속의 주간 달력을 뒤적였다. 남자의 얼굴과 목소리는 또렷이 기억났지만, 언제 묵고 갔는지 떠올리려고 하면 기억이 애매모호해졌다.

매일 녹초가 될 때까지 일하고 나서 정신없이 곯아떨어지는 생활을 계속하다 보면 요일과 날짜 감각이 둔해지는 법이다. 하루하루 생활하다 보면 특별히 신경써야 할 일은 하나도 없고, 어떤 날짜를 손꼽아 기다려야 할 행사도 없다. 이 동네의 유일한 행사는 축제지만 축제가 시작되려면 아직 몇 달이나 남았다. 도시와 달리 여기서는 무차별 살인 같은 요란한 사건도 터지지 않는다.

아니…… 잠깐만.

그때 뱃속을 뒤흔들던 묵직한 폭발음이 떠올랐다.

그렇다, 지난주에 무지막지한 사고가 났다.

항구 창고 거리에 있는 창고 중 하나에서 커다란 폭발 화재가 일어났다.

밤 9시 넘어서였다. 마침 비번이라 집에 있던 다노우라는 근처에서 특대 불꽃을 쏘아올린 것 같은 땅울림에 놀라 베란다로 뛰쳐나갔다. 창고 거리 방향의 하늘이 마치 미사일이라도 떨어진 것처럼 새빨갛게 물들어 있었다. 황급히 자전거를 몰고 보러 가자, 창고 거리가 가까워질수록 밤하늘로 솟구치는 엄청난 불기둥이 똑똑히 눈에 들어와서 어쩐지 현실이 아닌 것 같은 기분이 들었다.

비번 날이었으니까 사고는 3월 18일 금요일에 났다. 임프레자를 탄 남자와는 비번 직전에 주차장에서 만났다.

"지난주 항구에서 폭발 화재가 일어나기 직전이었을 거예요."

"그럼 3월 17일이나 16일이겠군."

미토베는 재빨리 페이지를 넘겨 "마자키 쇼고…… 마자키 쇼고" 하고 중얼거리며 명부를 집게손가락으로 훑었다.

"직업은 전 폐기물 수거 운반업자인데요."

"숙박 명부에는 그런 식으로 안 써. 대개 자영업이나 회사원이라고 쓰지."

"그렇구나."

다노우라는 마자키의 이름이 나오면 경찰에 알려야 할지 스스로에게 물어보았다. 호텔에 경찰관이 와서 다노우라가 알렸다는 사실이 매니저 도쿠다 귀에 들어가기라도 하면 쓸데없는 짓 하지 말라고 눈물이 쏙 빠지게 혼날 것이 뻔하다. 도쿠다는 이익이 나지 않는 일에 시간을 쓰는 것을 하늘의 뜻에 반하는 대죄로 여기는 인간이니까. 경찰에 알릴 거면 익명으로 제보하는 편이 나을지도 모른다.

"이거, 그런 이름은 없는데."

미토베가 미안하다는 표정으로 숙박자 명부에서 고개를 들었다.

"정말로요?"

놀란 다노우라는 엉겁결에 카운터로 몸을 내밀어 숙박자 명부를 집어 들었다. 미토베와 함께 다시 한번 그 주의 숙박객을 꼼꼼히 살펴보았으나 마자키 쇼고의 이름은 어디에도 없었다. 다노우라는 고개를 갸웃거렸다.

그럼 내가 만난 임프레자를 탄 남자는 행방불명된 마자키 쇼고가 아니었나…….

"이봐, 뭐하나."

매니저 도쿠다의 목소리에 다노우라는 허둥지둥 프런트에서 물러났다.

"603호실에서 샤워기 물이 잘 안 나온다고 했는데, 못 들었어?"

"아, 지금 가겠습니다."

"정말이지 파견은 못 써먹겠다니까."

도쿠다는 들으라는 듯이 중얼거렸다. 종업원은 대부분 파견인데, 라고 다노우라는 속으로 툴툴거렸다. 지난주에 파견이 난데없이 두 명이나 그만두는 바람에 도쿠다는 신경이 곤두서 있었다.

다노우라는 바삐 걸어 엘리베이터로 향했다. 바다에 가라앉아 있던 임프레자는 그 남자의 차가 아니었으리라. 사가미 번호판이 달린 은색 임프레자가 고치 시내에 한 대밖에 없는 것도 아닐 테고. 6층에 도착했을 때 다노우라의 머릿속에는 시원찮은 샤워기를 어떻게 해야 하느냐는 생각뿐이었다.

다노우라는 전 폐기물 수거 운반업자 마자키 쇼고가 가명으로 호텔에 묵었을 것이라고는 상상하지 못했다.

텔레비전 화면에 나온 무차별 살인범 사타 마모루의 사진은 이력서 따위에 사용한 것인지 정면을 향한 얼굴이 네모난 테두리 안에 꼭 맞게 담겨 있었다. 볕을 쬔 적이 거의 없는 듯한 창백한 피부, 얇은 입술, 눈동자가 크고 약간 튀어나온 듯한 눈에는 반발과 두려움이 뒤섞여 있어서 나이에 비해 어린 인상이었다.

뉴스와 와이드 쇼에 나오는 사타의 얼굴을 아침부터 지겹도록 쳐다보았지만 슈지는 몇 번을 보아도 이 자식에게 죽을 뻔했다는 실감이 나지 않았다. 더군다나 어느 방송을 틀어보아도 사망한 사타의 혈액에서 약물 반응이 나왔다는 보도뿐이었다. 슈지는 보도와 자신의 기억이 일치하지 않는 기분이 들어 미칠 지경이었다.

보도가 사실이라면 사건 때 내가 들은 무차별 살인범의 목소리는 뭐였단 말인가…….

"이거 역시 맛없네. 못 먹겠다."

미야케가 정나미 떨어진다는 얼굴로 파래가 들러붙은 나무 젓가락을 내던졌다.

텔레비전을 보아도 아무 소용 없을 것 같아서 슈지는 스위치를 끄고 미야케가 사 와서 들쑤시던 야키소바를 들여다보았다. 면과 양배추가 식은 기름과 한덩어리가 되어 굳어 있었다.

"그러니까 오래된 건 사지 말라고 했잖아."

"엄청 쌌단 말이야."

"먹을 건 슬롯머신 하러 가기 전에 사."

"그러면 투지가 사라지는걸. 쌀이 어디 없던가."

미야케는 돈을 탕진하고 나서도 질리는 기색 하나 없이 일어서서 부엌의 싱크대 아래를 부스럭부스럭 뒤지기 시작했다. 기억도 잘 나지 않을 만큼 묵은 쌀은 오래된 야키소바보다 위험하지 않을까 싶었지만 슈지는 내버려두었다.

슈지는 고등학교 시절에 알고 지내던 미야케의 집에 신세를 지고 있었다. 무테안경을 낀 불쌍한 남자의 말을 믿었기 때문에 집에 돌아가지 않은 것은 아니었다. 그저 남자가 어떻게 자신의 얼굴을 알고 있었는지가 마음에 걸렸다. 빈혈 때문에 어질어질한 머리로 생각하는 사이에 진다이지 역으로 가는 버스가 슈지를 두고 출발하고 말았다. 버스를 놓친 슈지는 겨우 택시를 잡아타고 제일 가까운 미야케의 집으로 왔다. 차에서 내렸을 때까지만 해도 빈손으로 가기 뭐하여 아파트 1층 편의점에서 캔맥주를 살 정도의 정신은 남아 있었지만 미야케의 네 평짜리 원룸에 들어서자 필름이 끊겼다. 미야케가 신기종 슬롯머신이랑 스패너에 대해 뭐라고 이야기를 한 것 같지만 잘 기억나지 않았다. 먼지투성이 회색 카펫 위에서 잠이 깼을 때는 아침이었다.

습관의 힘은 대단한지라 현장에 나가기 위해 매일 아침 일어나는 오전 5시 10분 정각에 눈이 딱 떠졌다. 열 시간 가까이 잔 덕분에 통증은 제법 많이 가라앉았고 어지럽지도 않았다. 슈지는 텔레비전을 켜놓고 잠든 미야케를 그대로 놓아두고 욕실로 가서 다친 곳이 젖지 않도록 조심하며 샤워를 했다.

뜨거운 물이 몸을 흘러 떨어지자 피어오르는 김 속에서 어렴풋이 수초의 풋내가 났다. 그것이 역 앞 광장 분수의 물 냄새임을 깨닫고 슈지는 무심결에 거즈 위로 옆구리 상처를 살짝 눌렀다. 그때 지금까지 완전히 잊고 있던 사실이 떠올랐다.

옆구리에 칼을 맞은 직후 슈지는 남자의 낮게 깐 목소리를 들었다.

"가만히 있어."

무차별 살인범은 분명히 그렇게 말했다.

그 목소리에는 무서우리만치 단순한 의지가 담겨 있었다. 다른 누구도 아닌 슈지라는 인간을 죽이겠다는 의지. 놈은 약 따위 하지 않았다. 그렇게 느낀 원인은 싸웠을 때의 감각보다도 바로 그 목소리였음을 슈지는 비로소 깨달았다.

욕실 가득 피어오른 새하얀 김 속에서 슈지의 가슴은 섬뜩한 의혹에 옭매였다. 놈은 정말 무차별 살인범이었을까. 정말로 우연히 거기에 있던 사람들을 노린 걸까.

조바심이 난 슈지는 몸을 제대로 씻지도 않고 욕실을 뛰쳐나와 방에 난잡하게 널린 극화체 만화책과 빈 과자 봉지를 헤치고 텔레비전 리모컨을 찾아 뉴스를 틀었다. 정오가 다 되어 꾸물꾸물 일어난 미야케가 슬롯머신을 하러 가서 돈을 왕창 잃고 싸구려 야키소바를 사서 돌아올 때까지 슈지는 채널을 이리저리 돌리며 사건 속보를 샅샅이 찾아서 보았다.

매스컴은 하나같이 전날 일어난 '대낮에 벌어진 진다이지 역 앞 광장 무차별 살인 사건'을 떠들썩하게 다루었다. 사위스러운 배경음악과 함께 사타의 얼굴 사진과 기괴한 검은색 에나멜 복장으로 역 감시 카메라에 찍힌 사타의 모습이 번갈아 등장했다. 패널이 젊은 세대에게 만연한 마약의 위험성에 대해 열변을 토하는 가운데, 사타의 초등학교 졸업 문집이 화면에 비쳤고 자칭 어린시절 친구라는 사람의 증언까지 나왔다.

방송마다 입맛에 맞게 편집을 하기는 했으나 어느 방송이든 약물중독자 사타가 자포자기한 나머지 약을 맞고 무차별 살인을 저지른 끝에 사망했다는 판에 박힌 내용뿐이었다. 슈지는 아무래도 말이 안 되는 것 같은 기분이 들었다.

"에고. 역시 쌀 없네."

미야케가 싱크대 옆에서 처량한 목소리로 말했다.

고개를 들자 물웅덩이처럼 침침한 텔레비전 화면에 슈지 자신의 모습이 비치고 있었다.

이쪽을 쳐다보는 얼굴은 미간에 주름을 잡고 깊은 생각에 잠겨 있었다.

리모컨을 들고 한나절 내내 이렇게 심각한 얼굴로 텔레비전을 노려보고 있었나…….

슈지는 자신에게 쓴웃음을 지었다. 어느 틈엔가 자신도 그 불쌍한 남자의 망상에 사로잡히고 말았다.

—달아나. 살아남아.

그렇게 극적인 짓을 하지 않아도 무차별 살인범은 실려간 병원에서 죽었고 자신은 멀쩡하게 살아 있다. 말이 되든 안 되든 변하는 것은 없다.

그렇게 생각하자 별안간 심한 공복이 느껴졌다. 돌이켜보니 어제 낮 이후로 커피우유 하나말고는 먹은 것이 없었다. 뭔가 맛있는 음식을 배터지도록 먹고 싶었다. 자리에서 일어난 슈지는 미련을 접지 못하고 부엌을 뒤지는 미야케에게 힘차게 말을 걸었다.

"쌀은 집어치우고 나가서 밥 사 먹자."

기다리고 있었다는 듯이 미야케는 환성을 지르고 묘한 춤을 추며 현관으로 향했다.

미야케는 슈지보다 두 달 정도 일찍 고등학교를 중퇴하고 배관공 일을 시작했지만, 일을 하다가 말다가를 되풀이하고 있다. 나갈 때 슈지는 신발장 위에 미야케의 배관 공구가 놓여 있는 것을 알아차렸다. 옛날부터 공구라면 사족을 못 쓰던 미야케는 여전히 통신판매로 크롬 도금한 양구스패너와 독일제 드라이버 따위를 열심히 사들이는 모양이다. 하지만 그 위에 쌓여 있는 전화 요금과 가스 요금 청구서 다발로 보아 미야케가 요즘 슬롯머신으로만 먹고 산다는 것은 분명했다. 밥은 자신이 사야 할 것 같았다.

오후 5시 반이 넘어서야 소마는 겨우 찾아가려던 골목을 찾아냈다. 평소 같으면 아직 밝은 저녁놀이 남아 있을 시간이지만, 하늘을 뒤덮은 먹색 구름 탓에 주변은 벌써 어두웠다. 오늘 밤은 비가 한바탕 쏟아지겠다는 생각을 하며 소마는 슈지가 태어나 자란 골목으로 들어섰다.

다닥다닥 붙어선 폭이 좁은 다세대주택들에는 모두 불이 켜져 있었고, 저녁을 준비할 시간이라 그런지 좁은 골목에는 따끈한 밥과 간장 냄새가 풍겼다. 바깥에 내어놓은 기울어진 나무 선반에 전문가 빰칠 솜씨로 가꾼 분재와 쑥쑥 자라난 꽃나무 화분이 놓여 있고, 누군가 타다 내버려둔 세발자전거가 골목 한가운데를 막고 있었다. 집들의 얇은 벽 너머로 종알대는 아이들의 목소리와 텔레비전 소리가 새어 나왔다. 도쿄에도 아직 이런 곳이 있었나 싶어 소마는 조금 놀랐다.

소년 사건과의 데이터베이스에서 본 슈지가 저지른 사건이 골목을 걸어가는 소마의 머리를 스쳤다. 슈지와 세오 가쓰노리, 가와즈 요헤이 세 사람은 재작년 여름까지 이 동네에 살았다. 아주 사이가 좋았다는 죽마고우 세 사람이 어째서 그렇게 잔혹한 상해 사건을 일으켰을까…….

소마는 아기 울음소리를 들으며 빨간색과 노란색으로 칠해진 세발자전거를 넘어 자신이 찾던 문패를 발견했다.

시게토 게이조.

소마는 슈지가 아버지 집에서 잤을지도 모른다는 생각에 네즈 신사와 가까운 게이조의 집을 찾아왔지만, 부산한 저녁 분위기로 가득한 골목의 집들 가운데 게이조의 집만 이가 빠진 것처럼 불이 꺼져 있었다. 새시 문을 두드려보았지만 아무 반응도 없었다. 소마는 게이조가 오늘 비번임을 확인하고 왔으므로 포기하지 않고 문을 두드렸다. 잠시 후 맞은편 집 문이 열리더니 사발을 든 통통한 할머니가 나왔다.

"그 집, 지금 아무도 없어."

할머니가 생선뼈와 밥이 약간 든 사발을 골목에 내려놓자 어디선가 얼룩고양이 한 마리가 슬금슬금 다가왔다.

"게이조 씨라면 역 뒤편 술집에 있을 거야."

할머니의 목소리가 들린 듯 거실에서 텔레비전을 보고 있던 영감님이 크게 소리쳤다.

"아사미야, 아사미. 조그만 보라색 간판이니까 찾아봐."

소마는 불빛 없이 고요한 게이조의 집을 돌아다보았다. 슈지는 아버지 집에도 오지 않았다. 소마는 게이조를 만나 슈지가 갈 만한 곳을 물어보기로 마음먹었다. 소마는 부부에게 감사 인사를 했으나 할아버지가 아사미에 또 갔냐느니 안 갔냐느니 하며 말다툼을 시작한 노부부는 소마를 안중에 두지 않았다.

역 뒤편 골목에 면한 아사미의 문을 열자 좁은 가게에 손님은 아직 없었고, 젊은 아가씨 하나가 칸막이 자리에 다리를 뻗고 앉아 페디큐어를 바르고 있었다. 아가씨는 고개도 들지 않고 "마담 언니는 잠깐 나갔어요. 저는 그냥 가게 보고 있는 거고요"라고 말하며 접객 의무가 없음을 강조했다.

소마가 여기 온 이유를 설명하자 아가씨는 황록색 페디큐어를 바르던 손을 멈추고 호기심을 감추려는 기색도 없이 소마를 위에서 아래로 훑어보았다.

"그 사람은 위에 있는데요."

아가씨는 턱짓으로 카운터 옆 안쪽 계단을 가리켰다.

계단으로 향하는 소마에게 아가씨는 잘 안다는 듯한 얼굴로 덧붙였다.

"물어봐도 소용없을걸요. 그 사람, 좀 이상하니까."

아가씨의 말에 따르면 게이조는 십 년 전에 트럭으로 후쿠오카에서 도쿄로 돌아오던 도중에 반대쪽 차선에서 튀어나온 음주운전 차량을 피하려다 길가에서 유치원 버스를 기다리던 네 살배기 아이를 치어 죽였다고 한다. 경찰도 게이조의 과실은 묻지 않았다. 하지만 그때부터 게이조는 조금씩 이상해진 모양이다. 운전대를 잡고 있을 때는 예전과 다름없이 일하지만 트럭에서 내리면 늘 멍하니 생각에 잠겨 있다고 한다.

"마담 언니는 그 맹한 구석이 마음에 든 모양이지만요."

게이조는 여자의 침실인 듯한 2층의 세 평짜리 방에 있었다. 연보라색 여성용 가운을 걸치고 혼자 저녁 반주를 걸치는 게이조는 마흔 살이 넘었지만 피부가 탱탱하고 이목구비가 번듯한 남자였다. 그런 만큼 초점을 잃은 듯한 상냥한 눈이 오히려 측은한 인상을 주어 남자로서 한창때임에도 마치 어린아이나 피로한 노인처럼 보였다.

소마는 자신이 온 이유를 밝히고 슈지가 어디로 갔는지 짐작 가는 곳이 없느냐고 물었다. 게이조는 온화한 눈을 들어 소마를 쳐다보더니 말없이 고개를 저었다. 짐작 가는 곳이 없다는 뜻인지 있어도 말할 생각이 없다는 뜻인지는 모르지만, 게이조는 할말 다 했다는 듯이 천천히 잔을 입으로 옮겼다.

"자주 같이 놀던 친구나 선배, 아무나 괜찮습니다. 친한 친구 이름 모르십니까?"

소마가 에둘러서 몇 번을 다시 물어도 게이조는 더이상 아무 반응도 보이지 않았다.

게이조가 입을 열기를 참을성 있게 기다리던 소마는 그가 자신을 무시하는 것이 아님을 깨달았다. 게이조는 마치 자신의 귀에만 들리는 라디오에 귀를 기울이고 있는 것 같았다. 게이조의 의식은 여기 없었다. 아니, 게이조 옆에 자신은 없다고 소마는 생각했다. 이 남자에게서 뭔가를 알아내기는 불가능하다.

소마는 사람을 죽이는 바람에 마음이 망가지고 만 남자를 안쓰러운 마음으로 바라보았다. 작은 주발에 담긴 죽순 된장 무침과 명란젓, 머위 줄기 튀김을 보니 마담이 게이조를 끔찍이 아끼고 있다는 것을 알 수 있었다. 소마는 조금이나마 가벼워진 마음으로 자리에서 일어섰다.

계단을 내려오다 소마는 슈지가 닮았을 게이조의 얼굴을 갑자기 다시 한번 봐두고 싶어졌다. 돌아다본 소마는 아까 마주 앉았을 때와 마찬가지로 온화한 게이조의 눈과 마주쳐 놀랐다.

"슈지, 그 녀석. 잼빵을 참 좋아했는데……."

게이조는 상앗빛 이를 드러내고 무방비하게 웃었다.

소마는 구 년 전에 어머니가 집을 나간 후, 슈지가 게이조와 둘이서 어떻게 살아왔을지 궁금했다. 병원 공중전화로 게이조와 이야기를 나누던 슈지는 구김살 없이 웃었다. 정작 다쳤다는 이야기는 하지 않았지만.

계단을 내려가자 칸막이 자리에 앉아 있던 아가씨가 마스카라를 바르던 손을 멈추고 헛일 아니었냐고 묻는 얼굴로 소마를 쳐다보았다. 소마는 아무 대답 없이 신발을 신었다. 고개를 가볍게 숙여 인사하고 떠나려는데 문이 열리고 쪽빛 비단 기모노를 입은 여자가 가뿐한 나막신 소리와 함께 들어왔다. 의외로 아사미의 마담은 삼십 대 중반으로 젊고 차분한 느낌이 드는 여자였다.

"그 사람, 형사" 하고 칸막이 자리의 아가씨가 손거울을 들여다보며 말했다. "아저씨 아들이 갈 만한 곳을 알아보러 왔대요."

소마가 인사하고 경찰수첩을 보여주자 여자는 미안하다는 듯이 미소 지었다.

"아드님에 관해서는 잘 몰라요. 게이조 씨가 여기 처음 왔을 무렵에는 이미 집을 떠나서 일하고 있던 모양이라……. 오늘 아침에 전화 주신 형사님께도 그렇게 말씀드렸어요."

형사가 전화를 걸었다……?

"저희 서 사람이었습니까?"

"예, 그렇게 말씀하셨어요. 아침 9시쯤에 전화로 물어보셨는데요. 아드님이 갈 만한 곳을 모르느냐고요."

지하철 역 방향으로 술집 거리의 좁은 길을 걸으며 소마는 아사미의 마담이 한 말을 되새겼다. 이번 사건에서 피해자는 수사 대상이 아니다. 서에서 슈지를 찾을 사람은 피해자 담당으로 배정된 자신말고는 없을 것이다. 그렇다고 해서 아사미의 마담이 거짓말을 할 이유도 없다. 소마는 찜찜한 기분을 안고 지하철을 탔다.

슈지는 거의 하루 반 만에야 제대로 된 식사를 하고 "딸기 페어"라고 쓰인 깃발이 나부끼는 패밀리 레스토랑을 뒤로했다. 슈지에게 밥을 얻어먹은 미야케는 기분이 좋았다. 그후 슈지는 책방에서 잡지를 서서 읽다가 아직도 혼이 덜 났는지 슬롯머신 게임센터에 설욕하러 가겠다는 미야케와 쓰쓰지가오카 역 앞에서 헤어졌다.

혼자 남은 슈지는 약국에서 거즈와 소독약 두 통을 샀다. 당분간 일을 못 하니까 알아서 부지런히 소독하여 병원비를 아끼는 수밖에 없다. 약국에 들른 김에 자양강장제도 한 병 사서 병원에서 받은 항생제를 먹었다. 역 앞에서 버스를 타고 진다이지 역 4가 버스 정류장에서 내렸을 때는 오후 8시 반이 지났다.

가로등이 드문드문한 탓에 산울타리에 짙은 어둠이 내린 주택가는 심야처럼 고요했다. 얼마 걷기도 전에 비가 후드득 떨어지기 시작했다. 벚꽃이 피었다고는 하나 초봄의 비는 차갑다. 빗발이 굵어지기 전에 돌아갈 요량으로 슈지는 스웨트셔츠의 후드를 덮어쓰고 어두운 길을 바삐 걸었다.

연립주택의 녹슨 계단을 올라 얇은 나무문의 자물쇠를 열었다. 안으로 들어가 문을 잠그고 문간의 불을 켰다. 안쪽 세 평짜리 방의 커튼은 어제 낮에 나갔을 때와 똑같이 걷혀 있었다. 방을 나선 것이 아주 옛날 일 같았다.

문득 아렌 생각이 났다. 사건이 일어난 후 역 앞 광장에 왔다가 놀라서 돌아갔을까. 딱 한 번 만났을 뿐인 아렌과 슈지의 연결점은 휴대전화 메일 주소뿐이었다. 휴대전화가 고장난 탓에 연락할 방도가 없다.

바람이 유리창을 두드리고 빗발이 거세졌다. 슈지는 전등 끈을 잡아당겨 안쪽 방의 불을 켠 후 커튼을 치려고 창문으로 다가갔다.

순간 슈지는 온몸에 물을 뒤집어쓴 것처럼 섬뜩하여 우두커니 멈춰 섰다.

나무 창틀에 낀 유리창에 이상한 것이 비쳤다.

방구석에 얼굴이 새카맣게 칠해진 뭔가가 서 있었다. 그것이 검정색 스키 마스크를 쓴 남자임을 알아차렸을 때는 로프 같은 것이 등뒤에서 슈지의 목을 단단히 조르고 있었다.

슈지는 죽을힘을 다해 발버둥쳤다. 발로 창문을 걷어차자 부서진 창틀과 유릿조각이 사방으로 튀었다. 세차게 들이친 비가 의식을 잃어가던 슈지의 뺨을 때렸다. 한발 먼저 남자를 본 덕분에 손가락 두 개를 겨우 로프 아래에 끼워 넣었지만 로프는 마치 즐기듯이 천천히, 하지만 바이스처럼 무서운 힘으로 조여들어 손가락과 함께 목뼈를 부수려 들었다. 슈지는 카고 바지 옆 주머니에서 스패너를 꺼내 등뒤에 있는 남자의 머리 언저리에 대고 마구 휘둘렀다. 만일을 위해 미야케의 공구 중에서 얻어온 크롬 도금 양구스패너는 전등을 깨부수고 남자의 귀를 스치며 목 아랫부분을 때렸다. 짤막한 신음 소리와 함께 로프가 느슨해지자 슈지는 그 자리에 풀썩 쓰러졌다. 도망쳐야 한다고 생각했지만 산소가 모자라 신경이 마비된 것처럼 몸이 말을 듣지 않았다.

"이 새끼……."

어둠 속에서 들린 목소리에 슈지는 유령의 목소리를 들은 것처럼 소름이 끼쳤다.

무차별 살인범 목소리였다.

신발 바닥이 유릿조각을 밟는 소리가 나더니 가죽장갑의 감촉이 슈지의 머리카락을 움켜잡았다.

아사미에서 철수하고 지하철을 탄 소마는 서로 돌아가기 전에 다시 한번 슈지의 집에 들러보기로 했다. 슈지가 아무도 없는 아버지 집에 돌아가거나 하물며 아버지가 신세 지고 있는 여자의 술집에 나타날 것 같지는 않았다. 오늘밤에는 자기집에 돌아갈지도 모른다.

진다이지 역에서 지하철을 내려 플랫폼 계단으로 향하는데 주머니의 휴대전화가 울렸다. 냉큼 서로 돌아와서 피해자 목록을 제출하라는 형사부장 요시마쓰의 지긋지긋한 전화였다. 사타에 관한 수사가 급속도로 진전되고 있으니 서류도 가능한 한 빨리 갖추어두라는 뜻이다. 소마는 하는 수 없이 바로 돌아가겠다고 말하고 전화를 끊었다.

역을 나서자 일기예보대로 가랑비가 부슬부슬 내리고 있었다. 서까지 걸어서 이십 분. 도착하기 전에 한바탕 쏟아질 것 같았지만 소마는 개의치 않고 걸음을 옮겼다. 빗줄기가 굵어지기 전에 귀가를 서두르는 사람들이 이미 파란 시트가 치워진 역 앞 광장을 재빨리 지나쳤다.

발걸음을 서둘러 광장을 가로지르려는데 달콤한 백합 향기가 뜻하지 않게 소마의 발을 붙들었다. 둘러보자 분수 옆 헌화대에 희생자를 애도하는 조화가 놓여 있었다. 소마는 두 손을 모아 애도의 뜻을 밝히고 가려고 헌화대로 다가갔다. 큼지막한 백합 꽃다발에서 진한 향기가 풍겼고, 새하얀 꽃 한가운데의 짙은 다홍색 꽃술이 비에 맞아 흔들리고 있었다.

죽은 자를 애도하는 꽃을 쳐다보고 있으니 어째서인지 게이조의 말이 떠올랐다.

—슈지, 그 녀석. 잼빵을 참 좋아했는데…….

그 말이 갑자기 죽은 사람을 추억하는 말처럼 느껴져 소마는 강한 불안에 사로잡혔다.

아사미에 걸려 왔다는 전화. 그건 경찰이 건 전화가 아니다. 도대체 누가 뭣 때문에 형사로 위장해 슈지의 행방을 알아내려 했을까. 자신말고 다른 누군가가 슈지를 쫓고 있다. 무차별 칼부림 사건의 유일한 생존자를.

빗방울이 소리를 내며 소마의 어깨를 때리기 시작했다.

낮부터 가슴을 답답하게 막고 있던 불길한 예감이 강해지는 빗발의 부추김을 받은 듯이 등을 떠밀었다. 생각이 정리되기도 전에 소마는 방향을 바꾸어 슈지의 집으로 달려갔다.

순식간에 바람이 거칠어지며 비가 퍼붓기 시작하자 인기척이 없는 밤의 주택가는 거센 빗소리에 파묻힌 것 같았다. 소마는 쏟아지는 빗줄기로 부옇게 흐려진 길을 쉬지 않고 달렸다. 살을 씻어내듯이 비가 흘러 떨어졌다. 산울타리 모퉁이를 비스듬히 돌자 작은 월정 주차장 맞은편에 다카미장이 보였다. 2층 오른쪽에서 세 번째에 있는 슈지 방에 불은 켜져 있지 않았다.

슈지는 돌아오지 않았다.

안도라고도 낙담이라고도 할 수 없는 한숨을 내쉬고 하늘을 올려다보았을 때 소마의 눈에 이상한 광경이 들어왔다.

슈지 방의 커튼이 바람에 너풀거렸다. 창문이 십자 창틀과 함께 부서져서 안쪽 커튼이 비바람에 펄럭이고 있었다. 어두운 방안에서 무슨 일이 벌어졌다. 깜짝 놀란 소마는 연립주택으로 뛰어들어 바깥 계단을 올라가서 얇은 나무문을 차 부쉈다.

"경찰이다!"

외친 순간, 어둠 속에서 뭔가가 튀어나왔다. 욕실과 싱크대

사이의 좁은 공간에서 소마는 검은 덩어리와 격한 몸싸움을 벌였다. 젖빛유리를 끼워 넣은 욕실 미닫이가 쓰러지자 연립주택 전체가 진동했다.

경찰관으로서 소마는 결코 덩치가 좋은 편은 아니지만, 서에서 맨손으로 겨루어 소마에게 이길 수 있는 사람은 그리 많지 않다. 하지만 검정색 스키 마스크를 쓰고 어둠에서 총알처럼 튀어나온 남자는 몸에 용수철이라도 들어 있는 것처럼 강인한데다 민첩해서 붙잡을 수가 없었다.

양손잡이다.

알아차린 순간 소마는 왼쪽 귀 아래와 간에 각각 쑤셔박는 듯한 일격을 받았다. 시야가 새빨개지는 듯한 격렬한 통증에 숨이 막혀 그 자리에 쓰러졌다.

세찬 빗소리 사이로 스키 마스크를 쓴 남자가 계단을 뛰어 내려가는 발소리가 들렸다.

가까스로 싱크대를 붙잡고 일어서자 안쪽 방에서 희미한 소리가 들렸다. 어스름한 어둠 속에서 슈지가 뭔가를 붙잡고 몸을 일으키려 애쓰는 모습이 보였다. 소마는 아픔을 견디느라 몸을 구부린 채 벽을 짚고 방으로 향했다.

"괜찮나?"

말을 걸며 손으로 더듬어 전등 줄을 당겼지만 불은 들어오지 않았다. 소마는 하는 수 없이 가까이 있던 냉장고 문을 활짝 열었다. 눈부신 오렌지색 불빛이 방 한구석을 비추었다. 소마는 상태를 확인하기 위해, 일어서려는 슈지의 어깨를 붙들고 냉장고 쪽으로 끌어당겼다. 슈지의 목을 빙 둘러가며 생생하게 남아 있는 로프 자국이 소마의 눈에 들어왔다.

이 녀석을 죽일 작정이었다.

놀란 소마는 슈지의 얼굴을 쳐다보았다. 슈지는 몹시 잠긴 목소리로 말했다.

"그 자식……. 어제 봤던 무차별 살인범이에요."

양손잡이 무차별 살인범.

소마는 저도 모르게 스키 마스크가 사라진 문을 돌아다보았다.

"안 믿어도 상관없어요. 나도 안 믿기니까."

소마는 반사적으로 휴대전화를 움켜잡았다. 어쨌든 긴급 배치를 발령하여 스키 마스크를 쓴 그 녀석을 체포해야 한다.

바로 그 순간 달려든 슈지가 휴대전화를 빼앗아 창밖 어둠으로 내던졌다. 거센 빗소리 사이로 휴대전화가 주차장 아스팔트에 부딪혀 싸구려 장난감처럼 부서지는 소리가 들렸다.

"무슨 짓이야!"

소마는 무심코 언성을 높였다. 슈지는 한시도 지체할 수 없다는 듯이 비틀비틀 일어서서 반침으로 향했다.

"당신도 그놈이 아마추어가 아니라는 걸 알 텐데요. 이제 와서 무슨 수를 쓴들 못 잡아요."

슈지는 반침에서 개켜놓은 낡은 나이키 스포츠백과 작은 백팩을 끌어냈다.

"연락을 받고 경찰관들이 우르르 몰려오면 나는 발이 묶여 조서나 써야겠죠. 놈은 프로니까 경찰이 사라지고 나면 또 죽이러 올 거예요."

"경찰이 보호해줄 거야."

"경찰이 지키긴 뭘 지켜!"

슈지는 발끈하여 소마를 돌아보았지만 바로 징글징글하다는 듯이 눈을 돌리고 스포츠백에 소지품을 챙기기 시작했다.

"……무엇보다 내가 무슨 말을 해도 경찰은 안 믿을걸요. 나에 관해 벌써 조사해봤을 텐데요."

"그래."

소마는 소년 사건과의 데이터베이스에 슈지를 조회해보았다는 사실을 감추지 않았다. 로프에 졸려서 적자색 자국이 목걸이처럼 목에 남은 슈지는 오히려 후련하다는 얼굴로 옷가지 위에 양구스패너와 소독약을 올렸다.

"경찰은 내가 죽고 나야 움직이겠죠. 놈은 당신이 동료를 부를 줄 알고 도망쳤어요. 나도 그사이에 도망칠 겁니다."

분명, 무차별 살인범은 살아 있고 그 녀석에게 또 죽을 뻔했다고 슈지가 부르짖어도 경찰서 사람들은 아무도 믿어주지 않으리라. 그렇다고 그냥 가게 내버려둘 수는 없다. 소마는 짐을 들고 문으로 향하는 슈지의 목덜미를 붙잡았다.

소마는 쏟아지는 비를 맞으며 슈지를 질질 끌다시피 하여 큰 도로로 뛰쳐나갔다. 그리고 놀라서 급정차한 택시에 슈지를 억지로 밀어넣고 자신도 재빨리 올라탔다.

"일단 고슈 가도를 쭉 달려주십시오."

격투를 벌인 흔적이 완연한 소마를 보자 초로의 택시 기사는 내뱉으려던 불평을 꿀꺽 삼키고 차들이 쌩쌩 달리는 상행선으로 차를 몰았다. 본능적으로 창밖의 길을 살피던 소마는 흠칫 놀라 몸을 내밀었다. 창밖으로 흘러가는 길 한구석의 자판기 뒤편에 검은 형체가 몸을 반쯤 숨기듯이 서 있었다. 검은 형체는 눈 깜짝할 사이에 사라져 남자인지 여자인지도 불분명했다.

스키 마스크를 쓴 그놈이었을까…….

소마는 미행하는 차가 없는지 눈에 불을 켜고 뒤쪽을 잠시 주시했지만 헤드라이트 불빛의 홍수 속에 의심스러운 차는 보이지 않았다.

빗소리가 이불처럼 주위를 뒤덮었고 차 안에는 와이퍼 움직이는 소리만이 단조롭게 울려 퍼졌다.

소마는 갈 곳도 정하지 않은 채 택시를 계속 달리게 했다.

슈지의 말대로 스키 마스크를 쓴 남자는 틀림없이 살인의 프로다. 소마의 몸에는 그와 맞붙었을 때의 독특한 감각이 선명하게 남아 있었다. 어느 손으로 힘이 실린 공격을 할지 예측하기 힘든 양손잡이의 까다로움. 의사에게 무방비로 몸을 내맡긴 것같이 형언하기 힘든 초조함과 무력감. 그 남자는 피와 뼈와 살로 이루어진 인간의 몸을 구석구석까지 잘 알고 있는 살인의 프로다.

머릿속에 네 피해자의 부검 소견이 똑똑히 떠올랐다. 그 능수능란한 범행은 약물중독자 사타가 아니라 스키 마스크를 쓴 양손잡이 남자에게 딱 들어맞는 방식이다. 어제 오후 헬멧으로 얼굴을 가린 채 역 앞 광장에서 네 명을 칼부림해 죽이고 슈지에게 상처를 입힌 것은 스키 마스크를 쓴 남자가 분명하다고 소마는 직감했다.

그건 그렇고 놈은 왜 두 번이나 슈지를 노렸을까.

왜 슈지에게 집착하는 걸까.

"내막이 있다"고 한 히라야마의 말이 갑자기 무섭도록 현실감 있게 와닿았다. 소마는 몸을 내밀어 택시 기사에게 말했다.

"이 모퉁이에서 좌회전 부탁합니다."

택시 기사는 허둥지둥 운전대를 꺾어 옆길로 들어섰다.

주요 간선도로에는 경찰이 자동차 번호판 자동 확인 장치, 통칭 N시스템을 설치해두었다. 거기를 통과하면 차량 앞부분이 촬영되어 번호판이 판독되고 통과 날짜 및 시간과 함께 정보가 보존된다. N시스템은 도난 따위로 수배된 차량 감시, 용의자 추적, 수상한 차량 적발 등의 이유로 설치되었으나 마음만 먹으면 어디에든지 유용할 수 있다. 이 사건에 내막이 있다는 말은 경찰도 믿을 수는 없다는 뜻이다. N시스템에 흔적을 남기는 것은 위험하다. 택시에 탈 때 본 자판기 뒤편의 수상한 녀석까지 고려하면 만약을 위해 택시도 몇 번 갈아타는 편이 나으리라.

빗발은 도무지 약해질 줄 몰랐다. 비 때문에 흐려 보이는 햄버거 가게의 네온사인과 비디오 대여점의 불빛이 뒤쪽으로 나는 듯이 사라져갔다.

소마는 가까스로 살아남은 슈지에게 눈길을 주었다. 다운 코트 지퍼를 턱 아래까지 끌어올려 목이 졸린 자국을 감춘 슈지는 빗방울이 비스듬히 흩뿌리는 창밖을 묵묵히 바라보고 있었다.

소마는 지금 자신이 관여한 사건의 내막이 무엇인지 짐작도 가지 않았다. 다만 현시점에서 유일하게 확실한 점은 스키 마스크를 쓴 남자가 슈지를 없애려 한다는 사실이다. 즉, 슈지에게는 어딘가 몸을 숨길 만한 곳이 필요하다.

소마의 시선을 알아차린 슈지가 대번에 반항의 빛을 드러내며 노려보았다.

"동료 경찰 집은 죽어도 안 갈 테니까 그렇게 알아요."

"그런 동료는 없어."

슈지는 진귀한 동물이라도 보는 눈으로 소마를 쳐다보았지만 아무 말도 하지 않았다.

세찬 비가 내리는 밤의 도로를 택시는 정처도 없이 계속 달렸다.

소마의 가슴속에 친구 몇 명의 얼굴이 떠올랐다가 사라졌다. 스키 마스크를 쓴 남자는 소마의 얼굴을 보았다. 슈지가 사라지면 이르든 늦든 결국 소마가 관여했으리라고 의심할 것이다. 소마가 친하게 지내는 친구에게 맡기면 들킬 우려가 있다.

마침내 떠올랐다. 오래도록 만나지 않은 친구. 그리고 자신조차 터무니없다고 여기는 이런 사태를 받아들여줄 남자가…….

문을 열고 나온 여자는 윤이 흐르는 칠흑 같은 머리를 짧게 잘랐고, 머리카락 밑으로 보이는 모양 좋은 귓불에는 커다란 오닉스 귀걸이를 하고 있었다. 여자는 자두색 입술 양끝을 끌어올려 요염하게 웃더니 "편안한 밤 보내세요"라고 말했다. 예상치 못한 사태에 입이 떡 벌어진 소마는 아무 말도 하지 못했다.

"그쪽도요."

옆에서 슈지가 남자의 얼굴로 선뜻 말을 받아주었다.

밖으로 나온 여자와 스쳐지나갈 때 양가죽 쇼트 코트 가슴께에서 머스크 향기에 뒤섞여 희미하게 비누 냄새가 났다. 소마는 문패에 오 년 전과 마찬가지로 "402 야리미즈 나나오"라고 적혀 있는 것을 확인했다. 그렇다면 삼십 분 전에 전화했을 때도 야리미즈 집에는 여자가 있었다는 뜻이다. 그제야 두 사람의 주말 밤을 엉망으로 만들었음을 알아차리고 사과해야겠다는 생각에 소마는 엘리베이터 홀로 향하는 여자의 뒤에다 대고 급히 말을 붙였다.

"방해해서 죄송합니다."

말하고 나서야 너무 노골적이었음을 깨달았다. 슈지가 한숨을 푹 내쉬었다.

집안에서 담배를 입에 문 야리미즈가 나와 여자에게 "내일 전화할게!"라고 크게 소리쳤다. 여자는 등을 돌린 채 가볍게 손을 흔들었다. 폴 스미스의 화려한 무늬가 들어간 셔츠를 맨살에 걸친 야리미즈는 담배 연기를 뿜어내며 만족스럽다는 듯이 눈을 가늘게 뜨고 여자의 뒷모습을 바라보았다.

여자를 지켜보던 슈지가 눈썹을 치켜 올리고 야리미즈에게 눈을 돌렸다.

"제법 괜찮은데요."

"그렇지?"

야리미즈는 다박나룻이 자란 잘생긴 얼굴에 붙임성 있는 웃음을 지었다.

"미안해."

그렇게 말하면서도 소마는 야리미즈가 아니라 여자를 쳐다보았다. 세 남자는 제각기 다른 생각을 품고 문간에 서서 미끈한 다리에 하이힐을 신은 여자가 엘리베이터로 사라지는 모습을 지켜보았다.

슈지는 야리미즈가 부엌 카운터 너머로 던져준 캔맥주를 한 손으로 받아들고 어안이 벙벙한 얼굴로 야리미즈의 집을 둘러보았다.

거실은 엄청난 양의 잡지와 스포츠 신문 따위로 꽉 찼고 책장에 다 꽂지 못한 문고본이 서낭당 돌무더기처럼 바닥에 쌓여 있었다. 넓고 청소를 꼼꼼히 했다는 점을 제외하면 슈지가 아는 한 여기와 가장 비슷한 곳은 폐지 수거 차량의 짐칸이었다. 책장이 없는 단 한쪽의 벽에 걸린 플라스마 텔레비전에서는 소리

없이 뉴스 전문 채널이 나오고 있었다.

슈지는 스포츠백을 내려놓고 뉴스를 보며 캔맥주를 따려고 했다. 그 순간 소마가 질풍처럼 다가와서 캔맥주를 빼앗아 냉장고에 도로 집어넣었다.

"아직 미성년자니까 안 돼."

소마는 야리미즈와 슈지 두 사람에게 딱 잘라 말했다.

야리미즈는 어이가 없다는 얼굴로 소마를 쳐다보았다.

"야, 이제 보름만 있으면 동아리 신입생 환영회에서 술에 취한 무직 미성년자들이 역에서 웩웩 토해대는 봄이라고. 일해서 꼬박꼬박 세금 내는 미성년자가 기분도 풀 겸 마시는 게 뭐 어때서 그래."

"야리미즈, 말해두겠는데 난 법의 수호자거든."

"깐깐하기는."

야리미즈는 웃으면서 서랍을 열더니 "그런 고지식한 녀석은 이거라도 발라" 하고 언제 샀는지도 모를 만큼 오래된 빨간약을 생채기투성이의 소마에게 던졌다.

소마가 야리미즈에게 사정을 설명하는 동안 슈지는 부엌 카운터의 의자에 앉아 잡지를 넘기며 얌전하게 생수를 마셨다.

이야기를 새겨들으면 어지간한 바보가 아닌 한 야리미즈라는 남자도 자신을 숨겨주는 것이 얼마나 위험한 짓인지 알 것이다. 괜히 말려들면 스키 마스크에게 살해당할 위험성이 크다. 받아들일 리 없다. 만에 하나 야리미즈가 어지간한 바보일 경우, 그런 사람에게 신세를 진다는 것 자체가 위험하기 짝이 없는 일이다.

슈지는 집을 나왔을 때부터 남의 도움을 받을 마음은 없었다. 이 집에서 나가면서 소마를 떼어내겠다고 다짐했다. 한 시간 안에 소마를 떼어내고 아무 캡슐 호텔에나 들어갈 수 있다.

슈지는 소마가 시부야 역 서쪽 출입구의 전화 부스에서 야리미즈에게 전화할 때 전화번호를 보지 않고 누르는 것을 보았다. 오래된 친구 같았다. 휴대전화를 갖고 다니기 전부터 몇 번이나 통화한 사이다. 슈지에게도 그런 친구가 두 명 있었다. 가쓰노리와 요헤이. 두 사람의 집 전화번호는 지금도 기억하고 있다. 하지만 이제 둘 다 그 집에는 살지 않는다.

슈지는 카운터에 팔을 올려 턱을 괴고 소마와 야리미즈를 쳐다보았다. 야리미즈는 무차별 살인으로 시작되는 처참한 이야기를 맞장구를 쳐가며 여유롭게 듣고 있었다. 태평하고 명랑한 것 같지만 속내를 알 수 없는 얼굴을 보고 있자니 이 남자라면 상대의 마음에 상처를 주지 않고 잘 둘러서 부탁을 거절할 수 있을 것 같았다. 슈지는 조금 마음을 놓고 잡지를 뒤적였다.

"'아오케이' 볼 줄 알아?"

갑자기 야리미즈의 쾌활한 목소리가 날아들었다. 슈지가 뒤적이고 있던 것은 경륜, 경정, 오토바이 레이스 등 공영 도박을 다루는 전문지였다.

"옛날에 아버지가 경륜을 좋아했거든요. 어렸을 때 구구단보다 경륜 선수 이름을 먼저 외웠어요."

"이야. 경륜장도 가봤어?"

"그럼요. 게이오카쿠나 다치카와 경륜장 같은 데요. 이기면 저녁밥은 최고급 초밥. 지면 편의점."

"끝내주는 아버님이시네."

"뭐, 그렇죠. 도박은 레저니까."

가볍게 대꾸하면서도 슈지는 발치에 스포츠백을 놓아둔 채 다운 코트를 벗으려고도 들지 않았다. 소마는 아까부터 그 사실을 눈치채고 있었다.

"괜찮겠어?"

소마가 야리미즈에게 물었다.

"슈지, 이 소파에서 자라."

막차를 놓친 친구를 재워주는 것처럼 선선한 승낙이었다. 슈지는 귀를 의심했다.

"이봐요, 무슨 이야기인지 제대로 알아들었어요?"

"난 도박을 하면 큰 걸 노리거든."

야리미즈는 캔맥주를 하나 더 꺼내러 오면서 시원스러운 얼굴로 덧붙였다.

"특종이란 말이지."

들었느냐는 듯이 슈지는 소마를 가시 돋친 눈으로 노려보았다.

날 때부터 가시에 둔감한 소마는 아무 반응 없이 야리미즈를 다시 소개했다.

"야리미즈는 옛날에는 방송국에서 일했고, 지금은……." 말하다가 퍼뜩 깨달았다. "지금은 뭘 하지?"

"남을 등쳐먹는 공갈꾼."

이번에는 소마가 귀를 의심했다.

"직전의 매문쟁이."

야리미즈는 재미있다는 듯이 웃으며 새 담배에 불을 붙였다.

슈지는 망설였지만 어쩌면 도움이 될지도 모른다. 이 사람의 일은 넓은 인맥과 정보망이 생명이다. 슈지는 도대체 누가 왜 자신을 죽이고 싶어 하는지 알아내고 싶었다. 알아내기만 하면 이쪽에서 공격에 나설 수도 있다. 달아나기만 해서는 죽음을 기다리는 것이나 마찬가지다.

마음을 정한 슈지는 나이키 스포츠백을 들고 거실 테이블로 향했다. 그리고 의아하다는 듯이 지켜보는 두 사람 앞에서 스포츠백을 열고 봉투 하나를 꺼내 야리미즈에게 건넸다.

"위험 수당."

백만 엔이 들어 있었다. 슈지가 요 일 년 반 동안 쓸 마음이 들지 않아 내버려둔 돈이었다.

"경찰이 아니니까 무슨 일이 생겨도 돈 안 나오잖아요."

액수를 확인한 소마의 안색이 싹 바뀌었다.

"어떻게 이렇게 큰돈을. 이거 무슨 돈이야?"

"전에 보이스피싱 같은 걸 해서 번 돈."

태연하게 사실을 전하는 슈지를 보고 소마는 말문이 막혔다.

"그렇구나. 너 혼자 했냐?"

야리미즈가 놀라는 기색도 없이 물었다.

"아니요, 세 명이서."

"하지만 너희들이 체포된 건……."

"사기가 아니라 상해 아니었냐고요?"

슈지가 입가에 독기 어린 웃음을 지으며 소마를 쳐다보았다.

"어라? 이 녀석 상해 전과 있어?"

야리미즈가 거리낌 없이 물었다.

소마는 먼저 슈지와 자세히 대화를 나누고 나서 야리미즈에게 말해줄 생각이었기에 이야기가 그쪽으로 흘러 대답해야 할 지경에 처한 것이 마음에 들지 않았다.

"이 녀석은 소년분류심사원. 다른 하나는 소년교도소에 갔어."

"소년교도소라면 제법 무거운 처벌인데."

야리미즈가 놀랐다. 소마는 다시 슈지에게 고개를 돌리고 서에서 정보를 보았을 때부터 마음에 걸린 점을 물어보았다.

"너희 세 명은 죽마고우였어. 그런데 어쩌다 그런 일이 생긴 거지? 혹시 이 돈이 원인인가?"

슈지의 눈이 순식간에 다른 사람처럼 음침한 빛을 띠었다.

"댁들 경찰은 늘 그래. 자신들이 비열하니까 살아 있는 인간은 모두 비열하다고 생각하지."

슈지가 내뱉듯이 말하자 소마는 화가 치밀어 올랐다.

"왜 그렇게 경찰을 못 잡아먹어서 안달이야! 역 앞 광장에서 경찰 덕분에 목숨을 건졌으면서!"

"은혜를 베풀었답시고 생색내는 꼴 좀 보라지. 역시 경찰답네."

"뭐라고!"

한판 붙으려는 두 사람 사이에 "자자" 하고 야리미즈가 불이 붙은 담배를 지휘봉처럼 휘두르며 끼어들었다.

"여기는 내 집이야. 나를 무시하고 둘이서 멋대로 날뛰면 안 되지."

500도가 족히 넘는 둥근 주홍색 불꽃이 코끝을 스치자 슈지와 소마는 비명을 지르며 뒤로 물러났다.

"위험하잖아! 무슨 생각이야, 야리미즈!"

"예, 지금 가르쳐드립죠. 잊었는지도 모르지만 이 녀석을 숨겨주겠다고 말한 건 나야."

그렇게 말하더니 야리미즈는 슈지에게 돌아서서 빙긋 웃음을 지었다.

"어른은 기본적으로 생색을 잘 내는 법이거든. 그래서 공동생활을 시작하기 전에 가능하면 동거인의 경력 정도는 알아뒀으면 하는데."

말없이 쳐다보는 슈지의 눈을 야리미즈는 고개를 옆으로 휙 기울이고 들여다보았다.

"싫다면 억지로 말할 필요는 없고."

놀리려는 건지 아니면 진짜 염려하는 건지 슈지에게는 야리미즈의 진심이 보이지 않았다. 다만 야리미즈의 말을 듣고 슈지는 어느 틈엔가 자신이 옛날 일을 깊은 상처처럼 감추려 하고 있음을 깨달았다.

슈지는 그런 자신에게 화가 났다. 과거의 상처를 극복하지 못하고 마음을 닫은 인간. 마치 얼굴 가득 굵은 글씨로 "날 내버려둬. 하지만 도와줘"라고 써놓은 듯한, 그런 성가신 인간이 슈지는 푸른빛이 도는 고등어 초절임보다 더 싫었다.

"괜찮아요. 듣고 싶다면 들려줄게요."

슈지는 그렇게 말하고 사건의 전말을 담담하게 털어놓기 시작했다.

슈지와 세오 가쓰노리, 가와즈 요헤이는 말 그대로 철들 무렵부터 친하게 지낸 죽마고우였다. 성미가 급하고 화를 잘 내지만 의외로 남을 잘 챙기는 가쓰노리와 고지식하지만 사람 좋은 요헤이, 그리고 슈지는 학교에 들어가기 전부터 함께 골목길에서 뛰놀았다. 장난을 치는 것도, 노는 것도, 야단을 맞는 것도 함께였다. 세 사람은 이 년 전 한여름에 사소한 장난을 칠 생각으로 전화 한 통을 걸었다.

요헤이가 역 앞 다카하타 의원 놈들 때문에 열받는다고 말한 것이 시초였다.

요헤이의 집은 작은 식당을 했는데 다카하타 의원 일가는 배달을 시켜놓고 잔돈이 없다면서 늘 외상으로 달아놓았다. 외제차를 두 대나 굴리고 돈은 썩어날 정도로 많으면서 외상값은 갚지 않는다. 얼마 전에 빈 그릇을 찾으러 가서 반년 치 외상값을 갚아달라고 부탁했더니 원장 부인은 배달이 늦었다는 둥 간이 세다는 둥 갖가지 불평을 늘어놓은 끝에 돈을 던져주었다고 한다. 어쩔 수 없이 뒷문 봉당에 떨어진 돈을 주워서 돌아온 요헤이는 그때 정말로 화가 났다고 분하다는 듯이 말했다.

이야기를 듣고 가쓰노리가 녀석들을 혼쭐내주자고 제안했다.

슈지가 앉은자리에서 시나리오를 짰고 현장감을 살리기 위해 가쓰노리가 역 플랫폼의 공중전화로 전화를 걸어 양아치인 양 윽박질렀다.

"여보쇼. 댁네 아들내미가 전철에서 성추행하는 걸 붙잡았는데 말이야."

속이 뻔히 들여다보이는 이런 말을 심각하게 받아들일 것이라고는 생각지 않았다. 그런데 전화를 받은 원장 부인은 아들이 성추행을 하다가 질 나쁜 폭력배에게 붙잡혔다고 믿었다. 실제로 가쓰노리의 실감나는 양아치 말투는 연기라기보다 일상에 가까웠다. 당황한 원장 부인은 자신이 먼저 돈으로 어떻게 할 수 없겠느냐는 말을 꺼냈다.

세 사람은 이게 무슨 일인가 싶어 무심코 얼굴을 마주보았다. 가쓰노리가 수화기를 쥔 채 터져 나오려는 웃음을 참는 표정으로 '어떻게 할까?' 하고 슈지를 쳐다보았다. 사실 슈지는 금액을 정해놓지도 않았고, 애당초 세 사람 다 자기 계좌번호를 외우고 있지 않았다. 슈지는 반쯤 농담 삼아 "지금 집에 있는 돈을 닥닥 긁어모아서 십오 분 안에 신사에 있는 아이스크림 노점상에 놓아두라고 해"라고 귀띔했다. 아이스크림 노점상에서는 여든을 넘은 할아버지가 대개 죽은듯이 낮잠을 자고 있다. 할아버지가 낮잠 자는 흉내를 내며 요헤이가 배꼽을 잡고 웃자 가쓰노리가 요헤이를 걷어찼다. 가쓰노리는 웃음을 간신히 참으며 슈지의 말을 폭력배의 거친 말투로 바꾸어 전했다.

자신을 상류층 부자라고 여기는 자들 중에는 노점상을 하는 사람을 전부 폭력배로 받아들이는 사람이 있다. 원장 부인도 그런 사람 중 하나였는지 벌벌 떨며 목이 졸린 오리 같은 소리를 질렀다. 세 사람 모두 한계였다. 가쓰노리가 전화를 끊자마자 세 사람은 역 플랫폼에서 눈물이 날 때까지 배를 끌어안고 웃었다. 요헤이가 속이 시원해졌다기에 세 사람은 다카하타 의원 일은 싹 잊고 당구장에 갔다.

두 시간 정도 당구를 치고 저녁이 되기 전에 신사를 지나치는데 매미 울음소리가 쏟아지는 아이스크림 노점상 옆에 갈색 봉투가 놓여 있었다. 땅바닥에 직접 놓아둔 갈색 봉투 위에 표시를 한 것처럼 돌이 얹혀 있었다. 설마 싶어 봉투를 들여다보자 돈이 들어 있었다. 삼백만 엔이었다. 고등학교 들어와서 두 번째로 맞이하는 여름방학 때 일이었다.

"그건 그때 똑같이 나누어 가진 돈이에요."

슈지는 야리미즈가 손에 든 봉투를 턱으로 가리켰다.

"가쓰노리는 이런 돈은 몽땅 써버리는 게 최고라며 진탕 먹고 마셔서 자기 몫으로 받은 백만 엔을 하룻밤 만에 다 썼어요. 그래서 우리 세 녀석이 뭔가 저질렀다고 순경이 감을 딱 잡은 거죠. 우리는 선배랑 자주 싸워서 원래부터 찍혀 있었거든요. 게다가 그 순경은 당신처럼 되고 싶어서 안달이 난 사람이었고."

슈지는 소마에게 빈정거리는 눈길을 던졌다.

"나처럼……?"

"파출소에 근무하는 순경이 사복형사가 되려면 자전거 도둑이든 뭐든 붙잡아서 실적을 쌓아야 한다면서요?"

"그야 그렇지만……."

소마는 파출소에 근무하던 시절이 떠올라서 말을 흐렸다.

경찰학교를 졸업하고 경찰관이 되었다고 해서 누구나 형사가 될 수 있는 것은 아니다. 형사를 목표로 하는 사람은 수사 전문 과목 강습을 받아야 하고, 수사 전문 과목 강습을 받으려면 서장의 추천이 필요하기에 각 서에서 고작해야 한두 명만 받을 수 있는 추천장을 둘러싸고 수많은 제복 경찰관이 불꽃 튀는 경쟁을 벌인다. 실제로 제복 경찰관 중에는 점찍은 상대를 파출소로 잡아들이기 위해 수단을 가리지 않는 사람도 있다. 상대에게 바싹 다가가 일부러 발을 밟히거나 앞을 막아서서 부딪히면 공무집행방해죄를 적용하는 등 별의별 수를 다 쓴다. 소마도 거동이 수상한 남자를 억지로 불심검문하여 차에서 대마초를 발견한 적이 있다. 관할서 형사에게 공을 인정받아 괜히 으쓱했다. 소마는 그 시절의 자신에 대한 혐오와 회한으로 쓰디쓴 마음을 곱씹으며 눈을 내리깔았다.

"……형사가 되고 싶어 하던 그 순경이 너희들에게 무슨 짓을 했지?"

"그놈은 어떻게든 우리를 체포해야겠다는 생각에 자전거 헤드라이트를 켜지 않았다는 것을 빌미삼아 제일 만만해 보이는 요헤이를 파출소로 끌고 갔어요. 그리고 셋이서 무슨 짓을 저질렀는지 불라고 밤새 을러댔죠."

"교과서적인데." 야리미즈가 이죽거렸다. "그래서 요헤이가 불었어?"

"아무리 물러도 친구를 찌를까 봐요. 요헤이는 아침까지 입을 꾹 다물었어요. 그래서 순경은 작전을 바꿨죠. 이번에는 의리를 지키려는 네 마음을 높이 사서 솔직히 자백하면 셋 다 처벌하지 않고 넘어갈 테니 모두를 위해서 순순히 털어놓으라고요. 요헤이는 귀가 얇은 게 탈이라 싹 다 말해버렸죠. 순경은 뛸 듯이 기뻐하며 바로 다카하타 의원에 전화를 걸었지만 엉뚱한 소리 하지 말라고 핀잔만 들었어요. 그쪽 입장에서는 돈을 줬다는 걸 인정하기 싫었던 거겠죠. 미래의 원장이 성추행했다는 이야기를 부모가 단박에 믿었다는 게 들통날 테니까."

"여자 환자가 줄겠지."

야리미즈가 단언했다.

"요헤이는 풀려나자마자 우리집에 와서 악질 순경한테 당했다고 길길이 성을 냈어요. 그때 내가 가쓰노리한테는 절대 말하지 말라고 단단히 입단속을 했죠."

그때까지 덤덤하게 말하던 슈지의 말끝이 흔들렸다.

야리미즈는 개의치 않고 아무것도 모르는 척 물었다.

"왜 두 사람만의 비밀로 했지?"

"가쓰노리는 친구가 그런 짓을 당했다고 들으면 순경을 진심으로 두드려 패러 갈지도 모르거든요. 쇠파이프를 들고."

가쓰노리는 평소에는 좋은 녀석이지만 일단 화가 났다 하면 손을 댈 수가 없었다. 슈지는 순경이 어찌되든 상관없었지만 순경을 폭행하면 가쓰노리는 틀림없이 소년원행이다. 그런 일이 벌어지는 것만은 피하고 싶었다.

하지만 돌이켜보면 그때 그 더러운 순경을 반쯤 죽여놨어야 했다. 그랬다면 그렇게 비참한 일은 일어나지 않았으리라. 밤새 요헤이를 추궁했지만 아무 성과도 올리지 못한 순경은 슈지 패거리의 행운과 자신의 불운에 가슴이 타들어갈 만큼 열불이 났을 것이다. 끈질기게 궁리한 결과 단순하면서도 효과적인 방법을 떠올렸다. 순경은 가쓰노리에게 가서 이렇게 말했다.

"요헤이가 보이스피싱을 했다고 찔렀어. 요헤이가 너를 팔아먹었다고."

늘 위세가 당당하던 가쓰노리가 한마디도 하지 못하는 모습을 순경은 히죽히죽 웃으며 지긋이 바라보다가 "내일 영장 받아서 갈 테니 집에 가만히 있어"라고 엄포를 놓고 돌아갔다. 순경은 가쓰노리가 어떻게 할지 잘 알고 있었다. 그리고 가쓰노리는 순경의 예상대로 했다. 어릴 적부터 내내 요헤이를 감싸온 가쓰노리는 순경의 이야기를 듣고 머리끝까지 화가 치밀어서 뚜껑이 완전히 열리고 말았다.

그 무덥던 해질녘, 슈지는 아무것도 모르고 저녁 햇살이 비쳐드는 빨래방에서 만화책을 무릎에 펴놓고 빨래가 마르기를 기다리고 있었다. 헐레벌떡 알리러 온 사람은 같은 다세대주택에 사는 초등학생 미키오였다. 미키오는 겁에 질려 반쯤 울상이었다. 가쓰노리가 건축자재 보관소에서 요헤이를 마구 때리고 있다. 그 말을 듣고 슈지는 여느 때처럼 마음 써줄 여유도 없이 미키오를 밀쳐내고 달려나갔다.

아무리 물을 뿌려도 먼지가 풀풀 피어오르는 동네 길을 슈지는 달리고 또 달렸다. 솜으로 귀를 틀어막은 것처럼 심장 뛰는 소리와 숨소리말고는 아무 소리도 들리지 않을 만큼 미친듯이 달렸지만 구름이라도 밟는 것처럼 발밑이 불안정해서 몸이 마음을 따라가지 못했다.

옛날에 짐을 싸서 역으로 향한 어머니를 쫓아갔을 때도 이랬다는 사실이 어렴풋이 떠올랐다. 또 제때 도착하지 못하는 것이 아닌가 싶어 슈지는 가슴이 찢어질 것만 같았다. 그때는 역에서 골목으로 돌아가자 가쓰노리와 요헤이가 같이 놀려고 기다리고 있었다. 어머니가 집을 나간 것을 좋은 핑계 삼아 부엌의 술을 꺼내고 어머니가 두고 간 옷을 불법 경마표를 판매하는 아줌마한테 팔아치웠다. 새로운 놀이에 열중하는 사이에 슈지는 일찌감치 어머니가 없는 생활에 익숙해졌다.

하지만 이번에는 다르다. 제때 도착하지 못하면 두 번 다시 되찾을 수 없는 소중한 것을 잃는다.

슈지가 건축자재 보관소에 도착했을 때 요헤이는 이미 온 얼굴이 깨진 수박처럼 피투성이였다. 그래도 가쓰노리는 분노를 자제하지 못하고 요헤이를 계속 때렸다. 가쓰노리에게 엉겨붙어 정신없이 말리다 보니 몸에 묻은 피가 자신의 피인지, 가쓰노리의 피인지 아니면 곁에 쓰러진 요헤이의 피인지 구분이 가지 않았다.

정신을 차리자 옆에서 요란하게 사이렌이 울리고 있었고, 헐렁한 자루처럼 축 늘어진 요헤이가 들것에 실려 구급차로 옮겨지고 있었다.

곁에 있어주어야겠다 싶었다.

후들거리는 다리로 구급차에 다가가려던 슈지는 옆에서 느닷없이 휘두른 주먹에 맞아 신음 소리를 내며 땅에 쓰러졌다. 피와 흙으로 범벅이 된 슈지의 머리를 순경이 까만 구둣발로 툭 건드렸다. 근처에서 동료 순경에게 제압당한 가쓰노리의 절규가 들렸다. 슈지는 그때 부어오른 눈꺼풀 틈새로 올려다본 순경의 얼굴을 평생 잊지 못한다. 순경은 흡족하다는 웃음을 짓더니 "아주 대단한 난동을 부려주셨군" 하고 말했다.

그후 슈지와 가쓰노리는 소년분류심사원으로 보내졌고, 가쓰노리는 거기서도 날뛰어서 소년교도소로 옮겨졌다. 슈지는 보호관찰처분을 받았다. 요헤이는 평생 앞을 못 보는 신세가 되었다.

야리미즈가 길게 뿜어낸 담배 연기가 테이블 다리를 어루만지다 여울에 이는 소용돌이처럼 천천히 흩어졌다. 소마는 할말을 잃었다.

"하루하루 먹고 자며 일 년 반이나 살다 보면 제법 억척스러워지는 법이거든요. 가쓰노리는 소년교도소에서 잘 지내고 있는 모양이고, 요헤이는 맹학교 기숙사에서 직업훈련을 받고 있어요. 나는 성실한 건설 작업원이고요."

슈지는 이야기를 매듭짓더니 다운 코트를 벗고 테이블 위의 캔맥주에 손을 뻗었다.

소마가 느닷없이 카펫에 양손을 짚었다. 슈지는 깜짝 놀라 소마를 쳐다보았다.

"미안하다."

소마는 양손을 짚고 머리를 숙였다. 슈지는 무슨 일인지 이해가 가지 않았다.

"미안해."

소마는 다시 한번 말했다.

경찰관 중 하나로서 사죄하고 있다는 것을 깨닫고 슈지는 몸이 부들부들 떨릴 만큼 화가 났다. 왜 소마가 사죄한단 말인가. 그 순경은 눈곱만큼도 미안해하지 않는 짓을, 어째서 소마가 대신 사죄한다는 말인가. 자기가 뭐가 그리 대단한 사람이라고.

하지만 같은 경찰관으로서 수치와 분노 때문에 뻣뻣하게 굳어버린 몸으로 머리를 숙이는 소마를 쳐다보고 있으니 격한 울분이 서서히 색이 바랜 것처럼 힘을 잃어갔다. 소마의 우직하기까지 한 성실함에 감동을 받았기 때문은 아니었다. 오히려 슈지 본인이 자신의 실상을 깨달은 결과였다. 슈지는 사죄하는 소마를 나무라고 거부할 만큼 자신이 결백한 인간이 아니라는 사실을 잘 알고 있었다. 그런 풋내나는 결백은 먼 옛날, 책가방보다도 먼저 버렸다.

긴 침묵이 흐른 후에 슈지는 조금 지친 듯이 쓴웃음을 지었다.

"……당신, 경찰 조직 내에서 혼자 붕 떠 있죠?"

그 이상이라고 소마는 생각했다. 붕 떠 있을 뿐만 아니라 따돌림을 당한다.

"결정됐군."

야리미즈가 봉투를 둥글게 말아 리바이스 청바지 호주머니에 찔러 넣었다. 소마는 저도 모르게 고개를 끄덕거리려다 멈췄다.

"뭐가 '결정됐다'는 거야."

"그러니까 내가 이 돈을 잘 받아 챙기기로 결론이 났다는 거지."

예상외의 결론에 소마는 자신의 귀가 아니라 야리미즈의 인격을 의심했다.

"야, 지금 이야기를 듣고도 그 돈을 받을 생각이야?"

"너야말로 지금까지 뭘 들었어?" 야리미즈는 안쓰럽다는 듯이 소마를 쳐다보았다. "이 녀석이 왜 이 돈을 쓰지 않는지는 너도 충분히 이해했지? 이건 재수 옴 붙은 돈이야. 이 녀석이 가지고 있어봤자 돈 아닌 돈에 불과하다고. 이를테면 도산한 회사의 주식이랑 똑같은 셈이지."

소마가 야리미즈의 사기꾼 같은 화술에 말려들지 않으려고 입을 열려고 했을 때 슈지가 새로운 각도에서 말싸움에 끼어들었다.

"난 공짜로 남에게 신세 지는 건 딱 질색이거든요."

"오……."

"스키 마스크가 오면 당신 친구는 작살나요. 아예 죽으면 모를까 어중간하게 다쳐봐요. 돈 없이 뭘 어떻게 하겠어요."

"네가 지금 남 걱정할 때야!"

"그럼 댁이 친구 걱정을 좀 하든가!"

"그래, 이건 보험이야! 역시 내가 받는 게 맞아."

"너, 돈이 얼마나 궁한 거야!"

"예측할 수 없는 사태에 대비하자는 거지."

세 사람이 각자 자기주장을 펼치기 시작했을 때 현관 초인종이 울렸다.

세 사람은 반사적으로 입을 다물었다.

슈지가 재빨리 벽시계에 눈길을 주었다.

오전 1시 반.

소마가 고풍적으로 새끼손가락을 세우며 야리미즈에게 '여자?' 하고 물었다. 야리미즈는 고개를 저었다. 여자는 올 때 반드시 전화를 하고 온다. 야리미즈가 찾아갈 때도, 여자가 찾아올 때도 그 약속을 어긴 적은 없다.

고요해진 거실에 다시 초인종 소리가 울려 퍼졌다.

초인종의 한가로운 음색과는 정반대로 소마는 명치 언저리가 써늘해지는 것을 느꼈다.

자판기 뒤편에 있던 사람. 그게 스키 마스크를 쓴 남자였다면. 미행하는 차가 있는데도 알아차리지 못했다면…….

슈지가 갑자기 얼굴을 휙 들었다.

"자물쇠……!"

소마와 야리미즈가 동시에 숨을 삼켰다. 여자를 보낸 후 아무도 현관문 자물쇠를 잠근 기억이 없었다. 현관문은 잠겨 있지 않았다.

다시 한번 초인종이 울렸다.

슈지가 스포츠백에서 양구스패너를 꺼냈다. 야리미즈가 방구석의 금속 방망이를 집어 소마에게 던져주고 자신은 찬장의 버번위스키병을 들었다.

세 사람은 무기를 들고 숨을 죽인 채 현관으로 향했다.

삼 분 후, 세 사람은 딜럭스 B세트 2인분과 부르고뉴산 화이트와인 뫼르소병을 들고 거실로 돌아왔다. 하마터면 야식 배달원을 때려죽일 뻔한 세 사람은 소파에 몸을 푹 파묻었다.

"여자애가 자고 간다기에 야식을 주문한 걸 깜빡했네."

술병을 내던지는 야리미즈 옆에서 소마는 여전히 얼빠진 눈으로 거친 숨을 내쉬고 있었다. 슈지가 음식이 든 박스를 테이블에 탁 내려놓았다.

"저 아르바이트생, 분명 트라우마가 생길 거야."

어느덧 종이 뚜껑 틈으로 군침 돌게 만드는 치킨 냄새가 피어올랐다. 야리미즈는 여자가 오기 전에 도토루 커피숍에서 가볍게 허기만 달랬을 뿐이고, 슈지는 저녁에 패밀리 레스토랑에서 먹은 것이 다다. 소마는 낮에 메밀국수를 먹은 뒤로 아무것도 먹지 않았다. 소마는 당분간 돈은 쓰지 않겠다는 조건으로 봉투를 야리미즈에게 맡겨두고 야식 박스를 열었다.

한밤중에 먹는 야식은 여자에게 돈을 아끼지 않는 야리미즈 덕분에 호화판이었다.

허브 영계구이, 생햄과 버섯으로 속을 채운 반달 모양 피자, 연어 마리네, 데친 채소 샐러드에 크렘 브륄레로 구성된 호화로운 딜럭스 B세트에다 부엌에 있던 바게트와 브리 치즈, 냉동 라자냐까지 총동원해서 테이블에 늘어놓고 공간이 모자라자 의자에도 얹었다. 닭고기를 쩝쩝대고, 바게트를 뜯어먹고, 치즈를 베어 물었다. 형사와 막노동꾼과 전 방송국 직원. 수많은 직업 중에서 밥을 먹는 속도는 최고다. 그리고 그들은 먹을 때는 아무 말도 하지 않는다.

세 사람 몫의 커피를 끓인 후 야리미즈가 배가 불러 행복한 목소리와는 어울리지 않는 말을 꺼냈다.

"그건 그렇고 다스베이더의 알맹이가 범행 때만 바뀌었을 줄이야."

방금 끓인 토라자 커피의 향기가 거실에 퍼졌다. 테이블에는 빵가루만 남아 있었다.

"물증은 없어." 소마가 고지식한 얼굴로 말했다. "아직은 감에 지나지 않아."

슈지는 소마와 야리미즈가 자신과 마찬가지로 스키 마스크를 어제의 무차별 살인범으로 여기는 것을 알고 놀랐다. 하지만 야리미즈의 다음 말에는 더 놀랐다.

"상황증거라면 있잖아."

야리미즈는 놀라서 눈이 휘둥그레진 슈지의 얼굴을 가리켰다.

"이 녀석이 살아 있다는 사실."

"무슨 뜻인지 모르겠는데요."

슈지는 바로 궁금증을 내비쳤다.

"너, 무차별 살인범한테 얻어맞고 뇌진탕을 일으켜서 분수에 처박혔지?"

슈지는 고개를 끄덕였다. 사실이다.

"넌 분수 물속에 뻗어버렸고, 무차별 살인범은 오른손에 회칼을 쥐고 있었어. 내가 그놈이었다면 이 초 만에 널 죽였을 거다."

슈지는 비로소 그 사실을 깨닫고 머릿속이 새하얘졌다.

"……그때 놈이 분수에 한 발짝만 들여놓았다면 날 단숨에 해치울 수 있었어."

"그래. 그런데 굳이 네 두 발목을 잡고 분수대 가장자리로 끌어당겼지? 그러려면 회칼을 내려놔야 해. 흉기를 놓으면서까지 왜 그런 짓을 할 필요가 있었을까?"

야리미즈의 질문에 슈지는 물에 가라앉은 채로 끌려가던 감촉이 생생하게 떠올랐다. 그때는 조금도 이상하게 여기지 않았다. 스키 마스크는 그럴 수밖에 없었던 것이다.

"분수에 들어가서 나를 찌르면 놈이 입은 옷이 흠뻑 젖을 테니까요……."

야리미즈가 경망스러운 웃음을 띠며 고개를 끄덕였다.

"맞아. 그러면 범행 후에 사타를 대역으로 내세울 때 피가 튄 코트를 입히고 부츠를 신기는 것만으로는 안 되지. 물에 젖은 바지와 스웨터, 양말까지 전부 벗어서 사타의 옷과 바꿔야 해.

그렇게 하지 않으면 사타의 시체는 코트와 부츠만 분수 물에 젖고 안쪽 옷은 뽀송뽀송한, 아주 이상한 상태로 경찰에 발견될 테니까. 하지만 범행 후에 한시라도 빨리 사타에게 옷을 입히고 달아나야 하는 스키 마스크 입장에서 그런 짓은 엄청난 시간 손해야."

"그래서 놈은 슈지를 분수대 밖으로 끌어내려고 했구나……."

말없이 듣고 있던 소마가 중얼거렸다. 소마도 슈지와 마찬가지로 그 사실은 전혀 눈치채지 못했다.

슈지는 텔레비전에 몇 번이나 나온, 나이에 비해 어려 보이는 사타의 얼굴을 떠올렸다.

"사타는 자신의 역할을 어디까지 알고 있었을까요?"

"글쎄. 약물에 절어서 살았다지만 무차별 살인범의 대역이라는 걸 알았다면 받아들이지 않았을 거야. 스키 마스크가 뭐라고 말해서 사타를 구워삶았는지는 모르겠다만. 다만 스키 마스크가 범행을 저지른 후 사타가 제정신이었다면 얌전하게 피투성이 코트를 받아 입지는 않았겠지."

소마가 앗, 하고 천장을 올려다보았다.

"헤로인이 먼저인가……!"

"그렇겠지. 스키 마스크는 범행 전에 공용 화장실에서 사타와 만나 코트와 부츠, 장갑, 헬멧을 착용했을 때 사타에게 헤로인을 줬을 거야. 자신이 역 앞 광장에서 범행을 저지르는 동안 사타가 심원한 우주를 떠돌도록 말이야. 돌아온 스키 마스크는 토성 근처를 떠도는 사타에게 피가 튄 코트를 입히고 부츠를 신겼지."

소마의 뇌리에 공용 화장실에서 사타가 발견된 당시 상황이 선명하게 되살아났다.

"그렇군. 그다음 헬멧과 장갑을 세면대에 놓아두고 그 위에 헤로인을 뿌려 범행 후에 헤로인을 한 걸로 위장했군. 그러고 나서 자기 코트와 신발을 착용한 스키 마스크는 마지막에 사타의 팔에 다량의 필로폰을 주사하고 주사기를 남겨둔 채 현장을 떠났어. 발포한 순경이 스키 마스크를 놓치고 나서 사타가 공용 화장실에서 발견되기까지 삼십 분 남짓 걸렸지. 시간적으로는 충분히 가능해."

"회칼 포장지와 다양한 영수증이 여봐란듯이 남아 있던 건 판매처를 조사하면 바로 사타의 존재가 부각되도록 스키 마스크가 조치를 취해놓았기 때문일 거야. 범행 당일 이상할 정도로 많은 사람들이 사타의 얼굴을 기억하고 있던 것도 스키 마스크가 사타에게 그 복장으로 백화점을 돌아다니라고 지시했기 때문 아닐까? 전부 범행 때 헬멧 아래에 숨겨져 있던 얼굴, 실은 아무도 보지 못한 얼굴이 사타의 얼굴이라는 믿음을 주기 위한 수작이었겠지."

두 사람이 실제로 뒤바뀌었다. 그렇게 생각한 순간 소마의 머릿속에 한 가지 사실이 번뜩였다.

"복장에 놈의 피부 조각이나 모발, 땀 같은 게 남아 있을 거야! 적어도 사타의 DNA와는 다른 뭔가가 나올 거라고."

"뭐, 나오겠지. 몇 사람 분이나."

소마는 즉시 야리미즈의 말을 이해하고 머리를 감싸쥐었다.

"그렇구나……."

"그래. 코트와 장갑, 부츠는 헌옷 가게 킹스크로스 시부야점에서 헬멧은 중고 덕에서 샀지. 죄다 중고품이야. 여러 사람의 손을 거쳤고, 가게에서도 많은 손님들이 시험 삼아 착용해봤어. 영수증을 남겨두었다는 걸 고려할 때 스키 마스크가 지정한 곳으로 사타가 물건을 사러 갔을 가능성이 높아."

소마는 실망이 가득한 한숨을 쉬었다. 전부 스키 마스크가 지시한 것이 틀림없었다.

"중고품이고 에나멜 소재라서 피가 스며들지 않는 방호복 역할을 하는데다 희한해서 사람 눈을 끌지……."

"일석삼조로군."

야리미즈는 빙긋 웃으며 말보로 담뱃갑에서 담배 한 개비를 꺼냈다.

"그러고 보니 슈지, 너 어젯밤에는 어디서 잤냐?"

"친구 집요. 왜요?"

"스키 마스크가 어젯밤에도 너희 집에 갔을 것 같아서."

그 말에 퍼뜩 놀란 소마는 진지한 얼굴로 야리미즈를 쳐다보았다.

야리미즈는 태연하게 지포 라이터 뚜껑을 열었다.

"이 녀석 운이 상당히 좋은가 봐."

갑자기 슈지가 골똘히 생각에 잠긴 말투로 중얼거렸다.

"……아니, 어젯밤은 운이 아니었어."

야리미즈가 불을 붙이려던 손을 멈추고 슈지를 쳐다보았다.

"병원에서 이상한 남자를 만났어요……."

슈지는 출입구 문을 열고 달려 들어온 남자의 얼굴이 선명하게 기억났다.

무테안경을 쓴 남자를 만나지 않았다면 틀림없이 바로 집에 돌아갔을 것이다. 그리고 스키 마스크를 쓰고 잠복하고 있던 남자에게 살해당했겠지. 순식간에 목에 로프가 감겨 무슨 일이 일어났는지도 모른 채.

어스름한 병원 복도에서 마치 바위가 물의 흐름을 바꾸듯이 자신의 운명이 갈렸음을 슈지는 깨달았다.

슈지는 소마와 야리미즈에게 무테안경을 쓴 남자 이야기를 했다. 슈지를 보자마자 나머지 네 사람은 무사하냐고 물었다는 것. 네 사람의 죽음을 알고 충격을 받은 남자가 슈지에게 달아나라고 말한 것. 그리고 "앞으로 열흘. 열흘만 살아남으면 안전해. 살아남아. 네가 마지막 한 명이야"라고 말했다는 것도.

"처음에는 무슨 일로 정신이 이상해진 딱한 남자라고 생각했어요. 하지만 그 무테안경은 내 얼굴과 내가 무차별 칼부림 사건의 피해자라는 걸 알고 있었어요. 내 얼굴은 뉴스에 나오지도 않았는데 말이에요. 무테안경은 그때 벌써 스키 마스크가 날 죽이러 올 줄 알았어요. 그래서……."

"잠깐만." 소마가 말을 막았다. "살아남으라느니 마지막 한 명이라느니, 도대체 무슨 소리야. 살해당한 사람은 모두 인근에 사는 평범한 시민이라고. 네 사람 다 그때 우연히 역 앞 광장에 있던 탓에 희생된 거잖아."

슈지는 사건이 일어나기 직전의 역 앞 광장 풍경을 떠올렸다. 만개한 벚꽃 아래 분수를 둘러싼 돌의자에 가만히 앉아 모두 역의 개찰구 방향을 보고 있었다.

"그 네 사람……. 정말 우연히 거기 있었을까요?"

"뭐……?"

"인쇄소 사장, 주부, 여대생, 연금 생활을 하는 할머니. 하나

같이 한낮에 무료함을 달래려고 역 앞 광장에 앉아 있지는 않았을 거예요. 분명 나랑 똑같이 사람을 기다리고 있었다고요. 그날 피해자와 만나기로 약속한 사람이 한 명이라도 왔나요?"

소마는 허를 찔렸다. 그런 생각은 해보지도 않았다.

"난 1시 50분 넘어서 광장에 도착했어요. 그때 인쇄소 사장과 주부, 할머니는 이미 돌의자에 앉아 있었고요. 마지막으로 여대생이 달려온 게 2시 8분. 십오 분 남짓 지나는 동안 나를 포함한 다섯 명의 약속 상대는 아무도 나타나지 않았죠."

"그런데 다섯 명이 모인 순간." 야리미즈가 지포 라이터를 켜서 담배에 불을 붙였다. "헬멧으로 얼굴을 감춘 살인의 프로가 나타났다."

"어이, 설마……."

"범인은 처음부터 슈지를 포함한 다섯 명을 죽일 작정이었던 거야."

야리미즈는 대수롭지 않다는 듯이 말을 이었다.

"무테안경은 이 녀석을 보자마자 나머지 네 사람은 무사하냐고 물었지. 그리고 이 녀석을 보고 마지막 한 명이라고 했어. 4 더하기 1을 해서 다섯 명. 프로가 무차별 살인 같은 걸 저지르겠어?"

소마는 대꾸할 말이 없었다. 프로는 보수를 받고 일한다. 스키 마스크가 처음부터 다섯 명을 노렸다면 오늘밤 슈지가 습격당한 이유는 명백하다. 역 앞 광장에서 처리하지 못한 일을 마무리하러 온 것이다. 이 사건이 무차별 살인이 아니라 처음부터 특정한 다섯 명을 죽이기 위해 준비된 무대였다면…….

"그럼 죽이는 쪽에는 동기가 있다. 즉, 다섯 명 모두 죽어야 할 이유가 있다는 말인데."

"제대로 알아들었군. 그래서 묻고 싶은데 말이야."

야리미즈가 슈지에게 눈길을 돌렸다.

"죽어야 될 만한 짓은 안 했는데요."

슈지는 질문을 받기도 전에 딱 잘라 말했다.

"한 가지만 더."

"쌍둥이 형제나 얼굴을 쏙 빼닮은 친구도 없어요."

"사람을 착각한 것도 아니란 말이지."

그러니까 속수무책이라고 푸념하는 것처럼 슈지가 한숨을 쉬며 담배에 손을 뻗자 소마가 파리를 잡듯이 재빨리 손등을 찰싹 때렸다. 옆머리에 눈이 달린 듯한 소마의 민첩한 몸놀림에 슈지는 내심 놀랐다.

"이 녀석이 짚이는 게 없다면." 소마는 슈지의 손이 닿지 않도록 말보로 담뱃갑을 야리미즈 근처로 던졌다. "살해당한 네 사람은 죽었으니 아무 말도 못 해. 현재 이유를 아는 건 죽이고 싫어 하는 쪽뿐이야."

"그리고 무테안경도." 야리미즈가 덧붙여 말했다.

"도대체 누구야, 그 무테안경……."

소마는 구름을 잡는 듯한 심정으로 생각에 잠겼다.

"내가 모르는 사람이라는 것만은 확실해요. 아는 사람 중에 양복을 입는 건 조폭이나 형사 정도인데, 무테안경은 건실한 사람 같았거든요."

슈지의 말을 곰곰이 씹어보니 형사는 건실하지 않다고 말하는 기분이 들었지만 소마는 무시했다. 야리미즈가 커피포트에 남은 커피를 소마와 슈지의 컵에 따라주었다.

"확실한 사실은 무테안경은 이 녀석이 죽어야 하는 이유를 알고 있다는 것. 또한 무테안경은 이 녀석이 죽기를 바라지 않는다는 것. 그리고……."

야리미즈는 은색 포트를 내려놓고 소마를 쳐다보았다.

"죽이려는 쪽은 몹시 서두르고 있다는 거야."

소마는 아아, 하고 기억을 되살렸다. 앞으로 열흘만 살아남으면 안전하다고 했다.

열흘만 살아남으면 안전하다. 즉, 죽이고자 하는 입장에서 보면 반드시 열흘 안에 슈지를 찾아내어 처리해야 한다는 말이다. 프로인 스키 마스크는 혈안이 되어 슈지를 찾을 것이다. 이번에 발각되면 끝이라고 소마는 생각했다.

"앞으로 열흘이라……."

"벌써 자정이 지났어요." 슈지가 말했다. "사건이 일어나고 이틀 지났으니 정확하게는 앞으로 여드레죠."

야리미즈가 벽에 걸린 달력에 눈길을 주었다.

"4월 4일이로군."

4월 4일.

도대체 왜 4월 4일까지 슈지를 죽여야 한다는 말인가. 4월 4일이 지나면 왜 슈지는 안전하다는 말인가. 4월 4일이라는 날짜에 도대체 무슨 의미가 있는 걸까…….

세 사람이 입을 다물자 한밤을 적시는 빗소리가 갑자기 크게 들렸다.

빗소리가 끊이지 않는 가운데 소마도 야리미즈도 슈지 자신도 스키 마스크를 쓴 남자가 4월 4일이 지나기 전에 슈지를 찾아낼 것이라고 예상했다. 그전에 이 사건의 전모를 밝혀야 한다. 살아남을 방법은 그것뿐이다.

슈지가 커다란 창문에 쳐진 파란색 커튼에 시선을 고정한 채 말했다.

"나 뭔가 골치 아픈 일에 말려든 것 같지 않아요?"

야리미즈가 눈으로만 웃으며 새 담배에 불을 붙였다.

"말려든 정도가 아니라 핵심 인물인 것 같은데."

야리미즈는 현관에서 소마와 헤어질 때 경찰 쪽은 어떻게 할 거냐고 물었다. 소마는 증거를 확보할 때까지 아무에게도 말하지 않겠다고 대답했다. 야리미즈는 잠자코 고개를 끄덕였다. 소마는 다시 한번 슈지를 맡아주어 고맙다고 인사한 후 "문 꼭 잠가라"라고 말하고 밖으로 나갔다.

그날 밤, 얕은 잠의 어귀에 발을 들여놓은 슈지는 역 앞 광장에서 네 사람이 살해당하는 꿈을 꿨다.

꿈속의 광장은 어째서인지 낮이 아니라 새벽 2시였다. 컴컴한 하늘에 꽃이 흐드러지게 핀 벚나무가 거대한 가지를 뻗고 있었다. 분수 주변에 점퍼를 입은 인쇄소 사장과 밝은 녹색 휴대전화를 든 여대생, 진주 목걸이를 한 노부인, 머리를 틀어 올린 여자가 앉아 있었다. 그리고 어두운 형체가 춤을 추듯이 돌바닥을 돌아다니며 네 사람에게 칼부림했다.

눈을 뜨자 아직 어두운 방에 피 냄새가 진동했다.

꿈 때문이라고 자신을 타일러도 몸은 선두에서 뒤처진 육상 선수처럼 계속해서 꿈의 시간을 달렸다. 슈지는 화장실에 웅크리고 앉아 먹은 것을 몽땅 토했다. 위를 쥐어짤 때마다 세상이 흔들렸고, 차가운 땀이 등을 흘렀다.

어깨를 들썩이며 몽롱한 의식을 다잡는 중에 문득 그 남자도 그랬다는 생각이 들었다.

그 남자도 자신이 죽어야 하는 이유를 몰랐다.

플로리다키스에 가고 싶어 한 남자.

밝은 햇살로 가득하고 모두 자유롭고 행복한 곳. 이 세상에 존재하지 않는 그런 곳을 동경한 탓에 그 남자는 죽었다. 자신이 왜 죽어야 하는지도 모르고서.

슈지는 투명한 푸른 물이 고인 변기에 얼굴을 처박고 영화 속 공항에서 총질을 당해 죽은 남자를 위해 눈물을 흘렸다. 그리고 역 앞 광장에서 눈 깜짝할 사이에 칼을 맞아 죽은 네 사람을 위해 눈물을 흘렸다. 차가운 플라스틱 타일에 주저앉은 채 눈물을 쏟느라 둔해진 머리로 엉뚱한 생각을 했다. 어쩌면 그날 오후, 분수 주위에 모인 다섯 명은 자신들도 모르는 사이에 플로리다키스에 가고 싶어 했는지도 모른다고.

그날 밤, 슈지의 머리를 스친 그 기묘한 생각은 본질적으로 옳았다.

3
늙은 왕의 죽음 – 2005년 3월 27일 일요일

이소베 미쓰타다는 서화와 시조, 도예를 애호하는 풍류인으로 알려져 있다. 매년 도하◆의 절을 전세 내어 사카시타파 식구들끼리 꽃놀이를 즐길 때는 이소베의 취향대로 다화회茶話會 자리를 마련하는 것이 관례다.

올해도 화창한 하늘 아래 꽃이 만발한 벚나무 사이로 수많은 다화회용 진홍색 양산이 세워졌고, 벚꽃 무늬가 들어간 화사한 후리소데◆◆를 입고 비단 띠를 맨 명가의 여식과 봄철에 어울리는 연분홍색과 비취색의 밝은 이로토메소데◆◆◆를 입고 후

◆ 도쿄 도에서 23구와 도서 지역을 제외한 나머지 지역을 칭하는 말.

◆◆ 미혼 여성이 예복으로 입는 화려한 기모노.

◆◆◆ 기혼 여성이 입는 가장 격식 있는 예복인 도메소데 중에서 바탕색이 검은색이 아닌 것을 가리킨다.

타에타이코◆를 맨 부인들이 멋지게 손을 놀려 다도 예절을 선보였다. 이렇듯 꽃단장한 여자들의 옷차림 비교도 꽃놀이의 명물 중 하나다.

한편 국회의원들은 장막을 둘러서 마련한 연회석에 아카사카의 '센주'에서 준비한 찬합을 펼쳐놓고 칠기잔에 서로 술을 따르며 아름다운 꽃을 감상했지만, 한 꺼풀 벗겨내고 보면 잠든 사이에 목이 날아가지 않도록 품에 칼을 품은 도적 같은 눈으로 서로의 안색을 살피는 꼴은 꽃 아래에 있어도 평소와 다를 바가 없었다. 상석에 자리한 이소베는 예전에는 자신도 그랬다고 회상하며 결국은 도적들의 두목이 된 것이 만족스러운지 불만스러운지 모를 기분으로 꽃을 올려다보았다.

이소베는 알랑대는 소리를 듣기도 질려서 연회석을 훌쩍 떴다.

예복을 입은 여자들이 이소베를 알아보고 바람에 나부끼는 꽃처럼 차례차례 인사를 하고 지나갔다. 절의 높은 지대로 향하던 이소베는 적당히 인사를 받아주며 여자들을 대강 훑어보았다.

"올해는 도쿠라 선생의 조카가 제일입니다."

◆ 오타이코라는 등뒤의 매듭을 두 겹으로 하여 띠를 매는 방식.

목소리가 들려서 뒤돌아보자 비서 핫토리가 평소의 냉소를 띤 채 벚나무에 기대어 서 있었다. 핫토리는 눈으로 진홍색 양탄자 한구석을 가리켰다. 쳐다보니 스물서너 살쯤 된 인형 같은 아가씨가 검정색 히키후리소데◆를 입고 예법에 따라 차를 마시고 있었다.

"저 애는 조카딸이 아니라 도쿠라의 첩이 낳은 딸이야."

"예. 아라시야마에 있는 첩의 집에서 올해 도쿄로 나와 다이칸야마의 아파트에 혼자 산다고 하더군요. 교토 말씨로 의젓하게 말하지만, 천만의 말씀. 화류계 여잡니다."

"벌써 유혹했나?"

이소베는 기가 막혔지만 핫토리는 주눅드는 기색도 없었다.

"도쿠라 선생은 여름 선거에서 상황이 불리해지면 의원님께 진상할 요량으로 첫선을 보이기 위해 딸을 데려왔을 겁니다. 개혁파에 붙었으면서 양다리를 걸치겠다는 수작이죠. 필사적이기는 하지만 아버지와 마찬가지로 딸도 마음에 쏙 드는 물건은 아닙니다."

핫토리는 그렇게 말하더니 여자들에게서 눈길을 거두고 앞장서서 돌계단을 올라갔다. 이소베는 체면이고 뭐고 없는 도쿠

◆ 소매가 땅에 끌릴 만큼 긴 후리소데.

라의 태도에 질렸지만, 그런 소인배조차도 자신을 저울질한다고 자조하지 않을 수 없었다.

여름에 해산총선거가 치러지리라는 사실은 의원뿐만 아니라 매스컴 사람들도 어렴풋이 눈치채고 있다. 이 흐름은 바뀌지 않을 것이다. 연회석 자리인데도 소문난 애주가들조차 술을 삼가고 묘한 꼬투리를 잡히지 않으려고 틀에 박힌 아첨만 하는 것도 그 때문이다.

정계 전체에 세대교체가 진행되는 가운데, 이소베가 통솔하는 사카시타파에서는 2대와 3대 의원을 중심으로 한 젊은 중견그룹이 여름 선거를 노리고 일찌감치 파벌에서 벗어나려는 움직임을 보이고 있었다. 이소베는 지금까지 당내 이하라파와 손을 잡고 중견 의원의 반발을 억눌러왔지만, 신구 세력의 대립은 서서히 심해지고 있었다. 하필이면 그럴 때 이소베의 발치에 불똥이 튀었다. 이 불똥 때문에 이소베가 실각한다면 구세력이 와해될 것은 불 보듯 뻔하다. 그렇게 되면 사카시타파뿐만 아니라 당내 세력도가 단숨에 뒤바뀐다. 따라서 모두가 우승마를 놓치지 않고 올라타기 위해 전전긍긍하고 있다.

이소베는 정자에 앉아 벚나무로 만든 지팡이를 옆에 내려놓았다. 땀이 살짝 밴 목 언저리를 봄바람이 기분 좋게 어루만졌다.

"4월 4일 건은 문제없나?"

"아직 시간은 있습니다. 그리고 그 다키가와라는 남자, '즈시'가 소개한 사람답게 일솜씨가 제법 괜찮습니다."

모두가 즈시라는 지명으로 부르는 인물은 어떤 사람이 불편한 상황에 처했을 때 불편함을 해소하기 위해 적절한 인재를 파견해준다. 물론 이소베는 즈시와 직접 얼굴을 마주한 적이 없고, 앞으로도 마주할 예정은 없다. 하지만 오랜 세월 막역하게 지내온 교토의 다실 주인에게 "즈시는 새 사냥을 좋아한다고 합니다"라는 말을 들었을 때는 아무래도 자신은 새 사냥을 즐기는 남자와 인연이 있는 모양이라고 얄궂은 감개에 젖었다.

이소베는 인생의 태반을 새 사냥을 즐기는 한 남자와 나란히 달려왔다고 해도 과언이 아니었기 때문이다.

"도미야마는 어떻지?"

이소베는 봄 안개가 낀 앞쪽 하늘에 눈길을 준 채 물었다.

"잘 버텨봐야 앞으로 며칠이겠죠."

핫토리는 그렇게 말하더니 당연하다는 듯이 덧붙였다.

"이 건이 마무리되면 타이투스를 잘라내겠습니다."

"도미야마도 이제 곧 죽는다. 지금이 적기겠지."

하늘에 메아리치는 총소리와 함께 죽은 새를 의기양양하게 쳐든 도미야마 고이치로의 모습이 이소베의 뇌리에 떠올랐다.

"새만 보면 쏘아 떨어뜨리고 싶어 하던 그 남자도 이제 끝이로군."

쇼와(1926년~1989년)의 괴물이라고 불리던 타이투스 그룹 회장 도미야마 고이치로는 이 주 전 아침 자택 정원을 산책하다 뇌경색으로 쓰러져 의식불명 상태다. 마스이 기념 병원 특별실에 입원시키고 몸에 수많은 튜브를 연결해 살려놓기는 했지만 그리 오래 버티지 못하리라는 것은 누가 보아도 명백했다.

2차세계대전이 끝난 후, 점령군에 연줄이 있던 도미야마 고이치로는 윤택한 자금을 기반으로 1947년에 도미야마 양식 공업을 설립하여 전후 부흥기에 남들보다 먼저 통조림과 카레, 소스 등 서양 식품의 제조 판매에 나섰다. 1955년, 도미야마는 콩 시세 하락으로 부채에 쪼들리던 중견 상사 다타라 물산을 합병한 것을 계기로 회사 이름을 주식회사 타이투스로 바꾸었다. 타이투스는 다타라 물산의 상권을 이어받아 옥수수와 탈지분유, 커피콩과 코코아콩 등의 식량품을 수입하는 한편, 당시 소비량이 비약적으로 증가하던 비누의 원재료인 우지 등의 공업 원료 수입에도 착수했다. 그리고 고도 경제성장기 때 타이투스의 창업 모체인 식품 부문이 일본 식탁의 급진적인 서양화 물결을 타고 눈부신 성장을 이룬 가운데 도미야마는 적극적으로 M&A를 되풀이하여 타이투스의 사업 부문을 확대했다. 그

후로는 정계와의 굳은 결속을 무기 삼아 거품경제 시절 주식을 손해 없이 팔아치우고 90년대 중반에는 식품, 화학, 물류, 기업식 농업, 부동산, IT 관련 산업을 아우르는 거대한 타이투스 그룹을 만들었다. 타이투스 그룹 회장으로 취임한 도미야마는 1997년, 독점금지법이 개정되어 반세기 만에 지주회사 설립이 해금되자 지금까지 사업부로 운영해온 각 부문을 재빨리 독립 회사로 설립해 경영 권한과 책임을 강화하고 타이투스 본사는 모회사가 되어 그룹 전체의 전략 입안, 자본 조달과 운용, 위험 노출도 분석을 행하도록 했다. 그리고 이 주 전에 쓰러질 때까지 도미야마는 여든을 넘어서도 타이투스 그룹의 실권을 쥔 회장으로 군림했다.

이소베는 도미야마 고이치로와 같은 후쿠이 출신이자 구제일고舊制一高◆의 후배이기도 했다. 정계에 진출한 이소베와 당대에 타이투스 그룹을 쌓아올린 도미야마의 반세기를 넘는 교우관계는 늘 이해득실에 얽혀 있었고, 서로에게 막대한 이익을 안겨주었다.

하지만 먼저 저세상으로 가게 된 도미야마가 마지막으로 돼먹지 않은 기념품이라도 남겨주려는지 타이투스에서 이소베에

◆ 고등학교령에 따라 설립된 일본 최초의 고등 교육기관.

게 귀찮은 불똥이 날아왔다. 이소베는 불이 번지지 않도록 발로 밟고는 있었지만 시기가 시기인 만큼 성가시기도 했다.

몸을 일으킨 이소베는 정자 끄트머리에서 무리 지어 활짝 핀 벚꽃을 내려다보았다.

십 년 남짓 세월이 흐르는 동안 세대교체의 물결을 넘지 못하고 수많은 국회의원이 사라졌다. 이소베는 자신처럼 전쟁과 전후 시대를 아는 사람은 이제 정계에 거의 남아 있지 않음을 다시금 실감했다.

눈 아래에 펼쳐진 벚꽃에 초토화되어 검은 연기가 피어오르는 한낮 거리의 풍경이 잠깐 겹쳤다가 사라졌다. 머리카락이 곤두설 만큼 달아오른 대기도, 시커멓게 불탄 시체 냄새도 마치 방금 전 일처럼 생생하게 기억났다.

똑같은 빛깔로 주변을 가득 메운 벚꽃을 바라보고 있자니 당시의 한낮을 떠올리며 지금 여기 서 있는 자신의 존재 자체가 마치 한순간의 꿈처럼 느껴져 이소베는 갑자기 기댈 곳이 없는 어린아이처럼 불안해졌다.

"왕벚나무뿐이로군……."

이소베는 저도 모르게 중얼거렸다.

"왕벚나무는 한데 뭉쳐서 심는 나무니까요. 따로따로 심어봤자 아무도 안 봅니다. 대신에 똑같은 꽃을 일제히 피웠다가 일제히 지죠. 일본인 취향이죠, 뭐."

핫토리는 마치 외국인처럼 냉담하게 말하고 호주머니에서 은색 담배 케이스를 꺼내 이소베에게 권했다. 이소베는 손자뻘인 핫토리와 번갈아 라이터로 담배에 불을 붙였다. 고용주의 안색을 살피며 눈치를 보지 않는 핫토리가 미더워 보였다.

"오늘 참석해야 할 꽃놀이는 몇 군데지?"

"여기를 포함해 여섯 군데입니다."

"자네는 어떻게 할 텐가?"

"저는 도미야마를 병문안하러 가겠습니다. 한 번은 얼굴을 내밀어두는 편이 낫겠죠."

고개를 살짝 끄덕인 이소베는 피어오르는 담배 연기에 눈을 가느스름하게 떴다가 무리 지어 흐드러지게 피어 압도적인 수와 양감을 자랑하는 왕벚나무 군락으로 다시 눈길을 돌렸다. 담배 한 개비가 재가 될 때까지 이소베는 말없이 벚꽃을 쳐다보았다.

잠시 후 핫토리가 마노 커프스를 드러내며 손목시계를 들여다보았다.

"이동하실 시간입니다."

이소베는 스탠드 재떨이에 담배를 버리고 천천히 돌계단으로 향했다. 이소베는 젊을 적부터 이 정자에서 벚꽃을 내려다

볼 때마다 앞으로 몇 번이나 더 이 꽃을 볼 수 있을지 생각하고는 했다. 하지만 올해는 어째서인지 신기하게도 그런 생각이 들지 않았다.

"4월 4일에 엄청난 일이 일어날 거라는 소문 못 들어봤어?"

"4월 4일이 뭐 어쨌는데?"

"무차별 칼부림 사건이 벌어진 지 열흘째 되는 날이잖아. 뭔가 일어날 것 같지 않아?"

야리미즈는 방송국 카페의 소파에 앉은 도리야마의 커다란 몸을 밀어내고 재빨리 옆에 자리를 잡았다. 이러면 앞의 테이블을 넘어가지 않는 한 도리야마는 달아나지 못한다. 야리미즈는 얼굴 가득 웃음을 짓고 여종업원에게 블렌드 커피를 두 잔 주문했다.

"그런 이야기는 점쟁이한테 물어봐. 우리 프로그램이 초자연 현상은 안중에도 두지 않는다는 거 잘 알잖아."

예전 동료였던 카메라맨 도리야마는 뒷주머니에서 찌그러진 하이라이트 담뱃갑을 꺼내 불을 붙이고 코에서 폭포처럼 힘차게 연기를 뿜어냈다.

"뭐, 윗사람들이야 우리 프로그램 자체가 안중에 없겠지만!"

도리야마는 코웃음을 흐흥 치더니 여종업원에게 소리쳤다.

"고칼로리 돈가스 덮밥 정식 하나! 비계가 많은 부분으로 부탁해."

"……어째 될 대로 되라는 느낌인데."

"〈다큐멘트21〉, 유월로 끝이야."

"아, 그렇구나."

야리미즈는 눈을 동그랗게 떴다. 도리야마는 약간 원망스럽다는 듯이 야리미즈를 쳐다보았다.

"좀더 섭섭해해도 되잖아?"

야리미즈는 방송국에서 일할 때 제작 책임자로 일 년쯤 〈다큐멘트21〉의 제작에 관여했다. 〈다큐멘트21〉은 21세기의 현실을 조명하면서 21시 시간대 진출의 야망을 품은 새벽 1시 다큐멘터리 프로그램이었다.

방송국 관계자가 25시라고 부르는 새벽 1시에 다른 방송국에서는 토크쇼와 애니메이션이 주류고 다큐멘터리는 대부분 일러도 새벽 2시 이후에나 방송된다. 그런 와중에 이례적으로 25시에 편성된 〈다큐멘트21〉은 제작 회사에 위탁하지 않고 방송국에서 직접 제작한 다큐멘터리인 까닭에 방영 초반에는 간부급이 제작 방침에 관해 다양한 의견을 제시했다. 종합하자면 뚝심 있는 자세를 유지하면서 자극이 강한 소재를 시청자가 알기 쉽게 깊이 파고들라는 말이었다. 이 종합 선물 세트 같은 요구를 충족시키기 위해 〈다큐멘트21〉은 그야말로 건투했다.

한 가지 소재를 깊이 파고들려고 몇 주에 걸쳐 방영하면 시청자는 금세 지루해했다. 뚝심 있는 자세를 유지하기 위해 안이한 답을 피하면 "뭔가 미진한 느낌"이라고 질책하는 메일이 날아왔다. 미진한 건 개처럼 흑백으로만 세상을 구분하는 네놈의 머리 아니냐는 불손한 말은 결코 하지 않고 스태프들은 날마다 시청자들이 좋아할 만한 자극적인 소재를 찾아 동분서주했다.

그리하여 올해야말로 끝난다는 말을 들으면서도 오 년 남짓 살아남았고, 최근에는 몇몇 블로그에 소개되기도 하면서 뜻밖에 은밀한 컬트 방송으로 쭉 살아남는 것 아니냐는 어렴풋한 기대가 싹텄을 때 갑작스레 프로그램을 폐지한다는 통고를 받았다. 그것도 봄가을 방송 개편에 따른 폐지라면 또 모를까 유월이라는 어중간한 시기다. 야리미즈는 아쉽다는 마음이 들기도 전에 프로그램에서 뭔가 껄끄러운 문제를 다루었다는 감이 딱 왔다.

도리야마는 주문한 대로 비계가 많은 돈가스 덮밥 정식이 나오자 갑자기 기분이 가라앉은 듯 한숨을 푹 쉬었다. 그리고 그 한숨에 이끌린 듯 뱃속에 담아둔 말을 토해냈다.

"작품의 완성도는 좋았는데. 화면으로 보기에는 자극이 강했을지도 모르지만."

"뭘 다루었기에 그래? 피가 낭자한 거? 아니면 섹스 관련?"

영상이 문제가 될 만한 것은 대개 그런 소재다. 도리야마는 접시를 옆으로 치우고 하이라이트에 불을 붙였다.

"아니, '멜트페이스증후군'이라는 기이한 병. 몰라?"

그러고 보니 야리미즈도 작년에 몇몇 잡지에서 '멜트페이스증후군'이라는 병명을 본 적이 있었다. 분명 재작년 말에 유유아 사이에 갑자기 퍼진 기병으로, 전국적으로 상당수의 환자가 나왔다.

멜트페이스증후군은 원인 불명의 고열이 나다가 안구를 포함한 안면 조직이 차례차례 괴사하는 무서운 병으로, 괴사 조직을 절제해야 하기 때문에 얼굴에 심각한 손상이 남는다. 뿐만 아니라 관상동맥 장애라는 장기적인 후유증이 남는다는 사실도 밝혀졌다. 환자는 관상동맥에 생긴 거대한 동맥류 때문에 평생 심근경색으로 돌연사할지도 모른다는 불안에 시달려야 한다.

갓난아이에게 심각한 피해를 주는 이 병은 신기하게도 재작년 말부터 작년 초까지 한 달 사이에 집중적으로 발생했고, 그 후로는 피해 사례가 보고되지 않았다.

멜트페이스증후군의 원인균은 작년 유월 국립감염증연구소

가 규명에 성공해 그 신종 아포 형성균에 바실루스f50이라는 이름을 붙였다. 바실루스f50은 일본뇌염 및 소아마비와 마찬가지로 격렬한 병변을 일으키지만 균 자체의 감염력은 약하다. 발병률도 5퍼센트 전후다. 환자가 생후 9개월 전후의 유아에게 집중된 점으로 보아 유아기의 면역력 저하와도 관련된 것으로 추정된다.

감염력이 약하고 발병률도 낮은데 왜 한 달 사이에 멜트페이스증후군 환자가 속출했는지는 여전히 수수께끼다. 또한 환자들이 언제, 어디서, 어떻게 바실루스f50에 감염됐는지 그 감염 경로 역시 불분명했다.

"멜트페이스증후군을 처음으로 방송에서 다룬 거 〈뉴스프라임〉 아니었냐?" 야리미즈는 머릿속의 기억 보관소를 재빨리 뒤졌다. "분명히 작년 오본 무렵에 특집 코너로 다루었을 텐데."

"쓸데없이 정확한 기억력은 여전하군그래."

도리야마는 반쯤 감탄한 눈으로 야리미즈를 바라보았다.

〈뉴스프라임〉은 오후 9시에 방송되는 방송국의 인기 뉴스 프로그램이다. 그 〈뉴스프라임〉에서 작년 팔월, 딱 한 번 멜트페이스증후군을 특집으로 다루었다. 첫 번째 환자 발생에서 병원균 규명에 이르기까지의 경위를 치밀한 재연 드라마로 구성한 후 환자의 감염경로에 대해 몇 가지 추론을 시도하는 내용이었다.

일단 환자가 많이 발생한 지역 일대의 수질과 토양을 검사했다. 이어서 환자가 발병 당시에 먹은 음식물 검사. 환자가 모두 유유아라서 섭취하는 음식물은 보호자가 관리했기 때문에 추적 조사는 비교적 용이했다. 덧붙여 환자의 어머니가 임신중에 복용한 약의 성분도 전문 기관의 협력을 얻어 검증했다.

"뭐, 죄다 헛수고로 끝났지만. 그래도 미국 디스커버리 채널 같은 형식에 실록 미스터리를 가미한 구성이 제법 호평을 얻었지. 하지만 감염경로를 규명한다는 점에서 보면 새로운 사실이 나오지 않는 한 더이상의 진전은 없어. 그렇다고 해서 모처럼 호평을 얻은 소재를 한 번 써먹고 버리기는 아깝지."

"그래서 상부가 〈다큐멘트21〉에서 이 소재를 다루어보라는 지시를 내린 거로군."

"간단하게 말하든 자세하게 말하든 그게 다야."

"그래서?"

"알다시피 우리 〈다큐멘트21〉에는 예산도 인원도 없어. 그래서 〈뉴스프라임〉이 주목하지 않은 부분, 즉 발병한 환자와 환자 가족의 생활에 초점을 맞추어 후유증으로 괴로워하는 현재를 조명하는 방향으로 나갔지."

도리야마 팀은 어느 환자의 집을 방문해 아침 6시의 투약으로 시작되는 모자의 일상을 한 주에 걸쳐 카메라에 담았다고 한다.

"취재 승낙을 잘도 받아냈군."

야리미즈는 환자의 부모가 취재에 응했다는 사실에 적지 않게 놀랐다.

"우리도 깜짝 놀랐어. 부모가 절대 허락하지 않을 줄 알았거든. 그 병에 걸린 아이들은 얼굴이 놀랄 만큼 좀 그래. 하지만 그 환자의 어머니는 멜트페이스증후군이라는 병의 실태를 많은 사람에게 알리고 싶다고 했어. 실명을 내보내도 되고 얼굴에 모자이크를 할 필요도 없다고 했지. ……마음을 단단히 먹은 모양이더라고."

야리미즈에게도 아이 어머니의 각오가 전해졌다.

병의 존재를 많은 사람에게 알려 사회에 올바로 인식시키는 것은 아이를 분별없는 비방과 차별에서 지키기 위한 첫걸음이다. 하지만 그 때문이라고는 하나 자신들의 삶을 불특정 다수 앞에 고스란히 드러내기 위해서는 엄청난 결심이 필요했으리라. 카메라는 이른바 찍튀다. 얼굴과 실명을 공개하고 카메라 앞에 선 사람은 그후 호기심에 가득찬 세간의 시선 속에 방치된다.

실제로 그런 사실을 염두에 두고 피사체와 마주하는 방송 종사자는 몹시 적다. 야리미즈가 아는 한 도리야마는 그 얼마 안 되는 방송 종사자 중 하나였다.

"아이의 신체적 장애와 보살피는 어머니의 고충은 내 예상을 훨씬 뛰어넘었어. 솔직히 말해 어느 쪽으로 카메라를 돌려야 할지 망설인 적도 많아. 하지만 아이는 상태가 괜찮을 때는 웃기도 하고 울기도 하고, 우리 조카랑 다를 바가 없더라고. 처음에는 머뭇거리던 스태프들도 '반다나 아가씨'가 아이에게 말을 거는 걸 보고 점점 평범하게 대하게 됐지."

"아아, 노무라 말이지."

야리미즈는 옛 기억을 떠올렸다. 〈다큐멘트21〉에는 빨간 반다나를 두른 노무라 가나라는 제작진이 있었다. 노무라는 체격이 다부지고 퉁명스러운 아가씨였지만 얼마 안 되는 제작진 중에서 비디오 엔지니어부터 잠입 취재, 필요하면 리포터까지 맡길 수 있는 유능한 인재였다.

"노무라는 촬영이 끝날 쯤에 아이와 놀아줬어. 〈다섯 손가락 가족〉이라는 노래를 부르면서."

도리야마는 늦가을 석양에 물든 조그만 아이 방의 모습이 떠올라 코끼리처럼 동그란 눈을 가늘게 떴다.

"도리야마, 자신 있는 작품이었구나."

도리야마는 웬일로 순순히 고개를 끄덕였다.

"그렇지만 방송 후에 방송국으로 항의가 빗발쳐서."

"왜?"

"병에 걸린 아이를 구경거리로 삼지 말라고."

도리야마는 짤막해진 하이라이트를 힘을 주어 비벼 껐다.

"부모의 동의를 얻어 촬영했다고 프로그램 홈페이지에 올렸더니 이번에는 돈을 받고 병에 걸린 아이를 구경거리로 삼은 부모라면서 인터넷으로 부모를 욕하더라고. 아이 사진이 혐오 사진 사이트에 올라가기도 했고. 결국 이사하는 수밖에 없었어."

"너무한데……."

야리미즈는 저도 모르게 중얼거렸다. 분명 방송 후에 운 나쁘게도 모자가 사는 곳이 밝혀져서 반쯤 재미로 못된 장난을 치는 사람이 나온 것이리라. 하지만 실명과 얼굴을 공개하고 취재에 응한 부모라면 그 정도는 미리 각오하지 않았을까. 그런데도 이사할 수밖에 없었다면 그 모자에게 뭔가 큰일이 일어났기 때문일 것이라고 야리미즈는 생각했다.

도리야마도 똑같은 생각인지 재떨이에 눈길을 떨어뜨리고 잠시 입을 다물었다. 야리미즈는 도리야마의 커피에 설탕과 우유를 듬뿍 타서 저어주었다. 도리야마는 커피를 커피우유처럼 만들어 마시기를 좋아한다.

"그래서 그 항의 때문에?"

도리야마는 미지근한 커피우유를 단숨에 벌컥벌컥 들이켜고 컵을 내려놓았다.

"뭐, 익명의 악플은 그냥 넘어간다고 쳐도 얼마 지나지 않아 신문 투서란에도 비슷한 내용이 실렸거든. 상부도 〈다큐멘트21〉 같은 것 때문에 성가신 문제가 생기니까 귀찮은지."

도리야마는 가위로 싹둑 자르는 시늉을 했다.

"그랬구나."

프로그램은 종료된 것이 아니라 사실상 중단된 것이다.

"그야 쓸 만한 소재도 슬슬 바닥을 드러내고 있었으니 프로그램 입장에서도 끝내기에 적당한 시기였을지 모르지. 하지만 이런 방식은 마음에 안 들어. 그리고 도대체 병에 걸린 아이를 구경거리로 삼지 말라니 무슨 소리야."

"외모가 흉해지는 병에 걸린 아이를 뚫어지게 쳐다보는 사람들 앞에 내어놓다니 가엽다. 그런 아이는 평생 남의 눈에 띄지 않는 곳에서 조용히 살다가 조용히 죽어라. 그런 소리겠지."

"본인들은 선의에서 우러난 행동이라고 생각하는 만큼 질이 더 나빠."

"그런데 오다지마 연출이 잘도 받아들였네."

오다지마는 〈다큐멘트21〉이 시작할 즈음에 보도부 부장이 데려온 프리랜서 출신 연출자다. 그의 야심만만하고 약삭빠른 방식에 반발하는 사람도 적지 않았지만 오다지마의 그런 방식이 〈다큐멘트21〉의 시청률을 간신히 유지해온 것도 사실이다. 겨우 궤도에 오르나 싶었는데 이런 형태로 폐지가 결정되었으니 오다지마가 받아들일 리 없다.

"그야 맹렬하게 항의했지. 말발 좋겠다, 고집도 세겠다, 그때는 우리도 후끈 달아올랐다고. 여차하면 제작진 전원이 오다지마 씨와 함께 스태프 룸에서 농성할 기세로 한데 똘똘 뭉쳐 전의를 불태웠다 이거야."

"그런데 그 단결은 어느 시점에서 과거형이 됐지?"

"오다지마 씨에게 사월부터 〈뉴스프라임〉으로 이동하라는 이야기가 나온 시점."

"배신하고 입 싹 닦은 거야?"

"그렇지. 멋지게 출세라는 말에 올라타고 심야 시간대라는 국경을 넘어갔어."

처세하는 방법 역시 오다지마다웠다. 하지만 〈뉴스프라임〉에는 입사한 이후로 죽 뉴스 분야에 뼈를 묻어온 마쓰이라는 솜씨 좋은 연출자가 있다. 오다지마의 이동은 남겨진 제작진이 생각하는 만큼 눈부신 승진이 아니다. 야리미즈는 대충 짐작이 갔다.

심야 시간대에서 아슬아슬한 소재를 다루는 데 익숙한 오다지마를 엘리트 마쓰이와 같은 위치에 놓고 두 사람에게 시청률 경쟁을 시킨다. 오다지마는 살아남기 위해 죽을힘을 다할 테고, 마쓰이는 자존심을 지키기 위해 질 수 없다. 그리하여 요즘 조금씩 하향세를 보이는 〈뉴스프라임〉의 시청률이 올라가면 횡재고, 탈이 나더라도 계약 사원인 오다지마라면 자르기도 간단하다.

윗사람이 낼 만한 아이디어다. 오다지마도 그 정도는 알고서 이동 제안을 받아들였겠지만, 〈뉴스프라임〉 제작진은 십 년이나 마쓰이와 한솥밥을 먹은 사이다. 승산 있는 승부는 아니다. 환상적인 재주라도 부리지 않는 한 오다지마에게 계약 연장은 없다. 앞으로 반년이 지나면 오다지마는 직장을 잃는다.

"뭐, 어쨌거나 우리 〈다큐멘트21〉의 제작진한테는 볼일 없다는 거지. 꽃구경하기에 좋은 일요일에 촬영도 없고. 지금은 편집과 잡무를 정리하며 하루하루 보내고 있어."

그렇게 말한 도리야마는 될 대로 되라는 심정에 다시 불이 붙었는지 이제 와서 젓가락을 집어 드는 폭거에 나섰다.

"도리야마, 그 돈가스 덮밥 먹으려고?"

"알맞게 식은 것 같아서. 나 뜨거운 거 잘 못 먹거든."

'식사에 의한 완만한 자살'. 그런 말이 야리미즈의 머리를 스쳤다. 야리미즈는 가벼운 농담을 하려다가 갑자기 그늘이 지는 것처럼 가슴속이 어두워졌다. 커다란 몸을 구부리고 지방 덩어리 같은 식은 돈가스 덮밥을 묵묵히 먹는 도리야마를 보고 있으니 어쩌면 도리야마는 농담이 아니라 정말로 그런 죽음을 바라고 있는지도 모른다는 생각이 들었다.

도리야마는 카메라 빼면 시체다. 그리고 도리야마는 렌즈 이편에 있으면서도 마음은 늘 렌즈 저편의 피사체에 둔다. 그런 도리야마의 코끼리 같은 눈에 지금의 미디어 세상은 어떻게 비칠까. 이 세상 자체가 도대체 어떤 식으로 비칠까.

야리미즈는 계산서를 들고 일어섰다.

"4월 4일에 관해 무슨 소문 들으면 알려줘. 어쩌면 특종이 될지도 모르는 건이니까."

입안 가득 밥을 집어넣은 도리야마는 고개를 들고 알았다고 대답하는 대신 젓가락을 든 손을 가볍게 흔들었다.

방송국을 나선 야리미즈는 벚나무 가로수길을 지하철역 방향으로 한 블록 정도 걷다가 자판기에서 캔커피를 사서 가드레일에 걸터앉았다. 평소 같으면 순찰하는 순경이 수상하다는 듯이 의심 어린 눈길을 던지겠지만 벚꽃이 활짝 피어 있으면 벚꽃을 구경하는 줄 알고 아무 말도 하지 않는다. 야리미즈는 순경에게 업무용 미소를 지어 보이고 캔커피를 땄다.

도리야마는 실력이 좋은, 뼛속까지 카메라맨이다. 즉, 윗사람들이 보기에는 효율이 나쁘고 써먹기도 불편한 남자라 야리미즈가 방송국에서 일할 때부터 찬밥 신세였다. 반면에 도리야마의 그런 점 때문에 손득을 따지지 않고 마음을 여는 사람도 적지 않다. 아이러니하게도 일에서 찬밥 신세를 면하지 못하는 도리야마는 야리미즈가 아는 한 방송국에서 제일 마당발이었다.

도리야마가 즉시 인맥을 통해 4월 4일에 대해 조사하기 시작할 것이라고 야리미즈는 확신했다. 현재 도리야마가 가장 원하는 것은 촬영 기회다. 그러려면 스스로 기삿거리를 찾아내는 수밖에 없다. 야리미즈는 무가당 블랙 캔커피를 다 마시고 벚나무 가로수를 올려다보았다.

4월 4일에 무슨 일이 일어날까.

역 앞 광장에서 벌어진 살인과 도대체 어떤 관계가 있을까.

앞으로 여드레.

스키 마스크가 소마의 말대로 살인에 정통한 프로라면 돈으로는 살 수 없다. 힘이다. 이 사건에는 커다란 힘이 무슨 형태로 얽혀 있다. 야리미즈는 어젯밤 소마에게 이야기를 들었을 때부터 그렇게 짐작했다.

10시가 지나서 눈을 뜬 슈지는 배가 고파 밥을 지었다. 야리미즈의 부엌에는 양념과 통조림, 건조식품이 쓰기 좋게 따로따로 잘 정리되어 있었다. 슈지는 밥이 지어지는 동안에 샤워를 하고 옆구리 상처를 소독했다. 그리고 냉동된 연어를 해동하여 석쇠에다 굽고 달걀을 부친 후 미역과 밀기울을 넣고 된장국을 끓였다. 초등학생 때부터 남자 둘이서만 살아서 밥상 차리는 데는 이골이 났다.

마지막으로 밥을 퍼서 식사를 하려는데 진작에 나간 줄 알았던 야리미즈가 침실에서 나와서 밥과 반찬 절반을 빼앗아 먹고 외출했다. 슈지는 야리미즈가 밥 짓는 냄새를 맡고 밥이 다 될 때까지 침실에서 숨을 죽이고 있었다는 것을 알고 어이가 없었다. 버릇이 들면 안 되기에 설거지는 하지 않고 그냥 놓아두기로 했다.

슈지는 잠에서 깼을 때 오늘 할 일을 정했다.

아렌을 찾자.

슈지는 아렌의 메일을 받고 그날 역 앞 광장으로 나갔다. "보고 싶어"라는 제목의 갑작스러운 메일을 받고. 하지만 아렌은 살해당한 네 사람의 약속 상대와 마찬가지로 역 앞 광장에 오지 않았다. 적어도 2시 8분까지는 모습을 나타내지 않았다. 그리고 아렌 대신 그 남자가 나타났다. 헬멧을 쓰고 무차별 살인범으로 위장해 다섯 명을 죽이기 위해.

아렌은 그날 역 앞 광장에서 일어날 일을 알고 있었을까. 아렌과 스키 마스크를 쓴 남자가 어떻게 연결되어 있는지는 모른다. 하지만 현재 아렌말고 실마리가 될 만한 것은 떠오르지 않았다.

슈지는 아렌을 처음 만났을 때의 상황을 가능한 한 자세하게 머릿속에 되살려보았다.

슈지는 사건이 일어나기 나흘 전인 3월 21일 월요일, 시부야의 클럽에서 아렌과 만났다.

마루야마 정에 있는 '아트라'라는 클럽은 슈지가 고등학교 다닐 때부터 가끔 놀러가던 가게다. 직장 선배 시모다에게 알려준 뒤로는 가기 힘들겠다고 생각했지만, 부끄럼을 많이 타는 시모다가 끌고 가는 바람에 한 달에 한두 번은 얼굴을 내밀었다. 신나는 하우스 계열 음악을 틀어주는 가게로, 그날 밤은 봄방학이 시작된 지 얼마 되지 않은 까닭에 댄스 플로어는 손님으로 가득했다.

모자와 재킷, 바지까지 마음에 드는 브랜드의 옷으로 한껏 멋을 낸 시모다는 언제나처럼 어깨에 힘이 바짝 들어가 있는 것처럼 보였지만, 바로 자기 취향의 여자를 찾으러 나갔다. 슈지는 셀비지의 후드 스웨트 셔츠를 적당히 걸쳐 입고 스탠딩 테이블에서 진토닉을 마시고 있었다.

아렌은 물고기처럼 매끄럽게 사람들 사이를 누비며 다가왔다. 그리고 커다란 갈색 눈으로 슈지를 똑바로 쳐다보더니 느닷없이 "메일 주소 알려줘"라고 말했다. 뜸들이기도 자기소개도 생략. 하고 싶은 말만 딱 하고 슈지를 쳐다보았다. 별난 여자다 싶었지만 도전적인 표정이 고양이 같아서 귀여웠다.

슈지는 호주머니에서 휴대전화를 꺼내 "네 것 꺼내봐"라고 말했다. 메일 주소를 알려줄 때 슈지와 지인들은 서로 휴대전화를 가까이 대고 적외선 통신으로 정보를 보낸다. 제일 손쉬운 방법이니까 보통은 그렇게 한다. 그런데 아렌은 슈지의 말을 듣고 단호하게 고개를 저었다. 슈지는 영문을 알 수가 없었다. 메일 주소를 알려달라고 한 것은 아렌이다. 메일 주소를 보내주는데 아렌은 자기 휴대전화를 꺼내려고 하지 않았다.

슈지가 '왜?' 하고 눈으로 묻자 아렌은 슈지의 휴대전화 화면을 가리키며 "여기에"라고 말했다. 슈지의 휴대전화 화면에 메일 주소를 띄워달라는 것이다.

여자들 중에는 아주 드물게 희귀한 규칙을 신봉하는 사람이 있다. 예를 들어 약속 장소에는 반드시 남자가 먼저 와 있어야 한다든가, 자기 메일 주소와 전화번호는 데이트를 한 번 하기 전에는 알려줄 수 없다는 규칙 말이다. 하지만 그런 타입의 여자는 아렌처럼 혼자 다가와서 입을 열자마자 메일 주소를 알려달라고는 하지 않는 법인데…….

슈지는 이럴 때 늘 그러듯이 신사적인 태도로 메일 주소를 띄워서 보여주었다. 화면에 눈길을 떨어뜨린 아렌은 아니나 다를까 당황한 기색이 역력했다. 알파벳과 숫자를 의미 없이 길게 조합하여 삼 분 내내 노려보아도 기억할 수 없게끔 만들어놓았기 때문이다.

슈지는 씩 웃으며 아렌의 얼굴을 쳐다보았다. 아렌은 약이 오른다는 듯이 입술을 깨물었지만, 잠시 후 오기 어린 얼굴로 슈지를 쏘아보았다. 뭘 하나 싶어 보고 있자니 아렌은 복고풍 비즈 파우치에서 눈썹연필을 꺼내 슈지의 진토닉이 놓인 종이 컵받침을 뒤집어 메일 주소를 메모했다.

오른쪽 윗부분이 올라간 글씨체. 눈썹연필은 나스의 딥 로열 블루. 깔개를 누른 손가락에는 네일 아트를 했는데, 사월 하늘처럼 옅은 파란색 바탕에 환한 분홍색으로 벚꽃을 그리고 꽃술 부분에는 진주를 뿌렸다. 정말 예뻐 보였다.

아렌은 슈지의 긴 메일 주소를 다 쓰고 나서 어떠냐는 듯이 의기양양하게 미소 지으며 슈지를 쳐다보았다. 처음으로 보여준 웃는 얼굴이 정말로 귀여웠다.

"이름이 뭐야?"

슈지가 먼저 물었다.

"아렌."

손톱이 예쁘다고 말하자 아렌은 기쁜 듯이 이 디자인은 자신이 고안한 것이라며 양손을 펼쳤다. 그러자 아까는 눈썹연필을 쥐고 있어서 보이지 않던 왼손 가운뎃손가락과 약손가락의 손톱 밑이 까맣게 물들어 있었다. 어쩐지 아렌답지 않다는 생각에 쳐다보자 아렌도 눈치채고 유감스럽다는 듯이 탄식했다.

"손톱도 케라틴으로 되어 있잖아. 물들면 안 지워져."

무슨 소리인지 몰라서 그냥 넘어갔다. 그후로도 잠시 이야기를 나누었지만 음악이 바뀌자 서로 소리를 지르지 않으면 거의 알아들을 수 없을 만큼 시끄러워졌다. 아렌은 쓴웃음을 짓더니 슈지의 귓가에 "잘 있어"라고 말하고 나타났을 때와 똑같이 순식간에 사람들 틈으로 사라졌다.

슈지는 그날 밤 아렌이 지은 표정과 입은 옷, 가방까지 전부 똑똑히 기억한다. 하지만 아는 것이라고는 네일 아트 솜씨가 뛰어나다는 것, 눈썹연필은 나스 제품을 쓴다는 것, 그리고 칵테일은 모차르트 민트를 좋아한다는 것 정도다.

절망적이게도 찾아낼 가능성은 없었다. 별다른 방도도 없는 터라 슈지는 맥없이 야리미즈의 대사전에서 케라틴이라는 단어를 찾아보았다. 그러자 "유황을 함유한 단백질. 머리카락, 손발톱, 뿔, 깃털 등의 주성분"이라고 나와 있었다. 인간에게 뿔과 깃털은 없다. 그렇다면 아렌이 '손톱도'라고 한 말은 '손톱도 머리카락과 똑같이 케라틴으로 되어 있다'는 뜻이리라. '그러므로 물들면 지워지지 않는다'.

어쩌면 그 검은색은 머리카락을 염색하는 염료 아니었을까.

슈지는 황급히 야리미즈의 컴퓨터를 켰다. 컴퓨터는 니치에이 건설에서 십장의 것을 자주 만지작거려서 다룰 줄 안다. 슈지는 바로 "케라틴 머리카락 손톱 염료"라고 써서 검색했다. 염색 시술과 미용실 페이지가 줄줄 나왔다. 슈지는 아렌이 미용사 아닐까 추측했다. 시부야에는 미용실이 많다. 슈지는 아트라에 드나드는 여자 미용사를 몇 명 안다. 그 여자들이 아렌을 알지도 모른다. 슈지는 미용사에게 전화를 걸려다가 절망에 빠졌다. 휴대전화가 망가졌으니 전화번호를 알아낼 방법이 없다.

슈지는 분수에 빠진 자신을 저주하며 다음에 휴대전화를 살 때는 반드시 방수가 되는 것으로 사겠다고 맹세했다. 완전히 풀이 죽어 컴퓨터 앞에 푹 엎드렸을 때 명함 생각이 났다.

미용사들은 명함을 자주 준다. 지명 고객이 늘지 않으면 급료가 오르지 않기 때문이다.

슈지는 냅다 지갑을 찾아서 안쪽 주머니를 뒤졌다. 물에 젖어 구깃구깃해진 명함 몇 장이 나왔다. 종이는 젖어도 정보가 날아가지 않는다는 사실이 기적처럼 멋지게 느껴졌다. 쭈글쭈

글한 명함에는 미용사의 이름과 각각 다른 미용실 이름, 그리고 예약용 전화번호가 적혀 있었다. 슈지는 잠시 고민하다가 제일 착실해 보였던 사카모토 레이나라는 여자의 명함을 골라 가게에 전화를 걸었다.

슈지는 전화를 받은 접수 담당 여직원에게 커트와 염색을 예약했다. 물론 사카모토 레이나를 지명했다. 그리고 색깔에 대해 상담하고 싶으니 레이나를 바꿔달라고 정중하게 부탁했다. 바로 전화를 바꾼 레이나가 "전화 바꿨습니다"라고 나긋나긋한 영업용 목소리로 말했다.

"나, 슈지. 아렌의 휴대전화 번호 가르쳐줘."

슈지는 냉큼 전화에 대고 속삭였다. 레이나가 아렌과 친구인지 아닌지는 일부러 확인하지 않았다. 만약 레이나가 아렌을 전혀 모른다면 고객에게 응대하는 척하면서 그게 누구냐고 은근슬쩍 되물을 것이다.

레이나는 한순간 입을 다물었다가 영업용 목소리로 말을 이었다.

"예약은 아까 말씀하신 날짜와 시간이면 괜찮으시겠습니까?"

됐다! 레이나는 아렌을 안다. 알기 때문에 상황을 확인하려고 한다.

"괜찮아. 예약했으니까 꼭 갈게."

그렇게 대답하고 슈지는 휴대전화를 물에 빠뜨려 친구들의 전화번호가 없어졌으며 그래서 이렇게 휴대전화가 아니라 가게에 전화를 걸었다고 재빨리 설명했다. 레이나는 마치 염색 컬러 이야기를 하는 것처럼 "좀 밝은 색이 좋지 않을까요"라고 적당히 말하며 슈지의 설명에 귀를 기울였다.

"그래서 아렌의 전화번호도 몰라. 급한 용건이라 그래. 부탁이야, 알려줘."

슈지는 비장의 무기인 애원하는 목소리로 부탁했다.

"글쎄요, 그건 좀 어떨는지요."

레이나는 정치가 같은 대답을 했다. 여자들의 우정은 의외로 돈독하다. 아렌에게 확인하고 나서야 가르쳐줄 생각이다. 하지만 이 한마디로 레이나가 아렌의 전화번호를 알고 있다는 것이 확실해졌다. 슈지는 도 아니면 모라는 식으로 승부에 나섰다.

"나, 아렌이랑 사귀어."

"어?" 영업용이 아니라 정말로 놀라는 목소리가 들렸다. 그리고 허둥지둥 "언제부터 그런 상태였는지요?"라고 마치 심한 탈모가 진행중이라는 말이라도 들은 사람처럼 물었다.

"최근에 아트라에서 만난 후로."

"아아, 아직 그렇게 오래된 건 아니로군요."

"오늘 만나기로 약속했는데, 아무래도 일 때문에 두 시간 정도 늦을 것 같아."

"그런 상태라면 어쩔 수 없죠. 잠시만 기다리세요."

잠시 후에 레이나는 굉장한 속도로 열한 자리 숫자를 속삭였다. 슈지는 재빨리 받아 적고 숫자를 다시 불러 확인했다.

"말씀하시는 대롭니다."

레이나가 영업용 목소리로 대답했다.

"고마워. 다음에 쏠게."

"그럼 예약하신 날에 뵙겠습니다."

레이나는 술대접은 필요 없으니 반드시 가게에 오라고 에둘러서 못을 박고 전화를 끊었다.

슈지는 메모지의 열한 자리 숫자를 쳐다보았다.

벽시계의 초침 소리가 갑자기 크게 들렸다.

아렌의 커다란 갈색 눈동자와 피에 젖은 회칼을 들고 역 앞 광장에 서 있던 다스베이더의 모습이 교차했다. 가슴도 손가락도 떨렸다.

진정해.

슈지는 야리미즈의 전화기에 발신 번호 표시 제한 설정이 되어 있는 것을 확인하고 아렌의 휴대전화 번호를 눌렀다. 호출음이 들렸다. 열두 번.

"예, 아렌입니다. 지금은 전화를 받을 수 없으니 메시지를 남겨주세요."

틀림없이 아렌 목소리였다. 슈지는 아렌을 불러내기 위해 메시지를 남겼다.

오후 2시. 날씨 좋은 일요일 오후라서 그런지 시부야 역 하치공 광장은 평소보다 사람을 기다리는 사람들로 붐볐다. 휴대전화로 통화하는 사람, 책을 읽는 사람, 햇볕을 쬐는 노숙자, 기타를 치는 젊은이. 여기서 만날 약속을 해도 휴대전화로 서로의 위치를 확인하지 않으면 인파 속에서 사람을 찾기란 몹시 어렵다. 슈지는 아렌이 스키 마스크를 쓴 남자에게 알릴 가능성도 염두에 두고 일부러 사람이 많은 곳을 약속 장소로 정했다. 약속 시간은 사건이 일어난 날과 똑같은 오후 2시.

슈지는 파일 직물로 된 후드를 깊숙이 눌러쓰고 망입 유리◆ 너머로 하치 공 광장을 내려다보고 있었다. 시부야 역 3층의 긴자선 개찰구에서 마크시티 이스트몰로 향하는 연결통로에서는 하치 공 광장의 거의 모든 곳이 내려다보인다. 그중에서도 슈지가 서 있는 중앙 부근의 창문에서는 아렌이 스크램블교차로

◆ 網入琉璃. 두꺼운 판유리에 철망을 넣어 깨져도 파편이 튀지 않도록 만든 안전유리.

의 어느 방향에서 광장으로 와도 한눈에 알아볼 수 있다. 슈지는 후드를 살짝 들어올리고 완만한 비탈에 숲처럼 솟은 빌딩들을 바라보았다.

이 거대한 지역 어딘가에서 아렌은 미용사로 일하는 것이 틀림없다. 예전에 레이나에게 이 시기의 주말에는 입학과 입사를 앞둔 손님들이 많아서 어느 가게든지 몹시 바쁘다고 들은 적이 있다. 일요일의 이 시간대라면 아렌은 틀림없이 가게에 나왔을 것이다. 만약 아렌이 스키 마스크와 아무 관계도 없다면 일하느라 바쁜 와중에 갑작스레 불러내는 전화에 응할 리 없다. 하지만 만약 아렌이 스키 마스크와 연관되어 있다면 반드시 나타난다. 슈지는 아렌이 나타나지 않기를 빌었다.

2시 8분. 슈지는 십 분까지 기다려도 아렌이 나타나지 않으면 돌아갈 작정이었다. 여기 오래 있으면 위험하다. 아렌이 스키 마스크에게 연락했다면 분명 이 인파 속에서 슈지를 찾고 있을 것이다. 문제는 스키 마스크는 슈지의 얼굴을 알지만 슈지는 스키 마스크의 얼굴을 모른다는 점이다. 지금 여기로 걸어오는 녹색 작업복을 입은 청소부가 그놈이더라도 슈지는 확인할 길이 없었다. 일 분이 몹시 길게 느껴졌다.

2시 10분. 슈지가 발걸음을 돌리고 떠나려는데 희뿌연 것이 시선 가장자리를 가로질렀다. 몸을 돌려 광장을 내려다보자

한 여자가 새하얀 반코트를 펄럭이며 스크램블교차로를 달려왔다.

아렌이다.

슈지는 씁쓸한 심정으로 눈을 감았다. 그리고 다시 눈을 떴을 때 슈지는 미리 세워둔 계획을 실행하기 위해 망설임 없이 움직였다.

2시 11분. 아렌은 하치 공 앞에 서서 바쁘게 주변을 둘러보고 있었다. 곧 술이 달린 숄더백 주머니에서 휴대전화가 울렸다. 발신 번호가 표시되지 않게 걸려 온 전화였다. 슈지가 아렌의 휴대전화에 음성 메시지를 남겼을 때도 발신 번호가 표시되지 않았다. 분명 이 전화도 슈지가 걸었으리라고 확신한 아렌은 서둘러 통화 버튼을 눌렀다. 역시나 슈지의 밝은 목소리가 들렸다.

"아렌, 럼 레이즌이랑 딸기 중에 뭐가 좋아?"

갑작스러운 질문에 무슨 소리인가 싶어 당황한 아렌의 반응에는 아랑곳없이 슈지는 말을 이었다.

"날씨가 좋으니까 같이 벚꽃이나 보면서 마카롱 먹으려고. 그런데 가게에 와보니 종류가 너무 많아서 뭘 사야 할지 모르겠네."

마카롱은 색상이 화려한 한입 크기 과자로 속에 다양한 맛의 크림이 들었다. 아렌은 슈지가 어디 있는지 바로 알았다.

"지금 '데카당스 뒤 쇼콜라'에 있구나."

"어떻게 알았어?" 깜짝 놀란 슈지의 목소리가 들렸다.

"상식이지." 아렌은 자랑스러운 말투로 대답했다.

역 근처에서 몇 종류나 되는 마카롱을 파는 가게 하면 이스트몰 3층에 있는 초콜릿 가게 데카당스 뒤 쇼콜라가 딱 나온다.

"그럼 아렌, 이쪽으로 와서 골라줄래?"

"바로 갈게."

아렌은 들뜬 목소리로 대답하고 전화를 끊었다.

슈지는 공중전화 수화기를 내려놓고 연락통로 2층에 있는 전화 부스에서 뛰쳐나왔다. 공중전화도 처음에 184를 누르고 걸면 상대방의 휴대전화에 공중전화가 아니라 발신 번호 표시 제한으로 표시된다. 슈지의 계획대로 아렌은 슈지가 데카당스 뒤 쇼콜라에서 휴대전화로 전화한 줄로 믿고 이스트몰 3층의 가게로 향하고 있다. 슈지는 아렌이라면 십중팔구 그 가게를 알 것이라고 생각했다. 아트라에서 아렌이 좋아한다고 했던 모차르트 민트는 초콜릿 리큐르로 만든 칵테일이다. 시부야를 돌아다니고 초콜릿을 좋아하는 여자라면 그 초콜릿 전문점을 모를 리 없다.

슈지는 연결통로 2층 창문으로 달려가 바깥에 시선을 집중했다. 스크램블교차로의 신호등은 파란불이었다. 그렇다면 지금 아렌이 건너려는 연결통로 바로 밑의 횡단보도도 파란불이다.

아렌이 횡단보도를 건너는 데 이십 초, 거기서 이스트몰의 에스컬레이터까지 십 초, 그리고 공중에 떠 있는 듯한 긴 에스컬레이터로 2층에 도착하기까지 삼십 초. 합쳐서 일 분. 아슬아슬하다. 하지만 스키 마스크를 쓴 남자는 분명 아렌 근처에 있다.

해보는 수밖에 없었다.

이스트몰로 올라가는 에스컬레이터 앞은 수많은 사람들로 혼잡했다. 아렌은 줄을 서서 에스컬레이터에 탔다. 늘 걸어서 올라가는 오른쪽도 일요일 오후는 사람으로 가득해서 움직일 수 없다. 겨우 2층에 도착해 발을 동동거리며 3층으로 가는 에스컬레이터로 향하려던 때였다. 둥근 기둥 뒤에서 갑자기 슈지가 튀어나오는가 싶더니 아렌의 손목을 잡자마자 전속력으로 통로를 달리기 시작했다.

아렌이 비명을 지를 틈도 없었다.

슈지는 아렌의 손목을 잡은 채 쏜살같이 삼십 미터 정도 앞에 보이는 이노카시라선의 개찰구로 달렸다. 오가는 사람들이 놀라서 좌우로 비켜났다. 오후 2시 13분에 시부야를 출발해 기치조지로 향하는 하행 열차의 발차 안내 방송이 흘러나오고 벨이 울렸다. 슈지는 속력을 늦추지도 않고 미리 사둔 표를 자동 개찰구에 넣고 아렌을 먼저 통과시킨 후 자신은 플랩 게이트를 뛰어넘었다.

누가 뭐라고 외치는 소리가 들렸다.

벨이 멈추고 한순간 정적이 흐르자 열차 옆에 선 젊은 역무원이 손을 들어 발차 신호를 했다. 그 팔의 움직임이 플랫폼을 달리는 슈지의 눈에 슬로모션처럼 아주 느릿느릿하게 보였다. 암갈색 제복의 팔이 체조 선수처럼 아름다운 호를 그리며 천천히 올라갔다. 이윽고 팔은 위를 똑바로 가리킨 상태로 멈췄다.

슈지는 달리면서 팔에 힘을 주어 아렌을 끌어당겼다.

다음 순간 소리를 내며 닫히는 제일 끝에 있는 뒷문 틈으로 슈지가 아렌을 보호하듯이 끌어안고 미끄러져 들어가는 것과 동시에 열차가 출발했다. 젊은 역무원의 딱딱한 얼굴이 차창을 흘러 사라졌다.

멀어지는 플랫폼을 보고 슈지는 비로소 안도의 한숨을 내쉬었다.

슈지는 스키 마스크가 쫓아오지 못하는 곳에서 아렌과 단둘이 이야기를 하고 싶었다. 왜 그런 메일을 보냈고, 그날 역 앞 광장에서 무슨 일이 일어날지 알고 있었는지 아렌의 눈을 보며 직접 묻고 싶었다.

"놀라게 해서 미안. 괜찮아?"

슈지는 호흡을 가다듬고 가능한 한 상냥하게 말을 걸었다.

아렌은 숨이 찬지 어깨를 들썩이며 눈을 들어 슈지를 쳐다보았다. 커다란 눈동자 속에는 놀라움과 곤혹스러움, 분노 그리고 희미한 공포가 뒤섞여 있었다. 슈지가 이 눈동자를 보는 것은 이번이 겨우 두 번째다. 납치하듯이 데려와서 지금 품속에 있는 여자에 대해 자신은 아직 아무것도 모른다고 생각하자 기분이 몹시 신기했다.

소마는 아침에 진료 시간이 되자마자 후지미 의대 병원으로 가서 슈지가 만났다는 무테안경을 쓴 남자의 목격자를 찾았다. 간호사와 의사는 물론 직원 출입구로 드나드는 청소부와 영양사 끝내는 매점 직원에게도 물어보았지만, 사건 당일은 잇달아 도착한 구급차와 보도진으로 북새통을 이루는 바람에 무테안경을 낀 남자를 기억하는 사람은 아무도 없었다.

낙담할 여유도 없이 소마는 이케부쿠로로 향했다. 역 앞 광장에서 네 명을 죽인 것은 스키 마스크라고 확신하고 있었지만, 그의 범행은 사타의 협력 없이는 불가능했다. 소마는 일찍이 건실했던 사타가 살인의 프로인 스키 마스크를 만난 곳은 약물 판매자의 심부름꾼으로 일하기 시작한 이케부쿠로가 틀림없다고 확신했다.

사타의 신변을 조사하면 복서 같은 체형에 스키 마스크를 쓴 양손잡이 남자의 존재가 뚜렷하게 드러날지도 모른다. 약물 판매자에게 직접 부딪쳐보는 방법도 있지만 그러면 사타가 소지하고 있던 약물의 출처를 조사하는 관할서 동료와 맞닥뜨릴 가능성이 있다. 그 단계에서 우에에다에게 보고가 올라가면 소마는 틀림없이 다른 사건으로 빠진다. 그것만큼은 피하고 싶었다. 그렇다면 어디부터 살펴볼까.

소마는 여자가 없는 사타가 직장에서 매번 매상금에 손을 댄 것은 도박에 푹 빠졌기 때문이 아닐까 추측했다. 훔친 액수로 보아 바카라는 무리다. 경마, 경륜, 경정 종류라고 판단한 소마는 경찰수첩을 꺼내지 않고 이케부쿠로의 불법 표 판매소를 닥치는 대로 돌아다녔다.

오카쇼 출전권이 걸린 예선전이 시작되어서 그런지 마작장과 음식점 안쪽에 자리잡은 사설 불법 표 판매소는 그야말로 눈코 뜰 새 없이 바빴다. 소마는 그런 곳을 몇 군데 돌아다니다가 사타가 단골로 이용하던 불법 표 판매소를 찾아냈다.

그 불결한 다방의 주인은 소마가 조금 으르댔을 뿐인데도 죽은 사타에게 의리를 지키는 것보다 자기 몸이 소중하다는 듯이 나불나불 다 털어놓았다. 다방 주인은 양손잡이 남자에 대해서는 아무것도 몰랐지만 사타에 관해 소마가 예상치도 못한 정보를 쥐고 있었다.

사타는 필로폰을 빼돌리다가 들켜서 조직원을 피해 필사적으로 도망다니고 있었다고 한다. 약물 판매자의 심부름꾼이었던 사타는 손님에게 전달해야 할 합성 마약을 조금씩 훔쳐서 몰래 팔았다. 다방 주인은 작년쯤부터 사타가 갑자기 돈을 많이 걸기 시작해서 어렴풋이 짐작하고 있었는지 괜히 말려들까 봐 겁이 나서 슬며시 사타의 출입을 거절했다고 한다. 아주 소심한 말투였지만, 위로 치켜뜬 다방 주인의 교활한 눈을 보니 사타의 돈으로 막대한 이득을 챙긴 후 사타를 쫓아내고 불똥이 튀지 않도록 조직에 밀고한 것이 실상일 듯싶었다. 다방 주인은 뻔뻔스레 딱하다는 듯이 말했다.

"사타가 그런 끔찍한 사건을 저지른 것도 궁지에 몰려서 자포자기한 탓입니다. 어차피 달아날 방법은 없겠다, 잡히면 어떻게 될지 사타도 잘 알고 있었을 테니까요."

잡히면 죽는다.

그것도 본보기 삼아 모두가 벌벌 떨 만큼 잔인한 방식으로.

작은 술집이 늘어선 인기척 없는 한낮의 뒷골목을 걸으며 소마는 시간이 없다는 생각에 애가 탔다. 관할서 동료가 이 사실을 알아내면 단번에 동기 성립이다. 다방 주인 말대로 조직원에게 쫓겨서 자포자기한 사타가 어차피 죽을 거라면 길동무를 최대한 많이 데리고 가자고 마음먹고 사건을 일으켰다고 하면 약물중독자가 무차별 살인을 저지르는 동기로서는 완벽하다. 다방 주인은 기꺼이 증언할 것이다.

"멋대로 남의 구역에서 설치면 곤란한데."

쉰 목소리가 들려서 소마는 퍼뜩 놀라 뒤를 돌아보았다. 조직폭력배로 보이는 거한이 어느 틈엔가 그림자처럼 등뒤에 서 있었다. 아까 전의 다방 주인이 알린 것이 틀림없었다. 남자는 희미한 웃음을 띠고 소마를 흘낏 쳐다보았다.

"당신, 어디의 누구야?"

수첩을 꺼낼 수는 없었다. 독단적으로 수사를 하고 있다는 사실이 들통나면 그야말로 끝이다. 소마는 골목 출구로 재빨리 눈을 돌렸다. 곁에 선 남자 못지않게 덩치가 큰 남자가 출구를 막듯이 서 있었다.

소마는 그제야 인기척 없는 골목에서 퇴로를 차단당했음을 알아차렸다.

아차, 싶은 순간 눈 가장자리로 곁의 남자가 굵은 팔을 움직이는 모습이 들어왔다. 숨을 멈추고 반사적으로 주먹을 쥔 소마의 눈앞에 남자가 검은 경찰수첩을 들이댔다.

경시청 조직범죄 대책부. 이른바 본청의 조직폭력반이었다.

"설마 그냥 입다물어달라는 말은 아니겠지?"

어떻게 보아도 조직폭력배로밖에 보이지 않는 조직폭력반 형사 야마시로가 커피에 크림을 넣었다.

관엽식물이 많은 고풍스러운 분위기의 카페에서는 여종업원도 눈치가 빠른지 주문한 커피를 내려놓고 간 뒤로 이쪽에는 눈길 한번 주지 않았다. 소마는 머리를 굴리며 천천히 커피를 입으로 가져갔다.

자신을 관할서에 찔러도 본청 조직폭력반 형사에게는 아무런 득도 없다. 이 녀석들은 자신의 목덜미를 꽉 잡고 뭔가 쓸 만한 정보라도 없는지 탐색할 것이다.

"이봐, 사타의 뭘 조사했나?"

야마시로가 엄청나게 굵은 손가락으로 은색 시트를 뜯어 금연 껌을 꺼냈다. 야마시로의 무심한 말투에 소마는 오히려 사타에 대한 흥미가 숨어 있다는 낌새를 맡았다.

본청 조직폭력반이 약물 판매자의 졸개였던 사타를 왜 신경 쓰는가. 애당초 왜 본청 조직폭력반이 이런 곳에 있는가…….

소마는 맛없다는 듯이 금연 껌을 씹는 야마시로를 바라보다가 혹시나 싶어 한번 떠보기로 했다.

"사타는 댁들한테 울면서 매달렸어."

야마시로의 두꺼운 낯짝에는 아무 반응도 나타나지 않았다. 변함없이 맛없다는 얼굴로 껌을 씹을 뿐이었다.

"지금 입장이 어떤지 모르는 모양이군, 소마. 질문은 이쪽에서 한다."

"사타는 절박했어." 소마는 개의치 않고 밀고 들어갔다. "바깥에 있으면 조직 사람에게 잡혀서 변을 당할 게 불 보듯 뻔하거든. 뽕의 판매 경로든 뭐든 알고 있는 건 죄다 불 테니까 살려달라고, 구치소에 보내서 지켜달라고 댁들한테 울며불며 애원했어. 하지만 댁들은 기껏해야 약물 판매자의 쫄따구가 가지고 있는 정보에는 흥미가 없었어. 그런 놈을 도와주다 조직과 쓸데없는 다툼을 일으키기 싫어서 그냥 내버려뒀지. 그랬더니 인생을 포기한 사타가 터무니없게도 무차별 칼부림 사건을 저지르고 말았어. 아닌가?"

소마는 할말을 실컷 하고 나서 상대방이 어떻게 나올지 지켜보았다.

야마시로는 소마를 응시한 채 천천히 입안의 금연 껌을 종이에 뱉어서 뭉쳤다.

“적당히 입 좀 다물지, 따돌림당하는 병신 같은 형사님.”

“본청 조직폭력반은 무차별 칼부림 사건에 책임을 느끼고 있나?”

야마시로의 가느다란 눈 주위로 성난 기색이 번져갔다.

나이가 많은 마키타가 진정하라는 듯이 야마시로에게 담배를 내밀었다. 마키타는 야마시로가 화를 삭이며 담배를 뽑아 불을 붙이는 것을 지켜보고 나서 처음으로 입을 열었다.

“사타는 사라졌어.”

“사라졌다……?”

“그래. 사타는 전화로 울며 부탁했지. 간다의 캡슐 호텔에 있으니 데리러 오라고. 그 자식, 혼자서는 무서워서 움직이지도 못했어. 돈도 다 떨어져서 옴짝달싹도 못 하고 벌벌 떨고만 있었다고. 그런데 데리러 가보니 체크아웃을 한 후였어. 그리고 홀연히 자취를 감췄지.”

“그게 언제지?”

“무차별 칼부림 사건이 일어나기 엿새 전.”

돈이 떨어졌다고 한 사타가 캡슐 호텔 숙박비는 어디서 마련했을까. 그후 사건이 일어나기까지 엿새 동안 사타는 어디서 뭘 하고 있었을까. 흉기인 회칼과 검은 에나멜 복장을 살 돈은 어디서 났을까. 이치에 맞는 답은 하나밖에 없었다.

"누가 사타에게 돈과 은신처를 마련해주고 숨겼군."

"실은 사타가 돈을 가지고 있었을지도 모르고, 전화를 걸고 나서 그저 마음이 변했을 뿐인지도 모르지만……. 아무튼 그 부분이 마음에 걸려서 말이야."

"말해두겠는데, 우리는 놈이 무차별 칼부림 사건을 일으켰다고 해서 책임감 같은 건 느끼지 않아." 연기가 나는 니코틴을 빨아들여 약간 기분이 가라앉았는지 야마시로가 입을 열었다. "그런 걸 일일이 마음에 담아두면 형사는 못 해먹는다고."

"그거 잘 듣나?"

소마는 턱으로 금연 껌을 가리켰다.

야마시로는 갑자기 물린다는 표정을 짓더니 갑째로 던져주었다.

"필요하면 줄게."

"댁들, 복서 체형의 양손잡이 남자 몰라? 체격은 사타와 비슷해."

빨대로 구아바 주스를 마시던 마키타가 눈을 들었다.

"그 녀석이 사타를 감췄나?"

"아마도. 알아?"

마키타는 머릿속으로 정보를 처리하듯이 잠시 생각에 잠겼다.

"아니. 조폭 생활을 하는 놈들 중에 복서 체형은 적지 않지만 양손잡이라는 사람은 못 들어봤어."

"어이, 그 정보 어디서 입수했어?"

"사타가 쫓기고 있다는 걸 누구한테 들었지?"

정보원은 형사끼리라도 밝히지 않는 것이 관례다. 소마는 커피값을 놓아두고 일어섰다.

카페에서 나온 소마는 바로 이케부쿠로 역으로 향했다. 조직폭력반의 이야기를 듣다 보니 어쩌면 스키 마스크와 사타는 사건 이전에는 접점이 없었을지도 모른다는 생각이 들었다.

스키 마스크는 조직과의 연줄을 통해 현재 사타가 어떠한 상황에 처했는지 알아내고 대역으로 삼기 위해 그에게 접근했다. 별것 아닌 일을 도와주면 조직에게 이야기를 잘해주겠다면서. 돈도 없이 겁에 질려 경찰 조직폭력반에게 애원할 만큼 궁지에 몰려 있던 사타는 두말없이 제안을 받아들였으리라. 무차별 살인범이 되어 죽는 일인 줄은 꿈에도 모르고서.

소마는 사타가 몇 번이나 지나쳤을 '빅 카메라' 앞 교차로를 건너 역으로 들어갔다.

슈지는 지금 아렌에게 들은 이야기를 어떻게 판단해야 할지 갈피를 잡을 수가 없었다. 시모키타자와의 복잡하게 뒤얽힌 골목에 있는 노래방의 한 부스에서 슈지는 470밀리리터짜리 청량음료수 낫짱을 들고 멍하니 아렌의 얼굴을 쳐다보았다. 이용 시간 세 시간에 음료수 한 병을 더해 980엔. 물론 노래하러 온 것은 아니다. 여기라면 남의 시선을 받거나 이야기가 새어 나갈 염려가 없기 때문이다.

삼십 분쯤 전에 아렌은 파란 사과 색깔 비닐 소파에 앉자마자 오렌지 맛 쿠우를 단숨에 반 정도 들이켜더니 슈지의 눈을 보고 딱 잘라 말했다.

"난 메일 안 보냈어."

아렌은 메일을 보내고 싶어도 보낼 수 없었다고 한다. 아렌의 이야기는 이랬다.

아렌은 슈지를 만난 그날 밤, 미용사 친구인 나나미라는 여자와 둘이서 아트라에 갔다. 니가타 출신으로 스기나미의 기숙사에 사는 나나미는 미용사 학교에 다닐 때부터 아렌과 사이가 좋았다. 둘 다 봄방학이 끝날 때까지는 일이 바빠서 당분간 놀 수 없을 테니 그날은 막차 시간까지 춤출 생각이었고, 나나미도 아렌의 집에서 자고 가기로 했다.

그런데 그날 밤 우연히 나나미의 전 남자친구가 아트라에 와 있었다. 나나미는 작년 크리스마스 때 그가 양다리를 걸쳤다는 것을 알고 괴로워하다가 헤어져놓고서, 다시 만나자 옛 생각이 나는지 이야기를 나누었다. 아렌은 말렸지만 사람 좋은 나나미는

"잠깐 이야기만 할게"라며 전 남자친구를 따라 가게를 나갔다.

돌아오지 않을 줄 알고 있었다. 보나마나 나중에 또 우는 건 나나미일 텐데. 슬프고 괴롭고 화가 난 아렌은 카운터로 가서 모차르트 민트를 최대한 달게 만들어달라고 부탁했다. 그리고 그제야 지갑이 없다는 것을 알아차렸다.

당황해서 가방을 뒤엎자 휴대전화와 카드 지갑도 없었다.

언제 도둑맞았는지 짐작도 가지 않았다. 머릿속이 나나미 일로 가득차서 완전히 방심한 것이다. 이래서는 칵테일값을 지불하지 못하는 것은 물론이고 전철 요금이 없어 집에도 못 돌아간다. 아렌이 어찌할 바를 몰라 허둥대고 있을 때 카운터 가장자리에서 남자 목소리가 들렸다.

"아르바이트하지 않겠나?"

그때까지 거기 사람이 앉아 있는 줄 전혀 몰랐다. 그 정도로 남자는 목소리를 내는 순간까지 기척을 감쪽같이 숨기고 있었다.

나이는 삼십 대 후반에서 사십 대 초반. 경량급 복서처럼 군살 없는 몸에 수수하지만 고상한 취향이 엿보이는 회색 트렌치코트를 입고 있었다. 남자는 가죽장갑을 낀 오른손으로 악력 강화용 빨간 고무공 두 개를 규칙적으로 돌리면서 눈꺼풀이 두툼한 눈으로 아렌을 가만히 쳐다보았다.

아렌은 빤히 쳐다보는 남자의 시선에는 어릴 적부터 익숙했고, 시부야 변두리에서 자란 만큼 몸을 지키는 방법도 나름대로 잘 알고 있었다. 길게 잡아 십 초 정도 아렌은 잠자코 남자를 쳐다보았다. 이런 아저씨가 아르바이트를 제안하는 경우, 기대하는 노동은 단 하나다. 아렌은 음악이 끝나기를 기다렸다가 또렷한 목소리로 크게 대답했다.

"미안하지만 난 팔 생각 없어요."

카운터 안쪽의 바텐더가 눈을 들어 남자를 쳐다보았다. 바텐더가 넌지시 플로어 매니저에게 눈짓했다. 이제 한마디만 하면 입구에 있는 경비원이 온다. 당연하지만 가게에서 사적인 상거래는 금지다.

하지만 남자는 눈썹 한번 움찔하지 않고 변함없이 잠이 오는 듯한 눈으로 아렌을 쳐다보며 빨간 고무공을 돌렸다.

"당신한테 부탁하려는 건 간단한 심부름이야."

"심부름?"

"저기 파란 옷을 입은 녀석의 메일 주소가 필요해."

남자는 눈으로 아렌의 등뒤 플로어 안쪽을 가리켰다.

아렌은 무심결에 남자의 눈길이 머문 곳을 돌아다보았다.

후드가 달린 파란 스웨트 셔츠를 입은 소년이 스탠딩 테이블에 기대어 진토닉을 마시고 있었다.

그것이 아렌이 슈지를 처음 본 순간이었다.

별난 사람이라고 아렌은 생각했다.

이런 가게에서는 커다랗게 울려 퍼지는 음악 속에서 모두 한시도 쉬지 않고 다른 사람과 춤을 추거나 이야기를 하거나 웃는다. 그렇게 거대한 생물의 심장 소리처럼 똑같은 리듬을 타다 보면 자신의 내부가 점점 옅어지다가 진공상태로 변하고, 얼마 지나지 않아 내부와 외부의 경계도 사라진다. 마약 없이 체험하는 황홀경. 여기는 그것을 위한 장소다. 그런데 슈지는 그 속에 홀로 있었다. 혼자지만 불안해 보이지도 않거니와 공격적이지도 않고, 그렇다고 해서 자신을 닫고 있는 것도 아니었다.

아렌은 흥미가 생겼다.

"저 녀석의 메일 주소와 교환하겠어."

카운터에 놓인 남자의 왼손 아래에 어느 틈엔가 만 엔짜리 지폐가 있었다.

"혹시 게이예요?"

"아니, 스카우터다."

아렌은 다시 한번 슈지를 쳐다보았다. 확실히 잘생긴 편이기는 했다.

아렌은 망설였다. 만 엔이 있으면 무전취식하지 않고 지금까지 마신 음료숫값을 치르고 전철로 집에 돌아갈 수 있다. 하지만 이 아르바이트가 파란 스웨트 셔츠를 입은 소년을 곤경에 빠뜨리지는 않을까.

"싫다면 다른 사람에게 부탁하지."

남자가 카운터의 만 엔을 거두어들이려고 하자 아렌은 좋은 패를 낚아채듯 재빠르게 막았다. 남자가 하겠느냐는 얼굴로 아렌을 쳐다보았다.

"재가 그런 일에 흥미 없다고 하면요?"

"포기하지."

"강요는?"

"안 해."

아렌은 마음을 정하는 것과 동시에 남자의 손 아래에서 번개같이 지폐를 빼냈다.

"선금이에요. 내가 메일 주소를 물어봐서 가르쳐주지 않은 남자는 없어요."

등받이 없는 의자를 빙글 돌리고 내려서는 아렌의 등에 대고 남자가 "오 분 안에"라고 말했다. 아렌이 항의하는 얼굴로 돌아다보자마자 남자가 시계의 스톱워치를 눌렀다. 말을 할수록 시간 낭비다. 아렌은 플로어를 가로질러 슈지 곁에 다가가서 입을 열자마자 메일 주소를 알려달라는 말을 꺼내야 했다. 그 다음은 슈지도 알고 있는 바와 같았다.

슈지의 긴 메일 주소를 메모한 종이 깔개는 남자에게 주었기 때문에 아렌은 슈지에게 메일을 보내고 싶어도 메일 주소가 기억나지 않았다고 한다.

"24일에 내 이름으로 왔다는 메일, 무슨 내용이었어?"

아렌이 걱정스러운 얼굴로 물었다. 아연실색한 슈지는 급히 미소를 지었다.

"내일 보고 싶다는 내용. 나, 아렌이 데이트 신청한 줄 알고 정말로 기뻤는데."

슈지는 아렌의 이야기를 전부 믿고 싶었다. 그 메일은 아렌이 보낸 것이 아니고, 아렌은 이 사건에 아무 상관도 없다. 그렇게 믿고 싶었다.

"아렌, 그날 이후로 그 스카우터라는 남자랑은 만난 적 없어?"

"응. 일이 바빠서 아트라에도 안 갔는걸."

일은 오늘도 바쁠 것이다. 아렌이 스키 마스크와 정말 아무 관계도 없다면 왜 이렇게 일방적인 연락에 응했을까. 시부야역 연결통로 창문 너머로 아렌이 달려오는 모습을 보았을 때의 씁쓸한 기분이 떠올랐다. 슈지는 낫짱 페트병 뚜껑을 열면서 넌지시 물었다.

"직장에는 뭐라고 하고 나왔어?"

"급한 볼일이 생겼다고 했어."

"아렌이 일하는 미용실은 시부야 어디쯤이야?"

"가게는 시부야가 아니라 요가에 있어. 그래서 시부야만큼 바쁘지는 않아."

요가는 시부야에서 도쿄 급행 전철의 덴엔토시선을 타면 십 분 정도 걸리는 곳이다. 슈지의 메시지를 듣고 나서도 시간은 넉넉하다. 하지만 아렌은 시부야 역 방향에서 약속 장소인 하치 공 앞으로 오지 않았다. 아렌은 시부야 거리 방향, 109 패션몰 쪽에서 스크램블교차로를 건너서 달려왔다.

"저기, 사쿠라모치◆ 안 먹을래?"

아렌이 갑자기 술이 달린 숄더백에서 포장된 화과자를 꺼냈다.

"여기 사쿠라모치 맛있어. 사실은 꽃구경하면서 먹으려고 샀는데."

포장지를 펼치던 아렌이 슈지의 눈빛을 알아차리고 손을 멈췄다.

"왜 그래?"

이상하다는 듯이 올려다보는 눈동자가 거짓말을 하고 있다

◆ 팥소를 넣은 찰떡을 벚나무 잎으로 감싼 화과자.

는 생각에 슈지는 견딜 수 없이 힘들었다.

자신이 담배라도 사러 자리를 비우면 아렌은 바로 휴대전화를 꺼내 스키 마스크에게 여기가 어디인지 알려줄까. 슈지는 기도하는 기분으로 아렌에게 물었다.

"다른 건 안 물을게. 그러니까 하나만이라도 좋으니 사실을 말해줘. 아렌, 그날 역 앞에서 무슨 일이 일어날지 알고 있었어?"

아렌은 잠시 입을 다문 채 슈지를 쳐다보았다.

"……무슨 이야기인지 모르겠지만, 내가 무슨 거짓말을 한다고 생각하는 거야?"

슈지는 이런 말을 해야만 하는 자신이 싫었다.

"아렌은 역 방향이 아니라 시부야 거리 쪽에서 달려왔어. 나, 보고 있었거든. 게다가 이런 시기에 그저 급한 볼일이 생겼다는 이유로 가게를 빠져나오면 농담이 아니라 정말 잘릴 거야."

아렌은 느닷없이 숄더백에서 안나수이의 꽃무늬 지갑을 꺼내더니 영수증을 테이블에 내팽개쳤다. 영수증에는 "다네야 시부야 도쿄 급행 본점"이라고 적혀 있었고 구매 일시는 오늘 오후 1시 58분이었다. 놀라서 아렌을 쳐다보자 커다란 눈동자에 어느새 분노의 불길이 활활 타오르고 있었다.

"다네야에 사쿠라모치를 사러 가느라고 시부야 거리 쪽에서 온 거야. 못 믿겠거든 같이 다네야에 가보든지. 가게 사람이 똑똑히 기억하고 있을걸. 그리고 난 절대 안 잘려. 우리집이 미용실이거든. 날 자르면 엄마 혼자뿐인데 가게가 제대로 돌아갈 리 없지. 그렇다고 내가 자꾸 가게를 빼먹는다고 생각하면 큰 오산이야! 나한테 머리 자르고 싶다는 사람이 많아서 가게를 빼먹은 건 오늘이랑 할아버지가 길을 잃어서 파출소에 모시러 갔을 때뿐이라고! 말해두겠는데 갑자기 불러낸 건 너잖아!"

노래방에 들어오기를 잘했다 싶었다. 카페였다면 틀림없이 모든 손님의 시선이 집중되었을 것이다. 아렌은 하고 싶은 말 있느냐는 얼굴로 슈지를 노려보았다. 슈지는 만약을 위해서 아주 조심조심 물었다.

"요가에 있는 아렌네 미용실 이름은 뭐야?"

아렌은 말없이 새로 산 휴대전화를 꺼내서 단축번호를 누르고 슈지의 눈앞에 마패처럼 들이댔다. 화면에 "집"이라는 글자와 전화번호가 떴고, 잠시 후에 전화기에서 아줌마의 아주 밝은 목소리가 울려 퍼졌다.

"전화 감사합니다. 제비꽃 미용실입니다."

어쩐지 아담하고 정겨운 곳으로 느껴지는 근사한 이름이었다. 아렌은 휴대전화를 슈지에게 들이댄 채 큰 소리로 말했다.

"나야. 나 미용사고, 엄마 딸 맞지?"

아줌마의 밝은 목소리가 무시무시하게 변했다. 그리고 아렌이 도중에 전화를 끊을 때까지 아줌마의 화는 가라앉지 않았다. 요약하면 '더럽게 바쁠 때 뭐가 급한 볼일이냐. 장난칠 시간 있으면 빨리 돌아와라, 망할 년아'였다. 슈지는 아렌이 엄마를 닮아 기가 세다는 것을 알았다. 쳐다보자 아렌은 펼치다 만 사쿠라모치 포장지에 눈길을 떨어뜨리고 다른 사람이 된 것처럼 풀이 죽어 있었다. 슈지는 가슴이 뜨끔했다.

사건 전날 아렌이 보낸 것처럼 위장한 거짓 메일이 왔을 때, 슈지는 바로 가겠다고 답장했다. 십장에게 휴가를 얻지 못해도 갈 생각이었다. 꼭 만나고 싶었으니까. 아렌도 그때의 자신과 같은 기분이었던 것이다. 그래서 갑작스레 불러내는 메시지를 듣자마자 아렌은 일도 빼먹고서 서둘러 옷을 갈아입고 사쿠라모치를 사서 약속 장소로 부랴부랴 달려왔다.

슈지는 기분이 좋아 우쭐거릴 여유도 없이 사랑스러움과 미안함으로 가슴이 가득찼다.

"미안. 아렌, 정말 미안해."

슈지는 두 손을 모아 빌었다. 용서해줄 때까지 사과할 작정이었다. 그런데 아렌이 갑자기 자세를 바로 하더니 "나야말로 미안해"라고 말하며 고개를 숙였다. 슈지는 깜짝 놀랐다.

"내가 이상한 놈한테 메일 주소를 준 탓에 귀찮은 일이 벌어진 거야. 그렇지?"

아렌의 감이 너무 좋아서 슈지는 내심 주눅이 확 들었다.

"아니야, 그런 거 아니라니까."

슈지는 웃는 얼굴로 얼버무리며 급히 배경 음악 삼아 노래방 기계에 옛날 팝송을 입력했다. 고풍스러운 전주가 흘러나오자 아렌이 귀를 기울이더니 "아, 이 노래 알아"라고 소리를 질렀다. 요즘 노래에는 누구나 자신만의 취향이 있지만, 옛날 노래는 단순히 서로 알고 있다는 것만으로도 상당한 공감대가 형성된다. 특히 옛날 팝송은 광고에 자주 사용되어 무의식중에 귀에 맴도는 만큼 요긴하게 쓰인다.

슈지는 바로 노래 제목을 알려주어 분위기를 바꾸고 "우리 이거 먹자" 하고 다네야의 종이 포장지를 부스럭부스럭 펼쳤다. 한입 먹고 나자 아렌이 일부러 언덕을 뛰어올라 다네야에 다녀온 이유를 알았다. 달큼한 소와 벚나무 잎 향기 그리고 짭짤한 맛이 절묘하게 어우러졌다.

"진짜 맛있다."

상황이 상황인 만큼 뭘 먹어도 그렇게 말할 작정이었지만 사쿠라모치는 정말로 감탄이 나올 만큼 맛있었다.

"그치?" 아렌이 신이 나서 말했다. "매년 이걸 먹어야 봄이 왔다는 실감이 난다니까. 이건 얼마든지 먹을 수 있다고."

슈지와 아렌은 사쿠라모치를 먹으면서 이런저런 이야기를 나누었다. 아렌은 일을 시작한 지 아직 일 년 정도밖에 되지 않았지만, 머리를 자르는 아이 손님은 베테랑 미용사인 엄마보다 자신이 더 많이 받는다고 한다.

"특히 여자애는 유치원 졸업반쯤 되면 머리 모양을 어떻게 해야 자기가 귀여워 보이는 줄 알거든. 그래서 커트할 때는 언니가 잘라주는 게 좋다면서 나한테 부탁해. 난 새기커트를 해서 머리를 볼륨감 있게 만들어주거든."

아렌은 미용사 일을 정말로 좋아하는 듯했다. 슈지의 건설 현장 이야기도 흥미진진하게 듣더니 "언젠가 자기집을 지을 수 있을지도 모르겠네" 하고 원대한 비전에 흥분했다.

슈지는 둘이 함께 있으니 시간이 날아가는 것 같아서 조금 괴로울 만큼 즐거웠다. 하지만 지금은 청춘을 즐길 때가 아니라고 자신을 타일렀다. 스키 마스크가 자신의 청춘 자체를 다짜고짜 박살내려 하고 있다. 그리고 자칫 잘못하면 아렌까지 말려들까 봐 무서웠다.

슈지는 옛날 팝송 메들리가 끝나자 되도록 밝은 분위기를 유지하며 아렌을 쳐다보았다.

"저기, 아렌. 부탁이 세 가지 있는데."

"말해봐."

아렌은 너그럽게 미소 지었다.

“첫 번째는 오늘 나랑 만난 일은 아무에게도 말하지 말 것. 누가 나에 대해 물으면 그런 놈이랑은 말을 한 적도 없고 얼굴도 모른다고 해야 해. 두 번째는 만약을 위해 얼마간은 가능한 한 집에 있을 것. 꼭 밖에 나가야 할 때는 반드시 다른 사람과 함께 가.”

아렌의 얼굴에서 미소가 사라졌다. 뭔가 심상치 않은 일이 일어나고 있다고 느끼면서도 평정심을 유지하려 애쓰며 물었다.

“세 번째는?”

“왜냐고 묻지 말 것.”

아렌은 입을 꼭 다물더니 잠시 뜸을 들이다 아무 말 없이 고개를 끄덕였다.

슈지는 진심으로 안도했다. 만약 아렌이 이유를 물으면 아무리 날조 대마왕인 자신이라도 모조리 앞뒤가 딱딱 맞는 이야기를 만들어내기는 불가능할 것 같았다. 슈지는 아렌이 자신과도 사건과도 관계없는 안전한 곳에 있기를 바랐다.

아렌이 갑자기 뽀얀 손을 뻗어 파일 직물 옷 위로 슈지의 왼쪽 옆구리에 난 상처에 손바닥을 가만히 댔다. 슈지는 놀라서 아렌을 쳐다보았다. 아렌은 마치 자신의 상처를 건드리기라도 한 것처럼 측은함이 깃든 눈으로 슈지를 바라보았다.

"전철에 뛰어들었을 때 다쳤다는 걸 알았어. 미안해. 이것도 내가 메일 주소를 그놈한테 줘서 그런 거지?"

"백만 번 물어도 대답은 똑같아. 아니야."

"고집부리는 초등학생 같은 말투야."

웃으려고 한 아렌의 눈에서 눈물이 흘러내렸다. 슈지는 생각을 할 겨를도 없이 아렌을 와락 끌어안았다. 아렌을 만나게 해준 것만은 고맙다고 인간 같지도 않은 스키 마스크에게 감사 인사를 해야 할 것 같았다.

아렌을 태운 택시가 해거름 가로수길을 달려갔다. 아렌은 까만 점이 되어 사라질 때까지 뒷좌석에서 슈지를 보고 있었다.

슈지는 차가 사라지고 나서도 잠시 해가 지는 쌀쌀한 도로변에 서 있었다.

만약 이게 마지막이라면.

슈지는 기도했다. 만약 자신이 이 세상에서 사라져도 부디 아렌의 인생이 사건과 관계없이 영원히 평온하기를.

제2차세계대전이 끝난 후 당대에 타이투스 그룹을 쌓아올린 총수 도미야마 고이치로는 어김없이 찾아올 죽음을 기다리며 병상에 누워 있었다. 블라인드를 내린 어두운 병실은 수많은 꽃바구니로 가득채워져 있었고, 코가 삐뚤어질 것처럼 달콤한 꽃향기 한가운데서 도미야마 고이치로는 거대한 자기장처럼 죽음의 냄새를 발산하고 있었다. 정밀한 의료 기기에 연결된 도미야마는 숨을 쉬고 심장도 뛴다. 하지만 핫토리의 눈에 도미야마는 이미 사람이 아니라 물체로 보였다.

핫토리 히로유키는 마스이 기념 병원 15층 특별실, 도미야마 고이치로의 병실에서 창가 의자에 앉아 아무런 감정도 없이 눈앞의 광경을 바라보고 있었다.

머리맡에 다가앉은 늙은 아내 후미에를 필두로 넓은 침대 주위를 흡사 왕을 알현하는 늙은 병사처럼 타이투스 그룹 본사의 늙은 임원들이 빙그르르 둘러싸고 있었다. 그들은 창업 초기에 타이투스 전체를 이끌어온 식품 부문 타이투스 푸드 출신 임원들이었다.

타이투스 푸드는 그룹의 왕좌를 다른 부문에 넘겨준 지 오래다. 현재는 후발 주자인 화학, 물류, 기업식 농업, 부동산, IT 관련 그룹 각 사가 수익 면에서 크게 앞선다. 그런데도 여태껏 타이투스 본사 임원회에 푸드 출신자가 많은 것은 오로지 창업 모체인 푸드에 대한 도미야마의 강한 애착 덕분이었다.

도미야마는 푸드 출신자를 중용했고, 그들은 예스맨의 마음가짐으로 도미야마에게 충성을 다했다. 그리하여 도미야마는 쓰러지기 전날까지 그룹 총수로서 그룹 각 사의 경영에 대해 절대적인 발언권을 가졌고, 임원회는 사실상 도미야마가 내세우는 방침을 추인하는 기관으로 지내왔다. 그것이 각 부문이 독립하기 이전부터 반세기 가까이 이어져온 도미야마의 그룹 경영 방식이었다.

하지만 도미야마가 죽으면 사태가 일변하리라는 것은 불 보듯 뻔했다. 도미야마와 아내 후미에 사이에는 자식이 없다. 도미야마의 후계를 둘러싸고 현재 그룹 각 사가 제각기 회장 후보를 옹립해 물밑에서 치열한 다수파 공작을 벌이고 있었다.

핫토리는 누가 도미야마의 뒤를 잇든 그룹의 내분이 가라앉을 리 없다고 일찌감치 단념했다. 도미야마가 죽은 후 구심력을 잃은 타이투스 그룹은 분열되어 도태될 것이다.

핫토리는 손목시계에 눈길을 주었다. 의자에 앉은 지 십오분이 지났다. 이소베 대신 앉아 있는 시간으로는 충분했다. 핫토리는 조용히 일어나서 늙은 왕비인 양 행동하는 후미에의 배웅을 받으며 병실에서 물러났다.

병실에 잠시 머무르는 동안 복도의 거대한 붙박이창 너머는 보라색에서 물에 젖은 듯한 짙은 군청색으로 변했다. 엘리베이터를 타고 1층으로 내려간 핫토리는 후원회의 밤 벚꽃놀이에 참석하는 이소베와 합류하기 위해 서둘러 주차장으로 향했다. 클라우디오 마리니 가죽구두에서 경쾌한 발소리가 울려 퍼졌다. 그때 선명한 구둣발소리에 부딪히듯이 방문객용 입구 쪽에서 노인의 노기 어린 목소리가 들려왔다.

아무래도 타이투스 푸드의 나이든 임원이 상사의 지시로 경야 절차를 알리러 온 푸드 사원에게 불길한 소리 하지 말라고 화를 내는 모양이었다. 도미야마 정도 되는 인물의 장례식을 치르려면 죽기 전부터 준비를 꼼꼼하게 해두어야 하는데, 도미야마를 왕으로 모시는 늙은 충신들은 그 같은 괘씸한 현실은 아예 무시하는 것 같았다.

핫토리는 옆을 지나칠 때 나이든 임원에게 질책당하는 검정색 양복 차림 남자가 누구인지 알아차렸다. 타이투스 푸드 제1영업부 과장 나카사코 다케시였다. 핫토리를 알아본 나카사코의 몸이 한순간 뻣뻣하게 굳어버렸다.

나카사코 다케시. 처음부터 이 일련의 일에 관여하고 있던 얼마 안 되는 사람 중 하나.

사사키 구니오라는 인물이 그토록 치밀한 계획을 실행하기 위해서는 타이투스 푸드 내부에 있는 협력자의 도움이 꼭 필요하다. 그리고 나카사코는 입장상 현장 프로젝트의 진행 상황을 누구보다 잘 알고 있었다. 사사키 구니오에게 정보를 유출한 것은 나카사코가 틀림없다. 핫토리는 처음부터 그렇게 점찍고 있었다.

핫토리와 푸드에게 나카사코는 그야말로 골칫거리였다. 지금이야 타이투스 푸드라는 조직에서 순종적으로 일하고 있지만 저 남자는 믿을 수 없다. 조만간에 무슨 수를 써야겠다고 결심하고 핫토리는 주차장에 세워둔 검정색 재규어에 올라탔다.

스기타 가쓰오는 라면집 카운터에 앉아 노릇노릇하게 구워진 만두를 먹으며 맥주를 마시고 있었다. 하얀 작업복에는 빨아도 지지 않는 기름얼룩이 여기저기 묻어 있었다. 스기타는 고향인 나가노 현 마쓰모토로 돌아와 아버지의 허름한 자동차 수리 공장을 이어받은 후로 요 십 년 남짓 어디에 가든 대개 작업복을 입고 다녔다. 기름 냄새가 나는 작업복을 입고 있으면 누구나 한눈에 스기타가 자동차 수리공임을 알아보았고, 본인도 자신이 자동차 수리공이라는 사실을 자연스레 받아들일 수 있을 것 같은 기분이 들었기 때문이다.

스기타는 마쓰모토로 돌아오기 전에 제법 이름을 날린 경륜 선수였다. 현역 때는 도쿄 도 소속으로 일본 경륜 선수권을 제패한 적도 있었다. 잘 단련한 몸 하나로 억 단위의 연봉을 벌어들이는 인기 선수였다. 하지만 올해 마흔세 살이 된 스기타가 일찍이 경륜 챔피언이었다는 사실을 기억하는 고향 사람은 거의 없다. 라면집 카운터에서 만두를 쩝쩝거리는 스기타는 아무리 뜯어보아도 자동차 수리공 아저씨라는 인상이었다.

스기타는 수리 공장을 이어받고 나서는 한 번도 마쓰모토를 떠난 적이 없었다. 선수 시절 전국을 돌아다니며 경기를 했기에 이제 와서 가보고 싶은 곳도 없었다. 술을 좋아하는 스기타에게 맛있는 향토 술이 많은 신슈 지방은 살기 좋은 곳이었다.

그런 스기타를 작년 말에 한 친구가 찾아왔다. 십 년 만에 도쿄에서 홀연히 찾아온 친구는 마자키 쇼고였다. 고등학교를 함께 다닌 마자키는 졸업하고 나서 줄곧 도쿄에서 일했다. 스기타가 전성기 때는 다치카와 경륜장까지 경기를 보러 와준 적도 있었다. 스기타는 오랜만에 마자키를 만나 진심으로 반갑고 즐거웠다.

마자키는 스기타에게 일을 부탁했고, 스기타는 그 부탁을 받아들였다. 스기타는 마자키가 무슨 계획을 세웠든 간에 성공하기를 바랐다. 자신이 할 수 있는 일이라면 뭐든지 도와줄 작정이었다.

천천히 마지막 만두를 먹은 스기타는 남은 맥주를 컵에 따랐다. 카운터 구석의 텔레비전에서는 전국의 벚꽃 개화 상황이 방송되고 있었다. 일본 지도의 마쓰모토 부분은 아직 봉오리로 표시되어 있었다. 스기타는 무의식적으로 눈을 마쓰모토에서 고치로 움직였다. 고치에는 활짝 핀 벚꽃 표시가 되어 있었다.

지난주 마자키가 고치의 호텔에서 전화를 걸었다. 이상하게도 마자키는 고치에서 가명을 사용하고 있는 것 같았다. 왜 가명을 사용하는지는 모르지만 녀석이 하는 일이니까 그것도 치밀한 계획의 일환이리라.

마자키는 늦어도 4월 4일까지는 다시 만나러 오겠다고 말했다. 그 무렵에는 마쓰모토에도 벚꽃이 피었을 테니 맛있는 술을 마시며 꽃구경을 하기로 했다.

"오래 기다리셨습니다."

스기타 앞에 김이 피어오르는 차슈 라면이 놓였다.

스기타는 언제나처럼 후추를 잔뜩 쳐서 먹기 시작했다.

맞다, 스기타는 꼬리를 물고 되살아난 기억을 곱씹었다.

마자키가 고치에서 보낸 그 묘한 택배. 그걸 도대체 어떻게 하라는 걸까. 그것도 꽃구경 때 물어보면 되겠지…….

슈지는 밤이 되면 소마가 상황을 살피러 야리미즈의 집에 오리라고 예상했다. 밖에 나갔다는 사실을 들키면 형사면서 파트너도 없는 그 돌머리가 화를 내리라는 것도 알고 있었다. 그래서 한시라도 빨리 아파트로 돌아가기 위해, 공복을 호소하는 위를 달래며 역에서 파는 메밀국수의 매혹적인 장국 냄새가 들러붙는 것도 뿌리치고 플랫폼으로 이어지는 계단을 두 단씩 뛰어올라 최대한 빨리 돌아왔다. 그 결과 현재 슈지는 통한의 심정으로 야리미즈네 집 거실에 정좌하고 있었다.

"얼마나 찾은 줄 알아!"

메밀국수를 먹고 와야 했는데.

소마의 분노가 잦아들 낌새가 보이지 않아 식사는 뒤로 미뤄야 할 것 같았다.

소마는 저녁이 되기 전에 밖에서 야리미즈의 집에 전화를 걸었다. 자동 응답기에 "법의 수호자다. 전화 받아"라고 되풀이해 말했지만 응답이 없어 걱정된 나머지 보러 오자 집은 텅 비어 있었다. 슈지가 끌려가지나 않았나 싶어 안절부절 애를 태운 모양이다.

슈지는 소마의 화가 가라앉을 때까지 기특하게도 머리를 푹 숙인 채 설교를 듣고만 있었다.

인간은 설교를 듣는 사람이 말대꾸를 하거나 주변 사람이 말리려 들지 않는 한 혼자서는 그렇게 오래 화를 내지 못하는 생물이다. 점차 어휘가 달려서 "그렇지?"나 "왜 그런 짓을 했어?"라는 식으로 상대에게 동의를 구하거나 질문을 하여 대화를 하려고 시도한다. 이 단계에 이르면 설교하는 사람이 취하지 않은 한 끝이 가깝다. 술에 취한 사람은 이 과정을 힘이 다할 때까지 몇 번이고 혼자서 되풀이할 수 있다.

슈지는 설교를 들으며 이따금 기분 전환 삼아 곁눈질로 야리미즈가 뭘 하고 있는지 살폈다.

야리미즈는 뉴스 채널을 틀고 소리를 없애더니 'H. 스키알름. P'◆의 하늘색과 분홍빛이 도는 베이지색이 섞인 화려한 줄무늬 앞치마를 하고 콧노래를 부르며 아침에 슈지가 싱크대에 넣어두고 나간 그릇을 설거지하기 시작했다.

그러고 보니 야리미즈는 집에 있을 때는 꼭 뉴스를 무음으로 틀어놓는다. 야리미즈의 습관인 것 같았다. 야리미즈는 자기 혼자 다른 공간에 있는 것처럼 쾌활하게 설거지를 마치더니 거실 테이블을 닦고 나서 도시락 전문점 호카벤의 곱빼기 도시락과 차 페트병을 늘어놓고 앞치마를 벗었다.

마침내 소마가 질문을 던져 대화를 시도했다.

"도대체 어디 갔던 거야?"

"아렌을 만나고 왔어요."

"아렌이라니, 그게 누군데?"

"사건이 일어난 날, 역 앞 광장에서 만나기로 했던 여자."

분노에 다시 불이 붙었다.

슈지는 머리를 숙이고 폭풍우가 지나가기만을 기다리는 자

◆ 부엌 용품을 많이 취급하는 덴마크의 잡화점.

세를 취했지만, 야리미즈는 재빨리 자기 도시락의 고무 밴드를 벗기고 뚜껑을 열었다.

"그래서 뭐 좀 알아냈어?"

야리미즈의 질문과 동시에 슈지와 소마의 코 아래로 돼지고기 생강구이 도시락 냄새가 밀려들었다.

"날 불러낸 메일은 아렌이 보낸 게 아니었어요."

슈지는 될 수 있는 한 자연스럽게 자기 도시락에 손을 뻗으며 대답했다.

"그럼 어떻게 된 거지?"

소마도 어느덧 아무렇지도 않게 나무젓가락을 집어 들었다. 슈지는 소마도 배가 고팠다는 것을 그제야 알아차렸다.

슈지는 밥과 돼지고기를 게걸스레 먹으며 아렌이 아트라에서 겪은 일을 들려주었다. 세 사람 모두 아트라 카운터에 있던 경량급 복서 체형의 남자가 말할 것도 없이 스키 마스크라고 확신했다. 슈지는 말하면서 먹는다는, 전에 없이 곤혹스러운 행동을 해야 했지만, 돌도 씹어 삼킬 나이인 만큼 야리미즈보다 먼저 도시락을 먹어치우고 결론을 똑똑히 말했다.

"아렌은 내 메일 주소를 알아내기 위해 우연히 이용되었을 뿐 사건과는 관계없어요."

야리미즈가 젓가락을 허공에 멈추고 믿기지 않는다는 표정으로 슈지를 쳐다보았다.

"그건 어떻게 생각해봐도 우연이 아닐 텐데."

"도대체 어떻게 생각해야 우연이 아니게 되는 건데요."

슈지는 저도 모르게 시비조로 덤벼들었다.

"정신 차려. 널 불러내기 위한 거짓 메일은 아렌이라는 이름으로 왔지?"

"그러니까 그건 스키 마스크가 아렌 이름을 도용해서……."

"지금 네 이야기대로라면 아렌은 스키 마스크에게 자기 이름을 알려주지 않았어. 알려줄 이유도 없고. 즉, 스키 마스크는 네 메일 주소는 알아도 아렌의 이름은 몰라."

슈지는 바로 말문이 막혔다.

"그럼 아렌이라는 여자애는 역시 스키 마스크랑……."

소마가 말을 끝맺기도 전에 야리미즈는 시원스레 대답했다.

"한패였다면 이 녀석은 지금쯤 성불했겠지. 요즘 애들은 휴대전화 액정을 보지 않고도 호주머니 속에서 손가락 감각만으로 메일을 보낼 줄 알거든. 아렌이 마음만 먹었다면 얼마든지 스키 마스크에게 메일로 알릴 틈이 있었을 거야. 그럼 이 녀석은 저세상 여행을 떠났겠지."

"시끄러워요."

슈지는 사춘기 중학생처럼 벌컥 짜증을 냈다.

소마는 슈지가 아렌을 만났다는 시부야 클럽의 정경을 떠올렸다.

그런 곳에서는 술과 음악 때문에 기분이 들떠서 손님은 큰 소리로 이야기를 나눈다.

"혹시 스키 마스크는 나나미라는 아렌의 친구가 아렌의 이름을 부르는 걸 들은 것 아닐까? 친구끼리라면 이야기를 나누다 몇 번이고 이름을 부를 것 아냐."

"아니요." 슈지가 바로 고개를 저었다. "메일을 보낸 사람 이름은 한자였어요. 듣기만 해서야 한자까지는 모르죠."

그도 그럴 것이 '亜蓮'이라는 한자는 여간해서는 떠올리기 쉽지 않다.

소마는 생각에 잠긴 얼굴로 팔짱을 꼈다.

아렌이 스키 마스크를 쓴 남자에게 이름을 가르쳐주지 않았다면 스키 마스크는 도대체 어떻게 아렌의 이름을 알아냈을까.

곰곰이 생각하던 슈지가 고개를 휙 들었다.

"개인 정보구나!"

슈지는 의아해하는 표정의 소마에게 열심히 설명했다.

"휴대전화에 입력해둔 개인 정보요. 스키 마스크는 아렌의 개인 정보를 본 거라고요."

그렇구나, 하고 소마는 무릎을 쳤다.

휴대전화에는 자신의 이름과 전화번호, 주소 등 개인 정보를 입력해둔다. 그걸 보면 성과 이름은 단박에 알 수 있다. 그렇다면…….

슈지도 소마와 같은 생각을 하고 있었다.

"아렌의 지갑과 휴대전화를 훔친 건 스키 마스크 본인이에요. 아렌이 아르바이트를 받아들일 수밖에 없도록 하려고요."

"뭐, 보통 그런 아르바이트는 거절할 가능성이 높으니까."

야리미즈는 당연하다는 듯이 말하더니 마침내 젓가락을 내려놓았다.

"스키 마스크는 우연히 아렌을 이용한 게 아니야. 놈은 아트라에서 두 가지 조건에 부합하는 여자를 찾았어. 첫 번째는 뭔가에 정신이 팔려서 물건을 훔치기 쉬울 것. 두 번째는 나중에 그 여자에게서 메일이 오면 이 녀석처럼 비뚤어진 청소년이라도 곧장 만나러 갈 만큼 미인일 것."

"아렌이다……."

여자에 정신이 팔려가지고. 소마는 혼쭐을 내줄까 하다가 그것도 젊은 날의 혈기다 싶어서 봐주었다. 다 먹은 도시락을 정리하려는데 야리미즈의 도시락에 고기와 밥이 반 정도 남아 있었다.

"야, 어디 아파?"

"아냐. 저녁에 오므라이스를 먹어서."

"그럼 곱빼기말고 보통으로 사요." 그렇게 말하며 슈지가 고기와 밥을 소마와 둘이서 나누었다. 몇 초 지나지 않아 채소절임까지 포함해 야리미즈의 도시락은 말끔히 사라졌다.

성미가 대쪽 같은 소마는 자기가 먹은 도시락값을 내어놓은 다음 윗옷을 들고 일어섰다.

"그런데 아렌이라는 애는 어디 살지?"

소마는 당장에라도 아렌을 만나 이야기를 들을 작정이었다. 아무리 사소한 것일지언정 스키 마스크에 관한 정보가 필요하다.

하지만 슈지는 단호하게 대답했다.

"그건 말 못 해요."

소마는 벌어진 입이 다물어지지 않았다.

"아렌은 스키 마스크의 얼굴을 봤어. 잘 들어, 걔는 역 앞에서 네 사람을 죽인 남자의 맨얼굴을 본 유일한 사람이라고."

"그러니까 경찰이 접근했다는 게 발각되면 아렌은 죽어요."

말이 막힌 소마는 치밀어 오르는 화를 참으며 잠시 사태를 검증했다.

도둑맞은 아렌의 휴대전화에는 집 전화번호와 아렌의 일정, 친구의 사진과 연락처까지 산더미처럼 많은 개인 정보가 저장

되어 있었으리라. 스키 마스크는 아렌의 생활을 손안에 쥐고 있다. 게다가 스키 마스크는 소마의 얼굴을 보았다. 섣불리 접근하면 확실히 아렌이 위험해질 확률이 높다.

소마는 한숨을 쉬고 슈지의 얼굴을 흘끔 곁눈질했다. 슈지는 화형에 처해도 말하지 않겠다는 눈으로 소마를 쏘아보았다. 단념한 소마는 고개를 절레절레 저으며 다시 앉았다.

맛이 진한 돼지고기 생강구이를 먹은 탓에 차를 벌컥벌컥 들이켜던 야리미즈가 사막에서 물을 마신 후처럼 개운하게 숨을 내뱉고 말했다.

"다른 네 사람에게는 어떻게 했을까?"

"어떻게라니?"

소마가 물었다.

"살해당한 네 사람은 어떻게 불러냈을까 싶어서."

"아아……."

슈지도 생각해보지 않은 문제였다.

"내 생각에는 말이야." 야리미즈가 담배에 불을 붙였다. "네 사람을 차근차근 조사하면 공통점이 발견될 거야. 슈지도 모르는 다섯 사람의 공통점이."

"다섯 사람의 공통점?"

슈지는 어쩐지 실감이 나지 않았다. 여대생과 노부인, 주부,

인쇄소 사장과 막노동을 하는 자신에게 공통점이 있을까.

"스키 마스크는 처음부터 다섯 명을 노렸고, 무테안경은 널 마지막 한 명이라고 했어. 즉, 그날 역 앞 광장에 있던 다섯 명은 뭔가로 한데 묶을 수 있는 그룹이었다는 뜻이겠지? 그 뭔가가 보이면 살인 동기도 밝혀지지 않을까 싶은데."

"과연……."

슈지는 혼잣말을 했다.

"좋아, 피해자의 신변을 조사해볼게. 그건 내 소관이니까."

그렇게 말하고 소마는 다시 힘을 내어 현관으로 향했다.

소마는 구두를 신으며 만약을 위해 거실에 있는 슈지에게 당부했다.

"내일부터는 꼼짝 말고 틀어박혀 있어. 스키 마스크와 다시 마주치면 그때야말로 끝이야."

"네, 네, 들키지 않게 조심해서 조사할게요."

소마는 구둣주걱을 내던지고 바로 거실로 되돌아갔다.

"어허어허."

야리미즈가 두 사람 사이에 재빨리 끼어들더니 호주머니에서 뭔가를 꺼내어 두 사람 코앞에 대고 보여주었다. 금속으로 디자인된 신형 휴대전화였다.

소마도 슈지도 무슨 의미인지 몰라서 야리미즈의 얼굴을 쳐다보았다.

야리미즈는 이것으로 전부 해결되었다는 듯이 환하게 웃었다.

"GPS 기능 탑재. 이것만 있으면 어디 있는지 바로 알 수 있어. 특종거리 목에 방울을 달아두는 거지."

"너까지……."

"이거 방수예요?"

"물론."

낙담한 소마를 본체만체 슈지는 "뭐, 알겠어요" 하고 가볍게 휴대전화를 받아들더니 "그럼 나 먼저 씻을게요" 하고 욕실로 바삐 사라졌다.

"야리미즈."

"자자."

"'자자'나 '어허어허' 하고 적당하게 대하니까 녀석이 기고만장해서 설치는 거잖아!"

욕실 문이 열리고 샤워기 물소리와 함께 슈지가 고개를 내밀었다.

"야리미즈 씨, 현관문에 끼워둔 수도 검침표 버리지 말아요."

"왜?"

"그걸 문에 끼워두면 돌아왔을 때 누가 집에 침입했는지 알 수 있어요. 종잇조각 같은 걸 끼워두면 금방 들키지만 수도 검침표는 의외로 눈에 안 띄는 법이거든요."

소마는 어이가 없는 한편으로 감탄했다. 이 녀석에게는 범죄자의 자질이 있는 것 아닐까.

"너, 그런 거 어디서 배웠어?"

"그 정도야 상식이잖아요."

어디의 상식이냐고 묻기 전에 슈지는 욕실 문을 닫았다.

달카닥, 하고 얌전한 소리와 함께 자판기 상품 꺼내는 곳으로 담배가 떨어졌다. 어린이 공원 비스듬히 맞은편에 있는 그 자판기가 야리미즈는 마음에 쏙 들었다. 여름철 밤에는 나지막한 울타리를 따라 하얀 꽃의 향기가 풍겼고, 요즘은 조그마한 연홍빛 벚꽃도 구경할 수 있다. 담배 박멸을 주장하는 세간의 분위기를 타고 이 담배 자판기가 사라지는 것도 시간문제이기는 하지만.

"녀석은 감금이라도 하지 않는 한 돌아다닐 거야."

담배를 꺼낸 야리미즈는 스웨터 위에 걸친 마리테 프랑수아 저버의 꽃무늬 셔츠 자락을 흔들며 어슬렁어슬렁 벚나무 쪽으로 걸음을 옮겼다.

"그렇겠지."

소마는 학창 시절 때처럼 야리미즈와 어깨를 나란히 하고 걸었다.

"잘 아네."

소마는 알면서도 내버려두지 못하는 자신의 성격에 부아가 치밀었다.

야리미즈가 담배에 불을 붙이고 유독한 연기를 맛있다는 듯이 깊이 빨아들였다.

"그러다 일찍 죽어."

소마는 지체 없이 꼬집어서 말했다. 그렇게 말하고도 모자라 마음속으로 사레나 들리라고 빌었다. 하지만 야리미즈는 오히려 기쁘다는 듯이 봄의 초저녁 어둠 속으로 담배 연기를 뿜어 올렸다.

가로등 불빛을 받은 벚꽃 아래로 그림자가 잠잠히 드리워져 있었다.

"그 녀석, 매달 요헤이에게 돈을 보내."

소마는 한순간 무슨 소리인지 이해가 가지 않았다. 그리고 요헤이가 일 년 반 전에 실명한 슈지의 죽마고우 가와즈 요헤이임이 떠올라 놀라서 야리미즈를 쳐다보았다.

야리미즈는 오후에 요헤이의 집을 찾아갔다고 한다. 요헤이의 집은 편모 가정으로, 어머니 기미코는 '어머니 식당'이라는 작은 식당을 하고 있었다. 사과처럼 발간 볼에 성격이 너글너글한 기미코는 야리미즈가 슈지의 직장 선배라고 하자 잘 왔다고 기뻐하며 가게의 인기 메뉴인 오므라이스를 대접했다.

기미코는 "슈지랑 가쓰노리야 뭐, 기저귀 차던 시절부터 잘 알고 지냈죠"라고 말하더니 갑자기 감정이 북받친 듯 눈물을 글썽였다. 하지만 야리미즈가 달랠 틈도 없이 힘차게 코를 풀고 돈 같은 건 보내지 않아도 되니까 가끔 놀러와라, 요헤이도 보고 싶어 한다고 전해달라며 웃었다.

소마는 처음으로 슈지가 사는 연립주택을 찾아갔을 때 제대로 일을 하고 있으니 좀더 괜찮은 곳에 살 수 있을 텐데, 라고 의아해했던 것이 떠올랐다. 요헤이에게 돈을 보내기 위해 그렇게 허름한 곳에 계속 살았던 것이다. 한편으로 슈지는 세 사람에게 일어난 비극의 원인인 백만 엔을 버리지 않고 가지고 있었다. 그리고 야리미즈가 위험을 감수하기로 결정하자 대가로 백만 엔을 통째로 내주었다. 아예 죽으면 모를까 어중간하게 다치면 돈 없이는 아무것도 못 한다면서.

소마는 자신이 일하여 번 돈을 요헤이에게 보내고 싶어 하는 슈지의 마음이 이해가 갔다. 동시에 최악의 경우 돈으로 해결할 수 있는 괴로움이 존재한다는 것도 슈지는 잘 알고 있다고 느꼈다.

야리미즈는 슈지가 사정이 생겨서 오사카에 있는 어머니의 지인에게 몸을 맡겼다는 그럴싸한 거짓 정보를 기미코에게 심어주고 왔다. 식당에는 동네 사람이 자주 드나드니까 소문은 금방 퍼진다. 야리미즈는 스키 마스크의 추적을 조금이라도 늦추어 시간을 벌 계획이었다.

"고마워. 역시 너밖에 없다."

소마는 순순히 감사 인사를 했다. 경찰관인 소마의 머릿속에 예전에 방송국에서 일했던 야리미즈처럼 스키 마스크에게 거짓 정보를 흘린다는 발상은 아예 없었다.

학창 시절부터 늘 그랬다. 야리미즈는 소마와는 전혀 다른 시각의 소유자였다. 그게 재미있고 자극적이기는 했지만, 소마는 야리미즈의 행동을 예측하여 맞혀본 적이 단 한 번도 없었다.

"소마 씨는 늘 저래요?"

야리미즈가 벚꽃을 올려다보며 느닷없이 말했다.

"오늘 아침 먹을 때 슈지가 그렇게 물어보더라. 융통성 없고 더럽게 고지식한 네 성격 이야기인 줄 알았는데, 사복형사는 보통 둘이서 한 팀 아니냐고 하는 거야."

"뭐라고 대답했어?"

"우리 나라에서는 독불장군으로 받아들여지는 성격이라서 그렇다고 말해뒀지."

"뭐야, 그게."

"협조성이 부족하다는 뜻."

협조성이 부족하다. 그것이 야리미즈와 자신의 유일한 공통점일지도 모른다. 소마는 그 사실을 처음으로 알아차리고 희미하게 쓴웃음을 지었다.

소마가 조직에서 사람들의 눈 밖에 났다는 것을 야리미즈는 이미 눈치챘을 것이다. 어제 이맘때 지금 가도 되겠느냐고 오 년 만에 전화했을 때부터.

그때 소마는 슈지를 데리고 동료 경찰관을 찾아갈 생각은 눈곱만큼도 하지 않았다. 공직에 몸을 담고 나서 거의 전부라고 해도 될 만한 시간을 경찰 조직에서 보내왔는데도 불구하고.

경찰이라는 조직은 소마처럼 한통속이 되기를 거부한 사람을 결코 조직의 일원으로 받아들이지 않는다. 그러한 조직에 대한 배신감과 불신을 소마는 지금까지 수사에 미친듯이 몰두하면서 삭여왔다. 지금은 중요한 수사 과정에서도 제외되었고, 그 결과 아이러니하게도 사건의 핵심인 피해자를 담당하게 되었지만.

소마는 가만히 서 있는 벚나무를 올려다보았다. 오 년 만에 만났지만 단 한 번도 자신에게 근황을 물어보지 않는 야리미즈가 참으로 고마웠다. 소마도 야리미즈에게 왜 방송국을 그만뒀는지 물어볼 생각은 없었다. 소마와 야리미즈는 잠시 아무 말도 없이 벚꽃을 올려다보았다.

잠시 후 담배 한 대를 더 피운 야리미즈가 휴대용 재떨이를 꺼내 꽁초를 버리더니 "갈까" 하고 소마를 쳐다보았다.

소마는 가볍게 두어 번 고개를 끄덕이고 걷기 시작했다.

내일은 피해자 유족과 친구를 만난다. 피해자의 생활을 잘 아는 사람들의 이야기를 대조해보면 지금까지 눈에 띄지 않던 다섯 사람의 공통점이 보일 것이다. 살인 동기를 알면 누가 스키 마스크를 고용했는지 저절로 밝혀진다.

3월 28일 월요일. 오전 4시 17분.

어둠 속에서 침대 옆 테이블에 놓아둔 휴대전화 외부 화면에 불이 들어오고 착신음이 울리기 시작했다. 침대 램프를 켜고 휴대전화에 손을 뻗었다. 받기 전부터 무슨 전화인지는 알고 있었다. 아내 요리코가 곁에서 재빨리 몸을 일으키고 나이트가운을 걸쳤다. 요리코의 어깨에 손을 얹어 좀더 자라는 뜻을 전하고 전화를 받았다.

"예, 나카사코입니다."

새벽의 전화는 예상대로 타이투스 그룹 회장 도미야마 고이치로의 죽음을 알리는 전화였다. 나카사코는 무테안경을 끼고 침대에서 내려와 욕실로 향했다. 무차별 칼부림 사건이 일어난 이후로 나카사코는 거의 잠을 이루지 못했다.

옷을 입고 아래층으로 내려가자 다이닝 키친에서 요리코가 사이펀의 커피를 나카사코의 컵에 따르고 있었다. 옆에는 먹기 쉽도록 작게 자른 사과와 포크가 놓여 있었다.

"조금이라도 먹고 가, 응?"

"고마워."

나카사코는 사과 두 조각을 먹고 커피를 마셨다.

요리코는 요즘 나카사코의 상태가 심상치 않다는 것을 안다. 알지만 굳이 아무것도 묻지 않고 가능한 한 자질구레한 일들을 신경쓰며 나카사코를 챙겨준다. 나카사코는 요리코의 마음을 잘 알고 있었다.

요리코는 나카사코가 먼저 이야기를 할 때까지 결코 캐묻지 않는다. 결혼 전부터 변함없는 그 신뢰가 지금까지 나카사코를 지탱해주었고, 나카사코 역시 요리코의 신뢰에 부응해왔다.

하지만 이번만은 입이 찢어져도 아무 말 하지 않기로 결심했다. 만에 하나 자신에게 무슨 일이 생겼을 때 아무것도 몰라야 요리코가 안전하다. 요리코는 아직 어린 아쓰미를 위해 살아 있어야 한다.

"다녀올게."

나카사코는 컵을 내려놓고 요리코에게 미소를 지었다.

차를 몰아 후타코타마가와의 자택에서 메구로에 있는 도미야마의 저택으로 향했다. 동이 트기 전의 상행선에는 차도 드문드문해서 헤드라이트 불빛만이 어두운 아스팔트를 조용히 미끄러져 갔다.

타이투스 그룹 회장 도미야마 고이치로가 죽었다…….

같은 죽음이라도 도미야마의 죽음은 벌건 대낮에 역 앞 광장에서 처참하게 살해당한 네 피해자에 비하면 얼마나 평온한가. 네 사람은 왜 자신이 죽어야 하는지 그 이유조차 모르고 느닷없이 인생의 끝을 맞이했다. 공포와 경악으로 눈도 감지 못한 채 자기 자신이 흘린 피 위에 쓰러져 죽어갔다. 살해당한 네 사람을 생각하자 나카사코는 온몸의 신경이 뒤틀리는 것 같았다.

스마일 키즈 캠페인의 슬로건 아래 타이투스 푸드가 실행한 '마미 팔레트 프로젝트'. 그것이 이렇게 무서운 결과를 낳을 줄이야…….

모든 것의 시작은 작년 팔월. 처음으로 사태를 알아차린 것은 나카사코 자신이었다.

Ⅱ 장

발단
2004년 여름

죽어야 하는 이유
2005년 3월 28일 월요일

공범자
2004년 가을~2005년 초봄

갑판의 여자
2005년 3월 15일 화요일

4
발단 - 2004년 여름

그해 여름은 연일 35도가 넘는 무더위가 이어졌고, 오본을 맞이해도 초가을 기운은 찾아올 낌새를 보이지 않았다. 밖에 나가면 강렬한 빛이 눈을 찔러 주변을 똑바로 쳐다보기가 힘들었고, 몇 걸음 떼기도 전에 구슬땀이 흘러내렸다. 협죽도와 백일홍 같은 여름꽃도 열기를 못 이겨 빛이 바랬고, 사람과 나무는 숨을 죽이고 여름이 지나가기만을 기다렸다.

나카사코는 오본 연휴를 언제나처럼 후쿠시마의 이와세에 있는 고향집에서 보냈다. 고향의 우거진 녹음이 소아천식을 앓는 여섯 살배기 외동딸 아쓰미의 몸에 좋으므로 나카사코는 매년 여름이면 요리코와 아쓰미를 데리고 이와세를 찾았다. 하지만 그해 여름은 너무나 더워서 땡볕 아래의 물놀이도 숲속 산책도 포기해야 했다. 같은 열차로 귀성한 나카사코의 여동생 미도리코도 그해는 휴가의 대부분을 집안에서 보냈다.

미도리코와 요리코는 대학 영양학부 동기로, 학교 다닐 때부터 친자매처럼 사이가 좋았다. 나카사코가 다섯 살 연하인 요리코를 만난 것도 미도리코가 소개해준 덕분이다. 결혼한 후에 나카사코는 미도리코에게도 좋은 상대를 소개해줘야겠다고 결심했지만, 미도리코는 오빠가 하는 말은 귓등으로도 듣지 않고 석사 과정을 수료한 후 현재는 식품 분석 기관의 연구원으로 일하며 마음 편한 독신 생활을 누리고 있다. 미도리코와 요리코는 전혀 다른 길을 걸었지만, 지금도 두 사람은 얼굴을 마주할 때마다 여학생처럼 까르르 웃음을 터뜨리며 이야기에 열중해서 나카사코를 당황하게 만든다. 올해도 이와세에 오기 전에 둘이서 상의한 듯, 무더운 여름을 집에서 즐길 수 있도록 다양한 물건을 가지고 왔다.

요리코의 할아버지가 유럽 여행을 가서 사 왔다는 고풍스러운 젤리 틀은 여름휴가 내내 활약했다. 요리코와 미도리코는 아침 식사 뒷정리를 끝내자마자 부엌의 묵직하고 커다란 테이블에 꽃과 집과 시계 모양의 알루미늄 젤리 틀을 늘어놓고 아쓰미와 함께 다양한 과일 맛 젤리를 만들었다. 요리코가 과일을 깍둑썰기하면서 노래를 흥얼거리면 미도리코와 아쓰미가 따라 부르고, 아쓰미가 수수께끼를 내면 미도리코와 요리코가 대답하여 낡은 부엌에서는 즐겁게 떠드는 목소리가 끊일 줄 몰랐다.

나카사코는 여자들의 밝은 웃음소리를 들으며 아버지와 바둑으로 시간을 보냈다. 어머니가 타계한 후로 고향을 떠날 마음이 없다며 고집스럽게 홀로 살던 아버지는 오랜만에 집안을 채우는 손녀와 며느리, 딸의 따스한 목소리에 아주 행복한 듯이 귀를 기울였다. 번개가 치는 오후에는 아쓰미가 천둥소리가 나는 것도 모르도록 요리코가 보스턴백에서 아쓰미의 새 선드레스용 옷감을 꺼냈다. 표백하지 않은 이중 거즈 원단에 얇은 오렌지색과 이끼색의 꽃무늬가 들어간 옷감을 보고 아쓰미는 환성을 질렀고, 미도리코는 장식장에서 닥종이로 된 작은 상자를 꺼냈다. 상자에는 미도리코가 젊었을 때 모은 여러 가지 조개껍데기 단추가 들어 있었다. 옷감에 딱 어울리는 아름다운 오팔색 단추를 보고 아쓰미는 눈을 반짝였다.

치수를 재고 디자인을 고안해 신문지로 종이 본을 뜬다. 요리코와 미도리코는 초크와 시침바늘, 시침질용 실로 바느질을 하면서 아쓰미에게 퍼즐처럼 몸통 부분과 소매를 맞추는 방법을 가르쳐주었다. 여자들이 바느질에 열중한 사이에 소나기구름은 어느새 마을 위를 지나갔다.

해가 기울면 세 사람은 툇마루에서 마당으로 내려가 나무에 물을 주었고, 저녁 먹을 준비가 다 되면 시조 짓기 모임에 나간 할아버지가 돌아오기를 기다리며 양철 대야에 푼 비눗물에 동그란 고리를 적셔서 비눗방울을 만들기도 했다. 해질녘의 여린 빛 속에서 머리를 똑같은 모양으로 묶고 즐거운 듯이 고리를 흔들어 투명한 비눗방울을 만드는 여자들은 어머니와 딸과 고모라기보다 세 자매 같았다.

집안에서 보내는 한여름은 실로 편안하고 느긋하게 흘러갔다. 고향집에서 사흘을 지내자 나카사코는 도시에서 보내던 황망한 나날이 전부 현실이 아닌 꿈처럼 느껴졌다.

그날은 더워지기 전에 가야겠다고 마음먹고 해가 뜨기 전에 일어나서 성묘를 다녀왔기 때문에 저녁을 먹고 나자 가족 모두 눈꺼풀이 달라붙어 떨어지지 않을 만큼 졸렸다. 그래서 배가 꺼지기도 전에 목욕을 마친 순서대로 침실로 들어가 잠을 청했다.

나카사코가 아쓰미를 재우고 거실로 돌아오자 요리코가 혼자 등나무 의자에 앉아 갈아입을 잠옷을 무릎에 얹은 채 웬일로 텔레비전에 푹 빠져 있었다.

"아직 안 씻었어?"

나카사코가 말을 걸자 뜻밖에도 요리코가 걱정스러운 표정으로 나카사코를 돌아보았다.

"애기들 병. 원인 불명이래……."

요리코가 보고 있던 것은 밤 10시 뉴스인 〈뉴스프라임〉이었다. 그날 밤은 유유아들이 걸리는 기이한 병, 멜트페이스증후군을 특집으로 다루고 있었다.

요리코는 소아천식을 앓는 아쓰미의 건강을 염려하며 살아온 어머니답게 소아 질병이라는 말을 들으면 남의 일처럼 여겨지지 않는 모양이었다. 나카사코는 냉장고를 열고 보리차 두 잔을 따라서 요리코 옆에 앉았다.

멜트페이스증후군은 작년 십이월 중순부터 올해 일월 중순까지 약 한 달 동안 집중적으로 발생한 미지의 병으로, 병에 걸린 환자는 모두 생후 7개월에서 9개월 사이의 유유아라고 한다. 심각한 증상 때문에 멜트페이스증후군이라는 이름이 붙었고, 전국 아홉 개 도시에서 124명의 환자가 발생했다.

아나운서의 해설에 이어 멜트페이스증후군 발생 당시의 재연 드라마가 방송되었다.

작년 12월 17일 밤, 사이타마 현 사이타마 시에서 첫 번째 환자가 소아과 주치의에게 실려왔다. 생후 7개월의 여자아이였다. 그 여자아이를 시작으로 도쿄, 오사카 등 아홉 개 도시에서 갑자기 환자가 차례차례 발생하기 시작했다.

환자들의 초기 증상은 원인 불명의 발열, 열성 경련, 혈압 저하였다. 그리고 복통, 설사 등의 소화기 증상도 눈에 띄어 임상 소견은 인플루엔자와 아주 흡사했다. 세균에 감염되었을지도 모른다는 의혹도 있었지만, 이유기의 유아가 생선 등을 섭취해 경구 감염되었을 리 만무하고 가족들을 문진한 결과 환자가 특별히 평소와 다른 음식물을 섭취한 적도 없었다. 그 밖에 기염균起炎菌의 감염경로로 의심될 만한 외상도 없었으므로 대부분의 의사는 이 질환을 당시 한창 유행하던 인플루엔자로 진단했다.

하지만 인플루엔자 검사와 혈액 검사 결과는 예상과 일치하지 않았다. 인플루엔자 검사 결과는 음성. 물론 위음성◆일 우려도 있으므로 검사 결과만으로 인플루엔자에 감염되지 않았다고 확정적인 진단을 내릴 수는 없었지만, 혈액 검사에서도 혈중 CRP(C반응성 단백질) 상승과 백혈구 수치 증가가 확인되었다. 바이러스성 질환인 인플루엔자라면 백혈구 수치는 정상치로 나오거나 떨어진다. 그런데 검사 결과는 완전히 반대로 백혈구 수치가 증가하여 명백히 세균성 감염증이 의심되는 상황이었다.

◆ 실제로는 양성인데 검사 결과상은 음성인 상태.

환자에게는 외견상 특징적인 증상도 나타나지 않았고, 어느 장기가 영향을 받는지도 불명확했다. 원인이 세균인지 아니면 인플루엔자 바이러스인지도 확실히 파악하지 못한 채 일각을 다투는 임상 현장에서 의사는 선택을 강요당했다. 이 단계에서 의사의 대처는 두 갈래로 나뉘었다. 하나는 임상 증상을 중시하여 인플루엔자로 진단하고 해열제로 아세트아미노펜을 투여하고 점적주사 등 대증요법을 시행하는 방법. 다른 하나는 백혈구 수치의 증가를 중시하여 세균성 감염증으로 판단해 항생물질을 처방해 대처하는 방법이었다. 하지만 양쪽 다 아무런 효과를 보이지 않아 고열에 괴로워하는 환자들은 대학 병원 등 제3차 의료 기관으로 옮겨졌다.

이 무렵에 환자의 눈 부위에 병변이 나타났다. 안부 병변은 나중에 멜트페이스증후군의 특이한 증상으로 판명되는데, 빛에 대한 과민 반응, 눈물, 결막충혈이라는 초기 증상 때문에 이 시점에서는 감염성 결막염 등의 합병증으로 추정되었다. 하지만 얼마 지나지 않아 얼굴에 부종성 종창이 나타났다. 특히 눈꺼풀, 입술, 입안, 혀 등에 집중적으로 나타난 후 붉은빛을 띠더니 홍반이 되어 번졌다. 그리고 병변부 및 주변의 증상이 없는 부위에 수포가 생기기 시작했다. 종창의 원인은 지금까지 투여한 약제로 인한 약진이 아닐까 의심스러웠지만, 고열과 홍반이라는 증상으로 보아 용혈성연쇄구균에 의한 성홍열일 가능성도 있다고 추정되었다. 하지만 성홍열일 경우 온몸에 홍반이 생기지만 구위창백口圍蒼白이라고 하여 입 주변에는 병변이 나타나지 않는다.

전례가 없는 병세의 진행에 서둘러 CT, MRI 등의 화상 진단을 시행한 의사는 그 결과에 전율했다. 병변부 아래에서 연조직이 괴사하고 있었던 것이다.

순식간에 얼굴의 홍반이 어두운 자반으로, 그리고 검은색으로 급격히 변했고 얼굴 표면까지 괴사가 진행되었다. 병세로 보아 용혈성연쇄구균 감염증 중에서 가장 심각한 질환인 괴사성 근막염으로 추정되었다. 소견에 관계없이 한시라도 빨리 괴사 조직을 절제하지 않으면 복합 장기 부전이나 패혈증을 일으켜 환자는 죽는다. 의사는 페니실린 계열의 항생물질을 투여하고 즉시 괴사 조직을 절제했다.

병변부는 입안, 혀, 안면 등에 집중되어 있었다. 입안의 괴사 조직을 절제하기 위해서는 아래턱 부분을 절개해야 한다. 덧붙여 환자는 고열로 이미 체력을 잃어서 절제 수술은 아주 위험하고 힘들었다.

한편 기염균이 무엇인지 알아내려고 서두르던 의료 스태프들도 동요했다. 병변부의 국소 침출액 및 혈액의 도말표본(스미어)을 되풀이해 그람 염색해도 연쇄구균은 전혀 검출되지 않았던 것이다.

그 시기를 전후하여 환자의 안부 병변이 진행되었다. 눈꺼풀과 결막에 갑자기 작은 수포가 생기더니 순식간에 각막염에서 각막궤양으로 악화되었다. 전혀 예상치 못한 증상에 의사들은 충격을 받았다. 안부 병변의 급격한 진행으로 항생제 처방도 효과를 거두지 못하고 각막에 구멍이 생겨 결국 안구가 손상되었다. 환자의 안구를 적출하는 수밖에 없었다.

기염균을 알아내기 위해 심부 조직에서 시료를 채취하여 혈액 배양 검사를 했지만 역시 용혈성연쇄구균은 발견되지 않았다.

이때 의료진의 머리에 한 가지 가설이 떠올랐다. 의학이 발전된 오늘날도 발견된 세균은 모든 세균의 1퍼센트에도 미치지 못한다고 한다.

이 전례가 없는 병세를 보이는 질환의 기염균은 미지의 세균 아닐까…….

수술 후 예단을 불허하는 상황 속에서 뜻밖에도 환자의 용태는 급속도로 호전되었다. 환자를 매개로 다른 사람에게 옮거나 원내감염이 일어날지도 모른다는 우려는 기우에 그쳤고, 환자의 몸에만 맹위를 떨친 멜트페이스증후군은 마치 위력적인 태풍처럼 깊은 상처를 남기고 사라졌다.

남은 것은 얼굴, 입술, 혀 절제 수술을 받은 어린 환자 124명이었다. 대부분의 환자가 한쪽 눈을 잃었다. 그들은 완치되고 나서도 음식 섭취와 발성에 심각한 문제가 있을 것이고, 앞으로 오랜 기간에 걸쳐 몇 번이나 안면 재건 수술을 받아야 한다. 환자에게는 심장에 영양분을 공급하는 관상동맥에 거대한 혹이 생기는 무서운 후유증, 관상동맥류도 남았다. 원인은 기염균의 침입에 대처하기 위해 증가한 백혈구에서 방출된 효소가 혈관벽 조직을 파괴하는 바람에 약해진 조직이 확장되어 혹이 되었기 때문으로 추정되었다. 관상동맥류는 심근경색을 유발할 위험성이 있다. 환자는 돌연사라는 공포에 직면한 채 평생을 살아가야 한다.

12월 17일부터 집중적으로 발병한 멜트페이스증후군은 올해 1월 12일, 구라시키 시에서 발병한 생후 8개월 남자아이를 끝으로 느닷없이 진정되었다.

연말연시였던 까닭에 정보가 늦게 정리되어 이월에야 겨우 정보가 취합된 결과 동일한 질환이라는 결론이 나왔지만 새로운 환자는 더이상 발생하지 않았다. 2월 23일, 《조에쓰일일신문》 사회면에서 멜트페이스증후군이라고 언급한 후로 그 호칭이 퍼져나갔다.

그리고 유월, 국립감염증연구소에서 멜트페이스증후군의 기염균을 규명했다. 아포 형성균의 하나인 바실루스속屬의 신종으로 밝혀진 이 세균에는 바실루스f50이라는 이름이 붙여졌다.

아포 형성균은 건조나 영양 고갈 등으로 환경조건이 열악해지면 분열을 멈추고 아포를 형성해 이른바 휴면 상태에 들어가서 장기간 생존한다. 아포 상태가 된 세균은 열, 건조, 화학요법제 및 소독약에 강한 내성을 지니고, 특히 열에 대한 저항성은 모든 생물 중에서 가장 강하다. 25억 년 전의 소금 결정 속에서 바실루스속 아포가 발아해 배양에 성공한 사례도 있을 정도다.

바실루스속은 공중, 수중, 토양에 널리 분포하며 유용한 세균도 많다. 예로부터 친숙한 낫토균도 바실루스속인 고초균의 일종이고, 토양의 병을 막고 뿌리가 건강하게 자라도록 농작물의 퇴비에 이용되는 종류도 있다. 반면 바실루스속에는 강한 병원성을 지닌 세균도 있다. 미국의 생화학 테러 사건으로 세간에 알려진 탄저균, 식중독의 병원체로 알려진 세레우스균, 꿀벌의 유충을 부패시키는 미국부저병균도 바실루스속 세균이다.

멜트페이스증후군의 기염균인 바실루스f50은 통성 혐기성

세균으로 산소가 있든 없든 생존이 가능하고, 지금까지 발견된 어느 아포 형성균보다 내열성이 높다. 몸속 잠복 기간은 며칠에서 몇 주로 길어, 이 점에서는 천연두(최대 12일 정도)와 에볼라 출혈열(최대 21일 정도)에 필적했다.

한편 감염되어도 발병률은 5퍼센트 전후로 낮아 그 점에서는 일본뇌염이나 소아마비에 가깝다. 균 자체의 감염력이 약하므로 옮을 가능성도 낮아서 현시점에서는 환자 때문에 병에 감염된 사례는 보고되지 않았다. 환자가 생후 7개월에서 9개월의 유아에게 집중된 점으로 보아 유아기의 면역력 저하와도 관련된 것으로 추정되었다.

바실루스f50의 특질은 시간이 흐를수록 명확해졌지만 환자가 언제 어디서 어떻게 바실루스f50에 감염됐는지, 그 감염경로는 여전히 불분명한 상태였다.

그래서 〈뉴스프라임〉에서는 멜트페이스증후군 발생에 관한 정보를 종합해 감염경로 몇 가지를 고찰했다.

환자는 모두 생후 7개월에서 9개월의 유유아. 발병 시기는 작년 십이월 중순에서 올해 일월 중순. 발병자의 분포는 도쿄도 전역에서 26명, 요코하마 시 24명, 사이타마 시 9명, 가와사키 시 11명, 오사카 시 21명, 고베 시 11명, 조에쓰 시 6명, 구라시키 시 9명, 마쓰야마 시 7명, 모두 아홉 도시에서 124명이 발병했다.

일단 환자가 생활하는 지역의 토양을 검사했다. 이어서 발병 지역의 수질 검사, 대기오염 상태, 환자가 평소 섭취한 음식물, 어머니가 임신중에 복용한 약제. 각 분야의 전문가가 나와서 정보를 근거로 해설을 해나갔다.

하지만 을씨년스러운 음악도 딱딱한 내레이터의 목소리도 이미 나카사코의 귀에는 들어오지 않았다.

나카사코는 곤혹스러웠다. 환자가 발생한 아홉 도시의 이름을 들었을 때부터.

도쿄, 요코하마, 사이타마, 가와사키, 오사카, 고베, 조에쓰, 구라시키, 마쓰야마.

나카사코는 아홉 도시 전부에 짚이는 바가 있었다.

그뿐만이 아니었다. 발병 시기가 작년 말에 집중되었고 환자가 모두 돌이 안 된 유유아라는 사실 역시 나카사코의 머릿속에서 자신이 타이투스 푸드에서 관여한 한 프로젝트와 연결되었다.

마미 팔레트 프로젝트.

설마, 하는 생각이 머리를 스쳤지만 단순한 우연으로 치부하고 웃었다.

감염경로는 무수히 많다. 우연히 몇 가지 사실이 겹쳤다고 해서 그 사실이 가리키는 결론을 옳다고 받아들이다니 바보 같은 짓이다. 머리로는 알고 있었다. 하지만 한번 싹튼 불안은 숨막히도록 축축한 밤바람처럼 나카사코를 붙들고 놓아주지 않았다.

나카사코는 늦은 밤까지 잠을 이루지 못했다. 모자이크가 들어간 멜트페이스증후군의 환자 사진이 머리를 떠나지 않았다. 어린 자식의 병. 그것만큼 아이를 가진 부모를 괴롭히는 것은 없다. 나카사코는 직접 겪어봐서 그 사실을 잘 알고 있었다.

나카사코는 마흔이 넘어서야 아이를 얻었다. 결혼하고 십 년 남짓 아이를 점지받지 못해 나카사코와 요리코도 거의 포기하고 있던 만큼 아쓰미가 태어났을 때의 기쁨은 각별했다. 자기 자식이란 이렇게 사랑스러운 법인가 싶을 정도로 잠든 딸의 조그마한 손을 잡고 아무리 바라보아도 질리지 않았다. 하지만 외동딸 아쓰미는 소아천식 때문에 여섯 살이 된 지금도 정기적으로 병원에 다닌다. 요 일 년 동안은 심한 발작이 없어 흡입 스테로이드제를 중심으로 한 장기 관리약으로 천식을 다스리고 있지만 조금만 격하게 몸을 움직이면 기침을 해서 눈을 뗄 수 없다.

발작은 별안간 찾아온다. 그리고 철퇴 같은 일격이 어린 생명을 박살내버릴 때도 있다. 지금도 아쓰미가 열이 나면 요리코는 거의 눈도 붙이지 않고 간병하고, 나카사코는 집을 나서기가 두렵다. 한번 심한 발작을 경험하고 나면 그 공포는 쉽사리 가시지 않는다.

멜트페이스증후군 환자의 부모는 얼마나 큰 공포와 괴로움을 맛보았을까. 그리고 앞으로도 심각한 후유증이 남은 환자의 부모로서 평생 괴로움을 짊어져야 한다.

잠들기를 포기하고 침실에서 나온 나카사코는 고요한 고향집 응접실의 진열장을 열고 위스키를 꺼내 잔에 따랐다. 불을 켤 마음은 들지 않았다. 나카사코는 평소에 술을 즐기지는 않지만 주량은 센 편이다. 신경을 이완시키고 싶어도 알코올은 좀처럼 도움을 주지 못했다. 어둠에 익숙해진 눈에 마당의 석류나무가 거무튀튀하게 우거져 보였다. 창문을 열자 여름밤 마당에 풍기는 진한 나뭇진 냄새가 몸을 감쌌다.

124명의 어린 환자들.

멜트페이스증후군 환자들은 타이투스 푸드가 실행한 마미 팔레트 프로젝트와 관계가 있는 걸까…….

나카사코는 크나큰 걱정과 두려움을 끌어안고 프로젝트를 진행하게 된 경위를 떠올렸다.

마미 팔레트 프로젝트가 타이투스 푸드에서 이례적인 형태로 관심의 대상이 된 것은 작년, 2003년 3월이었다.

그해, 합계 출산율◆은 과거 최저치를 갱신한 1.29였다. 일본은 선진국 중에서도 출생률이 급격한 내리막길을 타고 있었다. 애가 탄 정부는 출생률을 끌어올리기 위해 전 국민의 공감대를 형성하고자 일월에 스마일 키즈 캠페인을 대대적으로 발표했다.

스마일 키즈 캠페인은 '아이가 살기 좋은 사회 만들기'라는 캐치프레이즈 아래 충실한 아동 수당과 저연령 아동의 어린이집 입소 확대, 지역 양육 지원 센터 정비, 소아 구급 의료 지원 사업 추진 등 다양한 시책을 내걸었다. 긴급 과제라고 일컬어진 지 오래된 이러한 시책들을 시행하려면 상당한 예산이 필요하기 때문에 떠들썩한 구호와는 반대로 언제나처럼 현재 출산이 가능한 연령의 여성들 중 태반이 상황이 개선되기 이전에 환갑을 맞이하는 것 아닐까 걱정스러웠다.

하지만 스마일 키즈 캠페인의 수많은 시책 중 발표와 동시에 실시된 시책이 딱 하나 있었다. 그것이 바로 '스마일 키즈 마크' 교부였다.

스마일 키즈 마크는 유유아와 아동을 대상으로 한 모든 상품 중에서 국가가 우량 상품으로 인증한 상품에 교부된다. 물론

◆ 한 명의 여성이 평생에 평균 몇 명의 아이를 낳는가를 나타내는 예상 수치.

인증을 받으려면 관할 부처에 신청하여 심사를 받아야 한다. 심사에 통과하면 정식으로 '스마일 키즈 인증 상품'으로 선전하고 판매할 수 있다.

그때까지 아무리 정부가 독려해도 육아휴직 사용률 상승과 근로시간 단축 등 근본적인 저출산 대책에 극히 소극적이었던 경제계가 스마일 키즈 마크 교부에는 미리 짠 것처럼 큰 반응을 보였다.

스마일 키즈 마크는 어린이를 대상으로 한 모든 상품, 그야말로 젖병부터 자전거, 의류, 장난감, 식품, 교육 등 모든 어린이용 상품의 통일 브랜드다. 정부가 인증하여 믿을 수 있는 어린이용 통일 브랜드의 탄생. 이것은 특정 보건용 식품을 뛰어넘는 새 시장의 탄생이라고 예상한 것이다.

특정 보건용 식품, 통칭 특보는 콜레스테롤 수치를 낮추는 등의 특정한 보건 효과와 그 안정성을 시험하는 국가 검사에 통과해 보건부가 특보 마크 표시를 허가한 식품으로, 시장 규모는 2001년 단계에서 이미 4121억 엔에 달하는 것으로 추정되었다. 각 업계는 특보에 이어 새로운 시장에 한발 먼저 진입하기 위해 일제히 움직이기 시작했다.

스마일 키즈 상품은 상품의 유무형을 따지지 않으므로 제조업 이외의 업계에서도 장래를 내다본 서비스 상품의 신청이 잇달았다.

일본은 이미 2000년 단계에서 OECD 가맹국 중 선진국에서는 미국에 이어 두 번째로 상대적 빈곤층의 비율이 높았다. 앞으로 일본의 소득 격차는 점점 커질 것이며 당연한 결과로 치안이 악화되리라. 그래서 학교와 학원 통학을 포함해 하루 종일 아이를 보호의 눈길 아래 두는 개인용 보디가드 서비스 가디언 서포트와 회원제 육아 도우미 클럽 등의 상품이 속속 등장했다. '안전은 비싸다'라는 생각은 업계 전반에 퍼져 있어 스마일 키즈 마크 상품에는 전체적으로 높은 가격이 붙었다.

하지만 마크 교부가 시작되자 마크가 없는 상품은 안전성에 문제가 있는 것 아니냐는 불안과 우리 아이에게는 최고로 좋은 것만 해주고 싶다는 부모의 욕심 때문에 스마일 키즈 상품은 날개 돋친 듯이 팔렸고, 예상을 훨씬 웃도는 속도로 거대한 시장을 형성했다.

타이투스 그룹에서도 회장 도미야마 고이치로가 나서서 그룹 각 사에 스마일 키즈 마크를 취득하라는 명령을 내렸고, 그룹 각 사는 앞다투어 제품 개발과 마크 신청에 나섰다. 타이투스 화학은 이미 시판중인 아기 비누, 로션, 파우더 제품으로 마크 인증을 받았고 타이투스 에스테이트는 테마파크와 레저 시설에 수유실과 유아용 식사 코너가 있는 아기 센터를 신설하여 스마일 키즈 마크 인증 시설이 되고자 꾀했다.

한편 타이투스 푸드는 지금까지 어린이를 대상으로 상품을 판매한 적이 없기 때문에 손에 쥐고 있는 패가 없었다. 푸드의 주력은 미식가들을 노린 스튜와 카레, 레토르트 식품, 전자레인지 조리 식품, 레스토랑 체인점의 업무용 식품, 특보 시장용 음료, 타이투스 화학과 제휴한 고령자용 간병식 등으로, 유유아와 아동과는 아무런 인연이 없었다. 기획 개발 부서 팀원들이 급히 스마일 키즈 마크를 인증받기 위한 상품 계획서를 작성했지만, 유아용 과자와 음료수 등 어느 상품이든 오랫동안 그 분야에서 상품을 판매해 지명도가 압도적으로 높은 제조업체가 있어서 진입 장벽이 매우 높았다.

수많은 기획안이 올라왔다가 사라져 사내에 막막한 분위기가 조성되었을 무렵, 우연하게도 오랫동안 동결 폴더에 처박혀 있던 마미 팔레트 기획이 오랜 잠에서 깨어났다.

마미 팔레트는 사 년 전에 여성으로만 이루어진 개발팀이 기획한 아기 식품 시리즈였다. 당시 제2영업부에서 레스토랑 체인점과 업무 제휴를 맺느라 분주했던 나카사코는 그런 기획이 있었는지조차 몰랐다. 하지만 처음으로 훑어본 마미 팔레트 기획서는 네 명 모두 삼십 대인 젊은 여성 팀원들의 열의와 팀원들이 직접 발로 뛰어 설문한 같은 세대 유유아 어머니들의 절실한 목소리로 가득차 있었다.

기획서 첫머리에는 "홀로 아이를 키우느라 고생하는 젊은 어머니들에게 안심과 마음의 여유를"이라고 적혀 있었다. 자녀가 있는 삼십 대 남성 네 명 중 한 명이 한 주에 육십 시간 넘게 일에 시달리므로 많은 어머니들은 거의 혼자서 아이를 키우는 것이나 마찬가지다. 예전처럼 친밀한 지역공동체도 없고 유유아의 건강 관리에 꼭 필요한 소아과도 차례차례 지역에서 모습을 감추어 젊은 어머니들은 아이의 발육에 관한 불안을 상담할 만한 상대도 없이 육아서와 인터넷에서 얻은 정보에 기대어 조마조마한 마음으로 고독하게 아이를 키워나가고 있다. 그런 어머니들이 출산 후에 처음으로 불안을 느끼는 것이 이유식이라고 한다.

나카사코는 아쓰미가 소아천식에 걸려 항상 주의를 기울여야 했기에 아이의 성장 과정을 보통 아버지보다 자세하게 보아왔지만, 아쓰미가 모유를 떼고 보통 음식을 먹게 된 과정은 거의 기억에 없었다. 요리코가 영양사로 일한 경험이 있으므로 맡겨두었다고 하면 듣기는 좋지만, 사실 나카사코는 이가 자라면 자연스레 어른과 똑같은 음식을 먹을 테니 크게 걱정할 필요 없다고 생각했다. 하지만 나카사코의 그런 순진한 생각은 기획서를 읽고 나서 싹 사라졌다.

유아는 태아기에 저장해두었던 영양소를 생후 5, 6개월 안에 전부 소비하여 철분, 구리, 단백질, 비타민C, 비타민D 등이 부족해지므로 모유만으로는 충분한 영양을 섭취할 수 없다. 그래서 이 시기부터 서서히 젖을 떼는데, 필요한 영양소를 적절하게 공급해주지 못하면 여러 가지 장애가 발생할 우려가 있으므로 이유식을 만들 때는 영양소를 철저히 따져야 할 필요가 있다. 에너지원인 당질, 지질과 단백질, 비타민, 무기질을 골고루 조합하여 영양의 균형을 잡고, 부족하기 쉬운 철분 및 철분의 흡수를 도와주는 단백질과 비타민C, 뼈와 이를 튼튼하게 만드는 칼슘을 섭취할 수 있도록 신경써야 한다.

덧붙여 이러한 영양소가 포함된 이유식을 아이가 자라면서 씹어 삼키는 능력을 단계적으로 기를 수 있도록 먹이는 것이 중요하다.

생후 5, 6개월 무렵의 젖떼기 초기에는 음식물을 입안에 넣은 후 입을 다물고 삼키는 능력. 7, 8개월의 젖떼기 중기에는 혀 위의 음식물을 위턱에 대고 눌러서 으깨는 능력. 9, 10개월의 젖떼기 후기에는 턱의 좌우 운동으로 음식물을 왼쪽과 오른쪽 잇몸으로 옮기고 턱의 상하 운동으로 으깨는 능력을 기른다. 그리고 13개월에서 늦어도 18개월까지의 젖떼기 완료기에는 형태가 있는 음식물을 씹어 으깨어 대부분의 영양소를 모유나 분유 이외의 음식물에서 섭취하도록 해야 한다. 그러기 위해서 조리 방법도 아이의 젖떼기 진행 상황에 맞추어 적절하게 바꿀 필요가 있다.

구체적으로 살펴보면 젖떼기를 시작할 때는 쌀, 빵, 뿌리채소 등의 전분질을 중심으로 채소, 두부, 흰살 생선, 완숙 달걀의 노른자, 무가당 요구르트, 치즈 등의 음식물을 먹인다. 그리고 젖떼기를 진행하면서 완숙 달걀은 노른자에서 달걀 전부, 생선은 흰살 생선에서 붉은 살과 등 푸른 생선으로 바꾸어 나간다.

젖떼기 중기부터는 지방이 적은 닭고기, 콩류, 다양한 채소, 해초를 먹여도 되지만 지방이 많은 고기는 잠시 미루어두고, 젖떼기 후기부터는 철분이 많은 붉은 살 생선과 고기, 간을 많이 먹인다. 젖떼기 초기와 중기에는 메밀, 고등어, 오징어, 문어, 새우, 게, 조개류는 피하고, 보툴리눔독소증 예방을 위해 벌꿀과 흑설탕도 돌까지는 먹이지 않는다.

기획서에 별첨된 자료에는 젖떼기 시기별로 적합한 식품과 적합하지 않은 식품이 표로 깔끔하게 정리되어 있었다. 이유식을 만들기에 적절한 식재료는 유기농 채소, 국산 밀가루, 천연 조미료, 첨가물 없는 빵, 국산 콩 등으로 식품 첨가물과 유전자 조작 식품, 농약에는 주의를 기울일 필요가 있었다.

또한 유유아가 먹는 이유식은 위생에서도 특별한 배려가 필요하다. 가정에서 조리할 때는 반드시 조리 기구를 열탕 소독해야 한다. 그리고 조리 후에 가능한 한 빨리 먹이는 것이 가장 중요하다. 이유식은 어른이 먹는 음식물과 비교해 수분이 많은데다 조리하는 데 품이 많이 들므로 세균이 잘 번식하기 때문이다. 냉장고에 보관하는 것도 그날 하루가 한도이므로 끼니마다 남기지 않고 먹을 만한 양을 만들어주는 것이 바람직하다고 한다.

나카사코는 거기까지 읽고 저도 모르게 한숨을 쉬었다. 휴가를 줄 테니 매일 혼자 이유식을 만들라고 하면 대개의 남자는 출근하겠다고 하지 않을까. 뿐만 아니라 육아는 가사노동의 일부에 지나지 않기에 어머니들은 청소와 세탁 등의 집안일을 하면서 어른들의 식사도 준비해야 한다.

—옛날에는 그래도 다 아이들 낳고 잘 살았어.

돌아가신 어머니가 아무것도 아니라는 듯이 그렇게 말하는 얼굴이 머리를 스쳤다. 확실히 그 말이 맞는다. 하지만 옛날에는 동네에 아이들이 우글우글하여 어머니들은 지금처럼 아이를 꽉 막힌 곳에 혼자 두고 기르지도 않았고, 지금만큼 육아에 관한 정보가 범람하지도 않았다. 게다가 나카사코가 고향에서 어린 시절을 보냈을 때는 이웃 어느 집을 보아도 아버지는 보통

집에서 저녁을 먹었고, 날마다 어머니가 아버지와 대화를 나눌 시간적인 여유가 있었다. 하지만 아버지가 된 나카사코는 평일은 대개 잠을 자러 집에 들어올 뿐인지라 잠든 아쓰미의 얼굴을 보는 것이 고작이다. 나카사코뿐만이 아니다. 일을 하는 대다수의 남자들이 바라든 바라지 않든 그러한 생활을 하고 있다.

현재 아이를 키우는 어머니들은 몹시 고독하고 책임이 막중하다. 거기에다 일을 하면서 아이를 키우는 어머니들도 있으니 가히 초인적이라 하지 않을 수 없다. 나카사코는 다음에 이어지는 보육사의 충고를 당연하게 받아들였다.

"안전하고 먹기 쉽고 영양이 풍부한 이유식을 아기에게 만들어주려고 애쓰다 녹초가 되는 어머니들이 많습니다. 아이에게는 밥을 먹을 때 보는 어머니의 웃는 얼굴도 중요한 영양소 중 하나입니다. 마음의 여유를 찾기 위해 위생적이고 영양 균형이 잡힌 아기 식품을 함께 쓰는 것도 좋은 방법입니다."

그러므로 '여러분 가정의 영양사'라는 캐치프레이즈 아래 어머니가 영양소를 자유로이 골라서 구입할 수 있는 아기 식품을 개발하자고 마미 팔레트 기획서는 제안하고 있었다. 단백질과 철분을 주성분으로 한 아기 식품 제품의 뚜껑은 모두 빨간색, 전분질을 주성분으로 한 제품은 파란색, 비타민과 미네랄을 주성분으로 한 제품은 녹색으로 만들어 빨간색, 파란색, 녹색 세

가지 색깔의 제품을 골고루 먹이면 균형 잡힌 식사가 가능하도록 되어 있었다. 이렇게 하면 아기 식품을 사서 균형 잡힌 식사를 준비할 수도 있고, 손수 만든 이유식을 중심으로 부족한 영양소만 보충하여 먹일 수도 있다. 제 나름대로 자유로이 활용할 수 있는 것이다.

기획서에는 젖떼기 중기의 '오물오물' 시리즈를 빨간색, 파란색, 녹색 각각 네 종류씩, 젖떼기 후기의 '깨물깨물' 시리즈를 빨간색, 파란색, 녹색 각각 여섯 종류씩 합쳐서 서른 종류의 상품을 먼저 시판하자고 적혀 있었다. 젖떼기 중기와 후기에는 쌀과 뿌리채소를 갈아 넣는 방식을 바꾸어 식재료를 공유할 수 있으므로 서른 종류라고 해도 식재료를 갖추기는 그다지 어렵지 않았다.

무엇보다 당시 타이투스 화학과 제휴하여 음식을 삼키기 곤란한 사람을 위한 간병식을 제조하고 있던 푸드는 마음만 먹으면 아기 식품을 만들 만한 노하우와 제조 라인을 완비하고 있었다.

그런데도 마미 팔레트 기획은 사 년 동안 동결 폴더에서 잠들게 되었다. 이유는 당시 아기 식품에 대해 세상 사람들이 지니고 있던 이미지 때문이었다.

이유식은 원래 어머니가 손수 만드는 것이므로 회사에서 제조된 아기 식품은 아무래도 애정이 부족한 날림 음식이라는 안 좋은 이미지가 있었던 것이다. 어머니들은 여행을 가거나 집에서 멀리 떨어져 이유식을 직접 만들 수 없을 때만 공공연하게 아기 식품을 먹일 수 있었다. 그럼에도 레저 시설 등에서 아이에게 아기 식품을 먹이는 젊은 어머니들을 비판하는 논조의 기사가 신문에 실리기도 했다. 세균이 번식하기 쉬운 이유식을 들고 다니며 먹이는 것이 훨씬 위험하지만 당시는 '손수 만든 이유식에 담긴 애정' 앞에 그런 상식도 묵살되었다.

그러한 안 좋은 이미지 덕분에 아기 식품 하면 바로 떠오르는 특정한 대형 제조사도 없었다. 수많은 스마일 키즈 상품용 기획안 중에서 회장 도미야마가 마미 팔레트를 선택한 이유는 사람들에게 아기 식품은 이 회사가 만든 것이 최고라는 특정 기업의 이미지가 없다는 것 단 하나였다.

도미야마가 결정을 내린 후 푸드에서는 엄청난 속도로 마미 팔레트 프로젝트를 진행시켰다.

나카사코는 마미 팔레트 기획안을 처음으로 올린 여성 팀을 불러 모으려고 했다. 하지만 팀장이었던 오키타 히카리는 사 년 전에 기획이 동결된 후 일신상의 이유로 퇴사했고, 나머지 세 명도 사 년 동안 출산을 계기로 퇴사했다.

프로젝트는 기획 개발, 마케팅, 영업 전략부의 정예로 이루어진 새로운 팀이 넘겨받았다. 젖을 떼는 시기의 유유아에게 중요한 영양소를 알기 쉽게 색으로 나누어 어머니가 선택하도록 한다는 마미 팔레트의 취지는 그대로 두고, 가정에서 만들 때보다 더 안전하고 품질 좋은 식재료를 사용했다는 것을 전면에 내세우기로 했다.

쌀은 종자일 때부터 화학 합성 농약과 화학비료를 일절 사용하지 않고 유기비료만 주고 기른 쌀. 닭고기도 항생물질, 합성 항균제를 첨가하지 않은 사료를 주어 기른 닭의 고기. 소고기는 수입한 사료용 곡물 대신 국내에서 자급한 조사료◆를 주고 충분히 방목하여 기른 소의 고기. 그리고 채소는 물론 전부 유기농이다. 이러한 식재료를 단기간에 확보할 수 있었던 것은 최근에 푸드가 건강한 식탁을 지향하는 레스토랑 체인에 진입하는 과정에서 독자적으로 계약 농가를 개척해온 토대가 있었던 덕분이지만, 역시 유유아가 하루에 먹는 이유식의 양이 아주 적다는 점도 크게 작용했다.

광고 전략으로서 세이카 영양 대학 오시다 유즈루 교수를 필두로 니시와키 학원 대학 보육학부 히비노 미에코 교수 등 수많은 저서를 집필한 권위자들을 마미 팔레트의 추천인으로 섭외

◆ 건초나 짚처럼 지방, 단백질, 전분 따위의 함유량이 적고 섬유질이 많은 사료.

해 광고용 인쇄물 제작에 착수했다. 유유아기는 지성의 중추인 대뇌 신피질이 급속도로 성장하고 발달하는 시기로, 이 시기에 주변 사람이 유효한 자극을 주느냐 마느냐가 뇌 발달을 크게 좌우한다. 그러므로 안전하고 질 좋은 아기 식품을 이유식으로 사용하고, 지금까지 이유식을 만드느라 허비한 시간을 아이와 의사소통하며 보내야 한다. 방향성은 그랬다. 단가가 높아지는 만큼 교육에 열과 성을 다하는 부유층 부모를 목표로 한 전략이었다.

스마일 키즈 마크 인증을 받는다면 아기 식품에 대한 이미지는 단번에 뒤바뀌어 집에서 만든 이유식을 제칠 수 있다. 아이에게 이유식이 필요한 기간은 고작 반년. 기간이 한정되어 있으면 경제적으로 다소 힘들어도 교육에 열심인 부모는 무리를 한다. 그 반년을 마미 팔레트가 독점한다. 마미 팔레트 프로젝트의 전략은 명쾌했다.

제품 개발이 급속도로 진전되어 그해 팔월, 타이투스 푸드는 보건부에 스마일 키즈 마크를 신청했다. 제품은 특보와 거의 같은 기준으로 심사되므로 보통 인증을 받으려면 반년은 걸린다. 하지만 푸드는 아무 조치를 취하지 않아도 넉 달이면 인증을 받는다. 실제로 지금까지 특보 신청을 한 제품은 대략 넉 달 만에 모두 승인받았다. 도미야마의 맹우인 여당 중진 이소베 미쓰타다는 보건부 장관 출신이므로 도미야마가 오랫동안 은근슬쩍 찔러준 현금액에 비하면 그 정도의 편의는 별것 아닌 서비스에 불과했다. 푸드에서는 연내에 스마일 키즈 마크 인증을 받고 새해부터 본격적으로 제조 라인을 가동해 초봄에 제품을 발매한다는 일정을 세워둔 상태였다.

그런데 마미 팔레트와 거의 똑같은 콘셉트의 아기 식품이 이미 심사중이라는 사실을 팔월 말에야 알게 되었다.

마크를 신청한 회사는 홋카이도에 거점을 둔 아기 식품 전문 제조업체 시라이시 팜으로, 상품명은 '마미 셀렉트'였다. 주성분이 되는 영양소별로 상품의 색깔을 구분하여 어머니들이 고를 수 있도록 한 것까지 똑같았다. 상품 콘셉트를 도용당한 것이 아니냐는 의혹에 푸드는 술렁였다. 하지만 시라이시 팜은 이월에 마크를 신청했다. 푸드에서는 마미 팔레트 기획서가 누구의 눈에도 띄지 않고 동결 폴더에서 잠들어 있던 시기였다.

그러나 우연치고는 콘셉트가 너무 비슷했다. 도대체 어찌된 영문인지 이해가 가지 않았다. 그때 비로소 시라이시 팜에 푸드를 사 년 전에 그만둔 오키타 히카리가 있다는 정보가 들어왔다. 일찍이 오키타 히카리와 함께 마미 팔레트를 기획한 팀원 중 한 명인 사노 마도카가 사내 결혼하여 퇴사한 후에도 오키타 히카리와 연하장을 주고받았던 것이다. 정보는 영업3과 소속인

사노의 남편이 제공했다.

사 년 전, 팀장으로 있으면서 맨땅에서 마미 팔레트 기획을 일구어낸 오키타는 빛을 보지 못한 기획을 실현하기 위해 시라이시 팜으로 이직했다. 푸드에서는 오키타에 대한 반감이 높아졌다. 노골적으로 배신자라고 부르는 사람도 있었다.

하지만 사 년 전에 여성으로만 이루어진 기획팀이 처음 생겼을 때 사내에 감돌던 냉소와 철저한 무관심이 이러한 결과를 초래했다고도 할 수 있다.

당시 제2영업부 계장으로 계약 농가와 레스토랑 체인 사이를 왔다갔다 출장 다니던 나카사코는 오키타 히카리의 얼굴을 모른다. 하지만 나카사코는 사 년 동안 오키타가 노력해온 모습이 손에 잡힐 듯이 눈앞에 선했다. 오키타는 혼자 홋카이도로 건너가 사 년 동안 차근차근 마미 셀렉트를 준비하고 있었던 것이다. 그래서 스마일 키즈 캠페인이 발표되고 한 달 만에 마크를 신청할 수 있었다.

오키타의 마미 셀렉트에는 일찍이 오키타가 마미 팔레트 기획서 첫머리에 적은 이념이 살아 있었다. '홀로 아이를 키우느라 고생하는 젊은 어머니들에게 안심과 마음의 여유를'.

가격은 젊은 어머니들이 가벼운 마음으로 구입할 수 있도록 광고비를 줄여 최대한 싸게 매겼다. 판로도 유유아를 안고 외출하기 힘든 어머니들을 위해 인터넷 통신 판매에 중점을 두었다. 젊은 어머니들이 어느 쪽을 선호할지 생각해보면 대답은 명확했다.

하지만 푸드도 물러날 수는 없었다. 이미 제조 라인을 준비하기 시작했고, 가을에는 텔레비전 CF 제작도 대기중이었다. 무엇보다 마미 팔레트는 회장 도미야마가 진행하라는 명령을 내린 기획이었다.

시라이시 팜은 자본력에서는 푸드의 적수가 아니고, 텔레비전 광고를 찍을 힘도 없기 때문에 세간에는 별로 알려져 있지 않았다. 그러나 작지만 오랜 세월 아기 식품만을 만들어온, 이를테면 아기 식품계의 명가다. 아이가 있는 어머니들 사이에서는 지명도가 제법 높았다. 같은 콘셉트의 상품을 푸드보다 먼저 싼 가격에 발매하면 손해가 막심하다. 좋은 품질을 전면에 내세워 가격을 비싸게 설정한 푸드의 전략은 대기업의 제품이라 비싸다는 느낌을 주어 역효과가 날 것이다.

시라이시 팜이 먼저 마크 인증을 받으면 큰일이다. 모두 걱정이 태산 같았다.

결국 회장 도미야마가 움직였다.

시월, 이례적인 속도로 신청한 지 두 달 만에 마미 팔레트가 마크 인증을 받았다. 한편 시라이시 팜의 마미 셀렉트는 이월에 마크를 신청했는데도 인증은 십이월까지 미루어졌다. 공공연하게 입 밖에 내는 사람은 없었지만 도미야마가 이소베에게 입김을 넣은 것이 분명했다.

도미야마는 인증을 받는 것과 동시에 마미 팔레트 샘플을 배포해 모니터 조사를 실시하라고 명령했다. 규모는 10000끼. 대상은 전국의 어린이집이었다. 어린이집이라고 해도 그 시설은 천차만별이지만, 육아 전문가인 보육사에 대한 어머니들의 신뢰는 전체적으로 두텁다. 현장의 보육사들에게 마미 팔레트를 써보게 한 후 그 감상을 이월에 방송 예정인 텔레비전 광고로 전국에 내보내어 어머니들의 신뢰를 단숨에 얻으려는 것이다.

샘플을 무사히 배포하기 위해 총력을 기울이는 푸드 사내는 전쟁터 같은 양상을 띠었다. 이월 광고 방송에 맞추려면 늦어도 십일월 말에는 전국 어린이집에 샘플을 보내야 한다. 그러려면 십일월 중순까지는 10000끼의 샘플을 제조해야 한다. 그때까지 삼월에 수도권 발매, 사월에 전국 발매라는 일정에 맞추어 움직이고 있던 제조 현장 사람들은 비명을 질렀다. 그해는 안 그래도 태풍과 장마로 일조량이 부족해서 계약 농가의 수확은 예년의 60퍼센트에도 미치지 못했다. 현장 사람들은 연일 식재료를 확보하기 위해 바쁘게 뛰어다녔다.

거기에다 샘플을 배포할 어린이집을 확보하는 일은 더욱 골치 아팠다. 지금까지 유유아를 대상으로 한 상품을 판매한 적이 없었던 푸드는 연줄이 닿는 어린이집이 전혀 없었다. 가령 밑져야 본전이라는 식으로 방문 영업을 한다고 해도 이유식이 필요한 어린이집을 찾아내는 것은 보통 힘든 일이 아니다. 이유식은 생후 6개월에서 13개월, 늦어도 18개월 정도의 유유아만 먹는데, 모든 어린이집에 그런 유유아들이 있는 것은 아니기 때문이다. 0세아를 돌보려면 품이 많이 들기 때문에 12개월 미만의 아이는 받지 않는 어린이집도 적지 않다.

제1영업부 과장 나카사코는 그룹 회사인 타이투스 화학에 매일 찾아가 머리를 조아리고 도움을 요청했다. 타이투스 화학은 종이 기저귀를 제조한다. 그러므로 지금까지 어린이집과 아기 호텔에 종이 기저귀 샘플을 보낸 적이 있을 것이다. 종이 기저귀를 사용하는 어린이집에는 틀림없이 이유식을 먹는 유유아가 있다. 나카사코는 타이투스 화학이 이미 영업하여 개척한 어린이집에 종이 기저귀 샘플과 함께 마미 팔레트 샘플을 보내려고 한 것이다.

타이투스 화학에 찾아갈 때마다 나카사코보다 한참 어린 마케팅 팀장은 푸드의 영업 방침을 조롱하고 신랄한 비판을 가했다. 하지만 자사 영업사원이 발로 뛰어 개척한 판로에 무임승차하겠다는 것과 다름없으니 그도 당연하다고 여기며 마음을 단단히 먹고 오로지 머리를 숙여 부탁했다. 결국은 모니터 조사를 명령한 사람이 도미야마였던 덕분에 겨우 협력을 얻을 수 있었다.

타이투스 화학의 협력으로 확보한 어린이집은 도쿄 도, 요코하마 시, 사이타마 시, 가와사키 시, 오사카 시, 고베 시 여섯 도시. 10000끼 중 타이투스 화학이 지반을 다진 수도권 지역에서는 도서부를 제외한 도쿄 도 전역에서 4500끼, 요코하마 시에서 1500끼, 사이타마 시에서 700끼, 가와사키 시에서 700끼, 합계 7400끼의 샘플을 배포할 곳이 결정되었다. 한편 업계에서 가장 큰 종이 기저귀 제조업체가 군림하는 간사이 지방에서는 역시 수가 줄어들어 오사카 시에서 400끼, 고베 시에서 200끼 합계 600끼의 샘플을 배포할 곳이 결정되었다. 모두 합쳐 8000끼. 도미야마가 지시한 10000끼를 소화하려면 2000끼를 배포할 곳을 더 찾아야 했다.

시시각각 샘플 배포 시기가 다가오자 푸드 사원들은 그야말로 피가 마를 지경이었다.

그때 나카사코는 아쓰미가 유치원 소풍으로 테마파크에 갔었다는 것이 떠올랐다.

타이투스 에스테이트는 지방 도시에서 테마파크와 유원지를 운영한다. 지푸라기라도 잡는 심정으로 에스테이트 영업과에 문의하여 봄과 가을에 소풍을 오는 어린이집이 많다는 것을 알아냈다. 방문 기념으로 기념사진을 찍어주고 마스코트와 사탕을 나누어주는 서비스를 계속한 결과, 개장한 후로 매년 같은 어린이집이 소풍을 와서 영업과는 그들과 친밀한 관계를 유지하고 있었다. 나카사코는 바로 에스테이트 영업과를 찾아갔다. 신신부탁한 끝에 겨우 조에쓰, 구라시키, 마쓰야마 세 도시에서 합계 500끼를 배포할 곳을 찾아냈다.

한편 샘플 제조를 위한 식재료 확보는 마지막까지 난항을 거듭하는 바람에 고육지책으로 두 번으로 나누어 샘플을 배포하기로 했다. 일단 십일월 마지막 주에 6000끼를 배포하고 그 다음 주인 십이월 초에 2500끼를 배포하기로 했다.

십일월 마지막 주에 수도권을 중심으로 6000끼를 배포했고, 그 내역은 도서부를 제외한 도쿄 도 전역에 4000끼, 요코하마에 1000끼, 사이타마에 500끼, 가와사키에 500끼였다. 다음주에 수도권 나머지 지역과 간사이 지방 그리고 지방 도시에 2500끼를 배포했고, 그 내역은 도쿄에 500끼, 요코하마에 500끼, 사이타마에 200끼, 가와사키에 200끼, 오사카에 400끼, 고베에 200끼, 조에쓰에 150끼, 구라시키에 200끼, 마쓰야마에 150끼였다.

결국 제조된 샘플 10000끼 중 8500끼를 나누어줄 수 있었다. 확실히 부족하기는 했지만 단기간에 이룬 성과인 만큼 도미야마도 굳이 불평은 하지 않았다.

십이월 둘째 주부터 셋째 주 사이에 순차적으로 설문지를 회수했다. 회수율은 뜻밖일 정도로 높았고 후기는 대체로 호평이었다. 이유식을 포함한 아이들의 점심을 조리실에서 자체적으로 준비하는 어린이집은 많았지만 저녁을 지어주는 어린이집은 거의 없는 것이나 마찬가지다. 늦는다는 부모의 연락을 받고 나서 개별적으로 아이에게 저녁을 지어주는 것은 사실상 불가능하기 때문이다. 그래서 부모의 사정으로 아이가 늦게까지 남을 경우 변변한 것을 차려줄 수 없어서 아기 식품이 요긴하게 쓰인다는 행운이 있었다.

아이가 많이 먹었다는 보육사의 감상을 보았을 때는 나카사코도 진심으로 기뻤다. 샘플은 임시로 만든 용기에 담아서 보냈기 때문에 설문지를 회수할 때 어린이집에 남아 있던 샘플도 함께 회수했는데 실제로 많이 먹어서 거의 남아 있지 않았다.

십이월 중순부터 세밑까지 설문지를 정리해 데이터화한 자료를 토대로 판매 전략, 미디어 전략의 재정비가 급물살을 타고 진행되었다. 연일 밤늦게까지 작업이 계속되었다. 나카사코는 사무실 창문 너머로 크리스마스를 앞두고 화려해진 거리를 바라보며 크리스마스이브 하루만은 가족과 식사를 할 수 있도록 사무실을 집 삼아 작업을 계속했다.

하지만 거리의 모든 곳이 크리스마스트리와 산타클로스로 꾸며지고, 반짝이는 전구 장식 아래 크리스마스 쇼핑을 즐기던 바로 그때, 밤하늘에 요란한 사이렌을 울리며 멜트페이스증후군의 첫 번째 환자를 태운 구급차가 병원으로 달려갔다. 그후 올해 1월 12일까지 도쿄, 요코하마, 사이타마, 가와사키, 오사카, 고베, 조에쓰, 구라시키, 마쓰야마에서 차례차례 유유아에게 멜트페이스 증후군이 발병했다.

하지만 나카사코와 푸드 사원들은 아무것도 몰랐고, 이월에는 전국의 보육사와 영양학 권위자 두 명이 추천하는 형태의 텔레비전 광고가 전국에 방송되었다. 삼월에는 도쿄, 오사카, 나고야, 후쿠오카 네 곳의 대도시권 판매장에 다른 색깔로 구분된 귀여운 마미 팔레트 포장 용기가 진열되었다.

광고는 물론 상품의 참신함도 사람들의 눈을 끌었는지 대도시에서 선행 판매가 시작되자 푸드의 매출은 근년에 없는 쾌조를 보였다. 같은 시기에 발매된 시라이시 팜의 마미 셀렉트는 모조품이라는 인상을 면하지 못해 초장부터 큰 피해를 입었지만, 거점인 홋카이도와 도호쿠 지방에서는 그럭저럭 잘 버텨냈다.

사월에 마미 팔레트가 전국에 발매되었다. 지방에서는 높은 단가가 발목을 잡아 약간 주춤했지만, 도시의 매출이 부족한 부분을 메워주어 마미 팔레트는 여름철 동안 아기 식품의 대표 주자로서 그런대로 안정된 매출을 유지했다.

그리고 나카사코는 태어나고 자란 이와세의 고향집에서 오늘 처음으로 기억에 있는 아홉 도시에서 발병한 멜트페이스증후군 환자의 존재를 알았다.

어느 틈엔가 위스키는 반으로 줄어 있었다.

하지만 취기가 도는 낌새도 없이 머릿속은 차갑고 몹시 맑았다.

제조를 하는 과정에서 마미 팔레트 샘플에 바실루스f50이 혼입된 것은 아닐까. 나카사코는 어두운 마당을 응시하며 가능한 한 냉정하게 혼입되었을 가능성을 검토했다.

말도 안 된다. 나카사코는 고개를 저었다.

마미 팔레트 샘플을 제조한 곳은 간병식을 다루는 후지사와 공장의 라인이다.

간병식은 고령자와 환자 등 면역력이 현저하게 떨어진 사람들이 먹는 음식물이므로 만에 하나 식품에 문제가 발생하면 사망으로 직결될 수도 있다. 따라서 푸드는 2000년에 간호식을 본격적으로 제조하기에 앞서 HACCP에 대응하기 위해 최신 시설을 도입한 후지사와 공장을 신설하여 위생 관리를 철저히 했다.

HACCP(Hazard Analysis and Critical Control Point)이란 생산에서 유통, 소비 단계에 이르기까지 위생을 철저히 관리하기 위해 마련된 관리 체계로, 유럽과 미국 등 여러 나라에서 적용하고 있다. 이러한 관리 체계에 대응하기 위해 만든 공장의 라인에서 세균이 혼입되었다고 보기는 힘들다.

게다가……. 나카사코는 명쾌한 한 가지 반론에 맞닥뜨렸다.

마미 팔레트 샘플이 멜트페이스증후군의 원흉이라면 아무리 따져봐도 도시별 발병자 수가 맞지 않는다.

도쿄에서는 모두 합쳐 4500끼를 배포했는데도 병에 걸린 유아는 고작 스물여섯 명이다. 한편 오사카에서는 400끼밖에 배포하지 않았지만 스물한 명이나 병에 걸렸다. 병원체가 같은데 발병률이 이렇게 들쭉날쭉할 리 없다.

그러므로 역시 마미 팔레트 샘플은 멜트페이스증후군과 아무 상관도 없다. 발병자가 나온 도시도 발병한 시기도 발병자가 모두 유유아였던 것도 모두 우연이 겹쳐서 생긴 일이다.

나카사코는 숫자라는 가장 논리적인 증거를 얻고 작게 한숨을 내쉬었다. 마미 팔레트는 멜트페이스증후군과는 아무 관련도 없다. 머리로는 받아들일 수 있었다.

그렇지만 어둠이 내린 마당을 쳐다보는 나카사코의 가슴에서는 불안이 가시지 않았다. 오히려 시간이 갈수록 미동도 않는 불길한 예감으로 변해 가슴속 깊이 뿌리를 내렸다.

어릴 적부터 구석구석 알고 있던 눈앞의 마당은 거기 있어야 할 석등롱도 협죽도도 조그마한 가산도 모두 어둠 속에 녹아들어 짙고 옅은 형체만 눈에 들어왔다.

어둠 속 어딘가에서 매미가 울고 있었다.

나카사코는 날이 새지 않기를 바랐다.

몇 시간 후 작열하는 태양이 순식간에 어둠을 증발시켜 모든 것들의 윤곽이 선명하게 드러났을 때, 예상치도 못한 무시무시한 광경—숫자와 논리는 물론이고 어제까지 자신이 믿어왔던 세상을 뿌리째 뒤집어엎을 무서운 광경이 펼쳐져 있지는 않을까.

공포와 의혹에 사로잡힌 나카사코는 태양이 지평선 아래에서 떠오를 순간만을 기다리고 있다는 것을 느꼈다.

8월 16일 월요일.

오본 연휴가 끝나 출근한 나카사코는 일단 제3영업부 계장인 하타케야마 도시노리에게 이야기를 들어볼 생각이었다.

하타케야마라면 마미 팔레트 샘플에 관해 좀더 현장에 가까운 정보를 가지고 있을 것이다. 일이 일인 만큼 나카사코는 하타케야마가 쓸데없는 경계심을 품지 않도록 점심시간에 사원 식당에서 넌지시 말을 걸기로 했다.

사내 사람 대부분이 이용하는 사원 식당은 오본 연휴가 끝난 월요일이라고는 믿기지 않을 만큼 밝은 열기로 가득했다. 벽쪽의 대형 텔레비전 앞은 자리가 꽉 찼고, 앉지 못한 사원들은 쟁반을 든 채 텔레비전을 보고 있었다.

토요일에 아테네 올림픽이 개막했고, 그날 유도 경량급에서 남녀가 함께 금메달을 목에 걸었다. 그리고 오늘 이른 아침에 수영 남자 백 미터 평영에서 삼십이 년 만에 금메달을 획득했다. 차례차례 비춰지는 일본인 선수의 활약에 모두가 잔뜩 흥분하여 열광하고 있었다.

하지만 텔레비전 앞에 모여든 사원들 사이에 하타케야마는 없었다. 둘러보자 하타케야마는 창가 빈자리에서 혼자 열심히 스포츠 신문을 읽으며 튀김 냉메밀국수를 먹고 있었다. 나카사코는 쟁반을 들고 하타케야마에게 다가가 말을 붙였다.

"여기 앉아도 될까?"

스포츠 신문에서 고개를 든 하타케야마는 놀라움과 당혹스러움이 뒤섞인 웃음을 띠고 "그럼요, 앉으세요" 하고 인사를 했다. 제1영업부 과장이 자신에게 무슨 용건인가 싶어 하타케야마는 눈에 띄게 안절부절못하는 모습이었다. 나카사코는 하타케야마 옆에 쟁반을 내려놓으며 하타케야마가 유심히 읽고 있던 스포츠 신문에 눈길을 주었다.

거기에는 '금메달'이라는 글자 대신 "나가시마 재팬, 이탈리아에 7회 콜드승"이라는 표제 아래 어제 시합이 상세하게 분석되어 있었다. 야구팬인 하타케야마에게는 다른 종목 금메달보다 나가시마 재팬의 예선 전적이 최대의 관심사인 듯했다. 나카사코는 싹싹한 말투로 어제 시합이 어땠는지 물었다. 하타케야마는 "이야, 나카사코 과장님도 야구 좋아하세요?"라고 물으며 환하게 웃더니 1회에 좌중간 적시타를 때린 주포를 칭찬하고 나름대로 궁리한 필승 계투책을 설명하기 시작했다.

나카사코는 이따금 맞장구를 쳐주고 천천히 메밀국수를 먹으며 근처 테이블의 사원이 식사를 마치고 일어서기를 기다렸다. 그리고 주변에 사람이 아무도 없을 때를 노려 아무렇지도 않게 말을 꺼냈다.

"그런데 작년에 어린이집에 보낸 마미 팔레트 샘플 말인데."

하타케야마는 허물없는 이야기를 할 때와 같이 쾌활한 목소리로 "이야, 그때는 참 죄송했습니다. 하도 급박해서 도저히 기한을 맞출 수가 없어서"라고 말하더니 머리를 긁적이며 쓴웃음을 지었다.

나카사코는 하타케야마가 왜 사과하는지 이해가 되지 않았다. 샘플은 예정대로 10000끼가 제조되었다. 그중에 8500끼만 배포되었지만 후지사와 공장 라인에서 기한 안에 10000끼를 빠짐없이 제조하기는 했다. 그런데 도대체 뭐가 '도저히 기한을 맞출 수가 없어서'라는 말인가.

나카사코의 의아해하는 표정을 보고 하타케야마는 갑자기 눈을 치켜뜨고 목소리를 낮추었다.

"이제 와서 샘플에 무슨 클레임이라도 들어왔습니까?"

그날 밤 나카사코는 가구라자카에 있는 두부 요릿집 독실을 예약했다. 이와세에서 아버지가 상경하거나 사적인 일이 있을 때 드나드는 아담한 가게로, 여기라면 푸드 사람과 우연히 마주칠 걱정은 없었다.

약속 시간인 8시에 10분쯤 늦게 하타케야마는 후지사와 공장의 생산 관리과 주임 야마네 히사노리를 데리고 왔다. 하타케야마는 늦어서 미안하다고 거듭 사과하고 요란스레 손뼉을 쳐서 종업원을 불렀다. 한편 삼십 대 중반치고는 대학생처럼 어려 보이는 야마네는 목을 쭉 내미는 듯이 움직여 인사한 후로는 뭐가 불만인지 눈 한번 맞추지 않고 좌탁의 이쑤시개통만 보고 있었다.

낮에 나카사코는 하타케야마에게 아닌 밤중에 홍두깨 같은 소리를 들었다. 식재료 중 일부를 제때 조달하지 못해 식재료를 바꾸어 샘플을 만들었다는 것이다. 사태를 정확하게 파악하려면 하타케야마뿐만 아니라 공장 생산 관리과 사람의 이야기를 들을 필요가 있었다.

종업원이 요리를 차려놓고 나가고 나서 하타케야마가 옆구리를 찌르자 야마네는 숄더백에서 마미 팔레트 샘플을 꺼내 좌탁에 내려놓았다. 다 배포하지 못하고 후지사와 공장 창고에 보관되어 있던 1500끼의 샘플 중 하나로 나카사코가 가지고와 달라고 부탁했다.

샘플은 시판되는 제품의 4분의 1 정도 되는 크기의 작은 병 세 개가 종이 박스에 들어 있고, 병뚜껑은 영양소별로 빨간색, 파란색, 녹색으로 나누어 칠했다. 급하게 만든 샘플은 시판되는 제품에 비해 디자인도 별로였고 병에 붙은 라벨도 간소했다. 라벨에는 각각 "고구마죽", "닭×간", "당근×완두콩"이라고 적혀 있었고 그 세 가지를 합쳐 한끼 분량이었다.

옻칠을 한 좌탁에 이런 곳에는 어울리지 않는 아기 식품 샘플이 놓이자 하타케야마가 불안한 얼굴로 물었다.

"저기, 샘플에 무슨 문제라도 있었습니까?"

"아니, 그런 게 아니고. 이거, 가져가도 되겠지?"

나카사코는 샘플을 들고 야마네를 쳐다보았다.

야마네는 또 목을 쭉 내미듯이 움직여 고개를 끄덕였다.

나카사코는 샘플을 자기 가방에 넣고 야마네와 하타케야마가 경계심 때문에 입을 다물지 않도록 털털한 태도로 두 사람의 잔에 맥주를 따랐다.

"실은 오늘 우연히 하타케야마 계장한테 식재료를 바꾸어서 샘플 일부를 만들었다는 이야기를 들어서 말이야. 대단한 일은 아니겠지만 일단 경위 정도는 알아야 할 것 같아서."

야마네는 맥주를 마시고 나서 입을 열자마자 불평 어린 말을 내뱉었다.

"그래서 나중에 무슨 소리 들어도 모른다고 했잖습니까."

분명 하타케야마에게 한 말이었다.

"어쩔 수 없잖아. 모니터 조사는 회장님 명령이었는걸."

하타케야마는 바로 대꾸하더니 동의를 구하듯이 나카사코를 보고 힘없이 웃었다. 야마네는 잘못도 없는데 이런 식으로 불려 나온 것 자체가 불만인 것 같았다. 나카사코는 요리를 권하며 부드럽게 물었다.

"구체적으로 무슨 식재료가 모자랐지?"

"당근이요." 야마네는 유바말이를 먹으며 말했다. "당근은 처음에 배포한 6000끼 분량밖에 없었습니다."

제조한 샘플은 합쳐서 10000끼다. 그중 6000끼 분량의 당근밖에 없었다면 나머지 4000끼 분량의 당근은 어디서 조달했을까. 나카사코의 질문에 야마네는 선선히 대답했다.

"공장 창고에 헤이룽장 성의 계약 농장이 공급한 당근이 있었거든요."

나카사코는 푸드가 작년에 중국 헤이룽장 성의 80헥타르에 이르는 농장과 계약을 맺고 자사 전용의 유기농 채소를 재배하기 시작했다는 것을 떠올렸다.

물론 헤이룽장 성의 계약 농장도 후지사와 공장과 마찬가지로 HACCP 위생 관리 체계를 도입했다. 생산 단계만 따져도 종자, 물, 퇴비, 유기비료, 포장 자재는 말할 것도 없고 재배 시설에서 사용하는 기재와 창고, 화장실 설비까지 세세하게 점검한다. 또한 푸드에서는 현지로 직접 품질 관리과 사원을 파견해 위생 수준을 엄격하게 관리하고 있다.

"저는 그 당근을 사용하는 게 그다지 내키지 않았는데 말이죠."

야마네는 또 하타케야마에게 비아냥거렸다.

"헤이룽장 성 당근에 뭔가 찜찜한 점이라도 있었나?"

나카사코는 물었다.

"이쪽에 물건이 도착하자마자 현지에 있는 스태프가 연락을 했습니다. 이번에 출하한 당근 중에 무슨 비료를 사용했는지 모르는 당근이 있으니 만약을 위해 사용을 삼가는 편이 낫겠다고요."

야마네의 말에 따르면 당근에 사용한 유기비료의 일부에 제조원이 확인 불가능한 비료가 섞여 있었다고 한다. 비료는 보통 지정된 업자에게 납품을 받는데, 납품서와 인수 기록부에 기재된 내용이 맞지 않아 조사한 결과, 당근을 심은 농지에 사용한 비료 중 일부에 제조원이 불분명한 비료가 섞여 있었다고 한다.

"현지에서 쓰지 말라고 알렸는데 그걸 썼다가 무슨 탈이라도 나면 이쪽 책임 아닙니까. 그래서 저는 그만두는 편이 낫지 않겠느냐고 했다고요. 그런데 어떻게든 수량을 맞춰야 된다고 우기니, 원. 호리구치 과장님도 실은 마땅찮아하는 눈치였어요."

호리구치 마사오는 생산 관리과 과장이다. 하타케야마를 비롯한 제3영업부 사람들이 회장님께서 모니터 조사를 명령했다는 이유로 밀어붙이는 바람에 호리구치는 마지못해 문제의 당근을 사용하기로 했으리라. 이 회합에 직접 나오지 않고 부하 야마네를 대신 내보낸 호리구치가 생산 관리과 과장으로서 울화와 양심의 가책을 느끼고 있음이 전해져왔다.

지금까지 잠자코 잔을 비우던 하타케야마가 분위기를 바꾸려는 듯이 밝은 표정으로 나카사코의 잔에 맥주를 따랐다.

"어쨌거나 그쪽 농장은 광대하지 않습니까. 뿌려대는 비료 양도 장난이 아니에요. 트럭으로 듬뿍듬뿍 실어왔을 때 뭔가 어긋나서 기록에 실수가 생긴 게 분명합니다. 아니면 자주 있는 일입니다만, 지정 업자 쪽의 재고가 부족해서 하청업자한테 긁어모을 때 제조원이 애매모호해졌다든가 그런 거겠죠."

확실히 그럴지도 모른다. 하지만 나카사코는 갑자기 심장이 빨리 뛰기 시작했다. 〈뉴스프라임〉에서 들은 바실루스속에 관한 설명이 무서운 가능성을 지니고 머릿속에 되살아났다.

—토양의 병을 막고 뿌리가 건강하게 자라도록 농작물의 퇴비에 이용되는 종류도 있다.

가령 지정 업자가 하청업자한테 긁어모은 제조원이 불분명한 유기비료에 바실루스f50이 혼입되었다면.

작물의 잎과 줄기에 난 상처로 균이 침입하면 작물은 균에 오염된다. 일본에 반입되어 검역할 때는 표본조사를 하므로 검역소에서 표본으로 선정한 당근이 정규 비료로 재배된 건강한 당근이라면 무사통과다. 오염된 당근은 건강한 당근에 섞여 후지사와 공장으로 보내진다. 그리고 그 무렵 후지사와 공장에서는 급히 제조해야 하는 샘플의 재료인 당근이 부족해 오염된 당근을 사용했다.

아니, 하지만…….

후지사와 공장의 제조 라인에서는 병에 든 식품을 120도에서 삼십 분 동안 가열 가압 살균 처리한다. 다른 세균과 마찬가지로 바실루스f50도 사멸하지 않을까.

그때 바실루스f50의 특성이 떠올라 나카사코는 아연실색했다.

—바실루스f50은 통성 혐기성세균으로 산소가 있든 없든 생존이 가능하고, 지금까지 발견된 어느 아포 형성균보다 내열성이 높다.

"과장님, 왜 그러세요?"

창백해진 나카사코의 얼굴을 하타케야마가 불안한 듯이 들여다보았다.

"……아니야, 맥주 더 시킬까?"

나카사코는 좌탁 옆의 호출 버튼을 눌렀다.

야마네는 잔을 비우고 술기운이 올라 붉어진 얼굴로 한숨을 쉬었다.

"샘플을 결국 8500끼밖에 못 나누어줄 것 같았으면 처음부터 6000끼로 했으면 될 것을. 그럼 이상한 걸 사용할 필요도 없었을 텐데."

"이봐, 야마네."

하타케야마가 질책하듯 말을 꺼내자 야마네는 비로소 나카사코가 제1영업부 과장으로서 샘플을 배포할 곳을 확보하기 위해 바쁘게 뛰어다녔다는 것이 생각난 듯 "아니요, 원래 10000끼를 배포하라는 것 자체가 말도 안 되지만요"라고 입을 비죽대며 구시렁거렸다.

나카사코는 애매하게 미소 짓고 종업원에게 맥주를 더 시켰지만 술이나 마시고 있을 상황이 아니었다. 나카사코는 머릿속으로 야마네가 알려준 정보와 샘플을 배포한 곳의 숫자를 차례차례 조합했다.

국산 당근을 사용해 제조한 샘플은 6000끼. 처음으로 수도권에 배포한 이 6000끼에 사용된 당근은 전부 안전하다. 문제는 다음으로 배포된 2500끼. 오염되었을 가능성이 있는 당근을 사용해 제조한 샘플이다. 이 2500끼는 수도권의 나머지 지역과 간사이 지방, 그리고 지방 도시에 배포했다.

내역은 도서부를 제외한 도쿄 도 전역에 500끼, 요코하마에 500끼, 사이타마에 200끼, 가와사키에 200끼, 오사카에 400끼, 고베에 200끼, 조에쓰에 150끼, 구라시키에 200끼, 마쓰야마에 150끼.

멜트페이스증후군의 도시별 발병자는 도쿄 도 전역에서 26명, 요코하마에서 24명, 사이타마에서 9명, 가와사키에서

11명, 오사카에서 21명, 고베에서 11명, 조에쓰에서 6명, 구라시키에서 9명, 마쓰야마에서 7명.

두 번째로 배포한 샘플의 도시별 숫자는 뉴스에서 본 멜트페이스증후군 환자의 도시별 숫자와 비율이 거의 정확하게 일치했다.

나카사코는 몸이 부들부들 떨렸다. 천 길 낭떠러지 위에서 눈앞이 캄캄해지는 것 같았다.

나카사코는 두 사람에게 천천히 마시다 가라고 말하고 방을 빠져나와 친하게 지내는 가게 주인에게 세 사람 몫의 밥값으로 돈을 넉넉히 쥐여주고 구르듯이 가게를 나섰다.

제발 아니기를 바라며 나카사코는 그길로 미도리코를 찾아가 야마네에게 받은 샘플을 분석해달라고 부탁했다. 미도리코가 식품 분석 기관의 연구원으로 일한 지 십오 년 가까이 된다. 하지만 나카사코가 가족이라는 핑계로 미도리코에게 사적인 부탁을 한 것은 이번이 처음이었다.

미도리코는 이유를 묻지 않았다. 그저 "두 주만 줘"라고 말했다.

딱 두 주가 지난 날 밤, 나카사코는 쓰키시마 섬의 주오 대교 앞, 스미다가와 강에 면한 조그만 공원에서 미도리코와 만났다.

무더운 밤이라 바다 냄새가 나는 바람이 목과 뺨에 들러붙는 것 같았다. 서양식 검의 칼끝처럼 물 쪽으로 튀어나온 공원 끄트머리에서 청바지에 미색 탱크톱을 입은 미도리코는 서류 봉투를 쥐고 어두운 물을 보고 있었다.

나카사코의 발소리에 고개를 돌린 미도리코의 딱딱하게 굳은 얼굴을 보자마자 나카사코는 아니기를 바랐던 마지막 희망이 사라졌음을 알았다. 미도리코는 푸드가 제조한 아기 식품 샘플에서 멜트페이스증후군의 원흉인 바실루스f50을 발견한 것이다.

미도리코와 나카사코는 오랫동안 말없이 서로 바라보고만 있었다.

발아래의 콘크리트를 씻어내는 느릿한 물결 소리가 들렸다.

"어떻게 할 거야, 오빠?"

미도리코는 대뜸 그렇게 물었다.

"미도리코, 이 일을 다른 사람한테……."

"누굴 바보로 알아?"

그렇게 대답한 미도리코는 서류 봉투를 나카사코에게 건네주고 멘톨 담배에 불을 붙였다. 나카사코는 미도리코가 담배를 피운다는 것을 처음으로 알았다.

"샘플은 폐기했어. 당근이 든 샘플이 문제더라고. 몇 번을 되풀이해 검사해도 내가 뭘 보고 있는지 도저히 믿기지가 않더라. 아기 식품 샘플에 바실루스f50이 숨어 있다니……. 이건 말도 안 돼."

말도 안 된다. 나카사코도 동감이었다.

말도 안 되는 일이 일어난 것은 식재료가 외국산이었기 때문이 아니다. 푸드에서는 생산부터 유통까지 HACCP 체계에 따라 식품 안전을 엄중하게 관리하고 있으며, 이번에도 절차대로 현지에서 보고를 했다. 하지만 보고를 받고 사태를 판단하는 것도, 일을 진행시키는 것도 결국은 인간이다. 그리고 조직 속의 인간은 안전 관리 체계뿐만 아니라 목적이 다른 수많은 체계가 서로 부딪히는 가운데 일한다.

미도리코는 폐 속의 연기를 모두 내뿜어내고 나카사코에게 물었다.

"그 샘플, 도대체 어디다 나눠줬어?"

어린이집에 배포했다는 말을 듣고 미도리코는 말문을 닫았다.

"……그래서 감염경로가 밝혀지지 않았구나."

"무슨 소리야?"

나카사코는 샘플 때문에 벌어진 일로 머리가 가득차서 왜 지금까지 감염경로가 밝혀지지 않았는지 생각해본 적이 없었다.

미도리코는 처음으로 멜트페이스증후군에 관해 알았을 때 제일 먼저 경구감염을 의심했다가 바로 부정했다고 한다. 발병한 생후 7개월에서 9개월의 유유아는 먹을 수 있는 음식물이 제한되므로 평소와 다른 음식을 먹었다면 어머니가 기억하지 못할 리 없기 때문이다.

하지만 바실루스f50이 혼입된 아기 식품이 어린이집에만 배포되었다면 이야기는 완전히 달라진다.

대부분의 어린이집에서는 영양사가 작성한 식단을 각 가정에 나누어주어 점심때 아이가 뭘 먹었는지 어머니가 알게끔 한다. 그러므로 시판되는 아기 식품은 사용할 일이 별로 없다. 시판되는 아기 식품이 사용된다면 보호자가 늦어서 어린이집 시간을 연장해야 하는 저녁 시간이다.

"우리 연구실 동료도 저녁이 되면 복도 구석에서 자주 어린이집에 전화를 해. 일 때문에 아무래도 제시간에 데리러 못 갈 것 같다고. 늘 정말로 미안해서 어쩔 줄 모르며 사과해. 서둘러 일을 정리하고 어린이집에 달려가도 통상적인 연장 시간은 가볍게 넘어서지. 보육사는 아이 엄마가 아이를 데리러 올 때까지 그저 선의만으로 아이를 돌보며 기다려주는 거라고. 동료를 차로 어린이집에 데려다준 적이 몇 번 있는데, 아이 엄마는 아이와 보육사에게 미안한 마음을 가득 안고 달려가. 그런 사람이 저녁에 아기 식품을 먹였다는 보육사의 말을 듣고 어느 회사의 어떤 아기 식품을 먹였느냐고 물을 수 있을까? 저녁을 먹이고 돌보며 기다려준 보육사에게 감사는 못 할망정 그런 걸 물어보는 아이 엄마는 없어. 환자의 엄마들은 자기 아이가 마미 팔레트 샘플을 먹은 줄 모르는 거야."

나카사코는 밤늦게 보육사의 품에서 아이를 안아드는 어머니의 심정을 상상해보고 그 말이 맞는다고 생각했다. 덧붙여 멜트페이스증후군의 낮은 발병률과 긴 잠복 기간도 감염경로를 밝혀내기 어렵게 만든 요인이라 할 수 있었다.

"멜트페이스 증후군은 발병률이 5퍼센트 전후야. 바실루스f50은 체내에 들어와도 5퍼센트 정도밖에 발병하지 않아. 같은 어린이집에서 샘플을 먹었어도 병이 나지 않은 아이가 많았겠지. 그래서 보육사도 샘플과 발병의 인과관계를 알아차리지 못했던 거고. 게다가 바실루스f50은 잠복 기간이 이 주에서 삼 주로 길어. 그렇게 오래전의 연장 시간에 누구와 누구를 맡아서 어느 아이에게 뭘 먹였는지 정확하게 기억하는 보육사는 없다고 봐야겠지."

"맞아. 하지만 무엇보다 큰 이유는 멜트페이스증후군이라는 질환 그 자체의 잔혹함이야."

"잔혹함……?"

"오빠, 아쓰미가 어렸을 때 기억나지? 앵앵 울고, 잠자고, 젖 먹고, 매일 쑥쑥 컸잖아. 정말로 귀여워서 미래를 위해 뭐든지 해주고 싶을 거야. 그런데 어느 날 갑자기 열이 펄펄 나더니만, 영문도 모르는 사이에 그렇게 귀여웠던 얼굴 반쪽이 떨어져 나가서 보기에도 무참한 얼굴로 변한데다 의사가 이 아이는 평생 돌연사할지도 모른다는 두려움을 안고 살아야 한다고 말한다면? 오빠는 어린이집을 그만둘 때 보육사한테 아쓰미는 이런 병에 걸렸기 때문에 그만둔다고 말할 수 있겠어?"

나카사코는 아쓰미가 그런 병에 걸렸다고 상상하는 것만으로도 미칠 것 같았다. 어느 날 갑자기 그런 무시무시한 병에 아이를 유린당한 어머니들이 맛본 충격과 괴로움, 절망은 얼마나 클까. 다른 아이들은 예전과 다를 바 없이 건강하게 자란다. 그런데 눈 깜짝할 사이에 자기 아이만 남에게 괴물이라고 불리는 용모로 변하고 언제 심장이 멈출지 모르게 된 것이다.

남에게 절대 말 못 한다. 어린이집을 그만둘 때도 몸 상태가 안 좋아서 그만둔다고 말하는 것이 고작이었으리라.

미도리코는 물결 소리에 녹아들 것 같은 어둡고 나지막한 목소리로 말했다.

"분명 지금도 대부분의 보육사는 자신이 돌보던 아이 중에서 멜트페이스증후군 환자가 나왔다는 사실을 모를 거야."

어머니는 자기 아이가 샘플을 먹은 줄 모르고, 보육사는 돌보던 아이가 멜트페이스증후군에 걸린 줄 모른다. 이래서야 샘플과 병의 연관성이 드러날 리 없다. 그런 이유로 지금까지 푸드에 샘플에 대한 클레임이 들어오지도 않고, 여태 바실루스 f50의 감염경로도 밝혀지지 않은 것이다.

나카사코는 안타깝고 답답한 심정으로 밤바다에 눈길을 떨어뜨렸다.

나카사코 역시 이와세에서 우연히 텔레비전 특집을 볼 때까지 머릿속 어디에도 샘플은 존재하지 않았다. 분명 자신을 제외하고 사내에 샘플과 멜트페이스증후군의 연관성을 알아차린 사람은 없을 것이다. 나카사코는 마미 팔레트가 발매될 때까지 영업을 총괄하는 입장이었다. 영업과장으로서 직접 나서서 샘플을 배포할 곳을 준비했고, 도시별로 배포할 개수를 결정했으며 배포 일정을 조정하고 모니터 조사 결과를 정리했다. 그렇기 때문에 그 특집을 보자마자 샘플에 의심을 품은 것이다. 부끄러움에 부두 난간을 잡은 손이 떨렸다. 자신은 어린아이들 위로 독을 흩뿌린 것이나 다름없었다.

"……오본 연휴 때 엄마 산소에 다녀온 다음날부터 오빠는 이상했어. 그때부터 계속 이 샘플 생각을 했던 거구나."

미도리코는 난간에 기대어 저멀리 있는 불빛을 쳐다보았다.

"……앞으로 어떻게 할지 오빠를 믿어도 되겠지?"

나카사코는 말없이 고개를 끄덕였다. 해야 할 일은 정해져 있다.

헤어질 때 미도리코는 택시를 잡고 나서 웬일인지 나카사코를 돌아다보았다.

"바보 같은 짓만은 하지 마."

나카사코는 "아아, 알았어"라고 대답했다. 하지만 나카사코는 이때 미도리코가 말한 '바보 같은 짓'이 무엇인지 사실은 이해하지 못했다.

"보고서 읽어보셨습니까?"

나카사코는 전무이사실을 찾아가기 전에 전무 모리무라 다카토시와 이사 대우 부장 미야지마 모토히코에게 오염된 당근이 아기 식품 샘플에 혼입된 경위와 샘플 분석 결과를 보고서로 작성해 메일로 보냈다. 푸드 사장인 소노다 도시오는 타이투스 그룹 회장 도미야마 고이치로의 의향을 푸드에 전달하는 전서구일 뿐, 푸드를 실질적으로 관리하는 사람이 전무 모리무라라는 사실은 사내에서도 공공연한 비밀이었다.

블라인드 틈새로 석양이 비쳐드는 전무실에는 모리무라와

미야지마, 나카사코 세 사람뿐이었다.

"샘플 분석은 누구한테 의뢰했지?"

소파에 다리를 꼬고 앉아 보고서를 들여다보던 미야지마가 물었다.

"북미의 연구 시설에 일하는 친구에게 부탁했습니다. 우리 회사가 제조했다는 말은 하지 않았고요."

나카사코는 애당초 미도리코를 끌어들일 생각은 없었다.

샘플이 멜트페이스증후군의 감염원이라고 밝혀진 이상, 푸드는 식품 제조업체로서 책임을 져야 한다. 피해자에 대한 배상을 체계화해 아이들이 평생토록 보상을 받을 수 있도록 항구적인 구제 제도를 만든다. 시간은 걸리겠지만 태어난 지 얼마 되지도 않아 푸드가 제조한 샘플을 먹고 무참한 일생을 보내야 하는 아이들에게 제조업체로서 사죄할 수 있는 유일한 방법은 그뿐이다. 또한 그렇게 하지 않으면 소비자의 신뢰를 회복할 길이 없다는 것이 나카사코의 생각이었다. 일을 진행시키려면 조속히 사실을 공표하고 피해 실태를 파악할 필요가 있다. 나카사코는 매스컴에 알려 사실을 공표할 때를 대비해 초고를 몇 편 준비해두었다.

"샘플 제조 기록은요?"

모리무라가 윤이 나는 마호가니 책상 너머에서 물었다.

나카사코는 모리무라가 무슨 뜻으로 그런 말을 했는지 바로는 이해하지 못했다.

"……제조 기록은 평소대로 관리부 데이터 파일에."

"오늘까지 사내 사람 누구나 그 파일에 접속할 수 있었다는 거로군."

"예."

나카사코의 대답을 듣고 미야지마가 짜증 어린 말투로 끼어들었다.

"알아차렸으면 기록부터 삭제해야지. 그게 자네 임무잖나."

놀라서 미야지마를 쳐다본 나카사코는 이어서 재빨리 모리무라에게 눈을 돌렸다.

모리무라는 마음속에 작은 동요도 없이 차분한 모습으로 앉아 있었다.

그제야 모리무라와 미야지마의 속셈을 깨닫고 나카사코는 소스라치게 놀랐다.

"설마…… 사실을 공표하지 않을 생각이십니까?"

보고서를 내려놓고 일어선 미야지마가 방을 가로질러 긴 손가락으로 손잡이를 돌려 블라인드 비늘살을 닫았다. 갑자기 실내가 어두워지더니 창가에서 실루엣으로 변한 미야지마의 목소리가 들렸다.

"이런 일이 일어날 줄은 아무도 몰랐어."

당연하다.

나카사코는 무심코 내뱉으려던 말을 꾹 참았다.

누구나 이렇게 끔찍한 일이 일어날 줄은 꿈에도 몰랐다. 하지만 일어난 이상 어떻게 대처하느냐가 문제다. 두 임원은 분명 피해자를 나 몰라라 할 작정이었다. 그렇다면 푸드의 장래만이라도 고려해주기를 바랐다.

"지금이라면 우리 쪽에서 사실을 공표할 수 있습니다."

나카사코는 물고 늘어졌다.

"지금 손을 쓰지 않으면 나중에 사실이 밝혀졌을 때 식품 제조업체로서 푸드가 입을 손실은 헤아릴 수도 없습니다."

"그렇지도 않아."

미야지마는 다시 소파에 편안히 앉아 다리를 꼬았다.

"이건 이른바 업무상 과실이지. 식품업계뿐만이 아니라 제조업계에서는 자주 일어나는 일이야. 자동차, 가전제품, 가스 기기 등 너무 많아서 일일이 셀 수도 없어. 이를테면 교통사고와 마찬가지라서 세상 사람들에게도 우리 같은 기업에게도 이제 드문 일이 아니라고."

나카사코는 웨이브를 넣은 머리카락을 깔끔하게 매만진 미야지마를 멍하니 바라보았다.

이 녀석은 일이 어떻게 흘러갈지 이미 예상하고 지껄이고 있다.

동네의 작은 배달 음식점은 식중독 한 번으로 망하지만 푸드 같은 기업은 그렇지 않다. 사실이 폭로되는 최악의 사태가 벌어져도 종업원의 숫자가 회사를 지켜준다. 수많은 종업원을 길거리로 내몰 수는 없다. 사장이 갈리고 푸드는 살아남는다. 그러한 사실을 알기에 미야지마는 이 일을 묻어버리려 하는 것이다.

“만약 나중에 일이 표면화되면 그때 차차 대처해나가면 돼. 요즘은 옛날처럼 불매운동이 일어나지도 않고, 매스컴과 세상 사람들도 옛일은 금방 잊어버리지. 스마일 키즈 상품은 세간의 관심이 식을 때를 기다렸다가 계열회사에서 푸드와는 다른 상표를 붙여서 내놓으면 그만이야. 지금 중요한 건 우리 샘플과 멜트페이스증후군의 인과관계를 아는 사람이 여기 있는 세 사람뿐이라는 거지.”

일단 말을 끊었다가 미야지마는 마치 제안하듯이 다시 입을 열었다.

“내가 생각하기에 우리가 나서서 떠들어대지 않는 한, 앞으로도 이 일은 아무도 모를 것 같은데.”

나카사코는 분노로 몸이 차가워졌다.

“124명의 어린아이가 지금도 후유증으로 괴로워하고 있습니다. 부장님은 아무 생각도 안 드십니까?"

미야지마가 신경질적으로 눈살을 찌푸렸다.

그때 책상 너머에서 모리무라가 거침없는 목소리로 대답했다.

"어떤 의미에서 그 아이들은 필요한 희생양이었습니다."

나카사코는 모리무라가 무슨 말을 하는지 이해가 되지 않았다.

"우리나라의 농업 인구가 얼마나 줄었는지 압니까?"

모리무라는 안경을 벗고 나카사코에게 고개를 돌리더니 우수한 의사처럼 부드럽고 온화한 말투로 말을 이었다.

"1960년의 농업 인구는 총 취업 인구의 27퍼센트. 네 명에 한 명 이상이 농업에 종사하고 있었죠. 그런데 2001년에 4퍼센트로 뚝 떨어졌어요. 게다가 얼마 되지 않는 농업인구의 반 이상이 예순다섯 살을 넘은 고령자입니다. 일본의 농업은 앞날이 캄캄해요. 이러한 농업과 떼려야 뗄 수 없는 일본의 식품 기업은 90년대 중반부터 값싸고 질 좋은 노동력을 찾아 차례차례 중국으로 진출해 신선 채소와 수산물 등 다양한 분야에서 중국에서 생산한 물품을 일본에 들여오는 수출 개발형 대중국 투자를 증대시켜왔습니다."

"도대체 무슨 말씀입니까?"

나카사코는 언성을 높이며 모리무라의 말을 막았다.

"푸드는 출발이 늦었다는 겁니다. 국가의 식량자급률에 연연하는 도미야마 회장님 때문에요."

모리무라는 마치 강의라도 하는 것처럼 막힘없이 말을 계속했다.

"전쟁이 끝난 후, 일본의 식품업계를 이끌어온 푸드는 방향을 잘못 잡았습니다. 인구에 비해 국토가 좁고 경작지 면적이 협소한 일본이 식량자급률을 유지하기는 하늘의 별 따기였죠. 뿐만 아니라 국가가 급속한 경제 발전을 이루는 와중에 농촌의 노동력이 도시로 유출되었으니 농업은 쇠퇴하는 수밖에 없었습니다. 그 결과 1960년에 약 5천억 엔이었던 농산물 무역 적자는 작년에 약 4조 엔으로 부풀어 올랐어요. 지금 우리나라는 세계에서 손꼽히는 식량 수입 대국입니다.

앞으로는 해외에서 생산한 상품을 일본에 들여오고 현지에서도 판매하는 형태가 일본 식품업계의 주류로 자리잡겠죠. 이미 많은 식품 기업이 현지의 기업그룹과 제휴해 중국 국내에서 물류와 판로 등 영업 인프라를 획득하기 위해 구미의 기업과 불꽃 튀는 경쟁을 벌이고 있습니다. 이러한 상황은 노동력이 저렴한 아시아 전역으로 확대될 테고요. 영업부 소속이니 잘 알겠지만 이건 무기 없는 전쟁입니다. 우리는 후발 주자라는 핸디캡을 극복하고 이 싸움을 이겨내야 해요. 기후와 풍토, 법제

도도 다른 해외에서 생산 활동을 하는 만큼 당연히 다양한 문제가 발생하겠죠. 우리는 이번 일을 포함해 그러한 경험들을 살려서 한발 전진해야 합니다. 피해를 당한 어린아이들에게는 미안하지만 새로운 체계가 만들어지는 과정에는 항상 희생이 따르는 법입니다."

나카사코는 모리무라를 가만히 노려보았다.

이 녀석은 어린아이 124명이 평생토록 겪어야 할 고통이 필요한 희생이었다고 제정신으로 말하고 있다.

고개를 살짝 끄덕인 모리무라는 이제 이 이야기는 끝났다는 듯이 안경을 쓰고 책상의 컴퓨터로 고개를 돌렸다. 그리고 우두커니 선 나카사코에게 눈길도 주지 않고 말했다.

"후지사와 공장에 남아 있는 문제의 샘플은 당신이 책임지고 처분하세요."

나카사코는 역을 나서서 택시를 잡았다.

계절도 모르고 시월 하순에야 발생한 태풍은 저녁에 이즈 반도에 상륙한다고 한다. 마치 죽은 것처럼 차창 밖의 폭풍우가 휘몰아치는 거리에는 인기척이 없었다.

후지사와 공장은 역에서 삼십 분 남짓 걸리는 전원지대에 있었다.

나카사코는 공장장의 안내를 받으며 광대한 부지를 걸어 샘플이 보관된 창고로 향했다.

두 상사에게 상황을 알리고 나서 두 달 가까이 의미가 희미해질 만큼 한없이 되풀이한 질문이 늘어진 테이프처럼 나카사코의 머릿속을 돌고 있었다. 124명의 아이들은 어떻게 될까. 아이들의 어머니는, 아버지는 어떻게 될까. 원인도 모르고 평생 괴로움에 시달려야 하나.

나카사코는 타이투스 푸드를 그만둘까 하는 생각도 했다. 하지만 그만둔다고 쳐도 푸드를 적으로 돌리고 자기 혼자 어떻게 싸운다는 말인가. 타이투스 그룹은 정계 및 행정기관과 끈끈하게 유착되어 있다. 나카사코가 목이 터져라 호소해도 타이투스는 갓난아이 손목 비트는 것보다 쉽게 나카사코를 짓뭉갤 수 있다. 그러면 요리코와 아쓰미는 어떻게 된다는 말인가.

공장장이 창고 문을 열자 샘플이 든 박스는 업자 트럭에 바로 실을 수 있도록 문 근처에 산더미처럼 쌓여 있었다. 제조 정보는 이미 삭제했으니 이 1500끼 분량의 샘플만 파기하면 멜트페이스증후군과 타이투스 푸드의 연관성을 입증할 물증은 모조리 사라진다.

크기가 체육관의 몇 배나 되는 창고에 빗소리가 울려 퍼졌다.

나카사코는 박스 오십 개를 일일이 열어서 샘플 개수를 확인했다. 단순한 덧셈을 계속하는 자신이 마치 생판 모르는 타인처럼 느껴졌다.

빗소리 저편에서 "후진합니다. 주의하십시오"라는 합성음과 함께 업자의 트럭이 도착했다. 업자에게는 미리 이쪽이 알아서 짐을 싣겠다고 말해두었다. 공장장이 데려온 직원들이 박스를 차례차례 짙은 청색 트럭에 쌓아갔다.

나카사코는 여기 서서 이 광경을 지켜보고 있는 자신의 모습을 평생 잊지 못할 것 같았다.

순식간에 박스를 침침한 컨테이너에 싣자 트럭은 천천히 출발했다.

콜택시가 올 때까지 응접실에서 차라도 들자는 공장장의 말을 거절하고 나카사코는 우산을 쓰고 출입문을 나섰다. 지금은 혼자 있고 싶은 마음뿐이었다.

폭풍우가 몰아치는 가운데 사람이라고는 코빼기도 보이지 않는 간선도로를 걸으며 나카사코는 자기 자신에 대한 분노와 무력감을 이기지 못하고 신음했다. 우산살이 부러져서 날아가자 비가 돌팔매처럼 얼굴을 때렸다.

방금 전에 차량 출입구로 나간 업자의 짙은 청색 트럭이 나카사코를 앞질러 지나갔다. 나카사코는 멈춰 서서 멀어지는 트럭의 미등을 바라보며 자신의 내면에서 뭔가가 죽어가는 것을 느겼다.

그때 뜻밖의 일이 일어났다.

트럭이 갑자기 속력을 줄이고 길가에 멈춘 것이다.

운전석 문이 열리고 회색 작업복을 입은 남자가 얼굴을 내밀었다.

"나카사코 씨 아니야?"

남자는 놀라움과 반가움이 섞인 목소리로 말을 걸었다.

그 남자가 바로 마자키 쇼고였다.

차 안에는 빗소리와 와이퍼 소리에 섞여 FM 라디오 음악이 나지막이 흐르고 있었다.

마자키는 나카사코가 왜 폭풍우가 몰아치는 도로를 홀로 걷고 있었는지 묻지도 않고 그저 역까지 바래다주겠다면서 트럭에 태워주었다. 나카사코는 달리는 트럭 조수석에서 넋을 놓은 듯이 차도에 내리치는 빗발만 바라보고 있었다. 얼마나 그러고 있었을까, 빗물이 스며든 옷 때문에 어느덧 시트가 흠뻑 젖어 있었다.

"시트가……."

정신을 차린 나카사코의 목소리를 듣고 마자키는 한 손을 뻗어 글러브 박스에서 스테인리스 보온병을 꺼냈다.

"따뜻한 것 좀 마셔봐."

나카사코는 고맙다고 말하고 보온병을 받아들었다. 곱은 손가락으로 연 은색 뚜껑에 김이 모락모락 피어오르는 커피를 따랐다. 한 모금 마시자 뜨거운 커피가 몸 한가운데를 똑바로 내려가는 느낌이 들었다. 나카사코는 비로소 자신의 몸이 차갑게 얼어붙어 있었다는 것을 알았다. 두 손바닥으로 뚜껑을 감싸고 천천히 커피를 마셨다. 저릿저릿한 감각이 퍼져나가며 굳어버린 몸이 안쪽에서부터 조금씩 풀렸다.

"아쓰미는 잘 지내?"

마자키가 조용히 물었다.

"……아쓰미는 요즘 발작도 안 일어나고 잘 지내. 유타는 어때?"

"안정되어서 건강하게 잘 지내. 중학교 들어가고 나서 조금 건방져졌지만."

차도에 시선을 고정한 채 마자키는 살짝 미소 지었다.

마자키와 이렇게 재회하다니 상상도 못 한 일이었다.

마자키와 함께 컨테이너에 오염된 마미 팔레트 샘플을 실은 차를 타고 휘몰아치는 폭풍 속을 달리고 있다. 나카사코는 그 자체가 비현실적인 꿈만 같았다.

나카사코의 머릿속에 마자키의 외동아들 유타가 그린 새 그림이 떠올랐다. 날개가 선명한 황록색인 새가 겨울나무의 메마른 가지에 앉아 있는 그림이다. 수채 물감으로 그린 그 새는 어린아이의 실력이라고는 볼 수 없을 만큼 정교했다. 새는 밤색 부리를 쳐들고 하늘 높은 곳을 올려다보며 잔뜩 벼르고 있다. 마치 바다에 바닥이 있는 것처럼 하늘에도 바닥이 있어 계속 날아오르면 언젠가 그 푸른 바닥에 닿을 것이라는 듯이.

유타가 도감을 보고 그렸다는 새의 이름을 나카사코는 아직 모른다. 놀이방의 새하얀 벽에 붙어 있던 그 그림을 볼 때마다 늘 집에 돌아가면 찾아봐야겠다고 다짐하면서도 잊어버리고 있었다.

어느새 트럭은 거리 중심부에 다다랐다.

비바람의 벽 너머로 후지사와 역 건물 불빛이 보였다. 불빛은 순식간에 가까워졌다. 마자키가 익숙한 손놀림으로 커다란 운전대를 꺾었다. 짙은 청색 트럭은 로터리를 빙그르르 돌아 역 대각선 건너편에 있는 아담한 비즈니스호텔 입구에 멈췄다.

"전철 타기 전에 샤워하고 옷도 세탁소에 맡겨. 그대로 있으면 감기 걸려."

나카사코는 감사 인사를 하려고 입을 열었다.

하지만 생각과는 달리 다른 말이 불쑥 튀어나왔다.

"컨테이너에 실은 짐을 보관해주지 않겠어?"

5
죽어야 하는 이유 – 2005년 3월 28일 월요일

진다이지 역 앞 광장에서 칼을 맞아 죽은 네 사람 중 처음으로 칼을 맞은 구보 다다시는 구보 인쇄라는 작은 인쇄소를 경영하고 있었다. 소마가 그저께 경야 날에 찾아갔을 때는 앞에 구지라마쿠◆가 쳐져 있었고, 활짝 열린 새시 문에 나붙은 "상중"이라는 종이 아래를 친척과 주민 자치회 사람들이 바쁘게 드나들고 있었다. 하지만 지금은 잠긴 새시 문 안쪽에 커튼이 쳐져 있고 집안은 쥐죽은듯이 조용했다. 이따금 부엌으로 통하는 뒷문 쪽에서 개가 목이 찢어져라 짖는 소리가 들렸다.

소마는 우편함 위쪽의 작은 초인종을 누르고 기다렸다. 안

◆ 흑백의 세로줄로 구성된 막으로 일반적으로 경야나 장례식 등 조사에 사용된다.

에서 울리는 초인종 소리가 소마의 귀에도 들렸으니 집에 사람이 있다면 나올 것이다. 그러나 집안은 변함없이 괴괴했다. 소마는 참을성 있게 초인종을 누르고 기다리는 행동을 반복했다. 삼 분 가까이 지나자 집안에서 바쁜 발소리가 나더니 구보 다다시의 아내 나오에가 새시 문에 쳐진 커튼 틈새로 얼굴을 내보였다. 소마가 머리를 숙여 인사하자 나오에는 자물쇠를 풀고 문을 열기는 했지만 이제 와서 경찰이 무슨 볼일이냐는 듯이 불쾌한 얼굴로 문 안쪽에 버티고 서서 소마를 안에 들이려고 하지는 않았다.

소마는 조의를 표한 후 하는 수 없이 문간에서 용건을 말했다.

"사건이 일어난 날, 바깥분이 무슨 일로 역 앞 광장에 나갔는지 모르십니까?"

"전단지 때문에 협의할 일이 있어 고객을 만나러 간다며 나갔어요. 이제 와서 그딴 걸 왜 물어요?"

나오에는 미간을 잔뜩 찡그린 채 빠르게 말을 내뱉더니 문을 닫으려고 했다. 소마는 문을 잡고 분향만이라도 할 수 없겠느냐고 머리를 숙여 부탁했다. 나오에는 아무 말도 없이 발걸음을 돌려 쿵쿵거리며 작업장 안쪽 방으로 사라졌다.

어제 장례식을 마친 거실로 가자 하얀 천을 씌운 작은 탁자

위에 구보 다다시의 영정 사진과 유골함, 그리고 껍질만 벗겨낸 나무로 만든 새 위패가 놓여 있었다. 영정 사진 속의 구보는 뉴스에 나온 것처럼 작업복 차림에 딱딱한 얼굴이 아니라 축제 때 주민 자치회 사람들이 입는 핫피◆를 입고 웃고 있었다.

소마가 분향을 하는 사이에도 뒷문 바로 밖에서 개가 목이 터져라 짖는 소리가 쉴 새 없이 들려왔다. 주인이 갑자기 사라지자 불안해서 스트레스를 받았는지 개는 때때로 뭔가 할말이 있다는 듯이 길고 애절하게 울부짖었다.

몸을 돌려 고개를 숙이는 소마에게 나오에는 차를 대접하기도 귀찮다는 듯이 불전 앞의 조문품이 든 종이 박스를 북북 뜯어 주스 캔을 꺼냈다.

쉰을 넘어 늘어지기 시작한 나오에의 눈두덩이에는 운 흔적이 그다지 보이지 않았지만, 눈 밑이 검푸르게 그늘진 것으로 보아 한숨도 못 잔 것이 분명했다. 나오에는 신경이 바짝 곤두서서 모든 일에 화를 내는 것처럼 보였다.

소마는 형식적인 질문이라고 양해를 구한 다음에 가능한 한 정중한 말투로 다다시가 역 앞에서 만나기로 한 손님은 어떤 손님인지, 사건이 일어난 후 그 손님에게서 연락은 있었는지, 또

◆ 예전에 하급 무사나 고용인이 착용한 소매가 짧은 상의.

한 변을 당하기 전에 다다시에게 평소와 다른 점은 없었는지를 물었다.

나오에는 지금까지 억누르고 있던 불만을 토해내듯이 딱딱 끊어 말하며 받아쳤다.

"왜 하필 이럴 때 나한테 와서 꼬치꼬치 캐묻는 건데요. 조사하려면 범인을 조사해야죠. 하기야 이미 죽었으니 범인은 뭘 조사하든 아무렇지도 않겠지만."

나오에는 작은 탁자 아래에서 박스를 끌어내더니 속에 처박아둔 방명록과 빈 조의금 봉투 다발을 펼쳐놓고 봐란듯이 이름과 금액을 대조하기 시작했다.

"장례식은 치른 다음이 바쁜 법이에요. 볼일 끝났으면 돌아가세요."

소마는 잘 달래서 어떻게든 이야기를 들으려 했으나 나오에는 돌아가라는 말로 일관했다. 하지만 역시 정신이 집중되지 않는지 손에 들고 내려다보고 있는 방명록은 페이지가 전혀 넘어가지 않았다. 뒷문 밖에 있는 개가 신경을 긁듯이 한층 시끄럽게 짖었다.

"저 바보 같은 똥개가. 그렇게 시끄럽게 굴면 민폐잖아!"

나오에는 방명록을 내던지고 뒷문으로 향했다.

털색이 밤색인 중형견은 날뛰던 끝에 개집에 묶여 있던 목줄에 오른쪽 앞다리가 끼어서 버둥거리고 있었다.

어떻게 보아도 잡종이었다. 소마는 깽깽대는 개의 앞다리를 잡고 얽힌 목줄을 풀어주었다. 다리가 자유로워지자 개는 옆에 우두커니 서 있던 나오에의 무릎에 다가붙었다.

"이딴 개나 주워 오고 말이야."

나오에는 매정하게 개의 머리를 떨쳐냈지만, 그래도 목줄을 잡고 길로 걸어나갔다. 산책을 간다는 걸 알고 펄쩍펄쩍 뛰던 개는 길로 나가자마자 나오에를 질질 끌다시피 달리기 시작했다.

하늘이 찌뿌둥하니 날씨가 추웠지만 나오에는 윗도리도 걸치지 않고 슬리퍼를 찍찍 끌며 걸어갔다.

"바깥분이 주워 오신 개입니까?"

소마는 물었다.

나오에는 소마의 말이 귀에 들어오지 않는 듯 앞을 똑바로 노려보며 개가 가는 대로 따라갔다. 주택가를 빠져나와 도리이◆가 줄지은 덴진◆◆ 경내를 가로질러 잠시 나아가자 커다란 아파트 건설 현장 옆으로 나왔다.

귀청이 떨어질 것 같은 소음 속에 나오에가 갑자기 멈춰 서서 뭐라고 중얼거렸다.

◆ 신사 입구에 세우는 두 기둥의 문.

◆◆ 학문의 신으로 추앙받는 스가와라 미치자네를 모신 신사.

소마는 걸음을 멈추고 딱딱하게 굳은 나오에의 얼굴을 쳐다보았다.

나오에는 슬리퍼 앞부분을 뚫어져라 쳐다보며 큰 소리로 말했다.

"가게는 어떻게 해야 해."

일단 말을 꺼내자 감정이 울컥 북받쳐 오르는 듯 나오에는 뱃속 깊은 곳에서 믿기지 않을 만큼 큰 소리를 내질렀다.

"왜냐고! 왜 이렇게 된 건데! 뭘 그렇게 나쁜 짓을 했다고!"

나오에는 소마가 부축할 틈도 없이 무너지듯이 그 자리에 웅크리고 앉았다. 그리고 강철이 뿜어내는 대기를 짓누르는 소음 속에서 "여보, 여보" 하고 몸을 쥐어짜는 것처럼 큰 소리로 울었다.

체면이고 뭐고 없었다. 소중한 사람을 갑작스레 빼앗겼다는, 무엇과도 비할 바 없는 괴로움에 나오에는 숨이 넘어가도록 소리를 지르고 울었다.

소마는 웃옷을 벗어 나오에의 어깨에 걸쳐주었다. 그리고 옛날에 아버지가 돌아가셨을 때 할아버지가 화장터 둑에서 그랬던 것처럼 나오에가 울음을 그칠 때까지 그저 말없이 등을 문질러주었다.

이럴 때 해줄 수 있는 말은 하나도 없다.

울고 싶은 만큼 실컷 울어서 마음이 조금 가라앉은 나오에는 덴진의 돌 벤치에서 따뜻한 캔 감주를 마시며 띄엄띄엄 이야기했다. 개는 나오에의 발치에 얌전하게 엎드려 있었다.

"얘도 남편이 왜 갑자기 없어졌는지 모르는 거예요. 열심히 부르면 남편이 돌아올 거라고 생각하는지 어제도 오늘도 계속 짖더라고요. 역시 똥개는 바보라니까요."

미소를 지은 나오에의 눈초리에서 또 눈물이 흘러내렸다.

육 년쯤 전에 다마가와 강 강가에 버려져 있던 개를 다다시가 주워 왔다고 한다. 무슨 어린애도 아닌데 버려진 개를 주워 오느냐, 무엇보다 사룟값도 무시할 수 없다고 나오에는 화를 냈지만, 마침 대학에 입학한 아들이 고베로 떠나 적적했던 다다시는 자신이 다 알아서 하겠다면서 개를 기르기 시작했다.

인식표를 달고 예방접종을 받으러 가고 산책도 거르지 않았다. 다다시는 매일 아침 5시 반에 일어나 덴진에서 조금 전의 아파트 건설 현장 옆을 통과해 다마가와 강 강가를 돌아서 집으로 돌아오는 약 4킬로미터의 거리를 개와 조깅하는 것이 일과였다.

밥을 줄 때의 '앉아'라는 명령말고는 아무것도 기억하지 못하는 개였지만 다다시는 사람을 잘 따르는 것이 이 녀석의 좋은 점이라며 귀여워했다.

"주민회의 본오도리◆에 이 녀석도 데려가겠다고 해서 저는 개에게 입힐 핫피를 지어야 했어요."

나오에는 그때 일이 떠올라서 재미있다는 듯이 웃었다.

다다시는 안 그래도 바쁜데 자신이 태어나고 자란 이 동네의 주민 자치회 일을 자주 맡아 여름 축제를 준비하고 아이들이 신여神輿 메기 행사 때 쓸 신여를 관리하느라 분주했다고 한다.

구보 인쇄는 슈퍼 전단지와 역 앞 상점가의 부록 광고물, 개인 명함 등을 만드는 작은 인쇄소로 분수에 맞게 큰 욕심 없이 건실하게 일해온 덕분에 많이 벌지는 못했지만 이렇다 할 빚도 없었다. 나오에가 보기에는 사건이 일어나기 전에 다다시에게는 고민거리도 없었고 평소와 다른 점도 없었다고 한다.

"사건이 일어나기 전날 전단지를 부탁하고 싶다는 전화가 왔어요. 처음 거래하는 손님이라 남편이 역 앞까지 마중나갔죠. 손님이 우리 가게에 와서 이것저것 살펴본 다음에 상담하고 싶다고 해서요. 보통은 우리가 샘플 몇 가지를 가지고 손님을 방문하지만요."

"전날 전화를 받으신 분은?"

"남편이에요. 새로 시작하는 세탁소의 전단지라고 했어요."

◆ 오본 기간 밤에 사람들이 모여 추는 춤의 일종.

"사건이 일어난 후 연락은 있었습니까?"

"아니요."

"그 가게의 전화번호는 모르시고요?"

"남편이 작업장 칠판에 적어뒀는데요."

"볼 수 있을까요?"

"뭐……. 닳는 것도 아니니까요."

나오에는 남아 있는 캔 주스를 들고 "영차" 하고 일어섰다.

"돌아가서 네 밥도 줘야지."

밤색 털 개는 무슨 말을 해도 늘 그러듯이 신나게 꼬리를 흔들었다. 개의 머리를 가볍게 쓰다듬는 나오에를 보고 소마는 될 수 있는 한 신중하게 말을 꺼냈다.

"죄송합니다만 다른 피해자들, 다케시타 미사토 씨, 이마이 기요코 씨, 마미야 유코 씨 중에 바깥분이 알고 계시는 분은 없습니까?"

나오에는 선뜻 대답했다.

"이마이 기요코 씨는 남편도 저도 알아요. 이 부근에서는 꽤 유명했거든요."

이마이 기요코의 집은 작지만 매화나무와 단풍나무, 백일홍을 보기 좋게 심어놓은 정원이 딸린 낡은 전통 가옥이었다. 야리미즈는 녹색 유리문 너머로 정원이 보이는 거실에서 화로 앞에 앉아 차를 마시고 부드럽게 맞장구도 쳐가며 마에다 미쓰요의 이야기를 듣고 있었다.

마에다 미쓰요는 간병인 자격증이 있는 가사 도우미로 한 주에 닷새를 이마이의 집에 드나들었다. 기요코의 남편 사다오는 오랫동안 중학교 교장으로 일해온 주민 자치회 명사 중 하나지만, 이 년 정도 전에 넘어져서 허리를 삐끗한 후로 일상생활에 간병의 손길이 필요했다.

야리미즈는 오후에 베르사체의 검정색 양복과 검정색 넥타이로 빈틈없이 상복을 차려입고 현관 앞에 나타나 다부진 표정으로 사다오의 옛 제자라고 신분을 밝혔다. 오랜 세월 교장이었던 노인이 학생을 전부 기억하고 있을 리 없다. 그리고 다행스럽게도 사다오가 충격으로 경야 날 밤부터 드러누운 덕분에 그와 얼굴을 마주하지 않고 분향을 마친 후 순조롭게 마에다 미쓰요의 말상대로 자리를 잡은 것이다.

미쓰요는 이마이의 집안사람도 아닌 야리미즈를 처음에는 약간 경계했으나 장례식이 끝나자마자 바쁘게 돌아간 기요코의 자식들에 대한 불만을 야리미즈가 더할 나위 없이 호들갑스럽게 맞장구를 치며 들어준 것이 몹시 기뻤던 듯 그 뒤로는 마음을 탁 터놓고 차와 벚꽃 모양 화과자까지 대접하며 환대해주었다.

"그래가지고는 사모님이 눈도 제대로 못 감으실 거예요. 정이 너무 없잖아요. 그야 사모님은 뭐든지 똑똑 부러지게 말씀하시는 분이었으니까 매섭게 느껴지기도 했지만 얼마나 곧고 조리 있는 분이셨다고요."

홋카이도 출생으로 기요코보다 스물너덧 살 정도 젊은 미쓰요는 기요코의 좋은 말상대이기도 했던 듯, 기요코를 잘 알고 있었다.

기요코는 오랫동안 이 지역 부녀회의 회장으로 있으면서 동네 탁아 시설을 확충하고 학교 급식의 질을 향상시키자는 의견 등을 내놓았고, 최근에는 어린이 110번의 집◆을 제일 먼저 신청하기도 했다고 한다. 불의를 보면 참지 못하는 이른바 잔소리쟁이 할머니로, 불법 주차를 하거나 쓰레기를 아무렇게나 내놓는 사람을 보면 바로 시청에 민원을 제기했다.

그때마다 전화를 받는 시청 직원의 말본새에 문제가 있다며 경어 쓰는 법부터 설교를 하고는 해서 시청에서는 '기요코 여사 담당', 통칭 '기요담'이라고 불리는 기요코 전속 중년 직원까지 배치했다. 그 기요담은 그저께 경야 날에도 정중하게 인

◆ 어린이를 노리는 범죄에서 어린이를 보호하기 위해 마련된 긴급 피난소. 통학로에 있는 상점이나 가정집이 운영하는 경우가 많다.

사를 올리러 찾아왔다고 한다.

"사람들이 다소 어렵게 여기는 분이기는 했지만, 사모님이 몇 번이나 민원을 제기하신 덕분에 시청에서 덴진 주변에 가로등을 설치했어요. 예전에는 그 부근에 가로등이 없어서 어두웠거든요."

"대단하시군요. 기요코 씨는 발도 넓으셨던 것 같으니까 어쩌면 같이 사건에 휘말렸던 구보 다다시 씨나 다케시타 미사토 씨, 마미야 유코 씨와도 생전에 친하게 지내셨는지도 모르겠네요. 같은 동네에 살고 계셨으니까요."

야리미즈는 넌지시 물어보고 나서 미쓰요의 반응을 살폈다.

"글쎄요, 어떨까요." 미쓰요는 고개를 갸웃거렸다. "같은 동네에 산다면 사모님을 모르지는 않겠지만 친하게 지냈는지까지는……."

미쓰요의 이야기로는 요 몇 년 동안 기요코는 나이가 비슷한 노인들하고만 친하게 지냈다고 한다.

"사회에는 하고 싶은 말을 실컷 했으니 얼마 남지 않은 여생은 추억을 나눌 수 있는 친구들과 즐겁게 보내고 싶다고 말씀하셨어요."

미쓰요는 손안의 도자기 찻잔을 물끄러미 바라보며 말했다.

"같이 요리 같은 걸 하면서 자주 이야기를 들려주셨는데, 사모님 세대의 어르신들은 저 같은 건 도저히 상상도 못 할 만큼 어렵게 살아오셨더라고요."

전쟁통에 제대로 먹지도 못하며 어린시절을 보내고 십 대에 전쟁의 끝을 맞이한 기요코 세대는 물자가 부족한 시절에 죽을 둥살둥 일해서 아이를 키우고, 자신들이 받지 못한 교육을 시키고자 악착같이 아이의 학비를 마련했을 뿐 아니라, 시부모님을 수발한 것도 모자라 손자가 태어나면 당연히 그래야 한다는 듯이 보모 노릇을 했다. 그런데도 겨우 손자에게서 손을 뗄 무렵에는 자신이 자식들에게 귀찮은 존재가 되어 있었다는 사람이 적지 않다. 노인은 노인끼리 뭉쳐야 한다는 기분이 드는 게 당연한지도 모른다.

"……그날 사모님은 가마쿠라의 양로원을 보러 가실 예정이었어요. 사건이 일어나기 이삼일 전에 한시 읊기 모임 사람에게 소개받았다면서 가마쿠라의 양로원에서 전화가 왔거든요. 사모님은 거기가 의사와 간병인이 상주하며 간병 서비스를 제공해주는 양로원이라는 말을 듣고 흥미로워하시는 것 같더라고요. 그 양로원 사람과 역 앞에서 만나 안내를 받기로 하셨을 텐데."

"어, 가마쿠라의 어디 있는 양로원이죠? 옛날에 가마쿠라에 산 적이 있거든요."

야리미즈는 세상 참 좁다는 듯이 눈을 동그랗게 뜨고 물었다. 물론 가마쿠라에 산 적은 없다.

"글쎄요, 장소까지는 못 들었어요. 하지만 나가실 때 돌아오는 길에 가마쿠라의 비둘기 사블레를 사다 주시겠다고……."

미쓰요는 현관 앞에서 뒤돌아본 기요코의 마지막 모습이 떠올라 떨리는 입술을 손끝으로 눌렀다.

"언제나처럼 기운이 펄펄 넘치셨는데. 허리가 굽으려면 아직 멀었다며 등도 쭉 펴시고……."

기요코는 평소부터 한시 읊기와 요가로 몸과 마음을 다스렸고, 체력을 기르기 위해 매일 5킬로미터 걷기를 빼먹지 않았다고 한다.

"매일 5킬로미터요……?"

야리미즈는 거짓말이 아니라 정말로 현기증이 났다.

"예. 아침 5시가 넘으면 일어나셔서 준비체조를 하고 여기서 덴진을 빠져나가 다마가와 강 강가를 돌고 오셨어요. 옛날에는 조깅 코스에 빈터가 있어서 눈 오는 날에 발자국을 찍는 게 재미있다고 하셨죠."

"눈이 내리는 날에도 걷기 운동을……."

야리미즈의 웃는 얼굴이 딱딱하게 굳었다.

미쓰요의 이야기에 따르면 기요코는 남편 사다오가 간병을 받아야 하는 처지가 된 후로 자신이 쓰러질 수는 없다며 유달리 건강에 신경을 썼다고 한다. 하지만 타고난 다기진 성격도 세월을 거스르지는 못한 까닭에 기요코는 자식들 신세를 질 바에야 땅과 집을 팔고 고급 양로원에 들어갈 생각이었던 듯하다. 장례식 후의 상황을 보건대 기요코의 판단은 옳았다고 야리미즈는 생각했다.

"오래 살아 정든 동네를 떠날 결심을 하시기는 힘드셨을 텐데요."

"예, 그야 물론 그렇죠. 스물두 살 때 시집와서 평생 여기 사셨으니까요."

"뭔가 고민하셨다든가, 평소와 다른 점은?"

"아니요. 사모님은 긍정적인 분이셨거든요. 제가 다음에 일할 어엿한 곳을 찾아주시겠다고 하셨는데. 늘 제 걱정 먼저 하는 분이셨어요."

미쓰요는 입술을 깨물고 굵은 눈물을 뚝뚝 흘렸다. 앞치마 주머니에서 손수건을 꺼내 눈물을 닦는 미쓰요 앞에다 야리미즈는 가방에서 비장의 물건을 꺼내놓았다.

"어머나, 신겐모치 과자……?" 미쓰요는 눈물에 젖은 눈을 깜박였다.

야리미즈는 남에게 이야기를 들을 때 처음에 건네는 선물용

과자와는 별도로 그 자리에서 함께 먹을 수 있는 간단한 과자를 반드시 지참한다. 도중에 분위기를 바꾸기 위한 소도구인데 의외로 도움이 된다. 특히 귀엽게 포장된 신겐모치는 남녀노소를 불문하고 분위기를 누그러뜨리는 데 효과 만점이다.

"이거 좀 펼쳐주세요. 차 한 잔 더 마시죠."

야리미즈는 쟁반을 들고 일어섰다. 당황한 미쓰요가 "차라면 제가……" 하고 몸을 일으켰지만 야리미즈는 "미쓰요 씨는 좀 쉬고 계세요. 여러모로 힘드셨을 테니"라고 만류하고 거실을 나섰다.

자, 하고 야리미즈는 주위를 둘러보았다.

야리미즈가 가장 확인하고 싶었던 것은 복도 전화 받침대에 놓여 있던 메모장이었다. 기요코가 양로원의 이름과 전화번호를 메모했을 가능성이 있다. 기요코가 메모를 다른 곳에 치웠다고 해도 알아볼 수 있을 만큼만 눌러쓴 흔적이 남아 있으면 된다. 야리미즈는 숨을 죽이고 재빨리 메모장을 펼쳤다. 하지만 그럴듯한 이름과 전화번호도 없고 글씨를 눌러쓴 자국도 남아 있지 않았다.

낙담한 야리미즈는 하는 수 없이 부엌으로 가서 찻주전자의 오래된 찻잎을 버리고 찻잔을 씻었다. 졸참나무로 만든 묵직한 부엌 찬장에서 집의 오래된 역사가 느껴졌다.

이 집으로 시집와서 어머니가 된 기요코는 여기서 가족의 삼시세끼를 준비했고, 쉰 번도 넘게 정월 요리를 만들었으며, 또한 죽기 몇 시간 전에도 주름진 손으로 미쓰요와 함께 마지막 점심을 차렸다. 분명 가마쿠라에서 돌아와서 저녁을 차릴 생각도 했으리라. 야리미즈는 가슴이 아팠다. 다기를 챙겨 부엌을 나서다 문득 부엌 입구 옆에 걸려 있는 달력을 쳐다보았다.

야리미즈는 엉겁결에 쟁반을 놓칠 뻔했다.

무차별 칼부림 사건이 일어난 3월 25일에 볼펜으로 글씨가 적혀 있었다.

기타가마쿠라 로터스홈.

소마는 살해당한 주부 마미야 유코의 집을 방문하기 전에 근처 주부들에게 이야기를 들었다. 겉만 봐서는 잘 드러나지 않는 주부의 일상생활은 남편보다 이웃 주부들이 더 잘 알기도 한다. 아니나 다를까 소마는 저번에 남편 마사타카에게는 듣지 못했던 몇 가지 흥미로운 정보를 얻어냈다.

주부들의 이야기에 따르면 마미야 마사타카는 재작년에 대형 주택 건설 회사를 퇴사하고 자택 일부를 리모델링하여 마미야 설계 사무소를 시작했다. 삼십 대 중반의 나이로 독립을 해냈지만 최근에는 사무소 경영 상태가 시원치 않다는 소문이 돌았다.

마미야 유코는 근처 주부들과 친밀하게 지내는 편은 아니었지만 평판은 대체적으로 나쁘지 않아 얌전하고 상냥한 사람이라는 평가가 주를 이루었다. 여름방학 때는 손수 지은 무명 원피스를 어린 두 딸에게 입히고 자주 도서관에 데려갔다고 한다. 예전에는 아이들과 동네 자원봉사 행사에 참가해 역 앞 화단에 꽃을 새로 심고 강을 청소한 적도 있었던 모양이다.

"요즘은 그런 자원봉사를 한 적이 없죠?"

소마는 눈치 빠르게 물었다. 마미야 유코의 생활에 무슨 변화가 생겼다는 감이 딱 온 것이다.

응접실 소파에 앉은 주부는 직접 구웠다는 쿠키를 혼자 먹으며 몇 초 동안 허공을 응시한 채로 기억을 더듬었다.

"그러고 보니 요즘은 낮에도 밖에 나오는 걸 별로 못 봤네……."

그렇게 말하더니 주부는 문득 뭔가 떠오른 모양인지 난처한 듯 눈을 내리깔았다. 보아하니 좋지 않은 소문이 떠오른 것이 분명했다. 소마는 주부가 입을 쉽게 열 수 있도록 상투적인 말로 부추겼다.

"생각나는 건 뭐든지 말씀해주십시오. 큰 도움이 됩니다."

"죽은 사람 일로 입방아를 찧고 싶지는 않지만."

주부는 주저하는 모습을 보이더니 주변에 아무도 없는데도 목소리를 낮추었다.

"마미야 씨 부인이 밤 11시쯤에 자전거를 타고 몰래 나가는 걸 본 사람이 있어요. 이렇게 모자로 얼굴을 감추고요. 한두 번이 아니라고요. 한 주에 몇 번이나……."

마미야 마사타카는 장례식 다음날도 설계 사무소를 열었다. 사무원이 없어 마사타카는 찾아온 소마에게 소파를 권하고 직접 커피를 끓여주었다. 실내는 사무실이라기보다 근미래적인 살롱 같은 분위기로, 기능적인 스웨덴제 가구를 배치하고 공간을 아낌없이 사용한 구조에서는 마사타카의 재능과 허영심이 둘 다 느껴졌다.

"봄방학이고 해서 딸애들은 할아버지 할머니 집에 보냈습니다. 거기는 자연을 접할 곳이 많아서 애들한테 좋은 곳이거든요."

마사타카는 이야기 상대가 생겨서 정말 기쁜 것 같았다. 그는 자기 인생에 닥친 불운을 아직 받아들이지 못했다. 머리로는 이해하지만 현실감이 수반되지 않는다. 그 결과 자신이 끌어안아야 할 일을 내팽개치고 어떻게든 사태가 자연스레 호전

되기를 어린아이처럼 기다리고 있다. 질문을 하기에 적당한 정신 상태라고는 하기 힘들었지만 마미야 유코가 그날 도대체 무엇 때문에 누구를 기다리고 있었는지, 또한 사건이 일어나기 전에 자주 밤중에 집을 빠져나와 몰래 어디로 향했는지 알아낼 필요가 있었다.

소마는 커피를 마시며 지방의 야산 이야기 등 잡담을 좀 늘어놓다가 질문을 시작했다.

"사건이 일어난 날, 유코 씨가 왜 역 앞 광장에 가셨는지 짚이는 데는 없으십니까?"

마사타카는 어려운 수식을 푸는 수학자처럼 곰곰이 생각하는 표정을 지었다.

"경야 때 부모님도 똑같이 물어보셨는데요, 짐작도 안 갑니다. 아내는 밖을 별로 나돌아 다니지 않는 성격이었거든요. 친구라도 만나러 나갔나……."

"유코 씨가 나간 사이에 따님들은 집에?"

"거 무슨 말씀을."

마사타카는 야단스럽게 고개를 젓고 유코는 네 살배기와 일곱 살배기 딸 둘만 집에 남겨두고 외출하는 무모한 어머니가 아니라고 열변을 토했다. 유코는 두 딸을 역 북쪽 출입구에 있는 탁아소 키즈랜드에 맡기고 역 앞 광장으로 갔다. 덕분에 사건이 발생하여 큰 소동이 벌어졌을 때 딸들은 아무것도 모른 채 안전한 탁아소에서 놀고 있었다고 한다. 소마는 처음으로 밝혀진 탁아소의 이름을 머릿속에 적어 넣었다.

"최근에 유코 씨에게 뭔가 달라진 점은 없었습니까?"

마사타카는 의아하다는 얼굴로 소마를 쳐다보았다.

"뭔가 달라진 점이라니 뭐 말입니까?"

소마는 말투를 바꾸지 않고 핵심을 꺼냈다.

"근처에 사시는 분 이야기로는 유코 씨가 밤 11시쯤에 종종 외출하셨다는 것 같은데요."

바로 안색이 변한 마사타카는 분노와 굴욕으로 무릎에 얹은 손을 희미하게 떨었다. 침묵이 흐른 후 마사타카는 거친 숨을 내쉬며 소마를 노려보았다.

"할말 없으니 돌아가."

"기분 상하셨다면 사과하겠습니다. 다만……."

"돌아가라고 했잖아."

소마는 고개를 숙여 인사하고 일어섰다. 마미야 유코가 어디 갔든지 간에 마사타카는 거기가 어딘지 알고 부끄러워하고 있다. 그 사실을 알아낸 것만으로도 만족해야 한다. 마사타카는 피의자가 아니라 피해자의 유족이다. 게다가 범인은 이미 사망한 것으로 처리되었다. 마사타카에게 실토하라고 강요할 권한은 소마에게 없었다.

물러나기 전에 소마는 딸들과 도서관에 다녔단 마미야 유코라면 그랬을지도 모른다 싶어서 물어보았다.

"유코 씨가 일기를 쓰지는 않았습니까?"

마사타카는 몹시 흥분하여 커피잔을 잡았다.

"왜 아내 일기를 당신한테 보여줘야 하는데! 꺼져!"

마미야 유코가 일기를 썼다는 사실은 알아냈지만 마사타카가 임의로 제출해줄 가능성은 없다는 것도 알았다. 저 상태라면 영장이라도 받아 가지 않는 한 절대 내어주지 않을 것이다. 소마는 눈앞에 단서가 있는데도 다가가지 못하는 것이 안타까워 거울에 비친 와이셔츠의 커피 얼룩을 화풀이하듯이 손수건으로 벅벅 문질렀다. 하지만 마사타카가 와이셔츠 가슴팍에 끼얹은 커피 자국은 쉽게 질 것 같지 않았다. 더구나 키즈랜드의 세면대는 어린이에게 맞는 높이로 만들어져서 소마가 거울에 와이셔츠를 비추려면 스모 선수가 상대방을 떠밀칠 때처럼 무릎을 구부리고 엉거주춤하게 서야 했다. 이곳 직원들은 거울로 어떻게 자기 얼굴을 볼까, 라는 쓸데없는 걱정을 하면서 소마는 손수건을 물에 적셔 셔츠를 닦았다.

키즈랜드는 전국에 대학 입시 학원과 보습 학원, 유아 교실을 두고 있는 교육업계의 대기업이 경영하는 어린이 보육 시설 중 하나로 당연하다는 듯이 접수처에 스마일 키즈 마크가 걸려 있다. 직원은 모두 보육사나 초등학교 교사 자격증을 가지고 있고, 유아 교육 강습을 받은 외국인 교사와 간호사도 상주한다. 한 시간 단위로 아이를 맡길 수 있으며 요금은 비교적 비싸지만 대신에 부모는 아이를 돌볼 보육사나 강사를 선택할 수 있다.

가령 나중에 아이를 낳더라도 일반 형사 월급으로 이런 곳은 무리일 거라고 생각하고 있는데 갑자기 거울 속에 레몬색 앞치마가 나타나더니 등뒤에서 젊은 여자 목소리가 들렸다.

"마미야 씨의 따님들을 맡은 건 전데요."

소마는 허둥지둥 허리를 펴고 몸을 돌렸다.

에기 유카리는 이십 대 중반의 몸집이 작은 여성으로, 운 흔적이 있는 약간 충혈된 눈으로 소마를 똑바로 쳐다보았다. 나이에 걸맞지 않게 경찰을 보고 주눅이 든 기색도 없었고 흔한 호기심을 보이지도 않았다. 에기 유카리는 어쩐지 불안과 결의를 억누른 듯한 긴장된 표정을 짓고 있었다.

뭔가 있다고 느낀 소마는 면담실에 가서 자리에 앉자 굳이 유카리의 긴장을 풀어주지 않고 가볍게 인사를 하고 나서 바로 질문을 시작했다.

"마미야 씨는 여기에 아이를 맡길 때는 꼭 당신한테 부탁했다는데, 그건 어떤 경위로?"

"마미야 씨도 저도 책을 좋아해서 처음 오셨을 때 아이들에게 읽어줄 그림책 이야기를 한 게 계기였을 거예요. 제가 고른 그림책을 전부 마음에 들어 하셨죠."

"마미야 씨는 어떤 분이었습니까?"

"조심스럽고 상냥한 분이었어요. 아이들을 몹시 아꼈고요."

"기록을 보니 마미야 씨는 저녁부터 밤 사이에 아이들을 맡길 때가 많았던 것 같은데요."

"예. 옛날에는 남편분의 일 때문에 부부 동반으로 파티에 참석해야 할 때가 있었거든요. 마미야 씨는 그런 곳을 그다지 좋아하지 않았지만."

"사건이 일어난 날은 한 시간 후에 데리러 온다고 하고 따님들을 맡겼죠?"

"예."

"무슨 일로 외출한다는 이야기는 하지 않았습니까?"

유카리는 소마가 질문을 마치기도 전에 대답했다.

"아니요, 아무 말도 못 들었어요."

소마는 잠깐 뜸을 들이다 일부러 다 안다는 투로 말했다.

"마미야 씨가 입막음을 했군요?"

"아니에요! 무슨 나쁜 짓을 한 것도 아닌데 입막음이라니……."

말하고 나서 유카리는 아차 하고 입술을 깨물었다.

소마는 더이상 아무 질문도 하지 않고 말없이 유카리를 쳐다보았다.

유카리는 입을 다문 채 잠시 고개를 숙이고 있다가 작은 목소리로 따지듯이 말했다.

"무차별 살인범은 이미 죽었는데 왜 마미야 씨 일을 조사하시나요?"

"서류상 절차입니다. 마미야 씨는 사건이 일어나기 전, 밤늦게 종종 어디로 나갔어요. 사건이 일어난 날 마미야 씨는 그 일과 관련해서 역 앞 광장에 간 것 아닙니까?"

"불륜 같은 건 아니에요."

"예, 그건 압니다. 마미야 씨는 그런 분이 아니에요."

유카리는 그제야 조금 놀란 표정으로 소마를 쳐다보았다.

소마는 살아 있는 마미야 유코와 만난 적은 한 번도 없다. 하지만 벌건 대낮에 자기가 사는 동네의 역 앞 광장에서 당당하게 불륜 상대와 만나기로 약속할 만큼 파멸적인 행동을 할 여자 같지는 않았다. 덧붙여 불륜 상대를 만나는데 그날 마미야 유코처럼 수수한 회색 정장을 입고 나가는 여자는 없다. 물론 소마는 그러한 판단의 근거를 유카리에게는 말하지 않았다. 간신히 싹튼 유대감을 괜히 짓밟을 필요는 없다.

유카리는 안타까워죽겠다는 표정으로 중얼거렸다.

"……마미야 씨, 주변에 알려지지 않도록 애써서 계속 숨겨 왔어요."

무차별 살인범에게 목숨을 빼앗긴데다 숨겨온 비밀까지 알려지는 건 가엽다고 생각했으리라. 에기 유카리와 마미야 유코는 보육사와 아이 어머니라기보다 독서라는 같은 취미를 가진 친구 같은 관계였는지도 모르겠다고 소마는 추측했다.

"결국 알려질 일입니다. 그러니 친하게 지냈던 당신이 직접 이야기해주시면 안 되겠습니까?"

유카리는 잠시 생각한 후에 고개를 천천히 끄덕였다.

"마미야 씨의 남편분이 하시는 설계 사무소는 경영 상태가 많이 좋지 않았어요. 그래서 마미야 씨가 아르바이트를 하러 나갔죠. 밤에 아이들을 재우고 나서."

"물장사를 했습니까?"

"아니요, 마미야 씨는 그런 일 못 해요. 슈퍼에서 계산대 일을 했어요."

역 북쪽 출입구 주택가에 있는 아침 해 슈퍼는 올해 일월부터 심야 영업을 시작했다. 마미야 유코는 아침 해 슈퍼에서 한 주에 나홉, 늦은 밤부터 이른 아침까지 계산대 업무와 상품 교체 업무를 했다.

집 근처에도 밤새 영업하는 슈퍼는 있었지만 아는 사람과 만나 집안 형편이 어렵다는 소문이라도 나면 마사타카의 체면이 구겨질까 봐 마미야 유코는 비가 오나 바람이 부나 자전거를 타고 일부러 역 반대편 슈퍼까지 일을 하러 다녔다. 허영심 강한 마사타카 입장에서는 견디기 힘든 일이었을 것이다.

"마미야 씨는 시오리와 나쓰메를 위해서라면 무슨 일이라도 할 수 있다고 했어요. 하지만 아직 둘 다 어리니 가능한 한 곁에 있어주고 싶다면서 첨삭이나 녹취록 작성 아르바이트 등 집에서 할 수 있는 일을 얻으려 애썼어요. 하지만 좀처럼 찾질 못해서요. 아르바이트 마치고 돌아오는 길에 늘 신께 빌고 있다고……."

유카리는 말을 잇지 못하고 고개를 숙였다. 새빨개진 얼굴로 흘러내리려는 눈물을 참고 있었다.

소마는 잠자코 손수건을 내밀었다. 두 사람 사이에 커피로 얼룩덜룩해진 손수건이 나타났다. 소마가 말없이 손수건을 거두자 유카리는 쿡 웃더니 앞치마 주머니에서 꺼낸 손수건으로 재빨리 눈에 맺힌 눈물을 닦았다.

"마미야 씨, 그날은 겨우 원하던 일을 할 수 있을 것 같다며 기뻐했어요. 이제 만나러 가서 이야기를 들을 거라고 했죠. 그래서 아이들을 맡기고 간 거예요."

유카리는 마미야 유코가 그날 누구에게 무슨 일거리에 관한 이야기를 들을 예정이었는지 구체적인 내용은 몰랐다.

소마는 아침 해 슈퍼에 가서 유카리에게 들은 이야기를 확인하고 좀더 상세한 정보를 얻었다. 마미야 유코는 올해 2월 1일부터 월, 화, 목, 금 이렇게 한 주에 나흘, 밤 11시 반부터 다음날 아침 5시 반까지 야간 근무를 했다. 주된 업무는 계산대 업무와 상품 교체. 마지막 출근 기록은 사건 전날인 3월 24일 목요일이었다.

소마는 마미야 유코가 아르바이트를 했던 가게를 둘러보았다. 아침 해 슈퍼는 식료품부터 일용잡화까지 어지간한 것은 다 갖추어져 있는 대형 슈퍼로, 수입 과자와 술도 다양하게 진열되어 있었다. 통로 옆의 소형 텔레비전에서는 유아의 발육에 좋다고 소아과의가 추천한 아기 식품 광고가 흘러나왔고, 잘 차려입은 젊은 어머니가 귀여운 박스에 담긴 값비싼 병조림 아기 식품을 사 갔다. 마미야 유코도 남편의 설계 사무소가 기울기 전에는 이렇게 쇼핑을 즐기는 쪽이었을 것이다.

마미야 유코는 슈퍼에서 사람들과 거의 교제를 하지 않았다.

소마는 한밤중에 슈퍼의 반물색 유니폼을 입은 마미야 유코가 형광등만이 밝게 빛나는 썰렁한 가게에서 진열대에 마른 식료품과 봉지 과자를 묵묵히 늘어놓는 모습을 마음속으로 그려보았다.

마미야 유코는 도대체 어떤 기분으로 여기서 새벽까지 시간을 보냈을까…….

호주머니의 휴대전화가 울려 소마는 부리나케 가게 밖으로 나가며 전화를 받았다. 형사부장 요시마쓰의 걸걸한 목소리가 들렸다.

"소마, 서로 돌아와. 우에에다 경감이 부른다."

세이토 대학교 캠퍼스에 있는 카페테리아의 메뉴는 슈지의 예상을 훨씬 뛰어넘을 만큼 충실했다. 빵만 하더라도 베이글, 번, 크루아상이 있었고 새우와 치킨, 토마토와 아보카도 외에도 몇 종류나 되는 재료를 사용해 샌드위치를 만들 수 있었다. 거기에다 고기가 들어간 파이와 키슈, 과일 타르트도 풍부했고 카페테리아 한구석은 엄청나게 큰 샐러드 바였다.

슈지는 메뉴가 이렇게 많은데 여학생들이 마치 작은 새처럼 조금밖에 먹지 않아서 놀랐다. 테이블에 내려놓은 쟁반에는 샐러드와 과일, 그리고 요구르트와 라떼뿐이었다. 슈지는 식욕을 반으로 억눌렀지만 슬픔에 잠긴 여학생들 사이에 있으니 슈지의 쟁반에 담긴 큼지막한 번 샌드위치와 복숭아 타르트 한 조각, 그리고 커피는 제법 '푸짐'하다는 인상을 지울 수 없었다.

슈지는 큰일났다 싶었다. 이래서는 '선생님'의 죽음을 전혀 슬퍼하지 않는 것처럼 보인다.

여학생들 사이에 미묘한 공기가 퍼져나가는 것을 슈지도 눈치챘다.

"넌 고등학생이니까. 배고플 나이지."

3학년 다카야나기 리리코가 소년처럼 웃자 다른 여학생들도 '아아, 그렇지' 하고 어머니가 아들을 보는 것처럼 다정한 눈빛을 보냈다. 사실 슈지와 여학생들은 그다지 나이 차이가 나지 않는데도.

그날 세이토 대학교 캠퍼스의 예배당에서 다케시타 미사토의 학내 미사가 거행되었다. 수많은 학생들에 섞여 예배당에 숨어든 슈지는 제일 앞줄 부근에 어깨가 바짝 붙을 듯이 모여 앉은 여학생들이 다케시타 미사토의 동아리 친구임을 알고 미사가 끝나자마자 접근했다. 그리고 야리미즈에게 들은, 다케시타 미사토가 보습 학원에서 시간강사로 일했다는 정보를 활용해 말을 걸었다.

"저, 중학교 때 미사토 선생님한테 배웠어요."

슈지의 침통한 목소리에 제단 앞에 가만히 서 있던 여학생들이 고개를 돌렸다. 눈물로 희미하게 흐려진 여학생들의 눈앞에 검은색 하이넥 스웨터와 회색 바지 차림의 성실한 수험생처럼 보이는 슈지가 쓸쓸히 서 있었다.

"내년에 저도 여기에 지원할 거라고 했더니 선생님이 몹시 기뻐했는데……."

슈지는 갑자기 말을 끊고 고개를 숙였다. 여학생들 사이에 별안간 미사토가 살아 있었다면 했을 일을 해주고 싶다는 마음이 번져나갔다.

"그럼 우리가 미사토 대신 캠퍼스를 안내해줄게."

씩씩하게 눈물을 닦고 대답한 사람이 바로 동아리 회장인 3학년 다카야나기 리리코였다.

슈지는 리리코의 도움으로 겨우 부드러운 분위기 속에서 큼지막한 샌드위치를 먹을 수 있었지만, 다음에 리리코가 꺼낸 말은 예상외였다.

"있지, 미사토가 일하던 학원에 대해 물어보고 싶은 게 있는데……."

슈지는 자신이 질문을 받을 줄은 생각도 못 했다. 슈지는 종이 냅킨으로 손을 닦고 성실한 우등생으로 보이도록 유의하며 리리코에게 몸을 돌렸다.

"뭔데요? 제가 아는 일이라면 뭐든지 대답할게요."

"미사토가 가르치던 학생 중에 유미라는 애 아니?"

"유미……." 슈지는 잠시 생각하는 척하다가 "성은 뭔지 아세요?"라고 물었다.

"아니, 성은 몰라."

리리코 옆에 앉은 아베 도모카가 안경 속의 눈을 심각하게 깜박이며 대답했다. 아베 도모카는 사건 전날 밤에 미사토가 유미의 메일을 받았을 때 우연히 함께 있었다고 한다.

도모카 방에서 둘이서 〈사운드 오브 뮤직〉 DVD를 보고 있을 때 미사토의 휴대전화가 울렸다. 그런데 미사토는 메일을 보낸 유미라는 학생이 누구인지 기억해내지 못했다고 한다.

"'작년 졸업생인가, 도중에 그만둔 아이인가' 그러면서 열심히 생각해내려고 했지만."

"제자였다는 건 알았던 건가요?"

"응, 메일 제목으로."

"만약 괜찮으시다면 그……."

슈지는 어디까지나 조심스럽게 재촉했다.

도모카는 리리코가 고개를 끄덕이는 것을 보고 결심한 듯 말했다.

"제목은 '선생님 도와줘요'. 내용은 '내일 오후 2시 진다이지 역 남쪽 출입구 역 앞 광장에서 유미'."

슈지는 한순간 연기가 아니라 정말로 말이 나오지 않았다.

—내일 오후 2시 진다이지 역 남쪽 출입구 역 앞 광장에서 아렌.

메일 내용은 슈지가 받은 거짓 메일과 한 마디 한 구절도 다르지 않고 완전히 똑같았다.

다른 점은 절박한 느낌의 제목과 이름뿐.

유미는 너무 흔한 이름이니 정확하게 누군지는 기억해내지 못하더라도 자기가 가르친 학생이 그런 메일을 보내면 내버려두지 못하는 강사가 많을 것이다. 실제로 미사토는 유미를 만나러 나갔다가 변을 당했다.

아무것도 모르는 여학생들은 유미를 선의에서 우러난 마음으로 걱정하고 있었다.

"유미는 무슨 고민이 있어서 미사토에게 상의하려고 했을 거야. 사건이 일어났을 때 함께 있었는지는 모르겠지만, 만약 함께였다면 심한 충격을 받았을 테고 함께 있지 않았다면 미사토를 불러냈다는 것에 책임을 느끼고 괴로워하고 있지 않을까? 안 그래도 고민거리를 껴안고 있었는데 이런 일까지 생겨서 말이야. 누가 유미를 찾아서 도와준다면 미사토도 기뻐할 거야."

"알았어요." 슈지는 진지하게 대답했다. "학원에 옛날부터 계시던 수학 선생님을 알아요. 그분이라면 분명 유미를 찾아서 상담해주실 거예요."

여학생들은 안심한 표정으로 서로 마주보았다. 몇 명은 처음으로 미소를 지었다. 남은 동아리 친구들에게 미사토가 다하지 못한 일을 대신 해주는 것은 무엇보다도 중요한 의무다. 비극 속에서 펼쳐진 이 행복한 한순간을 슈지는 놓치지 않았다.

"저는 대학에 대해서도 알고 싶었지만 실은 미사토 선생님이 돌아가시기 전에 어떻게 살았는지 그게 더 궁금해요."

감상적인 슈지의 이 말은 안도한 여학생들에게 슈지가 의도한 대로 한 가지 착각을 심어주었다. 미사토에게 배웠다는 이 아이는 미사토를 좋아했다고. 여학생들은 슈지가 무엇을 묻든 기꺼이 대답해주었다.

미사토는 뭔가 고민하거나 두려워하는 낌새 없이 사건이 일어난 날까지 평소와 다름없이 학교생활을 즐겼다고 한다. 불만이 있다면 근처에서 시끄럽게 공사하는 소리 때문에 늦잠을 못 자는 것과 그리 뚱뚱하지도 않은데 아르바이트비를 퍼부어서 다이어트 식품을 사 먹었지만 효과가 없었다는 것 정도였다. 아르바이트는 월요일과 수요일의 학원 강사 일뿐이었고 다른 시간은 학업과 동아리 활동에 전념했다.

미사토가 소속되어 있던 뮤지컬 연구회는 보다시피 남학생이 없는 꽃밭이지만 편곡이 특기였던 미사토 덕분에 여학생들만으로도 부를 수 있는 곡이 꽤 늘었다고 한다. 동아리 활동은 뮤지컬 공연 관람과 매일 빼먹지 않는 노래 연습, 한 주에 한 번 여는 미니 발표회다.

"미니 발표회는 뭔가요?"

"신주쿠에 뮤지컬 노래가 구비된 노래방이 있어." 리리코가 말했다. "거기서 한 주에 한 번, 금요일 밤에 모두 모여서 밤새 발표회를 여는 거지."

"밤새도록……."

저도 모르게 슈지는 움츠러들었다.

"물론 비평도 제대로 해."

도모카가 중대한 일이라는 듯이 덧붙였다.

"밤새 노래한 후에 따뜻한 캔커피를 마시며 역에서 첫 전철을 기다리거든." 머리카락을 검은 벨벳 리본으로 땋은 여학생이 몸을 내밀었다. "그때의 온몸이 텅 빈 느낌은 말로 다 못 할 만큼 좋아."

"어쩐지 뉴요커가 된 느낌이야."

주근깨가 귀여운 여학생이 말하자 다른 여학생들이 모두 "맞아, 맞아" 하고 고개를 끄덕였다.

슈지는 뉴요커가 된 느낌이 어떤 느낌인지 이해가 잘 안 갔지만 깊이 따져 묻지 않는 편이 좋을 것 같았다.

"아, 나 베이글 샌드위치 먹을래."

도모카가 기운차게 일어섰다.

다른 여학생들도 갑자기 배가 고파졌는지 재잘재잘하며 뒤를 따랐다. 리리코 혼자 앉아서 미소 띤 얼굴로 동아리 친구들을 바라보았다.

"미사토 선생님도 늘 아침까지 노래했나요?"

슈지는 리리코에게 물었다.

"물론. 발표회는 쉰 적이 없어. 지각은 상습범이었지만."

"선생님, 시간 약속은 잘 못 지켰죠."

슈지는 웃는 얼굴로 이야기를 맞추어주면서 사건이 일어난 날도 미사토 혼자 늦게 도착했다는 것을 떠올렸다.

"중요할 때는 꼭 늦는다니까." 리리코가 쓴웃음을 지었다. "여름 합숙 때도 미사토가 약속 시간에 늦어서 모두 다음 전철을 타고 가게 됐거든. 전철이 떠나고 나서 고요해진 플랫폼으로 미사토가 세상의 종말이라도 온 것처럼 안색이 변해서 전속력으로 달려오는 거야. 팔을 막 붕붕 휘저으면서. 모두 화를 내기 전에 웃음이 먼저 터져 나왔어."

불현듯 달려오는 미사토의 모습이 리리코의 뇌리를 스쳤다.

여름날 아침, 커다란 캐리어를 끌고 팔을 흔들며 달려오는 미사토. 갑작스레 기억이 선명하게 되살아나 리리코는 순간적으로 숨을 멈추고 입을 꾹 다물었다.

슈지는 샌드위치를 사러 간 여학생들을 시야 가장자리로 확인했다.

"괜찮아요, 아직 안 와요."

"미안……."

리리코는 얼굴을 돌리고 손등으로 재빨리 눈물을 닦았다. 모처럼 모두가 기운을 차렸는데 지금 울면 어쩌란 말인가. 그렇게 생각하는 리리코의 마음이 슈지에게도 전해져왔다.

다시 고개를 돌린 리리코는 더이상 울지 않았다. 그리고 이번에는 미사토와의 추억을 가슴에 새기며 말했다.

"미사토 선생님은 마지막까지 정말로 즐겁게 삶을 살았어."

슈지는 홀로 돌계단에 앉아 다양한 종류의 유니폼을 입고 저녁놀이 진 하늘 아래 운동장을 뛰어다니는 사람들을 바라보고 있었다. 럭비, 축구, 육상 어느 종목의 유니폼이든 바다를 떠다니는 범선의 돛과 마찬가지로 자신과는 무관한 세상의 물건이기에 바라보고 있자니 어쩐지 마음이 차분해졌다.

미사토가 제자라는 유미를 생각해내지 못한 것도 무리는 아니었다. 유미는 이 세상에 존재하지 않는다. 미사토도 슈지와 똑같이 스키 마스크가 쓴 거짓 메일을 받고 불려 나온 것이다. 미사토는 죽는 순간까지 아무런 위험도 느끼지 못했다. 슈지와 미사토는 완전히 똑같은 상황에 놓여 있었다. 미사토도 왜 자신이 죽어야 하는지 몰랐다.

슈지는 여학생들에게 얻은 정보를 곱씹었다. '나머지 네 사람' 중 하나인 다케시타 미사토와 자신에게는 무슨 공통점이 있을 것이다. 적어도 어딘가에 접점이 하나는 있을 텐데 아무리 생각해도 그럴듯한 대답은 전혀 떠오르지 않았다.

슈지는 한숨을 내쉬고 깍지 낀 손을 베개 삼아 돌계단에 벌렁 드러누웠다.

노을 진 하늘을 배경으로 소마의 얼굴이 내려다보고 있었다. 슈지는 무심결에 비명을 지르며 돌계단을 두 단 정도 미끄러져 떨어졌다. 소마는 질겁한 슈지를 기쁜 얼굴로 쳐다보았다.

"7대3 가르마 잘 어울리네. 머리는 검은색으로 염색했나?"

"컬러 스프레이예요."

슈지는 7대3으로 갈라붙인 검은머리를 한 손으로 마구 헝클었다. 순식간에 어수선한 원래 모양으로 되돌아가는 것이 형상기억합금 같다고 소마는 묘하게 감탄했다.

"이런 데서 뭐해요?" 간이 떨어질 뻔해서 부아가 났는지 슈지가 째려보았다. "데리러 왔다느니 그런 말은 하지 말아요."

말문이 콱 막힌 소마는 부루퉁한 얼굴로 대답했다.

"모교 방문이다."

"농담을 하려면 좀 제대로 하든가."

소마가 갑자기 두 손으로 손나발을 만들더니 운동장을 향해 "이나무라, 느려터졌어!" 하고 큰 소리를 질렀다.

검도복을 입고 운동장을 달리던 서른 명 정도의 사람들이 소마를 쳐다보았다. 선두에 선 이나무라가 뭐라고 외치며 소마에게 고개를 꾸벅 숙이더니 달리는 속력을 높였다. 뒤따르는 부원들도 차례차례 아주 큰 소리로 "예입"이나 "엽" 하고 외마디 소리를 던지며 소마에게 고개를 숙였다.

소마가 어떠냐는 듯한 표정으로 슈지를 돌아다보았다. 슈지는 깜짝 놀랐다.

"아이고, 얼마나 유급한 거예요?"

"무슨 헛소리냐."

검도 7단인 소마는 졸업 후에도 모교 후배들의 부탁을 받고 이따금 연습을 도와주었다. 어쩌다 보니 그것이 대대로 내려오는 관례가 되어 지금은 나이 차이가 많이 나는 후배와 대련을 한다. 여름 합숙 때는 술과 고기를 보내주고, 비번 날에 후배들이 부르면 함께 술을 마시러 나가서 한턱내기도 한다.

소마의 이야기를 듣고 놀라움으로 가득하던 슈지의 눈에 측

은해하는 빛이 깃들었다.

"호구도 이런 호구가 다 있나."

"시끄러."

소마는 고개를 홱 돌리고 돌계단에 앉았다.

붉게 물든 서쪽 하늘에는 석양이, 군청색으로 물든 동쪽 하늘에는 희끄무레한 달이 떠 있었다. '달은 동녘에 해는 서녘에'. 그런 말이 떠오른 소마는 아까 슈지가 그랬던 것처럼 머리 뒤에 깍지를 끼고 돌계단에 벌렁 드러누웠다.

눈앞에 펼쳐진 하늘 한가운데는 불타오르는 듯한 암적색도 아니고 아주 짙은 군청색도 아닌 물을 많이 탄 흰빛이었다. 소마는 말없이 아무것도 없는 하늘을 바라보았다.

갑자기 슈지의 목소리가 들렸다.

"이 사건을 해결하면 소마 씨가 공을 세우는 거겠죠?"

소마는 한순간 무슨 뜻인지 알아듣지 못했다.

"공을 세우면 아무도 뭐라고 못 한다고요."

슈지는 그렇게 말하더니 굴러온 축구공을 차주려고 돌계단을 뛰어 내려갔다.

소마는 늘 혼자 행동하는 자신을 보고 슈지가 제 나름대로 걱정하고 있었음을 알아차렸다. 슈지가 힘껏 찬 축구공은 쌓아올린 타이어에 기대어둔 라인기로 날아가서 주변에 석회 가루가 흩뿌려졌다. 슈지는 "칫!" 하고 소리를 지르더니 서둘러 참상이 벌어진 곳으로 달려갔다.

얼굴은 어른스럽지만 신기하게도 어린 티를 벗지 못한 슈지의 말이 소마의 귓속에 남았다.

공…….

그래, 공을 세워서 훌륭한 경찰관이 되겠다며 어린 소마는 연초마다 불단의 아버지 영정 사진에다 맹세했다. 아버지를 대신해 나쁜 놈들을 잡아 성실하게 살아가는 보통 사람들의 삶을 지키겠다고 단순하게 결심했다. 왼쪽 관자놀이에 총을 맞아 죽은 아버지는 소마가 일곱 살, 여동생이 한 살 때 알던, 청년의 모습이 희미하게 남은 얼굴로 영정 사진 속에서 미소를 지어주었다.

파출소에 순경으로 근무하다 치열한 경쟁을 뚫고 형사가 된 소마는 오로지 사건만 생각하며 수사에 몰두했다. 공을 세울 기회가 주어지지 않고 평생 괄시를 당해도 상관없었다. 범죄자와 맞서는 이 일을 천직이라 여겨 다른 일에 한눈팔 생각은 해본 적도 없었다.

하지만 한 시간쯤 전에 소마는 우에에다 경감에게 교통과 교통수사계로 이동하라는 내시를 받았다. 교통수사계는 일반적으로 신입 형사가 배속되어 베테랑 형사의 지도 아래 차량털이와 뺑소니 등을 수사하는 부서다. 소마도 신참 시절에 소속된 적이 있는 교통수사계의 베테랑 형사가 올해 봄에 정년퇴직한다. 그래서 소마에게 뒤를 이어 신입 형사를 지도해달라는 것이 표면상의 이유였다. 우에에다는 내시를 전달한 후 마미야 마사타카가 서에 항의 전화를 걸어 난리를 쳤다며 사월에 이동할 때까지 유급휴가를 사용하라고 말하고 이야기를 끝맺었다.

무슨 말을 해봤자 허사임은 알고 있었다. 소마는 아직 후진을 지도할 만한 나이도 아니거니와 마미야 마사타카가 소마를 콕 집어 항의했다는 것조차 구실에 불과하다. 모든 것은 영수증 쓰기를 거부한 소마에 대한 보복이었다.

어느 서에서든 수사 협력자에게 수사비를 지불할 때는 수사 협력자가 써준 영수증을 받아야 한다. 하지만 사실 이 영수증은 종종 경찰관이 직접 쓴다. 적어도 진다이 서에서는 대부분의 경찰관이 영수증을 가짜로 써야 했다. 영수증에 쓰는 이름과 주소는 전화번호부에서 되는대로 고른다. 당연히 돈은 그 사람에게 지급하지 않고 몰래 모아두었다가 때때로 관리직의 유흥비로 썼다.

이 은밀한 돈을 만들기 위해 많은 경찰관들이 가짜 영수증을 써야 했다. 이는 필적을 바꾸기 위해서이기도 하지만 가장 큰 이유는 조직을 위해 독을 나누어 먹는다는 공범 의식이다. 즉 가짜 영수증을 쓰는 것은 조직에 대한 충성심을 알아보는 시험대다. 소마는 가짜 영수증을 쓰기를 거부했고, 그 결과 조직은 소마를 거부했다.

소마는 학창 시절과 무엇 하나 달라지지 않은 운동장을 바라보았다.

학생들이 물러간 운동장에는 옅은 보랏빛 땅거미가 졌고, 봄철 해질녘 특유의 먼지 섞인 미풍이 불고 있었다. 거기서 슈지가 혼자 축구공을 가지고 놀고 있었다. 천진난만하게 공을 쫓는 모습은 어디에나 있는 열여덟 살 소년으로 보였다. 소마는 처음으로 슈지가 아직 키가 더 클 나이임을 의식했다. 그리고 운동장을 달리는 슈지를 바라보며 저 녀석이 살아남으면 그걸로 됐다고 생각했다.

소마는 4월 1일에 이동할 때까지라는 우에에다의 권유를 무시하고 4월 4일까지 일주일의 유급휴가를 얻었다. 서장도 불평은 하지 않았다. 소마는 손에 넣은 시간을 몽땅 이 사건 수사에 퍼붓기로 결심했다. 반드시 이 사건의 진상을 규명한다. 살해당한 네 피해자를 위해서, 슈지를 구하기 위해서가 아니다. 이렇게밖에 살 수 없는 자기 자신을 위해서다.

"GPS 상태 양호, 양호."

야리미즈의 느긋한 목소리가 들렸다. 쳐다보니 베르사체 양복을 상복으로 입은 야리미즈가 휴대전화를 들고 건들건들 다가왔다. 소마는 가볍게 손을 들어 답을 하고 일어서서 운동장에 있는 슈지를 불렀다. 슈지가 마지막 슛을 날리고 달려왔다.

"아, 저 녀석 내 옷 입었네."

야리미즈가 우습다는 듯이 중얼거렸다.

슈지가 돌계단을 뛰어 올라오면서 소마에게 가르쳐주었다.

"야리미즈 씨의 옷장, 코스튬 플레이 하는 사람처럼 별별 옷이 다 있다니까요."

"코스튬 플레이?"

눈을 깜박이는 소마를 보고 야리미즈는 싱긋 미소를 지었다.

"수의도 있어. 입어볼래?"

소마는 고함을 버럭 지르려고 숨을 삼켰지만 문득 마음이 바뀌었다.

"그것도 괜찮겠군. 입어볼까."

"아아, 입어봐, 입어봐. 다시 태어난 기분이 들 거야."

슈지가 걱정스러운 듯이 소마의 얼굴을 들여다보았다.

"소마 씨, 뭐 상한 거라도 먹은 거 아니에요? 이보쇼, 괜찮아요?"

떠들어대는 슈지를 무시하고 소마는 쾌활하게 "뭐 맛있는 거라도 먹을까" 하고 앞장서서 걷기 시작했다.

"그럼 그날 기요코 여사가 견학하러 갈 예정이었던 양로원이 어딘지 알아냈군요?"

앞치마를 한 슈지가 놀라서 도마에서 고개를 들고 거실 겸 식당을 돌아다보았다. 여느 때처럼 소리를 없앤 뉴스 영상이 흘러나오는 거실에는 야리미즈가 혼자 소파에 누워 편안히 쉬고 있었다.

"앞치마 소년, 양배추를 다 썰었으면 마늘 껍질을 까고 얇게 저미도록."

살짝 데친 완두콩과 까치콩, 브로콜리는 이미 슈지가 소쿠리에 담아 부엌 조리대에 늘어놓았다. 슈지는 마지못해 투덜대며 야리미즈의 지시에 따랐다.

식사 당번은 성냥개비로 제비를 뽑아 결정했는데 야리미즈가 정한 '봄 양배추와 생햄 파스타에 콩과 봄 채소 샐러드'라는 계절감이 가득하고 몹시 귀찮은 메뉴도 그렇고, 야리미즈가 묘하게 즐거운 듯이 연달아 지시를 내리는 모습도 그렇고, 슈지는 아무래도 제비에 무슨 속임수가 있었던 것만 같아 찜찜하기 그지없었다.

"그래서 갔어? 기타가마쿠라의 로터스홈에."

앞치마 대신 수의를 껴입은 소마는 식당 테이블에 앉아 살짝 데친 누에콩 껍질 벗기는 것을 돕고 있었다. 뜻밖에 손끝이 여문 소마는 얇은 껍질 속에서 비취색 콩을 차례차례 꺼냈다.

"당연하지. 로터스홈은 기타가마쿠라에 있는 고급 양로원이야. 의사와 간병인이 상주하고 식당은 근사한 레스토랑 뺨치는 수준이지. 웬걸, 출장 요리 서비스도 있더라고. 방에는 요리를 좋아하는 주부를 위한 시스템키친도 딸려 있어. 식사를 제한해야 하는 입주자에게는 관리 영양사가 매 끼니마다 식단을 짜주고, 운동 부족을 해소하기 위한 헬스장과 수영장 거기에 미니 콘서트 홀까지 있지. 요금은 다리가 풀릴 만큼 비싸지만 그야말로 극진하게 대접해주는 곳이라 입주를 희망하는 사람들의 두꺼운 예약 목록이 산더미처럼 쌓여 있더군. 내기해도 좋아. 그 목록에 적힌 사람들 중 반은 입주하기 전에 세상을 뜰 거야."

"그래서?" 소마가 콩 껍질을 벗기던 손을 멈추고 물었다.

"더이상 입주자를 모집할 리 없지."

"그렇다면 양로원 견학을 할 리도 없다……!"

슈지가 뒤이어 말했다.

"그래. 기요코 여사는 거짓 전화를 받고 불려 나간 거야."

슈지는 등골이 오싹해졌다. 스키 마스크는 전화와 메일 한 통으로 사람을 마음대로 움직였다.

다음으로 소마의 이야기를 듣자 더 으스스해졌다.

구보 인쇄소 사장 구보 다다시가 작업장 칠판에 적어둔 전화번호—사건이 일어난 날 역 앞 광장에서 만나기로 한 전단지 의뢰주의 전화번호가 말끔히 지워져 있었다. 전단지 색상 번호와 납기 등을 잡다하게 적어놓은 칠판 오른쪽 아래에 공백이 한 줄 있었다. 나오에의 이야기로는 경야 때 조문객들이 많이 드나들어서 언제 지워졌는지도 모른다고 했다.

"우연으로 치부하지 못할 것도 없지만, 그 전화번호만 지워졌다는 게……."

소마는 그렇게 말하며 껍질을 다 깐 누에콩이 담긴 사발을 조리대에 내려놓았다.

슈지는 어스레한 작업장 한구석에 서서 조문객으로 붐비는 인쇄소 앞을 가만히 쳐다보는 살인자의 모습이 보이는 것만 같았다. 자기 손으로 죽인 남자의 장례식에 숨어든 살인자. 아무것도 모르는 무고한 사람들 사이로 역병이 섞여든 것처럼 불길한 광경으로 느껴졌다.

"혹시나 몰라 구보 다다시가 전화를 받은 날짜와 시간의 통화 기록을 통신 회사에 조회해봤는데." 소마가 말을 이었다. "공중전화로 걸었더군. 하는 김에 슈지에게 온 메일도 조사해봤는데 그건 선불식 휴대전화로 보냈어. 구입자는 불확실해."

소마는 마미야 일가의 속사정부터 키즈랜드에서 일하는 보육사 에기 유카리의 증언, 마미야 유코가 슈퍼에서 야간 아르바이트를 했다는 것까지 오늘 파악한 사실을 얼추 이야기했다.

"사건 당일 마미야 유코의 행동에 관해서는 새로운 아르바이트 면접 상대를 기다리고 있었다는 것말고는 몰라. 일기에는 뭔가 적혀 있을지도 모르지만 임의 제출을 요구할 수는 없어."

샐러드용 삶은 달걀의 껍데기를 벗기며 귀를 기울이고 있던 슈지는 그 면접 자체가 이해가 가지 않았다.

"면접은 보통 고용주의 회사에서 보는 거잖아요. 사기 모금 모금원처럼 길거리에서 아르바이트 지원자를 모으는 경우도 있지만, 그렇다면 역 앞 광장에 다른 지원자도 있어야 마땅한데. 그 면접 꽤 수상하지 않아요?"

"뭐, 그렇지."

소마는 일어서서 찬장에서 야리미즈가 지시한 그릇을 꺼내기 시작했다. 아무래도 야리미즈는 계절감이 넘치는 파스타를 전통 그릇 회사 오리베의 커다란 팔각 접시로 먹고 싶은 것 같았다.

야리미즈가 담배에 불을 붙이고 정보를 정리했다.

"다섯 명 중 다케시타 미사토와 슈지는 동일 인물이 보낸 거짓 메일을 받고 불려나갔을 가능성이 높아. 이마이 기요코와 구보 다다시는 거짓 전화를 받고 불려 나갔을 가능성이 높고. 마미야 유코는 어떤지 모르겠지만 키즈랜드의 에기 유카리에게 이제부터 만나러 가서 이야기를 들을 거라고 했어. 요컨대 마미야 유코도 그날 다케시타 미사토, 구보 다다시, 이마이 기요코와 똑같은 조건에서 사람을 기다린 셈이지."

"똑같은 조건?"

슈지가 물었다.

"즉, 네 사람 다 약속 상대의 얼굴을 몰랐던 거야."

슈지는 사건이 일어나기 직전에 네 사람의 모습이 어땠는지를 떠올렸다.

회색 정장을 입은 마미야 유코, 외출용 모자를 쓰고 진주 목걸이를 한 이마이 기요코, 얇은 점퍼를 입은 구보 다다시 세 사람은 분수를 둘러싼 돌의자에 앉아 사람을 기다리는 얼굴로 역 개찰구 쪽을 바라보고 있었다. 그리고 약속 시간인 2시가 지나서 부랴부랴 달려온 다케시타 미사토는 기억에 없는 제자의 모습을 찾아 역 앞 광장을 둘러보았다.

그때 네 사람은 모두 얼굴을 모르는 가공의 약속 상대를 기다리고 있었던 것이다.

"우리 다섯 명을 진짜로 기다리고 있던 건 분명 같은 사람이었을 거예요. 스키 마스크를 쓴 그 남자."

"틀림없겠지. 그렇다고 해도 현재로서는 아무런 증거도 없지만."

그렇게 말하더니 야리미즈는 슈지에게 파스타 면을 삶으라고 말하고 스톱워치를 눌렀다.

증거가 없다. 슈지도 알고는 있었다.

이마이 기요코의 달력에 적힌 글씨는 기껏해야 양로원에 관련된 사기 의혹을 받을 정도일 뿐 계획 살인의 증거로는 불충분하고, 다케시타 미사토와 슈지가 받은 거짓 메일 역시 단순한 장난으로 치부하면 그뿐이다. 이마이 기요코를 불러낸 전화와 다케시타 미사토를 불러낸 메일의 발신 내역을 조회해도 구보다다시와 슈지 때와 마찬가지로 스키 마스크의 신원을 알아내기는 불가능하리라.

슈지는 분한 마음으로 큰 냄비 속의 파스타를 천천히 휘저었다.

그때 가만히 생각에 잠겨 있던 소마가 "좀 들어봐" 하고 느닷없이 입을 열었다.

"아무리 생각해도 모르겠는 게 하나 있는데……."

소마의 곤혹스러운 말투에 슈지와 야리미즈는 눈을 들어 그를 쳐다보았다.

"스키 마스크는 도대체 왜 그런 짓을 했을까?"

슈지는 한순간 소마가 무슨 말을 하는지 이해가 가지 않았다.

"대낮에 역 앞 광장에서 무차별 살인. 이런 사건이 일어나면 매스컴은 일제히 소란을 떨고, 세간은 뒤숭숭해지겠지."

"아아."

슈지는 당연하다는 듯이 고개를 끄덕였다.

"스키 마스크는 프로야. 다섯 명을 죽이는 데에는 얼마든지 다른 방법이 있었을 텐데."

슈지는 말이 나오지 않았다. 지금까지 한 번도 그런 식으로 생각해본 적은 없었다.

"스키 마스크가 마음만 먹었다면 다섯 명을 한 명씩 없앨 수도 있었을걸."

소마는 역 앞 광장 사건을 되새기며 슈지와 야리미즈에게 묻는다기보다 자문하듯이 이야기를 이었다.

"진다이지 역 북쪽 출입구로 나오면 바로 파출소가 있지. 파출소에서 남쪽 출입구의 광장까지 달리면 이 분도 안 걸려. 이토록 주도면밀한 수법으로 피해자를 끌어낸 스키 마스크가 거기 파출소가 있는 줄 몰랐을 리 없어. 스키 마스크는 그 광장이 다섯 명을 처리하기에 위험한 곳이라는 걸 알고 있었어. 운이 나빴다면 놈은 파출소에서 달려온 순경에게 그 자리에서 사살

됐을지도 몰라. 그런 위험을 무릅쓰면서까지 도대체 뭣 때문에 스키 마스크는 대낮에 역 앞 광장에서 끔찍한 무차별 살인 사건으로 위장하여 다섯 명을 죽이려 했을까……."

위험을 무릅쓸 뭔가가 있었다.

슈지는 그렇게 생각했다.

그 뭔가 때문에 스키 마스크는 위험을 무릅썼고, 덕분에 자신은 간신히 목숨을 건졌다.

하지만 굳이 대낮에 역 앞에서 무차별 살인으로 위장해야 할 만한 이유가 무엇일지 슈지는 짐작도 가지 않았다.

소마가 자문하듯이 중얼거렸다.

"스키 마스크는 살인이 생업인 프로야. 원래는 가능한 한 안전한 방법을 택하겠지."

"맞아."

야리미즈가 명쾌한 목소리로 동의했다.

"이번에는 그게 제일 안전한 방법이었던 거야."

좀처럼 같은 반응을 보이지 않는 소마와 슈지가 동시에 야리미즈를 쳐다보았다. 둘 다 얼굴에 무슨 소리야, 라고 씌어 있었다.

"무테안경을 쓴 남자가 그랬지? 앞으로 열흘만 살아남으면 안전하다고. 스키 마스크는 어떻게든 열흘 안에 다섯 사람을 죽여야 했던 거야."

"그렇다고 다섯 명을 역 앞 광장에 모아 한꺼번에 해치울 필요는 없잖아."

"알겠어? 죽여야 할 다섯 사람은 같은 동네에서 서로 그리 멀지 않은 곳에 살고 있었어. 열흘 안에 같은 동네 사람이 차례차례 다섯 명이나 죽어봐. '진다이마치 연쇄살인 사건'이야. 경찰에 수사본부가 설치되고 형사가 잔뜩 투입되어 피해자 다섯 명의 생활을 철저하게 파헤칠 거라고. 그러면……."

소마가 퍼뜩 떠오른 생각을 바로 입 밖에 냈다.

"살인 동기구나……!"

"과연……."

고개를 끄덕이는 슈지에게 야리미즈가 신호를 보냈다.

"앞치마 소년, 일 분 남았어. 양배추 투입."

슈지가 파스타를 삶던 냄비에 황급히 양배추를 쓸어 넣자 야리미즈는 스톱워치를 손에 들고 이야기를 계속했다.

"살인 동기는 반드시 피해자의 행위 가운데 있어. 피해자가 예전에 했던 일, 지금 하고 있는 일, 앞으로 하려는 일, 그 어딘가에 죽이고 싶어 하는 쪽의 동기가 숨어 있다고. 열흘 안에 다섯 명이나 되는 사람을 죽여야 하는 만큼 그에 상당하는 이유가 있겠지. 언젠가 반드시 동기가 밝혀져. 하지만 무차별 살인 사건이라면 그렇지 않아. 무차별 살인 사건의 가장 큰 특징은 아무도 살인 동기를 궁금해하지 않는다는 거지. 무차별 살인이란 그야말로 '우연히 거기 있어서 죽이는' 범죄니까. 보통 살인 사건 수사와는 달리 피해자의 생활은 조사하지 않아. 그럼 살인 동기는 영원히 묻히는 거지."

말을 마치자마자 야리미즈는 슈지에게 그만 삶으라는 신호를 보냈다. 슈지가 냄비에서 파스타와 양배추를 건져내자 뿌연 김이 한가득 올라왔다.

소마는 처음으로 수사 회의에 참석했을 때가 떠올랐다. 피해자 목록을 작성하라는 명령을 받고 소마는 수사에서 제외되었다고 생각했다. 지금도 조직 사람들은 그렇게 여기고 있다. 무차별 살인 사건이 일어나면 피해자 쪽에는 수사해야 할 사항이 없기 때문이다.

소마는 '그게 제일 안전한 방법'이라는 말이 무슨 뜻인지 똑똑히 알았다.

목표물 다섯 명을 몽땅 역 앞 광장에 모아놓고 무차별 살인범의 범행으로 꾸미면 진다이지 역은 진다이마치에 사는 다섯 명에게 가장 가까운 역이므로 피해자가 같은 동네 사람이라 해도 전혀 이상하지 않다. 누구나 우연히 역 앞 광장에 있던 그 동네 사람들이 운 나쁘게 희생되었다고 받아들일 것이다.

살인 동기는 밝혀지지 않는다. 무차별 살인범인 것처럼 범행을 저지르고 준비한 대역으로 범인을 날조하면 만사가 원만하게 마무리된다.

소마는 놀라움이 깃든 눈으로 앞치마를 한 슈지를 새삼스레 쳐다보았다.

슈지는 야리미즈의 세세한 지시에 연방 불평을 늘어놓으면서도 다 삶아져 부피가 커진 파스타와 양배추를 프라이팬에 옮기고 마늘을 볶은 올리브오일에 뒤적였다.

소마는 눈썹을 찌푸리고 커다란 프라이팬을 다루는 슈지를 바라보며 '이 녀석이 스키 마스크의 유일하고도 가장 큰 오산이었다'고 확신했다. 스키 마스크를 쓴 남자는 파출소의 존재를 계산에 넣고 범행을 계획했다. 하지만 피해자 중 하나가 격분하여 칼을 든 자신에게 덤빌 줄은 몰랐다. 더구나 격분한 피해자는 스키 마스크가 대역과 교체하고자 얼굴을 감추려고 쓴 헬멧의 안면 보호창을 깨부수려고 빈병을 주우러 달려갔고, 그래서 때려눕히자 분수라는 최악의 장소에 쓰러졌다. 스키 마스크 입장에서는 악몽과도 같은 상황이었으리라. 슈지가 그 자리에서 저항 없이 칼을 맞았다면 스키 마스크는 파출소 순경이 달려오기 전에 유유히 달아났을 것이다.

한 가지 일에 열중하는 성격인 듯 진지한 표정으로 오리베 팔각 접시에 파스타를 담던 슈지는 마치 기인을 보는 듯한 소마의 시선을 깨닫고 "왜요?" 하며 째려보았다.

손 하나 까딱하지 않고 지시할 뿐인데 시키는 대로 만들면 맛있다. 그것이 야리미즈의 요리였다.

냄비에 가득하던 파스타와 수북이 담긴 샐러드는 눈 깜짝할 사이에 세 사람의 뱃속으로 사라졌다. 다 먹고 나서는 야리미즈가 우려준 진한 아삼차와 함께 가마쿠라야마의 계절 한정 치즈케이크를 먹었다.

소마는 어쩌면 이걸 먹고 싶은 마음에 야리미즈가 가마쿠라까지 간 것이 아닐까 하는 생각이 슬쩍 들었다. 슈지는 볼 필요도 없이 자기 몫을 게눈 감추듯 먹어치웠다.

"우리 다섯 명은 분명 무슨 공통점이 있을 거야."

슈지가 손바닥으로 감싼 웨지우드의 터키석 색상 찻잔을 쳐다보며 중얼거렸다.

"다섯 명을 하나로 묶을 수 있는 공통점……."

거기에 죽이고 싶어 하는 쪽의 동기가 숨어 있다. 소마도 동감이었지만 다섯 명은 세대도 취미도 생활 방식도 완전히 제각각이다. 공통점은 다섯 명 모두 사건이 일어나기 직전까지 신변에 위험을 전혀 느끼지 못했다는 것 정도일까…….

소마는 수첩에 끼워두었던 피해자 네 명의 얼굴 사진을 슈지 앞에 늘어놓았다.

"한 번이라도 어디서 만난 적 없어?"

슈지는 온 신경을 집중해 죽은 네 명의 얼굴을 살펴보았다. 같은 동네에 살았으니 어디서 얼굴을 마주쳤을지도 모른다. 편의점, 은행, 역 앞 거리……. 죽은 네 사람의 눈 여덟 개가 '이제 기억해낼 수 있는 사람은 너 하나뿐이다'라고 말하는 듯이 슈지를 쳐다보고 있었다.

슈지는 오랫동안 사진을 노려보다가 결국 포기하고 고개를 저었다.

"안 되겠어요. 정말로 만난 기억이 없어요. 같은 동네에 살았으니 어디서 스쳐지나간 적은 있을지도 모르지만."

"스쳐지나갔다……."

야리미즈가 불쑥 중얼거렸다.

야리미즈는 소파에 드러누운 채 멍하니 천장을 바라보았다.

"같은 동네에서 스쳐지나갔다……."

야리미즈는 손가락에 끼운 담배에서 긴 재가 꺾여서 소파에 떨어지는 것도 알아차리지 못했다.

소마는 야리미즈의 머릿속에서 뭔가가 형태를 이루고 있음을 알았다. 슈지도 잔을 든 손을 멈추고 야리미즈를 주시했다.

"……개……뉴요커……막노동……."

그렇게 중얼거리더니 야리미즈는 작게 숨을 들이마시고 소파에서 벌떡 일어났다.

"시간과 장소……!"

"시간과 장소?"

소마는 저도 모르게 따라서 말했다.

야리미즈는 담배꽁초를 재떨이에 던지고 달려들듯이 네 피해자의 사진 위에 몸을 구부렸다.

"구보 다다시." 야리미즈는 구보 다다시의 사진을 손가락으로 짚었다. "그는 매일 아침 5시 반에 일어나서 개를 데리고 조깅을 했어. 그렇지?"

"그래."

소마는 고개를 끄덕였다.

"다음, 이마이 기요코." 야리미즈는 기요코의 사진을 가리켰다. "유달리 건강을 챙기던 기요코 여사는 매일 아침 5시가 넘으면 일어나서 걷기 운동을 하는 습관이 있었어. 기요코 여사의 성격으로 보아 이른 아침이라도 어느 정도는 매무새를 다듬었을 테니 5시 반이 좀 넘어서야 집을 나섰겠지. 그리고 마미야 유코."

소마는 야리미즈의 의도를 알아차리고 수첩을 꺼내 소리 내어 읽었다.

"마미야 유코는 올해 2월 1일부터 월, 화, 목, 금, 한 주에 나흘, 밤 11시 반부터 다음날 아침 5시 반까지 아침 해 슈퍼에서 야간 아르바이트를 했어. 일을 마치고 슈퍼를 나서는 시간은 5시 40분 이후."

야리미즈가 다케시타 미사토를 가리키자 슈지가 자신 있게 나서서 대답했다.

"다케시타 미사토는 매주 금요일 밤새 미니 발표회를 연 후에 신주쿠에서 첫차를 타고 집에 갔어요. 첫 열차가 진다이지 역에 도착하는 게 5시 반쯤. 그리고 막노동을 하는 나도 비 오는 날말고는 매일 아침 5시 반에 집을 나서고요."

야리미즈가 눈을 들고 소마와 슈지를 쳐다보았다.

"다섯 명 모두가 한 주에 딱 한 번 겹치는군."

"토요일 아침, 5시 반에서 6시 사이."

소마가 정확하게 지적했다.

"그 시간대 전후하여 우리 다섯 명이 진다이마치의 어딘가 똑같은 곳을 지나간 것 아닐까요?"

"어디까지나 가능성이지만." 야리미즈가 말했다. "거기서 다섯 명 모두가 똑같은 뭔가와 맞닥뜨렸다. 뭔가를 봤다든가, 들었다든가."

소마가 안주머니에서 구깃구깃해진 진다이마치 지도를 꺼내 놓자마자 세 사람은 서로에게 박치기라도 할 기세로 머리를 들이밀었다. 슈지를 포함한 피해자 다섯 명의 주소에는 빨간 동그라미로 표시가 되어 있었다. 구보 다다시와 이마이 기요코는 3가, 다케시타 미사토는 2가, 슈지의 집은 4가, 마미야 유코만 역 남쪽 출입구 방면인 6가에 살고 있었다.

소마가 제일 먼저 오늘 구보 다다시의 개에게 이끌려 걸었던 조깅 코스를 설명했다.

"구보 다다시가 개를 데리고 조깅한 코스는, 일단 집에서 주택가를 빠져나가면 덴진이 나와. 거기서 경내를 가로질러서 그 앞의 좁은 길을 잠시 나아가면 느티나무 가로수길이 나오지. 느티나무 가로수길 신호등을 건너서 똑바로 가면 다마가와 강 강가야. 왕복 4킬로미터쯤 돼."

야리미즈가 구보 다다시의 조깅 코스를 찾아 지도에 빨간 펜으로 줄을 그었다.

"이마이 일가의 가정부 마에다 미쓰요의 이야기로는 기요코 여사도 매일 아침 집을 나와서 덴진을 통과해 버드나무 가로수길의 신호등을 건너 다마가와 강 강가로 나오는 코스를 걸었어. 왕복 5킬로미터야."

야리미즈가 이마이 기요코의 집에서 다마가와 강 강가까지 이어지는 길에 빨간 펜으로 줄을 그었다.

이마이 기요코와 구보 다다시의 운동 코스는 덴진 다음부터 완전히 일치했다.

"난 집을 나서서 도중에 아침밥을 사러 편의점에 들러요. 그리고 덴진 경내를 가로질러서 좁은 길을 빠져나와 버드나무 가로수길이 나왔을 때 구보 다다시와 기요코 여사가 다니는 코스에서 벗어나 오른쪽으로 꺾어요. 고슈 가도로 나와서 십장의 차를 타고 가거든요."

슈지가 지도 위에 가리키는 길에 야리미즈가 빨간 펜으로 줄을 그었다.

세 코스는 덴진에서 버드나무 가로수길이 나올 때까지 약 삼백 미터의 좁은 길이 겹쳤다.

"어쩐지 덴진이 수상한데요." 슈지가 빨간 선 세 줄이 지나가는 신사를 탁탁 두드렸다.

"서둘지 마. 현재 수상한 건 덴진뿐만이 아니라 덴진에서 버드나무 가로수길로 이어지는 이 약 삼백 미터의 좁은 길 전체라고."

소마가 경찰관답게 신중하게 말했다.

"다음, 마미야 유코는 아침 해 슈퍼에서 자전거를 타고 역 반대편으로 돌아가."

야리미즈가 말을 이었다.

역 반대편 집으로 돌아가는 방법은 두 가지였다. 동쪽의 다마가와 강 방향의 지하도를 지나가는 방법과 서쪽의 건널목을 건너가는 방법. 다마가와 강 방향으로 가면 덴진을 지나가지만 거리로 따지면 건널목을 건너가는 쪽이 조금 가깝다.

"보통은 건널목을 건너는 길로 돌아갈 텐데." 슈지가 팔짱을 끼고 지도를 노려보았다. "이른 아침에는 오가는 전철도 적으니까 차단기에 막혀 못 건널 일도 없을 테니까요. 마미야 유코는 될 수 있는 한 빨리 어린 딸들이 있는 집에 돌아가고 싶었을 거예요."

"아니, 마미야 유코는 조금 돌아서 지하도 방향으로 다녔어."

야리미즈가 단언했다.

"그걸 어떻게 알아요?"

슈지가 미심쩍다는 얼굴로 야리미즈를 쳐다보았다.

"마미야 유코가 그랬지. 정확하게는 마미야 유코의 말을 키즈랜드의 에기 유카리가 들었고, 에기 유카리의 말을 소마 너한테 전해 들었어."

"나?"

"집에서 할 수 있는 일을 얻으려 애썼다. 하지만 좀처럼 찾질 못해서."

소마와 슈지가 입을 모아 우렁차게 말하는 바람에 마지막 부분은 말소리가 어수선해졌다.

"아르바이트 마치고 돌아오는 길에 늘 신께 빌고 있다!"

"아침 해 슈퍼에서 마미야 유코의 집까지 가는 동안 신에게 빌 수 있는 곳은 여기 덴진뿐이야. 마미야 유코는 아르바이트를 마치고 돌아오는 길에 덴진에 들렀던 거지."

소마는 마미야 마사타카가 불끈 화를 내며 커피를 끼얹었을 때가 떠올랐다.

"마미야 유코는 이대로 가다가는 자기 가정이 파탄 날 거란 걸 알고 있었어. 마사타카는 욱하는 성격이 있어서 자칫하다가는 가정 폭력을 당하기 일보 직전이었을 거야."

야리미즈가 마미야 유코의 귀갓길을 지도에 표시했다. 아나부키 덴진 경내를 가로질러 좁은 길과 버드나무 가로수길이 마주치는 곳에서 슈지와는 반대로 왼쪽으로 꺾어 바로 역 지하도로 나간다.

"마지막으로 다케시타 미사토는 역을 나와서 왼쪽으로 꺾어 버드나무 가로수길로 걸어서 돌아오지. 그리고 네 사람과는 반대로 버드나무 가로수길에서 이 좁은 길로 들어와. 좁은 길을 이백 미터쯤 나아가면 다케시타 미사토가 사는 아파트가 있어.”

“어, 덴진이 나오기 전에 집에 도착하잖아…….”

슈지가 미사토의 귀갓길을 표시한 지도의 빨간 줄을 보고 고개를 갸웃거렸다.

“이상하네. 다케시타 미사토도 덴진에 가서 빌어야 할 만한 고민이 있었나.”

“이봐.” 소마가 약간 딱하다는 눈으로 슈지를 쳐다보았다. “덴진에 뭔가 심상치 않은 게 있다고 굳게 믿는 모양인데, 잘 생각해봐. 뉴요커가 된 느낌으로 아침까지 노래한 젊은 아가씨가 집에 돌아오는 길에 덴진에 들를까? 무엇보다 다케시타 미사토의 고민은 다이어트 실패와 근처의 공사 소음 정도였어.”

“잠깐만.” 야리미즈가 지도에서 고개를 들었다. “그러고 보니 공사 소음이라고 했지. 이 좁은 길에서 공사를 하면, 여기 못 지나가잖아.”

“아니요, 여기는 공사 안 해요.” 슈지가 딱 잘라 말했다. “게다가 이 좁은 길 부근은 늘 소리 하나 없이 조용한데요.”

“도로 공사가 아니야. 소음의 원인은 여기야.”

소마가 미사토가 사는 아파트 맞은편 빈터를 가리켰다.

“여기는 빈터잖아.”

야리미즈가 지극히 당연한 항의를 했다.

눈 오는 날에 발자국을 찍는 게 재미있다. 기요코가 미쓰요에게 그렇게 말한 빈터다.

“지도에는 빈터로 나와 있지만, 지금은 여기에 고급 임대 아파트 건설중이야. 오늘 구보 나오에와 개를 데리고 지나갔는데, 엄청 시끄럽더라고.”

나오에는 강철이 뿜어내는, 대기를 짓누르는 소음 속에서 큰 소리로 울었다.

“아, 내가 지나갈 때는 아직 공사가 시작되기 전이라 조용했구나.”

슈지는 이른 아침의 고요한 건설 현장이 떠올랐다.

“그렇다면 결국 이 이백 미터로군.”

야리미즈는 빨간 펜을 고쳐 잡고 버드나무 가로수길 쪽에서 미사토가 사는 아파트까지 이백 미터의 좁은 길에 네모를 그리고 빗금을 그었다.

“여기라면 다섯 명이 모두 지나가.”

“그렇군.”

소마가 지도에서 눈을 들고 슈지를 쳐다보았다.

“어느 토요일 이른 아침에 이 건설 현장 앞의 좁은 길에서 평소와는 다른 뭔가를 보거나 듣지 않았어? 뭔가 평상시와는 다른 것.”

슈지는 아파트 건설 현장 부근의 풍경을 머릿속에 그려보았다.

매일 아침 지나다니는 좁은 길……. 아파트 건설 현장…….

거기서 본, 혹은 들은 평소와는 다른 것…….

슈지는 기억을 더듬었다.

하지만 예전의 일상에 관한 기억은 마치 걸쭉한 죽이라도 된 것처럼 명확한 윤곽을 이루지 못했다. 좁은 길과 건설 현장 풍경은 떠올랐지만 거기를 지나가는 자신의 모습은 보이지 않았다.

슈지는 그런 자신이 한심해서 어떻게든 기억해내려고 안달했다. 하지만 안달하면 할수록 기억은 어렴풋하고 단편적인 형태로 변했다.

야리미즈가 슈지의 상태가 이상한 것을 알아차리고 담배를 입술에 댄 채 소마에게 눈짓했다.

소마 역시 눈짓으로 괜찮다고 대답했다.

소마는 지금의 슈지 같은 상태에 빠진 사람을 수없이 접했다. 범죄자일 때도 있었고 피해자일 때도 있었다. 처참한 사건 자체는 잘 기억하면서도 사건이 일어나기 전에 평온하게 살아가던 일상의 기억이 선명하게 떠오르지 않는 것이다. 강렬한 빛을 정면으로 쬔 후에는 근처의 물건이 똑똑히 보이지 않는 것과 마찬가지다. 그래도 눈이 망가지지 않은 한 시간이 지나면서 시력이 회복되는 것처럼, 공황에 빠지지만 않으면 평범한 시간을 쌓아나가는 사이에 예전의 일상을 기억해내는 감각도 회복된다.

지금 슈지에게는 그만한 시간이 없다는 것이 문제였다.

소마는 슈지가 지금까지 스키 마스크의 손에서 살아남은 운과 좋은 감을 믿고 있었다. 슈지가 생각해내지 못하면 목표물이 된 이유는 아무도 모른다. 이유를 모르면 손쓸 방도가 없다.

"차분하게 잘 생각해."

소마는 평소보다 조금 느긋한 목소리로 말했다.

"그렇게 오래전 일은 아니야. 마미야 유코가 야간 아르바이트를 시작한 게 2월 1일. 그러니까 2월 1일 이후의 토요일이지. 조깅을 하며 지나간 구보 다다시도, 자전거를 타고 지나간 마미야 유코도 알아차린 거야."

슈지는 눈을 감고 종잡을 수 없는 기억을 열심히 더듬었다.

"잘 들어. 시간 간격을 두고 지나간 다섯 명이 모두 알아차렸다면 움직임이 아니야. 상태다. 적어도 아침 5시 반에서 6시 무렵의 삼십 분은 그 상태였던 거야."

미간을 찡그리고 곰곰이 생각에 잠긴 슈지가 뭔가 퍼뜩 떠오른 듯 고개를 들었다.

"……소형 트럭……."

이른 아침의 희미한 빛 속에 서 있던 소형 트럭이 어렴풋이 슈지의 머릿속에 떠올랐다.

소형 트럭이 마치 흑백 안개 속에서 나타나는 것처럼 기억 속에서 천천히 형태를 띠기 시작했다.

"소형 트럭이 서 있었어요. ……세차한 것처럼 반짝반짝한……. 컨테이너…… 뒤쪽을 여닫는 타입의 컨테이너가 달려 있었고요."

야리미즈는 어느새 말없이 메모하고 있었다.

"……그 소형 트럭이 좁은 길을 막고 있어서…… 지나가려다가 멈춰 섰어요……."

"운전사는 있었나?"

슈지의 뇌리에 소형 트럭 옆에 선 회색 작업복 차림의 남자가 되살아났다. 큰 키에 실팍한 가슴팍. 작업복 호주머니에 파란색 명찰이 박음질되어 있었다.

그래……. 그날 아침, 이상하다는 생각에 그 남자의 명찰을 보았다.

"마자키…… '마자키 공업'이에요……!"

슈지는 그날 아침에 있었던 일이 생생하게 기억났다. 동시에 그날 아침 다섯 명 모두 같은 광경을 보았다고 확신했다.

"이상하다 싶어서 운전사의 작업복 명찰을 확인했어요!"

"이상하다니, 뭐가 이상했는데?"

그때였다.

슈지가 갑자기 소마의 등뒤를 보고 눈이 휘둥그레지더니 얼어붙은 듯이 숨을 삼켰다.

슈지의 반응에 한다하는 야리미즈도 흠칫 놀랐다.

소마는 슈지의 팔을 잡았다.

"야, 슈지! 왜 그래?"

슈지는 무서운 기세로 소마를 밀쳐내고 벽에 걸린 플라스마 텔레비전으로 달려갔다.

소마와 야리미즈는 슈지의 이상한 행동 뒤에 이어진 말이 믿기지 않았다.

"방금 전에 무테안경이 나왔어요! 방금 전에 내가 병원에서 만난 무테안경을 낀 남자가 나왔다고요!"

소마와 야리미즈는 깜짝 놀라 텔레비전 화면을 들여다보았다.

소리를 없앤 플라스마 텔레비전의 뉴스에서는 저명인인 듯 보이는 누군가의 성대한 경야가 중계되고 있었다.

3월 28일 새벽에 뇌경색으로 타계한 타이투스 그룹 회장 도미야마 고이치로의 경야는 오후 6시부터 도쿄 메구로 구에 위치한 도미야마의 저택에서 치러졌다. 경제단체연합회 회장 도노야마 유타카를 비롯하여 정재계의 거물들이 차례차례 조문을 하러 찾아왔다.

도미야마의 마지막을 지켜본 사람은 육십 년 남짓 부부로 살아온 아내 후미에와 패전 후의 혼란스러운 시대부터 고도 경제 성장기를 거치며 도미야마의 수족이 되어 일한 식품 부문 현現 타이투스 푸드 출신의 늙은 임원들이었다. 왕의 죽음을 확인한 늙은 임원들은 푸드 사람에게만 그 소식을 알리고 다른 그룹 각 사에는 출근 시간이 지날 때까지 의도적으로 알리지 않았다. 때문에 출근하고 나서야 허둥지둥 도미야마의 저택으로 달려온 그룹 각 사의 이사들은 경야 절차부터 고별식 준비에 이르기까지 파고들 틈도 없이 푸드 사람들이 꽉 틀어쥐고 진행해나가는 모습을 멀뚱히 바라보고만 있어야 했다. 경야 자리에서 말썽을 일으킬 수도 없어 잠자코 물러나기는 했지만, 그들의 가슴속은 무대 앞에서 쫓겨난 울분으로 부글부글 끓었다. 평소에는 회장 자리를 놓고 반목하던 그들도 이때만큼은 새 회장이 결정되면 푸드의 잘난 척도 끝이라며 어두운 눈길을 교환했다.

나카사코 다케시는 새벽에 부장 미야지마의 연락을 받고 도미야마의 저택에 들어온 후로 시신 운반 절차를 상의하고 장의

사에게 연락하는 한편, 각 방면의 관계자와 도미야마의 친구 및 지인들에게 고별식 일정을 통지하고, 저택 부근의 경비 현황까지 점검하는 등 쉴 틈도 없이 계속 움직였다.

경야 절차는 어떻게든 마무리했지만, 저녁때가 되어도 내일 장례식장에서 치러질 고별식의 접수, 회계, 주차장, 안내 등 각 부문의 담당자를 누구로 뽑을지는 손도 대지 못한 실정이었다. 고별식에는 경야와는 비교도 되지 않을 만큼 정재계의 중요 인물들이 많이 참석한다. 그들의 얼굴과 지위를 기억하고, 모든 일에 적절하게 대처할 담당자로 적합한 부하 직원은 그리 많지 않았다. 인원이 모자란 부문은 머릿수를 맞춰놓고 매뉴얼을 달달 외우라고 시키는 수밖에 없다. 오늘밤은 집에 못 돌아갈 것 같았다. 나카사코는 야간 담당 경비원과 재빨리 협의를 끝내고 안쪽 복도로 나가 휴대전화 단축 번호를 눌렀다. 전화벨이 세 번 울리자 아내 요리코가 전화를 받아 조용한 목소리로 "예, 여보세요"라고 대답했다.

"어땠어?"

나카사코는 제일 먼저 물었다. 매주 월요일은 소아천식을 앓는 외동딸 아쓰미가 정기검진을 받는 날이다.

"괜찮아. 지금으로서는 안정된 상태래. 바꿔줄까?"

"응."

착신 멜로디로 아빠 전화인 줄 알고 있던 아쓰미가 기다렸다는 듯이 "아빠!" 하고 귀여운 목소리로 소리를 질렀다.

"의사 선생님이랑 이야기 잘했니?"

"응. 미리도 함께 있었거든."

미리는 작년 크리스마스 때 받은 하얀 양 봉제인형으로 아쓰미의 가장 친한 친구다. 간식을 먹을 때도, 병원에 갈 때도, 잘 때도 미리는 아쓰미와 항상 함께한다.

나카사코는 휴대전화에서 들리는 어린 딸의 목소리로 건강함을 확인하고 안도했다. 요 며칠 아쓰미의 얼굴을 제대로 볼 틈이 없어서 몸 상태가 어떤지 걱정하고 있었다. 나카사코는 아쓰미에게 오늘은 그림책을 보지 말고 일찍 자라고 말하고 전화를 바꾼 요리코에게 오늘은 집에 못 들어갈 것 같다고 알렸다. 요리코는 반쯤 예상하고 있었는지 자동차 뒷좌석에 갈아입을 옷을 놓아두었다고 말했다. 그리고 조용한 목소리로 "한 시간만이라도 좀 쉬어"라고 덧붙이고 전화를 끊었다.

큰방 쪽에서 나카사코를 찾는 부하 직원 목소리가 들렸다. 나카사코는 서둘러 복도를 되짚어가서 부하 사카키에게 십 분 후에 각 부서의 팀장 유경험자를 모두 살롱으로 불러오라고 말했다. 그리고 큰방에 모인 조문객들을 흘끔 쳐다보고 접대 담당 사원에게 1층과 2층 응접실을 열어 분향이 끝난 조문객을 조금씩 그쪽으로 이동시키라고 지시했다. 장지문을 떼어낸 큰 방은 이미 조문객으로 가득했다. 상복을 입은 사람들이 컨베이어가 작동하듯이 차례차례 손을 모으고 도미야마의 커다란 영정 사진을 올려다보았다. 그 사진은 오늘 아침에 나카사코가 직접 도미야마의 앨범에서 고른 것이었다.

도미야마의 아내 후미에와 나이든 임원들은 도미야마 고이치로가 숨을 거둘 때까지 절대로 장례식을 준비하도록 허락하지 않았기 때문에 나카사코는 이른 아침에 도미야마의 저택에 도착하자마자 영정 사진으로 쓸 사진을 고르기 위해 스무 살이 될까 말까 한 가사 도우미 아가씨와 함께 도미야마의 앨범부터 찾아야 했다.

나카사코는 도미야마의 서재에 있던 고풍스러운 가죽 장정 앨범을 펼칠 때까지 도미야마 고이치로라는 남자를 가까이에서 본 적이 거의 없었다. 놀랍게도 앨범 속의 도미야마는 죽기 직전까지 장년기 때마냥 젊디젊어 보였다. 도미야마 세대에는 보기 드물게 키가 큰 체구를 헬스와 수영으로 멋지게 단련해 노년기에 접어들었어도 추하게 늙은 느낌은 들지 않았다. 사냥 중에서도 특히 새 사냥에 푹 빠져 있던 도미야마는 사냥터에서 찍은 사진을 많이 남겨두었다.

그중에 사냥감을 잡았을 때의 사진이 있었다. 도미야마는 배에서 가느다랗게 피를 흘리는 꿩을 한 손에 들고 마치 황금의 심장을 지닌 어린아이처럼 천진난만하게 웃고 있었다. 노화든 죽음이든 자신이 허락하지 않는 한 절대로 다가오지 않으리라고 믿는 듯한 도미야마의 웃는 얼굴에는 오만함과 남을 끌어당기는 강렬한 개성이 동시에 존재했다. 나카사코는 그 사진을 영정 사진으로 골랐다.

도미야마는 검게 옻칠한 거대한 액자에 담겨 속속 방문하는 조문객들을 생전과 마찬가지로 높은 곳에서 내려다보고 있다. 마지막 두 주는 의식도 없어 튜브를 연결해놓았지만, 그래도 나카사코가 보기에 도미야마의 최후는 본인에게 더할 나위 없는 행운이었다. 도미야마 고이치로는 그 두 주 사이에 타이투스 푸드를 둘러싸고 생긴 무서운 일을 전혀 모른 채 세상을 떠났으니까.

역 앞 광장에서 벌어진 사건은 무차별 칼부림 사건이 아니다. 타이투스 푸드 사내에서 사건의 진상을 아는 사람은 나카사코를 제외하면 두 명뿐이었다. 부장 미야지마 모토히코, 그리고 전무이사 모리무라 다카토시.

나카사코는 무차별 칼부림 사건이 일어난 날 미야지마와 모리무라와 대면했던 때를 잊을 수 없었다.

그날 나카사코는 마침 회사로 회의를 하러온 광고대행사 사원에게 진다이지 역 앞 광장에서 무차별 칼부림 사건이 일어났다는 소식을 들었다. 진다이지 역 앞이라는 말을 듣고 설마 싶은 나쁜 예감으로 가슴이 써늘해졌다. 회의를 중단하고 회의실에서 나온 나카사코는 엘리베이터를 기다리는 시간도 아까워 계단을 뛰어올라 서둘러 전무이사실로 향했다.

용건을 묻는 비서를 무시하고 노크한 후 문을 열자 모리무라는 광택이 도는 마호가니 책상에 놓인 노트북 앞에 앉아 있었고, 미야지마가 옆에서 책상에 손을 짚고 노트북 화면을 들여다보고 있었다. 두 사람은 나카사코가 비서를 무시하고 바로 들어왔는데도 당황하는 기색도 없이 고개를 들었다.

문을 닫고 사태를 알리고자 나카사코가 입을 열려던 순간이었다. 그때 노트북에서 텔레비전 뉴스가 나지막하게 흘러나오고 있다는 것을 알아차렸다. 매끄럽고 낮은 목소리가 진다이지 역 앞 광장에서 일어난 무차별 살인 사건을 자세히 보도하고 있었다. 나카사코는 놀라서 모리무라와 미야지마를 쳐다보았다.

"진다이마치에서 무차별 칼부림 사건이 일어난 모양이군요."

모리무라가 무미건조한 목소리로 말했다.

나카사코는 그 순간, 이 두 사람은 알고 있었다고 직감했다. 모리무라와 미야지마는 이 사건이 일어날 줄 미리 알고 있었다. 그 말은 곧 무차별 칼부림 사건의 피해자가 그 다섯 사람임을 의미했다.

나카사코가 지금 저택 살롱의 커피 테이블에 고별식장의 배치도를 펼치고 각 부문의 팀장에게 조문객의 흐름을 파악시키는 동안에도 모리무라와 미야지마의 시선이 끊임없이 느껴졌다.

모리무라와 미야지마는 살롱 제일 안쪽, 고풍스러운 영국제 앤티크 소파에 앉아 장례 업체에서 나온 사람과 고별식 절차를 상의하다가 이따금 나카사코를 감시하듯이 시선을 던졌다.

지금은 나카사코도 그들의 생각을 손바닥 들여다보듯이 잘 안다. 그들에게 무차별 칼부림 사건은 통과점에 지나지 않았다. 사태는 아직 끝나지 않았다. 4월 4일을 앞에 둔 이제부터가 중요한 시기다. 그들의 가장 큰 관심사는 타이투스 푸드를 지키는 것이다. 타이투스 그룹의 창업 모체인 푸드는 지금까지 그랬듯이 앞으로도 그룹의 중심이자 '얼굴'이어야 한다. 이 일을 어둠 속에 묻을 수만 있다면 후발 주자인 그룹의 다른 회사들이 푸드를 밀어낼 구실은 없으니 도미야마가 죽은 후에도 푸드는 지금까지처럼 타이투스의 얼굴이라는 위치를 지킬 수 있다고 그들은 생각한다. 아니, 지푸라기라도 잡는 심정으로 그렇게 믿고 있다. 나카사코의 눈에는 그 모습이 정상이 아닌 것처럼 보였다.

나카사코는 휴대전화 벨 소리가 울려서 전화를 받은 미야지마와 눈이 마주쳤다. 미야지마는 휴대전화에 대고 이야기를 하면서도 나카사코에게서 시선을 거두려 들지 않았다. 나카사코는 예전부터 미야지마가 자신을 의심하고 있다고 확신했다.

미야지마는 나카사코가 마자키 쇼고와 한패였던 것은 아닌지 의심하고 있다. 의심은 하지만 확실한 증거는 잡지 못했다. 나카사코가 지금 이렇게 살아 있는 것은 나카사코와 마자키 쇼고를 잇는 선을 그들이 아직 찾아내지 못했기 때문이다. 하지만 밝혀지는 것도 시간문제였다.

역 앞에서 네 사람을 죽인 남자가 머지않아 마자키 쇼고와 자신이 어떻게 연결되어 있는지 알아낼 것이다. 그때가 자신의 마지막이라고 나카사코는 각오하고 있었다. 하지만 4월 4일까지 앞으로 이레. 나카사코도 이대로 끝낼 생각은 없었다.

미야지마가 전화를 끊고 일어서서 나카사코를 향해 똑바로 다가왔다. 나카사코는 미야지마에게서 눈을 떼지 않았다. 고별식장 배치도를 둘러싸고 있던 젊은 부하 직원들이 미야지마가 온 것을 알아차리고 이야기를 멈췄다. 주변에 느닷없이 정적이 내려앉았다.

미야지마는 정적이 충분히 퍼져나가기를 기다렸다가 입을 열었다.

"이소베 선생님이 오셨어. 나카사코 과장, 안내를 부탁하네."

거물 정치가의 이름을 듣고 부하 직원들이 흥분한 얼굴로 서로 마주보았다.

"알겠습니다."

나카사코는 부하 직원들에게 눈길을 주었다.

"각 담당별로 돌아가며 식사를 마치도록 하세요. 한 시간 후에 속행합니다."

나카사코는 돌처럼 감정을 억누르고 현관에 섰다.

도미야마 고이치로의 맹우 이소베 미쓰타다.

나카사코는 정중하게 인사한 후 바닥에 무릎을 꿇고 이소베의 발치에 손님용 슬리퍼를 놓았다. 이소베는 나카사코를 거들떠보지도 않고 슬리퍼를 아무렇게나 꿰어 신더니 훤하게 안다는 듯이 어렴풋이 독경 소리가 들리는 긴 복도를 걸어 안쪽 방으로 향했다.

큰방에 다다르자 나카사코는 앞장서서 후미에에게 이소베가 왔다고 알렸다. 후미에는 이소베에게 바로 분향해달라고 부탁했고, 나카사코는 이소베를 제단 앞으로 안내했다. 줄을 서서 기다리고 있던 조문객들이 자리를 비켜주었다.

마자키와 나카사코는 이소베 미쓰타다를 계산에 넣어 한 가지 계획을 짰다. 타이투스와 이소베의 힘에 뭉개지지 않고 진실을 공표하기 위해서는 주도면밀한 계획이 필요했다. 그리고 이소베는 마자키의 예상대로 움직였다. 두 주 전까지 모든 일은 계획대로 진행되고 있었다.

"부엌에 핫토리가 있네. 식사 마치면 차에서 기다리라고 전해주게."

이소베는 나카사코에게 눈도 돌리지 않고 나지막한 목소리로 명령하고 제단 앞에 앉았다.

아무 생각도 하지 마라. 나카사코는 자신을 단단히 타이른 후 인사를 하고 큰방에서 물러났다.

부엌으로 이어지는 동쪽 복도는 인기척 없이 조용했다. 주문하여 준비한 음식이 있으므로 굳이 저택 부엌을 사용하려는 사람은 없다. 모퉁이를 돌자 복도 끝부분의 커다란 부엌 유리문에 불빛이 없었다. 나카사코는 만약을 위해 부엌에 다가가 말을 걸었다. 그러자 갑자기 유리문 너머의 어둠 속에서 사람이 움직이는 기척이 났다. 나카사코는 반사적으로 미닫이에 손을 댔다. 순간 문 안쪽의 어둠 속에서 남자 목소리가 들렸다.

"볼일 있으면 거기서 말하시죠."

핫토리는 장난을 즐기는 청년처럼 들뜬 목소리로 말했다.

"지금, 식사중입니다."

핫토리의 말에 겹치어 여자의 흐릿한 웃음소리가 들렸다.

나카사코는 여자 목소리를 들은 기억이 났다. 오늘 아침, 도미야마의 앨범을 찾을 때 도와준 스무 살이 될까 말까 한 가사도우미다. 유리문을 열지 않아도 안에서 무슨 일이 일어나고 있는지는 짐작이 갔다.

나카사코는 유리문 너머로 이소베의 지시를 전달한 후 말없이 복도를 되짚어 돌아갔다. 이소베는 핫토리가 여색을 밝히는 줄 알고서 일부러 나카사코에게 심부름을 시킨 것이다. 이소베와 핫토리의 놀이. 수업 시간에 종이 뭉치를 던지고 받는 장난에 끼워준 셈이다. 정치가답게 사람을 사람으로 여기지 않는 유치하고도 뻔뻔스러운 면모에 나카사코는 분노도 노여움도 느끼지 않았다. 몹시 피곤할 따름이었다.

나카사코는 살롱으로 돌아가지 않고 그대로 현관을 나섰다. 신선한 바깥공기를 마시고 싶었다.

밖으로 나가보자 저택 대문 앞에는 어느 틈엔가 수많은 방송국 사람들이 진을 치고 조문하러 찾아오는 정재계 중요 인물들의 모습을 쉴 새 없이 카메라에 담고 있었다.

안 그래도 차례차례 리무진이 멈추는 생활 도로에 매스컴이 자리를 잡고 통행을 방해하면 주변 주민들이 불평을 제기한다. 강한 불빛이 쏟아지는 가운데 나카사코는 조문객들 사이를 누비며 길로 나가서 저택 주변을 경비하고 있는 경비원들에게 정면으로 돌아와 방송국 사람들을 정리하라고 지시했다.

경비원들을 보내고 나자 휴대전화가 울렸다. 조문객들에게 대접할 초밥이 모자랄 것 같다는 접대 담당 사원의 전화였다. 후미에가 지정한 단골 초밥집의 재료가 다 떨어진 것이다. 나카사코는 푸드에서 애용하는 주문 요리 체인점에 연락해 바로 가벼운 먹을거리를 배달시키라고 말했다.

전화를 끊은 나카사코는 아예 전원까지 끄고 드넓은 저택을 둘러싼 콘크리트 벽에 등을 기댔다. 어깨에서 목덜미, 눈 안쪽까지 열기가 화끈화끈했다. 몇 분만이라도 아무 생각 없이 있고 싶었다.

대문 밖의 시끄러운 소리도 넓은 정원과 높은 벽에 막혀 저택 뒤편은 거짓말처럼 고요했다. 나카사코는 숨을 크게 내쉬고 하늘을 올려다보았다. 그리고 물 탄 우유처럼 뿌연 도심의 밤하늘에 시선을 고정한 채 물 아래로 가라앉듯이 그 자리에 주저앉았다. 팔에 단 상장을 떼어서 집어던지자 마음이 더이상 견디지 못하고 무너져 내려 나카사코는 두 손으로 얼굴을 가렸다.

마자키…….

할 수만 있다면 나카사코는 마자키를 만나고 싶었다.

다섯 명 중 네 명이 살해당하고 남은 것은 시게토 슈지 한 명. 지금은 시게토 슈지의 행방도 묘연하다. 그 소년은 살아 있을까, 죽었을까. 만약 살아 있다 해도 앞으로 이레를 더 살아남을 수 있을까.

나카사코는 가슴이 찢어지는 것 같았다.

왜 이렇게 된 걸까.

진실을 공표하기 위한 계획은 완벽했다. 모든 일은 예상대로, 계획대로 진행됐다. 두 주 전까지는.

그런데 도대체 왜.

대답해줘, 마자키.

왜 이렇게 무서운 일이 벌어진 건지.

6
공범자—2004년 가을~2005년 초봄

태풍이 부는 날에 우연히 마주친 후로 나카사코는 마자키와 가끔 만나 저녁을 먹게끔 되었다.

마자키가 후지사와 공장과 가까운 야마토 시에 살고 있다기에 처음에는 나카사코가 야마토로 가려고 했다. 그런데 전화로 그렇게 말하자 마자키는 일이 끝나면 장소를 바꾸어 기분을 전환하고 싶다면서 거절하더니, 잠시 생각하다가 "그럼, 무코가오카 유원지에서"라고 말했다. 무코가오카 유원지는 야마토 시로 향하는 오다큐선에 있는 역으로 나카사코가 사는 후타코타마가와에서도 그리 멀지 않다. 두 사람이 만나기에는 편리한 곳이었다.

일찍이 유원지가 있던 그 거리는 직장인과 대학생이 드나드는 술집이 많은 곳으로, 선로를 중심으로 양쪽에 일식, 양식, 중식, 창작 요리 등 다양한 간판을 내건 가게가 북적거렸다. 나카사코와 마자키는 대개 남쪽 출입구로 나가서 선로 옆으로 조금 들어간 곳의 '고마'라는 조그만 선술집 포렴을 들추고 들어가 세 개밖에 없는 긴 탁자 중 제일 안쪽 탁자에 자리를 잡는다. 벽에는 조림 등의 흔해빠진 메뉴가 붙어 있고, 색다른 것이라고는 갓 볶아낸 아라레 과자 정도지만 '허리 아프니까 이것저것 시키지 마'가 입버릇인 요통을 앓는 가게 주인이 만들어주는 요리는 무엇이든 꽤 맛있었다.

몇 번 같이 밥을 먹어도 마자키는 맡아가지고 있는 샘플에 대해 나카사코에게 먼저 물어보지 않았다. 무슨 사정이 있다는 것을 알아차리고 나카사코가 이야기해줄 때까지는 묻지 않기로 결심한 듯했다. 하지만 진실을 이야기하면 마자키를 끌어들이게 된다. 그렇다고 해서 앞뒤가 딱딱 맞는 그럴듯한 이야기도 떠오르지 않았다. 나카사코는 그 샘플에 대해 마자키에게 어떻게 설명해야 할지 도무지 판단이 서지 않았다.

술이 들어가자 자연스레 화제는 아이들의 근황으로 흘러갔다. 나카사코는 마자키의 호의에 기대고 있다는 것을 알고 있었지만 그와 아이들 이야기를 나눌 때만은 마치 옛날로 돌아간 것 같아서 사건을 싹 잊어버릴 수 있었다.

나카사코와 마자키는 나카메구로에 있는 성聖 우르술라 소아 클리닉에서 안면을 텄다. 소아천식은 가정에서 증상을 관리하는 것이 중요하므로 클리닉에서는 발작을 일으켰을 때의 대처 방법과 최신 스테로이드제의 효과 등을 아버지들에게도 알려주기 위해 한 달에 한 번 휴일 오후에 소아천식을 앓는 아이의 아버지들을 대상으로 강좌를 열었다.

평소에는 진찰을 기다리는 아이들이 놀고 있는 놀이방에서 나카사코는 마자키와 자주 나란히 앉아 메모를 하면서 열심히 의사의 이야기에 귀를 기울였다. 강좌 때마다 이야기를 나누는 동안 나카사코는 마자키가 자기보다 다섯 살 어리며, 작기는 하지만 폐기물 수거 운반 회사를 혼자 힘으로 꾸려나가고 있음을 알았다.

나이도 살아가는 세계도 달랐지만 나카사코와 마자키는 신기하게도 죽이 잘 맞았다. 강좌 전후에는 벽에 붙은 아이들의 그림을 구경하며 아쓰미와 유타의 건강 상태와 유심히 보았던 신문 기사, 일상에서 일어난 소소한 일들을 허물없이 이야기했다.

그런 교제가 몇 년인가 지속되던 어느 날, 마자키가 갑자기 자취를 감추었다. 얼마 후 수간호사가 마자키네 가족은 유타의 건강 때문에 공기가 좋은 교외로 이사 갔다고 알려주었다. 언제 한번 밥이라도 같이 먹자고 말은 하면서도, 다음에 또 만나겠거니 하는 마음에 서로 연락처도 주고받지 않았다. 아쉬웠지만 어쩔 도리도 없어서 분명 다시는 못 만날 거라고 단념했다.

지금 고마 주인을 상대로 잡담을 나누고 있는 마자키는 이 년 전에 비해 뺨이 조금 야위었지만 몸을 쓰는 일을 하는 만큼 어깨와 가슴, 배는 탄탄했고 웃으면 깊게 주름이 지는 눈매는 변함없이 날카롭고 당당해 보였다. 생각했던 대로 술이 세서 마음 내키는 대로 기분 좋게 마시지만 흐트러지지는 않는다. 되로 되어서 파는 우라카스미 술을 마시면서 마자키는 나카사코가 들려주는 아쓰미 이야기에 귀를 기울였다.

딸이 없는 마자키는 여자아이의 시치고산◆과 모모노셋쿠◆◆가 신기한 모양이었다. 아쓰미가 빨간 비백 무늬 기모노를 입고 히나단◆◆◆에 마른과자와 히나아라레 과자를 장식한다는 이야기를 눈을 오므려 뜨고 가만히 들은 후에 마자키는 "시집보낼 때 눈물깨나 쏟겠군" 하고 진지한 표정으로 혼잣말을 했다. 동요한 나머지 나카사코가 엉겁결에 "아직 여섯 살밖에 안 됐는데 거 무슨 소리야!" 하고 뒤집어진 목소리로 말하는 바람

◆ 아이의 무사한 성장을 신사 등에서 감사하고 축하하는 행사. 남자아이는 세 살과 다섯 살, 여자아이는 세 살과 일곱 살 때 치른다.

◆◆ 삼짇날에 인형을 장식하여 여자아이의 성장을 축하하는 행사.

◆◆◆ 히나 인형을 장식하는 제단.

에 마자키와 안주를 가져온 가게 주인은 재미있다는 듯이 껄껄 웃었다.

몇 번인가 만나고 나서 나카사코가 "유타는 중학생이겠네. 좀 변했어?" 하고 운을 떼자 마자키는 "그 녀석, 일 년 사이에 이만큼이나 키가 컸어" 하고 바로 엄지손가락과 집게손가락을 십 센티미터 정도 벌렸다. "예전보다 밥도 잘 먹고. 마누라가 아무리 말려도 학교에서는 멋대로 운동을 하나 봐."

"발작은 어때?"

"아아. 약은 꼬박꼬박 챙겨 먹고 있고, 의사도 괜찮을 거라더군."

그렇게 말하고 마자키는 되에 남은 술을 잔에 따르며 약간 의기양양하게 털어놓았다.

"유타가 말이야, 봄이 되면 같이 자전거 여행을 가고 싶대."

나카사코의 놀라움으로 가득찬 목소리를 안주 삼아 그날 밤 축하주를 마셨다.

마자키는 고등학생 때 자전거 로드 레이스로 전국 고등학교 종합 체육대회에 출전한 경험이 있고, 사회인이 된 후에도 시간을 내어 자전거를 타는 것 같았다. 성 우르술라 소아 클리닉에서 강습을 받을 때도 이 년 전에 살던 히요시 부근에서 클리닉이 있는 나카메구로까지 15킬로미터 남짓 되는 거리를 랑도

뇌르라는 여행용 자전거로 오갈 정도였다. 그때부터 마자키는 유타가 건강해져서 언젠가 함께 여행 갈 날을 고대하고 있었다.

“이야. 드디어 유타도 여행을 갈 수 있게 됐구나.”

“벚꽃이 필 무렵에 1박 2일 캠프를 다녀올 거야. 처음이니까 빨리 안 달리고 느긋하게 벚꽃이나 보며 돌아다니려고. 그 녀석 그림 그리는 거 좋아하잖아. 사생 같은 것도 하고 싶은 눈치던데. 밤에는 반합으로 맛있는 밥을 지어줘야지.”

마자키는 젊은 아버지답게 이런저런 계획을 세우고 있는 것 같았다.

소아천식은 관리만 잘하면 어른이 되기 전에 자연스레 치유되는 경우도 많다. 나카사코는 유타가 마침내 그 정도로 건강해졌다는 사실이 자기 일처럼 기뻤다. 아쓰미도 분명히 유타처럼 건강해져서 다른 아이들과 마찬가지로 신나게 뛰어다닐 수 있을 것이다. 운동회에도 참가할 수 있을 것이다. 그렇게 생각하자 희망이 샘솟았다.

하지만 고마를 나서서 마자키와 헤어져 집으로 돌아올 때마다 나카사코는 이렇듯 현실에서 도피하는 시간은 언젠가 반드시 끝내야 한다고 다짐했다. 다짐하면서도 결의를 완벽히 굳히지 못하고 자신이 무슨 일을 저지르면 아쓰미와 요리코는 어떻게 되나 고민하고 괴로워했다.

하지만 사건이 그런 나카사코를 내버려두지 않았다.

어느 날 아침, 여느 때처럼 아침을 먹기 전에 신문을 훑어보려고 신문지 사이에 끼워진 광고지를 치운 순간, 오늘의 방송 소개란에 "다큐멘트21: 멜트페이스증후군"이라고 적혀 있는 것이 눈에 들어왔다.

나카사코는 그날 밤 혼자 변두리의 시티 호텔에 체크인했다. 비좁은 방의 침대 가장자리에 앉아 냉장고가 희미하게 신음하는 소리를 들으며 뜬눈으로 시간이 흘러가기를 기다렸다.

오전 1시, 나카사코는 텔레비전을 켰다. 마일스 데이비스의 음반 〈앳 필모어〉의 공격적인 음악을 테마로 한 〈다큐멘트21〉의 크레디트 타이틀을 바라보며 나카사코는 자신이 지금 여기 있는 진짜 이유가 혼자 이 방송의 내용과 마주하기 위해서인지, 아니면 요리코와 아쓰미가 있는 집에서 이 방송을 볼 수는 없어서인지 곰곰이 생각해보았다.

〈다큐멘트21〉은 이와세에서 본 뉴스 특집과는 완전히 달랐다. 흥미로운 수수께끼도, 스릴 넘치는 추리도 없었다. 대신에 멜트페이스증후군에 걸린 한 아이의 현실을 담담하게 비춰냈다.

방송은 카메라가 교외 아파트의 한 모퉁이로 들어가는 장면으로 시작되었다. 오후답게 아파트 안 공원에서 노는 아이들의 활기찬 목소리가 들렸다. 3층 어느 집의 초인종을 누르자 문이 열리고 삼십 대 중반으로 보이는 여자가 얼굴을 내밀었다. 통통한 얼굴과 눈동자가 큰 온화한 눈이 인상적이었다.

"좁지만 들어오세요."

미소를 지으며 말하는 여자의 가슴께에 "야마시나 사키코 씨"라는 자막이 떴다.

짧은 통로 안쪽, 베란다가 딸려 있는 세 평짜리 방에 한 아이가 잠들어 있었다.

생후 8개월 때 멜트페이스증후군에 걸린 야마시나 쓰바사는 이미 한 살 하고 6개월이었다. 원래 같으면 어른과 똑같은 음식을 먹을 수 있는 시기지만, 음식물을 섭취하는 데 필요한 부위를 잃은 쓰바사는 필요한 영양분을 코에서 위로 집어넣은 튜브로 공급하는 경관영양법에 의존하고 있었다. 그 결과 운동기능이 발달하지 않아 쓰바사는 아직 혼자서 걸을 수 없다고 했다.

나카사코는 모자이크 없이 방송된 쓰바사의 얼굴을 보고 얻어맞은 듯한 충격을 받았다. 이제 곧 두 살이 되는 쓰바사는 더 이상 아기가 아니다. 손상이 없는 얼굴 왼쪽에는 이미 엄마를 닮은 총명한 생김새가 뚜렷하게 드러나 있었다. 하지만 그런 만큼 괴사 조직을 절제하기 위해 입술, 입천장, 혀, 뺨, 눈꺼풀, 안구를 포함해 말 그대로 모든 것을 도려낸 얼굴 오른쪽은 너무나 처참하여 나카사코는 솔직히 말해 사람이 이 정도로 손상을 입고도 살아 있을 수 있나 싶어 깜짝 놀랐다. 코에 집어넣은 튜브를 깨끗한 왼쪽 뺨에 테이프로 단단히 고정한 채 잠든 쓰바사는 불로 얼굴 반쪽이 녹은 셀룰로이드 인형 같았다.

숨을 삼키고 텔레비전을 보고 있으니 인기척을 느낀 쓰바사가 갑자기 눈을 떴다. 쓰바사는 남은 왼쪽 눈으로 카메라를 쳐다보더니 신기하다는 듯이 손을 뻗어 만지려고 했다. 그 구김살 없는 몸짓에 어렸을 적의 아쓰미 모습이 겹쳐서 나카사코는 가슴이 메었다. 하지만 다음 순간 쓰바사의 용태가 급변했다. 음성에 동요한 스태프의 목소리가 섞였고, 흔들리는 화면 속에 사키코의 뒷모습이 나타났다.

화면이 안정되자 사키코가 익숙하게 손을 놀려 쓰바사를 엎어놓은 상태로 끌어안고 있었다. 사키코 너머에서 쓰바사가 괴롭게 토하는 낌새가 전해져 왔다. 오랫동안 튜브를 꽂아두어 하부 식도 괄약근 기능이 약해지면 식도와 위 사이가 이완되어 위식도 역류 현상이 일어나서 구토로 고생한다고 한다. 장에 충분한 식이섬유를 공급하지 못해 자주 설사를 하고, 구토와 설사가 심해지면 탈수 증상으로 당장이라도 입원해야 한다.

사키코는 거의 스물네 시간 내내 쓰바사 옆에 붙어서 간호를 했는데, 수술 후가 제일 힘들었다고 한다. 괴사 조직을 절제했을 때도 그랬지만 수술 후에 붕대를 갈 때마다 아이는 아픔을 참지 못해 울음을 터뜨렸다. 대신해줄 수는 없다. 그저 손을 잡아주는 것이 고작이라는 사실이 무엇보다 괴롭다고 했다.

하지만 살아가려면 쓰바사는 앞으로 몇 년에 걸쳐 잃어버린 얼굴 부위를 재건하는 수술을 계속해야 한다. 신체의 다양한 부위에서 뼈, 근육, 피부, 신경, 중심관을 잘라내 이식 부위의 혈관 및 신경과 접합하는 재건 수술은 한 군데를 시술하는 데 몇 주가 필요하며, 몇 달에서 반년 후에 2차 수술, 그리고 또 반년 후에 3차 수술 이런 식으로 수술은 몇 번이나 되풀이된다.

하지만 재건 수술을 받지 않으면 쓰바사는 스스로 음식물을 먹지 못하고, 그러면 말도 못 하게 된다. 유아가 말을 하기 위해서는 음식물을 씹을 때 필요한 씹기근육의 발달이 불가결하기 때문이다. 아이들이 음식물을 먹을 수 있게 됨에 따라 말이 쑥쑥 느는 것도 이런 까닭이다.

이렇게 몇 년 동안 힘든 수술을 반복해 입안, 입천장, 입술, 혀, 턱을 재건한다고 해도, 먹기와 마시기는 다양한 신경과 근육이 관여하는 고도의 협조 운동이므로 결과적으로는 음식을 섭취하고 삼키는 기능에 장애가 남거나 입과 목구멍의 형태가 변해 잘 움직이지 않는 경우도 있다고 한다. 더군다나 유아 때 그러한 부위를 잃은 멜트페이스증후군 환자는 섭식 기능이 아예 발달되지 않았기 때문에 재활에 엄청난 시간이 걸린다. 재활 초기 단계에서는 물도 젤리 상태로 주지 않으면 삼키지 못한다. 게다가 오랫동안 경관영양법으로 영양을 공급받아온 유아는 뺨과 입안이 과민해져, 이 과민 증상을 가라앉히지 않으면 음식물을 받아들일 수조차 없다. 덧붙여 쓰바사처럼 안구를 적출한 유아에게는 의안을 넣어줄 필요도 있었다. 외모의 문제뿐만 아니라 안구가 자라지 않으면 안구 주변의 뼈가 성장하지 않아 얼굴이 일그러지기 때문이다. 쓰바사는 눈꺼풀도 잃었기 때문에 안구가 들어 있던 공간과 눈꺼풀을 재건하는 수술을 받은 후에 의안을 넣어야 한다. 이렇게 재건된 부분은 성장하면서 일그러질 가능성이 있고, 그때마다 수정 수술이 필요하다고 한다.

상황이 그렇게 비참한데도 사키코의 표정은 밝았다. 사키코는 영양제 봉지가 텅 비자 이음매에서 빼낸 튜브를 돌돌 말아 쓰바사의 뺨에 테이프로 고정했다. 그러고 나서 쓰바사를 무릎에 앉히고 즐거운 듯이 어르기 시작했다. 사키코가 노래하자 쓰바사는 기쁜 듯이 소리가 나는 작은 장난감을 흔들었다. 석양이 비쳐들어 연한 주홍색으로 변한 방에서 어머니와 아들은 시간 가는 줄 모르고 놀았다. 사키코는 아주 큰 병을 앓아도 쓰바사가 살아 있다는 사실에 감사했고, 쓰바사도 살아 있다는 것이 기쁜 듯했다. 두 사람은 이제 잃을 것은 더이상 없다고 말하는 것처럼 보였다.

그도 그렇다고 나카사코는 생각했다. 이제 쓰바사가 신체의 일부를 잃을 일은 더이상 없다. 하지만 멜트페이스증후군에 걸린 유아는 모두 관상동맥류라는 무서운 후유증을 짊어지고 있다. 관상동맥에 시한폭탄 같은 거대한 혹이 생긴 그들은 심근경색으로 돌연사할지도 모른다는 공포에서 평생 벗어나지 못한다. 쓰바사가 다음으로 잃는 것이 있다면, 그것은 쓰바사의 목숨이다.

나카사코는 석양 빛깔로 물든 쓰바사의 멀쩡한 얼굴 왼쪽을 쳐다보면서 이것이 쓰바사의 원래 모습임을 알았다. 그리고 그 샘플이 쓰바사에게서 얼마나 많은 것을 앗아갔는지를 생각했다.

그날 나카사코는 날이 샐 때까지 두 손으로 얼굴을 덮은 채 침대 가장자리에 앉아 있었다.

"조만간에 그 짐을 받아 갈게."

나카사코는 애써 밝은 말투로 말했다.

"유리가오카에 작은 방을 빌렸거든. 일단 거기 놓아두려고."

고마를 나선 나카사코와 마자키는 선로를 따라 무코가오카 유원지 역으로 향하고 있었다.

그날 밤 마자키는 나카사코가 평소와 다르다는 것을 느꼈는지 아이들 이야기도 하지 않았다. 두 사람은 무탈한 이야기를 나누다가 여느 때보다 일찍 가게를 나섰다.

십이월 들어 거리의 분위기는 크리스마스 일색이었다. 사람이 오가는 곳마다 산타클로스와 크리스마스트리를 본뜬 가지각색의 전구 장식이 반짝였고, 길에 내어놓은 스피커에서는 들어본 적이 있는 핸드벨 성가가 흘러나왔다. "잠든 아기 예수는 꿈속에서 편안히……."

나카사코는 그 샘플이 태어난 지 얼마 되지 않은 무구한 아이들에게 무시무시한 해를 끼친 지 딱 일 년이 지났음을 마음에 새겼다.

나카사코는 마자키가 말려들지 않도록 샘플을 빌린 방에 옮기고 나면 푸드를 그만두고 어떻게든 자기 힘으로 진상을 폭로할 생각이었다. 퇴직 후 먹고살 길은 막막했으나 무슨 일이든지 닥치는 대로 할 작정이었다. 요리코와 아쓰미에게는 정말 못할 짓이지만 나카사코는 이렇게 하는 것이 사람으로서도, 한 아이의 아버지로서도 옳은 길이라고 생각했다.

나카사코는 마자키와 어깨를 나란히 하고 천천히 걸으며 진심이 우러나는 목소리로 말했다.

"오랫동안 큰 짐을 떠맡겨서 정말 미안해."

잠시 아무 말도 없이 걷던 마자키는 가까워진 역의 밝은 불빛을 보고 눈을 가늘게 떴다.

"나카사코 씨. 당신, 타이투스를 그만두려는 거지?"

뜻밖의 말에 나카사코는 숨이 턱 막혔다.

마자키가 평상시와 다름없는 말투로 말했다.

"이유를 말해주지 않겠어?"

"더이상 마자키 씨를 끌어들일 수는 없어."

"나카사코 씨, 난 이미 이 일에 깊이 관련됐어."

그렇게 말하더니 마자키는 방향을 바꾸어 역 앞을 지나쳤다.

"푸드가 처분하려고 한 물건을 사원이 보관해달라고 했어. 물론 당신은 불량품을 팔아치워서 푼돈이나 만지려는 사람이 아니지. 그렇다면 그 아기 식품 샘플은 위험한 물건이 틀림없어. 당신이 아니라 푸드에게 위험한 물건. 아니야?"

심장이 쿵쿵 빠르게 뛰어 대답이 나오지 않았다. 나카사코는 어디로 가는지도 모르고 마자키와 함께 그저 말없이 밤길을 걷는 수밖에 없었다.

"조사하면 그 샘플을 폐기한 사람이 나라는 게 금방 밝혀질 거야. 당신이 지금부터 뭘 하려든지 간에 그 샘플을 쓰면 내가 관여했다는 게 금방 들통난다고."

나카사코는 그제야 그 사실을 깨닫고 당황했다.

"내가 명령했다고 해. 아니, 협박했다고 하면 돼."

말하고 나서야 그래도 마자키가 푸드의 일을 잃는 것은 변함없다는 것을 알았다. 유타 얼굴과 몇 번인가 본 적이 있는 마자키의 얌전한 아내 얼굴이 머리를 스쳐 나카사코는 자신이 저지른 짓을 자책하며 그 자리에 우뚝 섰다.

"당신을 탓할 생각이었다면 처음부터 샘플을 맡지 않았을 거야."

마자키는 드디어 찾던 것이 눈에 들어온 듯 바쁘게 자판기로 다가가더니 세련된 봉투를 내려놓고 동전 지갑에서 동전을 꺼냈다. 그리고 요란한 소리와 함께 굴러 나온 컵술 하나를 나카사코에게 내밀고 다시 한번 똑같은 말을 했다.

"이유를 말해주지 않겠어?"

잠자코 샘플을 맡아준 마자키를 속일 수는 없었다. 나카사코는 알았다고 대답하는 대신에 속에서 투명한 액체가 흔들리는 컵술을 받아들었다.

무코가오카 유원지 거리를 돌아다니며 나카사코는 마자키에게 사실을 모조리 털어놓았다.

두 시간 후, 나카사코와 마자키는 강에 걸린 작은 육교 계단에 앉아 둘이서 하얀 입김을 내뿜고 있었다. 오렌지색 나트륨 등 아래에 생긴 짙은 그림자의 발치에 빈 컵술 병이 세 개씩 놓여 있었다. 알코올 덕분에 몸은 추위를 느끼지 않았고 머리는 개운하니 맑았다.

"샘플을 관공서나 경찰에 가지고 가봤자 이소베 때문에 흐지부지되겠지. 그러니 매스컴을 이용해서 어떻게든 사실을 폭로할 생각이야. 세상 사람들에게 이번 일이 알려지면 푸드도 멜트페이스증후군에 걸린 아이들을 위해 대책을 세울 수밖에 없을걸."

한마디도 하지 않고 가만히 이야기를 듣고 있던 마자키가 처음으로 입을 뗐다.

"나카사코 씨, 당신이 뭘 폭로하려고 하는지 아는 거 맞지?"

"그럼. 알고말고."

마미 팔레트는 타이투스 그룹 회장 도미야마 고이치로가 맹우 이소베 미쓰타다에게 입김을 넣어 이례적인 속도로 스마일 키즈 마크 승인을 받은 제품이다. 심사 순서를 기다리지 않고 이소베의 힘으로 단숨에 승인을 받은 제품. 그 샘플에 결함이 있어 무구한 어린아이들이 희생당했다. 뿐만 아니라 푸드는 그 사실을 은폐하려고 했다. 이 사실이 드러나면 웬만한 스캔들은 고개도 못 내민다.

"손쉽게 풀리리라는 기대는 안 해. 매스컴이 샘플에 대해 거론한다 해도 이소베가 얽혀 있으니 온갖 방향에서 압력이 들어오겠지. 매스컴도 조직인 만큼 추궁할 수 있는 일과 없는 일이 있다는 것쯤은 나도 알아. 하지만 다른 방법이 없으니 어쨌거나 해보는 수밖에."

고슈 가도에서 자동차 달리는 소리가 멀리서 땅이 울리는 것처럼 고요히 잠든 심야의 거리에 울려 퍼졌다.

마자키가 입을 열었다.

"그러다 실패하면 제일 험한 꼴을 당하는 게 누구일 것 같아?"

"요리코와 아쓰미에게는 미안한 마음뿐이야. 하지만……."

"아니야."

마자키는 차분하게 말을 막고 나카사코를 쳐다보았다.

"제일 험한 꼴을 당하는 건 당신도, 요리코 씨도, 아쓰미도 아니야. 샘플을 먹고 멜트페이스증후군에 걸린 아이들이라고. 당신이 실패하면 그 아이들은 도움을 받을 기회를 평생 잃게 돼."

마치 주먹으로 가슴을 내리친 것 같았다.

나카사코는 자신이 죄악감을 견디지 못해 무턱대고 일을 진행시키려 했음을 깨달았다. 그렇다, 성급한 양심은 언제나 의

도하지 않은 최악의 결말을 불러온다. 하지만 지금으로서는 어떠한 다른 방법도 떠오르지 않았다.

"싸울 거면 무조건 이겨야 해, 나카사코 씨."

마자키는 가로등 불빛이 닿지 않는 시커먼 어둠 속을 쳐다보고 있었다.

"하여튼 푸드를 그만두면 안 돼. 당신이 회사에 없으면 푸드의 움직임을 파악할 수 없어."

"푸드의 움직임……?"

나카사코는 마자키가 무슨 말을 하는지 이해가 가지 않았다.

마자키는 빈병과 종이봉투를 들고 일어서서 계단을 비틀비틀 내려가기 시작했다.

"이쪽이 행동에 나섰을 때 푸드가 무슨 생각을 하고 어떻게 움직이는가. 회사에 당신이 없으면 모르잖아."

마자키가 말하는 '이쪽'에 마자키 자신도 포함되어 있음을 알아차리고 나카사코는 놀라서 벌떡 일어났다.

"잠깐 기다려."

나카사코는 빈병과 가방을 끌어안고 허둥지둥 마자키를 따라갔다. 다리가 저려서 좌우로 비틀거려 짜증이 치밀었다.

"도대체 무슨 생각이야! 이런 일에 발을 담가서 뭘 어쩌려고. 유타와 부인을 생각해야지. 나랑 한편이라는 게 밝혀지면 후지사와 공장 일은 물론이고, 네가 다시는 이 업계에서 일하지 못하도록 푸드가 손을 쓸 거야."

"그것도 나쁘지 않군."

마자키는 걸음을 멈출 생각도 않고 태연하게 대답했다.

"우리 부모님, 고향에서 조그만 가전제품 판매점을 하시거든. 슬슬 고향으로 돌아가서 가게를 이어받을까 싶어. 유타 건강을 위해서도 그편이 나을 테니."

마자키는 자동판매기 옆 쓰레기통에 빈병을 시끄럽게 내버렸다.

"당신은 샘플을 배포했다는 것 때문에 마음에 부담을 안고 있어. 냉정하게 계획을 세울 수 있는 상태가 아니야."

"그런 문제가 아니잖아!"

"아니, 그런 문제지."

떨쳐내듯 따끔한 마자키의 말투에 나카사코는 기가 죽었다.

"말했잖아. 나도 이미 깊이 관련됐다고."

"하지만 이건 나 자신의……."

"이번에는 당신이 입다물고 들어, 나카사코 씨."

마자키는 반박은 용납지 않겠다는 눈으로 나카사코를 똑바로 쳐다보았다.

"잘 들어. 난 기업이 배출하는 쓰레기 덕분에 먹고사는 인간이지만, 그래도 한 아이의 아버지야. 유타를 처음 안았을 때는 이 녀석을 위해서라면 뭐든지 하겠다고 결심했지. ……아기는 눈도 뜨지 못한 채 양손에 담길 만큼 연약한 모습으로 태어나. 기저귀를 갈아주고 몸을 씻기고 젖을 먹이며 소중하게 보살펴야 살아갈 수 있는 존재지. 자신의 생명을 부모와 사회에 통째로 맡겨놓고 살고 있다고. 그런 아기의 일생을 엉망으로 만들어놓고 장사에는 희생이 따르는 법이라며 쓰레기처럼 내팽개치다니……. 나카사코 씨, 푸드는 틀렸어. 푸드는 배상할 의무가 있어. 당신과 내가 배상하도록 만드는 거야."

나카사코는 자신의 무모한 계획에 힘을 빌려줄 사람이 나타날 줄은 꿈에도 몰랐다. 지금 눈앞에 있는 남자는 당연하다는 듯이 이 승산이 없는 도박에 참가하겠다고 한다.

마자키는 갑자기 쑥스러워진 듯 "아, 맞다. 이거" 하고 말문이 막힌 나카사코에게 계속 들고 다니던 세련된 종이봉투를 건넸다. 들여다보니 크리스마스 느낌이 나도록 포장하고 분홍색 리본을 단 종이 꾸러미가 들어 있었다.

"우리 애는 남자니까 여자애한테는 뭘 줘야 할지 잘 모르지만."

"아쓰미 거야?"

"봉제인형이야. 너무 많아서 망설이다가…… 양을."

느닷없이 나카사코의 머릿속에 오르골이 울려 퍼지는 귀여운 팬시 숍에서 수많은 봉제인형을 앞에 두고 고민하는 마자키가 떠올랐다. 갑자기 술기운이 돌았다. 뭔가가 무너진 것처럼 웃음이 솟아오르는 것과 동시에 콧속이 찡하고 아프더니 말로는 의미를 다 표현하기 힘든 눈물이 맺혔다. 나카사코는 저도 모르게 그 자리에 웅크리고 앉아 울었다. 머리 위에서 웬일로 마자키의 불안한 목소리가 들렸다.

"역시 곰으로 할걸 그랬나."

나카사코는 숨을 쌕쌕거리며 몇 번이고 고개를 젓고는 너무 웃어서 눈물이 난 척 눈가를 닦았다.

"……고마워. 양 인형을 받으면 아쓰미가 좋아할 거야."

마자키는 안도의 웃음을 지었다.

"직접 샀다고 하고 줘. 우리가 만난다는 사실은 아무도 모르는 편이 나을 테니."

"그래." 나카사코는 겨우 숨을 가다듬고 일어서서 "그럼 이것도 직접 샀다고 하고 줘"라고 말하며 가방에서 녹색 리본으로 묶은 크리스마스 선물을 꺼냈다.

"유타 선물이야. 자전거 장갑."

마자키는 정말로 예상치 못했다는 표정으로 선물을 쳐다보았다.

나카사코는 마자키를 놀래주었다는 것이 단순히 기뻐서 약간 의기양양한 기분으로 말했다.

"뭐야. 내가 유타를 잊어버리기라도 했을까 봐?"

"아니, 뭐." 마자키는 웃음을 보이며 꾸러미를 소중하게 받아들었다. "봄이 되어 이걸 낀 유타랑 자전거 여행을 가면 최고겠군……."

십이월의 고요하게 잠든 거리에서 크리스마스 선물을 교환한 나카사코는 멜트페이스증후군의 진상을 알고 나서 처음으로 하늘에 감사를 드렸다. 마자키 같은 사람이 있다는 것, 그리고 그런 사람을 만났다는 것이 진심으로 고마웠다.

하지만 이날 밤 마자키가 머릿속으로 세우기 시작한 계획은 나카사코의 상상을 초월한 것이었다.

12월 31일.

마자키는 고향 나가노 현 마쓰모토 시에 있는 스기타 자동차 수리 공장을 방문했다. 마자키의 계획에는 반드시 필요한 것이 있는데, 그것을 만들어달라고 부탁할 만한 사람은 스기타 자동차 수리 공장 사장 스기타 가쓰오말고는 없었다.

"아이고, 느닷없이 웬일인가 했더니 연말에 이렇게 골치 아픈 일거리를 들고 오냐. 이런 건 제법 애를 먹는다고."

접이사다리에 올라간 스기타 가쓰오는 말과는 달리 어쩐지 즐거운 듯이 광택기로 소형 트럭 지붕을 닦았다. 마자키는 도료가 잔뜩 묻은 작업복을 빌려 입고 옛 친구가 올라간 접이사다리를 붙들고 있었다.

스기타는 고등학교 삼 년을 자전거 경기부에서 마자키와 함께 보내다가 경륜계로 진출한 후 돌아가신 아버지에게 수리 공장을 물려받았다. 하지만 타고난 성격 탓에 주먹구구식으로 일을 하다 보니 기울어가던 경영 상태가 더는 기울어질 수 없을 만큼 확 나빠졌다.

지은 지 사십 년이 넘은 스기타 자동차 수리 공장은 입구 바로 옆에 유리문이 달린 고색창연한 응접실이 있고, 전철 차량도 들어갈 만큼 엄청나게 큰 작업장 안쪽에는 1층에 부엌과 거실, 욕실 그리고 2층에 두 칸짜리 좁은 주거 공간이 마련되어 있다. 화장실은 수리공과 함께 쓰는 것이 작업장 가장자리에 하나 있을 뿐이었다.

마자키는 고등학교 시절 종종 2층 두 평 남짓한 방에서 자다가 한겨울 마쓰모토의 뼛속까지 스며드는 추위에 이를 달달 떨며 작업장 화장실로 달려가던 것이 어제 일처럼 생생히 떠올랐다.

"뭐야, 무슨 생각이 났기에 혼자 웃어? 수상한데."

광택기를 들고 스기타가 히죽히죽 웃으며 마자키를 바라보았다. 마자키는 점점 크게 웃다가 결국 배를 부여잡고 숨이 넘어가라 웃기 시작했다. 스기타는 기분이 약간 으스스해졌다.

"쇼고, 너 시너를 너무 한 것 아냐?"

"가쓰오, 너 겨울밤에 화장실 가려니까 춥다고 욕실로 갔잖아."

마자키는 그렇게 말하고 뒤쪽 파이프 의자에 주저앉아 눈물이 나올 만큼 웃었다.

"꼴값하고 있네."

스기타는 어처구니가 없다는 얼굴로 마자키를 내려다보았다.

"한 해의 마지막 날에 친구를 부려먹는 주제에 먼 옛날 화장실 이야기를 하면서 웃는 건 전 세계에 분명 너 하나뿐일 거다."

새해가 밝기까지 한 시간도 채 남지 않은 한 해의 마지막 날 밤, 마자키와 스기타 두 사람은 마자키가 들고 온 사진을 견본으로 중고 소형 트럭에 약간 손을 댔다. 차체의 색깔도 다시 칠했으니 내일 점심쯤에는 모든 작업이 끝난다.

"그러고 보니 도장 실력이 꽤 늘었는데."

겨우 웃음이 잦아든 마자키가 생각났다는 듯이 말했다.

"십 년 지나면 누구든 늘어. 네가 마지막으로 온 게 우리 아버지 장례식 때였을 텐데."

"아아……. 시간이 벌써 그렇게 흘렀나."

마자키는 아무래도 믿기지가 않았다.

이 작업장은 하나도 변하지 않았다. 고등학생 시절도, 십 년 전도, 지금도.

고등학교 여름방학 때, 동아리 활동으로 근처 운동 공원에 있는 자전거 경기장의 뱅크트랙◆을 달린 후에는 반드시 이 작업장에 들렀다. 그리고 유일하게 에어컨이 달린 응접실에서 사 가지고 온 빵을 먹은 후 운동복을 사복으로 갈아입고 아르바이트를 하러 갔다. 한 시간 정도 여유가 있는 저녁 시간에 마자키와 스기타는 햄버거나 과자를 먹으며 자전거 잡지를 보거나 아르바이트하는 곳의 여자 아르바이트생 이야기를 했다. 자신들에게 아직 '장래'라는 시간이 있었던 시절. 스기타는 누구보다도 빨리 뱅크트랙을 달렸고 마자키는 누구보다도 빨리 도로를 달렸다.

그후로 스기타와 마자키 둘 다 여러 가지 일을 겪었지만, 마자키는 지금 소형 트럭의 지붕을 광택기로 문지르는 스기타를 바라보며 어쩐지 허술해 보여도 외곬으로 밀고 나가는 스기타

◆ 곡주로에 경사가 진 자전거 경기장의 트랙.

의 천성은 조금도 변하지 않았음을 알았다. 어쩌면 변함없는 스기타의 모습이 이 작업장의 시간을 멈추었는지도 모른다.

작업장 옆문이 열리고 일본계 브라질인인 젊은 수리공 에밀리오가 큼지막한 슈퍼 비닐봉지와 됫병짜리 술 두 병을 껴안고 들어왔다. 에밀리오는 입구 근처에 있는 휴식용 소파에 짐을 내려놓고 안쪽에 있는 두 사람을 향해 남미 특유의 탄력 있고 밝은 목소리로 말했다.

"사장님, 정월 요리가 반값이었습니다. 이제 사는 사람이 없어서 그런가 봅니다."

"일본에서는 '마지막으로 남은 것에 복이 있다'고 하지."

의기양양하게 말한 스기타는 "올해 일은 여기까지!" 하고 접이사다리에서 뛰어내리더니 소파로 달려갔다. 마자키도 목장갑을 벗고 뒤를 따랐다.

소파 옆 난로 위에 올려둔 금색 알루미늄 냄비에서 물이 끓고 있었고, 벽에 걸어둔 휴대용 라디오에서는 〈홍백가합전〉◆의 흥겨운 노랫소리가 흘러나왔다.

"마자키 씨, 여기 거스름돈입니다."

에밀리오가 천 엔짜리 지폐 몇 장과 잔돈을 어김없이 되돌려

◆ 매년 12월 31일 밤에 NHK에서 방송하는 가요 프로그램.

주려고 하기에 마자키는 웃으며 거절했다.

"됐어, 그건."

"넣어둬, 넣어둬. 어이, 그것보다 에밀리오. 테이블이다, 테이블. 쇼고, 응접실에서 도쿠리◆랑 잔 좀 가지고 와."

스기타와 에밀리오는 재빨리 맥주 박스를 늘어놓고 위에 함석판을 올려 테이블을 만들기 시작했다. 스기타는 수면 외의 거의 모든 것을 이 작업장에서 해결한다.

마자키는 왜 응접실에 도쿠리가 있는지 의아해하면서도 문을 열고 들어가 그릇장 위에서 꽃병인 척 줄지어 있는 도쿠리 세 개를 찾아냈다. 아무렇지도 않게 카네이션 조화가 꽂혀 있었다. 스기타다운 장난에 피식 웃으며 도쿠리와 잔을 챙겨 돌아가려 했을 때 방구석에 산더미처럼 쌓여 있는 경륜지가 눈에 들어왔다. 마자키의 얼굴에서 웃음이 사라졌다.

마자키는 옛날에 스기타가 일으킨 사건이 똑똑히 기억났다. 사진 주간지에 실린, 플래시에 겁을 먹은 듯한 스기타의 얼굴은 지금도 선명하게 기억에 새겨져 있다. 그 사건으로 스기타의 경륜 선수 생명은 완전히 끝났다. 쌓여 있는 경륜지의 날짜가 이맘때라 마자키는 가슴이 아팠다. 스기타는 지금도 뱅크트

◆ 목이 가늘고 아래쪽이 펑퍼짐한 용기의 일종. 주로 술을 담아 잔에 따르는 데 사용한다.

랙을 달리는 꿈을 꾸는지도 모른다.

"도쿠리 있어?" 스기타가 부르는 목소리에 마자키는 "응" 하고 대답하고 재빨리 응접실을 나섰다.

스기타는 도쿠리 세 개에 남실거리도록 술을 따르고 알루미늄 냄비의 뜨거운 물에 하나씩 퐁퐁 집어넣었다. 그리고 "음, 물 온도가 적당하군" 하고 아기를 목욕시키는 아버지처럼 얼굴 가득 웃음을 지었다.

"이제 먹을까." 마자키는 슈퍼에서 사 온 정월 요리의 뚜껑을 차례차례 열었다.

"에밀리오도 먹고 갈 거지?" 하고 젓가락을 주려고 하자 에밀리오는 수줍어하며 "저는 지금부터 전하요"라고 대답했다.

갑자기 대화의 맥이 끊겨 당황한 마자키에게 스기타가 "못 알아듣겠어? 전화 말이야. 브라질의 여자친구한테 전화하는 거야" 하고 통역이라고 하기 뭣한 통역을 해주었다.

"그럼 사장님, 마자키 씨, 좋은 새해 맞이하기를 바랍니다."

에밀리오는 빙긋 웃고 나서 지구 반대편에 있는 연인의 목소리를 들으러 나는 듯이 달려갔다. 그 순박한 모습에 어쩐지 기분이 훈훈해진 마자키와 스기타는 맥주로 건배하고 막바지에 이른 홍백가합전의 엔카 대결을 들으며 정월 요리를 먹었다.

"종무식은 늦었지만 제야의 종이 울리기 전에 메이드 인 슈퍼의 정월 요리를 먹으며 정월을 맞이하겠군. 여기서 단숨에 역전한 거지."

신명이 난 스기타가 영문 모를 소리를 하며 도쿠리의 술을 잔 두 개에 따랐다. 뜨끈한 술이 마자키와 스기타의 뱃속에 스며들었다.

"아아, 맛 좋다. 뜨끈뜨끈한 슈호키쿠자카리." 마자키는 흡족한 숨을 내쉬었다.

"그렇지? 역시 신슈의 향토 술은 좋다니까."

스기타는 기쁜 듯이 웃었다.

"우리 애들도 향토 술 맛을 알아가지고 말이야. 바다 건너 돌아갈 때 선물로 들고 간다고."

홀몸인 스기타가 '우리 애들'이라고 할 때는 공장 수리공들을 가리킨다.

여기서 일하는 수리공 세 명은 모두 일본계 브라질인이다. 스기타가 줄 수 있는 금액의 급료를 받고 일하려는 일본인은 없다. 몇 년인가 전에 한 일본계 브라질인이 일하던 자동차 공장에서 수리공을 대량 해고해서 일이 없으니 써달라며 찾아왔다. 스기타는 그 남자를 고용했고, 방을 못 빌린다기에 2층 자기 방에 공짜로 살게 해주었다. 그리고 급료도 스기타가 일본인에게 줄 수 있는 금액과 똑같이 주었다. 그러자 그 이후로 일본계 브라질인 수리공이 갈마들게 되었다. 자동차에 관한 지식이 있는 사람도 있었고 없는 사람도 있었다. 없는 사람은 스기타가 가르쳤다. 모두 정주자◆ 체류 자격 기한인 삼 년이 되면 모은 돈을 들고 브라질로 돌아가지만, 가족의 얼굴을 보고 다시 돈을 벌려고 돌아오는 사람도 있었고, 브라질로 돌아간 사람의 친구나 얼굴을 쏙 빼닮은 친척이 일하러 올 때도 있었다. 스기타는 일본인을 고용했을 때보다 지금이 훨씬 활기차서 좋다고 했다.

"에밀리오도 내년 3월 14일이면 브라질로 돌아가."

"화이트데이로군. 선물 잔뜩 들려서 보내. 여자친구 앞에서 뽐 좀 내야지."

"아무렴, 그래야지."

어느덧 〈홍백가합전〉이 끝나고 라디오에서는 〈가는 해 오는 해〉가 흘러나오고 있었다. 휴대용 라디오의 조그만 스피커에서 어느 신사로 새해 첫 참배를 드리러 가는 사람들의 웅성거림과 나막신 소리, 횃불이 타며 탁탁 튀는 소리가 들려왔다.

"기요미즈데라 절 부근에서 중계하는 건가?"

마자키가 귀를 기울였다.

"아." 함께 귀를 기울이고 있던 스기타가 작게 탄성을 질렀

◆ 일본 법무부 장관이 특별한 이유를 고려하여 일정한 체류 기간을 지정하여 거주를 인정하는 자.

다. "제야의 종이다."

라디오에서 들려오는 사람들의 웅성거리는 소리 뒤편에서 제야의 종소리가 길게 울려 퍼졌다.

"오, 진짜다."

"자, 2005년은 어떤 해가 되려나."

얼굴이 불그무레해진 스기타가 냄비에서 새 도쿠리를 꺼내 두 사람의 잔에 찰찰 넘칠 듯 말 듯하게 따랐다.

"그러게. 난 지금까지 본 적이 없는 세상을 보고 싶어."

"그거 좋군." 스기타가 잔을 들고 말했다. "저 가짜 트럭으로 세계 일주라도 할 거냐?"

마자키는 웃으며 잔을 비우고는 작업장 안쪽의 소형 트럭에 눈길을 주었다. 옆은 황색으로 새로 칠한, 컨테이너가 달린 소형 트럭은 어스름 속에서 숨을 죽이고 있는 강철 생물 같았다.

내일 낮에는 저 컨테이너 옆 부분에 선명한 오렌지색의 친근한 로고, '타이투스 푸드'라는 글자를 넣는다. 물론 동그란 녹색 로고 마크도 빼먹지 않는다. 그 작업이 끝나면 저 차는 어디에서 보아도 타이투스 푸드의 제조 공장 소형 트럭과 구분이 가지 않을 것이다.

저 트럭이야말로 마자키가 세운 계획에 반드시 필요한 물건이었다.

"가쓰오……."

스기타는 술을 따르다 말고 마자키에게 눈길을 주었다.

마자키는 마치 뭔가와 결별하듯이 트럭을 가만히 쳐다보고 있었다.

"고마워."

신기할 만큼 평온한 마자키의 말투에 스기타는 어째서인지 이유도 없이 나쁜 예감이 들어 갑자기 마자키가 걱정되었다.

"쇼고, 너 도대체……."

마자키는 학창 시절처럼 태평한 얼굴로 스기타를 돌아다보았다.

"완벽하게 완성해주쇼, 사장님."

스기타는 물어보려던 말을 술과 함께 삼켰다. 무엇을 물어보아도 이 녀석은 말하지 않을 것이 분명했다. 그렇다면 할 수 있는 일을 해줄 뿐이다.

스기타는 기세등등하게 큰소리를 쳤다.

"맘 푹 놓고 맡겨둬. 깜짝 놀라 자빠질 만큼 멋지게 만들어줄 테니까."

스기타는 두툼한 달걀말이에 젓가락을 꽂더니 됫병의 마개를 뽕 소리 나게 열고 도쿠리에 술을 부었다.

해가 바뀌고 1월 30일이 되었다.

하늘이 흐리고 추운 일요일 오후, 나카사코는 후타코타마가와 역 앞에서 마자키를 기다리고 있었다. 한 달 남짓 나카사코는 마자키와 만나지 않았다.

정월 연휴가 끝나자마자 푸드의 나카사코에게 마자키가 영업 자료로 위장해서 보낸 소포가 도착했다. 미리 전화로 연락한 대로 소포에는 현재도 마자키가 보관중인 마미 팔레트 샘플 하나가 들어 있었다.

마자키는 나카사코가 예전에 모리무라와 미야지마에게 보여준 샘플 분석 데이터는 두 번 다시 쓸 수 없다고 말했다. 그걸 사용하면 나카사코가 움직이고 있다고 상대에게 알려주는 꼴이기 때문이다. 나카사코가 아닌 다른 사람이 움직이고 있다고 속이기 위해서는 다른 샘플을 분석해서 데이터를 다시 뽑을 필요가 있다. 샘플에 따라 분석 데이터 수치에 오차가 생길 테니 모리무라와 미야지마도 나카사코가 예전에 보여준 데이터와는 다른 데이터라고 생각할 것이다. 데이터 서식과 표시 형식도 예전 것과는 완전히 달라야 한다. 나카사코는 마자키의 지시대로 움직여 열흘 전에 미도리코에게 새로운 데이터를 받았다.

나카사코는 코트 깃을 세우고 손목시계를 들여다보았다. 약속 시간인 2시에서 십오 분 정도 지났다. 지금까지 마자키가 약속에 늦은 적은 한 번도 없었다. 걱정이 된 나카사코는 몇 번이나 개찰구 안쪽을 흘긋거렸다.

마자키는 어제 전화로 오늘 오후 2시에 후타코타마가와 역 개찰구에서 기다리고 있으라고 했다. 서두르는 눈치로, 일요일 오후에 어디로 가느냐고 나카사코가 물을 틈도 없이 전화를 끊었다. 전화 건너편에서 공사중인 건설 현장의 소음이 크게 들려왔다. 그 소리가 맥락도 없이 불길하게 느껴져 가슴이 두근거렸다.

나카사코와 마자키는 서로의 휴대전화 번호를 저장하지 않고 외우고 있었다. 연락은 늘 마자키가 하기로 했고, 마자키는 발신자 이력이 남지 않도록 반드시 공중전화로 걸었다. 나카사코는 긴급한 상황이 아니면 걸지 않기로 했다.

시곗바늘이 2시 26분을 가리켰다. 상행 전철이 도착해 승객이 자동 개찰구를 빠져나왔지만 마자키의 모습은 어디에도 없었다. 나카사코는 역 앞 공중전화를 쳐다보았다. 아직 한 번도 걸어본 적이 없는 마자키의 휴대전화 번호 열한 자리 숫자를 머릿속으로 되새기며 나카사코는 공중전화를 향해 걸음을 옮겼다.

그때 역 앞 길에서 경적이 가볍게 두 번 울렸다. 쳐다보자 마자키가 은색 임프레자 운전석에서 손을 들어올렸다. 왈칵 밀려

드는 안도감을 느끼며 나카사코는 차로 달려갔다.

"늦어서 미안해."

마자키가 차 안에서 조수석 문을 열었다.

"아니야, 무사하면 됐지."

나카사코를 태운 마자키는 재빨리 운전대를 꺾어 차를 돌렸다.

"나카사코 씨, 데이터는?"

"아아, 가지고 왔어. 그것보다 도대체 어디 가려고?"

"금방 도착해. 좀 서둘러야겠어."

마자키는 말을 마치자마자 '좀'이라는 말이 무색할 만큼 속도를 높여 앞차를 추월했다. 나카사코는 깜짝 놀라서 위쪽의 보조 손잡이를 움켜잡았다. 마자키는 차들을 차례차례 앞지르며 평소와 다름없이 차분한 말투로 물었다.

"연말연시 어떻게 지냈어?"

나카사코는 혼이 빠질 것 같아서 반쯤 이를 악문 채 대답했다.

"평소대로 집에서. 넌?"

"나도 평상시랑 똑같았어. 집에서 떡국 끓여 먹고 유타랑 대전 게임도 하고."

"그래……."

몸이 흔들려서 나카사코는 눈을 꽉 감았다. 차가 멈출 때까지 눈을 뜨지 않기로 결심했다. 마자키를 보자마자 "무사하면 됐지"라고 말한 것은 시기상조였던 듯했다. 그후의 십오 분은 고소공포증이 있는 나카사코가 아쓰미의 투정을 이기지 못해 오다이바의 대관람차를 타고 한 바퀴 돌았을 때보다 수십 배는 길게 느껴졌다.

마자키가 데려간 곳은 가도 옆의 작은 오두막풍 카페였다. 요즘은 보기 드문 카우벨 모양의 종을 딸랑딸랑 울리며 가게로 들어서자 마자키는 나카사코를 도로에 면한 창가 자리로 안내했다. 나카사코는 통나무로 만든 벤치 등받이에 손을 짚고 몸을 앞으로 구부렸다.

"괜찮아? 속이 안 좋은 거……."

마자키가 걱정스러운 듯이 얼굴을 들여다보았다.

"……아니야, 이제 괜찮아."

"어서 오세요."

몸집이 자그마한 여자 주인이 종이 받침에 물이 든 컵을 내려놓았다.

"커피면 되지?"

나카사코는 입이 떨어지지 않아 말없이 고개를 끄덕이고 공포로 바싹 마른 입에 겨우 물을 가져갔다. 두꺼운 종이로 된 상앗빛 컵받침에는 밝은 녹색으로 "GREEN VALLEY"라고 적혀 있었다. 자신은 무서운 속도로 달리는 자동차가 아니라 GREEN VALLEY라는 든든하고 안전한 카페에 있다. 나카사코는 그렇게 마음을 타이르며 정신을 차렸다.

나카사코는 물수건으로 손을 닦은 후 겨우 한숨 돌리며 가게를 둘러보았다. 그리 서둘렀으니 이 가게에서 누구와 만날 약속이라도 한 줄 알았다. 하지만 카운터에 단골로 보이는 주부가 두 명 있을 뿐 자신들을 기다리는 듯한 사람은 어디에도 없었다. 주인이 두 사람의 커피를 내려놓고 물러가자 나카사코는 마자키에게 물었다.

"왜 이 가게에……?"

마자키는 창밖의 도로 대각선 맞은편에 보이는 문화센터를 눈으로 가리켰다. 문화센터 입구 옆에 간판 하나가 기대어 세워져 있었다. 널빤지에 모조지를 붙여 엉성하게 만든 그 간판에는 "멜트페이스증후군 전국 연락회 발족식 203 회의실"이라고 적혀 있었다.

깜짝 놀란 나카사코가 돌아다보자 마자키는 아무 말도 없이 단색으로 인쇄된 안내장 한 장을 건넸다. 안내장에는 전국에 흩어져 있는 멜트페이스증후군 환자와 부모들을 하나로 잇는다는 연락회의 취지가 실려 있었다. 발족인은 야마시나 사키코였다.

야마시나 사키코…….

결코 잊을 수 없는 이름이었다. 석양이 비쳐드는 방에서 아이를 무릎에 앉혀놓고 어르던 사키코의 모습이 선명하게 되살아났다. 안내장에는 전국 연락회 발족에 임하는 사키코의 심경도 실려 있었다.

태어난 지 얼마 되지도 않은 아이가 원인 모를 병에 걸렸을 때, 나 자신을 탓하는 것말고는 아무것도 할 수 없었다. 내게 유전적인 문제가 있었던 것은 아닐까, 임신중에 뭔가 잘못한 것은 아닐까, 아이를 키우다 되돌리지 못할 뭔가를 간과한 것은 아닐까. 병으로 신음하는 아이를 눈앞에 두고 대신해줄 수 없어 얼마나 괴롭고 미안했는지 모른다. 완치될 희망이 없는 미래가 암담하여 차라리 아이와 함께 죽으려고 생각한 적도 있다. 하지만 아이는 처마 끝에 찾아든 제비를 처음 보고 눈이 휘둥그레졌다. 처음으로 바다를 보고 환성을 질렀다. 살아있음을 만끽하는 아이를 부모가 먼저 지켜주지 않는다면 누가 지켜주랴.

앞으로 몇 년만 더 지나면 멜트페이스증후군에 걸린 아이들은 학령기에 다다른다. 학교와 지역사회에서 기이하다는 듯이 쳐다보는 눈빛에 시달리기도 할 것이다. 평범한 어린아이들이 자신과 다른 존재를 희한하게 쳐다보는 것은 당연한 일이다. 그럴 때 나는 우리 아이들 곁에 서서 부끄러워할 필요 없다고 알려주고 싶다. 그리고 평범한 아이와 부모 들에게 우리 아이들에게는 아무 잘못도 없다고 부드러운 말로 전하고 싶다. 이러한 병에 걸리지 않은 아이의 부모에게도 우리 아이들을 사랑하는 마음이 통하리라고 믿는다. 그 부모들이 저마다의 방식으로 아이들에게 이야기를 잘해주리라고 믿는다.

하루하루 살아가며 힘들 때, 괴로울 때, 우리만이 세상에서 따로 떨어진 듯한 고독감을 맛본다. 그것은 그 무엇보다도 견디기 힘든 일이다. 하지만 우리 아이들도 언젠가는 부모 곁을 떠나 자신의 두 다리로 홀로 서야 할 때가 온다. 그때까지 우리는 아이들의 마음속에 튼튼한 기둥을 세워주어야 한다. 울고 있을 여유는 없다. 이 연락회가 병의 경과에 대해 정보를 교환하는 장으로, 그리고 우리들 부모가 아이들을 사회에 내보낼 때까지 마음을 기댈 곳으로 활용되기를 바란다.

나카사코는 아무 말도 나오지 않았다.

아무것도 모른다. 그리고 아무런 도움도 없다. 나카사코가 들고 있는 조잡한 안내장이 무엇보다 확실하게 그 사실을 말해주고 있었다. 그런 와중에도 어머니들은 병에 지지 않도록 마음을 합쳐 오로지 아이를 훌륭하게 키우고자 분투하고 있었다.

나카사코는 애가 탄 나머지 자리를 박차고 일어나 문화센터로 향하려고 했다.

마자키가 팔을 붙잡아 만류했다. 손목뼈가 으스러질 것처럼 강한 힘이었다.

"지금은 안 돼."

전에 없이 엄격한 말투였다.

"여기서 봐. 그리고 오늘 여기서 본 걸 잊지 마."

얼마 지나지 않아 카우벨 모양의 종이 울리더니 자원봉사자 같은 여대생과 야마시나 사키코, 그리고 열다섯 명쯤 되는 어머니들이 유모차를 밀고 가게로 들어왔다. 갓 스무 살을 넘은 듯한 오버올 차림의 기승스러워 보이는 어머니부터 머리를 뒤로 질끈 묶은 사십 대 어머니까지 나이는 제각각이었지만 하나같이 고양된 기색으로 활기가 넘쳤다. 바깥공기에 익숙지 않은 어린아이들은 모두 방한용 후드를 덮어쓰고 머플러를 단단히 감고 있었다. 여대생이 가게 주인에게 포개어 얹은 샌드위치 접시와 커다란 보온병을 건넸다.

"잘 먹었습니다. 정말 맛있었어요."

"맛있었다니 기쁘네요. 연락회 발족 축하해요. 자, 여러분 이쪽으로 오세요."

자그마한 가게 주인은 어머니와 아이들을 안쪽의 커다란 통나무 테이블로 이끌었다.

가슴이 쿵쿵 뛰고 눈을 커다랗게 뜨고 있는 나카사코 옆을 호텔 텔레비전으로 본 야마시나 사키코가 유모차를 밀며 천천히 지나갔다. 통통한 얼굴과 온화한 눈이 인상적이었던 야마시나 사키코는 텔레비전으로 보았을 때보다 훨씬 야윈데다 피로한 빛이 역력했다. 그래도 발족식을 마친 후 등을 쭉 펴고 앞을 똑바로 보며 걸어가는 사키코의 얼굴은 가슴이 찡할 만큼 환했다. 사키코의 수수한 오버 코트 가슴께에는 새로운 출발을 자축한다고 선언하는 것처럼 손수 만든 조그만 코르사주가 흔들리고 있었다.

나카사코 앞으로 다가왔을 때 야마시나 사키코는 무례하게 쳐다보는 시선을 알아차리고 나카사코 쪽으로 고개를 돌렸다. 눈을 돌리지도 못하고 숨을 죽인 채 빤히 쳐다보는 나카사코에게 야마시나 사키코는 인상 한번 찌푸리지 않고 미소를 건네며 인사하듯이 고개를 숙이고 지나쳐갔다.

어머니들은 커다란 통나무 테이블 옆에 유모차를 접어놓고 아이들을 품에 안고 테이블에 둘러앉았다. 따스한 실내 공기에 모두 안심하고 아이들의 후드와 머플러를 벗겼다. 턱에서 뺨까지 봉합한 부분이 흉터종이 되어 부풀어 오른 아이, 눈꺼풀이 움푹 팬 아이, 코 부분까지 없는 아이, 상태는 다양했지만 모두 얼굴 반쪽을 무참하게 잃었다. 그래도 어린아이들은 테이블의 냅킨과 종이 받침을 붙잡으려고 어머니의 무릎 위에서 열심히 손발을 바동거렸다. 어머니들이 저마다 아이들이 좋아하는 장난감을 쥐여주고 안전한 장난감에 대해 이야기꽃을 피웠을 때였다. 카우벨이 울리고 젊은 커플이 가게로 들어왔다. 젊은 여자가 자리로 향하려다 흠칫 놀라 멈춰 섰다.

"으아. 뭐야, 저거."

여자의 시선을 따라서 눈을 돌린 남자는 의자에 앉으려다 몸을 다시 일으켰다.

"뭐야, 장난 아닌데."

남자는 주어도 서술어도 모를 말을 하더니 여자의 팔꿈치를 붙잡고 총총히 가게를 나갔다. 통나무 테이블의 분위기가 축 가라앉고 어머니들의 얼굴에서 웃음이 사라졌다.

"죄송해요."

사키코가 가게 주인에게 머리 숙여 사과했다.

"무슨 말이야. 저딴 손님은 이쪽에서 사절이야. 루리, 밖에 소금 좀 뿌려."

주인은 소금 단지를 여대생에게 건넸다.

오버올을 입은 젊은 어머니가 무릎 위의 아이를 힘껏 끌어안고 조그만 어깨에 얼굴을 묻었다.

"가가와 씨." 사키코가 젊은 어머니에게 말을 걸었다. "오늘 발족식을 했다는 걸 바로 우리 홈페이지에 올리죠. 멀리 계셔서 참석하지 못한 많은 분들을 위해. 홈페이지 꾸미는 실력은 가가와 씨가 제일 낫죠?"

가가와라고 불린 오버올 차림의 젊은 어머니는 아이 옷으로 눈물을 슥 닦고 나서 고개를 들었다.

"결혼하기 전까지는 프로였으니까요. 이미지는 대강 잡아놨어요. 이제 링크 페이지랑 의사 소견 페이지만 있으면 되겠네요."

"아, 임상 소견을 들려줄 선생님 찾았어요."

머리를 하나로 묶은 어머니가 의기양양하게 손을 들자 다른 어머니들이 환호했다.

"다음은 조에쓰 지부와 마쓰야마 지부의 전문의 정보로군요."

사키코가 두툼한 바인더를 펼치자 어머니들은 아이들을 어르며 제각기 어떻게 일을 분담할지 상의하기 시작했다.

나카사코는 어머니들과 어린아이들을 바라보며 한 사람 한 사람의 얼굴을 마음에 새겼다. 병에 걸리고 나서 지금까지 얼마나 괴로웠을까. 그리고 앞으로 얼마나 괴로워해야 할까. 그 샘플만 먹지 않았다면 이 아이들은 다른 아이들과 마찬가지로 건강한 미래를 맞이했을 것이다. 이 아이들은 평생 병을 짊어지고 간다. 운이 나빴다. 그런 말로 끝맺어서 될 일이 아니다. 그래서는 안 된다. 타이투스는 죄를 인정하고 모든 피해자에게 배상해야 한다.

앞유리 너머의 하늘에는 묵직한 먹구름이 낮게 끼어 있었고, 당장에라도 눈발이 날릴 듯한 강가 자갈밭은 인기척 없이 황량했다. 나카사코와 마자키는 강가에 세운 차 안에 있었다.

썰렁한 차 안에서 마자키는 나지막한 무채색 하늘을 보고 있었다.

"나카사코 씨는 위험한 다리를 건너야 할 거야."

"무슨 일이든지 하겠어."

"정면으로 맞서면 작살날 뿐이지. 우리는 아무 힘도 없어. 의지할 수 있는 건 우리랑 똑같이 힘없는 사람들의 수많은 눈뿐이야."

"사람들의 수많은 눈?"

"수많은 보통 사람들이 의혹의 눈으로 바라보면 바라볼수록 타이투스는 움직이기 힘들어져. 뒤에서 손을 써서 사건을 무마하기 힘들어진다고. 나카사코 씨, 그 아기 식품 샘플은 타이투스가 손을 대지 못하도록 많은 사람들이 보는 앞에서 발견되어야 해. 그리고 많은 사람들이 지켜보는 가운데 샘플이 멜트페이스증후군 전국 연락회에 전달되고, 연락회가 선택한 분석 기관이 올바른 분석을 마친 후, 그 결과가 대대적으로 보도되고 나서야 아이들을 괴롭힌 원흉이 타이투스 푸드의 샘플임이 부정할 수 없는 사실로 인정되는 거야."

"하지만 어떻게 세간에 타이투스에 대한 의혹을 심을 건데? 샘플이 원인이라는 사실은 고사하고 전 국민 대다수가 멜트페이스증후군이라는 병명조차 모른다고."

"일단 가명으로 내부 고발문을 만드는 거야. 내용은 세 가지. 첫 번째는 재작년 십이월에 전국 각지의 어린이집에 배포된 타이투스 푸드의 마미 팔레트 샘플에 바실루스f50이 혼입되었고, 그것이 멜트페이스증후군의 원인이라는 것."

"감염경로가 된 당근에 대해서는?"

"지금은 그냥 놔둬."

"두 번째는?"

"문제의 샘플이 제조된 후지사와 공장에서 지금도 마미 팔레트가 제조되고 있다는 것."

"잠깐만."

나카사코는 당황하여 마자키의 말을 막았다.

"지금 제조되는 마미 팔레트는 아무 문제도 없어."

"그래, 알아."

"그럼 어째서?"

"나카사코 씨가 이 사건과 아무런 관계도 없는 사람이라고 치고 어느 이야기가 더 마음에 걸릴까. 어떤 제조 회사가 만든 샘플 때문에 재작년에 아이들이 병에 걸렸다는 이야기와 그 위험한 제품이 지금도 시장에 나돌고 있다는 이야기 둘 중에."

나카사코는 어안이 벙벙하여 마자키의 얼굴을 쳐다보았다.

마자키는 현재 시판중인 마미 팔레트에 대한 불안감을 조장하여 세상 사람들의 시선을 타이투스에 집중시키려는 것이다.

확실히 이미 일어난 비극보다는 앞으로 일어날지도 모르는 비극, 현재진행형의 불안이 사람의 마음을 뒤숭숭하게 만든다.

정면으로 맞서면 작살날 뿐이다.

나카사코는 마음을 정했다.

"알았어. 고발문의 세 번째 내용은 뭐지?"

"건강증진법 제27조에 근거하여 국가가 책임을 지고 즉시 타이투스 푸드 후지사와 공장에서 제조된 마미 팔레트를 수거 시험할 것."

나카사코는 마자키의 입에서 튀어나온 터무니없는 말에 귀를 의심했다.

건강증진법 제27조는 "내각 총리 또는 도도부현都道府懸 지사는 필요하다고 인정될 때 해당 직원을 특별 용도 식품의 제조 시설, 저장 시설 또는 판매 시설에 파견해 판매용으로 제공되는 해당 특별 용도 식품을 검사하거나, 시험용으로 필요한 한도 안에서 해당 특별 용도 식품을 수거할 수 있다"고 규정하고 있다. 수거된 식품은 신개발 식품 보건 대책실의 지시에 따라 영양 성분 및 기타 성분을 시험 및 검사한다.

특별 용도 식품이란 병자용, 유유아용, 임산부용, 고령자용 등 특별한 용도에 적합하다는 표시를 할 수 있도록 내각 총리가 허가한 식품을 가리킨다. 마자키는 스마일 키즈 마크 인증을 받은 마미 팔레트도 국가가 책임을 지고 추천한 제품인 이상 특별 용도 식품과 똑같이 수거 시험해야 한다고 내부 고발문으로 호소할 작정이다.

"이건 일을 크게 벌이는 게 목적이야."

"그렇다고 해도 그런 내부 고발문만으로 국가는 움직이지 않아."

"물론 이것만으로는 움직이지 않겠지. 내부 고발문에 지금 나카사코 씨가 가방 속에 넣어온 샘플 분석 데이터, 그리고 문제의 샘플이 배포된 어린이집 목록과 배포된 날짜 기록을 덧붙여서 여기로 보낼 거야."

마자키는 점퍼 안주머니에서 접은 종이를 꺼내 나카사코에게 건네주었다.

종이에는 후생노동성을 비롯해 전국의 수많은 소비자 단체, 주요 방송국, 신문사, 환자가 발생한 도도부현 및 시정촌市町村의 보건위생 담당부국, 그 지역의 지방신문, 지방 방송국 등 행정기관, 민간단체, 매스컴 세 부문을 망라하는 조직의 수신처가 줄줄이 적혀 있었다.

"아직 미완성이지만, 완성되면 보낼 곳이 대충 이백 곳 정도 돼. 그리고 이게 제일 중요한데, 고발문마다 마지막에 고발문을 어디에 보냈는지 명시할 거야. 즉 고발문을 받은 쪽이 자신들말고 또 어디에 고발문을 보냈는지 알 수 있도록 해두는 거지."

나카사코는 숨을 삼키고 A4지에 빽빽이 적힌 수신처를 바라보았다.

만약 자신이 속한 조직에만 고발문이 날아든다면 무사안일주의에 빠져 묵살할 수도 있다. 하지만 자신의 조직이 고발문을 받았음을 다른 모든 조직이 알고 있다면 이야기는 별개다. 만일 자신의 조직만 고발문을 묵살한 후에 고발문의 내용이 진실이라고 판명된다면……. 아무것도 하지 않고 묵살한 조직은 대놓고 규탄받는다. 게다가 고발문에는 현재 시판중인 제품의 일부가 아주 위험하다고 호소하는 긴박한 내용이 담겨 있다. 묵살한 조직은 행정기관이든 민간단체든 매스컴이든 조직으로서의 존재 의의가 도마 위에 오를 수도 있다.

나카사코의 속마음을 읽은 듯이 마자키가 물었다.

"가령 나카사코 씨가 이 고발문을 받은 조직의 일원이라면 어떻게 움직일까?"

나카사코는 바로 대답했다.

"다른 수신처에 정말로 내부 고발문이 왔는지 확인하겠지. 다음으로 고발문에 동봉된 샘플 분석 데이터에 신빙성이 있는지 없는지 식품 분석 기관에 조회할 거야. 이삼일 안에 바실루스f50을 제외하면 시판되는 마미 팔레트와 동일한 성분비의 데이터가 확실하다고 판명될 테지. 그리고 그와 병행하여 멜트페이스증후군이란 도대체 어떤 병인지 조속히 조사할 거야."

"그건 멜트페이스증후군 전국 연락회 홈페이지를 보면 한눈에 알 수 있어. 링크된 병원에 접속해 환자를 진찰한 의사에게 직접 이야기를 들을 수도 있을 거야. 그러고 나서?"

"멜트페이스증후군의 환자들이 재작년 십이월에 정말로 샘플이 배포된 어린이집에 다녔는지 확인하겠지."

"연락회가 전국의 환자를 총괄하고 있으니 바로 확인 가능해."

"그 결과 발병한 124명의 아이 모두 샘플이 배포된 어린이집에 다녔다는 사실이 드러나겠지. 뿐만 아니라 잠복 기간을 고려하면 발병 시기와 샘플이 배포된 날짜가 딱 겹쳐."

"몇만 명이나 되는 소비자 단체의 회원이 불안을 토로하겠군."

"그러면 미디어도……."

"아니." 마자키가 단박에 부정했다. "미디어는 아직 못 움직여. 내부 고발문은 가명으로 보낼 거니까. 그러니까 내용이 어떠하든 공식적으로는 내부 고발문이라고 할 수 없어. 이를테면 가명으로 보낸 괴문서지. 특정 기업을 언급한 괴문서를 미디어가 그대로 보도할 수는 없어. 당연히 위쪽에서 현장에 압력도 넣을 테고 말이야."

나카사코는 놀라서 소리를 질렀다.

"그럼 미디어는 아무것도 안 한다고?"

"하고 싶어도 못 하는 거지. 하지만 미디어도 행정기관과 소비자 단체의 동향은 파악할 거야. 현장 사람들은 고발문 수신처에 있던 소비자 단체를 '어떻게 대처할 것이냐'라고 채근하며 자신들이 움직일 구실이 생기기만을 기다리겠지. 미디어는 라이벌 동업자들이 같은 정보를 가지고 있다는 걸 알아. 사태에 변화가 생긴다면 자기 회사에서 제일 먼저 기사를 뽑고 싶을 거야. 회원들이 토로하는 불안과 미디어의 압력에 등을 떠밀려 수많은 소비자 단체가 행정기관에 수거 시험해달라고 요청하겠지. 행정기관도 이미 상당수의 미디어와 소비자 단체에 이 정보가 퍼져 있는 줄 알 테니 아무 조치도 취하지 않을 수는 없어."

"후지사와 공장에서 수거 검사가 실시된다……!"

"설령 형식적이라고 해도 일본 유수의 대형 식품 제조 회사 타이투스 푸드에 대한 행정기관의 현장 검사가 실시되면, 그 자체가 뉴스야. 지금까지 억누르고 있던 만큼 텔레비전과 신문은 서로를 부추기며 현장 검사와 관련된 뉴스를 크게 보도할 걸. 그러면 현장 검사의 이유인 멜트페이스증후군에 대해서도 자세히 보도될 거야. 환자가 발생한 재작년에는 이름도 없었던 이 병을 수많은 사람들이 알게 돼. 피해자는 모두 아무 죄도 없는 어린아이야. 관심도 높겠지. 그 끔찍한 증상을 보고 나면 절대 못 잊어버릴 테니 세간은 의혹의 눈으로 타이투스를 바라볼 거야."

"하지만 마자키, 의혹의 눈길이 쏠린다고 쳐도 현장 검사를 하면 바로 아무 이상 없다는 결과가 나올 텐데. 후지사와 공장의 제조 라인은 깨끗해. 시판중인 마미 팔레트에는 아무 문제도 없어."

"맞아. 그러면 타이투스는 어떻게 나올까. 나카사코 영업과장님?"

나카사코는 영업과장의 입장에서 대답했다.

"가능한 한 많은 미디어를 모아놓고 대대적으로 기자회견을 열어 결백하다고 부르짖겠지. 샘플은 이미 처분하여 남아 있지 않지만 시판되는 제품과 마찬가지로 샘플도 처음부터 무해했다. 이번 사건은 마미 팔레트의 순조로운 판매를 질투한 영업방해다. 이런 식으로."

"카메라가 수도 없이 많이 돌아가는 기자회견장에서 나카사코 씨, 당신이 사실을 폭로하고 샘플이 있는 곳을 공표하는 거야."

나카사코는 느닷없이 목에 날카로운 칼끝이 닿은 것처럼 말문을 닫았다.

"물론 나도 증언할 거야."

마자키는 완벽하게 어둠이 내린 차 안에서 나카사코의 눈을 똑바로 쳐다보았다.

"할 수 있겠어?"

생각만 해도 가슴이 벌렁벌렁 뛰고 꽉 조른 것처럼 목이 메었다. 하지만 진실을 폭로하려면 앞에 나서야 한다. 뒤에 숨어서는 진실의 뚜껑을 열 수는 없다. 자신은 그 아이들을 위해 무슨 일이든 하겠다고 결심했다.

"아아, 물론이지."

나카사코는 짧게 대답했다.

"내부 고발문은 전부 '사사키 구니오'라는 가명으로 보낼 거야."

"사사키 구니오……."

"그래. 일이 진행되면 상층부는 내부 고발자로 제일 먼저 당신을 의심할 테지. 절대로 들키면 안 돼."

"알았어."

대답하는 목소리가 잠겼다.

마자키는 눈빛을 누그러뜨리고 미소를 지었다.

"걱정 마. 처음 한동안만 잘 처신하면 은폐 공작을 도운 간부가 내부에서 고발했으리라고 의심하지는 않을 테니까."

"그렇겠지."

나카사코는 겨우 웃음을 되찾았다.

"만약을 위해 일이 끝날 때까지는 만나지 말자."

그렇게 말하고 마자키는 시동을 걸어 차를 출발시켰다. 운전대를 다루며 마자키는 마치 내내 잡담이라도 했던 것처럼 태평한 말투로 말을 이었다.

"날이 쌀쌀하네. 마지막으로 고마라도 갈까. 요통을 앓는 사장님이 만들어주는 달걀말이 좋아하잖아."

"……응. 달짝지근한 것이 맛있어서."

나카사코는 헤드라이트 불빛에 비치는 둑의 흙을 바라보며 마자키가 없었다면 이런 일을 할 엄두도 내지 못했을 거라 생각했다. 우울증에 걸려 어디서 뛰어내렸을지는 몰라도 혼자서는 결코 이런 일을 못 한다.

나카사코 자신이 그렇게 여기듯이 푸드도 나카사코라는 인간을 그렇게 여긴다. 나카사코는 훨씬 전부터 그 사실을 알고 있었다. 자신이 옥상에서 뛰어내려도 푸드는 바로 잊어버릴 것이라는 사실도. 나카사코는 앞을 똑바로 쳐다보았다.

그래, 반드시 끝까지 해낼 수 있다. 아니, 끝까지 해내겠다.

그날 밤, 나카사코와 마자키는 마지막 술자리가 아쉽지 않도록 처음으로 진탕 퍼마셨다. 밤이 되어 내리기 시작한 눈 때문에 손님의 발길이 끊겨 전세를 낸 것이나 다름없는 고마에서 두 사람은 대구탕과 방어 무 조림을 안주 삼아 차례차례 도쿠리를 비웠다.

나카사코는 어째서인지 이유도 없이 우스워서 쉴 새 없이 배를 부여잡고 웃었고, 마자키도 기분이 좋은지 전에 없이 자기 이야기를 이것저것 늘어놓았다.

"옛날에 도시락 싸가지고 유타랑 마누라랑 자주 이 역 근처의 유원지에 갔어. 왜 산기슭에 유원지가 있었잖아. 이렇게 거꾸로 돌아가는 제트코스터랑 커다란 관람차도 있었는데."

나카사코의 들썽거리는 머릿속에 아주 옛날에 찾은 적이 있는, 지금은 없는 유원지의 풍경이 신기루처럼 떠올랐다.

"아아. 알아, 알아. 넓은 장미 정원이 있고, 역에서 모노레일로 연결되어 있었잖아."

"그래, 모노레일! 처음으로 이 역에 내렸을 때 역에서 유원지까지 공중에 떠가는 듯한 모노레일을 보고 무슨 미래 도시에 온 줄 알았어. 상경한 지 얼마 안 되었을 때야. 그때 꼭 여기 살아야겠다고 결심했지."

"마자키, 성 우르술라 소아 클리닉에 다닐 때는 히요시에 살았잖아."

"아아. 여기는 그전에. 상경해서 유타가 여섯 살 될 때까지 계속 여기 살았어. 마누라를 만난 곳도, 유타가 태어난 곳도 여기. 돈이 없을 때는 유원지에 들어가지 않고 셋이서 모노레일만 타고는 했지."

"이야. 이 가게, 그때부터 단골이었어?"

"아니야, 아니야." 부르지도 않았는데 요통을 앓는 가게 주인이 됫병짜리 술병을 들고 와서 한 자리 차지하고 앉았다. "이 녀석은 작년 시월쯤부터 우리 가게에 들락거렸어. 댁보다 겨우 한 달 정도 선배인 셈이지. 처음에는 매일 밤같이 찾아와서 나한테 마음이 있는 것 아닌가 의심했다니까."

마자키는 술에 사레가 들려 콜록대면서 진저리를 쳤다.

"매일 밤이라니, 일부러 야마토 시에서 여기까지?"

나카사코는 놀라서 눈이 휘둥그레졌다.

마자키는 점퍼에 쏟은 술을 물수건으로 닦으며 "일단 향토술이 두루두루 많고 사장님이 술값도 깎아주니까"라고 말하고 웃었다.

그렇다 쳐도 매일 밤 야마토 시에서 찾아오기에 무코가오카 유원지 역은 너무 멀다.

나카사코는 뭔가 마음에 걸렸다.

하지만 미처 생각을 정리하기도 전에 가게 주인이 "뭐, 이 녀석은 유원지 이야기를 하러 오니까 좀 잘 대해주고 있는 것뿐이야"라고 말하며 세 사람의 잔에 술을 따랐다. 세 사람은 흥겹게 무코가오카 유원지에 건배했다.

이곳에서 태어나고 자란 가게 주인은 무코가오카 유원지라는 역 이름만 남기고 흔적도 없이 사라진 옛 유원지 이야기를 할 수 있어서 정말 기쁜 듯했다. 다른 손님이 오지 않는 것을 좋은 핑계 삼아 가게 주인은 가게 문을 닫고 나카사코와 마자키와 함께 홍청망청 술을 마셨다. 배가 고프면 마자키가 술을 한 손에 들고 굴 프라이를 했고, 나카사코가 냄비에서 큰 접시에 고기감자조림을 담아 와서 먹었다.

얼큰하게 취한 가게 주인이 골동품 같은 노래방 마이크를 꺼내 한시에 가락을 붙인 노래를 뽑기 시작하자 나카사코와 마자키는 노래를 막으려고 마이크를 빼앗아 서로 노래했다. 얼마 되지 않는 레퍼토리가 금세 다 떨어지자 반주도 없이 엉터리로 노래를 했고, 가게 주인은 젓가락으로 그릇을 두드리는 고전적인 방식으로 장단을 맞추었다.

나카사코는 기분 좋게 천천히 돌아가는 천장을 올려다보며 마자키가 엉터리로 부르는 노래를 듣고 있었다. 그런데 그 노랫가락이 귀에 익숙하게 느껴졌다. 뭐였더라, 하고 멍한 머리로 생각하다 아쓰미가 일요학교에서 배워온 찬송가 가락임을 알아차렸다.

"마자키, 너 기독교 신자였어?"

나카사코는 혀가 잘 돌아가지 않아 불확실한 발음으로 물었다. 그 말을 듣고 마자키는 그제야 자신이 무슨 노래를 부르고 있었는지 깨달은 듯 한순간 멀뚱한 얼굴로 눈을 깜빡였다.

"아아……. 이건 마누라가 자주 부르던 노래야. 설거지하면서."

그러더니 마자키는 갑자기 웅웅 울리는 마이크에다 대고 익살스러운 목소리로 소리를 질렀다.

"유감스럽지만 나는 100퍼센트 정토종이야."

"자, 그럼 다음에는 정토종 노래로 가보자고!"

외치자마자 가게 주인이 제일 먼저 곯아떨어졌다.

이불이 없어서 방석을 죄다 가게 주인에게 덮어준 후, 거스름돈이 남을 만큼 돈을 넉넉히 놓아두고 가게를 나섰을 때는 이미 새벽 2시가 지난 시간이었다.

거리는 온통 은세계로 변해 있었다.

간판도 오토바이도 원래 형태를 알 수 없을 만큼 내려앉은 눈 위에 계속해서 가랑눈이 떨어졌다. 두 취객은 서로 상대의 불안정한 걸음걸이를 손가락질하고 낄낄대며 흔들리는 발걸음으로 왼쪽에 한 발짝 오른쪽에 한 발짝 발자국을 남기며 걸었다.

하늘을 올려다보자 달아오른 뺨에 흩날리는 가랑눈이 차가워서 기분이 좋았다.

나카사코는 문득 생각이 나서 물었다.

"이봐, 그 샘플 어디다 뒀어?"

"그건 비장의 카드니까 일을 진행시키기 전에 들키지 않을 곳에 숨길 거야. 타이투스가 빼앗을 수 없는 곳. 만에 하나 어디에 있는지 알아도 절대 손을 쓸 수 없는 곳에."

"그게 어딘데?"

"나카사코 씨는 아직 모르는 게 나아."

"왜?"

"당신은 너무 정직해. 금방 얼굴에 드러난다고."

"안 그래."

마자키는 픽 웃더니 "그 얼굴, 거울로 좀 봐봐" 하고 나카사코의 부루퉁한 얼굴을 가리켰다. 술에 취해서 그런 거라고 말을 꺼내다가 분한 나머지 나카사코는 일을 할 때의 차분한 어조로 다시 말했다.

"그렇게 얼굴에 드러나는 편은 아닌데."

폭소를 터뜨린 마자키는 껄껄 웃으며 갈지자를 그린 끝에 눈에 발이 빠져 엉덩방아를 쿵 찧었다.

"꼴좋다, 남을 비웃으니까 그런 거야."

나카사코는 마자키의 발자국을 밟으며 도와주러 갔다.

마자키는 엉덩방아를 찧은 자세 그대로 뒤쪽에 손을 짚고 기분 좋은 듯이 눈이 내리는 하늘을 올려다보고 있었다.

"괜찮아. 언젠가 때가 오면 나카사코 씨는 전부 있는 그대로 털어놓도록 해."

그렇게 말하더니 마자키는 하얀 입김을 길게 뿜어냈다.

"태풍이 불던 날, 나카사코 씨를 차에 태웠을 때 당장이라도 역 건물에서 뛰어내릴 것 같은 얼굴이었어. 말도 안 되는 걸 실은 게 틀림없다 싶었지. 컨테이너와 조수석 양쪽에 말이야."

나카사코는 마자키가 그때부터 뭔가 느끼고 있었음을 처음으로 알았다. 나카사코는 뭐라고 대답해야 할지 몰라 "자" 하고 눈으로 범벅이 된 마자키에게 손을 내밀어 길바닥에서 일으켜 세웠다.

"엉덩이가 축축하네."

마자키가 딱한 목소리로 소리를 쳤다.

"유타가 웃겠다."

"유타한테는 이런 모습 안 보여줘."

점퍼에 묻은 눈을 털던 마자키가 갑자기 손을 멈추고 주변의 기척에 귀를 기울였다.

"왜 그래?"

"저 소리 좀 들어봐."

귀를 기울이자 멀리서 희미하게 열차 소리가 들렸다. 나카사코는 깜짝 놀라서 시계를 쳐다보았다.

"새벽 2시 반인데!"

"선로 동결 방지용 임시 열차다!"

말을 마치자마자 마자키는 열차가 보이는 선로 옆을 향해 달리기 시작했다. 나카사코는 허둥지둥 눈을 박차며 뒤를 쫓았다. 그러고 보니 눈이 내리는 날 한밤중에 선로가 얼지 않도록 운행하는 임시 열차가 있다는 소리를 들은 적이 있다.

달리기 시작했기 때문인지 다가오는 소리 때문인지 나카사코는 한밤중에 달리는 그 열차가 몹시 보고 싶었다. 눈이 내리는 밤, 모든 역을 통과하여 그저 달리기 위해서만 달리는 열차.

나카사코와 마자키는 정신없이 달리고 또 달렸다. 구르다시피 선로 옆에 다다르자 열차가 고가선로로 이어지는 완만한 언덕을 올라오는 참이었다. 눈 속에서 모든 창문으로 눈부신 빛을 발하며 올라오는 열차는 마치 가볍게 선로를 이륙해 저멀리 낯선 곳으로 날아갈 것처럼 보였다.

나카사코는 저도 모르게 중얼거렸다.

"저건 어디로 가는 걸까……."

"분명 우리가 아직 가본 적이 없는 곳으로 갈 거야."

나카사코는 어둠 속으로 작아져가는 불빛을 바라보며 자신은 마자키와 똑같은 것을 보고 있다고 믿었다. 적어도 그때는 그렇게 믿어 의심치 않았다.

다음날부터 나카사코는 고발문을 작성했고, 마자키는 고발문을 보낼 곳의 목록을 완성하는 데 전념했다. 몇 번인가 우편으로 주고받은 후, 문서 말미에 모든 수신처를 열거한 고발문을 완성해 샘플 분석 결과와 샘플이 배포된 어린이집 목록을 더하여 마자키가 폐기물에서 조달한 컴퓨터로 프린트했다. 고발문을 보낼 곳은 행정기관, 민간단체, 미디어를 합쳐 총 212곳이었다.

2월 15일, 마자키가 사사키 구니오라는 가명으로 212통의 고발문을 도내 여러 우체통에 흩어서 넣었다. 나카사코와 마자키는 연락을 끊고 일이 진행되기를 기다렸다.

얼마 후 나카사코는 사무실에 있는 자신의 컴퓨터를 누가 조사했음을 알아차렸다. 파일을 열어본 흔적이 있고, 수신 메일과 삭제한 메일을 누가 몰래 훔쳐보았다. 제1영업부 앞으로 온 우편물도 살펴본 흔적이 있었다. 내부 고발문이 모든 수신처에 배달되어 푸드가 무언 중에 나카사코를 고발자로 의심하는 낌새가 느껴졌다.

나카사코는 태연한 척 지내기 위해 갖은 애를 썼다. 평소처럼 산더미 같은 일을 처리하며 사태가 진전되기를 기다렸다. 하루하루가 길어 오로지 기다리기만 하는 시간이 끝없이 이어질 것만 같았다.

그런 나날을 한 달 가까이 보내고, 3월 14일 월요일.

맺히기 시작한 벚꽃 꽃봉오리에 아침부터 차가운 비가 뿌리던 그날, 화이트데이인 만큼 사무실에도 여느 때보다 조금 밝은 분위기가 감돌고 있었다. 입사한 지 얼마 되지 않은 여직원들이 일을 하는 한편으로 서로 휴대전화 메일을 보여주거나 웃음을 띤 시선을 교환하며 깜찍하게 화이트데이 분위기를 만끽했다.

나카사코는 출근하자마자 사장실로 불려갔다.

열쇠 구멍에 열쇠가 맞물려 찰칵하고 소리가 난 것처럼 일어나야 할 일이 일어났다는 예감이 들었다. 막상 일이 닥치자 나카사코는 스스로도 신기할 만큼 마음이 차분했다.

사장 비서의 안내를 받아 떡갈나무 문을 열고 사장실로 들어가자 덴마크제 조명 기구의 부드러운 불빛이 비치는 실내에 사장 소노다와 전무 모리무라, 그리고 부장 미야지마가 함께 있었다.

"부르셨습니까?"

"후지사와 공장에 보건부의 현장 검사와 수거 검사가 실시될 예정이야. 마미 팔레트 샘플에 결함이 있었다는 내부 고발이 있었거든."

팔짱을 끼고 소파에 앉아 있던 미야지마가 입을 열었다. 미야지마는 '내부 고발'이라는 말에 힘을 주었다.

나카사코는 살짝 놀란 표정을 지은 채 신중하게 다음 말을 기다렸다. 안락의자에 앉아 있던 사장 소노다는 신경질적으로 책상을 톡톡 두드렸고, 모리무라는 나카사코에게 등을 돌리고 창가에 서서 바깥을 내다보고 있었다. 침묵이 이어지는 실내에 빗소리가 울려 퍼졌다.

각오는 하고 있었지만 의심으로 가득한 시선이 따끔따끔하게 느껴졌다. 그들에게는 나카사코말고 짚이는 사람이 없었다. 하지만 나카사코가 그랬다는 확실한 증거도 없었다.

침묵을 견디다 못한 소노다가 "앉게" 하고 처음으로 입을 뗐다.

나카사코는 목례하고 미야지마 맞은편 소파에 앉았다.

미야지마가 아마도 관공서를 경유하여 입수했을 고발문 사본을 던져주었다. 나카사코는 처음 봤다는 듯이 고발문을 넘기며 재빨리 훑어보기 시작했다. 미야지마가 나카사코의 표정을 살피듯이 쳐다보았다.

"마미 팔레트 샘플에 관해 자네와 우리가 대강 알고 있는 내용이 적혀 있어. 구체적인 감염경로는 적혀 있지 않지만, 참 세심하게도 샘플 배포 날짜가 딸린 어린이집 목록과 샘플 분석 데이터가 동봉되어 있더군. 어린이집 목록은 나카사코, 자네 소관이었지?"

"예. 목록은 저희 과 전체의 공유 파일이었습니다."

"자네, 사사키 구니오가 누구인지 짐작 가는 구석 없나?"

덫이라고 나카사코는 직감했다. 사사키 구니오라는 이름은 봉투에만 적혀 있다. 이 사본 어디에도 사사키 구니오라는 이름은 없다.

"사사키 구니오라고 말씀하시면……."

"아아, 그 내부 고발문은 사사키 구니오라는 이름으로 발송됐어. 알아보았지만 사내에 그런 이름의 사원은 없어서 말이야."

미야지마는 덫을 쳐놓고 뻔뻔한 얼굴로 설명했다.

"물론 사사키 구니오가 우리 사원이라는 보장은 없지. 우리 회사 방침에 불만을 가진 사원에게서 정보를 빼낸 외부인일지도 몰라. 판매 실적이 우수한 마미 팔레트 시판품을 물고 늘어지는 걸 보면 내부 고발로 위장한 동종 업계 타사의 음모일 가능성도 있어. 대우가 좋은 직위와 교환하는 조건으로 사사키 구니오는 푸드의 '어느 사원'에게서 정보를 빼냈는지도 몰라."

그 '어느 사원'은 바로 너 아니냐고 묻고 싶은 듯이 미야지마는 나카사코를 쳐다보았다.

나카사코는 미야지마다운 추측이라고 생각했지만 물론 얼굴에는 드러내지 않았다.

"우리 회사에 현장 검사가 실시되다니……." 소노다가 믿기지 않는다는 말투로 한탄했다. "사사키 구니오라는 남자는 머리가 이상해. 거기에 적혀 있는 대로 여기저기에 고발문을 마구잡이로 보냈어."

나카사코는 미리 준비해둔 말을 입에 담았다.

"후지사와 공장은 검사를 받아도 아무 문제 없지만, 현장 검사가 공식적으로 실시되면 매스컴에서도 다룰 겁니다. 이소베 의원님의 힘으로 어떻게 조용히 넘어갈 수는 없겠습니까?"

"이소베 선생님의 비서 핫토리 씨가 현장 검사가 실시된다고 연락했어."

미야지마가 끼어들었다.

소노다는 핫토리와 전화로 주고받은 이야기가 떠올라 벌레를 씹은 듯한 표정을 지었다.

"핫토리 씨는 사실의 진위도 묻지 않았어. 현장 검사가 실시될 때까지 정확히 삼 주의 시간을 벌어줄 테니 그때까지 만반의 준비를 갖추어두라고 하더군."

현장 검사는 삼 주 후.

나카사코는 머릿속으로 재빨리 달력을 넘겼다.

4월 4일 월요일이다.

"정말이지 하필이면 이렇게 정신없을 때."

소노다가 롤렉스 시계를 보고 일어섰다.

"이 일은 모리무라 전무에게 맡길 테니 자네들이 알아서 처리하도록 하게."

소노다는 대답도 듣지 않고 바쁘게 사장실에서 나갔다.

나카사코는 의아한 마음을 품고 소노다를 배웅했다.

이 일말고 더 중요한 일이 또 뭐가 있다는 말인가. 가명으로 쓴 내부 고발문이 대량으로 발송된 결과, 푸드의 공장에 공식적인 현장 검사가 실시된다. 아무리 소노다가 유명무실한 사장이라 해도 이 언동은 이상했다.

나카사코는 뭔가 일어났다고 느끼고 시종일관 말없이 창밖을 내다보던 모리무라의 뒷모습에 눈길을 주었다.

그제야 나카사코는 모리무라가 창밖이 아니라 유리창에 비친 실내를 보고 있었음을 알아차렸다. 모리무라는 등을 돌린 채 내내 나카사코를 관찰하고 있었던 것이다.

나카사코는 심장이 터질 것처럼 두근거렸다.

모리무라는 아무런 표정 변화 없이 나카사코를 돌아다보았다.

"오늘 아침에 도미야마 회장님이 쓰러지셨습니다."

예상치 못한 말에 나카사코는 말문이 막혔다.

쇼와의 괴물이라 불리던 도미야마 고이치로가 쓰러졌다…….

"당신도 알다시피 타이투스 그룹 내에서 우리 푸드의 지위는 푸드에 대한 도미야마 회장님의 깊은 이해심 덕분에 유지되어 왔다고 해도 과언이 아닙니다. 지금 회장님께 만약의 일이 생기면 타이투스 그룹 임원회에서 새 회장의 옹립을 둘러싸고 푸드를 내치려는 움직임이 가속화하겠죠. 이 시기에 스캔들이 터지면 푸드에게는 치명적입니다. 우리는 현장 검사가 스캔들로 발전하는 것을 어떻게든 저지해야 합니다."

나카사코는 회사를 나서자마자 공중전화를 찾아 마자키의 휴대전화에 연락을 취했다.

"현장 검사가 삼 주 후로 결정됐어. 4월 4일이야."

"알았어."

"그리고 도미야마 회장이 쓰러졌어."

"그렇군."

"또 연락할게."

"그래. 몸조심하고."

마자키는 짧은 통화를 끝내고 길가에 차를 댔다. 비가 내리는 가운데 차에서 내려 코트 깃을 세우고 차도를 가로질렀다. 우체통 앞에 도착하자 마자키는 코트 안주머니에서 봉투 하나를 꺼냈다. 받는 사람 부분에는 "타이투스 푸드 간부 여러분께"라고 적혀 있었다.

마자키는 장갑을 낀 손으로 봉투를 우체통에 넣었다.

우체통 바닥에서 탁, 하고 작은 소리가 났다.

이 순간부터 마자키의 진짜 계획이 진행되었다.

다음날 3월 15일 화요일 오전.

나카사코는 D1 회의실에서 열린 신상품 기획 프레젠테이션에 참석했다. 최종 선고에 남은 세 팀이 각각 삼십 분의 제한 시간 동안 종합적으로 상품 콘셉트를 겨룬다. 부하 직원들에게는 현장 검사가 실시된다는 사실도, 회장 도미야마가 쓰러졌다는 사실도 덮어두었다.

나카사코가 프레젠테이션을 들으며 체크 시트의 항목에 채점을 하고 있을 때였다. D1 회의실의 전화가 울렸다. 통상 프레젠테이션이 열리는 회의실에는 전화를 하지 않는 것이 원칙이다. 불길한 예감이 나카사코의 가슴을 스치고 지나갔다. 발표를 하던 젊은 사원이 당황하여 말을 멈췄고, 곁에 있던 여사원이 허둥지둥 전화를 받았다.

"나카사코 과장님, 모리무라 전무님 전화입니다."

나카사코가 수화기를 받아들자 모리무라가 뜬금없이 말을 꺼냈다.

"당장 내 방으로 오게. 물어볼 게 있어."

일찍이 나카사코가 샘플 분석 데이터를 보여주었을 때조차 여유로운 말투를 유지했던 모리무라는 전화 목소리로도 알 수 있을 만큼 동요한 상태였다. 나카사코는 푸드와 자기 자신에게 뭔가 예상치 못한 엄청난 사태가 일어났다고 직감했다.

나카사코가 전무실에 들어가자마자 미야지마가 봉투 하나를 들고 나카사코를 다그쳤다.

"이거 어떻게 된 일이야. 설명해봐."

받는 사람에는 "타이투스 푸드 간부 여러분께", 그리고 보낸 사람에는 "사사키 구니오"라고 적혀 있었다. 깜짝 놀란 나카사코가 봉투 속을 들여다보자 사진 한 장과 편지가 들어 있었다.

사진에는 나카사코가 마자키에게 맡긴 마미 팔레트 샘플이 줄지어 있고, 그 앞에 나흘 전인 3월 11일 금요일 신문이 놓여 있었다. 동봉된 편지에는 워드프로세서 글씨로 다음과 같이 적혀 있었다.

문제의 샘플을 3억 엔에 넘기겠다.

돈을 지불하지 않으면 샘플을 아기가 있는 부모에게 나누어 주겠다.

내일까지 현금 3억 엔을 준비하고 지시를 기다려라.

나카사코는 너무나 큰 충격을 받아 정신이 멍해졌다.

이런 말도 안 되는……!

보낸 사람은 틀림없이 사사키 구니오다. 정말로 마자키가 이런 편지를 보냈을까. 이건 마자키의 의지일까.

"샘플은 확실히 폐기했다고 했잖아!"

미야지마가 잡아먹을 듯이 윽박질렀다.

"폐기한 샘플이 왜 여기 있어! 정말로 샘플을 폐기했나!"

"……확실히 폐기했습니다. 공장장에게 물어보십시오."

나카사코는 머릿속이 새하얘져서 아무 생각도 할 수 없었다.

모리무라가 날카롭게 중얼거렸다.

"폐기물 처리업자로군."

모리무라가 눈짓을 하자 미야지마가 방을 뛰쳐나갔다. 십 분 후 돌아온 미야지마의 말에 나카사코는 더 큰 충격을 받았다.

"그 샘플의 폐기를 맡은 재하청업체 마자키 공업은 3월 11일부로 폐업해 등기가 말소됐습니다. 사장은 마자키 쇼고라는 자입니다."

나카사코는 정신이 얼떨떨했다.

마자키가 폐업했다……?

마자키는 그런 말은 한마디도 하지 않았다. 어제 통화했을 때도 평소와 다를 바가 없었다. 나카사코의 귀에는 "그래. 몸조심하고"라고 말한 마자키의 목소리가 또렷하게 남아 있었다.

"예전에는 종업원이 있었다고 하는데 최근에는 일을 줄이고 마자키 혼자 일을 한 모양입니다."

"이제 와서 마자키를 찾아본들 찾을 길이 없겠지."

모리무라와 미야지마 둘 다 안색이 창백했다.

"어떻게 할까요?"라고 말하고 미야지마가 소파에 앉았다.

"돈을 준비할까요?"

"돈을 주면 우리가 샘플에 문제가 있다는 걸 알고 있었다고 인정하는 셈이야. 게다가 돈을 줘도 샘플을 돌려준다는 보장은 없어. 한번 협박에 응하면 그걸 빌미로 또 협박할 수도 있다고."

"그럼 무시할까요?"

"……멜트페이스증후군의 잠복 기간은 이 주에서 삼 주야. 지금 샘플을 뿌리면 딱 현장 검사 시기에 발병해."

미야지마는 모리무라의 말에 작게 숨을 삼키고 잠잠해졌다.

모리무라는 누구보다도 빨리 협박문의 의도를 알아차렸다.

"현장 검사 당일까지는 마미 팔레트에 대해 불안감을 조성하는 보도는 일절 방송되지 않아. 마미 팔레트는 광고로 자주 눈에 들어오는 상품이니까 샘플을 나누어주면 그다지 경계하지 않고 아이에게 먹이는 부모도 있겠지. 그 결과 일 년 사 개월 만에 새로운 환자가 발생할 거야. 그것도 현장 검사와 더불어 미디어가 멜트페이스증후군을 요란하게 거론할 바로 그 시기에 말이야. 새로운 환자의 부모는 샘플이 원인임을 바로 알아차리고 난리를 치겠지. 받은 샘플을 아직 가지고 있는 부모에게 미디어가 우르르 몰려들 거야. 그러면 멜트페이스증후군과 샘플의 인과관계를 완벽하게 은폐하기는 불가능해."

미야지마가 조금이라도 낙관적인 전망을 찾아 입을 열었다.

"하지만…… 사사키 구니오가 정말로 샘플을 나누어줄까요?"

"당연하지. 놈이 저렇게 많은 샘플을 가지고 있으면서 지금까지 하나도 사용하지 않은 건 그 때문이야. 일부러 내부 고발문을 만들어 여기저기에 보내서 현장 검사가 실시되는 시기를 노려 돈을 뜯는 거지. 우리가 경찰에 신고하지 못하리라는 것도 전부 계산에 넣었을 거야. 돈을 주지 않으면 새로이 환자가 발생할 거야."

나카사코는 너무 놀라고 혼란스러운 나머지 모리무라와 미야지마의 이야기도 거의 귀에 들어오지 않았다. 하지만 "새로이 환자가 발생할 거야"라는 한마디에 나카사코는 쏜살같이 모리무라의 책상으로 다가갔다.

"매스컴에 그 샘플은 위험하다고 공표해주십시오. 제조사인 푸드가 공표하면 샘플을 나누어주어도 받는 사람은 없을 겁니다. 그러면 환자가 발생하는 건 막을 수 있습니다!"

"이봐, 헛소리하지 마!"

미야지마가 나카사코의 팔을 붙잡았다. 나카사코는 거칠게 미야지마의 손을 뿌리쳤다.

"당신들, 도대체 몇 명이나 되는 아이들의 삶을 엉망으로 만들어야 속이 시원하겠어!"

나카사코의 정신 나간 듯한 눈빛에 압도당해 미야지마는 입을 다물었다. 무거운 침묵이 실내를 지배했다.

"우리도 샘플이 세간에 나돌기를 바라지는 않아. 이소베 의원님과 상의해보겠네."

휴대전화를 꺼낸 모리무라가 나카사코에게 눈길을 던졌다.

"자네는 바깥공기라도 쐬면서 머리 좀 식혀. 연락할 때까지 오늘은 회사에 남아 있도록. 그리고 알겠지만 자네가 멋대로 무슨 짓을 해도 푸드가 부정하는 한 아무도 믿지 않아."

나카사코는 겨우 목례하고 문으로 향했다.

마자키에게 진위를 확인해야 한다. 머릿속에는 온통 그 생각뿐이었다.

나카사코가 나가서 문을 닫자 미야지마는 나카사코 따위에게 기가 죽은 자기 자신이 못마땅한 기색으로 소파에 몸을 푹 묻었다.

"저 자식 맛이 갔습니다. 푸드 사람이면 푸드를 제일 먼저 걱정하는 게 당연하잖습니까. 감히 어느 안전이라고 말하는 꼬락서니하고는."

모리무라는 나카사코가 나간 문을 흘끗 쳐다보더니 휴대전화의 전화번호부를 넘겨 이소베의 비서 핫토리의 전화번호를 찾기 시작했다.

"나카사코는 아무래도 사사키 구니오하고는 관계가 없는 것 같군."

"그야 아직 모르죠. 고발문에 동봉된 어린이집 목록은 사내 사람의 협력 없이는 입수가 불가능하니까요."

"만약 나카사코가 사사키 구니오의 협력자라면 샘플이 나돌지 않도록 돈을 지불해야 한다고 주장했겠지."

"뭐……."

그 점은 미야지마도 인정하지 않을 수 없었다.

"나카사코는 적어도 이번 협박장과는 무관해. 그는 속이는 쪽이 아니라 속아넘어가는 쪽이야."

그렇게 말하고 모리무라는 통화 버튼을 눌렀다.

나카사코는 역 계단을 뛰어 내려가 공중전화를 붙들고 급히 마자키의 전화번호를 눌렀다. 전화는 바로 연결됐다. 나카사코가 숨을 헐떡이며 말을 꺼내기도 전에 합성음이 응답하는 소리가 들렸다.

"지금 거신 번호는 없는 전화번호입니다."

어리벙벙해진 나카사코는 수화기를 내려놓고 플랫폼 벤치에 앉았다.

마자키에게 보기 좋게 이용당한 거다.

머릿속에서 그런 목소리가 들렸다.

아니, 그럴 리 없다. 처음으로 진상을 털어놓았던 날 밤, 마자키는 고립무원의 처지에 놓인 자신에게 조금의 망설임도 없이 도와주겠다고 말했다.

—아기의 일생을 엉망으로 만들어놓고 장사에 희생은 따르는 법이라며 쓰레기처럼 내팽개치다니……. 나카사코 씨, 푸드는 틀렸어. 푸드는 배상할 의무가 있어. 당신과 내가 배상하도록 만드는 거야.

그렇게 말한 마자키의 눈을 나카사코는 똑똑히 기억한다. 그것은 틀림없이 진심에서 우러나온 말이었다. 그래서 자신은 마자키를 믿었다. 마자키만은 절대…….

마자키만은……. 그렇게 생각한 순간 나카사코의 얼굴에서 핏기가 가셨다.

나는 도대체 마자키의 뭘 알고 있단 말인가.

나카사코는 자신이 실제로는 마자키를 전혀 모르는 것이나 다름없다는 사실을 비로소 깨달았다. 동료도 아니고, 학창 시절을 함께한 친구도 아니고, 같이 알고 지내는 지인도 없다. 그저 아이가 같은 병을 앓는 인연으로 알고 지내던 남자. 자신은 마자키의 삶에 대해 그의 이야기를 들어서 알고 있을 뿐이다. 그의 말이 전부 거짓이라도 나카사코는 알 길이 없다.

마자키는 나카사코에게 샘플이 어디 있는지 완고하게 알려주지 않았다. 나카사코가 샘플을 되찾아가려고 했을 때도 마자키는 그저 '이유를 말하라'는 말로 일관했고 결코 샘플을 돌려주려고는 하지 않았다.

그렇다……. 그때 마자키는 이렇게 말했다.

―그 아기 식품 샘플은 위험한 물건이 틀림없어. 당신이 아니라 푸드에게 위험한 물건. 아니야?

마자키는 처음부터 샘플을 이용해 푸드에게서 돈을 뜯어낼 생각이었을까. 그래서 샘플을 숨긴 곳을 끝까지 자신에게 가르쳐주지 않은 걸까. 그 카페에 데려가서 멜트페이스증후군에 걸린 아이들과 가족을 보여주어 자신이 무슨 일이라도 하게끔 각오를 다지게 하고 거짓 계획을 불어넣어 푸드의 동향을 살피게 해서……. 전부 계산하고 한 일이었나.

나카사코는 손으로 얼굴을 덮고 신음했다.

정말 그런 거야, 마자키……!

나카사코는 마음 한구석으로는 아직도 믿기지가 않았다. 몇 시간 안에 마자키가 공중전화로 연락을 하지는 않을까. 자신이 생각지도 못한 이유로 계획을 변경했다고 알려주지는 않을까. 이건 푸드의 반응을 보기 위한 협박에 불과하다면서.

오후 10시. 나카사코는 불이 꺼진 사무실에서 뜬눈으로 기다리고 있었다. 괴괴한 사무실에는 인기척이 없었고, 창밖에 늘어선 빌딩들의 창문에도 불빛은 거의 눈에 띄지 않았다.

마자키의 연락은 없었다.

나카사코는 단단히 각오했다. 돈을 지불하라고 말하자. 돈과 교환하여 샘플을 되찾자. 새로운 환자의 발생을 막으려면 그 수밖에 없다. 모리무라는 절대로 직접 관여하지 않을 테니 돈을 운반하고 샘플을 받아 오는 것은 미야지마와 나카사코의 역할이다. 나카사코는 미야지마에게서 샘플을 빼앗아 현장 검사가 끝난 후 푸드가 기자회견을 열어 결백을 호소할 때까지 자취를 감출 생각이었다. 마자키가 강가에 세운 차 안에서 이야기한 계획을 나카사코는 혼자 실행할 작정이었다.

푸드는 결국 돈을 줄 수밖에 없다. 돈을 주지 않으면 새로운 환자가 발생하고 샘플이 감염원이었음이 명백해진다. 푸드 입장에서는 가장 치명적인 일이다. 하지만 돈만 주면 현장 검사는 무사히 넘길지도 모른다. 이지선다라면 푸드는 돈을 주는 쪽을 택한다.

나카사코 책상의 전화가 울렸다. 미야지마였다.

"14층 응접실로 가게."

대답을 기다리지 않고 전화는 끊겼다.

14층 응접실. 거기는 일찍이 회장 도미야마가 푸드를 도맡아 관리하던 시절에 사용되던 낡은 응접실로, 지금은 거의 사용하지 않는다. 요즘은 손님이 찾아오면 대개 3층의 새 응접실을 사용한다.

이런 시간에 오래된 응접실에서 도대체 누구를 만나는 걸까. 설마 이소베 본인이 온 걸까. 나카사코는 상야등이 켜진 어스름한 빌딩의 옛 응접실로 서둘러 올라갔다.

옛 응접실에는 미야지마와 모리무라의 모습은 보이지 않고 낯선 남자 한 명만 있었다. 경량급 복서처럼 군살 없는 몸에 회색 트렌치코트를 입고, 검은 가죽장갑을 낀 오른손으로 악력 강화용 빨간 고무공 두 개를 규칙적으로 돌리고 있었다.

남자는 눈꺼풀이 두툼한 눈으로 나카사코를 돌아다보았다.

"이 벌매는 상당히 잘 만들었군요."

그렇게 말하고 남자는 양 날개를 펼친 커다란 매 박제를 턱으로 가리켰다. 옛 응접실에는 새 사냥을 즐기는 회장 도미야마가 취미 삼아 새 박제를 많이 장식해놓았다. 내장이 말끔하게 제거되었지만 살아 있었을 때보다 역동감이 넘치는 모습으로 눈을 빛내고 있는 죽은 새들에게 둘러싸여 있으면 대부분의 손님은 심기가 불편해진다. 이 응접실이 사용되지 않는 이유 중 하나가 그것이지만, 남자는 아름다운 도자기를 바라보듯이 브이 자로 펼친 매의 반지르르한 날개에 푹 빠져 있었다.

이 남자는 도대체 누구일까.

나카사코는 먼저 이름을 대고 남자가 자기소개하기를 기다리기로 했다.

"영업과의 나카사코입니다."

하지만 남자는 매에서 눈을 떼지 않았다.

"이 녀석을 만져봐도 되겠습니까?"

"예. 그러시죠."

나카사코는 신중하게 남자를 관찰했다. 남자는 빨간 고무공을 호주머니에 집어넣더니 장갑을 낀 채 새의 날개 모양을 따라 목부터 날개 끝까지 천천히 어루만졌다. 그리고 애마에게 하듯이 얼굴을 쓰다듬더니 다시 "잘 만들었어"라고 중얼거렸다.

남자는 지금까지 나카사코가 알고 지낸 어떤 종류의 인간과도 닮지 않았다. 평범하여 눈에 띄지는 않지만 마치 그림자가 없는 것처럼 기묘한 느낌이 들었다. 이 남자는 누구이고, 왜 지금 여기 있는 걸까.

남자는 황로와 청둥오리 따위의 박제를 바라보며 응접실 벽을 돌았다.

"박제를 만들 때는 목 부분을 벗겨내는 작업을 제일 신중하게 해야 합니다. 벗기기 전에 식도와 기관에 남아 있는 것들이 역류해서 날개가 더러워지지 않도록 입에 솜을 채우고 나서 천천히 목을 뒤집어가는 거죠. 여자의 옷을 벗기듯이 부드럽게 천천히. 그다음은 핀셋으로 눈알을 끄집어내고 목을 머리와 접합된 부분에서 절단하고 나면, 마지막으로 머리 뒤쪽 뼈를 조금 잘라서 뇌를 꺼냅니다. 익숙해지면 여섯 살배기 아이도 할 수 있습니다."

나카사코는 담담하게 말하는 남자의 모습에서 오히려 끝을 알 수 없는 으스스함을 느꼈다.

"기다리게 해서 죄송합니다."

모리무라와 미야지마가 나타나자 나카사코는 "이쪽으로 오시죠" 하고 남자를 소파로 안내했다. 남자는 어느 틈엔가 다시 빨간 공을 돌리고 있었다.

"전무 모리무라입니다. 이쪽은 부장 미야지마와 영업과장 나카사코입니다."

"다키가와입니다."

남자는 직함도 소속도 대지 않았다.

"다름이 아니라 이걸."

모리무라가 갈색 사무용 봉투를 건넸다.

다키가와가 봉투에서 사진 몇 장을 꺼냈다. 여관 같은 곳의 큰방에서 열린 연회 장면을 찍은 스냅 사진이었다. 술을 마시는 남자들 중에 마자키의 얼굴이 있었다. 술잔을 들고 다른 사람의 이야기에 귀를 기울이고 있는 마자키. 자기 잔에 맥주를 따르는 마자키. 남자가 넘기는 사진마다 마자키의 얼굴이 찍혀 있었다.

나카사코는 크나큰 불안에 휩싸였다.

뭣 때문에 마자키 사진을 준비한 걸까. 왜 마자키 사진을 다키가와라는 남자에게 주는 걸까.

"마자키는 우리 후지사와 공장의 폐기물을 다루는 수거 운반업자 중 하납니다. 그 사진은 삼 년쯤 전에 계열 회사 송년회 때 찍은 사진이고요. 핫토리 씨가 다키가와 씨한테 사진을 건네라고 하셔서 여기저기 수소문해보았지만 좀처럼 없더군요. 그거면 되겠습니까?"

다키가와는 모리무라의 질문을 무시하고 천천히 사진을 넘기며 말했다.

"돈을 요구한 협박장은 이 자리에서 태우십시오."

모리무라가 안주머니에서 협박장을 꺼내 나카사코에게 내밀었다. 나카사코는 테이블의 재떨이에다 협박장을 태우면서 일이 어떻게 돌아가는 건지 알아내기 위해 숨을 죽이고 모리무라와 다키가와를 살폈다.

"다키가와 씨, 이 일의 자세한 사정을 들으셨습니까?"

"저는 이 남자에게서 샘플을 되찾고 절대 후환이 없도록 하라는 의뢰를 받았습니다."

"절대 후환이 없도록 하라?"

모리무라는 눈썹을 약간 찡그렸다. 그런 일이 가능할까.

"'행방이 묘연한 폐기물 처리업자'라는 말이 자주 들리는데, 그중 몇십 퍼센트는 분명 살아 있지 않을 겁니다."

다키가와의 말에 실내가 조용해졌다.

모리무라와 미야지마의 얼굴도 새파랗게 질려 있었다.

나카사코는 사방에 장식된 죽은 새들에게서 썩은 피와 살 냄새가 풍겨 나오는 듯한 착각에 사로잡혔다. 유리구슬로 된 수많은 눈에 목숨이 끊긴 순간이 새겨져 있었다. 숨이 막히고 등에 식은땀이 흘렀다.

다키가와는 스냅사진을 추슬러 코트 호주머니에 넣고 일어섰다.

"갑자기 큰 변화가 일어나면 대부분의 사람들에게 폐가 되니까요."

그렇다. 이 일은 더이상 푸드와 그 아이들만의 문제가 아니다. 타이투스 그룹과 유착 관계에 있는 이소베가 힘을 쓴 결과, 총알같이 승인을 받은 제품 때문에 아무 잘못도 없는 어린아이들이 무서운 병에 걸렸다. 이 샘플에 관한 사실이 폭로되면 일대 스캔들이다. 그것을 계기로 지금까지 몇 번이나 풍문이 돌았다가 흐지부지 사라진 이소베 미쓰타다와 타이투스 그룹의 유착 관계가 백일하에 드러날 것이다. 그러면 이소베 미쓰타다의 정치 생명은 끝이고, 여당 내부의 구세력은 구심점을 잃고 와해된다. 그 결과 파벌 세력도가 단숨에 뒤바뀐다. 나카사코는 찐득하게 엉겨붙는 죽음의 냄새 속에서 처음으로 그 사실을 깨달았다.

다키가와라는 이 남자는 그런 사태가 일어나지 않도록 하기 위해 고용된 것이다.

나카사코는 토할 것 같았지만 이를 악물고 참았다.

응접실이 죽음의 냄새로 가득찼다.

나카사코는 눈을 크게 뜨고 한줌의 재로 변한 협박장을 쳐다보았다.

샘플은 사라지고, 마자키는 죽는다.

7
갑판의 여자-2005년 3월 15일 화요일

눈을 뜨든 감든 칠흑 같은 어둠밖에 보이지 않았다.

진한 바닷물 냄새 속에서 물결을 가르며 나아가는 페리의 엔진 소리만이 몸에 울려 퍼졌다.

마자키는 갑판 난간에 기대어 밤바다를 보고 있었다.

삼월 중순의 바다 위는 매섭게 추웠고 흘러나오는 입김도 하얬다. 이따금 큰 파도가 변덕스럽게 배를 밀어올려 마자키는 똑바로 선 채 기울어지는 세계에 몸을 맡겼다.

그러고 보니 그날 밤도 이렇게 이 갑판에 서 있었다. 신슈에서 태어나고 자란 마자키는 바다를 보는 것도 배를 타는 것도 그때가 처음이었다.

1980년, 마자키는 시코쿠에서 개최되는 전국 고등학교 종합 체육대회에 출전하기 위해 이 페리를 탔다. 고등학교 3학년이라 마지막 출전이었다. 스기타와 다른 부원들도 함께 마쓰모토에서 열차를 갈아타고 와서 밤 9시가 넘어 오사카 남항에서 고치 항으로 향하는 여객 페리에 승선했다. 떠들다 지친 부원들은 도시락을 먹자마자 바로 2등 선실에서 잠에 빠졌고, 마자키는 혼자 갑판에 서서 한여름의 무겁고 눅눅한 바닷바람을 맞으며 밤새 드넓은 어둠 저편에 고치 항의 불빛이 보이기를 기다렸다…….

마자키는 몇 가지 조건을 고려하여 이번 계획을 실행할 장소로 시코쿠를 골랐다.

그리고 시코쿠로 결정했을 때 자연스레 고치를 출발점으로 삼기로 했다.

오사카와 고치 항을 오가는 이 여객 페리는 유월에 운항이 종료되어 삼십오 년의 역사에 막을 내린다고 한다. 마자키는 어쩐지 배가 자신을 기다려준 것 같은 기분이 들었다.

어둠 속에서 바람이 울고 있었다. 마자키는 하늘과 바다 사이를 가득 메운 어둠을 쳐다보았다.

나카사코 씨, 나는 돈을 손에 넣을 거야.

사람이 살아가려면 돈이 꼭 필요해.

당신도 언젠가는 알 거야.

마자키는 쥐고 있던 주먹을 천천히 펼쳤다. 계약을 해지했지만 버리지 못하고 가지고 있던 휴대전화가 밤바다로 떨어졌다.

내일을 위해 잠깐 눈을 붙여두는 편이 나을 것이다. 그렇게 생각했을 때 마치 고래가 해면을 박차고 올라와 하늘로 뛰어오르기라도 한 것처럼 큰 파도가 쳐서 배가 흔들렸다. 선체가 기울자 조그마한 뭔가가 갑판을 미끄러져 와서 마자키의 구두에 탁 부딪쳤다. 몸을 구부려 주워 보자 새끼 고양이 마스코트가 달린 50cc 스쿠터 열쇠였다.

갑판을 둘러보자 젊은 아가씨가 난간에서 몸을 내밀고 어두운 바다를 내려다보고 있었다. 긴 머리와 스카프가 바람에 나부껴 마치 날려간 스카프가 우연히 난간에 걸린 것처럼 위태위태해 보이는 모습에 마자키는 재빨리 아가씨에게 다가갔다. 아가씨는 손수건을 움켜쥐고 창백한 얼굴로 눈을 감고 있었다.

"이 열쇠……."

마자키의 목소리에 아가씨는 겨우 눈을 떴지만, 이마에는 차가운 땀이 맺혀 있었고, 뺨은 몇 줄기의 눈물자국으로 젖어 있었다. 속이 안 좋아서 갑판으로 나왔겠지만 상태는 더 나빠진 것 같았다. 열쇠를 받으려고 뻗은 아가씨의 손에서 손수건이 날아갔다. 놀랄 틈도 없이 풀썩 쓰러지는 아가씨를 마자키는 재빨리 부축했다.

마자키는 아가씨를 벤치에 앉히고 자신의 무릎 위에 아가씨의 명치가 오도록 받쳐주었다. 머리가 위보다 낮은 위치에 있으면 토하기 수월하다. 유타가 어렸을 적, 먹을 것이 목에 걸렸을 때 자주 그렇게 등을 두드려 토하게 했다. 아가씨는 새처럼 가냘픈 어깨를 떨며 조금 토했다. 이제 투명한 위액밖에 올라오지 않는 듯했다. 포카리스웨트로 입을 헹궈주자 조금 편해진 듯해서 마자키는 아가씨의 몸을 일으켜 벤치에 앉혔다. 아가씨는 크고 앳된 눈으로 마자키를 멍하게 쳐다보았다. 화장기가 없는 뽀얀 뺨에 주근깨가 퍼진, 아직 스무 살도 되지 않은 것처럼 보이는 아가씨였다.

"걸을 수 있겠어요?"

마자키는 아가씨의 눈을 들여다보았다. 눈동자가 큰 깊은 샘 같은 눈에 순식간에 눈물이 고였다.

"입덧이……."

말을 마치자마자 아가씨는 마자키의 어깨에 얼굴을 묻고 흐느껴 울기 시작했다.

살다 보면 십 년이 지나고 이십 년이 지나도 웃으며 이야기할 수 없는 일과 몇 번 맞닥뜨린다. 그래도 죽지 않는 한 불치병과 타협하듯 조금씩 아픔에 익숙해지는 수밖에 없다.

실컷 울고 난 아가씨는 축 늘어지더니 이윽고 새근새근 숨소리를 내며 잠이 들었다. 마자키는 뱃속에 생명이 깃든, 아이 같은 어머니를 안아 들고 2등 선실로 가서 이불을 덮어주었다. 손바닥에 새끼 고양이 마스코트가 달린 열쇠를 쥐여주고 물러가려 했을 때 아가씨가 눈을 살짝 떴다.

"……고마워요. 저는 나쓰라고 해요."

이름을 물어보는 나쓰의 눈빛에 마자키는 그저 "잘 자요"라고만 대답했다.

아가씨는 순순히 눈을 감았다. 마자키는 잠자기를 포기하고 갑판으로 돌아왔다.

동이 트려면 아직 시간이 조금 남아 있었다. 어둠 속에서 배는 초봄 태평양의 물결을 헤치며 천천히 고치로 다가가고 있었다.

Ⅲ 장

불법 투기
2005년 3월 30일 수요일

옛 친구
2005년 3월 31일 목요일

황록색 새
2005년 3월 16일 수요일~3월 18일 금요일

또 다른 남자
2005년 3월 19일 토요일

마자키 쇼고를 만나게 해줄게요
2005년 4월 1일 금요일

8
불법 투기 – 2005년 3월 30일 수요일

벚꽃 전선이 서서히 북상하자 각지에서 꽃이 피기만을 기다렸다는 듯 연일 벚꽃 축제 퍼레이드와 공원 콘서트 등 다양한 행사가 개최되었다. 텔레비전 아침 뉴스에도 지바 현 가토리 신궁에 아침 일찍 관광버스로 도착한 관광객들이 버스 가이드와 함께 푸른 하늘 아래 참뱃길을 걷는 모습이 나왔다.

꽃놀이를 즐길 상황이 아닌 슈지, 소마, 야리미즈 세 사람은 야리미즈가 운전하는 차를 타고 고탄다의 아파트를 출발했다. 차 때문에 꼬리가 잡히지 않도록 야리미즈의 여자친구가 지인에게 부탁해 검은색 쿠페를 빌려주었다.

오전 햇살이 비쳐드는 차 안을 가벼운 긴장감을 띤 침묵이 지배하고 있었다. 세 사람은 구름을 잡는 듯한 이 사건에서 처음으로 확실한 단서를 얻은 것이다.

차는 통근 시간대가 지나 겨우 뚫리기 시작한 샛길을 달려 야마토 시에 있는 마자키 쇼고의 자택으로 향했다.

그저께 밤, 슈지가 타이투스 그룹 회장 도미야마 고이치로의 경야 모습이 방송되는 뉴스에서 무테안경을 낀 남자를 발견했다. 야리미즈가 방송국의 친구에게 비디오를 입수해 슈지가 무테안경을 낀 남자의 얼굴을 확인했다. 소마가 나서서 무테안경을 낀 남자는 타이투스 푸드 제1영업부 과장 나카사코 다케시이고, 슈지가 문제의 토요일 새벽에 본 남자—작업복에 마자키 공업이라는 명찰이 달려 있던 남자가 마자키 공업 사장 마자키 쇼고임을 알아냈다.

"마자키는 폐기물 수거 운반업자로 타이투스 푸드의 산업폐기물도 담당했어. 아무래도 역 앞 광장에서 벌어진 살인 사건에 타이투스 푸드가 얽혀 있는 건 틀림없는 것 같아."

그렇게 말하고 소마가 나카사코와 마자키의 사진을 야리미즈의 거실 테이블에 늘어놓은 것이 어젯밤이었다. 두 장 다 면허 갱신 때 찍은 사진이라 두 사람은 사진 속에서 똑바로 이쪽을 쳐다보고 있었다.

"불법 투기가 확실한 거지?"

야리미즈가 슈지에게 다짐을 두듯이 확인했다.

"예, 틀림없어요."

슈지는 확신이 있었다.

3월 12일 토요일, 하치오지의 현장에 처음으로 나가는 날이었다.

그날도 슈지는 평소처럼 오전 5시 10분에 일어나 편의점에서 아침을 사고 십장의 차를 타기 위해 고슈 가도로 향했다. 아파트 건설 현장 옆을 지나친 것이 5시 40분경. 이른 아침이라 조용한 건설 현장 옆에 금방 세차한 것처럼 반짝반짝 빛나는 소형 트럭이 서 있었다. 급하게 세웠는지 소형 트럭은 좁은 길을 막듯이 비스듬히 서 있었다. 소형 트럭의 컨테이너 옆구리에는 텔레비전 광고로 보아 익숙한 둥그스름한 오렌지색 글씨로 "타이투스 푸드"라고 적혀 있었고, 눈에 익은 녹색 로고 마크도 그려져 있었다.

슈지는 유명한 식품 회사의 트럭이 식전부터 이런 곳에 차를 이따위로 대놓고 뭘 하는 거냐고 화를 내며 컨테이너 꽁무니와 블록 담 사이의 좁은 틈을 빠져나갔다.

그러자 놀랍게도 소형 트럭 정면에 수많은 박스가 내팽개쳐져 있었다. 뚜껑이 열린 박스에는 "마미 팔레트 샘플"이라고 적혀 있었는데, 마구잡이로 끌어낸 탓인지 박스에서 쏟아진 작은 병이 길에 잔뜩 널려 있었다. 병뚜껑은 빨간색과 파란색 그리고 녹색으로 귀엽게 구분되어 길의 그 언저리만이 어울리지 않게도 유치원 장난감 상자처럼 알록달록했다.

짐을 부린 운전사는 도대체 어디로 갔나 싶어 주변을 둘러보자 회색 작업복을 입은 남자가 아파트 건설 현장에 박스를 옮겨 놓고 돌아오는 모습이 보였다. 그 모습을 본 순간 슈지는 불법 투기라는 감이 딱 왔다. 이 경우 정확하게는 남의 불법 투기에 숟가락을 얹었다고 해야 할 것이다.

아파트 건설 작업중에 나오는 건설 폐자재는 산업폐기물로 지정되어 있기 때문에 원래 같으면 업자는 비용을 제대로 지불하고 건설 폐자재를 산업폐기물 처리 시설에서 처리해야 한다. 그런데 건설업자 중 몇몇은 산업폐기물 처리에 드는 비용을 아끼기 위해 건설 폐자재를 건설중인 건물 바닥 밑에 버리거나 아예 건물 아래에 파묻기도 한다. 이른바 불법 투기다.

이러한 불법 투기는 자신들이 공사를 하는 현장에 몰래 하므로 보통은 들키지 않는다. 예전에 내부 고발이 있어 요코하마에 신축된 빌딩 바닥을 파헤치자 건설 폐자재부터 다른 공사 현장의 쓰레기는 물론이고 신문지부터 먹다 남은 도시락까지, 8톤 트럭 두 대 분량의 쓰레기가 나온 적도 있었다. 일찍이 모 대형 건설 회사도 이런 방법으로 불법 투기를 하다 적발되어 한

때 경쟁입찰 참가 금지 처분을 받은 적도 있을 정도로 업계에서는 비교적 흔한 사례다.

즉, 타이투스 푸드는 산업폐기물 처리 비용을 아끼기 위해 건설업자의 불법 투기에 편승하여 자사 공장의 산업폐기물을 건설 현장에 불법 투기하고 있던 것이다. 그것도 마자키 공업이라는 하청업자를 이용해서. 산업폐기물 수거 운반업자라면 불법 투기를 할 수 있는 현장 한두 곳은 알고 있다. 끼리끼리 통한다는 말도 있잖은가.

소마가 확인했다.

"즉 3월 12일 토요일 새벽, 너와 구보 다다시, 다케시타 미사토, 이마이 기요코, 마미야 유코 다섯 명은 타이투스 푸드가 자사 공장의 산업폐기물을 아파트 건설 현장에 불법 투기하는 현장을 우연히 목격했다는 말이로군."

"확실해요."

"그리고 목격자 다섯 명은 역 앞 광장으로 유인당해……."

"음, 그거 말인데요." 슈지는 이해가 가지 않아 머리를 움켜쥐었다. "그야 불법 투기도 나쁜 짓은 나쁜 짓이지만, 들켰다고 사람을 죽일 만큼 심각한 일일까요?"

"그러게."

소마도 동의했다.

"불법 투기한 폐기물은 이미 바닥 밑에 묻혔고 그 위로 벌써 아파트가 몇 층 올라갔잖아요? 마자키라는 사람이 여기에 불법 투기를 했다고 자수라도 하지 않는 한 폐기물을 도로 파낼 걱정도 없어요. 다섯 명이나 되는 사람을 죽일 필요가 어디 있어요?"

"묻혀 있는 게 평범한 폐기물이라면 그렇겠지."

야리미즈가 담뱃불을 가만히 노려보며 말했다.

"무슨 말이에요?"

슈지가 물었다.

야리미즈가 고개를 들고 슈지와 소마를 쳐다보았다.

"가령 '폭탄'이 묻혀 있다면 어떨까?"

슈지와 소마는 저도 모르게 흠칫 놀랐다.

"'폭탄'이 거기 묻혀 있다는 걸 아는 사람. 그 사람들을 없애고 싶었던 것 아닐까."

"……마미 팔레트 샘플이 폭탄만큼이나 위험한 물건이라는 말이에요?"

슈지는 너무 뜻밖이라 믿기지가 않았다. 그런 조그만 병에 든 식품이 폭탄만큼이나 위험하다니 말이 되는 소리인가.

"뭐, 어떤 종류의 폭탄인지는 짐작도 안 가지만."

야리미즈는 실실 웃으며 무책임하게 말을 돌렸다.

"뭐예요, 그게."

"아니, 그 폭탄설 의외로 정곡을 찔렀는지도 몰라." 소마가 수첩에서 스크랩한 신문 기사의 사본을 꺼내어 테이블에 올려놓았다. "마미 팔레트 샘플을 불법 투기한 마자키 쇼고는 행방불명됐어."

야리미즈와 슈지는 깜짝 놀라 기사를 읽었다.

3월 25일 오전 9시경, 고치 현 고치 시 제5관구 해상보안본부 소속 다이버가 잠수 훈련 도중 고치 항 안벽 근처 바다에 가라앉은 차량을 발견했다. 차량은 사가미 번호판이 달린 은색 임프레자였다.

차량의 소유주는 가나가와 현 야마토 시에 거주하는 전前 폐기물 수거 운반업자 마자키 쇼고 씨(42)로 밝혀졌다. 차에는 사람이 없었고, 주변 해역에서도 소유자로 추정되는 인물의 시신은 발견되지 않아 고치 현경은 사고와 사건 양쪽 다 염두에 두고 수사중이다.

3월 26일 《고치 일보》

"마자키도 없앴다는 말인가……?"

슈지는 얼떨떨한 얼굴로 중얼거렸다.

"아직 모르겠어. 차만 발견됐을 뿐, 현재 생사는 불투명해."

슈지는 갑자기 그 아파트의 바닥 아래 깊은 곳에 잠들어 있는 세 가지 색상의 아기 식품 샘플이 정체 모를 흉측한 것으로 느껴졌다.

"마자키의 회사는 어떻게 됐어?"

야리미즈가 물었다.

"마자키 공업은 불법 투기하기 바로 전날, 3월 11일 날짜로 폐업 신고를 했어."

"점점 더 수상해지는군."

"폭탄에 관해 이 녀석을 한번 찔러볼까?"

소마가 나카사코 사진을 집어 들었다.

"아니. 뭐든지 술술 이야기할 것 같았으면, 나카사코는 네 명이 죽었을 때 반쯤 미쳐서 슈지에게 경고하러 가지 않고 냅다 경찰로 달려갔을 거야. 무슨 상황인지 모르고 나카사코에게 접근하는 건 위험해."

소마는 야리미즈의 의도를 바로 알아차렸다.

"나카사코가 위험해진다는 뜻인가?"

"그렇지. 나카사코는 슈지가 죽어야 할 이유를 알고 있지만 슈지가 죽기를 바라지는 않아. 즉, 살인 동기를 알고 있는 놈들 중에서 나카사코는 이단자야. 현재 나카사코는 위험한 상황에 빠졌을 가능성이 높아."

"남은 건 생사가 불투명한 이쪽인가."

소마가 마자키 사진을 손가락으로 쿡쿡 찔렀다. 마자키에 관해서는 회사를 때려치웠다는 사실과 고치 항에서 차가 발견됐다는 사실밖에 모른다.

야리미즈가 재떨이에 담배를 눌러 끄고는 새삼 감탄한 듯 슈지를 쳐다보았다.

"그건 그렇고 작업복 명찰 같은 걸 잘도 봤다."

"말을 걸었거든요."

슈지의 대답에 소마는 몹시 놀란 나머지 엉겁결에 크게 소리를 질렀다.

"말을 걸어? 마자키한테?"

"예. 나도 따지자면 토건업자 나부랭인데, 불법 투기를 하는 걸 보고 있으니 화가 나더라고요. 마침 마자키가 박스를 가지러 소형 트럭으로 돌아오기에 한마디했죠. '아저씨, 적당히 좀 해요'라고요."

"엇……."

"우와, 너도 한 성깔 하는구나." 야리미즈가 눈을 동그랗게 떴다. "상대는 불법 투기에 한창인 산업폐기물 수거 운반업자라고. 욕깨나 먹었겠는데."

"아니요, 그게 이상해요. 마자키가…… '고맙다, 얘야' 그러더라고요."

"고맙다, 얘야?"

소마가 눈을 깜박였다.

"예. 고맙다, 얘야, 라고 했어요."

소마와 야리미즈는 무심코 얼굴을 마주보았다. 주의를 주었는데 감사 인사를 하다니 어떻게 된 일일까.

"어안이 벙벙하더라고요. 멍청하게 있는 사이에 마자키가 또 박스를 끌어안고 건설 현장으로 들어갔어요. 남이 보든 말든 태연하던걸요."

"……상당히 뻔뻔한 녀석이로군."

소마는 기가 막힌다는 듯이 말했다. 야리미즈는 담배 필터를 씹으며 무슨 생각에 잠겨 있었다.

"왜 그래?"

"아무래도." 야리미즈는 바로 눈을 들었다. "그 산업폐기물 수거 운반업자 뭔가 있어."

"내일 아침 일찍 마자키의 신변을 조사해볼게."

윗옷을 들고 일어서는 소마에게 슈지가 딱 잘라 말했다.

"나도 갈 거예요."

소마는 도움을 요청하듯이 야리미즈에게 눈길을 던졌다. 야리미즈는 어느새 휴대전화를 꺼내 차를 마련할 준비를 하고 있었다. 즉, 야리미즈도 갈 작정이다. 소마는 한숨을 쉬었다. 내버려두면 슈지는 멋대로 집을 빠져나가 마자키에 관해 조사할 것이 뻔했다. 가까이에 두고 감시하는 편이 안전하다. 소마는 슈지를 노려보며 못을 박았다.

"내 뒤에서 잠자코 가만히 있어. 아니면 스키 마스크보다 내가 먼저 널 죽여버릴 거니까. 알겠냐, 돌멩이처럼 입 꾹 다물고 가만히 있어야 해."

슈지는 알겠다는 듯이 얌전하게 고개를 끄덕였다. 전혀 믿음이 가지 않았다. 소마는 내일 일이 걱정되어 무거운 마음으로 야리미즈의 집을 나섰다.

그로부터 약 열 시간이 지난 지금, 야리미즈가 운전하는 검은색 쿠페는 야마토 시 교외를 서쪽으로 향하고 있었다. 이제 곧 마자키의 집에 도착한다. 슈지는 딱 한 번 만난 마자키의 얼굴을 떠올렸다. 그날 아침 "고맙다, 얘야"라고 말한 마자키는 신기하게도 눈빛이 초롱초롱 맑았다.

마자키는 도대체 왜 감사 인사를 한 걸까.

마자키 쇼고. 자신을 사건으로 끌어들인 남자…….

박스를 끌어안고 건설 현장으로 향하는 마자키는 발걸음에 거침이 없었고, 뒷모습에서 양심의 가책은 조금도 느껴지지 않았다.

슈지는 마자키가 남긴 말의 의미를 알고 싶었다. 건설 현장으로 멀어져간 그 뒷모습의 의미를 알고 싶었다.

검은색 쿠페에서 내린 세 사람은 잠시 뻥하게 서서 마자키의 집을 바라보았다. 마자키의 집은 납작하게 찌부러진 듯한 낡은 임대주택 중 하나였다. 단층집의 함석지붕은 불그죽죽하게 녹이 슬었고, 비를 맞은 툇마루는 널빤지가 상해서 기울어져 있었다. 양지에 자리한 파란색 빨래걸이만이 새것처럼 느껴지는 조그만 목조 가옥은 영세라고는 하나 회사를 경영하던 사람이 살던 집으로는 보이지 않았다.

세 사람은 잡초가 무성한 툇마루 앞을 가로질러 문간으로 다가갔다. 나무문에 달린 우편함에 피자집과 자동차 영업소 전단지가 튀어나와 있었다. 집안에 인기척은 없고 문은 잠겨 있었다. 소마는 주변을 둘러보았다. 마침 허리가 굽은 할머니가 빈 유모차를 밀며 길 건너편을 지나가고 있었다.

"여기 있어."

소마는 그렇게 말하고 길을 건너 할머니를 불러 세웠다.

근처 임대주택에 산다는 할머니 말에 따르면 마자키는 작년 시월쯤에 이 임대주택으로 이사 왔다고 한다. 이 부근의 임대

주택에는 오래전부터 살던 노인들밖에 없는데 웬일로 마자키처럼 한창 일할 나이의 남자가 이사를 와서 한참 입방아에 오르내렸다고 한다.

"이사 온 지 얼마 되지 않았을 때는 매일같이 술에 취해서 밤중에 택시로 돌아왔어. 늙은이는 잠귀가 밝거든. 택시 문이 탁 닫히는 소리를 듣고 아, 돌아왔구나, 하고 아는 거지. 늘 곤드레만드레 정신을 못 차렸어. 한번은 문을 못 열어서 아침까지 마당에서 잔 적도 있다니까. 저래서야 금방 몸이 망가진다고 우리끼리 수군거리고는 했지."

치과에 간다던 할머니는 자신의 말을 들어주어서 기쁜 듯 보라색 네커치프를 두른 작은 머리를 흔들흔들하며 말을 술술 늘어놓았다.

"얼마쯤 지나자 밤놀이를 딱 그만두더라고. 밤이 되면 꼭 자기 차를 타고 돌아왔어. 얼굴을 마주치면 인사도 했고. 동네 사람들과 사이좋게 지낸다고는 할 수 없었지만 뭐, 나쁜 사람은 아니구나 싶었지."

"집을 찾아오는 사람은 없었습니까?"

"우리가 보기에는 없었는데."

'우리'라는 주어에서 소마는 수많은 노인들의 눈이 마자키의 생활을 살피고 있었음을 느꼈다. 이 호기심으로 가득한 수많은 새 같은 눈을 피해 마자키를 방문하기는 지극히 어려울 것이다.

"댁은 그 사람 가족이우?"

할머니의 눈에 희미하게 경계하는 빛이 서렸다.

"예. 연락이 끊겨서 걱정이 되어 보러 왔습니다만."

"아아, 역시." 할머니는 알았다는 듯이 고개를 힘껏 끄덕였다. "그랬구먼. 벌써 두 주도 넘게 집에 돌아오지 않았다니까. 역시 남자는 혼자 살면 안 돼. 얼른 색시를 맞아야 하는데."

한바탕 수다를 늘어놓으려는 할머니를 겨우 만류하여 치과로 보내고 소마는 서둘러 마자키의 집 앞으로 달려왔다.

그러자 야리미즈가 문 앞에 쪼그리고 앉아 열쇠 구멍에 묘한 금속 기구를 집어넣고 달칵달칵 돌리고 있었다.

"야리미즈! 너 무슨 짓이야!"

"여기까지 와서 안에 들어가보지도 않고 돌아갈 수는 없잖아."

야리미즈는 소마를 거들떠보지도 않고 열쇠 구멍과 씨름했다.

"헛소리하지 마, 난 아직 경찰이라고!"

"거기, 끝이 깔쭉깔쭉한 것 좀 집어줘."

"그러니까 그만두래도!"

소마와 야리미즈가 말다툼을 하고 있는데 문이 갑자기 안쪽에서 열리고 슈지가 얼굴을 내밀었다.

"조용히 좀 해요. 무단 침입한다고 동네방네 소문 다 나겠네."

"오……."

"그럼 먼저" 하고 야리미즈가 우두커니 선 소마 옆을 빠져나가 집으로 들어갔다.

"잠깐 기다려!"

소마는 허둥지둥 뒤를 쫓았다.

"신발 벗어요, 소마 씨."

슈지는 현관 바닥에 쪼그리고 앉아 우편물 다발을 뒤적이고 있었다. 지문이 남지 않도록 손에는 건설 작업용 목장갑까지 꼈다.

"너, 어디로 들어왔어!"

"뒤쪽 창문이 열려 있었어요. 거짓말 같거든 가서 확인해보든가."

거짓말 같아서 소마는 즉시 뒤뜰에 면한 창문으로 향했다.

유리 절단기를 썼는지 새시 창문의 자물쇠 주위가 반달 모양으로 깨끗하게 잘려 나갔고, 자물쇠가 열려 있었다. 명백한 프로의 소행으로 보여 소마는 목 언저리가 싸늘하니 차가워졌다. 이런 낡아빠진 집에 도둑이 들 리 없다.

"스키 마스크로군."

어느 틈엔가 야리미즈가 뒤에서 들여다보고 있었다.

"여기는 뒷문도 없고 현관은 길에 면해 있으니 사람 눈이 많아요. 숨어들려면 뒤쪽 창문밖에 없을 것 같아서 찾아보니 이렇게 돼 있더라고요."

슈지가 우편물을 들고 나타났다.

소마는 무릎을 꿇고 반달 모양으로 잘려 나간 창문 아래쪽 다다미를 손으로 짚었다. 다다미 표면이 거기만 살짝 불어서 보풀이 일어나 있었다. 비가 들이친 자국이다.

"마지막으로 비가 내린 건……."

"나흘 전." 야리미즈도 몸을 구부리고 다다미를 쳐다보았다. "네가 슈지를 데리고 우리집에 쳐들어온 날 밤이야."

"스키 마스크는 적어도 그전에 여기에 왔어."

"납신 방법으로 보아 그다지 호의적인 목적으로 찾아온 건 아니군." 야리미즈가 빈정거렸다.

"나한테 그런 것처럼 입을 막으려고 온 거예요." 그렇게 말한 슈지는 어느새 실내를 조사하고 있었다. "역시 마미 팔레트 샘플은 '폭탄'이었어."

소마도 조금 전에 노파에게 들은 이야기를 간추려서 두 사람에게 들려주며 지문이 남지 않도록 주의하여 마자키의 집을 살펴보았다.

방 두 개에 식당과 부엌이 딸린 마자키의 집에는 극히 최소한의 생활 도구밖에 갖추어져 있지 않았다. 전기난로에 접이식 밥상, 자명종, 조그마한 3단 정리 서랍장, 반침에는 침구류와 옷상자에 든 옷 몇 벌밖에 없었다. 가스레인지 한 대가 있는 부엌에는 식기 몇 개 외에 간장과 소금, 작은 알루미늄 냄비 두 개, 주전자, 커피메이커와 1인용 밥솥, 그리고 쓰레기봉지 따위의 필수품이 다였다.

슈지와 소마, 야리미즈도 혼자 살지만 자신이 좋아하는 음반이나 잡지 등 취미라고 할 만한 물건들을 가지고 있었다. 하지만 마자키의 집에는 그런 물건이 하나도 없었다.

반듯하게 놓여 있는 한 사람 몫의 젓가락과 밥공기를 바라보며 슈지는 왜 마자키가 이런 생활을 했는지 궁금해졌다. 마자키는 직업이 있었고, 술을 마시고 택시로 돌아올 돈도 있었는데. 이 작은 집은 마치 먹고 자기 위해서만 존재하는 독방 같았다. 그래도 마자키는 작년 시월부터 이 주 남짓 전에 모습을 감출 때까지 반년 가까이 이 집에 살았다. 윗미닫이틀의 못에 걸린 옷걸이 하나와 싱크대 옆에 놓여 있는 유리컵에서 한 남자가 이 집을 떠난 순간이 연상되었다.

“아무래도 수확은 그것뿐인 것 같네.”

야리미즈가 슈지의 호주머니를 가리켰다.

고개를 돌린 소마에게 슈지는 천연덕스러운 얼굴로 호주머니에서 그림엽서 한 장을 꺼내 보여주었다.

그것은 한 면에 남쪽 지방의 극채색 꽃들이 인쇄된 국제우편이었다. 뒷면에는 한자가 없는 서투른 글씨로 다음과 같이 적혀 있었다.

마자키 씨, 그때는 정말 고마웠습니다. 언제 한번 여기로 놀러오세요. 안내할게요. 스기타 씨에게도 안부 전해주세요.

에밀리오

"에밀리오……. 일본계 브라질인인가."

소마가 중얼거리자 야리미즈가 담배에 불을 붙이고 고개를 끄덕였다.

"상파울루에 살고 일본어를 쓸 줄 아는 에밀리오라면 대개 그렇겠지."

소인을 보자 브라질 상파울루에서 3월 21일에 발송되었다. 에밀리오의 주소는 적혀 있지 않았다.

"국제우편으로 보내면 상파울루에서 일본까지 얼마 만에 오지?"

소마가 묻자 잡다한 것에 박식한 야리미즈가 바로 대답했다.

"보통 일주일쯤 걸리지."

그렇다면 이 집에는 어제나 그저께 배달된 셈이다. 에밀리오가 쓴 "그때는 정말 고마웠습니다"라는 문구는 무슨 뜻일까. 상파울루에서 일부러 감사 엽서를 보낼 만큼 고마운 일을 마자키가 에밀리오에게 해준 걸까. 소마는 다시금 그림엽서에 인쇄된 사진을 들여다보았다. 선명한 색깔의 열대 꽃 중에 이름을 아는 것은 하나도 없었다. 하지만 이 머나먼 이국에서 날아온 엽서는 마자키의 집에서 유일하게 얻은 수확이었다.

슈지가 소마의 손에서 그림엽서를 낚아채 호주머니에 집어넣더니 집에서 물러나기 위해 뒤쪽 창문으로 향했다.

"이봐, 그거 가지고 갈 거야?"

"당연하죠." 슈지는 창틀에 발을 올리고 뒤돌아보았다. "마자키도 스키 마스크의 표적이 됐어요. 살아 있다고 해도 이제 여기로는 안 돌아와요. 혹시 만나면 내가 전해줄게요."

세 사람은 그길로 야마토 시에 있는 이른바 마자키 공업의 모회사 닛칸 에너지를 찾아갔다. 마자키는 예전에 닛칸 에너지의 수거 운반 담당 운전기사로 오 년 정도 근무했고, 폐기물 수거 운반업자로 독립한 후에도 이 지역에서 수집하는 폐기물의 많은 양을 닛칸 에너지에 끈이 있는 처리 시설에 반입했다.

친환경적이라고 주장하듯 초원 분위기가 나는 벽지를 바른 응접실에서 세 사람은 노송나무향 방향제 냄새에 코를 실룩대며 여직원이 놓고 간 녹차를 마셨다. 그리고 여직원이 말한 담당자가 오기를 기다렸다.

"너, 절대로 경찰인 거 들키면 안 된다." 야리미즈가 소마에게 못을 박았다. "산업폐기물 처리업자는 경찰을 상대로는 입이 무거워지니까."

"그러면 어떻게 이야기를 캐내려고?"

"쉿."

슈지가 눈짓으로 문을 가리켰다.

발소리가 들리더니 문이 열리고 오십 대 후반의 반백 머리 남자가 들어왔다. 남자는 젊었을 때와 똑같이 먹으면 이렇게 된다고 보여주듯 허리 둘레가 어마어마했다. 남자는 딱딱한 인상의 노안경 너머로 벽시계를 힐끗 쳐다보더니 닛칸 에너지라는 명찰이 달린 점퍼에서 명함집을 꺼냈다.

"총무 사토무라입니다."

사토무라가 명함을 내밀자 자리에서 일어난 야리미즈도 안주머니에서 명함을 꺼냈다.

"처음 뵙겠습니다. 가나가와 텔레비전의 오카자키라고 합니다."

오카자키라니 누구냐. 소마가 눈을 부릅뜨고 명함을 쳐다보자 "가나가와 텔레비전 제1제작부 오카자키 요시노리"라고 적혀 있었다. 틀림없이 다른 사람의 명함이었다. 소마의 머리에 사인위조 및 부정사용죄라는 죄목이 떠올랐다.

"이쪽은 조수 나가이와 스즈키입니다."

"스즈키입니다."

슈지가 일어서서 싹싹하게 고개를 숙였다.

나는 나가이인가. 이렇게 범죄에 흠뻑 물들어가는 건가. 소마는 그렇게 생각하며 표정도 없이 겨우 인사를 했다.

"이야, 방송국 사람……."

사토무라는 검은 테 노안경을 끌어내리고 별일이라는 듯이 오카자키의 명함을 다시 확인했다.

"마자키에 관해 물어보러 오셨다고요?"

말투는 정중했지만 말하면서 담배에 불을 붙이고 연기를 뿜어내는 모습에는 현장에서 산업폐기물 덤프트럭을 몰던 왕년의 거친 일면이 남아 있었다.

"실은 저희 방송국에서 '메무아르, 그 사람을 만나고 싶다'라는 프로그램을 기획중인데요. 유치원 시절의 첫사랑이나 전학 간 친구, 초등학교 은사님 등 소식이 끊겼지만 잊을 수 없어 꼭 다시 한번 만나고 싶은 사람과 재회시켜주는 기획입니다. 그래서 신청자를 받았는데 그중에 마자키 씨를 만나고 싶다는 분이 계셔서요."

소마는 이제 될 대로 되라는 기분으로 눈을 감았다.

"회사를 닫은 후에 마자키 씨가 어디에 계시는지는 아직 파악되지 않았습니다만, 기획을 진행하기에 앞서 마자키 씨를 잘 아시는 분들께 미리 그분에 대한 이야기를 듣고 있는 중입니다."

"하하, 그렇구나." 어떻게 된 영문인지 사토무라는 알겠다는 듯이 고개를 끄덕였다. "그럼 요전에는 그 메모 뭐 때문에 마자키 사진을 가져간 거로군요."

"사진……?"

"타이투스 푸드 분께 마자키 사진을 받았을 텐데. 그거 푸드의 부탁으로 우리가 찾아서 보낸 거요."

푸드가 마자키 사진을…….

"그건……."

언제라고 물으려던 소마의 발에 격통이 덮쳤다. 야리미즈가 구두 뒷굽으로 발을 짓밟은 채 밝은 목소리로 대답했다.

"예, 푸드에 갔을 때 마자키 씨 사진을 받았습니다."

"그 사진, 정말 잘 나와서 크게 도움이 됐습니다."

슈지가 웃는 얼굴로 뒤이어 말했다.

"우리 계열 회사랑 자회사 사람들이 송년회 때 찍은 사진인데, 내가 실력 발휘 좀 했다니까."

사토무라는 그리 싫지는 않은 표정으로 자기 찻잔에 손을 뻗었다.

"얼굴과 전신이 찍힌 사진을 빨리 보내라는 연락이 왔거든. 우리도 설마 방송 때문인 줄이야 몰랐으니 참 묘한 부탁을 한다 싶었지."

"성가시게 해서 죄송합니다."

야리미즈가 책임자답게 머리를 숙였다.

"도움이 됐으면 다행이지, 뭐."

소마는 테이블 아래에서 야리미즈의 구두를 치우고 찻잔에 손을 뻗었다. 이런 책략은 성미에 맞지 않는다. 적당한 기회를 노리다 정면으로 부딪쳐서 반응을 보는 것이 소마의 방식이었다.

야리미즈는 사토무라의 입을 가볍게 하기 위해 텔레비전 프로그램에 관한 사토무라의 호기심을 풀어주며 부드럽게 대화를 이끌어나갔다. 차를 다 마신 소마는 찻잔을 받침에 내려놓고 언제나처럼 정면으로 부딪쳤다.

"갑자기 죄송합니다만, 마자키 씨가 마미 팔레트 샘플에 대해 무슨 이야기를 하지 않았습니까?"

사토무라의 얼굴에서 미소가 사라지고 곤혹스러운 표정이 그 자리를 대신했다. 갑작스레 찾아든 침묵 속에서 사토무라는 무슨 의도로 질문을 했는지 짐작이 가지 않는다는 표정으로 소마를 바라보고 있었다. 소마는 얼굴이 딱딱하게 굳어버린 야리미즈와 슈지를 본체만체 한 번 더 파고들었다.

"타이투스 푸드에서 마자키 씨에게 폐기 의뢰를 했을 텐데요."

"푸드에서 아직도 그런 이야기를 하나……." 사토무라의 미간에 깊은 주름이 잡혔다. "그 건은 푸드에서 착각한 거라는 전화를 받았는데."

소마는 무슨 소리인지 전혀 이해가 가지 않았다. 그래서 소마는 그럴 때 보통 그러듯이, 전부 다 알고 있다는 표정으로 말없이 사토무라를 쳐다보았다. 침묵은 상대를 답답하게 만들어 입을 열게 하는 유효한 수단 중 하나지만 사토무라에게는 역효과였다.

사토무라는 재떨이에 담배를 비벼 껐다.

"이 이야기, 댁네 메모 어쩌고와 무슨 관계 있소?"

큰일났다고 감을 잡은 슈지가 젊은 조수답게 머리를 조아렸다.

"죄송합니다. 제가 푸드에서 차를 내온 여직원에게 이야기를 얼핏 들었거든요. 프로그램의 성질상 마자키 씨가 뭔가 안 좋은 일에 연관되기라도 했으면 난감하지 않을까 해서…….”

“정말이지 계집애들은 잘 알지도 못하는 일을 종알종알 떠드니까 문제야. 그것들은 집에서 밥이나 짓고 아이나 잘 키우면 돼. 회사 같은 데 나가니까 입만 살아서 나불대는 거라고. 그렇지?”

이 아저씨, 여직원에게 손을 댔다가 따끔하게 혼난 게 아닐까 슈지는 의심스러웠지만 일단 흘려듣고 “죄송합니다” 하고 다시 한번 공손하게 사과했다.

“그야 자네가 사과할 일은 아니지만. 아무튼 사소한 착오가 생겼을 뿐 그 일은 이제 깔끔하게 정리됐어.”

“착오…….”

야리미즈가 일부러 되풀이해 중얼거렸다.

“그래. 마자키 사진을 보낸 그날, 점심 먹기 전이었나 푸드에서 문의가 왔거든. 마자키 공업이 후지사와 공장에서 회수한 마미 팔레트 샘플은 제대로 소각 처분했느냐고. 작년 시월에 폐기했다면서.”

“작년 시월……?”

슈지는 연기가 아니라 진짜로 놀랐다. 소마와 야리미즈도 하마터면 되물을 뻔했다. 마자키가 마미 팔레트 샘플을 불법 투기한 것은 올해 삼월이다. 그런데 푸드는 작년 시월에 폐기했다고 한다.

"어째서 그렇게 예전 일을 묻는지 이상했지만, 마자키네 회사가 후지사와 공장에서 회수한 물건은 우리가 중간 처리하기로 되어 있으니까 일단 파일을 확인해봤지. 그런데 작년 시월에 그런 게 우리 회사에 반입된 기록은 없었어. 그래서 푸드에게 그렇게 말했더니 그럴 리 없다는 거야."

사토무라는 찻주전자에 포트의 뜨거운 물을 붓고 각각의 찻잔에 차를 새로 따르며 말을 이었다.

"지금은 옛날과 달라서 산업폐기물을 폐기하려면 매니페스토 전표라는 게 필요해. 제조 회사부터 수거 운반업자, 중간 처리 시설, 최종 처리장까지 도장을 쾅 찍은 전표를 반드시 한 장씩은 보관한다고. 그러니까 제조 회사가 폐기한 산업폐기물은 기본적으로 허공으로 사라지는 일이 없지."

그렇다면 왜 여태껏 일본 여기저기에 산업폐기물 명당이라고 불리는 불법 투기 밀집 지대가 있는 거냐고 소마는 꼬집어주고 싶었지만 잠자코 사토무라의 이야기를 들었다.

"문의가 들어왔을 때 마자키는 이미 회사를 접은 상태였거든. 그래서 우리랑 푸드 둘이서 옥신각신했지. 결국 그날 밤에 푸드가 그건 다른 업자한테 부탁한 일인데 착각했다고 전화를 줬어."

야리미즈와 슈지, 소마 모두 밤에 온 전화는 푸드가 일을 수습하기 위해 사용한 방편이라고 직감했다. 푸드는 다른 업자가 아니라 마자키에게 의뢰했다.

소마는 마미 팔레트 샘플이 푸드에게 틀림없이 '폭탄'이었다고 확신했다. 그러면 앞뒤가 맞는다. 푸드는 작년 시월에 폐기한 마미 팔레트 샘플이 소각 처리된 줄 알고 마음 푹 놓고 있었다. 그런데 무슨 이유로 최근에야 그 샘플이 아직 처리되지 않고 남아 있다는 것을 알아차렸다. 그래서 질겁하여 닛칸 에너지에 문의한 것이다.

그렇다면 마자키는 작년 시월부터 올해 삼월까지 다섯 달이나 '폭탄'을 보관하다가 올해 삼월에야 자기 의지로 아파트 건설 현장에 불법 투기한 셈이다. 푸드의 명령을 받고 불법 투기한 것이 아니라 어디까지나 마자키가 단독으로, 자신의 뜻에 따라 저지른 일이다.

소마는 신문하는 말투가 나오지 않도록 가능한 한 정중하게 물었다.

"푸드가 문의를 한 건 정확하게 언제입니까?"

"댁들이 푸드에서 마자키 사진을 받은 날이라니까."

사토무라는 머리가 나쁜 사람을 쳐다보는 눈으로 노골적으로 소마를 쳐다보았다.

소마는 자신이 마치 기억상실증에 걸린 사람 같은 질문을 했다는 것을 알고 후회했다. 그래서 이런 책략은 마음에 들지 않는다.

"어디 보자." 야리미즈가 천천히 호주머니에서 수첩을 꺼내 넘기기 시작했다. "마자키 씨가 회사를 닫은 후였으니까 3월……."

"15일. 여직원들이 전날 화이트데이에 받은 선물 품평회를 했어. 정말이지 그것들은 뭣하러 회사에 오는지 몰라."

푸드가 마미 팔레트 샘플에 관해 닛칸 에너지에 문의한 것이 3월 15일. 슈지를 비롯한 다섯 명이 불법 투기를 하는 마자키를 목격한 것이 그 사흘 전인 12일. 즉 마자키가 불법 투기를 마치자마자 종적을 감추는 바람에 15일에 푸드는 마자키에게 직접 사실을 확인할 수 없었던 것이다. 황급히 닛칸 에너지에 문의한 푸드는 그제야 샘플이 닛칸 에너지에 반입되지 않았다는 사실을 알았다. 그리고 그날 푸드는 닛칸 에너지에 마자키의 사진을 보내라고 했다.

"마자키 씨가 이쪽에서 일했을 때는 어땠습니까?"

야리미즈가 은근슬쩍 화제를 바꿨다.

"그다지 인상에 남는 사람은 아니었지. 일은 잘했지만. 그것보다 그 메모르라는 방송에 마자키가 나올 때는 우리 회사도 선

전해주는 거지?"

"예, 뭐, 기획이 통과되면 어느 정도는."

야리미즈는 어떻게든 기대를 품도록 하기 위해 영업용 미소를 지었다.

"언제 기획이 통과되는데?"

"그건 아직 뭐라고 말씀드리기……."

사토무라의 눈에서 급속도로 흥미가 사라졌다. 사토무라는 찻잔을 비우더니 테이블 위의 담배를 호주머니에 집어넣었다. 돌아가라는 명백한 의사 표시였다.

"지금 회계연도가 바뀔 때라 바빠서."

"귀중한 시간 내주셔서 감사합니다." 야리미즈가 그렇게 말하며 발치에 놓아둔 종이봉지에서 선물을 꺼냈다. "오늘은 일단 인사 겸해서 들렀습니다. 이거, 별것 아닙니다만. 노토 전복찜입니다. 청주에 잘 어울린다고 해서요."

사토무라는 술을 좋아하는 듯 비싼 선물을 받자 표정이 누그러졌다.

"괜히 신경쓰게 해서 미안하네, 이거."

야리미즈는 냉큼 물었다.

"저기, 여기에 마자키 씨와 개인적으로 친하게 지냈던 분은 안 계신지요?"

중간 처리 시설에서 나온 이나바는 노란 헬멧을 벗고 철망으로 된 펜스 가장자리에 앉아 야리미즈에게 받은 캔커피 뚜껑을 땄다.

"우와, 마자키 씨가 텔레비전에 나와요?"

스물대여섯 살쯤 된 이나바는 훤칠하니 키가 큰 청년으로, 웃으면 애교 있게 찡그려지는 얼굴은 어쩐지 재패니스 친을 닮았다.

"아직 결정된 건 아니지만."

야리미즈가 종이봉지에서 도넛 상자를 꺼냈다.

네 종이봉지가 무슨 산타클로스 자루라도 되느냐고 진심으로 어이없어하는 소마의 눈앞에서 슈지가 어엿한 조수답게 상자를 열고 도넛을 권했다.

"드세요. 이 가게 도넛 제법 맛있습니다."

이나바는 사양하지 않고 계핏가루를 묻힌 제일 큰 도넛을 집어 들었다.

"이나바 씨는 마자키 공업에서 얼마나 일했어요?"

전 방송국 직원이 방송국 직원을 사칭해서 물었다. 과연 전혀 어색하지 않았다.

"사 년인가. 하지만 사원 중에서는 제가 제일 오래됐어요.

제가 들어갈 때까지는 바쁠 때만 아르바이트를 쓰고 거의 마자키 씨 혼자 일한 모양이더라고요."

"그렇구나. 사원은 몇 명이나 있었어요?"

"저까지 포함해서 세 명."

"마자키 씨가 갑자기 폐업해서 놀랐나요?"

"아니요. 저희는 작년 말에 들었거든요."

"그렇게 오래전부터?"

소마는 저도 모르게 끼어들어 물었다.

"저기요. 회사를 접으려면 제법 골치 아프다고요. 특수 차량 임대 계약도 해약해야지, 차입금도 정리해야지, 사원이 다시 일할 곳도 알아봐야 하는걸요."

보기와는 다르게 생각이 깊은 듯한 이나바는 도넛을 커피와 함께 삼켰다.

"여기도 마자키 씨의 소개로 들어온 건가요?"

슈지가 물었다.

"예. 내근직에 꽂아준 덕분에 살았어요. 보시다시피 저는 그렇게 몸이 좋은 편은 아니니까요." 이나바는 얼굴을 찡그려 웃더니 약간 가느다란 팔을 흔들어 보였다. "하나 더 먹어도 돼요?"

"들어요, 들어. 이건 이나바 씨 주려고 사 온 거니까."

야리미즈가 얼굴 가득 웃음을 띠고 대답했다.

"어쩐지 VIP가 된 기분이네요." 초콜릿으로 코팅된 도넛을 집으며 이나바는 야리미즈에게 물었다. "그런데 그 방송에서 마자키 씨를 만나고 싶다는 사람, 마쓰모토에 살아요?"

"아주 어린 시절 친구."

야리미즈는 교묘하게 긍정과 부정의 표현을 피해서 대답했다.

"그럼 집이 아직 마쓰모토에서 가전제품 판매점을 할 때네요."

"이야, 잘 아네."

야리미즈는 과장되게 놀란 기색을 보이며 이야기를 받아주었다.

"그야, 사 년이나 같이 일했으니까요." 이나바는 의기양양한 얼굴로 도넛을 베어 물었다. "마자키 씨의 부모님은 마자키 씨가 어렸을 때 가전제품 판매점을 했어요. 그러다 아버지가 여자랑 집을 나가는 바람에 마자키 씨는 재혼하는 어머니를 따라갔죠. 그런데 새아버지와 형제들이랑 사이가 좋지 않아서 고등학교를 졸업하자마자 도쿄로 나왔다나 봐요. 그런 경우 많죠. 우리 부모님도 이혼했어요."

야리미즈는 이야기가 이나바의 소년 시절로 엇나가지 않도록 재빨리 흐름을 되돌렸다.

"그건 그렇고 마자키 씨는 왜 회사 문을 닫았을까? 경영 상태가 안 좋았나요?"

"경영 상태가 괜찮은 수거 운반 회사가 어디 있겠어요." 이나바는 당연하다는 듯이 대답했다. "제조 회사 입장에서 산업폐기물 처리에 들이는 비용은 그야말로 버리는 돈이거든요. 그럴 돈이 있으면 광고와 상품 개발에 쓰고 싶겠죠. 소비자도 산업폐기물 처리에 돈을 들일 바에야 정가를 내리는 편을 좋아할 테고요. 당신들도 같은 상품이라면 싼 걸 살 거잖아요? 덕분에 산업폐기물 처리 업계는 덤핑 싸움이 한창이에요. 우리 회사처럼 처리 시설이 없는 수거 운반 회사는 특히 더 힘들었죠. 아, 우리 회사는 마자키 공업을 말하는 거예요. 양심적인 곳일수록 경영 상태가 악화돼요. 우리 회사는 재활용 회사와도 계약을 맺고 1차 수거 운반 회사치고는 양심적으로 영업했어요. 경영 상태는 엉망이었겠지만. 마자키 씨는 유타가 태어난 해에 닛칸에서 독립했다고 했으니 십삼 년이나 잘도 버틴 거죠."

"유타라니……. 마자키 씨에게 가족이 있나?"

소마는 놀라서 되물었다. 아침에 찾아간 마자키의 집에는 아내와 아이가 살던 흔적이 전혀 없었기 때문이다. 하지만 이번에는 이나바가 소마의 반응에 놀랐다.

"당신들, 아무것도 몰라요?"

"아직 조사 시작한 지 얼마 안 돼서." 야리미즈가 웬일로 사실을 말했다. "이것저것 알려주면 도움이 되겠네요. 마자키 씨의 가족은 어디에 살죠?"

이나바는 도넛을 먹다 말고 내려놓았다. 어느덧 얼굴도 무표정해졌다.

"아무데도 안 살아요."

이나바가 불쑥 중얼거렸다.

"무슨 뜻이죠?"

"죽었어요, 둘 다."

소마와 야리미즈, 슈지 모두 할말을 잃었다. 마자키에게는 가족이 있었다. 하지만 그 가족은 죽었다.

이나바의 이야기에 따르면 마자키의 아내 다에는 이 년 전 여름 이른 아침에 집에서 이십 미터밖에 떨어지지 않은 길에서 사고를 당했다고 한다.

그날도 아침 6시에는 사무소로 나가는 마자키를 위해 다에는 일찌감치 일어나서 아침 식사와 도시락 준비를 했다. 잠시 후 마자키가 일어나 나왔을 때 다에는 지갑을 들고 현관을 나서는 참이었다. 다에는 커피를 좋아하는 마자키를 위해 매일 아침마다 새로 커피를 우려서 포트에 담아주는데, 그날은 원두를 사놓는 것을 깜빡해서 길모퉁이의 편의점에 사러 가려고 했다.

마자키는 캔커피를 사 갈 테니 됐다고 했지만, 다에는 "당신이 빈 캔을 늘리면 어떻게 해"라면서 웃으며 집을 나섰다.

그것이 마자키가 살아 있는 다에를 본 마지막 순간이었다.

다에는 편의점까지 가지도 못하고 집 바로 앞 길에서 무서운 속도로 달려온 음주운전 차량에 치였다. 즉사였다. 새벽까지 친구와 술을 마시고 운전을 한 젊은 회사원도 다에를 친 후 벽돌담에 충돌해 이틀 후에 세상을 떠났다.

"다에 씨가 살아 있을 적에는 일 마치고 자주 마자키 씨네 집에 가서 저녁밥을 얻어먹었어요. 사람이 얼마나 좋은지 일을 늦게 마치면 재워주고 아침도 지어주고 도시락까지 들려줬다니까요. 마자키 씨 것은 물론 제 것까지 비엔나소시지를 문어 모양으로 만들어줬어요. 뜬금없이 감동해서 저도 빨리 결혼해야겠다 싶었죠."

밝은 이야기와는 달리 이나바는 침울하게 눈길을 떨어뜨렸다.

"마자키 씨는 마쓰모토에서 상경한 지 얼마 되지 않아 다에 씨와 알고 지내게 됐다고 했어요. 다에 씨는 마자키 씨가 취직한 정밀 기계 공장 근처 양식당에서 일했대요. 그런데 마자키 씨가 일하던 공장이 일 년도 안 돼서 망했지 뭐예요. 마자키 씨는 공사 현장 같은 곳을 전전한 모양인데 그동안에도 헤어지지 않은 거죠. 마자키 씨가 여기에 정사원으로 들어오자마자 결혼했다고 했으니까. 그런 모습이 참 부럽다고 생각했었는데 다에 씨가 세상을 떠났을 때는 정말 충격이었어요."

"마자키 씨와 유타는?" 야리미즈가 물었다.

"유타는 초등학교 5학년이었으니까 무슨 일이 일어났는지 잘 이해했죠. 걱정을 끼치지 않으려고 애썼지만 상당히 우울해했어요. 그게 당연하지만요. 하지만 마자키 씨는 그럴 틈도 없었죠. 일하면서 유타를 보살피느라 정신이 없었으니까."

"유타를 돌보다니, 초등학교 5학년이었다면서?"

소마 생각에 열한 살 정도면 자기 일은 알아서 할 수 있는 나이였다.

"유타는 소아천식을 앓았거든요. 주변에서 잘 돌봐주지 않으면 큰일나요."

다에가 죽은 날부터 마자키는 소아천식을 앓는 유타를 홀아비 혼자 손으로 길러야 했다. 어머니가 없어서 쓸쓸함을 맛보지 않도록 마자키는 아버지 역할과 어머니 역할 둘 다 잘해내기 위해 갖은 애를 다 썼다고 한다.

"마자키 씨는 조금이라도 오래 유타 곁에 있을 수 있도록 그때 살던 히요시의 집에서 야마토 시의 작은 임대 아파트로 이사했어요. 사무소에서 걸어서 이십 분 정도 걸리는 곳으로요. 천식 발작의 원인인 집먼지와 진드기 등이 남지 않도록 부지런히 청소하고, 세탁과 다림질 같은 것도 했죠. 섬유에서 먼지가 날리니까 그런 일은 도와주지 못하는 대신 유타는 요리에 힘썼어요. 아버지의 노고를 위로하고 싶었는지 하루하루가 캠핑처럼 즐겁다면서 쓸쓸한 표정 한번 안 지었다니까요. 얼마나 장하던지."

이나바는 일을 마치고 돌아가는 길에 가끔 마자키의 집에 들렀는데, 처음에는 달걀부침밖에 만들지 못하던 유타가 실력이 쑥쑥 늘어 반년 만에 크림스튜와 햄버그스테이크까지 만들게 됐다고 한다. 그 무렵에는 현관문을 열면 앞치마를 두른 유타가 부엌에서 얼굴을 내밀고 저녁 메뉴를 알려주는 것이 일상이었다.

"마자키 씨는 다에 씨가 죽은 후로 무슨 일이 있어도 저녁 7시 반에는 반드시 집에 돌아갔어요. 천식 발작은 밤에 잘 일어나거든요. 하지만 마자키 씨가 밤에 혼자 하던 회수 작업을 못해서 경제적으로는 더 쪼들렸을 거예요."

"아침 6시부터 일했다면서요?"

마찬가지로 힘을 쓰는 일에 종사하는 슈지가 무심결에 물었다. 막노동도 해가 지면 일이 끝난다. 육체노동에는 자연스레 시간적인 한계가 생기기 마련이다.

"말했잖아요? 덤핑 경쟁중이라고. 이 일을 하면 오래 못 살아요."

이나바는 자조하듯이 슬쩍 웃더니 가슴 호주머니에서 담배를 꺼내 불을 붙였다.

"그래도 작년 봄에 유타가 건강하게 중학교에 입학하자 마자키 씨는 참 기뻐했어요. 유타가 자전거를 타고 싶다는 이야기를 꺼냈을 때도 아버지로서 기뻤을 테고요."

"마자키 씨는 자전거를 탔나요?"

야리미즈가 휴대용 재떨이를 꺼내면서 물었다.

"예. 마쓰모토에 살았을 때 학교 자전거 경기부에서 활동했다고 들었어요."

과연, 아버지는 자신이 하던 스포츠를 아들이 시작하면 대개 기뻐하는 모양이다. 소마도 어린시절 검도를 시작했을 때 아버지가 기뻐하던 모습을 어렴풋하게나마 기억하고 있다.

"마자키 씨는 유타랑 둘이서 자전거 여행을 갈 생각에 들떠 있었어요. 그때는 여행을 할 수 있을 만큼 유타 몸 상태도 좋았거든요. 중학교 올라가서 키도 크고 발작도 거의 일어나지 않았죠. ……그래서 그런 일이 일어날 줄은 아무도 몰랐어요."

작년 9월 13일이었다.

이나바는 아침 6시에 사무소로 출근해 후배 시미즈와 오모리를 데리고 마자키와 함께 아야세 시 변두리의 현장으로 향했다. 낡은 임대주택과 빈 점포가 뒤섞여 있는 그 지역에서는 가옥을 철거하여 빈터로 만든 후, 대형 건설 회사가 슈퍼, 패스트푸드점, 서점, 약국 등이 입점하는 쇼핑몰을 건설할 예정이었다. 마자키 공업이 할 일은 건물을 철거할 때 나오는 건설 폐자재를 수거하여 처리 시설로 운반하는 것이었다.

해체 현장에서 나오는 건설 폐자재는 보통 철거를 맡은 업자가 처리한다. 그러므로 이번 경우에는 대형 건설 회사에서 건물 철거를 도급한 중소 건설업자 하시바 건설이 처리해야 했다. 그러나 때마침 오랜 비가 내려 철거 작업이 예정된 공사 기한에서 크게 늦어지는 바람에 자사의 힘만으로는 건설 폐자재까지 처리할 엄두가 나지 않아 하시바 건설은 마자키 공업과 닛칸 에너지에 건설 폐자재 처리를 의뢰했다.

마자키 공업이 맡은 주된 건설 폐자재는 건물을 철거한 후에 나오는 목재와 콘크리트 찌꺼기, 유릿조각, 금속 조각, 폐유 등 다종다양한 자재가 뒤섞인 혼합 폐기물이었다. 목재와 콘크리트 찌꺼기는 전문 처리업자에게 보내고, 혼합 폐기물은 닛칸 에너지에 반입하여 중간 처리한 후에 분별하여 각 시설로 보낼 예정이었다.

그런데 실제로 현장에 가보니 콘크리트 찌꺼기에 섞여 상당한 양의 지붕용 화장 슬레이트가 폐기되어 있었다. 검고 판판한 슬레이트 판은 죄다 낡아서 색칠이 여기저기 벗어진데다 노루발못뽑이 같은 공구로 부숴놓아 깨진 부분이 하얗게 드러나 있었다.

"오모리, 트럭에서 방진 마스크 가져와."

마자키가 잠이 덜 깨어 눈을 비비고 있는 오모리에게 말했다. 마자키는 늘 트럭에 네 명이 쓸 방진 마스크를 싣고 다녔다.

이나바는 꺼림칙한 예감이 들어 마자키의 얼굴을 쳐다보았다.

"마자키 씨, 이거 혹시……."

"응. 석면이야."

마자키는 복잡한 표정으로 발아래의 슬레이트 판을 내려다보았다.

마자키의 말에 시미즈는 흠칫 놀라 뒷걸음질을 쳤고 잠이 달아난 오모리는 방진 마스크를 가지러 트럭으로 달려갔다.

석면은 섬유가 아주 섬세하기 때문에 폐 깊숙이 들어가기 쉽고, 열과 산에도 강하므로 분해되지 않고 수십 년이나 체내에 머무른다. 그 결과 진폐증의 일종인 석면폐, 늑막과 복막 등에 악성 종양 및 악성 중피종, 폐암 등 심각한 질병이 발생한다.

"이런 게 있다는 말은 없었잖아요."

새파랗게 질린 얼굴로 시미즈가 마자키에게 대들었다.

너뿐만 아니라 아무도 못 들었다고 이나바는 속으로 투덜댔다. 처음부터 알고 있으면 나름대로 준비를 하고 온다. 하시바 건설이 현장을 잘 확인하지도 않고 건설 폐자재 처리를 의뢰한 것이다. 이나바는 선배로서의 위엄을 지키기 위해 가능한 한 차분한 말투로 마자키에게 물었다.

"이 슬레이트 판은 얼마나 위험한 거죠?"

석면이 함유된 폐기물은 위험도에 따라 몇 가지 종류로 나뉘며, 철거할 때의 작업 방식 및 처리 방법이 세밀하게 규정되어 있다. 지식으로 머릿속에 들어 있기는 했지만 이나바도 직접 다룬 적은 없었다.

"이런 종류의 슬레이트는 시멘트와 석면을 주원료로 물을 섞어서 만든 거야. 석면 함유율은 십에서 20퍼센트 정도지."

마자키는 지체 없이 대답하고 오모리가 가져온 방진 마스크를 모두에게 나누어주었다.

"전체 슬레이트 지붕의 약 90퍼센트가 이거야. 지금까지 이걸 사용해서 지은 집이 전국에 수백만 채는 된다고 하지."

"수백만……."

석면의 유해성은 1930년대부터 지적되어왔지만, 1989년에야 겨우 대기오염방지법에 의거해 '특정 분진'으로 규제 대상이 되었다. 그래도 사람들에게는 그다지 알려지지 않아, 1995년에 한신아와지 대지진으로 대량의 석면이 사방에 흩어지고 나서야 사회문제로 대두되었다. 2002년에 중피종으로 사망한 사람이 800명을 헤아리자 환경부는 석면 처리에 관한 지침을 발표했다.

"이건 비非비산성 석면이라 '특별 관리 산업폐기물'로는 지정되지 않았어. 함부로 다루지만 않으면 문제없지만, 두드려 부수거나 하면 안쪽의 섬유가 날려서 큰일나."

그렇게 말하며 철거 현장을 둘러보던 마자키는 느닷없이 종종걸음을 쳤다. 마자키가 향한 곳에는 아직 철거가 끝나지 않은 임대주택이 몇 채 있었고, 하시바 건설의 트럭이 그 앞에 멈춰서 철거 기재를 내려놓고 있었다. 이나바와 다른 사원들은 허둥지둥 마자키를 쫓아갔다.

"현장감독은 누구지?"

마자키가 철거를 맡은 인부들에게 물었다.

"현장감독을 왜 찾아?"

스물서너 살쯤 된 금발머리 남자가 말했다. 그리고 마치 이쪽이 시비라도 걸었다는 듯이 아니꼽다는 얼굴로 마자키를 노려보았다.

이나바는 잘못 걸렸다 싶었다. 이 녀석은 성인식 때 난동을 부리는 망나니 같은 타입이다. 둘러보자 철거 인부는 모두 스무 살 전후의 젊은이들뿐이었다.

"미안한데 매니페스토 전표 좀 보여주겠나?"

마자키가 말했다.

"당신 뭐야?"

"이곳의 건설 폐자재 수거 운반을 맡은 마자키 공업이야. 매니페스토 전표를 보여줘."

"구시렁대지 말고 빨리 저쪽이나 정리하라고."

그 말에 성미가 급한 시미즈가 화를 참지 못하고 금발머리의 멱살을 잡았다.

"미쳤냐! 저거 석면이잖아!"

시미즈와 금발머리는 엉겨붙어 싸우기 시작했다. 이나바는 냉큼 싸움에 끼어들려는 오모리를 붙들어서 말리며 마자키가 힘으로 두 사람을 떼어놓는 모습을 지켜보았다.

하시바 건설의 트럭에서 몸집이 작은 철거 인부가 매니페스토 전표를 들고 달려와서 "이거 회사에서 받아온 거요" 하고 정강이를 걷어차여 몸을 웅크리고 있는 금발머리와 시미즈 옆에서 머뭇머뭇 마자키에게 건넸다.

매니페스토 전표에는 배출 사업자인 하시바 건설이 마자키 공업에 수거 운반을 위탁하는 폐기물의 종류와 용량이 기재되어 있었다. 이나바가 마자키의 어깨 너머로 재빨리 들여다보자, 아니나 다를까 어디에도 석면이라는 글씨는 없었다. 마자키는 매니페스토 전표를 호주머니에 쑤셔넣고 험악한 표정으로 철거 인부를 쳐다보았다.

"잘 들어. 오래 살고 싶거든 슬레이트 지붕을 깨뜨리지 마. 그리고 작업할 때는 절대 방진 마스크를 벗지 말고."

웅크리고 있던 금발머리가 갑자기 불안한 듯한 얼굴로 마자키를 올려다보았다.

"……저기, 저거 정말 석면이야?"

너희들을 속여서 무슨 득을 보겠냐. 이나바는 울고 싶은 기분이었다. 마자키는 손을 내밀어 금발머리를 일으켜 세우고 작업복 바지에 묻은 먼지를 털어주었다.

"그래. 그러니까 오늘부터는 조심해."

금발머리가 잠자코 고개를 끄덕이자 마자키는 타고 온 트럭으로 향하면서 휴대전화로 하시바 건설에 연락을 했다. 이나바가 귀를 기울여 들어보자 아무래도 담당자가 자리를 비워 자세한 사정을 모르는 듯했다. 이나바와 다른 사원들은 마자키의 지시로 일단 대충 분별되어 있는 건설 폐자재 중에서 닛칸 에너지에 반입할 수 있는 목재와 혼합 폐기물을 싣고 운반하기 시작했다. 마자키는 작업을 진행하면서 재차 하시바 건설에 연락을 취했지만, 담당자는 좀처럼 자리에 돌아오지 않았다.

사원들이 일찌감치 점심을 먹고 돌아오자 마자키의 트럭이 없었다. 오후부터는 야마토 시내의 식품 공장을 돌며 회수 작업을 해야 한다. 이나바가 슬레이트는 어떻게 해야 하나 싶어 마음을 졸이며 담배를 한 대 피우고 있자니 마자키가 대형 덤프트럭을 몰고 돌아왔다.

"어디 다녀오셨어요?"

"우리 사무소."

마자키가 운전석에서 뛰어내렸다.

"하시바 건설하고 연락은 됐어요?"

"응. 담당자 이야기로는 매니페스토 전표에 기재되지 않은 폐기물이 현장에 있을 리 없대. 괜한 트집을 잡아서 수거 운반을 거절하는 건 계약 위반이라는군."

"뭡니까 그게!"

시미즈가 언성을 높였다.

"하시바 건설은 처음부터 우리에게 슬레이트를 처분시킬 작정이었어."

그렇게 말하고 마자키는 짐칸에 올라가기 위해 뒤쪽에 달린 문을 열었다.

"그런데 느닷없이 이런 걸 싣고 가면 받아줄 곳이 있을까?"

오모리가 놀라서 이나바에게 물었다.

"없겠지."

비비산성 석면이 함유된 폐기물은 보통 폴리에틸렌 봉지로 싸서 닛칸 에너지 같은 중간 처리 시설이 아니라 직접 최종 처리장에 싣고 가서 매립해야 한다. 최근에는 석면을 받아주지 않는 최종 처리장이 늘어났다. 게다가 이번에는 매니페스토 전표에 석면이 기재되어 있지도 않다. 매립을 허가해주는 처리장은 없을 것이다.

"그럼 어떻게 해. 이거 여기 그냥 내버려둬도 돼?"

시미즈가 미간에 주름을 잡고 물었다.

그럴 리 없지 않느냐는 말은 입 밖에 내지 않고 이나바는 참을성 있게 설명했다.

"하시바 건설은 우리가 알아서 산속에라도 버려주길 바라는 거야."

"어, 하지만 이거 석면이잖아. 위험하지 않아?"

오모리의 눈이 휘둥그레졌다.

당연히 위험하지. 이나바는 더이상 대답할 기분이 들지 않았다. 산이나 산림에 불법 투기하면 비바람을 맞아 약해진 슬레이트는 결국 깨져서 석면 섬유가 여기저기 퍼진다. 그리고 누군가가 석면을 폐 속 깊숙이 들이마신다. 그 불운한 누군가는 산촌에 사는 아이나 여자일지도 모르고, 한 가족의 생계를 책임진 사람일지도 모른다. 하지만 지금 눈앞의 슬레이트를 처분하지 않겠다고 거절하면 앞으로 하시바 건설의 의뢰는 들어오지 않는다. 마자키 공업 입장에서는 치명적인 손실이다.

"마자키 씨, 어떻게 하실 건가요?"

이나바는 짐칸에 대고 물었다.

"어떻게든 해야지."

대답과 함께 폴리에틸렌 봉지가 차례차례 짐칸에서 떨어져 내렸다. 마자키는 사무소에 가서 슬레이트를 싸기 위한 폴리에틸렌 봉지와 작업중에 석면이 날리지 않도록 물을 뿌릴 분무기를 가지고 왔다.

"이걸 받아줄 최종 처리장은 내가 찾을게. 어디로 가져가든 짐을 제대로 꾸리는 게 우선이야."

마자키는 시미즈와 오모리를 식품 공장으로 보내고 엄청난 속도로 슬레이트를 봉지에 싸기 시작했다. 이나바도 안간힘을 다해 작업을 거들었다. 이 슬레이트는 절대로 불법 투기하지 않겠다. 마자키는 그렇게 결심한 것이다.

원래 산업폐기물 처리 업계의 지반을 떠받쳐야 할 수많은 중소업자들은 격렬한 덤핑 경쟁 속에서 제 살을 깎아먹으며 빈사의 상태로 회사를 꾸려나가고 있었다. 대형 건설 회사의 하청업자인 하시바 건설은 다루기가 번거롭고 최종 처리장에 매립하는 비용이 만만치 않은 석면 함유 폐기물을 재하청업자인 마자키 공업에 떠넘겨 폐기물 처리 비용을 조금이라도 삭감하고 싶은 것이다.

이나바는 슬레이트 판을 옮기며 이렇게 하청에 재하청으로 짐을 떠넘김으로써 이 업계가 유지되고 있음을 다시금 통감했다. 이런 슬레이트 지붕을 인 집이 전국에 수백만 채도 넘는다는데, 집을 지어 돈을 제일 많이 번 자들은 부술 때도 손해는 조금도 보지 않는다. 행정기관은 행정기관대로 이렇게 하면 안전하니까 이렇게 하라는 규칙만 만들 뿐, 간당간당한 납기와 비용으로 일을 맡을 수밖에 없는 현장의 상황은 거들떠보지도 않는다.

특별 관리 산업폐기물, 이른바 '특관물'이 아니라는 이유만으로 석면 함유물인지 아닌지 확인도 하지 않고 석고보드와 슬레이트를 닥치는 대로 중장비로 때려 부수고, 분진이 뭉게뭉게 피어오르는 가운데 인부가 마스크를 턱까지 끌어내린 채 먼지를 죄다 들이마셔가며 일하는 현장은 얼마든지 있다. 이 철거 현장도 어제까지는 그랬다. 금발머리가 통솔하는 철거 인부들이 아무것도 모르고 마구 부쉈음이 틀림없다. 무서운 것은 위험성을 알면서도 그렇게 할 수밖에 없는 현장이 많으리라는 사실이다.

결국 현장에서 처리 작업에 직접 손을 대는 수많은 산업폐기물 처리업자들은 시간과 노력과 비용을 들이는 것도 모자라 건강에 적신호가 켜질지도 모른다는 불안을 억누르고 작업을 해야 한다. 그것이 현실이다.

싫으면 그만둬.

예전에 산업폐기물 처리 일을 시작했을 때 중학교 동급생이 한 말이 떠올라 이나바는 방진 마스크 안쪽에서 한숨을 쉬었다. 그런 일밖에 못 하는 것은 네 책임 아니냐는 의미겠지만, 그때 이나바는 이런 구조에서는 제일 밑바닥에 있는 자신이 일을 집어치우면 전혀 관계없는 너희들이 변질된 물을 마시거나 해로운 걸 들이마실 위험한 상황에 처한다, 그러니 이러한 구조는 뭔가 잘못됐다는 말을 하고 싶었다. 하지만 우정에 금이 갈까 봐 아무 대꾸도 않고 혼자 노래방에 가서 아침까지 목이 터져라 노래를 불렀다.

마자키는 도대체 어떤 기분으로 이 일을 계속하는 걸까…….

눈을 들자 마자키는 묵묵히 작업을 계속하고 있었다. 이나바는 앞으로 몇 년이나 이 일을 더 할지 스스로도 짐작이 가지 않았지만, 언젠가 물어봐야겠다고 마음먹었다.

오후 늦게 시미즈와 오모리가 예상외로 빨리 식품 공장을 돌고 와서 작업을 거들었다. 이나바에게도 마자키에게도 기쁜 오산이었다. 마자키는 작업을 계속하며 휴대전화로 열심히 슬레이트를 받아줄 최종 처리장을 물색했다.

여기저기에 전화를 건 끝에 마자키와 친분이 있는 최종 처리장 사장이 사이타마 고시가야에 있는 자신의 최종 처리장에 슬레이트를 매립하도록 허락해주었다. 반입할 곳을 정하고 슬레이트를 다 싣고 나자 저녁 7시가 가까웠다.

마자키는 사원들에게 사무소로 돌아가면 만약을 위해 작업복을 쓰레기봉지에 넣어 밀봉하고 차고에서 머리와 몸을 씻은 후 자신이 준비해둔 운동복으로 갈아입으라고 말했다. 그리고 셋이서 밥이라도 먹고 돌아가라고 이나바에게 돈을 주었다.

시미즈와 오모리는 달성감에 가득차서 트럭으로 향했다. 하지만 이나바는 이쯤에서 손을 떼고 돌아가기가 망설여졌다. 마자키는 혼자 고시가야의 처리장까지 덤프트럭을 몰고 갈 모양인데, 요코하마마치다 인터체인지에서 도메이 고속도로로 올라가서 도심 순환도로를 달려도 가는 데만 두 시간 가까이 걸린다. 혼자 짐을 부리는 시간을 고려하면 한밤중에야 집에 돌아갈 수 있을 것이다.

이나바는 시미즈에게 돈을 건네고 마자키의 덤프트럭으로 되돌아갔다. 둘이서 짐을 부리면 조금이나마 일찍 돌아갈 수 있다. 게다가 지금 따라가면 마자키는 반드시 잔업 수당을 준다. 이나바는 오본 연휴에 돈을 너무 많이 써서 구월은 대출금을 갚을 길이 막막했다.

덤프트럭으로 달려가자 마자키가 차체에 기대어 휴대전화로 통화를 하고 있었다.

"될 수 있는 한 일찍 돌아갈게. 약 먹는 거 잊지 말고."

유타에게 전화한 것이 분명했다. 그러고 보니 유타를 밤에 혼자 두다니 처음 있는 일 아닌가 싶었다. 전화를 끊은 마자키는 휴대전화를 쳐다보며 어쩐지 기쁜 듯이 쓴웃음을 지었다.

"왜 웃으세요?"

이나바의 목소리에 돌아다본 마자키는 젊은 아버지의 얼굴을 하고 있었다.

"유타가 건방진 소리를 해서. 자기는 괜찮다며 사장이니까 일 똑바로 하라고 그러잖아."

"이야, 이제 어른 다 됐네요."

"이 녀석, 얼마 전까지만 해도 밤에 조그만 취침등을 켜놓지 않으면 잠도 못 잤는데."

이나바는 흐뭇했다. 유타도 성장하고 있는 것이다.

"그런데 무슨 일이야?" 마자키가 퍼뜩 생각이 났는지 물었다.

"아, '사장님' 따라가서 잔업 수당이나 받으려고요."

마자키는 "타" 하고 웃으며 기운차게 덤프트럭에 올라탔다.

덤프트럭은 최종 처리장으로 곧장 달려갔다. 예상보다 고속도로가 잘 뚫려서 고시가야의 최종 처리장에는 예정보다 조금 일찍 도착했다. 처리장 사장은 조립식 사무소에서 젊은 직원들과 마작을 하며 마자키의 덤프트럭이 도착하기를 기다리고 있었다. 모두가 슬레이트 반입을 도와준 덕분에 일이 상당히 빨리 끝나서 마자키와 이나바는 사장과 젊은 직원들에게 몇 번이나 고개 숙여 인사하고 다시 덤프트럭에 올라탔다.

마자키 공업 사무소에는 날짜가 바뀌기 조금 전에 도착했다. 마자키와 이나바는 빈 덤프트럭을 차고에 넣고 작업복을 쓰레기봉지에 버린 후에 수도를 틀어 호스에서 나오는 물로 머리와 몸을 씻었다. 구월인데 입술이 새파랗게 질릴 만큼 몸이 차가워졌다. 낮에 비해 기온이 많이 떨어졌다. 마자키가 수건을 던져주었다.

"저녁은 치킨 카레랑 채소샐러드, 우유라고 했어. 와서 먹고 가."

유타가 식사를 준비하면 어떤 메뉴든지 간에 꼭 우유가 나온다. 우유를 많이 마실수록 키가 쑥쑥 큰다고 믿는 것이다. 이나바는 마자키가 저녁 먹고 가라고 권하기만 기다리고 있었으므로 두말없이 권유를 받아들이고 마자키의 자전거를 교대로 몰며 밤길을 달려 집으로 향했다.

모두 잠들어 조용한 아파트의 계단을 걸어 3층으로 올라갔다. 마자키가 문을 열자 뒤를 따라 현관으로 들어섰다. 신발을 벗고 있는데 거실에서 텔레비전 소리가 들렸다. 나오지 않는 것으로 보아 유타는 텔레비전을 보다가 잠든 것 같았다. 벌써 자정이 지났다. 마자키가 돌아올 때까지 깨어 있을 작정이었겠지만, 마자키와 함께 새벽 5시에 일어나는 유타에게는 벅찬 시각이다. 들어가자마자 나오는 부엌을 들여다보자 유타는 혼자 저녁을 챙겨먹은 듯 카레 접시와 샐러드 볼, 우유를 따라 마시는 머그컵을 잘 씻어서 식기건조대에 엎어놓았다. 식탁 위에는 마자키가 바로 밥을 먹을 수 있도록 식기가 놓여 있었고, 가스레인지에는 카레가 든 냄비가 얹혀 있었다.

"카레 데울게요."

이나바는 자기집처럼 부엌으로 들어가서 가스레인지에 다가갔다.

"그래, 냉장고에 맥주 있어"라고 한마디 던진 후, 마자키는 "유타, 이불 안 덮고 자면 감기 걸린다"라고 말하며 거실로 향했다.

이나바가 가스레인지를 켜려고 했을 때였다. 거실에서 몸이 얼어붙을 만큼 처절하게 유타를 부르는 마자키의 목소리가 들렸다. 이나바는 나는 듯이 거실로 달려갔다.

마자키가 마룻바닥에 쓰러진 유타를 껴안고 필사적으로 흔드는 모습이 눈에 들어왔다. 마자키는 계속해서 유타의 이름을 불렀다. 이나바는 무릎이 떨렸다. 무슨 일이 일어났는지 한눈에 알았기 때문이다. 몸이 잘 움직이지 않아 쓰러지듯이 유타에게 다가갔다.

유타의 뺨도 손도 얼음처럼 차가웠다. 아직 골격이 덜 자라 부드러웠던 유타의 몸은 이미 뻣뻣하게 굳기 시작했다. 이나바는 눈앞에 벌어진 일이 전혀 믿기지 않았다. 살짝 벌어진 유타의 눈 가장자리에 하얀 눈물 자국이 희미하게 남아 있었다. 발작이 일어난 유타는 괴로워하면서도 어떻게든 자기 힘으로 구급차를 부르려고 거실 전화기로 향하는 도중에 숨이 끊어졌다.

야마토 시 외곽에 있는 마자키의 단층 조립식 사무소 주변에는 봄망초가 잔뜩 피어 있었다. 부지 옆에 "땅 팝니다"라고 적힌 부동산 중개소의 간판이 서 있었다. 슈지와 야리미즈 그리고 소마는 흙을 밟으며 천천히 걸어갔다. 연분홍색 꽃이 수없이 핀 어른 무릎 높이의 봄망초를 보자 여기에 사람도 차도 다니지 않은 지 이 주 남짓 지났다는 사실이 새삼 떠올랐다. 흐릿한 봄 하늘 높은 곳에서 이따금 직박구리가 지저귀는 소리가 희미하게 들렸다.

슈지는 먹던 도넛을 무릎에 내려놓고 펜스에 기대어 담배를 피우던 이나바의 말이 생각났다.

“저도 나중에 알았는데 유타는 내내 몸 상태가 좋았던 탓에 깜빡하고 약을 안 먹을 때가 많았나 봐요. 소아천식을 앓는 아이에게 기온 변화가 큰 초봄과 구월은 특히 주의해야 하는 달이라고 하더군요……. 유타의 주치의는 발작이 일어났을 때 설령 곁에 누가 있었다 해도 유타를 구할 수 있으리라는 보장은 없다고 말했지만, 마자키 씨한테는 아무 위로도 되지 않았어요. 그야 당연하죠. 유타는 죽었으니까.”

장례식이 끝난 후에도 마자키는 먹지도 자지도 울지조차 않았다고 한다. 유타와 함께 마자키의 모든 감각이 죽어버린 것 같았다. 마자키는 바로 아파트를 나와서 임대주택으로 이사한 듯했다. 유타와 함께 살던 집에 혼자 있기가 괴로워서 그랬을 것이다.

마자키는 유타의 장례식 다음날부터 거의 하루 종일 일했다고 한다. 일하는 동안은 조금이나마 유타 생각을 덜 할 테고, 혼자 집에 있는 시간도 적어질 테니 주변 사람들도 굳이 말리지는 않았다.

“일하면서 몸을 움직인 게 실제로 좋은 영향을 주었는지도 몰라요." 이나바는 그렇게 중얼거렸다. "시월 말, 유타의 사십구재 법요쯤 되니까 마자키 씨도 약간 안정을 되찾았거든요. 다만, 어쩐지 그 무렵부터 마자키 씨가 회사를 접을 생각이 아닐까 싶었어요. 그래서 십이월에 본인에게 직접 들었을 때도 크게 놀라지 않았죠. 제가 사 년 전에 마자키 공업에 들어와서 이번 달에 마자키 공업이 없어질 때까지 마자키 씨가 일하는 방식은 조금도 달라지지 않았어요. 성실했죠. 유타 일이 있은 다음에도요."

이나바는 야리미즈가 내민 휴대용 재떨이에 담배를 끄고 작게 숨을 내쉬며 하늘을 올려다보았다.

"결국 마지막까지 못 물어봤네요. 마자키 씨가 어떤 기분으로 계속 이 일을 해왔는지……."

슈지는 봄망초 사이를 걸어 사무소 뒤편의 커다란 차고 앞으로 나왔다. 덤프트럭과 특수차량을 넣어두는 커다란 차고로, 문 옆에는 유타가 죽은 날 밤에 이나바와 마자키가 몸을 씻는데 썼던 파란 비닐 호스가 감겨 있었다. 차량은 없었고, 가솔린 냄새가 나는 텅 빈 차고 안쪽에 세차 도구가 가지런히 정리되어 있었다. 그 한구석에 은색 덮개로 덮인 물건이 있었다. 슈지는 다가가서 덮개를 벗겼다.

새 연녹색 여행용 자전거였다. 몸체에 Y · MAZAKI라고 적혀 있었다. 유타 생전에 마자키가 유타를 위해 사둔 것이 틀림없었다. 측은할 만큼 깨끗한 새 자전거의 타이어는 인생의 많은 것을 모르고 죽은 유타와 비슷했다. 슈지는 자신보다 다섯 살 어린, 고작 열세 살의 나이로 세상을 등진 유타가 애처로웠다. 차가워진 유타를 끌어안았을 때 마자키는 어떤 기분이었을까. 그것이 성실하고 근면하게 일하며 살아온 대가라면 너무나도 비참하고 불합리했다.

어느 틈엔가 소마가 곁에 서서 유타의 자전거를 쳐다보고 있었다. 소마는 무릎을 꿇고 덮개를 주워 들더니 덮개의 먼지를 털고 조심스레 연녹색 자전거를 덮었다.

야리미즈는 차고 앞에서 담배를 피우며 말없이 봄망초를 바라보고 있었다.

세 사람 모두 왜 마자키가 아무것도 없는 독방 같은 집에 살았는지 알 것 같았다. 그날 차갑게 식은 유타를 안아 일으켰을 때, 마자키의 마음속에서 삶의 의미와 희망이 전부 산산이 부서진 것이다. 마자키의 삶은 따스함이나 평온함과는 동떨어진 것으로 변하고 말았다.

하지만……. 슈지의 머리에 이나바의 말이 가시처럼 걸렸다. 이나바는 마자키가 시월 말에는 약간 안정을 되찾았다고 했다. 일을 했다고 해서 고작 한 달 남짓 만에 유타의 죽음을 극복했을 리 없다. 시월은 타이투스 푸드가 마자키 공업에 마미 팔레트 샘플을 폐기하라고 의뢰한 달이다. 그리고 마자키의 집 앞에서 만난 할머니의 말에 따르면 마자키가 술을 딱 끊고 말짱한 정신으로 돌아오기 시작한 것도 시월 무렵이다. 두 시기가 겹친다.

슈지는 작년 시월에 샘플 폐기를 맡은 것이 마자키가 변한 원인 아니었을까, 라고 확신에 가까운 추측을 했다.

"역시 여기도 열려 있군."

소마가 사무소 문의 손잡이를 만지작거렸다. 자물쇠는 자물쇠 내부의 캠을 조작하는 수법으로 솜씨 좋게 열려 있었다.

"스키 마스크인가……."

야리미즈가 어슬렁어슬렁 사무소로 들어갔다. 슈지와 소마도 뒤를 따랐다.

유타가 태어나고 십삼 년 동안 마자키가 꾸려온 사무소는 깔끔하게 정리되어 있었다. 책상 서랍도 텅 비었고, 일정 기록용 칠판 아래에는 분필 가루 하나 남아 있지 않았다. 모든 것을 혼자 정리한 후 청소를 마치고 나가는 마자키의 모습이 눈에 선했다.

마자키는 유타를 잃고 나서도 마지막까지 일에 대한 자세를 바꾸지 않았다고 한다. 성의를 다해봤자 인생이 얼마나 불합리한지 질리도록 잘 알고 있었는데도. 그래도 마자키는 예전과 다름없이 덤프트럭을 몰았고, 의뢰받은 폐기물은 올바른 방법으로 처리하고자 애썼다.

그런 마자키가 왜 그날 아침 불법 투기를 했을까. 게다가 폐기 의뢰를 받은 지 다섯 달이나 지나서. 슈지는 도저히 이해가 가지 않았다. 마자키는 왜 3월 12일 아침에 아파트 건설 현장에 마미 팔레트 샘플을 불법 투기했을까.

—고맙다, 얘야.

신기하게도 눈빛이 초롱초롱 맑았던 마자키는 도대체 무슨 생각을 하고 있던 걸까…….

소마가 창문을 열자 창문에서 활짝 열어둔 문으로 햇볕 냄새가 실린 바람이 불었다.

빛 속에서 봄망초가 흔들렸다.

아무도 입 밖에 내지는 않았지만 세 사람 모두 닛칸 에너지에서 푸드로 보낸 마자키 사진은 스키 마스크에게 넘어간 것이 분명하다고 확신했다. 자취를 감춘 마자키를 붙잡기 위해.

슈지가 중얼거리듯이 물었다.

"마자키, 살아 있을까요?"

"……아니." 소마는 대답했다. 형사의 감이었다. "마자키는 아마도 벌써 죽었을 거야."

회색 책상에 걸터앉아 있던 야리미즈가 지포 라이터를 켜서 담배에 불을 붙였다.

"만약 뭔가 위험한 상황에 처해서 도망쳐야만 하는 경우에는……."

야리미즈는 눈을 가느스름하게 뜨고 피어오르는 담배 연기를 바라보았다.

"죽은 걸로 위장하는 게 최고야."

슈지는 누구 말이 맞는지 판단이 서지 않았다. 마자키는 이미 죽었을지도 모르고, 지금도 어딘가에 살아 있을지도 모른다. 살아 있다면 꼭 만나보고 싶었다.

그날 늦은 밤, 야리미즈는 잠을 이루지 못하고 침대 속에서 아드벡의 싱글 캐스크를 마시고 있었다. 아드벡은 발렌타인 위스키를 만들 때 사용되는 몰트위스키 중 하나로, 독특하고 강렬한 스모크 향이 난다. 그중에서도 한 통의 위스키를 간단한 여과 과정만 거쳐 병에 담은 싱글 캐스크는 향이 강하고 알코올 도수는 50도가 넘는다. 야리미즈는 몸의 긴장을 풀고 머리를 깨끗하게 비우고 싶을 때는 이것이 최고라고 믿었다.

야리미즈는 생각에 잠겼다. 마미 팔레트 샘플이 푸드에게 어떤 '폭탄'인지는 모르지만, 샘플을 불법 투기하는 현장을 목격한 다섯 명이 역 앞 광장으로 유인되었고 그중 네 명이 무차별 살인을 빙자하여 살해당했다. 타이투스 푸드와 샘플 불법 투기, 역 앞 광장에서 벌어진 살인은 하나의 선으로 이어져 있다.

하지만 아무래도 이해가 가지 않는 점이 있었다.

푸드가 샘플이 소각 처분되지 않았음을 처음으로 알아차린 것이 3월 15일. 그날 푸드는 황급히 닛칸 에너지에 문의했다. 하지만 슈지를 비롯한 다섯 명이 샘플을 불법 투기하는 현장을 목격한 것은 그로부터 사흘이나 전인 3월 12일이다. 즉, 12일 시점에서 푸드는 샘플이 소각 처분되었다고 믿고 있었다. 그런데 12일에 우연히 지나가다가 불법 투기 현장을 목격한 목격자 다섯 명의 존재를 푸드는 도대체 어떻게 알아냈을까.

야리미즈는 잔을 흔들고 천천히 아드벡을 마셨다.

이 사건은 어느 부분에서 뭔가가 비틀려 있다…….

어느덧 룰렛 모양 재떨이에 담배꽁초가 수북이 쌓였고 담뱃갑은 텅 비었다. 야리미즈는 하는 수 없이 일어나서 담배를 가지러 거실로 나갔다.

문을 열자 불이 꺼진 거실에서 슈지가 컴퓨터 앞에 앉아 있었다.

"뭐 좀 알아냈어?"

"알아냈으면 좀더 기쁜 표정을 지었겠죠."

진절머리가 난다는 얼굴로 슈지가 화면에서 고개를 들었다. 눈 아래가 거뭇거뭇했다. 슈지는 마자키의 소식을 알아낼 수 없을까 싶어 인터넷으로 조사하고 있었는데, 아무래도 가만히 앉아서 하는 일은 체질에 맞지 않는 모양이었다.

"인터넷으로 알아낼 것 같았으면 처음부터 고생할 필요도 없지." 슈지가 포기하고 크게 하품을 했을 때 야리미즈의 침실에서 휴대전화 착신음이 들렸다. 새벽 1시가 지났지만 일의 성격상 밤중에 걸려 오는 전화에는 익숙하다. 야리미즈는 사놓은 담배 한 갑을 꺼낸 다음 "나중에 그거 끄고 자라"라고 슈지에게 말하고 침실로 향했다. 대개 이 시간에 걸려오는 전화는 70퍼센트가 술주정뱅이의 허튼소리, 이십 퍼센트가 술주정뱅이의 협박, 십 퍼센트가 여기저기 외상으로 달아둔 술값 재촉이다.

야리미즈는 아드벡의 맛이 떨어지는 전화가 아니기를 기도하며 휴대전화를 받았다.

전화는 예상한 어느 범주에도 들어가지 않는 내용이었다.

"내일 아침 일찍 만날 수 없을까. 보여주고 싶은 게 있어."

도리야마의 목소리는 무서우리만치 흥분된 상태였다.

"4월 4일 건이야. 엄청난 일이 일어날 거라고."

야리미즈는 이야기는 만나서 하자는 도리야마와 아침에 만나기로 약속하고 전화를 끊었다.

다시 잔을 들었을 때 야리미즈는 4월 4일 건과 샘플 불법 투기가 연결되리라는 예감으로 도리야마 못지않게 흥분했다. 슈지가 피신을 온 지 닷새, 야리미즈는 어느덧 이 사건의 전모를 파헤치는 데 푹 빠져 있었다. 그리고 나중에 생각해보면 어리석기 짝이 없는 일이지만, 야리미즈는 앞으로 닷새 동안 슈지도 이대로 무사히 살아남을 수 있을 것 같다는 기분이 들었다.

9
옛친구—2005년 3월 31일 목요일

3월 31일 목요일.

야리미즈는 웬일로 아침도 먹지 않고 급하게 외출했다. 슈지는 서둘러 샤워를 하고 옆구리의 상처를 소독한 후 아침을 짓는 시간도 아까워서 우유팩과 식빵, 그리고 스키피 땅콩버터를 들고 가서 컴퓨터를 켰다.

슈지는 아침이 다 되어서야 어떤 홈페이지에서 마자키 쇼고에게 다가설 실마리를 찾았다. 계기는 슈지가 일하던 니치에이 건설이었다. 니치에이 건설은 서류에는 대개 '日栄建設'로 표기한다. 즉 옛날 한자인 '榮'이 아니라 일본식 새 한자 '栄'을 사용한다. 마자키 쇼고의 일본식 한자 표기 '真崎省吾'로는 《고치 일보》의 차량 발견 기사말고 아무런 단서도 찾을 수 없어서 슈지는 '眞崎省吾'로 검색해보았다. 그러자 작은 실마리가 눈에 들어왔다. 야리미즈에게 이야기할까도 싶었지만 야리미즈는 뭔가 큰 정보를 잡은 듯했기에 이 실마리는 스스로 조사해보기로 했다.

컴퓨터가 켜지자 슈지는 땅콩버터를 잔뜩 바른 식빵을 문 채 "眞崎省吾"라고 쓰고 검색했다. 검색 결과는 세 건. 첫 번째는 들어본 적이 없는 대학교의 동창회 명부, 두 번째는 '眞崎省吾'의 성명판단. 슈지는 세 번째를 클릭하여 웹페이지를 열었다.

자전거와 푸른 하늘 사진을 배경으로 한 홈페이지가 나왔다.

마쓰모토 상공 고등학교 자전거 경기부 영광의 역사

1980년도 전국 고등학교 종합 체육대회
천 미터 타임트라이얼 7위 입상
스기타 가쓰오(1학년)
단체 타임트라이얼 로드레이스 8위 입상
다다 하지메(3학년), 마자키 쇼고(1학년), 스기타 가쓰오(1학년)

1981년도 전국 고등학교 종합 체육대회
천 미터 타임트라이얼 2위

스기타 가쓰오(2학년)

단체 타임트라이얼 로드레이스 5위 입상

마자키 쇼고(2학년), 스기타 가쓰오(2학년), 야마오카 다쓰히로(2학년)

1982년도 전국 고등학교 종합 체육대회

천 미터 타임트라이얼 우승

스기타 가쓰오(3학년)

어제 들은 이나바의 이야기에 따르면 마자키는 마쓰모토 출신으로 학교에서는 자전거 경기부에 소속되어 있었다. 1982년에 고등학교 3학년이라면 나이도 일치한다. 이 마자키 쇼고는 자신들이 쫓고 있는 마자키 쇼고가 틀림없었다.

물론 그것만으로는 아무런 실마리가 못 되지만, 슈지는 마자키와 함께 기록된 스기타 가쓰오라는 이름을 기억하고 있었다. 스기타 가쓰오는 슈지가 어렸을 때 구구단보다 먼저 외운 이름으로, 아버지와 함께 경륜장에 다닐 적의 인기 선수였다. 스기타의 뛰어난 경기 운영은 지금도 슈지의 기억 속에 선명하게 새겨져 있었다.

스기타는 다른 선수들이 속력을 올리기 전에 기습하듯이 선두로 치고 나와 달리는 '기습 선행'이 장기인 지아시◆ 타입의 선수였다. 작은 체격에도 아랑곳없이 과감하게 달려, 한번은 일본 선수권에서 우승을 차지한 적도 있다. 하지만 다른 선수들의 거듭되는 견제로 경기중에 자전거에서 떨어져 무릎을 다치고 나서는 승리에서 멀어졌다. 얼마 후 스기타는 대마 불법 소지죄로 체포되어 경륜계에서 모습을 감추었다. 슈지는 당시 취조를 마치고 경찰서에서 나오는 스기타의 모습이 사진 주간지에 실린 것이 어렴풋이 기억났다.

마자키는 스기타 가쓰오와 한 팀으로 단체 타임트라이얼 로드레이스에 출전해 전국 고등학교 종합 체육대회에서 1학년 때는 8위, 2학년 때는 5위로 연거푸 입상했다. 이 년 연속 순위를 올리며 입상했는데도 3학년 기록이 없어서 마음에 걸렸지만 스기타와 마자키가 고등학교 시절에 자전거 경기부에서 한 팀이었던 것은 확실했다.

슈지는 새벽에 이 홈페이지를 발견하고는 스키 마스크에게 습격당한 날 밤에 보았던 소마의 얼굴이 떠올랐다. 비가 억수처럼 쏟아지는 가운데 택시에 슈지를 밀어넣은 소마는 피신할 곳을 찾으려고 고심했다. 현재의 생활과 상관없고 오랫동안 만

◆ 속도를 떨어뜨리지 않고 비교적 장거리를 달리는 것을 가리킨다.

나지 않은 친구. 그리고 아무것도 묻지 않고 부탁을 들어줄 친구. 소마는 고민한 끝에 야리미즈의 집을 찾아갔다.

어떤 사람이든 그런 친구가 한 명은 있지 않을까. 마자키에게 그런 친구가 스기타라고 해도 이상할 것은 없다. 어제 마자키의 집에서 찾아낸 브라질의 그림엽서, 에밀리오가 보낸 그림엽서에 적혀 있던 '스기타 씨에게도 안부 전해주세요'의 스기타는 스기타 가쓰오가 아닐까.

슈지는 통틀 무렵까지 인터넷에서 스기타의 근황을 찾았지만 은퇴한 후 어디서 뭘 하는지 도무지 알 길이 없었다. 그래서 하는 수 없이 아침을 기다리기로 했다.

슈지는 땅콩버터를 바른 식빵을 먹은 후 시계로 9시가 넘은 것을 확인하고 일본 경륜선수협회에 전화를 걸었다. 목소리에 깐깐함이 묻어나는 노년의 남자가 전화를 받았다. 슈지는 약간 어린 티가 나도록 목소리를 꾸며 정중하게 스기타의 연락처를 가르쳐달라고 부탁했다.

"미안한데, 규칙상 그런 개인 정보는 못 알려줍니다."

남자는 단칼에 거절했다.

"급한 사정이 있어서 스기타 씨께 꼭 연락을 해야 되거든요."

"그래도 안 됩니다."

슈지는 '사정이 있어서'와 '꼭'이라는 말을 되풀이하며 끈질기게 물고 늘어졌다.

남자는 점점 짜증을 내기 시작했다.

"안 된다면 안 되는 줄 알아요. 도대체 당신 스기타와 어떤 관계기에 그래?"

기다리던 말이 나오자 슈지는 비장한 말투로 대답했다.

"……아들이에요."

"아들?" 남자는 수상하다는 투로 되물었다. "아들이 아버지 연락처도 몰라?"

슈지는 일부러 감정 없이 덧붙였다.

"법적으로 인정받지 못했거든요."

한순간 침묵이 흘렀다.

슈지는 승부에 나섰다.

"어젯밤에 어머니가 신장암으로 돌아가셨어요. 고별식은 내일 10시부터예요. 화장하기 전에 아버지가 어머니 얼굴을 한번 보셨으면 해서요."

긴 침묵이 흘렀다. 슈지는 숨을 죽이고 남자의 대답을 기다렸다.

이윽고 남자의 약간 잠긴 목소리가 들렸다.

"……잠깐 기다려요."

걸려들었어 하고 슈지는 내심 쾌재를 불렀다.

야리미즈는 오전 9시에 긴자의 카페 '모나미'의 문을 열었다. 일부러 방송국에서 멀리 떨어진 카페를 약속 장소로 잡은 것으로 보아 도리야마는 정보가 샐까 봐 몹시 경계하는 듯했다. 카페를 둘러보자 제일 안쪽 칸막이 자리에 일어서서 손을 흔드는 도리야마의 상반신이 보였다. 가볍게 손을 들어 답한 야리미즈가 칸막이 자리로 다가가자 도리야마 맞은편에 한 남자가 앉아 있었다.

"건강해 보이는군, 야리미즈."

화려한 명품 폴로셔츠를 입은 남자가 꼬불꼬불한 파마머리를 기울여 야리미즈를 올려다보았다. 네 생각쯤은 뭐든지 꿰뚫어 볼 수 있다고 말하는 듯한 사기꾼 같은 눈빛은 오 년 전과 조금도 변하지 않았다. 일찍이 〈다큐멘트21〉의 연출을 담당한 오다지마였다.

야리미즈는 마음속으로 귀찮게 됐다고 혀를 차면서도 "오랜만입니다" 하고 붙임성 있게 웃고서 자리에 앉았다.

"그 일을 조사하고 있는데 오다지마 씨가 냄새를 맡았어."

도리야마는 신경질이 난다는 듯이 물수건으로 손을 벅벅 닦으며 야리미즈와 눈을 마주치지 않고 쓴웃음을 지었다. 오다지마는 물을 가지고 온 종업원에게 멋대로 커피 세 잔을 주문하여 쫓아 보내고 마일드세븐에 불을 붙였다.

"이봐, 4월 4일에 뭔가 일어난다는 정보 어디서 입수했어?"

"오랜만에 만났으니 커피가 나오고 나서 이야기해도 되잖습니까."

도리야마가 보기 드물게 억센 말투로 오다지마를 만류했다. 그 모습을 보고 야리미즈는 오다지마가 도리야마의 움직임을 알아낸 것이 아니라 반대로 도리야마가 오다지마에게 이야기를 꺼냈다고 확신했다.

하기야 도리야마가 기삿거리를 쥐고 있어봤자 카메라맨 혼자서는 어쩔 도리도 없다. 도리야마가 카메라를 돌리려면 도리야마가 찍은 영상을 전파에 실을 힘이 있는 사람, 즉 프로그램을 맡아보는 사람이 필요하다. 하지만 오다지마와 힘을 합친다는 것은 언제 뒤에서 칼을 맞을지 모른다는 뜻이다. 오다지마는 실력은 좋지만 배신도 손바닥 뒤집듯이 한다. 그 정도는 도리야마도 알 것이다. 그런데도 굳이 오다지마에게 이야기를 했다는 것은 도리야마가 어떻게든 자기 힘으로 특종을 내고 싶다는 뜻이겠지만, 야리미즈가 보기에는 아무래도 현명한 판단 같지 않았다.

"오다지마 씨, 사월부터 〈뉴스프라임〉으로 옮긴다면서요.

마쓰이 연출과의 일대일 승부 기대하고 있겠습니다."

야리미즈는 부드럽게 웃으며 담배에 불을 붙였다.

오다지마는 "흥" 하고 코웃음을 치더니 접어서 안주머니에 넣어둔 서류 다발을 꺼냈다.

"이건 마쓰이 같은 녀석은 무서워서 손도 못 댈 건이야."

야리미즈는 접힌 서류 뒤편에 희미하게 비쳐 보이는 글자가 약간 비스듬하다는 것을 알아차렸다. 복사본이다. 그것도 상당히 급하게 복사했다.

"그래 보여도 마쓰이 씨는 만만하지 않을걸요. 연초에 방송된 담합 특집은 시청률도 제법 높았으니."

"이건 말이지." 오다지마가 손에 든 서류를 야리미즈의 눈앞에 대고 흔들었다. "상층부와 겁쟁이 마쓰이가 쥐고 있었어."

"오호, 그래요?"

야리미즈는 아무렇지도 않게 서류에 손을 뻗었다.

그러기를 기다렸다는 듯이 오다지마는 재빨리 서류를 거두어들이고 야리미즈와 눈을 마주쳤다.

"어이, 이 건에 대해 뭘 알고 있나?"

오다지마는 희미한 웃음을 띠고 야리미즈를 쳐다보았다. 말하지 않으면 서류를 보여주지 않겠다, 그것이 오다지마의 속셈이었다. 야리미즈는 도리야마에게 눈길을 주었다. 도리야마는 굳은 얼굴로 눈을 내리뜬 채 야리미즈를 쳐다보려 들지 않았다.

야리미즈는 4월 4일에 무슨 일이 일어나는지 꼭 알아야 했다. 하지만 자신들이 처한 상황을 절대로 오다지마에게 밝혀서는 안 된다. 종업원이 커피 세 잔을 내려놓고 가는 동안 침묵 속에서 야리미즈는 문득 소마라면 어떻게 했을지 생각했다. 대답은 바로 나왔다. 소마라면 능글맞게 웃고 있는 오다지마의 얼굴에 주먹을 꽂아버리고 서류를 뺏는다.

오다지마는 자신이 비장의 카드를 쥐고 있는 상황을 즐기고 있었다.

"우리가 사내 비밀을 네게 까발려놓는데 너도 우리한테 뭔가 가르쳐줘야 수지 타산이 맞지 않겠어?"

야리미즈는 담배를 재떨이에 비벼 껐다.

"이 일로 네 명이 죽고 한 명이 생사불명이에요."

도리야마가 커피잔을 받침에 떨어뜨리는 바람에 큰 소리가 났다. 입구에서 종업원이 부랴부랴 달려오려 하자 도리야마가 허둥지둥 손을 흔들어 제지했다. 오다지마는 다리를 꼬고 여유만만하게 커피를 입으로 가져갔다.

"재미있겠는데. 자세히 이야기해봐."

"지금은 여기까지만. 사람 하나의 목숨이 걸린 일이라서요."

"사람 목숨……."

도리야마는 말을 미처 잇지 못했다. 하지만 오다지마는 개의치 않았다.

"나도 사회적 목숨이 걸렸다고. 상전들은 나를 자르려고 눈에 불을 켜고 있어, 어차피 계약 사원이라 이거지. 하지만 집 융자금도 갚아야 하지, 차 할부금도 내야 하지, 머리 나쁜 자식 놈의 학비는 점점 늘어나지. 그래서 다른 사람 걱정할 여유가 없어."

오다지마는 잔을 내려놓고 새 담배에 불을 붙였다.

"너도 남 걱정할 때가 아닐 텐데? 방송국 그만두고 할 일이 없으니까 우리 주변을 어정거리는 거 아냐?"

"오다지마 씨."

도리야마가 말을 막으려고 했지만 오다지마는 도리야마는 안중에도 없었다.

"잘 들어, 야리미즈. 네 녀석의 정보는 내가 접수한다. 〈뉴스프라임〉 스태프는 마쓰이 패거리니까 〈다큐멘트21〉 스태프를 데리고 이번 건을 쏙 빼먹을 거야. 그러니까 넌 알고 있는 걸 전부 말하기만 하면 돼. 그럼 다시 방송국에서 일할 수 있도록 내가 윗사람들에게 잘 이야기해줄게."

긴 침묵이 흐른 후 야리미즈는 체념하고 긴 한숨을 내쉬었다.

"……알겠습니다."

야리미즈는 천천히 커피를 마신 다음 담배와 라이터를 호주머니에 집어넣고 일어섰다.

"커피 잘 마셨어요."

"야, 무리하지 마."

오다지마가 소파에 다리를 꼬고 앉아 비웃음을 띤 얼굴로 야리미즈를 올려다보았다.

야리미즈는 무리하지 않고 시원스레 말했다.

"제 정보는 마쓰이 씨에게 팔겠습니다. 마쓰이 씨도 이 건을 아는 모양이고, 그쪽이라면 위에서 돈도 나올 테니까요."

오다지마의 웃는 얼굴이 딱딱하게 굳었다.

"참, 파는 김에 오다지마 씨가 몰래 극비 서류를 복사해서 〈다큐멘트21〉 제작진을 데리고 특종거리를 가로챌 작정이었다고 알려줘야겠어요."

오다지마의 안색이 창백해졌다.

"그럼 정말로 현장에 복귀할 수 있을지도 모르겠네요."

오다지마가 무시무시한 힘으로 야리미즈의 팔을 잡았다.

"……커피 한 잔 더 어때?"

야리미즈는 이쪽 정보를 공개할 수 있을 때가 오면 제일 먼저 오다지마에게 알려준다는 조건으로 복사본을 받았다. 야리미즈는 그 자리에서 문서를 훑어보고 정신이 얼떨떨해졌다.

그것은 타이투스 푸드를 고발하는 괴문서였다.

괴문서를 보낸 인물은 재작년 십이월에 전국 각지의 어린이집에 배포된 타이투스 푸드의 마미 팔레트 샘플 중 일부에 바실루스f50이 혼입되었으며, 그것이 멜트페이스증후군의 원인이라고 고발했다. 그리고 문제의 샘플이 제조된 타이투스 푸드 후지사와 공장에서 지금도 마미 팔레트가 제조되고 있음을 지적하고, 건강증진법 제27조에 의거하여 국가가 책임을 지고 조속히 후지사와 공장의 마미 팔레트를 수거 시험하도록 요구했다. 문서 끝에는 이 고발문을 보낸 곳, 즉 후생노동성을 비롯해 전국 소비자 단체, 주요 방송국, 신문사, 환자가 발생한 도도부현 및 시정촌의 보건 위생 담당 부국 등 행정기관과 민간단체 그리고 미디어 세 부문을 망라하는 조직의 수신처가 죽 열거되어 있었고 놀랍게도 마미 팔레트 샘플 분석 데이터 및 문제의 샘플이 배포된 모든 어린이집과 날짜 목록까지 동봉되어 있었다. 갈색 사무용 봉투 복사본에 적힌 보낸 사람의 이름은 사사키 구니오였다.

야리미즈가 한차례 훑어보기를 기다리다 못해 도리야마가 목소리를 죽여 말했다.

"사사키 구니오라는 이름은 분명히 가명이야. 적어도 타이투스 관계자 중에 그런 사원은 없어. 하지만 그 샘플이 배포된 어린이집과 배포된 날짜 목록은 진짜 내부 자료야. 멜트페이스 증후군 전국 연락회에 문의했더니 틀림없더라고. 환자들은 모두 발병 당시에 그 목록에 실린 어린이집에 다녔고, 발병 시기도 무서우리만치 딱 들어맞아. 샘플 분석 데이터도 바실루스f50말고는 시판되고 있는 마미 팔레트와 성분이 완전히 일치했어. 난 타이투스 푸드를 고발한 이 괴문서가 상당히 신빙성이 높다고 봐. 저기, 야리미즈. 난 고작 일주일뿐이기는 해도 멜트페이스증후군에 걸린 아이를 밀착 취재했잖아. 그래서 그 아이들이 매일 어떤 생각을 하며 사는지 다른 방송국 사람보다는 잘 알아. 난 꼭 내 손으로 이번 일을 다루고 싶어."

야리미즈는 오다지마를 끌어들이는 한이 있더라도 환자들의 참상을 세상에 알리고 싶다는 도리야마의 기분은 이해가 갔다. 하지만 그 이상으로 고발문에 담긴 무서운 내용에 등골이 오싹해졌다.

"도리야마, 만약 후지사와 공장의 제조 라인에 문제가 있다면 지금 판매대에 진열되어 있는 마미 팔레트도 전부 안전하다고는 할 수 없어. 상품 중에 바실루스f50이 혼입된 것이 섞여 있다는 뜻이라고. 수많은 어린아이들이 지금도 그걸 먹고 있는데 말이야."

"아아, 그래서 4월 4일에 대혼란이 벌어지는 거지."

마음에도 없는 양보를 강요당한 오다지마가 불쾌하다는 듯이 눈을 들어 야리미즈를 쳐다보았다.

"4월 4일에 타이투스 푸드 후지사와 공장에 담당 기관이 현장 검사를 실시해."

야리미즈는 저도 모르게 숨을 삼켰다.

그런 야리미즈를 보고 오다지마는 그럴 줄 알았다는 듯이 입가를 일그러뜨려 웃었다.

"문제의 샘플 재고는 벌써 폐기 처분되어 조사할 방법이 없지만. 고발문에 적혀 있듯이 현재 제조 라인에서 제품 몇 개를 뽑아서 성분을 분석하는 거야. 물론 제조 라인의 안정성도 체크하겠지. 4월 4일이 되면 미디어는 일제히 현장 검사가 실시된다고 보도할 거야. 그때까지 자제하고 있던 만큼 반동도 엄청날걸. 현장 검사의 발단이 된 내부 고발문은 가명으로 날아든 수수께끼의 괴문서라고 대문짝만하게 방송될 테고, 멜트페이스증후군이 어떤 병인지 전국 방방곡곡 모르는 사람이 없을 만큼 보도 경쟁이 치열해지겠지. 아이에게 한끼라도 마미 팔레트를 먹인 적이 있는 부모는 당연히 혼란에 빠질 거야. 자기 아이도 환자들처럼 얼굴 반쪽이 썩어서 없어질지도 모르니까. 병원과 보건소에 문의 전화가 폭주할 테고, 마미 팔레트 이야기로 전국이 떠들썩할 거야."

야리미즈는 오다지마의 말을 들으며 심장 고동이 빨라졌다.

야리미즈는 비로소 나카사코가 한 말의 의미를 알았다. 왜 푸드가 4월 4일 전에 슈지를 죽이려고 하는가. 야리미즈는 그 이유를 드디어 알아낸 것 같았다.

거금을 들여 일본 유수의 고급 호텔에 투숙한 소마는 호화로운 침대에 발을 올리고 팔굽혀펴기를 하고 있었다. 소마는 오로지 기다리는 것밖에 할 일이 없을 때 잡생각이 들지 않도록 팔굽혀펴기를 한다. 이럴 때는 책을 펴도 머리에 들어오지 않고, 그렇다고 가만히 있으면 일 년 반 전에 끊은 담배가 몹시 피우고 싶어지기 때문이다. 날씬한 몸을 규칙적으로 밀어올리며 이따금 침대 곁의 테이블을 쳐다보았다. 현재 시간은 10시 15분. 세련된 상아색 전화기는 쓰다 달다 아무 말도 없이 조용했다. 소마는 슬슬 무거워지기 시작한 팔로 다섯 세트째 팔굽혀펴기를 시작했다.

소마는 슈지를 야리미즈의 집에 데려간 날부터 자신의 집에 돌아가지 않았다. 소마가 스키 마스크에게 발견되면 스키 마스크는 소마를 미행하여 슈지와 야리미즈를 찾아낼 것이다. 자신 때문에 꼬리를 잡히는 우를 범하지 않기 위해 소마는 캡슐 호텔을 전전했다. 빨래방과 바지 전용 다리미도 있고, 식비도 얼마 들지 않아서 남자 혼자라면 큰 불편은 없다. 그런데도 어젯밤부터 하루 숙박비가 캡슐 호텔의 족히 열 배는 되는 이 고급 호텔에 묵고 있는 이유는 단 하나, 팩스를 받을 수 있는 독실이 필요했기 때문이다. 평범한 호텔 객실에는 팩스가 없고, 캡슐 호텔에서는 보낼 수는 있지만 받을 수가 없다. 소마는 정년퇴직한 전 도쿠시마 현경의 경찰관 구레하 마사즈미의 팩스를 기다리고 있었다.

구레하는 순직한 소마 아버지의 검도 친구였다. 둘 다 현경 상비군이었으므로 전국체전과 현경 단위의 단체전인 전국 경찰 검도 대회에서도 항상 마주쳤고, 매년 시월에 일본 부도칸에서 치러지는 전국 경찰 검도 선수권 대회에서는 개인전 토너먼트에서 이겨나가다 보면 반드시 둘이 맞붙었다. 서로 이길 때도 질 때도 있었지만 죽도를 내려놓으면 두 사람은 좋은 친구였다. 시합이 끝나면 구레하는 도쿠시마의 영귤과 고젠미소 된장을 선물로 들고 소마의 집을 찾아와 소마네 가족과 저녁을 함께 먹었다. 소마의 아버지가 순직한 후에도 구레하는 상경할 일이 있으면 소마와 어린 여동생에게 줄 선물을 가지고 아버지의 불단에 향을 피우러 와주었다. 정이 깊고 성실한 경찰관으로, 연하장은 지금도 주고받고 있다.

어제 아침에 야에스구치에 있는 캡슐 호텔의 식당에서 390엔짜리 아침 정식을 먹다가 웬 중년 남자의 도쿠시마 사투리를 듣고 구레하와의 그리운 추억이 떠올랐다. 그리고 다음 순간, 소마는 구레하가 한때 시코쿠 관구 경찰학교에서 체육을 가르쳤다는 것이 생각났다. 관구 경찰학교란 중견 간부로 승진한 사람이나 관구 기동대원 등의 현임 경찰관에게 고도의 전문 지식과 실기 기능을 가르치고 훈련시키는 학교다. 도호쿠, 간토, 주부, 긴키, 주고쿠, 시코쿠, 규슈 관구에 하나씩 전국에 일곱 개 학교가 설치되어 있으며, 구레하가 있던 시코쿠 관구 경찰학교에는 시코쿠 네 개 현에서 선발된 경찰관이 모인다. 구레하라면 고치 현경 경감급에도 아는 사람이 있을지도 모른다.

소마는 불법으로 손에 넣은 선불식 휴대전화로 구레하에게 전화를 걸었다. 그리고 인사도 하는 둥 마는 둥 3월 25일에 마자키의 차가 고치 항 안벽 근처 바다에서 발견된 이후로 고치 현경에서 마자키의 소재를 알아내지는 않았는지, 아울러 차가 발견된 전후에 신원 불명의 변사체가 나오지 않았는지 조회할 수 없겠느냐고 물었다. 구레하는 소마가 관할서에서 고치 현경에 정식으로 조회하지 않고 퇴직 경찰관인 자신에게 연락한 것으로 보아 서에는 비밀로 뭔가 수사하고 있음을 알아차린 듯 굳이 무슨 수사냐고 묻지 않았다. 그리고 잠시 생각하다 내일 아침까지는 알아볼 수 있겠지만 메일로 결과를 알려주면 곤란하지 않겠느냐고 말했다. 소마의 메일 주소는 관할서 메일이므로 서의 사람이 마음만 먹으면 누구든지 훔쳐볼 수 있다. 소마는 나중에 번호를 알려줄 테니 거기로 팩스를 보내달라고 부탁했다.

소마가 어제저녁에 자기 방 팩스 번호를 알리려고 전화했을 때, 구레하는 아직 집에 돌아오지 않았다. 전화를 받은 구레하의 아내는 구레하가 전화번호를 받아두라고 했다면서 메모를 한 다음, 받아 적은 전화번호를 또박또박 다시 말해 맞는지 확인했다. 소마는 아무것도 물어보지 않고 힘을 빌려주는 구레하에게 감사할 따름이었다.

10시 55분, 샤워로 땀을 씻어낸 소마가 프런트에 체크아웃 시간 연장을 부탁하려고 전화로 손을 뻗었을 때, 맑은 소리로 전화벨이 울렸다. 수화기를 들자 "팩스로 변경하겠습니다. 수화기를 내려놓고 기다려주십시오"라는 고대해마지않던 음성이 들렸다.

구레하가 보낸 팩스 내용은 다음과 같았다.

마자키 쇼고의 시신은 발견되지 않았고, 여태 생사는 불분명해. 하지만 고치 현경의 탐문으로 3월 17일 목요일 오후 11시 반경, 몇몇 커플이 부두로 향하는 은색 세단을 목격했으며 그 직후에 앞바다로 나가는 밤낚시 배의 낚시꾼들이 바다로 가라앉는 빛을 목격했다는 사실이 판명됐지. 따라서 마자키의 차가 바다에 빠진 것은 3월 17일 오후 11시 반경으로 추정돼. 다음으로 신원이 불분명한 시체를 조회한 결과 삼월에는 두 명이 나왔어. 마자키의 차가 바닷속에 가라앉았다고 추정되는 날의 다음날인 18일, 오후 9시가 지났을 무렵 고치 항에 밀집한 창고 중 하나에서 폭발 화재가 발생했고 신원이 불분명한 남녀 두 명이 폭사한 시체로 발견됐지. 남자는 폭발로 인해 전신에 상처를 입어 실혈사했어. 오른팔은 윗부분부터 날아갔고 목은 거의 찢겨나간 상태였지. 여자는 폭발의 충격으로 뇌척수에 손상을 입었고. 폭발과 그후의 화재로 시신 손상이 심해 둘 다 신원 확인은 불가능했어.

현장은 주식회사 아케보노구미의 제4창고로, 창고 안에는 유기과산화물인 MEKPO(메틸에틸케톤퍼옥사이드)와 아세톤 등 위험한 인화성 액체에다 낡은 드럼통, 잡화 등이 잡다하게 보관되어 있었지. MEKPO는 폭발물의 일종이지만 보관 관리자가 무지한 나머지 위험물 가저장 가취급 승인 신청서를 소방서에 제출하지 않았어. 창고 문을 노루발못뽑이 형태의 물건으로 비틀어 연 것으로 보아 발견된 남녀는 도둑질을 할 목적으로 창고에 침입했다가 무슨 이유로 MEKPO가 폭발해서 사망했고, 그때 난 불이 주변의 인화성 액체와 가연물에 번져서 창고가 불탄 것으로 추정돼.

문서말고도 마자키의 차가 발견된 장소의 지도와 폭발 화재 사고가 일어난 창고의 겨냥도가 첨부되어 있었다. 그리고 마지막에 다음과 같이 구레하 자신의 소견을 적어놓았다.

사법 부검 결과 폭발로 찢겨 나가고 거의 탄화된 남자의 몸속에서 금속 파편과 플라스틱 파편이 약간 검출됐어. 이 점에 주목하면 신원이 불분명한 남녀가 누군가가 만든 폭탄에 살해됐다는 타살설도 아예 무시할 수는 없을 것 같아.

또한 폭발 화재가 일어난 창고를 관리하는 아케보노구미는 창고업, 해운업, 수산가공업, 토목건축 청부업을 경영하는 주식회사지만, 90년대 말까지는 지정 폭력단◆의 하부 조직이었어. 그게 이번 사고와 관련이 있는지 없는지 섣부르게 판단을 내릴 수는 없지만 일단 기억에 담아두기 바란다.

또한 현재 고치 현경에서는 아케보노구미의 창고에서 폭사한

◆ 각 지자체의 공안위원회가 폭력단 대책법에 따라 특별히 지정하여 규제하는 폭력단.

남자의 시체와 마자키 쇼고를 관련짓지 않고 창고 사건은 절도 사건으로 보고 수사를 진행하고 있어.

소마는 팩스 용지를 접어 안주머니에 넣고 호텔을 뒤로했다. 각국의 대사관이 있는 이 호텔 일대는 낮에도 돌아다니는 사람이 별로 없다. 소마는 에도미자카 언덕을 도라노몬 역 방향으로 걸으며 구레하가 보낸 팩스에 대해 생각했다.

마자키의 차가 바다에 떨어진 다음날, 폭발 화재로 죽은 신원 불명의 남자가 마자키 쇼고일 가능성은 없을까.

소마는 현장인 창고를 지정 폭력단의 산하 조직이었던 기업이 소유하고 있다는 것이 마음에 걸렸다. 스키 마스크는 폭력단과 모종의 관계를 맺고 있는 것으로 추정되기 때문이다. 진다이지 역 앞 광장 무차별 살인 사건의 범인 취급을 받고 있는 사타 마모루는 조직의 약물 판매자 밑에서 심부름꾼으로 일했다. 스키 마스크는 약을 빼돌려 팔다가 들켜서 조직에 쫓기던 사타를 도와주겠다고 속여 무차별 살인 사건의 범인으로 내세웠다. 조직 내부 정보를 입수할 수 있는 입장에 있고, 필로폰과 헤로인 판매 루트에도 연줄이 있어야 가능한 일이다. 스키 마스크는 지하 사회와도 관계를 유지하고 있는 것으로 보인다. 물론 그렇다고 해서 창고 폭발 화재 사건에 스키 마스크가 관련

되었다는 보장은 없지만.

폭사한 두 사람의 타살설에 관해서는 소마도 구레하의 소견에 손을 들어주고 싶었다. 강력한 폭약을 쓸 경우 폭발물 파편이 흩어지는 속도는 초속 15미터에 달하며, 파편은 사람의 내장을 관통하고 팔다리마저도 뜯어낸다. 하나 폭발물 파편이 체내에 남아 있으면 어떤 폭발물인지 추정하는 중요한 단서가 된다. 예전에 항공기 안에서 폭발 사고가 발생해 사망한 남자의 시체를 꼼꼼하게 부검하여 체표 및 체내에서 미세 증거 하나 남기지 않고 채취한 결과 남자의 근육에서 채취한 금속 파편과 기내에 흩어진 금속 파편을 조합하여 폭발물이 디지털식 손목시계와 건전지 등으로 만든 시한폭탄임을 밝혀낸 사례가 있다.

창고에서 폭사한 남자는 폭발로 인해 전신에 상처를 입어 실혈사했으니 대부분의 파편은 몸을 관통했을 것이다. 게다가 인화성 액체에 불이 붙어 시신이 거의 탄화한 탓에 물증은 조금밖에 없다. 하지만 남자의 체내에 남은 금속 파편과 플라스틱 파편은 누군가가 폭탄으로 살인을 저질렀을 가능성을 시사하기에 충분한 증거다. 특히 윗부분부터 날아간 남자의 오른팔과 거의 찢겨 나간 목을 고려하면 오른손으로 뭔가를 열고 들여다본 순간에 폭발했을 가능성이 크다.

특정한 개인을 폭탄으로 살해하고 싶을 때, 제일 확실한 방법은 살해 대상이 기폭 장치를 작동시키는 것이다. 구체적으로는 소포, 슈트케이스, 건물의 문 등 뭐든지 상관없다. 죽이고 싶은 상대가 열도록 하면 된다. 열자마자 쾅. 이런 종류의 폭탄은 시한장치가 달린 폭탄보다 훨씬 쉽게 만들 수 있다.

하지만……. 소마는 아스팔트에 울려 퍼지는 자신의 발소리를 들으며 자문했다.

창고에서 발견된 시체가 마자키라면 함께 발견된 여자는 누굴까.

마자키의 아내는 이미 사망했다. 게다가 지금까지 마자키 주변에 도피행을 함께할 만한 여자가 있다는 낌새는 일절 느껴지지 않았다.

역시 창고의 시체가 마자키일 가능성은 낮은가…….

그렇게 결론을 내린 소마는 다른 쪽으로 접근을 해보자 싶어 휴대전화를 꺼냈다. 발신 번호가 표시되지 않도록 하여 번호를 눌렀다. 잠시 후에 "누구야" 하고 남자가 걸걸하고 사나운 목소리로 대답했다.

"담배는 끊었나?"

소마는 가볍게 놀리는 투로 물었다.

"이 자식, 누구냐? 내가 누군지는 알고 거는 거렷다?"

본청의 조직폭력반 야마시로는 바로 천성을 발휘해 무섭게 으름장을 놓았다.

"따돌림당하는 병신 같은 형사님인데. 왜, 사타를 파고 다니다가 이케부쿠로에서 댁들한테 붙잡혔었잖아."

순간 짤막한 침묵이 흘렀다. 소마는 뭔가 상황이 변했음을 직감했다.

"말해두겠는데 우리는 이제 사타에게 아무 흥미도 없어."

"어허, 조직폭력반이 언제부터 마약 밀매에 흥미가 없어졌지?"

"사타 사건은 약물 입수 경로까지 전부 관할서가 맡는 걸로 마무리됐어."

상부에서 조직폭력반에게도 넌지시 지시를 내린 것 같았다. 최종적으로 약물 입수 경로를 단정짓지 못한다고 쳐도 무차별 살인범으로서 사타가 유죄라는 사실은 변함없다. 상부는 어떻게든 빨리 사건을 끝내고 싶은 것이다.

"그것보다 교통과로 간다면서? 안됐군."

말과는 정반대로 남의 불행은 꿀맛이라고 말하는 듯이 야마시로의 목소리에서는 기쁨이 묻어났다. 관할서에 소마가 어떻게 지내는지 문의한 것이다. 소마는 불끈 화가 났지만 그렇게 나온다면 그 처지를 이용하기로 했다.

"아아. 그래서 지금 전직을 생각중이야. 전별금 대신에 사람

하나만 소개해줬으면 하는데.”

뜻밖의 부탁에 야마시로는 재미있다는 듯이 웃었다.

“이런, 폭력배라도 되려고?”

“아니. 가나가와 산업폐기물 처리업계의 유력자를 소개시켜 줘.”

끼리끼리 통한다는 말이 있다. 조직폭력반이라면 산업폐기물 처리업계에 연줄이 없을 리 만무하다.

소마는 어제 이나바가 들려준 마자키 이야기는 마자키라는 인간의 일부에 불과하다고 보았다. 마자키가 깨끗한 일만 성실하게 했다면 오 년 만에 자기 회사를 세워서 독립할 수 있을 리 없다. 소마는 이나바가 모르는 마자키에 대해 알고 싶었다.

슈지는 발차 벨이 울리는 가운데 백팩을 등에 메고 역 계단을 전속력으로 뛰어올라 11시 정각에 신주쿠에서 출발해 마쓰모토로 향하는 슈퍼 아즈사 15호에 올라탔다. 봄방학이라 평일인데도 자유석은 비교적 혼잡하여 슈지는 차량을 이동해 창가 자리를 찾아서 앉았다.

슈지는 수학여행 때말고는 도쿄를 벗어난 적이 없다. 그래서 판매 카트에서 도시락을 사는 것도 처음이었다. 편의점 도시락과 달리 사기 전에 밖에서 반찬을 볼 수 없어 불안했지만 ‘건강한 밥통'이라는 위장에 좋을 듯한 2단 도시락은 밤과 버섯이 든 찰밥, 아스파라거스 돼지고기말이, 닭고기 유자된장무침 등 내용물이 전부 다 맛있어서 놀랐다.

오후 1시 36분, 슈지는 마쓰모토 역 플랫폼에 내려섰다. 근대적인 역 건물을 나서자 시계탑이 서 있고, 관광지답게 백팩을 멘 사람과 쇼핑백을 든 관광객이 오가고 있었다. 어쩐지 공기도 도쿄보다 가볍게 느껴졌다. 슈지는 매점에서 사과주스를 사고 버스 노선을 물었다. 매점 아주머니는 친절하게 설명해주고 나서 "오늘 마쓰모토 성에 벚꽃이 피었대요"라고 가르쳐주었다. 도쿄의 벚꽃은 질 때가 되었지만 마쓰모토의 벚꽃은 오늘 피었다고 한다. 특급열차로 고작 두 시간 반밖에 안 걸리는데 아주 멀리 온 것만 같은 기분이 들었다. 슈지는 아주머니에게 고맙다고 인사한 후 일본 경륜선수협회에서 알아낸 스기타의 주소를 들고 로터리에서 노선버스를 탔다.

창밖에서 처음으로 찾아온 거리의 경치가 천천히 흘러갔다. 널찍한 왕복 4차선 도로 건너편에 성이 보이자 어쩐지 SF 속 세상으로 들어온 것만 같아 정말 기분이 묘했다. 길 군데군데에 낡은 서양풍 저택이 있는 것도 신기했다. 열차에서 읽은 가이드북에 따르면 마쓰모토에는 상당히 옛날부터 외국 문화가 유입되었다고 한다. 슈지는 어느덧 눈을 크게 뜨고 버스 창문에 달라붙어 있었다. 중심부를 조금 벗어나자 기러기 자전거 경기장이라는, 믿기지 않을 만큼 넓은 운동장이 눈에 들어왔다. 가로막는 것이 없는 하늘 아래 막자사발 형태로 경사가 진 거대한 뱅크트랙이 펼쳐져 있었는데 마치 거기만 바람이 으르렁거리고 있는 것 같았다. 마자키와 스기타는 슈지만 할 때 자전거로 이 뱅크트랙을 달렸을까.

그로부터 약 이십 분 후, 슈지는 스기타 자동차 수리 공장의 응접실에서 스펀지가 삐져나온 소파에 예의 바르게 앉아 있었다. 그리고 그릇장 위에 카네이션 조화를 하나씩 꽂아서 늘어둔 꽃병이 실은 꽃병이 아니라 셋 다 도쿠리임을 알아차렸을 때부터 스기타 가쓰오가 도대체 어떤 사람일지 짐작이 가지 않아 머리가 아팠다. 스기타는 기름으로 더러워진 작업화를 신은 채 소파에 책상다리를 하고 앉아 "그럼 좀 볼까" 하고 슈지가 가지고 온 이력서를 펼쳤다.

슈지는 공장에서 일하고 싶다는 구실로 스기타를 찾아왔다. 물론 이력서에 쓴 이름과 주소는 엉터리다. 사정을 털어놓고 마자키에 대해 물어보는 방법도 있지만, 그러면 스기타를 사건에 끌어들이게 된다. 슈지는 이야기를 하면서 정보를 끌어내 마자키의 행방에 관한 단서를 잡아야겠다고 결심했다.

희미하게 먼지가 쌓인 테이블 위에는 예전에 손님이 왔을 때

내어놓은 듯한 캔커피 두 개가 손도 대지 않은 상태로 놓여 있었고, 함석 재떨이에는 담배꽁초가 가득했다. 슈지는 이력서를 찬찬히 살펴보는 스기타를 쳐다보며 당혹감을 금치 못했다. 슈지가 기억하는 스기타 가쓰오는 천재적인 인기 경륜 선수였다. 선두로 나섰다 하면 압도적인 속력과 지구력으로 질풍처럼 승리를 낚아채는 경기 운영 방식은 경이롭기까지 했다. 결승점을 통과한 후 팔을 쳐들고 뱅크트랙을 천천히 달리는 스기타는 승리를 누리는 기쁨에 가득차 있었다. 하지만 지금 눈앞에 있는 스기타에게는 그런 특별한 사람이었던 흔적이 전혀 남아 있지 않았다. 얼굴 생김새는 기억 속의 스기타와 거의 달라지지 않았지만, 기름투성이 작업복도 머리에 두른 수건도 몸의 일부처럼 정말 잘 어울려서 스기타는 어디에서 어떻게 보아도 전형적인 마을 공장 사장님 같았다.

"이시이 마사키, 마쓰모토 미나미 고등학교 중퇴, 열여덟 살이라……."

스기타는 그제야 눈을 들어 진귀한 동물이라도 보듯이 슈지를 쳐다보았다.

"죄송해요, 사진 안 붙여서."

"괜찮아. 얼굴이야 보면 아는데 뭘. 하지만 이시이랬나? 너 왜 우리 공장에서 일하려는 거야?"

"저기, 마자키 씨한테 듣고……."

슈지는 넌지시 스기타를 떠보았다.

"마자키라면…… 마자키 쇼고?"

"예……."

스기타는 눈을 둥그렇게 뜨고 느닷없이 큰 소리를 질렀다.

"너, 쇼고랑 아는 사이냐? 그럼 빨리 말해야지. 우리 공장에서 일하고 싶다니 이상하다 했어. 자랑은 아니지만 우리 공장은 구인지에 광고를 낼 돈이 없거든."

스기타는 붙임성 있게 웃는 얼굴로 테이블의 캔커피를 집어 들더니 턱짓으로 슈지에게도 권했다.

"쇼고랑은 어떻게 아는 사이야?"

마자키라는 이름을 꺼내자마자 스기타는 '이시이'에서 '너'라고 바꿔 부르며 허물없는 태도를 취했다. 슈지는 스기타의 눈빛 변화에 주의하며 이야기를 진행했다.

"고등학교 1학년 때 가출해서 도쿄에 갔을 때 마자키 씨네 사무소에서 아르바이트했어요."

"아, 폐기물 처리 아르바이트를 했구나. 힘들었어?"

"아니요, 마자키 씨가 잘해주셨거든요. 그때 고향에 돌아가서 할 일이 없으면 스기타 씨 공장을 찾아가라고 하셨어요. 돌아온 후로 계속 술집에서 일했는데 역시 기술을 배우고 싶더라고요. 마침 마자키 씨가 스기타 씨는 실력이 아주 좋은 수리공이니까 열심히 하면 이것저것 잘 가르쳐줄 거라고 한 말이 생각났어요."

"실력이 아주 좋지는 않지만 뭐, 나쁘지도 않지."

스기타는 기분 좋은 듯한 표정으로 작업복 호주머니에서 꺼낸 쇼트호프에 불을 붙였다.

슈지는 "잘 마시겠습니다"라고 인사하고 캔커피 뚜껑을 따면서 가능한 한 자연스럽게 물었다.

"마자키 씨랑은 가끔 만나세요?"

"아니, 그 녀석 명절에도 귀성하질 않는데다 나는 나대로 도쿄에 갈 일이 없어서. 연말에 만날 때까지 십 년이나 얼굴 못 봤어."

"십 년……."

십 년이면 슈지가 살아온 인생의 절반도 넘는 시간이다. 십 년 만에 만나면 기분이 어떨지 슈지는 상상도 되지 않았다.

"서로 바빠서 정신없이 살다 보니 어느새 십 년이 흘렀다는 느낌이야." 스기타는 담배꽁초로 가득한 재떨이를 발치의 빈 기름통에 탁탁 털어서 비웠다. 그 기름통도 이미 담배꽁초로 가득찼다. "그런데 작년 말에 훌쩍 찾아왔지 뭐야. 제야의 종소리를 들으며 함께 술 마시고 정월 요리 먹고. 정말 즐거웠어."

"그랬군요……. 이쪽에 오셨으면 저도 한번 만나고 싶었는데. 그후로는 안 오세요?"

"아니, 얼마 전에 또 왔어."

얼마 전에 또 왔다는 말을 듣자 슈지는 캔커피를 쥔 손에 무심코 힘이 들어갔다.

"얼마 전이라니 언제요?"

"둘째 주 토요일이라 오전 중에 일을 마친 날이었으니……." 스기타는 탁상 달력에 눈길을 주었다. "3월 12일이네."

3월 12일 토요일.

슈지는 귀를 의심했다. 3월 12일 토요일은 슈지가 마자키를 만난 날, 이른 아침에 진다이마치의 아파트 건설 현장에서 마자키가 불법 투기하는 모습을 목격한 바로 그날이다.

"그 녀석, 일이 있다면서 우리 공장에 맡겨둔 차를 금요일 밤 늦게 찾으러 왔다니까."

차……. 슈지는 저도 모르게 몸을 앞으로 내밀었다.

"그 차, 옆에 타이투스 푸드라고 적힌 소형 트럭 아니에요?"

"뭐야, 소형 트럭에 대해 알고 있었냐?"

스기타는 다 마신 캔커피를 눈높이로 들어올리더니 벽 옆의 쓰레기통에 던졌다. 빈 캔이 포물선을 그리며 멋지게 쓰레기통에 들어가자 스기타는 만족스러운 듯이 웃음을 띠고 슈지를 쳐다보았다.

“그 트럭은 연말에 쇼고가 왔을 때 만들어달라고 부탁한 거야. 왠지는 모르지만 만들어달라고 하니까 만들어줬지. 사진 보면서 중고차에 그럴듯하게 화장을 해줬어.”

슈지는 어안이 벙벙했다. 불법 투기를 목격한 그날, 슈지와 다른 사람들이 본 타이투스 푸드의 소형 트럭은 가짜였다. 마자키가 스기타에게 부탁해서 만든 정교한 모조품이었던 것이다. 마자키는 불법 투기를 하기 위해 왜 그런 것을 준비해야 했을까.

“그 트럭이 뭐 어쨌기에?”

“아, 아니요. 마자키 씨가 예술적인 솜씨라고 하셔서.”

“예술적이라니 과찬인걸.”

스기타는 쓴웃음을 지으며 입구 바로 옆에 있는 냉장고로 향했다.

슈지는 스기타의 뒷모습을 바라보며 과감히 화제를 돌렸다.

“맞다, 마자키 씨가 여행 갈 거라는 말씀은 안 하셨어요?”

“아아, 했지.”

스기타는 냉장고를 열어 안쪽을 살피며 대답했다.

“어디로 간다고 하셨는데요?”

“어디로 간다고 했냐고?” 스기타는 캔맥주 두 개를 들고 어리둥절한 얼굴로 슈지를 돌아다보았다. "너, 형사 같은 질문을 하는구나."

슈지는 속으로 뜨끔했지만 아무렇지도 않게 웃으며 얼버무렸다.

"저도 여행 꽤 좋아하거든요. 이 시기는 어디가 좋을까 싶어서요. 마자키 씨는 남들이 모르는 좋은 곳을 알고 있는 것 같던데요."

"돌아오면 물어봐."

스기타는 조금도 개의치 않고 슈지 앞에 캔맥주를 내려놓더니 바로 뚜껑을 따서 맛있다는 듯이 마시기 시작했다.

"보면 알겠지만 월급은 많이 못 준다."

"괜찮아요. 일한다기보다 이것저것 배우고 싶어서 온 거니까요. 실은 돈을 받는 게 죄송할 정도예요."

슈지는 기특하게 대답하고 응접실 창문 너머로 작업장 쪽을 쳐다보았다. 볕이 들지 않아 썰렁한 공기 속에 고철이나 다름없는 차 세 대의 보닛이 하마가 입을 벌린 것처럼 열려 있었다. 하늘색 쉐보레, 하얀색 카롤라. 마지막 갈색 차는 뭔지 짐작이 가지 않았다. 그러고 보니 공장을 찾아온 후로 수리공은 코빼기도 안 보였다.

"저기 혹시 오늘 휴일인가요……?"

"응. 그래서 대낮부터 느긋하게 맥주나 마실 수 있는 거지. 아, 미리 말해두는데 우리 애들은 전부 브라질에서 왔어. 브라질 하면 축구가 생각나지? 그런데 그게 아니야. 일본계 사이에서는 역시 야구라고. 너도 여기서 일하게 되면 저거 휘둘러야 할 거다."

스기타는 눈으로 냉장고 쪽을 가리켰다.

쳐다보자 냉장고 옆에 야구방망이가 기대어져 있었다. 슈지는 '브라질, 일본계'로 이야기의 흐름을 이어나갔다.

"저, 에밀리오라고 있나요?"

"너, 에밀리오도 알아?"

놀라는 스기타에게 슈지는 어떤 식으로든 받아들일 수 있는 미소로 답했다.

"조금만 더 일찍 왔으면 만날 수 있었을 텐데." 스기타는 안타깝다는 듯이 말했다. "그 녀석 14일에 브라질로 돌아갔어. 마침 화이트데이라서 다 함께 여자친구에게 줄 선물이며 과자를 챙겨줬지. 그쪽에는 그런 풍습이 없는 모양이지만, 뭐 어때, 기분인걸. 녀석도 주는 대로 받아서 트렁크에 꽉꽉 채웠고. 우리 애들이랑 마쓰모토 역에서 성대하게 환송해줬지."

"그랬군요."

유감스러워하는 표정을 지으며 슈지는 에밀리오가 그림엽서에 쓴 글을 떠올렸다.

마자키 씨, 그때는 정말 고마웠습니다.

"그러고 보니 에밀리오도 마자키 씨한테 신세를 졌다고 하던데요."

"그 녀석 쇼고 부탁으로 아르바이트를 했거든."

"아르바이트요?"

"응. 한나절에 오만 엔."

"우와……. 도대체 무슨 아르바이트였는데요?"

"그게, 뭘 했는지는 비밀이라면서 입을 꾹 다물더라고. 쇼고가 소형 트럭을 가지러 왔을 때 에밀리오를 잠깐 빌려달라고 해서, 새벽에 같이 트럭을 타고 나갔어."

슈지는 깜짝 놀라서 되물었다.

"소형 트럭을 가지러 온 날이라면 3월 12일요?"

"응, 둘 다 정오가 되기 전에 되돌아왔는데, 도대체 어딜 갔다 온 건지."

그렇게 말하며 스기타는 자리에서 일어나서 다시 어슬렁어슬렁 냉장고 쪽으로 향했다.

슈지는 놀란 나머지 말도 나오지 않았다. 타이투스 푸드의 소형 트럭이 가짜였던 것뿐만이 아니다. 그날 아침, 마자키는 혼자가 아니었다. 스기타 자동차 수리 공장에서 일하던 일본계 브라질인 에밀리오가 함께 있었다. 하지만 슈지는 그날 아침 에밀리오를 보지 못했다.

혹시 에밀리오는 건설중인 아파트 안에 있었던 것 아닐까……. 마자키가 트럭과 건설 현장을 오가며 박스를 옮기고, 에밀리오가 바닥 밑에 투기한다. 마자키는 에밀리오가 사건에 말려들지 않도록 남의 눈에 띄지 않는 곳에서 작업을 돕게 한 것이 아닐까. 본인에게 물어보면 알겠지만 에밀리오는 그로부터 이틀 후인 14일에 이미 상파울루로 되돌아갔다.

아니다. 슈지는 한 가닥 희망을 붙들었다. 에밀리오의 고용주였던 스기타라면 그의 연락처를 알지도 모른다. 슈지는 스기타를 돌아다보았다.

"스기타 씨. 에밀리오한테 연락처 묻는다는 걸 깜빡했는데, 좀 가르쳐주실래요?"

"그것보다 더 중요한 걸 가르쳐주지."

스기타는 냉장고에 몸을 기댄 채 빙글빙글 웃는 얼굴로 슈지를 쳐다보았다.

"알겠냐. 난 정직하고 선한 사람이야. 그러니까 거짓말은 안 해."

슈지는 미소를 지으며 순순히 고개를 끄덕였다.

"하지만 넌 아니야. 넌 타고난 거짓말쟁이지. 거짓말을 해서 남을 속이는 나쁜 인간이라고."

슈지는 무슨 일이 일어난 건지 상황이 파악되지 않았다.

스기타는 변함없이 붙임성 있는 웃음을 띠고 어슬렁어슬렁 다가왔다. 슈지는 그때서야 스기타가 금속 야구방망이를 쥐고 있다는 것을 눈치챘다. 깜짝 놀란 슈지는 스기타의 눈을 쳐다보았다. 그 어두운 눈 깊은 곳에서 사냥감을 붙잡았다는 환희가 번뜩이는 것을 보고 온몸에 오싹 소름이 끼쳤다.

왜 스기타가…….

믿기지 않는 기분으로 일어서려 했을 때, 청바지 호주머니에서 매너 모드로 해둔 휴대전화가 진동하기 시작했다. 슈지의 휴대전화 번호를 아는 사람은 야리미즈와 소마뿐이다.

쥐죽은듯이 고요한 실내에 휴대전화가 흐릿하게 웅웅 진동하는 소리만이 울려 퍼졌다.

그 무미건조한 소리가 이 상황의 마지막 균형을 유지하고 있는 것 같았다.

이윽고 스기타가 천천히 입을 열었다.

"전화 왔나 본데, 시게토 슈지."

휴대전화를 꺼내는 것보다 먼저 스기타가 슈지의 머리를 노리고 방망이를 휘둘렀다.

신주쿠 역에 도착한 소마는 진다이마치에 있는 시청으로 가기 위해 야마노테선에서 내려 진다이마치 민영 철도로 갈아탔다. 오후 3시가 막 지난 시간의 민영 철도는 한산했고, 기분 탓인지 승객들도 졸려 보였다.

소마는 조금 전에 요요기에 있는 라면집에서 가나가와 산업폐기물 처리업계의 유력자인 이소고 겐이치를 만났다. 이소고는 가업의 실무를 아들에게 맡기고 최근에는 부업인 라면 체인점 경영에 전념하고 있었다. 공들인 보람이 있는지 이소고가 강권한 라면은 맛이 없지는 않았다. 소마는 평소 습관처럼 다 먹자마자 카운터에 라면값을 내려놓고 이소고에게 산업폐기물 처리 회사로 전직하여 오 년쯤 후에 독립하고 싶다고 상담했다. 야마시로에게 소개를 받았다고 말했지만 물론 형사라는 사실은 비밀로 했다.

"야마시로 씨에게는 때때로 신세를 지니까 힘이 되어주고는 싶은데."

예순 하고 몇 살쯤 더 먹은 이소고는 볕에 탄 미간에 깊은 주름을 새기고 천장을 노려보았다.

"오 년 만에 독립이라. ……못 한다고 단정하지는 않겠지만 형씨, 그건 좀 힘들어."

"하지만 예전에 실제로 해낸 사람도 있다는 것 같습니다만."

"그런 이야기를 어디서 들었나?"

"닛칸 뭐라든가, 라는 회사의 사원이 오 년 만에 독립했다고 들었는데요."

"아아……. 닛칸의 그 녀석."

이소고는 독립하기 전의 마자키를 기억하고 있었다.

닛칸 에너지에서는 회사 명의로 융자를 받아 중고 트럭을 구입하고, 융자금은 운전사가 상환하는 방식으로 운영되고 있다고 한다. 상환이 끝나면 트럭은 운전사 소유가 되지만, 그동안 매달 월급에서 상환해야 할 융자금에 더해 회사가 받는 수수료라는 명목으로 상당한 액수의 돈이 빠져나간다.

"정사원이니까 보험에는 들어 있지만 실수령액이 얼마 되지 않아. 딱 잘라 말해 낮에만 일해서는 못 먹고 살지. 녀석은 낮에는 닛칸의 수거 운반, 밤에는 한탕꾼 일을 하며 거의 자지도 않고 돈을 벌었어."

"한탕꾼은 뭡니까?"

"불법 투기 말이야."

이소고의 말에 따르면 단독으로 산업폐기물을 불법 투기 장소에 옮기는 덤프트럭 운전사를 업계 용어로 한탕꾼이라고 부른다고 한다. 일용직과 똑같이 계약 기간 없이 한 번 옮길 때마다 돈을 받는 구조다. 한탕꾼은 혼자 행동할 때도 있지만 대개는 한탕꾼을 모아 일을 알선하는 알선소가 한몫 끼고 있다. 대규모로 불법 투기를 할 때는 폐기물을 버리는 구멍을 관리하는 구멍 관리인이라는 업자가 끼어들고, 불법 투기하기에 적당한 곳을 찾아내는 부동산 중개업자, 구멍을 파서 팔아넘기는 토사 채굴업자, 포클레인을 빌려주는 임대 회사, 한탕꾼을 통솔하는 알선소가 결탁한다. 그리고 그 뒤에는 자금을 제공하고 수익의 일부를 가로채는 폭력단이 있다.

알선소가 모은 한탕꾼은 경자동차의 유도를 받아 적재 장소인 철거 현장으로 이동한다. 그리고 산업폐기물을 적재하고 나면 그 자리에서 노임을 현금으로 받는다. 시세는 운반과 처분을 포함하여 8만 엔에서 12만 엔. 거기서 구멍 관리인에게 지불하는 4, 5만 엔을 제한 금액이 실수령액이다.

적재 장소를 나선 한탕꾼은 알선소가 지정한 대기 장소로 향한다. 거기서 무선 지시를 기다리는 동안 번호판에 접착테이프를 붙이거나 폐유를 칠해 번호를 가린다. 그리고 버릴 순서가 되면 헤드라이트를 끄고 구멍으로 진입하여 후진으로 받침대에 올라가 짐칸을 뒤로 기울인 후 물러나기만 하면 된다.

버릴 곳이 결정되지 않았을 때는 고속도로 휴게소 등 덤프트럭이 많이 모여 있는 곳에 차를 세우고 무선을 들으며 지시를 기다린다. 아무래도 버릴 곳이 없으면 알아서 불법 투기 상습 지대를 돌아다녀야 한다.

"가끔 경찰차가 불법 투기하는 곳을 감시할 때가 있어서 한탕꾼들은 다들 먼저 구멍으로 진입하기를 꺼리지. 처음으로 진입하는 차가 적발될 위험성이 가장 크거든. 그런 점에서 닛칸의 그 녀석은 감이 좋고 배짱도 두둑했지. 아무 말 없이 선두를 맡을 때가 많았어. 덤프트럭에서 내려 자기 눈으로 구멍 상태를 확인하고 나서 진입하는데, 덕분에 녀석이 있으면 한탕꾼들끼리 싸울 일이 없어서 편했다는군."

이소고는 가게에 손님이 없는 것을 기회 삼아 가슴 호주머니에서 담배를 꺼내 불을 붙였다. 라면을 먹는 손님이 있을 때는 담배를 피우지 않기로 한 모양이다.

"하지만 녀석도 독립하고 나서는 아예 눈에 띄지 않더라고. 녀석은 마음만 먹으면 알선소도 할 수 있었을 텐데."

소마는 생각에 잠겼다. 마자키는 오 년간 산업폐기물 업계의 어두운 그늘에서 한탕꾼으로 일하며 생계를 꾸려왔다. 아마 사토무라도 그 사실을 어렴풋이 눈치채고 있었으리라. 닛칸 에너지 사원인 사토무라가 마자키의 수입을 모를 리 없다. 고등학교를 졸업하고 처음으로 일하던 회사가 도산한 후 닛칸 에너지에 취직할 때까지 마자키는 공사 현장을 전전했다고 한다. 학력과 연줄은 물론 기술도 없는 지방 출신자가 도쿄에서 살아가기는 쉽지 않다. 독립하고 나서는 고집스러울 만큼 올바른 방법으로만 일을 한 마자키는 과거 오 년 동안 어떤 기분으로 무슨 생각을 하며 한탕꾼으로 돈을 벌었을까.

이소고가 카운터에 놓여 있는 라면값을 집어 들더니 소마가 반쯤 남긴 라면 국물에 던져 넣었다. 오백 엔과 백 엔짜리 동전은 퐁퐁 소리를 내며 기름이 뜬 국물 속에 가라앉았다. 소마는 이게 무슨 짓인가 싶어 이소고를 쳐다보았다.

"그 돈, 손이 더러워지지 않게 꺼내봐."

말도 안 되는 소리였다. 그릇에 손을 넣지 않으면 돈을 꺼낼 수 없다.

"산업폐기물 처리는 그런 거야."

이소고는 알루미늄 재떨이에 천천히 담배를 비벼 껐다.

"이보게, 연간 배출되는 4억 톤의 산업폐기물 중에 불법 투기되는 양이 얼마나 될 것 같나? 해당 기관의 발표로는 수십만 톤이라지만, 실제로는 수백만이나 수천만 톤이라고 하지. 즉, 최종 처리장이 압도적으로 모자라다는 거야. 생각해봐, 매년 엄청난 양의 제품이 만들어지고 그만큼 산업폐기물이 발생하지. 그런데 최종 처리장은 늘어나나? 주민의 반대로 어디에도 만들어지지 않아. 제대로 버리려고 해도 버릴 곳이 없는 거야. 그런데도 행정기관과 경찰은 불법 투기를 단속하려고 눈에 불을 켜고 설치고, 매니페스토 전표니 규제 강화니 하면서 업자들의 목을 조르지. 불법 투기를 맡는 지하 루트가 없으면 어떤 공장이든 순식간에 자기들이 배출한 산업폐기물에 파묻혀서 일주일 만에 생산이 중지될 텐데도 말이야. 최근에는 시민들까지 눈에 불을 켜고 있으니까 불법 투기하다가 들키기라도 하면 바로 관공서에 신고가 들어가지. 정말 못 해먹을 일이라니까."

이소고의 말에도 일리가 있었다. 불법 투기는 산업폐기물 처리 시장에 이미 포함되고 말았다. 하지만 소마는 알선소를 하지 않고 작은 수거 운반 회사를 세워 나름대로 활로를 찾아내려 애쓴 마자키를 어리석다고 비난할 기분은 들지 않았다.

소마는 4시 조금 전에 진다이마치에 있는 시청에 도착했다. 이소고의 말이 힌트였다. 어쩌면 역 앞 광장에서 살해된 네 명 중 누군가가 그날 아침에 샘플을 불법 투기하는 현장을 목격하고 시청에 민원을 제기했을지도 모른다.

창구로 향하려고 했을 때였다. 소마의 휴대전화가 울렸다. 소마의 현재 번호를 아는 사람은 야리미즈와 슈지뿐이다. 뭔가 예상치 못한 사태가 일어난 것이 아닐까, 하는 나쁜 예감이 들었다. 아니나 다를까 귓속으로 날아든 야리미즈의 목소리는 몹시 절박했다.

"야리미즈야. 슈지가 사라졌어."

야리미즈는 휴대전화의 GPS 위치 확인 기능으로 슈지가 마쓰모토에 있다는 사실을 알고 놀라서 휴대전화로 전화를 걸었다. 한 번은 호출음이 울렸지만 슈지가 전화를 받지 않았고, 그 다음부터는 전원이 꺼졌는지 호출음도 울리지 않았다고 한다.

슈지는 무모하지만 남에게 걱정을 끼치고도 아랑곳하지 않을 만큼 어린애는 아니다. 슈지가 전화를 받지 않을뿐더러 전원을 끄고 연락도 하지 않는다는 것은 무슨 일이 일어났다는 뜻이다. 마지막으로 위치 확인을 했을 때 슈지는 마쓰모토 역에서 북동쪽으로 약 사 킬로미터 떨어진 지점에 있었다고 한다. 야리미즈는 바로 차를 몰아 마쓰모토로 가겠다고 했다. 소마를 태우러 가면 그만큼 시간이 낭비된다. 소마는 야리미즈에게 먼저 가라고 말하자마자 전화를 끊고 힘껏 달려 진다이지 역으로 되돌아갔다.

역 계단을 뛰어오르자 상행선 플랫폼에서 신주쿠행 특급열차가 속도를 올리며 출발하는 참이었다. 반사적으로 플랫폼의 전광판을 올려다보았다. 다음 신주쿠행은 칠 분 후에 있었다. 소마는 플랫폼의 매점에 있는 시간표로 달려가 마쓰모토행 열차 시간을 확인했다. 오후 4시 정각에 신주쿠에서 출발하는 아즈사 25호. 그것을 놓치면 다음 마쓰모토행 열차는 한 시간 뒤에나 있었다. 하지만 칠 분 후의 신주쿠행 열차를 타도 4시 정각에 신주쿠에서 출발하는 마쓰모토행 열차 시간에는 댈 수 없다.

소마는 맞은편 하행선 플랫폼에서 울려 퍼지는 하치오지행 특급열차의 발차 벨 소리를 듣고 도 아니면 모라는 식으로 하행선 플랫폼으로 달렸다. 신주쿠가 시발역인 아즈사 25호는 신주쿠에서 출발하여 다치카와, 하치오지, 마쓰모토 순서로 정차한다. 어쩌면 하치오지에서 신주쿠를 출발한 아즈사를 잡아탈 수 있을지도 모른다.

소마는 게이오하치오지 역에서 열차를 내려 인파를 헤치고 쏜살같이 JR 하치오지 역의 플랫폼으로 달렸다. 아즈사 25호는 몸을 날려 다이빙하듯이 뛰어든 소마를 태우고 오후 4시 32분에 JR 하치오지 역을 출발했다. 문가에 주저앉아 거친 숨을 몰아쉬는 소마를, 차내 판매원이 의아하다는 눈으로 빤히 바라보며 가지각색의 도시락이 쌓인 카트를 밀고 지나갔다.

소마는 어깨를 들썩여 숨을 쉬면서 슈지가 마자키 일로 마쓰모토에 간 것이 틀림없다고 확신했다. 마쓰모토는 마자키의 고향이다. 하지만 고향에 마자키가 돌아갈 집은 없다. 소마는 슈지가 마쓰모토의 어디로 향했는지 짐작도 가지 않았다. 단 한

가지 분명한 사실은 슈지가 스키 마스크와 맞닥뜨린 결과 갑자기 연락이 두절되었을 가능성이 크다는 것이다.

소마는 형사로서 항상 최악의 사태를 상상한다. 최악의 사태를 상상하며 가만히 앉아 있을 수밖에 없는 앞으로의 두 시간이 소마에게는 고문이나 다를 바 없었다.

마자키는 연녹색 캐리어 가방을 밀며 체크인 카운터로 향했다. 거대한 유리가 끼워진 공항은 온실처럼 따뜻했고, 눈부신 햇빛으로 가득했다. 마자키는 일 년 내내 여름과도 같은 기후의 해안이 연상되는 선명한 꽃무늬 반소매 셔츠를 입고 하얀 삼베 모자를 썼다. 티셔츠를 입고 배낭을 멘 어린아이들이 환성을 지르며 넓은 로비를 달려갔다. 유리창 너머에 줄지어 있는 수많은 비행기는 커다란 새 같아 보였다.

비행기를 타러 가는 마자키는 그날 아침과 마찬가지로 신기하게 맑은 눈을 하고 있었다.

슈지는 몹시 화가 났다.

왜 내가 이런 꼴을 당해야 해.

그렇게 따질 작정이었다. 하지만 입을 연 순간 튀어나온 것은 스스로도 놀랄 만큼 비명을 닮은 고함소리였다.

그쪽으로 가지 마. 그쪽으로 가면 안 돼.

마자키는 어느덧 탑승 게이트를 향해 달리기 시작했다. 사람들이 놀라서 돌아다보았지만 마자키는 개의치 않고 계속 달렸다.

슈지는 무슨 일이 일어날지 알고 있었다. 슈지는 고함을 질렀다.

마자키는 등에 총을 무수히 많이 맞고 쓰러졌다. 마자키는 매끈매끈하고 무기질적인 바닥에 밀림의 야수처럼 따뜻한 피를 철철 쏟더니 움직임을 멈추었다.

슈지는 퍼뜩 눈을 떴다. 코를 찌르는 가솔린 냄새에 숨이 막혔다. 접착테이프로 입이 막혀 있었다. 몸을 움직이려고 하다가 비로소 손발도 로프로 묶여 있음을 깨달았다. 눈은 가려져 있지 않았지만 아무리 시선을 집중해도 보이는 것은 어둠뿐이었다. 몸에 직접 전해지는 진동과 달려가는 소리로 차 트렁크에 갇혀 있다는 것을 바로 알아차렸다. 머리카락이 매트에 찐득하게 엉겨붙은 것은 아마도 피 때문이리라. 머리가 욱신욱신 아팠다.

의식을 잃은 지 얼마나 되었는지, 지금이 낮인지 밤인지도 알 수 없었다. 스기타가 야구방망이로 머리를 때렸다는 것, 그리고 그가 "시게토 슈지"라고 말한 것만 기억났다. 스기타는 처음부터 자신이 누구인지 알고 있었다. 그 사실에 생각이 미치자 다시금 차가운 전율이 등골을 타고 내려갔다. 한 번도 만난 적이 없는 스기타 가쓰오가 어떻게 자신의 얼굴과 이름을 알고 있었을까. 이유는 하나밖에 떠오르지 않았다. 그 생각이 맞는다면 차가 멈춘 곳에서 자신은 죽는다.

슈지는 로프를 풀려고 죽을 둥 살 둥 손발을 버둥거렸다. 하지만 뒤로 돌려서 로프로 묶은 팔에는 접착테이프가 손끝까지 깁스처럼 둘둘 말려 있어 새끼손가락 한 마디조차 움직일 수 없었다. 다리에도 로프와 접착테이프가 바위처럼 단단하게 감겨 있어 피가 제대로 통하지 않아 무릎 아래쪽은 감각이 없었다. 어둠이 절망을 증폭시키자 뱃속 깊은 곳에서 공포가 차츰 솟아올랐다. 진정하라고 자신을 타일렀지만 할 수 있는 일이라고는 어둠 속에서 애벌레처럼 몸을 꿈틀거리는 것뿐이었다.

잠시 후 몸이 일정한 간격을 두고 오른쪽, 왼쪽으로 번갈아 흔들리기 시작했다. 차가 수많은 커브를 돌아 높직한 언덕이나 산으로 올라가고 있는 것이 분명했다. 다 올라간 곳이 종착점이다. 온몸의 땀구멍에서 차가운 땀이 흘러나왔다. 커브를 돌 때마다 몸이 여기저기에 부딪혀 끙끙대며 아파하고 있자니 기름통과 볼트가 코앞을 데굴데굴 굴러갔다.

차가 달리는 소리가 아스팔트를 달리는 소리에서 거친 자갈

길을 달리는 소리로 바뀐 지 얼마 지나지 않아 차는 천천히 속도를 줄이며 멈추었다. 운전석 문이 열리고 닫혔다. 자갈을 밟는 구둣발소리에 이어 트렁크가 열리고 눈을 찌르는 듯한 손전등 불빛이 쏟아졌다. 눈이 부셔 고개를 돌리려고 한 순간 날뛰지 말라고 경고하듯이 얼굴에 주먹이 한 방 날아들었다. 눈 속에 불꽃이 튀고 선명한 붉은색이 연상되는 강렬한 아픔이 얼굴에서 몸속 깊숙이 퍼져나갔다. 몇 번이나 맛본 적 있는 아픔에 숨이 멈췄고, 콧속에서 뜨뜻미지근한 물처럼 코피가 쏟아졌다.

스기타는 슈지를 어깨에 짊어지고 빈손에 슈지의 백팩을 들고 걷기 시작했다. 예전에 잘나가던 경륜 선수였던 스기타는 덩치는 작지만 다부진 근육질이라 사람 하나 옮기는 것쯤은 식은 죽 먹기인 듯했다. 슈지는 거꾸로 흔들리는 밤의 산길을 바라보며 몽롱한 머리 한구석으로 이제 끝일지도 모르겠다고 생각했다.

나무 우듬지가 휘청휘청 흔들리더니 이제야 벚꽃이 핀 마쓰모토의 차가운 바람이 뺨을 어루만졌다. 얼마 가지도 않아 슈지는 돌로 된 벤치에 아무렇게나 내팽개쳐졌다. 스기타는 발치에 백팩을 내려놓고 슈지 옆에 앉아 호주머니에서 쇼트호프를 꺼냈다. 불을 붙일 때 스기타의 손목시계 문자반이 보였다. 녹색을 띤 형광 바늘은 7시가 조금 지난 지점을 가리키고 있었다.

생각만큼 시간은 많이 흐르지 않았다.

등을 웅크리고 하얀 연기를 뿜어내는 스기타의 옆얼굴은 어둠에 묻혀 전혀 보이지 않았다.

녹슨 철책으로 둘러싸인 이곳은 작은 전망대 같았다. 철책 바로 아래에 철쭉이 무성한 완만한 비탈이 있고, 그 앞에 산기슭으로 이어지는 구불구불한 차도, 그리고 그 앞쪽에 보석을 흩뿌린 듯한 마쓰모토의 야경이 펼쳐져 있었다.

“좀 춥지만 예쁘지?”

스기타의 말투는 믿기지 않을 만큼 온화했다.

“모처럼 왔으니 너도 야경 정도는 보고 돌아가야지. 한 달 늦게 왔으면 저기 철쭉꽃도 보여줄 수 있었을 텐데. ……이제 곧 쇼고의 친구가 널 데리러 올 거야.”

마자키의 친구……? 슈지는 무슨 말인지 이해가 가지 않았다. 왜 마자키의 친구가 자신을 데리러 오는 걸까. 자신은 스기타말고는 마자키의 친구를 모르는데.

“그 녀석도 참 별나더라. 이야기하는 내내 악력 강화용 공을 만지작거리더라고.”

그 순간 슈지는 아렌에게 들은 스키 마스크의 버릇이 떠올랐다. 그놈은 마자키의 친구가 아니다. 슈지는 필사적으로 몸을 일으키려고 발버둥쳤다.

"가만히 있어."

스기타는 담배를 문 채 울 머플러를 풀어서 슈지의 목에 감아 주었다.

"모처럼 벚꽃이 피었는데 감기 걸리면 안 되지."

작업복 소매로 슈지의 얼굴에 묻은 코피를 닦으며 타이르듯이 말했다.

"무슨 짓을 했는지는 모르지만, 그 녀석도 네가 제대로 책임을 지면 자유롭게 풀어줄 거야. 안심해. 아무리 뭐래도 너 같은 애를 죽이지는 않을 테니."

정말로 그렇게 믿는 건지, 아니면 양심의 가책을 줄이기 위해 그렇게 믿고 싶은 것뿐인지 스기타의 눈을 보아도 확실치 않았다. 확실한 것은 스기타가 무보수로 이런 짓을 하지는 않으리라는 것이다.

왜, 뭣 때문에.

그렇게 소리치고 싶었지만 접착테이프로 입이 막혀서 소리도 지르지 못하고 슈지는 그저 스기타를 노려보았다. 스기타는 슈지가 하고 싶은 말을 알아채고 천연덕스럽게 대답했다.

"그 녀석한테 너를 넘기면 공장을 되찾을 수 있어."

스기타의 이야기로는 공장은 벌써 한참 전부터 가망이 없었던 모양이다. 언제 망해도 이상할 것 없었지만, 스기타는 결혼자금을 모으러 일본에 일하러 온 에밀리오가 떳떳하게 고향으로 돌아가는 날까지는 어떻게든 버티려고 자금을 변통하느라 분주했다고 한다. 애쓴 보람이 있어 에밀리오는 저금과 희망을 가슴에 품고 신부 곁으로 돌아갔고, 공장은 화이트데이에 마침내 마침표를 찍었다. 남은 두 수리공은 일을 찾아 마쓰모토를 떠났고, 스기타는 현재 구직 활동중이며, 공장은 압류되기를 기다리는 실정이었다.

"그런데 요전에 고용지원센터에서 돌아와보니 공장 앞에 회색 코트를 입은 처음 보는 남자가 서 있었어. 제법 비싸 보이는 검은색 가죽 장갑을 낀 손으로 악력 강화용 공을 돌리고 있더라고. 추심꾼치고는 때깔이 너무 좋기에 이제 공장은 영업 안 한다고 알려줬더니 그 녀석이 공장이 아니라 내게 볼일이 있다는 거야. 누구냐고 물어보니 쇼고의 친구라더군."

남자는 스기타가 궁한 나머지 여기저기에서 쓴 차용증을 어떻게 모았는지 다발로 들고 왔다. 그리고 부탁을 들어주면 차용증을 모조리 태워주겠다고 했다. 그런 경우 누구나 그러듯이 스기타는 일단 남자의 이야기를 끝까지 들었다.

"한다 안 한다 확실하게 대답하지 않고 잠자코 있었더니 그 녀석이 마자키의 친구니까 나를 돕고 싶다면서 네 사진을 놓고 갔어. 뒷면에 네 이름과 키랑 몸집이 대강 적혀 있더라."

사타 때와 똑같았다. 스키 마스크는 사람을 부릴 때 협박하지 않는다. 도와주겠다고 말한다. 그래야 스스로 나서서 열심히 움직이기 때문이다. 자기 자신을 구하기 위해.

"……왠지 모르게 네가 오지 않았으면 좋겠다 싶었는데. 오면 부탁받은 대로 할 테니까."

스기타는 불이 꺼진 담배꽁초를 야경을 향해 가운뎃손가락으로 튕겼다. 하얀 담배꽁초는 순식간에 어둠에 삼켜졌다.

"어쩐지 오늘은 아침부터 찜찜하더라니. 금방 우려낸 차에 날벌레가 빠지질 않나, 기분 나쁜 전화도 걸려 오고 말이야. 어떤 놈이 느닷없이 네 사생아를 낳은 여자가 암으로 죽었다고 엄청 섬뜩한 소리를 하더라고. 고용지원센터에 갈 마음도 다 없어지더라. 그래서 해 떠 있는 동안 액막이 삼아 야사카 신사에라도 다녀올까 했는데 사진 속의 애송이가 오고 말았네. 그것도 엉터리 이력서를 들고 이미 망한 공장에서 일하고 싶다면서."

스기타는 허탈한 듯 큭큭 웃으며 쇼트호프를 또 한 개비 꺼냈다. 웃음이 멈추지 않아 불을 붙이는 데 두 번 실패하고 나서야 스기타는 겨우 하얀 연기를 뿜어 올렸다. 하지만 다시 이야기를 시작한 스기타의 목소리는 음울했다.

"네가 그 자리에서만 통할 법한 거짓말을 늘어놓으며 쇼고에 대해 꼬치꼬치 물어볼 때만 해도 무슨 사정이 있겠거니 했지. 그래서 아는 대로 전부 대답했어. 그러면 너도 마음을 바꿔서 사정을 들려줄 줄 알았거든. 하지만 넌 끝없이 거짓말만 나불댔잖아. ……난 너 같은 인간을 많이 알아. 허울 좋은 소리만 하며 사람을 속이는 나쁜 놈들이지."

슈지는 스기타가 스스로 말했듯이 정말로 정직하고 선한 사람일지도 모르겠다 싶었다. 그 탓에 경륜 선수로서 몸을 바쳐 벌어들인 억 단위의 돈을 여러 사람에게 뜯기고 결국 오점과도 같은 빚만 남았다.

스기타는 고개를 기울여 슈지의 얼굴을 들여다보고 갑자기 웃었다.

"넌 아직 젊으니까 다시 시작할 수 있어. 이제는 사람 속이지 말고 정직하게 살아라."

길게 뻗은 담뱃재가 툭 떨어졌다.

스기타는 하얀 연기를 뿜어내고 저멀리 있는 거리의 불빛에 눈길을 주었다.

어둠 한가운데에 귤색으로 빛나는 강처럼 구불구불 뻗은 나가노 자동차 도로 가득히 빨간색과 파란색, 노란색과 녹색 등 갖가지 작은 불빛이 깜빡이고 있었다. 그 화려한 불빛이 이따금 나뭇가지가 흔들릴 뿐인 산의 정적을 한층 깊게 만들었다.

"……사실 공장이 어떻게 되든 상관없어."

스기타는 멍하니 중얼거렸다.

"거기서 태어나 자랐고, 십 년이나 일했는데 말이야. 그 남자를 만나고 처음으로 깨달았지. 실은 공장이 어떻게 되든 상관없다고. 스스로도 뜻밖이라 깜짝 놀랐어."

스기타는 한숨을 쉬며 발치에 담배를 버렸다. 담배꽁초는 밟아 끌 필요도 없이 밤이슬이 내린 땅에서 천천히 꺼졌다.

"……하지만 그럼 안 되겠지. 이것만은 꼭 지켜야 한다는 소중한 것이 없으면, 그런 게 없으면 분명 살아가는 보람이 없을 거야. ……쇼고는 옛날부터 언제나 그런 걸 가지고 있었어. 그래서 나도 공장을 되찾는 편이 나을 것 같더라고. 뭐, 다른 좋은 생각은 나지도 않으니."

이 사람은 트랙을 달리지 못하게 되었을 때 죽는 편이 행복했을 거라고 슈지는 생각했다. 그만큼 스기타는 행복했다. 누구보다도 빨리 골인하기만 하면 되던 시절, 스기타의 인생은 명쾌했다. 승패가 확실히 존재했으며 스기타에게는 승리를 거두기에 충분한 다리와 승리를 위한 연습을 견뎌낼 집념이 있었다. 하지만 트랙을 달리지 못하게 되자 그는 자기 힘만으로는 살아갈 수 없는 세상에 내던져졌다. 그때부터 스기타는 규칙을 모르는 게임을 해야 하는 인생을 살았는지도 모른다. 슈지 역시 이 세상의 규칙을 잘 모른다. 세상이 이렇게 돌아가는 것이 '누구의 탓'도 아니라는 것만 안다. 아버지가 이상해진 것도, 어머니가 집을 나간 것도, 요헤이가 실명하고 두 친구와 더는 만날 수 없게 된 것도, 그 '누구의 탓'도 아니다. 그러므로 자신들처럼 아무 힘이 없는 인간에게 현실은 끝없이 이어지는 연쇄 추돌 사고 같은 것이라고 생각하며 살아왔다. 그러니까 어떤 불합리한 일이 벌어져도 결국은 받아들이는 수밖에 없는 법이라고. 그렇게 여기면 적어도 아버지처럼 무의미하게 마음이 망가지지는 않는다. 그거면 됐다. 하지만 지금은…….

슈지는 최대한 무릎을 구부려 몸을 웅크렸다가 온 힘을 다해 스기타의 발치를 걷어찼다.

여기서 죽을 수는 없다.

"야."

스기타가 놀라움과 분노가 뒤섞인 얼굴로 슈지를 돌아다보았다. 슈지는 아랑곳없이 다시 한번 걷어찼다. 이번에는 스기타의 발치에 놓여 있던 백팩에 적중했다. 슈지는 백팩을 연달아 걷어찼다. 살아남기 위해 쓸 수 있는 무기는 단 하나뿐이었다.

"왜 그래? 이걸 열어달라고?"

슈지는 몇 번이고 고개를 끄덕였다.

"뭐가 필요한 거야? 별것 없던데."

스기타는 마지못해 백팩 지퍼를 열고 안을 뒤적거렸다.

"시각표, 지갑, 전원을 끈 휴대전화, 이건 못 줘."

슈지는 그게 아니라고 고개를 저었다.

"그리고 빈 페트병이랑……."

스기타는 설마, 라는 얼굴로 슈지를 쳐다보았다.

"이거……?"

슈지는 고개를 끄덕였다. 그것은 정말 맛있어서 돌아갈 때 먹으려고 사둔 '건강한 밥통'이었다. 스기타는 웃음을 터뜨렸다.

"배가 고팠구나. 거참 신경 한번 굵은 녀석일세."

슈지는 먹여달라고 턱짓을 했다.

"그만 좀 껄떡대라." 스기타는 웃으며 도시락 포장지를 펼쳤다. "먹여줄게."

스기타는 슈지의 입에 붙은 접착테이프를 단번에 떼어냈다.

슈지의 무기는 거기 있었다.

"스기타 씨, 날 넘겨주면 당신도 죽어요."

오후 6시 55분, 야리미즈는 마쓰모토 역 로터리로 미끄러져 들어가 경적을 울렸다. 역 앞에서 기다리고 있던 소마가 바로 야리미즈의 차를 발견하고 달려왔다. 나가노 자동차 도로가 막혀서 결국 열차를 택한 소마가 십 분쯤 일찍 도착했다. 야리미즈가 조수석 문을 열자 달려온 소마는 대뜸 "지도는?" 하고 물었다.

"없어, 내비게이션은 있는데."

"내비게이션으로 사람을 찾을 수 있어? 난 뒤에 탈 거야."

눈으로 재빨리 뒷좌석을 가리키더니 소마는 지도를 사러 달려갔다.

스키 마스크가 마쓰모토에 와 있을지도 모른다.

야리미즈는 바로 그런 생각이 나서 뒷좌석 잠금장치를 열었다. 조심하는 것이 최고다. 스키 마스크는 소마와 슈지의 얼굴을 안다. 스키 마스크가 얼굴을 모르는 사람은 야리미즈뿐이다. 만약 야리미즈가 소마와 함께 차를 타고 다니다 스키 마스크에게 들키면 야리미즈가 두 사람과 한편이라는 사실이 자연스레 들통난다. 소마는 뒷좌석에서 몸을 감추고 있는 편이 낫다.

야리미즈가 담배에 손을 뻗으려 했을 때, 조수석 창문을 똑똑 두드리는 소리가 들렸다. 쳐다보니 낯선 남자가 몸을 구부리고 차 안을 들여다보고 있었다. 남자는 차분하게 고개를 숙여 인사했다. 야리미즈는 조수석 창문을 열고 얼굴을 내밀었다.

"뭡니까?"

"죄송합니다. 시계 박물관에 어떻게 가는지 아십니까?"

야리미즈도 마쓰모토에는 방송국에서 일하던 시절에 한 번 와봤을 뿐이라 마쓰모토 성 정도밖에 모른다.

"이런, 저도 여기 사람이 아니라서요. 미안합니다."

"그런가요, 아무튼 감사합니다."

남자는 야리미즈의 얼굴을 가만히 쳐다보다가 가볍게 고개를 숙이고 나서 물러났다. 회색 코트를 입은 덩치가 작은 남자의 뒷모습은 바로 역 앞 붐비는 사람들 사이로 사라졌다.

남자가 물러가자마자 뒷좌석 문이 열리더니 소마가 지도를 들고 올라탔다.

"일단은 마지막으로 GPS 반응이 있었던 지점부터."

"그래. 커다란 자동차 수리 공장 같았는데."

야리미즈는 서둘러 은색 크라운을 출발시켰다.

역 앞은 네온사인이 눈부시게 빛났고, 이제부터 시내로 나가려는 사람들로 북적거렸다. 로터리를 돌면서 야리미즈는 문득 의문이 생겼다. 아까 그 남자는 왜 일부러 자신에게 길을 물었을까. 여기는 역 앞이다. 역무원이나 매점 사람에게 물어보면 정확한 위치를 가르쳐줄 것이다. 택시 운전사한테 물어보면 설령 타지 않더라도 길 정도는 가르쳐준다. 그리고 이 차는 시나가와 번호판이 붙어 있을 뿐 아니라 '와'로 시작하는 렌터카다. 왜 굳이 다른 현에서 온 차를 골라 길을 물었을까. 무엇보다 벌써 저녁 7시다. 시계 박물관은 문을 닫지 않았을까…….

"야, 빨간불이야!"

소마의 목소리에 야리미즈는 퍼뜩 놀라 신호등을 쳐다보았다. 반사적으로 브레이크를 밟는 것과 동시에 큰 소리와 함께 충돌하며 충격이 덮쳐왔다.

"허허, 널 넘기면 왜 내가 죽는다는 거냐?"

스기타는 우엉 된장무침을 집어먹으며 재미있다는 듯이 물었다.

"당신은 그 남자가 날 죽였다는 사실을 아는 유일한 증인이니까요. 살려둘 리 없어요. 놈이 여기에 오면 우선 움직임이 자유로운 당신부터 죽일 거예요. 그다음이 나고요. 죽인 다음에 우리 시체를 이 산에 묻겠죠. 놈은 처음부터 그럴 작정이었어요. 내기해도 좋아요. 아니면 이런 산꼭대기까지 나를 데려오라고 할 리 없다고요."

"유감스럽지만 넌 내기에 졌어."

스기타는 기분 좋은 듯이 자신만만하게 대답했다.

"이 산에는 하이킹 코스가 널리고 널려서 주말에는 가족 동반 나들이객들이 우글우글 몰려와. 이제부터 꽃구경 시즌이니 더하겠지. 아무리 얼간이라도 이런 곳에 사람을 둘이나 묻으려고 하지는 않을걸. 그리고 널 여기로 데려온 건 그 녀석 생각이 아니야. 내 생각이지."

슈지의 놀란 표정에 스기타는 한층 기분이 좋아진 얼굴로 말을 이었다.

"그 녀석은 널 그냥 내 공장에 있는 폐차 트렁크에 처박아두라고 했어. 달아나지 못하도록 말이야. 하지만 뭐든지 그 녀석이 시키는 대로 하는 것도 좀 짜증나잖아. 그래서 내가 맘대로 널 둘둘 말아서 여기 데려온 거야. 여기라면 녀석을 기다리는 동안 아름다운 야경도 구경할 수 있으니까."

스기타는 스키 마스크와 슈지에게 한 방 먹였다는 듯이 의기양양한 표정을 지었다. 하지만 슈지는 그 말을 듣고 스키 마스크가 스기타의 수리 공장에서 자신들을 죽일 작정이었음을 깨달았다. 거기라면 남에게 들킬 걱정도 없고, 비명을 질러도 밖에는 들리지 않는다. 도산한 공장에는 아무도 오지 않을 테니 뒤처리도 느긋하게 할 수 있다.

슈지가 그렇게 말하자 스기타는 "너도 참 생각이 많은 녀석이로구나" 하고 눈을 크게 뜨며 감탄했다.

"널 넘기지 않으면 어떻게 되는데?"

"그래도 당신은 죽어요."

스기타는 짤막하게 소리 내어 웃었다.

"그럼 어차피 매한가지네."

"적어도 내 이야기는 귀가 솔깃한 감언이설이 아니에요. 스기타 씨, 당신 도대체 빚이 얼마나 돼요? 나 같은 애송이 하나 넘겨주고 탕감할 수 있는 액수냐고요. 자릿수가 두세 자리 다르지 않아요? 날 넘기면 그놈이 정말로 당신 차용증을 전부 태울까요? 당신, 실제로 돈을 빌렸잖아요. 빌려준 사람들이 잠자코 있겠어요? 아니면 그놈이 자기 돈으로 당신 빚을 몽땅 갚아주기라도 할 것 같아요?"

스기타는 아무 대답도 없이 잠자코 도시락을 먹었다. 하지만 더이상 아까 전처럼 웃고 있지는 않았다. 슈지는 연거푸 말했다.

"스기타 씨, 지금이라면 아직 달아날 기회가 있어요."

"글쎄, 어떨까."

그렇게 말하고 스기타는 산기슭을 쳐다보았다. 저멀리 나무 사이를 가로지르는 헤드라이트 불빛이 보였다. 자동차 한 대가 구불구불한 산길을 올라왔다.

"온 모양이군."

차가 곧 산길을 다 오르고 나면 스키 마스크가 여기로 온다.

슈지는 그 차가 죽음 그 자체로 보였다. 입안이 바싹 마르고 머릿속이 새하얘져서 아무 생각도 나지 않았다. 역 앞 광장에서 칼을 맞아 죽을 뻔했을 때도 집에서 살해당할 뻔했을 때도 이런 기분은 아니었다. 다가오는 죽음을 그저 눈을 크게 뜨고 쳐다보는 수밖에 없다. 마치 심한 가위에 눌린 것처럼 무서웠다. 헤드라이트 불빛이 오른쪽 왼쪽으로 방향을 바꾸며 구불구불한 산길을 천천히 올라왔다. 점점 다가왔다.

스기타는 어린아이에게 하듯이 슈지의 머리에 손을 얹었다.

"자기가 널 죽일 거라 오해하고 있다고 그 녀석이 그러더라."

몹시 화가 난 슈지는 머리를 흔들어 스기타의 손을 떨쳐내고 버럭 소리를 질렀다.

"마자키도 그놈이 죽였을지 모른다고!"

"허튼소리 좀 집어치워."

스기타는 정이 다 떨어졌다는 듯이 일어서서 철책에 기대어 쇼트호프에 불을 붙였다.

"쇼고는 살아 있어. 나랑 통화했단 말이야."

"언제!"

"에밀리오가 고국으로 돌아간 다다음날. 16일에 고치에서 전화가 왔어. 이야기하는 동안 뭔가 느낌이 와서 해외여행이라도 갈 거냐고 물었더니 그렇다더군. 선물로 외국의 향토 술을 사 오겠다는 약속도 했어. 쇼고는 지금쯤 하와이나 괌에 있을 거야."

"……고치 항에서 바다에 가라앉은 마자키의 차가 발견됐어."

스기타는 하얀 연기를 뿜어내며 슈지를 돌아다보았다. 스기타의 눈에 처음으로 슈지를 순수하게 혐오하는 빛이 떠올랐다.

"너, 거짓말 천재구나. 이제 네가 정말로 그 남자한테 죽어도 싸다 싶다."

"거짓말 아니야! 알아보면 되잖아."

"아아, 그럴 거야. 여기서는 못 알아보겠지만. 내가 지금 당장 알아볼 방법이 없는 줄 알고 그런 말 하는 거잖아. 씨알도 안 먹힐 거짓말만 늘어놓기는."

어떻게 하면 스기타에게 믿음을 줄 수 있을까. 슈지는 필사적으로 생각했다. 스기타의 뒷모습 너머 저편, 차는 벌써 산길을 제법 많이 올라왔다.

"휴대전화……. 당신 휴대전화 좀 빌려줘! 내 말을 증명할게!"

"멍청아. 그런다고 내가 전화를 걸게 해줄까 봐서."

"전화를 걸려는 게 아니야."

"그럼 어디다 쓰려고?"

"됐으니까 시키는 대로 키를 눌러."

스기타는 마지못해 휴대전화를 만지작거리기 시작했지만, 메일을 보낼 때말고는 인터넷을 써본 적이 없어서 그런지 조작에 몹시 애를 먹었다. 답답해서 짜증을 내는 스기타를 어르고 달래며 슈지는 상세하게 순서를 설명했다. 스기타는 겨우 인터넷에 접속하여 《고치 일보》 사이트를 열었다. 그리고 시키는 대로 "3월 마자키 쇼고"라고 입력하고 기사를 검색했다. 스기타가 마지막으로 검색을 선택해 키를 누르고 나서 결과가 나올 때까지의 몇 초가 슈지에게는 아주 길게 느껴졌다. 위 언저리가 배배 꼬인 것처럼 아프고, 차가운 바람이 부는데도 어느 틈엔가 온몸이 땀에 젖어 있었다.

이윽고 작은 액정 화면에 검색 결과 한 건이 떴다. 스기타는 그제야 의외라는 얼굴로 빛나는 화면을 들여다보았다. 그리고 천천히 작은 글자를 스크롤하기 시작했다.

3월 25일 오전 9시경, 고치 현 고치 시 제5관구 해상보안본부 소속 다이버가 잠수 훈련 도중 고치 항 안벽 근처 바다에 가라앉은 차량을 발견했다. 차량은 사가미 번호판이 달린 은색 임프레자였다.

차량의 소유주는 가나가와 현 야마토 시에 거주하는 전前 폐기물 수거 운반업자 마자키 쇼고 씨(42)로 밝혀졌다. 차에는 사람이 없었고, 주변 해역에서도 소유자로 추정되는 인물의 시신은 발견되지 않아 고치 현경은 사고와 사건 양쪽 다 염두에 두고 수사중이다.

3월 26일《고치 일보》

스기타의 안색이 변했다.

"……발견된 건 차뿐이잖아. ……누가 쇼고의 차를 훔쳐서 타고 가다 사고가 난 거야."

"그럼 본인이 차량 도난 신고를 했을 텐데."

스기타는 사실의 앞뒤를 맞추려고 열심히 노력했지만 아무 말도 하지 못했다.

"그 남자는 마자키의 친구가 아니야. 놈은 마자키를 없애려고 노리는 도중에 당신의 존재를 알아차렸어. 그래서 내가 마자키에 대해 조사하러 당신을 찾아올지도 모른다고 생각해 선수를 친 거라고."

무엇을 믿어야 할지 갈피를 못 잡게 된 스기타는 뭔가 확신을 줄 만한 것이라도 찾듯이 차분함을 잃은 눈으로 주변을 두리번거렸다.

슈지는 흔들리는 스기타의 눈을 응시했다.

"마자키가 당신을 이런 꼴로 만들 것 같아? 사람 죽이는 일을 거들도록 할 것 같으냐고. 마자키에게 당신은 단 하나의 친구였어. 십 년이나 만나지 않아도 무슨 부탁이든지 군말 없이 들어줄 단 하나의 친구였다고."

"……쇼고는 살아 있어."

말을 마치자마자 스기타는 갑자기 고개를 숙였다.

"쇼고는 돌아올 거야."

"아아. 그럴지도 모르지."

슈지는 정말로 그렇게 생각했고, 그러기를 바랐다. 하지만 그날이 오기를 가만히 기다리고 있을 수는 없었다.

"스기타 씨, 지금 내가 칼을 가지고 있다면 당신을 찌르는 한이 있더라도 달아날 거야. 아무것도 모르고 죽어야 한다니 딱 질색이야. 난 알고 싶어. 마자키가 무슨 생각으로 뭘 하려고 했는지."

스기타는 고개를 숙인 채 바위처럼 가만히 서 있었다. 느닷없이 벤치 위로 몸을 구부리는가 싶더니 슈지의 다리를 묶은 로프를 풀기 시작했다. 슈지도 젖 먹던 힘까지 다하여 묶인 팔을 벤치 모서리에 마구 문질렀다. 하지만 로프 위에 둘둘 감아 놓은 접착테이프 때문에 커다란 칼이라도 없는 한 로프에는 손도 댈 수 없었다. 스기타는 양손으로 테이프를 뜯어내려고 용을 썼다. 스기타와 슈지는 숨을 헐떡이며 산길을 쳐다보았다. 차는 바로 코앞까지 다가와 있었다. 이제 로프를 풀고 있을 시간은 없었다. 이래서야 슈지를 짊어지고 옮겨도 주차장에서 스키 마스크의 차와 딱 마주친다. 스기타는 절박한 눈으로 슈지를 쳐다보았다. 슈지도 같은 생각이었다. 이제 와서 둘이서 도망치기는 불가능했다.

어느덧 바람이 그쳤다.

달려가는 스기타의 발소리가 어둠 속으로 사라졌다. 이어서 주차장에서 스기타의 차가 급히 출발하는 소리가 들렸다. 스기타의 차는 구불구불한 산길의 마지막 굽이에서 올라오는 스키 마스크의 차와 하마터면 부딪힐 뻔했지만 간신히 비껴 지나갔다. 슈지는 엄청난 속도로 산길을 내려가는 스기타의 차를 바라보다 눈을 감았다. 지금 할 수 있는 일은 그것뿐이었다. 시야가 어둠에 잠기자 비로소 진한 나뭇진 냄새가 느껴졌다. 문득 소마의 말이 떠올랐다. 스키 마스크와 다시 마주치면 그때야말로 끝이라고 했던가.

잠시 후 주차장 쪽에서 한 사람의 발소리가 느릿느릿 가까워졌다.

마쓰모토 역 앞의 교차로에서 일어난 대물 사고에 대해 소마는 야리미즈에게 불평 한마디 하지 않았다. 만약 조수석에 탔다면 뼈가 몇 대 부러졌을 것이라는 말은 결코 입에 담지 않았다. 대신에 소마는 야리미즈의 디지털카메라로 재빨리 현장 사진을 찍고, 파출소에서 달려온 순경과 미친듯이 화를 내는 피해 차량 운전자를 상대로 기계나 다름없을 만큼 솜씨 있게 사고를 처리하자마자 얼굴에서 핏기가 싹 가신 야리미즈를 끌고 역 앞 렌터카 사무소로 달려갔다.

그때서야 야리미즈는 겨우 평상심을 되찾았다. 그리고 사고가 난 차가 주행이 불가능하다는 사실을 알았을 때부터 소마의 머릿속에는 한 가지 생각밖에 없었음을 깨달았다. 렌터카 사무소가 문을 닫기 전에 새 렌터카를 빌리는 일이다. 역 앞에 있는 렌터카 사무소는 대개 저녁 8시까지 영업한다. 현재 시각은 7시 50분. 지금이라면 아슬아슬하게 세이프다. 야리미즈는 소마에게 뒤지지 않으려고 힘껏 달렸다.

렌터카 사무소에 도착하자 간판에 "영업시간 4월 1일~10월 31일. 아침 8시부터 저녁 8시"라고 적혀 있었다. 그리고 그 밑에 "11월 1일~3월 31일. 아침 8시부터 저녁 7시"라고 적혀 있었다. 오늘은 3월 31일이다. 너무나 낙담하고 숨이 차서 말도 꺼내지 못하는 야리미즈 옆에서 소마는 하늘에 대고 의미가 불분명한 악담을 내뱉더니 바로 택시를 잡았다.

스기타 자동차 수리 공장은 불빛도 없이 고요했다. 주위는 폐차가 방치된 빈터로 슈지의 휴대전화 GPS 반응이 끊긴 곳은 틀림없이 이 건물 안이었다. 들어갈 만한 곳을 찾아 뒤쪽으로 돌아가자 공장 한구석은 주거 공간이었다. 야리미즈가 즉시 자물쇠 열기 도구 세트를 꺼내 문손잡이 앞에 쪼그리고 앉자, 머리 위에서 소마가 문을 거칠게 두드렸다. 아무 대답도 없자 소마는 윗도리를 감은 주먹으로 한 방에 유리창을 깨뜨렸다. 이제는 말려도 늦었다. 야리미즈는 잠자코 소마의 방식에 따르기로 했다. 나무틀로 된 창문은 오랫동안 여닫은 적이 없는지 나사식 자물쇠를 풀고 나서 성인 남자 두 명이 혼신의 힘을 다해 당기자 겨우 열렸다. 두 사람은 각각 펜 라이트를 들고 어둠 속을 살폈다. 1층은 거실과 좁은 부엌, 그리고 욕실뿐이었다. 인기척 없이 조용한 공간은 드넓은 공장 안에 있는 만큼 한층 썰렁했다. 야리미즈는 발아래에 주의하며 경사가 급한 계단을 올라 2층으로 향했다. 올라가자마자 나온 세 평 정도 되는 방에는 대형 쓰레기를 모아두는 곳에서 주워온 듯한 때 묻은 매트리스 세 장과 이불 몇 채가 쌓여 있었다. 옷 따위의 일상용품은 전혀 없었고, 벽에 붙어 있는 비키니 모델 사진과 바닥에 널브러진 티슈 상자만이 과거에 여러 사람이 여기 살았음을 짐작케

했다.

"야리미즈."

옆쪽의 두 평 남짓한 방에서 소마가 부르는 소리가 들렸다. 가보자 실내를 살피던 소마가 보험증을 던져주었다. 펜 라이트로 조그만 카드를 비추었다. 스기타 가쓰오. 생년월일은 1962년 9월 12일.

"마자키와 동갑이야."

그렇게 말하며 소마는 낡은 장롱을 조사했다.

이 두 평짜리 방에만 일상생활의 흔적이 존재했다. 내내 깔아둔 이부자리의 머리맡에는 담배꽁초가 쌓인 재떨이와 빈 캔맥주, 다 먹은 편의점 도시락 용기를 쑤셔넣은 봉지가 아무렇게나 놓여 있었다. 도시락에는 어제 날짜가 찍혀 있었다. 스기타는 이 방에서 혼자 생활한 것 같았다.

야리미즈는 반침 앞에 놓여 있는 작은 흰색 박스를 발견했다. 이 방의 물건 중에서 그 박스만 묘하게 청결하고 새로워 보였다. 가까이 다가가 펜 라이트로 비추자 박스 겉면에 택배 송장이 붙어 있었다. 다니모토 히로시라는 사람이 스기타 앞으로 보낸 택배였다. 호텔에서 발송한 듯 송장에는 호텔 스탬프가 찍혀 있었다. 고치 퀸스 코트 호텔. 택배를 보낸 날짜는 3월 16일이었다.

"고치라……."

어느 틈엔가 소마가 뒤에서 들여다보고 있었다. 야리미즈도 같은 생각을 하고 있었다. 고치는 마자키의 차가 발견된 곳이다.

택배 박스에는 이미 커터칼로 열어본 흔적이 있었다. 박스를 열자 기묘한 것이 들어 있었다. 하얀 욕실 매트였다. 게다가 신품이 아니라 깨끗하기는 하지만 몇 번이나 세탁한 것으로, 한가운데에 "고치 퀸스 코트 호텔"이라고 인쇄되어 있었다. 박스 속에는 호텔 욕실 매트밖에 없었다.

고치의 호텔에서 뭣 때문에 오래 사용한 호텔 욕실 매트를 일부러 택배로 보냈을까. 이해가 가지 않아 찝찝한 기분과 함께 보낸 사람인 다니모토 히로시와 고치 퀸스 코트 호텔이라는 이름이 기억에 남았다.

"가자."

소마는 계단을 내려가 주거 공간에서 공장으로 들어갔다.

공장 벽에 걸린 출퇴근 기록기에는 일본계 브라질인의 이름이 나열되어 있었다. 그중에서 에밀리오 나가노의 이름이 있었다. 에밀리오. 야리미즈는 마자키의 집에서 발견한 그림엽서를 보낸 에밀리오가 에밀리오 나가노이고, '스기타 씨에게도 안부 전해주세요'의 스기타는 스기타 가쓰오라고 직감했다. 야리미즈가 소마를 부르려고 했을 때 응접실에서 "야리미즈, 슈지다!"라고 소마가 심상치 않은 목소리로 외쳤다.

응접실 책상 서랍에 사진 한 장이 있었다.

예전에 방송국에서 일한 야리미즈는 한눈에 그 사진이 몰래 찍은 사진임을 알았다. 사진에는 약간 험악한 표정을 지은 슈지의 얼굴이 찍혀 있었다. 입이 약간 벌어져 있으니 다른 사람과 이야기하는 모습인지도 모른다. 얼굴만 나와 있으므로 언제 어디서 찍었는지는 모르지만, 얼굴 부분을 확대한 것이 아니라 줌 기능으로 처음부터 슈지의 얼굴에 초점을 맞추어 찍은 사진이 확실했다. 사진을 뒤집자 검정색 볼펜으로 슈지의 키와 몸집이 대강 적혀 있었다. 스기타가 이런 사진을 가지고 있는 이유도, 손에 넣은 경위도 전혀 짐작이 가지 않았지만 야리미즈와 소마는 어딘가 자신들이 모르는 부분에서 톱니바퀴가 어긋나 모든 것이 최악의 방향을 향해 나아가고 있다고 뼈저리게 느꼈다.

응접세트의 테이블에는 마시다 만 캔맥주 두 개와 캔커피 하나가 놓여 있었다. 맥주는 미지근했지만 야리미즈가 들어올리자 아래쪽 테이블이 아직 젖어 있었다. 차가운 맥주를 꺼내고 나서 시간이 아주 많이 흐르지는 않았다. 야리미즈는 슈지가 뭔가 남기지 않았나 싶어 펜 라이트로 주변을 살폈다. 테이블

구석에 조그마한 검은 얼룩이 묻어 있었다. 설마, 하는 심정으로 쪼그리고 앉았다. 묻은 지 얼마 되지 않은 핏자국이었다. 소마의 펜 라이트 불빛이 핏자국 위에 포개어졌다. 빛을 움직이자 핏자국은 뭔가를 문 쪽으로 끌고 간 흔적과 함께 테이블 옆 바닥으로 점점이 이어지다가 사라졌다.

소마는 말없이 일어서서 책상 위의 고정 전화 수화기를 들고 세 자리의 긴급전화번호를 눌렀다. 전화가 연결되기 전에 야리미즈가 후크를 눌렀다.

"경찰은 시체가 나오기 전에는 움직이지 않아."

시체라는 말에 소마는 귀신 같은 형상으로 야리미즈의 손을 떨쳐냈다. 그리고 다시 말리려고 하는 야리미즈를 세게 떠밀었다. 야리미즈가 옆으로 쓰러지며 그릇장에 처박히자 요란한 소리와 함께 유리가 산산조각 났다. 야리미즈는 유릿조각을 덮어쓴 채 불을 뿜어내듯이 소리를 질렀다.

"뭐라고 말할 건데! 역 앞 광장의 무차별 살인범이 아직 살아 있어서 슈지의 목숨을 노리고 있었다고 할 거냐! 이 일에서는 경찰 자체가 위험한 것 아니었어!"

소마는 수화기를 움켜쥔 채 우두커니 서 있다가 괴롭게 숨을 내쉬고 수화기를 내려놓았다.

"……미안해. ……네 말이 맞아."

"……진정해, 소마."

야리미즈는 유릿조각을 털어내면서 일어섰다.

"슈지는 끈질겨. 그렇게 쉽게 저세상으로 가지는 않을 거야."

소마는 고개를 두세 번 살짝 끄덕였다. 야리미즈는 벽으로 굴러간 펜 라이트를 주워 들었다. 알고 보니 왼손 손등이 베여서 피가 흐르고 있었다. 소마가 손수건을 꺼내 꽉 묶어서 지혈했다. 다림질하여 단정하게 개킨 흰 손수건이었다. 야리미즈는 갑자기 옛날 생각이 났다.

"너, 옛날부터 손수건은 꼭 다림질해서 가지고 다니더라……."

"그냥, 습관이라."

소마는 번거로운 지병인 것처럼 대답했다.

"아프냐?"

"아니."

타고 다닐 교통수단이 없었던 야리미즈와 소마는 정비중인 하늘색 쉐보레를 슬쩍해 공장을 뒤로했다. 불법 침입, 기물손괴, 그리고 절도. 엄연한 범죄였다. 슈지의 휴대전화 전원은 계속 꺼져 있어 행방은커녕 생사도 모른다. 야리미즈는 슈지를 찾으려면 스기타를 찾는 수밖에 없다는 결론을 내렸다. 그러기 위해서 소마가 스기타의 방에서 가져온 전화요금 청구서를 이용해 휴대전화로 통화한 사람을 모조리 알아볼 작정이었다. 둘러 가는 방법이지만 지금은 그 방법뿐이었다.

시간은 9시를 넘어 계속 흘러가고 있었다. 야리미즈는 마지막으로 본 슈지의 모습을 떠올리려고 했다. 오늘 아침, 현관에서 "문 잠가라" 하고 말하면서 돌아보았을 때 활짝 열린 거실문 안쪽에 슈지의 모습은 없었다. 세면대에서 물이 흐르는 소리가 났다. 야리미즈는 그대로 집을 나섰다. 마지막으로 본 슈지를 떠올리려고 해도 어째서인지 문 안쪽의 아무도 없는 방만 생각났다.

소마가 무턱대고 도롯가에 차를 대라고 하더니 달려가는 차들 사이를 누비며 도로 건너편의 교외형 쇼핑몰로 달려갔다. 야리미즈의 손등에서 피가 멎지 않았다. 야리미즈는 아무 말도 하지 않았지만 왼쪽으로 운전대를 돌릴 때마다 차가 휘청거렸다. 치료를 하고 운전을 교대하는 편이 낫다. 소마는 페트병에 든 생수와 지혈 패드, 붕대, 소독약을 사고 나서 근처에 스키마스크가 있을 경우에 대비해 변장용 니트 모자와 선글라스를 야리미즈의 것까지 구입했다.

약국과 옷가게, 패스트푸드 매장에 슈퍼 등이 들어선 쇼핑몰은 밤 10시가 가까워졌는데도 일을 마치고 돌아가는 회사원과 교복을 입은 고교생으로 제법 북적북적했다. 놀 곳이 마땅치 않은 교외에서 중고등학생은 쇼핑몰에 모여든다. 그런 점은 도쿄 교외와 다를 바 없었다. 오늘밤은 기나길 것 같았다. 소마는 커피 체인점에서 두 사람이 마실 커피를 사서 차로 돌아왔다. 슈지와 연락이 끊긴 지 여섯 시간이 지나려 하고 있었다.

야리미즈는 차 옆에 서서 담배를 피우고 있었다. 스기타의 휴대전화에 계속 전화를 걸었지만 자동응답으로 넘어갈 뿐 받지 않는다고 했다. 소마는 보닛에 커피를 내려놓고 야리미즈의 상처를 봐주었다. 그릇장에 처박혔을 때 깨진 유리에 긁힌 듯 상처는 베였다기보다 깔쭉깔쭉 찢어져 있었다. 상처를 물로 씻고 나서 소독약으로 소독했다. 야리미즈는 아파서 인상을 찌푸리며 신경을 다른 곳으로 돌리려고 커피에 손을 뻗었다.

소마가 지혈을 하고 있자니 갑자기 요란한 사이렌 소리가 가까워졌다. 새빨간 소방차가 종과 사이렌을 시끄럽게 울리며 달려갔다. 펌프차 두 대에 사다리차가 한 대. 소방차 세 대가 잇달아 소마와 야리미즈가 지금 온 방향으로 달려갔다.

"큰불인가 본데……."

야리미즈가 중얼거렸다.

쳐다보니 쇼핑몰에서 고등학생들이 휴대전화로 통화를 하면서 우르르 달려나왔다. 하나같이 흥분한 얼굴로 스쿠터와 자전거를 타고 소방차와 같은 방향으로 달려갔다. 개중에는 휴대전화로 통화를 하면서 스쿠터를 모는 위험한 녀석도 있었다. 소마는 달려가서 경찰수첩을 내밀어 스쿠터 한 대를 정지시켰다. 그리고 스쿠터에 앉은 채 굳어버린 두 고등학생에게 "어디서 불이 났지?"라고 물었다. 영락없이 파출소에 끌려갈 줄 알았던 고등학생은 머뭇머뭇 대답했다.

"저기, 무슨 자동차 수리 공장에 큰불이 났다고 친구가……."

즉시 차로 되돌아간 소마는 야리미즈를 차에 밀어넣고, 모자와 선글라스를 쓴 후 차를 돌렸다. 스기타의 공장에 불이 날 만한 불씨가 없었다는 것은 방금 전에 침입한 자신들이 제일 잘 안다. 화재가 발생했다면 틀림없이 방화다.

"우리가 공장을 나선 후에 누가 와서 불을 질렀다는 거야?"

야리미즈가 놀란 기색으로 뒷좌석에서 고개를 내밀었다. 소마는 윗도리 호주머니에 접어서 넣어둔 구레하의 팩스를 꺼내 "이거 읽어봐" 하고 야리미즈에게 넘겨주었다.

스기타의 공장에 불이 났다고 들었을 때 소마의 머리에는 고치에서 일어난 폭발 화재가 제일 먼저 떠올랐다. 마자키의 차가 고치 항에서 바다에 떨어진 다음날 밤, 연안에 밀집한 창고 중 하나에서 일어난 폭발 화재.

"야, 폭사한 신원불명의 남녀 시체라면……."

“마자키 주변에 여자가 있는 낌새는 없었어. 그래서 그 시체가 마자키일 가능성은 낮다고 봤지. 하지만 마자키가 고치에서 여자와 알게 됐다면? 그리고 그 폭발 화재가 여자와 함께 마자키를 없애서 신원이 불분명한 시체로 만들기 위해 스키 마스크가 계획한 일이라면?”

“너, 스기타의 공장에 난 불도…….”

야리미즈는 섬뜩한 기분이 들어 백미러로 소마를 쳐다보았다. 소마는 가속페달을 세게 밟았다. 슈지는 스기타의 공장에서 연락이 두절됐고, 같은 날 밤에 불씨가 없던 스기타의 공장에서 화재가 발생했다. 단순한 우연으로 치부하고 싶었다. 하지만 만약 우연이 아니라면……. 지금 활활 타오르고 있는 공장에도 불에 타서 신원 불명의 시체가 되어야 할 사람이 있지는 않을까. 그 사람은 스키 마스크의 수중에 떨어진 슈지가 아닐까.

화재 현장 주변에서는 출동한 경찰관들이 교통을 통제하고 있었다. 눈앞의 밤하늘을 시뻘겋게 물들이며 거대한 불똥이 날아올랐다. 소마와 야리미즈는 차를 놓아두고 달렸다.

어디서 이렇게 많은 사람이 모였는지 의심스러울 만큼 공장 주변은 구경꾼들로 득실거렸다. 공장은 사납게 날뛰는 불의 손

아귀에 감싸여 있었다. 유리창이 차례차례 깨져 나가고 쿠웅, 하고 배를 진동시키는 굉음과 함께 공장 안의 차가 폭발했다. 앞으로 나선 소방관들이 불똥이 쏟아지는 가운데 죽을힘을 다해 불길을 잡으려고 애를 썼지만 불길은 좀처럼 사그라질 줄 몰랐다. 소마는 구경꾼들을 헤치고 출입금지 로프 앞에 있는 제복 경찰관에게 달려가서 수첩을 보여준 후 로프를 넘어갔다. 구경꾼과 함께 불기둥을 올려다보던 제복 경찰관은 깜짝 놀라서 "사건입니까?"라고 물었다.

"안에 사람은 없었나?"

소마가 안색이 변한 얼굴로 묻자 경찰관은 마치 자신이 무슨 실수라도 저지른 것처럼 말을 머뭇거렸다.

"그, 불이 너무 빨리 번져서 소방대가 출동했을 때는 이미 안을 확인하기가 곤란한 상태라……."

구경꾼들이 비명을 지르기에 쳐다보자 공장 지붕 한가운데가 잔뜩 휘더니 사태가 나듯이 우르르 무너져 내렸다. 소마는 저도 모르게 눈을 감았다. 저 안에 있다면 절대 못 살아난다. 니트 모자와 선글라스를 쓴 야리미즈가 로프를 넘어 소마의 어깨를 두드렸다.

"불이 꺼지기를 기다리자."

제복 경찰관은 소마와 똑같은 모자와 선글라스를 쓴 야리미즈를 보고 소마의 동료라고 여긴 듯 야리미즈에게 가볍게 경례했다.

야리미즈는 화염의 불빛을 받으며 불타오르는 공장을 가만히 쳐다보았다. 소마는 기다리고만 있으려니 좀이 쑤셔서 견딜 수가 없었다. 어떻게든 몸을 움직여야 직성이 풀릴 것 같았다. 바로 뒤에서 셔터를 누르는 소리가 났다. 뒤돌아보자 구경꾼이 휴대전화를 들고 화재 현장을 찍고 있었다. 그러고 보니 야리미즈는 디지털카메라를 가지고 있었다. 대물 사고가 났을 때 현장 사진을 찍은 디지털카메라다. 소마는 황급히 야리미즈에게서 디지털카메라를 받아들고 뒤편으로 돌아갔다.

감식반은 살인 현장에 출동하면 주변 건물 사진을 찍는 척하면서 반드시 구경꾼 사진을 찍어둔다. 구경꾼들 사이에 섞여 범인이 현장을 지켜볼 가능성이 있기 때문이다. 때문에 보통 구경꾼들의 얼굴은 본인들이 모르는 사이에 전부 경찰의 카메라에 담긴다. 방화의 경우, 범인이 현장을 보고 있을 확률은 살인보다 훨씬 높다. 소마는 각도를 바꾸어가며 차례차례 구경꾼들의 얼굴을 찍었다. 이 사람들 가운데 스키 마스크가 있을지도 모른다. 시치미를 뚝 떼고 솟아오르는 불길을 바라보고 있을지도 모른다. 그렇게 생각하자 구경꾼들 속에 서 있는 남자들의 얼굴이 죄다 수상하게 보였다. 슈지의 집에서 맞붙은 양손잡이 남자, 그 검은색 스키 마스크 아래의 얼굴이 여기에 있는 누구의 얼굴이라 해도 이상하지 않을 것 같았다. 소마는 세밀하게 줌을 조절하며 남자들의 얼굴을 계속 찍었다.

한 시간 남짓 지나자 드디어 불기운이 약해져 진화될 조짐이 보였다. 불길이 작아지자 대낮처럼 밝았던 공장 주변에도 밤의 어둠이 되돌아왔고, 빈터를 가득 메웠던 구경꾼들도 드문드문해졌다. 남아 있는 사람은 스쿠터 주변에서 떠들고 있는 고등학생 정도였다. 소마는 디지털카메라를 들고 뭉게뭉게 피어나는 연기에 눈을 깜빡이며 빈터의 폐타이어에 걸터앉았다. 공장은 들보만 남고 거의 다 불타버렸다.

앞으로 얼마나 기다려야 슈지를 찾을 수 있을까. 형사는 직업상 처참한 시체와 수도 없이 대면하지만, 그 시체의 생전 모습은 모른다. 형사의 인생에 피해자는 처음부터 시체로 나타나고 형사의 업무는 시체에 손을 모아 명복을 비는 것으로 시작된다. 거기서부터 과거로 거슬러 올라가 피해자의 성격, 기호, 가치관부터 버릇, 교우관계까지 빠짐없이 조사하여 살인 동기를 알아내고 피의자를 한정해나간다. 피해자를 알아가는 과정이 피해자의 원통함을 알아가는 과정이기도 했다. 그러나 소마는 살아 있는 슈지를 안다. 살아서 움직이고 말하는 슈지를 기억하고 있다. 소마는 별 뜻 없이 디지털카메라의 앵글을 구두로 돌리고 셔터를 눌렀다. 빈터를 돌아다녀 먼지가 잔뜩 묻은 구두가 하얀 플래시 속에 떠올랐다. 자신이 정말로 무력하게 느껴졌다.

처음으로 사람이 죽도록 내버려두었다.

몹시 담배를 피우고 싶었다. 빈터를 가로질러 총총히 다가오는 야리미즈가 보였다.

소마는 천천히 일어섰다. 이제 슬슬 소방대가 화재 현장을 조사할 시간이다.

"소마, 슈지의 GPS가 반응했어."

소마는 "뭐!" 하고 외마디소리를 지른 후 잠시 목소리가 나오지 않았다. GPS가 반응했다면 슈지가 휴대전화 전원을 켰다는 뜻이다.

"어디…… 도대체 어딘데!"

"여기서 6킬로미터 정도 떨어진 산."

바로 차로 달려가려는 소마의 팔을 야리미즈가 꽉 붙들었다.

"소마. 휴대전화를 켠 사람이 슈지라고 단정할 수는 없어."

소마는 한순간 야리미즈가 무슨 말을 하고 싶은 건지 이해가 가지 않았다.

야리미즈는 천천히 입을 열었다.

"덫일지도 몰라."

소마는 야리미즈의 말을 겨우 이해했다. 슈지를 숨겨준 사람은 사정을 알고 있을 가능성이 높다. 스키 마스크라면 그렇게 생각하는 것이 당연하다. 그렇다면 슈지를 없애는 것만으로는 충분하지 않다. 사정을 알고 있는 사람들의 입도 봉할 필요가 있다. 슈지가 실종된 지 여덟 시간 가까이 지나 갑자기 되돌아온 GPS 신호는 자신들을 꾀어내는 덫일지도 모른다.

구불구불한 산길을 돌 때마다 헤드라이트 불빛이 가드레일 너머 울창한 삼나무 숲을 훑었다. 슈지의 GPS 신호는 산 위 전망대 부근에서 잡혔다. 소마는 수없이 커브를 돌면서 스키 마스크도 이 산길을 올랐을지 궁금해졌다. 스키 마스크가 만약 산 위에 있다면 지금 산길을 올라가는 이 차의 헤드라이트 불빛도 보일 것이다. 어두운 앞 유리창에 빗방울이 툭툭 떨어지기 시작했다. 소마는 와이퍼를 작동시켰다.

포장되지 않은 주차장에는 차가 한 대도 없었다. 소마는 만약을 위해 차로 한 바퀴 빙 둘러본 후 입구 옆에 주차했다. 공회전하는 차 안에서 소마와 야리미즈는 말없이 서로 휴대전화를 교환했다. 그러고 나서 소마는 혼자 차에서 내려 전망대로 이어지는 산길을 걷기 시작했다. 이제 막 핀 마쓰모토의 벚꽃이 차가운 비를 맞고 있었다. 뒤돌아보자 야리미즈가 상의한 대로 주차장을 차로 천천히 달리고 있었다. 두 사람이 차를 비운 사이에 브레이크에 농간을 부리기라도 하면 구불구불한 내리막길은 저세상으로 직통하는 고속도로로 변한다. GPS 반응이 스키 마스크의 덫일 가능성이 있는 이상 세심한 주의를 기울여야 했다. 삼십 분을 기다려도 소마의 연락이 없으면 야리미즈는 여기를 떠나기로 했다. 둘 다 죽으면 이 사건은 어둠 속에 묻힌다. 적어도 한 명은 살아남아야 한다. 소마는 서둘러 전망대로 향했다.

나지막한 철책에 둘러싸인 전망대에는 하나밖에 없는 작은 가로등이 켜져 있었다. 형광등의 하얀 불빛 속으로 가느다란 빗방울이 끊임없이 떨어졌다. 몸을 숨길 만한 곳도 없는 평평한 전망대에 사람이라고는 코빼기도 보이지 않았다. 소마는 들고 온 야리미즈의 휴대전화를 흘끔 쳐다보았다. GPS 신호는 틀림없이 전망대 반경 20미터 안에서 나오고 있었다. 시선을 집중해 전망대를 구석구석까지 살펴보았다. 하지만 아무리 둘러봐도 쥐새끼 한 마리 없었다. 전망대 주위의 삼나무 숲은 깊은 어둠에 잠겨 있었다. 스키 마스크가 어디 숨어 있든 이쪽에서는 보이지 않는다.

슈지의 휴대전화에 전화를 걸어보았지만 빗소리가 주변의 소리를 지우는 바람에 착신음도 들리지 않거니와 인기척도 느낄 수 없었다. 소마는 마치 자기 혼자만 무방비하게 밝은 무대로 끌려나온 것 같은 기분이 들었다.

소마는 온몸의 신경을 긴장시키고 전망대를 조사하기 시작했다. 적어도 슈지의 휴대전화는 반경 이십 미터 안에 있다. 버려진 빈 주스 캔, 담배꽁초, 먹다 만 도시락이 놓여 있는 돌 벤치, 빈틈없이 찾아보았지만 슈지의 휴대전화는 어디에도 없었다. 남은 곳은 주변의 삼나무 숲뿐이다. 소마는 펜 라이트를 꺼내서 전망대 출구로 되돌아가려 했다. 그때 문득 벤치 위의 도시락 포장지가 눈에 들어왔다. 분홍색과 파란색, 녹색과 하얀색이 들어간 화려한 포장지를 본 기억이 났다. 마쓰모토에 오기 위해 뛰어오른 아즈사 25호에서 본 차내 판매용 도시락의 포장지다. 순간 소마는 슈지도 이 전망대에 왔다고 직감했다.

"슈지!"

소마는 크게 이름을 불렀다.

"슈지! 들리면 대답해!"

되풀이해 부르고는 귀를 기울였다. 나무들을 적시는 빗소리가 모든 소리를 지워 없앨 듯이 산을 가득채우고 있었다. 소마는 눈을 감았다. 몇 초가 몇 시간으로 느껴졌다. 두꺼운 벽 같은 빗소리 안쪽에서 희미한 목소리가 들렸다. 소마는 심장이 쿵쿵 뛰었다.

"어디야! 어디 있어!"

소마는 미친듯이 사방을 살펴보았다. 목소리는 전망대 철책 너머에서 들려왔다. 하지만 철책 너머에는 허공에 시커먼 어둠이 펼쳐져 있을 뿐이었다. 소마는 믿기지 않는 심정으로 철책으로 달려갔다. 몸을 내밀자 눈 아래 비탈에 떼를 지어 자라난 철쭉이 보였다. 목소리는 분명히 어두운 바다 같은 철쭉 사이에서 들려왔다. 소마는 철책을 넘어 뛰어내렸다. 봉오리가 맺힌 철쭉의 작은 가지가 야단스러운 소리와 함께 부러져 날아갔다. 소마는 비탈을 머리부터 두 바퀴나 구른 후에야 겨우 멈췄다. 가슴 높이의 철쭉 사이에 서서 소마는 소리를 질렀다.

"슈지, 어디냐!"

"바로 옆……."

바로 옆 땅바닥에서 슈지의 목소리가 들렸다.

"히터를 제일 세게 틀어줘."

야리미즈가 뒷좌석에서 슈지를 묶은 로프를 간신히 다 풀어내고 고개를 들었다.

소마는 히터 손잡이를 최강으로 돌리고 좌회전해서 국도 19호선으로 들어갔다. 장거리 트럭이 더 거세진 빗발을 뚫고 하얀 물보라를 일으키며 지나갔다.

"심해?"

"피는 멎었지만 체온이 돌아오지 않아."

슈지는 몸 상태가 상당히 안 좋은지 차에 타고 나서는 입도 열지 않고 축 늘어져 있었다. 스기타의 공장에서 훔쳐 온 쉐보레는 정비를 하다 말고 내팽개쳐둔 만큼 히터를 제일 세게 틀어도 차 안은 조금도 따뜻해지지 않았다.

소마는 시오지리로 나오자마자 패밀리 레스토랑으로 차를 몰았다. 뭔가 따뜻한 음식을 먹여야 할 것 같았다.

심야의 패밀리 레스토랑은 손님이 별로 없어 한적했고, 조명이 빛나는 따스한 실내에 라디오 유선방송이 흘러나오고 있었다. 소마와 야리미즈는 슈지를 끌어안다시피 하여 벽 쪽 칸막이 자리에 앉아서 일단 스프와 커피를 시켰다. 슈지는 뜨끈한 김이 피어오르는 미네스트로네 수프 접시 위에 고개를 푹 숙인 채 덜덜 떨리는 손으로 스푼을 움직여 두세 입 먹었다. 그러고 나서 크게 숨을 내쉬더니 처음으로 접시에서 얼굴을 들어 소마와 야리미즈를 쳐다보았다. 예상치도 못한 뭔가와 딱 마주친 것처럼 슈지는 잠시 두 사람을 말똥말똥 쳐다보았다.

"……둘이서 힙합이라도 해요?"

야리미즈가 곧장 머리에서 니트 모자를 벗겨내고 선글라스를 벗었다.

"이건 절대 내 취향이 아니야."

"변장을 한다고 한 건데."

소마도 모자를 벗었다. 어울린다고는 생각지 않았다.

슈지는 여전히 창백한 얼굴로 웃기다는 듯이 킥킥 웃었다.

마음이 놓이자 소마와 야리미즈도 갑자기 배가 고팠다. 코 앞에 놓인 미네스트로네 스프의 마늘 향이 공복을 더욱 자극했다. 야리미즈가 다시 메뉴판을 받아 심야 주방 담당이 귀를 의심할 만큼 요리를 잔뜩 주문했다.

소마와 야리미즈는 쉬지도 않고 포크를 움직이며 슈지가 마쓰모토에 오고 나서 어떻게 됐는지 이야기를 들었다. 가짜 이력서를 가지고 스기타의 공장을 찾아갔다는 것, 스기타가 타이투스 푸드의 가짜 소형 트럭을 만들었다는 것, 마자키가 샘플을 불법 투기한 날 에밀리오도 함께였다는 것. 그리고 얻어맞고 전망대로 끌려간 후의 일까지.

슈지는 추가한 햄버그스테이크를 걸신들린 듯이 먹으며 스키 마스크의 차가 다가왔을 때의 이야기를 했다.

그때 스기타와 슈지에게는 슈지를 묶은 로프를 풀고 달아날 시간적 여유가 남아 있지 않았다. 전망대에 있으면 둘 다 당한다. 슈지와 스기타는 양쪽으로 갈라지기로 했다. 묶인 상태로 백팩을 목에 건 슈지를 스기타가 전망대 철책 아래로 떨어뜨려

주었다. 헤어질 때 스기타에게 "공장으로 돌아가지 마. 가능한 한 멀리 달아나"라고 말했다. 붙잡히면 스기타도 끝장이다. 철쭉 사이에 몸을 숨기고 눈 아래의 산길을 보고 있자니 엄청난 속도로 스키 마스크의 차와 엇갈려 산길을 내려가는 스기타의 차가 보였다. 잠시 후에 전망대에 발소리가 들렸다.

그때 일을 생각하자 슈지는 아직도 등골이 서늘했다. 바늘 하나 떨어지는 소리마저 들릴 것 같은 정적이 펼쳐진 가운데 겨우 몇 미터밖에 떨어지지 않은 곳에서 자신을 찾아다니는 스키 마스크의 발소리가 들려왔다. 자신은 로프와 접착테이프로 단단히 묶여 있어서 손가락 하나 움직일 수 없었다. 들키면 끝이었다. 심장이 점점 빨리 뛰어 가슴이 두방망이질하는 것 같았다. 그 소리에 스키 마스크가 눈치를 채고 당장이라도 철책을 넘어올 것만 같았다. 고작 몇 분이었겠지만 슈지에게는 정신이 아득해질 만큼 긴 시간이었다.

얼마 후 스키 마스크의 발소리는 차 쪽으로 빠르게 멀어졌다. 그리고 역시 무시무시한 속도로 산길을 내려가는 스키 마스크의 차가 눈에 들어왔다. 스기타의 차를 쫓아갔겠지만, 스기타의 차는 보이지도 않았다.

슈지는 스기타의 공장에 누가 불을 질렀다는 이야기를 듣고 할말을 잃었다.

"네 말대로 멀리 달아났어야 할 텐데……."

소마는 자신들과 엇갈려 스기타가 공장에 돌아오지 않았기를 바랐다.

야리미즈가 옆자리에서 타바스코를 집어서 피자 겉이 새빨개질 만큼 뿌렸다.

"스키 마스크가 사라지고 난 다음에는 어떻게 했어?"

"몸부림쳤죠."

슈지는 스키 마스크가 사라지고 나서야 자신의 큰 실수를 알아차렸다고 한다. 혼자서는 아무리 애를 써도 로프를 풀 수 없다. 시간이 흐르자 밤이 찾아온 산의 기온은 급격히 떨어졌다. 농담이 아니라 정말로 얼어죽을지도 모른다는 공포가 머리를 스쳤다. 슈지는 코와 입만으로 백팩에서 휴대전화를 끄집어내 작은 돌을 입에 물고 전원을 켜기 위해 갖은 애를 다 썼다고 한다.

"비탈이니까 휴대전화가 점점 미끄러져 내려가더라고요. 그때마다 자벌레처럼 쫓아갔는데 나뭇잎이랑 가지가 얼마나 걸리적거리던지."

슈지는 온통 찰과상을 입은 얼굴로 따끈따끈한 피자를 입안 가득 베어 물었고, 야리미즈는 얼마 남지 않은 파에야의 밥을 긁어모았다.

소마는 한밤중에 도쿄에서 멀리 떨어진 패밀리 레스토랑에

셋이 모여 밥을 먹고 있다는 것이 어쩐지 반쯤은 꿈같이 느껴졌다. 가게 안은 온실처럼 따뜻하여 만복감과 함께 급격히 수마가 덮쳐 왔다. 어느 틈엔가 이야기 소리가 멀어졌다. 라디오에서 프랭크 시나트라의 감미로운 발라드가 흘러나왔다. 왕년의 노랫소리가 머릿속에서 메아리치다가 멀리 사라졌다.

어디서 자명종이 울리고 있었다. 소마는 눈을 감은 채 시끄러운 소리를 멈추려고 반사적으로 주변을 손으로 더듬었다. 머그컵이 손에 닿아 쓰러지는 소리가 났다. 소마는 한순간 자신이 어디에 있는지 몰라 눈을 떴다. 야리미즈와 슈지가 패밀리레스토랑의 테이블에 푹 엎드려 잠들어 있었다. 어느새 그릇이 치워져 있었지만, 커다란 유리창 바깥은 여전히 밤의 어둠에 잠겨 있었다. 전자음이 멈추지 않아서 주변을 둘러보자 소리는 슈지의 백팩 속에서 들려왔다. 아까부터 울리고 있던 것은 자명종이 아니라 슈지의 휴대전화였다. 슈지의 번호를 아는 사람은 자신과 야리미즈 둘뿐일 텐데. 소마의 마음속에 곧바로 날카로운 경계심이 싹텄다.

"야리미즈! 슈지, 일어나!"

소마는 두 사람을 흔들어 깨우고 서둘러 슈지의 백팩에서 휴대전화를 꺼냈다. 두 사람은 깜짝 놀란 얼굴로 휴대전화를 쳐다보았다. 액정에는 "발신 번호 제한"이라고 떠 있었다. 소마가 눈으로 묻자 슈지는 고개를 저었다. 슈지는 아무에게도 번호를 가르쳐주지 않았다. 휴대전화는 소마의 손안에서 계속 울렸다. 소마는 통화 버튼을 누르고 슈지의 귀에 가져다 댔다.

슈지는 잠자코 상대방의 목소리가 들리기를 기다렸다. 상대방도 이쪽 목소리가 들리기를 기다리는지 침묵을 지켰다. 오랜 침묵이 흐르는 동안 수화기 저편에서 일정한 간격으로 규칙적인 기계음이 나지막하게 들렸다. 잠시 후에 철컹, 하고 철이 부딪히는 듯한 커다란 소리가 나고 사람이 말을 하면서 지나갔다. 야리미즈가 테이블의 종이 냅킨에다 볼펜으로 "열차. 차량 연결부"라고 적었다. 누군가가 달리고 있는 야행 열차에서 전화를 건 것이다.

"……시게토 슈지 맞아……?"

탐색하는 듯한 남자 목소리가 들렸다. 슈지는 그 목소리를 듣자마자 소마의 손에서 휴대전화를 낚아채 외쳤다.

"스기타 씨, 당신 무사해요?"

스기타는 슈지의 휴대전화 전원을 끄기 전에 번호를 저장해 놓은 듯, 슈지가 살아 있다는 사실을 확인하고 진심으로 안도했다. 산에서 내려온 스기타는 차를 버리고 마쓰모토에서 나고야로 나가서 야행 열차를 탔다. 공장에 불이 났다는 것도, 그

불이 도주한 스기타에게 보내는 스키 마스크의 경고라는 것도 알고 있었다.

"꼬맹아, 난 그 남자도 너도 만난 적이 없는 거야."

즉 앞으로 슈지에게 무슨 일이 일어나도 스기타는 스키 마스크에 관하여 함구하겠다는 뜻이다. 슈지는 그래도 상관없었다. 스기타가 위험한 입장에 처해야 할 이유는 없다.

"그 대신이라고 하면 뭣하지만, 너 쇼고에 대해 알고 싶다고 했지?"

스기타는 마자키의 부탁으로 타이투스 푸드의 가짜 소형 트럭을 아무도 모르는 곳에 몰래 숨겨놓았다고 했다. 마자키는 4월 4일까지 자신이 돌아오지 않으면 소형 트럭을 폐차하고 짐을 전부 태워버리라고 부탁했다고 한다.

'4월 4일'이라는 날짜에 세 사람은 무심코 얼굴을 마주보았다.

"짐이라니, 뭔데요?"

"자세히 보지는 않았지만 분명 장부 같은 걸로 가득찬 박스일 거야."

스기타는 고등학교 시절 훈련을 하러 마자키와 자전거로 자주 올라간 마쓰모토 시 변두리의 호후쿠지 고개 부근의 산림에 소형 트럭을 숨겼다. 스기타가 숨긴 장소를 자세히 설명하자 슈지가 따라서 말했고, 소마가 테이블에 펼친 지도에 야리미즈가 재빨리 표시했다. 슈지가 전화를 끊자 소마는 계산을 야리미즈에게 맡기고 곧장 밖으로 나가 차를 빼 왔다.

동이 트려면 아직 시간이 있었다. 비는 그칠 줄 모르고 계속 내리고 있었다. 하지만 와이퍼 너머로 이어지는 차도는 사건의 새로운 국면을 가리키고 있는 것 같았다.

호후쿠지 고개로 향하는 차 안에서 소마와 슈지는 야리미즈에게 4월 4일에 타이투스 푸드 후지사와 공장에 현장 검사가 실시된다는 이야기를 처음으로 들었다. 야리미즈가 오다지마한테 입수한 괴문서의 내용에 소마와 슈지는 큰 충격을 받았다. 하지만 그보다 더 두 사람을 놀라게 한 것은 지금까지 들어본 적이 없는 멜트페이스증후군이라는 유아 질병이었다. 야리미즈는 오다지마와 도리야마와 헤어진 후 인터넷 카페에 가서 멜트페이스증후군에 관한 자료를 모아 왔다. 소마는 시오지리 인터체인지에서 나가노 자동차 도로로 올라가자 야리미즈와 운전을 교대하고 자료를 집어 들었다.

태어난 지 얼마 되지 않은 아기의 얼굴을 앗아가고 평생 돌연사의 공포에 떨게 하는 멜트페이스증후군. 잃어버린 얼굴을 재건하기 위해 아이들은 거듭되는 수술을 견뎌야 하고, 입으로 식사를 하거나 말을 하는 것도 뜻대로 되지 않는다. 붕대를 풀

때마다 아파서 울부짖는 아이들의 일상은 임상 현장에 서는 의사가 감정을 최대한 억제한 문장으로 기술한 만큼 오히려 가엾고 처참하여 소마는 가슴이 찢어지는 것 같았다. 두꺼운 자료를 다 읽은 슈지는 핏기가 가신 얼굴로 자료의 표지를 노려보았다. 야리미즈는 도요시나 인터체인지에서 현도 57호선으로 들어가자 운전석 재떨이에 담배를 비벼 껐다.

"타이투스 푸드는 작년 시월에 문제의 샘플을 폐기한 줄 알았지만, 폐기를 맡은 마자키는 무슨 목적인지 샘플을 처리 시설에 보내지 않고 보관해뒀어. 그로부터 넉 달이 지난 올해 이월 중순, 그 샘플이 멜트페이스증후군의 원흉이라며 타이투스 푸드를 고발하는 괴문서가 사방에 나돌았지. 괴문서에 동봉된 샘플 분석 데이터는 상당히 신빙성이 높아. 당연한 말이지만 분석 데이터를 만들려면 샘플의 실물이 필요해."

"그럼……." 소마는 놀라서 괴문서를 집어 들었다. "이 괴문서를 보낸 사사키 구니오가 마자키 쇼고라고?"

"난 그렇게 생각해."

좌회전하여 국도로 들어가자 편의점의 눈부신 조명이 차 안을 쓸고 지나갔다.

"마자키가 취한 일련의 행동은 무섭도록 주도면밀하고 계획적이야. 마자키는 작년 연말에 스기타의 수리 공장을 찾아가 샘플 불법 투기에 사용할 가짜 트럭을 준비했어. 그렇지?"

슈지가 말없이 고개를 끄덕였다.

"불법 투기를 할 때 에밀리오를 데리고 간다는 계획도 연말에 이미 마자키의 머릿속에 들어 있었을 거야. 에밀리오는 3월 14일에 브라질에 귀국할 예정이었으니 무슨 일을 시키든 에밀리오 때문에 일이 탄로날 우려는 없어.

마자키가 실제로 샘플을 불법 투기한 건 괴문서가 나돈 지 약 한 달 후인 3월 12일. 괴문서의 영향으로 후지사와 공장에 현장 검사가 실시된다는 이야기가 정설로 굳어졌을 시기야. 마자키는 기다렸다는 듯이 가짜 트럭으로 샘플을 불법 투기하고 마자키 공업의 종업원들에게 재취직 자리까지 마련해준 다음 깔끔하게 회사 문을 닫고 자취를 감췄어."

소마는 닛칸 에너지의 이나바가 한 말이 기억났다. 마자키는 작년 말에 마자키 공업을 폐업할 작정이었다고 했다. 깔끔하게 정리된 야마토 시의 임대주택과 텅 빈 사무소는 전부 마자키의 계획이 착실하게 진행된 결과였던 것이다.

하지만 모르겠는 것은……. 소마는 백미러로 야리미즈를 쳐다보았다.

"그래, 마자키의 목적을 모르겠어."

동이 틀 무렵에야 해발 1345미터의 호후쿠지 고개에 도착했다.

세 사람은 차에서 내려 스기타가 덤불 속에 숨겼다는 소형 트럭을 찾으러 잡목림을 돌아다녔다. 비가 그치자 공기는 상쾌한 나무 냄새로 가득찼고, 여기저기서 아침이 오기를 기다리던 산새 울음소리가 울려 퍼졌다. 나뭇가지 사이로 가느다란 띠 같은 아침 햇살이 수없이 비쳐드는 가운데 세 사람은 야리미즈가 길 순서를 표시한 지도를 확인하며 젖어서 빛나는 잡초 위를 계속 걸었다.

반시간 정도 지났을 때 소마가 녹색 덮개 위에 마른 나뭇가지를 포개어 단단히 숨겨둔 차를 발견했다. 셋이서 나뭇가지를 치우고 빗물이 고여 무거운 덮개를 벗겼다. 그러자 컨테이너 옆 부분에 "타이투스 푸드"라고 적힌 소형 트럭이 나타났다. 옅은 황색 차체에 선명한 오렌지색 글씨체, 동그란 녹색 로고 마크. 틀림없이 슈지가 3월 12일 토요일 이른 아침에 아파트 건설 현장에서 본 소형 트럭이었다.

슈지는 아침 햇살을 받은 소형 트럭을 보자마자 마치 3월 12일 아침으로 되돌아간 듯한 착각에 빠졌다. 불법 투기를 하면서도 양심의 가책은 조금도 느끼지 않는 것처럼 보이던 마자키. 불평하는 슈지에게 "고맙다, 얘야"라고 대답한 마자키가 도대체 무슨 생각을 하고 있었는지, 그 가슴속의 의도가 그날 아침에 샘플을 운반한 이 컨테이너 속에 몰래 숨겨져 있을 것 같은 기분이 들었다.

소마가 컨테이너 뒤편의 빗장을 풀고 양쪽으로 열리는 문을 열었다. 삼각형으로 비쳐든 빛 속에 박스 하나가 놓여 있었다. 묵직한 박스를 밖으로 옮긴 뒤 습기를 먹어 모양이 일그러진 위쪽을 열었다. 제일 위에는 비닐로 감싼 스케치북이 있었다. 뒤표지에 마자키 유타라는 이름이 적혀 있었고, 페이지마다 새와 식물, 강가 풍경 등의 섬세한 수채화가 그려져 있었다. 딱 한 장 끼워져 있는 도화지에는 네 귀퉁이에 압정을 박은 흔적이 남아 있었다. 그 도화지에는 겨울나무의 메마른 가지에 앉아서 하늘을 올려다보고 있는 예쁜 황록색 새가 그려져 있었다. 스케치북 아래에서는 고풍스러운 앨범이 나왔다. 다에에게 안겨 있는 아기 유타와 앞치마 차림으로 긴 젓가락을 들고 부엌에서 웃고 있는 다에, 가족 세 명이 어느 산 전망대에 나란히 서 있는 모습 등 대부분의 사람들이 영위하는 사소하면서도 더할 나위 없이 소중한 일상이 사진으로 간직되어 있었다. 마지막 한 장은 새 중학교 교복을 입은 유타가 교정 벚나무 아래에서 긴장한 얼굴로 웃고 있는 사진이었다. 스케치북과 앨범은 아내와 아들의 유품 중에서 마자키가 마지막까지 떼어놓지 않았던 물건이리라. 더러워지지 않도록 소마가 자신의 겉옷을 벗어 컨테이너에 깔고 그 위에 스케치북과 앨범을 내려놓았다.

박스 밑바닥에는 A3용지 크기의 스크랩북 다섯 권이 들어 있었다. 짙은 파란색 표지는 전부 새것처럼 깨끗했고 제목 칸에는 아무것도 적혀 있지 않았다. 이거라는 예감이 들었다. 슈지는 스크랩북을 들고 페이지를 넘겼다. 스크랩북에는 인터넷 데이터베이스에서 프린트한, 과거 반세기에 이르는 신문과 잡지 기사가 빽빽이 붙어 있었다. 훑어보던 슈지는 스크랩된 기사의 공통점을 깨달았다. 슈지는 믿기지 않는 기분으로 페이지를 차례차례 넘겼다.

한 시간 후 슈지와 야리미즈, 소마는 스크랩북을 전부 다 보았다.

아침에 깨어나 지저귀던 새들도 사라져 주변은 고요했다.

입을 여는 사람은 아무도 없었다.

세 사람은 이제 알았다.

마자키가 타이투스에서 돈을 받으려고 했다는 것도, 그러기 위해 치밀한 계획을 세웠다는 것도.

그리고 마자키가 그렇게 무모한 일을 꾸민 이유도.

(하권에 계속)

옮긴이 | **김은모**
경북대학교 행정학과를 졸업했다. 일본어를 공부하던 도중에 일본 미스터리의 깊은 바다에 빠져 들어 헤어나지 못하고 있다. 아직 국내에 소개되지 않은 다양한 작가의 작품을 소개하고자 노력하고 있다. 옮긴 작품으로 누쿠이 도쿠로의 『나를 닮은 사람』, 『프리즘』, 『미소 짓는 사람』, 기타야마 다케쿠니의 『인어공주』, 마리 유키코의 『여자 친구』를 비롯하여 우타노 쇼고의 '밀실살인게임' 시리즈, 미쓰다 신조의 '작가' 시리즈, 『애꾸눈 소녀』, 『모즈가 울부짖는 밤』, 『달과 게』 등이 있다.

범죄자(상)

1판 1쇄 2018년 3월 28일
1판 3쇄 2018년 8월 1일

지은이 오타 아이 | **옮긴이** 김은모 | **펴낸이** 염현숙

책임편집 지혜림 | **편집** 임지호 이송 | **독자모니터** 엄정현
표지디자인 이혜경 | **본문디자인** 이정민
저작권 한문숙 김지영 | **마케팅** 정민호 정진아 함유지 김혜연 강하린
홍보 김희숙 김상만 이천희
제작 강신은 김동욱 임현식 | **제작처** 한영문화사

펴낸곳 (주)문학동네
출판등록 1993년 10월 22일 제406-2003-000045호
임프린트 엘릭시르

주소 10881 경기도 파주시 회동길 210
문의 031-955-1901(편집) 031-955-8896(마케팅) 031-955-8855(팩스)
전자우편 editor@elmys.co.kr | **홈페이지** www.elmys.co.kr

ISBN 978-89-546-5050-2 04830
978-89-546-5049-6(SET)

엘릭시르는 출판그룹 문학동네의 임프린트입니다.